U0614840

世界传世藏书

【图文珍藏版】

世界孤本小说

马松源⊙主编

线装書局

目　　录

目 录

世界孤本小说

全译插图本

欲 魔

〔法国〕左拉 ◎ 著　　张斌 ◎ 译

导　读

　　左拉(1840~1902)是法国批判现实主义作家,文艺理论家。1840 年 4 月 12 日出生于巴黎,幼年丧父,在外祖父的接济下生活,他在中学时已显露出文学才华,试写过一些作品,60 年代,左拉发表了一些中短篇小说和长篇小说,并逐步建立了他的自然主义理论,在他的《实验小说》《戏剧中的自然主义》等作品中系统地阐述了他的文学理论,成了自然主义理论的创建者,从 1868 年开始,左拉伏案工作 25 年,完成了一部《人间喜剧》式的连续性大型作品《卢贡—马卡尔家族》,全书共包括 20 部长篇,其重要作品有:《小酒店》《金钱》《萌芽》《欲魔》《娜娜》等,继《卢贡—马卡尔家族》后,左拉又完成了长篇小说三部曲《三城市》。晚年,左拉写了抒发他社会理想的《四祸音书》,他的作品气势雄浑,笔力酣畅,在法国文学史上占有重要地位。

　　《欲魔》是左拉所有作品中颇受争议的代表作之一。行进的火车上发生了离奇命案,格兰摩伦院长被谋杀,凶手竟然是受过院长恩惠的罗勃夫妇,这期间究竟隐藏着怎样鲜为人知的内幕? 收入不菲可精神分裂的司机长杰克又是如何被卷入其中并深受其害的? 控制欲极强的桑芙琳为何被情欲冲昏了头脑犯下难以饶恕的过错? 一系列问题的答案都在故事的娓娓道来中揭晓。

1

罗勃走进房里,手里拿着一根面包,一包卤肉和一瓶白葡萄酒,把它们放到桌子上。维克多娅在早上上班以前一定给火炉盖上了好多煤屑,房间里简直热得令人窒息。这位车站副站长打开窗户,两肘靠在窗栏上。

这是西部铁路公司供给职员们居住的一幢高楼,占去阿姆斯特街的一部分。五层楼屋顶室转角的窗子开向车站,车站一带是穿过欧罗巴区的广阔坑道,整个地平线一览无余。二月中旬这一天的下午,灰色天空温和、湿润,阳光融融,似乎显得更加广大。

在对面,这筛下的星星点点的阳光下,互相混杂着罗马路的许多房子,互相隐没,看来好像很轻巧。左边,是许多遮盖的停车场。门廊很大,顶上的玻璃都给煤烟熏黑了,它们属于各个干线,场面很宽广,一眼看不到边。邮政局和热水箱房,同其他支线——如亚尔桑德伊、凡尔赛和环城铁路与较小的厂房分开,右边,欧罗巴桥星形铁架截断坑道,人们看这凹陷的宽阔路线重新显现,一直伸展到巴底尧尔隧道。就在窗子底下,占去整个广大面积的三条双轨道由桥底出来,自行分支,隔成开展的扇形,像无数金属线条继续向前伸长,一直消失在各个厂房的深处。桥的环洞前面,扳道员的三个岗舍显出赤裸裸的小园。铁轨上停满客车和机头。苍白的阳光下,一个大红信号点缀在一片拥塞和混杂里。

罗勃很有兴趣地想到他的勒·阿佛尔车站,每次他到巴黎来过一天进入维克多娅的寓所时,职业意识总重新浮到他的脑海里。各个干线的厂房底下,从蒙特开过来的火车到达时总引起月台的颤动;他的眼睛留意着调配机头,带有煤水车的一部小机器,下面装了三对低轮子,正开始拖拉列车,看它又忙碌又活泼,时进时退,推着车辆向停备轨道驶去,心中觉得非常有意思。另一部快车的机头很雄壮,有两对高大的车轮,它单独留下,烟囱里喷出一大股黑烟,缓慢地飘向平静的天空。他特别注意三点二十五分开赴刚城的火车,里面已载满旅客,正等着机头。这机头停在欧罗巴桥另一边,看不见,只听到它像不耐烦似的,发出急迫的小汽笛,要求开道,信号一发出,它立刻答以简短的尖叫,表示它已听到。开动之前,它沉默了一下,打开放汽的龙头,向地面喷射蒸腾的蒸汽,发出震耳的尖声。罗勃看见这奔腾回旋的白雾,从桥边溢出来,像雪白的绒毛飞舞在铁的桁梁之间。空间一角变白,而另一机头的浓烟则继续扩大,在黑幕后面,还隐隐闻到长长的汽笛声、指挥声,和转车盘的震撞声。接着,弥漫的白雾里忽然露出一道裂缝,凡尔赛火车和亚尔桑德伊火车。一列上行,一列下行,交叉而过。

罗勃正想离开窗口时,听到有人叫他的名字,他俯身外望,看见下面四楼平台上站着

一个三十岁左右的年轻人，他认出是车长亨利·多凡涅，亨利·多凡涅同他的父亲，干线的副站长，两个可爱的妹妹克莱尔和索菲娅，十八岁和二十岁的金发女郎，一起住在那里，她们靠两个男人的六千法郎工资，一直过着欢乐的生活。人们总听见姊姊笑，妹妹唱歌，一个笼子关满热带岛屿小鸟，发出争鸣婉转的叫声。

"怎么？罗勃先生，您到了巴黎吗？……啊！对了，为您同县长纠葛的事情吧！"

副站长重新靠到窗口上解释他是搭每天上午六点四十分的那趟快车离开勒·阿佛尔的。业务处长召他来巴黎，说有重要事情等着他来面谈。他还把没有因这次召见丢掉他的职位当作是幸运。

"您太太呢？"亨利问道。

太太，她也愿意来购买东西。她的丈夫此刻就在他们每次到巴黎来旅行时，维克多娅妈妈借给他们的房子里等候她；这位女主人因她下面卫生室工作缠住不能上楼时，总乐意借出这个卧室，让他们可以单独平静地吃午餐。那天，他们想首先办好事情，就只在蒙特吃过一小块面包。而现在已过三点钟，他们早已饥肠辘辘。

亨利为讨好他们，又问：

"今晚你们住在巴黎吧？"

不，不！他们将乘每天下午六点三十分快车回到勒·阿佛尔去啊！是的，请假！人们打扰你，只让你放下包袱，而立刻又要催你回去！过了一会儿，两人对视着，摇摇头。这时一部着魔似的钢琴突然爆发出响亮声音，他们再也听不见对方说什么。一定是两位妹妹在乱弹琴，她们笑得很响，像笼里的小鸟鸣叫。也轮到年轻人快活起来，亨利道声再见，走进房里，副站长一个人站了一会儿，两眼看着洋溢着青春欢乐的平台。接着他举目远望，只见那部机头已关闭放汽管，由扳道员送到刚城列车上。最后几缕白色蒸汽已消失在玷污天边的巨大黑烟中间。他也重新回到房间里。

罗勃走到杜鹃钟前面，此时时针指向三点二十分，罗勃做了一个失望的手势。真是鬼才知道，桑芙琳怎么会这样迟迟不回来？她一走入店铺，仿佛再也不想出来。为了缓和胃里难忍的饥饿，他忽然想去摆好桌子。他很熟悉这两道窗的宽阔房间：它同时是卧室、餐厅和厨房，里面有胡桃木家具、挂上红棉布的床铺、食具橱、圆桌以及诺曼底衣柜。他从食具橱里拿出饭巾、菜盆、叉子、刀和两个玻璃杯。这些东西都非常干净，他做着这些家务，觉得很有趣，他仿佛在玩儿时的分食游戏，看看洁白的饭巾心里很舒服。他很爱他的夫人，一想到她开门看见时爆发出快活的笑声，就觉得欢悦。他把卤肉放到菜盆里，旁边摆上白葡萄酒瓶，他突然觉得不安，睁大眼睛找什么，接着很快从衣袋里抽出已被忘记的两包东西：一小盒沙丁鱼和一块格吕耶尔干乳酪。

三点半的钟已敲过，罗勃耳朵倾向楼梯，一听到些微声响，马上就转过来。他等得无聊就在镜子前注视自己。他并不老，将近四十岁，卷发的鲜明赭色并没有变淡，留的胡须很繁密，显出阳光般金黄；中等身材，但非常强壮。他喜欢自己的人品，很满意自己前额低，后头厚，圆而红润的面孔，一对活泼的大眼，照亮稍平的头颅，他眉毛紧蹙，前额划满嫉妒的皱纹。与他结婚的女人比他小十五岁，这些屡次对镜自照的目光使他自信，他还年轻,他尽可以安心。

楼梯上传来脚步声,罗勃跑过去开了门,但她是隔壁房间里车站卖报女贩。他再回来,注视着食具橱上一个贝壳盒子。他很熟悉这个盒子,这是桑芙琳赠给她的乳母维克多娅妈妈的礼物,这小东西足以唤醒回忆,他的恋爱故事因而全部展现在眼前。不久就将近三周年了。他生于南方的普拉桑,父亲是一个车夫,他服过军役,获得过特务长袖章,当了很久的蒙特车站搬运工,后来升到巴朗丁车站的搬运工领班,就是在那里他认识他心爱的女人,那时她从陀恩维尔来,同格兰摩伦院长的女儿,贝尔蒂小姐,到车站来搭乘火车。桑芙琳·奥布丽只是格兰摩伦家一个园丁的次女,但是院长,她的教父和监护人很宠爱她,让她做他女儿的伴侣,把她们两人送到卢昂的同一所寄宿女子学校去读书;她本身也有那种出身高贵的气质。很长一段时间里,罗勃只远远渴慕她,只存着不粗俗的工人对待小姐的激情想念她,认为她是个珍贵的宝贝,不会轻易落到他的手里。那就是他一生的唯一恋爱故事。他可以同她结婚而不花一个铜子,他可以只为占有她的快乐而娶她。他终于斗胆提出他的要求实现了超过他梦想的收获:除了桑芙琳和一万法郎陪嫁之外,已退休的院长——现任西部铁路公司董事会董事,还给他意外的庇护:结婚第二天,他就升作勒·阿佛尔车站副站长。无疑,他自己也具有坚守岗位,准时上班,诚实,虽然知识有限,办事却很灵活的好职员所具有的种种优点,这一切极好的表现足以解释他的求婚很快就被接受,他的升迁很快就被批准的理由,可他宁愿相信他的一切都是靠他的女人。所以他一向都热爱她。

罗勃开好沙丁鱼罐头后,确实不能再忍耐了。他们本是约定三点钟会面的。她可能到哪里去了呢?她不会对他说一双半筒靴和六件衬衫需要一天工夫吧!他重新走到镜子前面,发觉自己眉毛紧蹙,前额被一条粗硬的皱纹截断。在勒阿佛尔,他从来不曾怀疑她。到巴黎,他总是设想种种危险,诡计和过失。一阵血浪涌向他的脑门,他昔日工人的拳头,如他推车时一样,突然捏紧。他重新变成忘我的凶暴者,处在盲目愤怒的发作下,他将绝对有可能敲碎她的头颅。

桑芙琳推开门,带着新鲜而快乐的面容出现在他眼前。

“是我呀……嗯?你一定以为我迷路了?”

她二十五岁,光彩照人,身材苗条,若就她的小骨骼说,她又似乎相当丰满。初一看,她并不漂亮,长脸孔,大嘴巴,露出可赞叹的洁白牙齿。要是你仔细注视她,奇特的蔚蓝色大眼睛在她厚密黑发下极具诱惑的魅力。

她看丈夫不回答,继续用她所熟悉的迷乱和激动的目光审查着她,她就解释道:

“哦!我一直在跑……你可以想象,因为不可能搭上公共马车,而我又不愿意花钱租一辆小马车,所以我一直在跑……看,我浑身发热!”

“算了吧。”他粗暴地答道:“我不会相信你是从便宜公司走出来的!”

但是她立刻露出孩子般的可爱姿态,扑入他的怀里,并让她那肥厚和漂亮小手捂在他的嘴上。

“坏家伙,坏家伙,你住口!……你很知道我有多么爱你!”

她的整个人品里发出的如此深的诚恳,让他觉得她还是那样天真,那样伶俐,他马上

狂热地将他紧紧搂在自己的胳臂里。他的猜疑时常是这样结束的。她自动地倒在他的胸口，喜欢得到抚摸。他不断亲吻她，而她却不还吻，像天真少女，总以男女之爱而像没有觉醒的儿女情感接受他的亲热，这其实也是他的隐忧之一。

"那么，你没有搬空便宜公司吧？"

"哦？是的。我讲给你听……不过首先我们要吃东西。哦！我要饿死了！……啊！我买来一个小礼物，看我的小礼物。"

她贴近他的脸欢笑，右手插入衣袋握住里面的一件东西，而迟迟不肯抽出来。

"快说：'我的小礼物'！"

罗勃不由笑了：

"我的小礼物。"

这是她刚给他买来的一把刀，因为他已丢失一把，为此他叹息了半个月。他惊异于这漂亮的新刀，象牙柄和刀身，他觉得它妙极了。他立刻使用起来。她看他高兴也很喜欢，便开玩笑说，要他给她一枚硬币，使得他们的友谊不能中断。

"我们吃东西吧，我们吃东西吧。"她一再说："不，不！我恳求你等一下，不要马上关窗。你看我是多么热！"

她跟他到窗口，站在那里几秒钟，上身紧靠着他的肩膀，注视广阔的车站。煤烟暂时飞散了，太阳已隐没在罗马路后面的浓雾里。下面，一部调配机头拖着已经编组好的、将于四点二十五分开行的蒙特列车，将它推到厂房底下月台旁边停住，然后解掉扣索离开。底面，在环城铁路的厂房里，缓冲机之间撞击声说明正在加上去特别车厢。铁轨中间只有一部慢车重机头，和满身被灰尘沾黑的司机和伙夫。机头停在那里一动也不动，仿佛很疲倦，喘着气，除了安全汽闸透出细小的一线，没有其他蒸汽。它正在等着人们给它开道，回到巴底尧尔停备站去。此时一个红信号闪灭，车便开走了。

"这些陀凡涅小姑娘，她们真快活！"罗勃离开窗口时说："你听见她们乱弹钢琴吗？……刚才我见到亨利时他要我替他问候你。"

"坐到桌边去，坐到桌边去！"桑芙琳喊道。

她又起沙丁鱼，大口吞噬。啊！蒙特的小面包已离她很遥远！每次到巴黎来，这样饱餐一顿都能使她陶醉。她还记得全身颤动着，在人行道上奔跑的幸福，她还保持着她到便宜公司里购买东西的狂热与执着。每个春季，她一次消费了她冬季的全部积蓄。她喜欢到那里购买一切，说这样她可以省下她的旅行费用。她滔滔不绝边说边讲。最后心里却有点惭愧，脸上稍红一下，把她所花的整个数目，三百多法郎，都说出来。

"啊！好，"罗勃惊骇地说。"你，一个区区副站长的女人，可真会花钱！……那么，你不止买来六件衬衫和一双半筒靴吧？"

"哦！我的朋友，唯一的便宜机会！……一段花纹优雅的小绸！一顶很时髦的帽子，这是我所梦想的！几条完全制好的绣边短裙，这一切都非常便宜，而在勒·阿佛尔，我要付出双倍价钱……人们将给我送来，你等着看吧！"

她很快活，又露出哀求的惭愧态度，显得那样漂亮。他只好采取说笑的态度。再则，让他们单独留下比任何饭店都好。在幽静的房间深处，这偶尔准备的小午餐又是多么可喜,他怎能不高兴呢！她平常只喝凉水,此刻也让自己放纵一次,不知不觉喝空她的白葡萄酒杯。沙丁鱼也已吃完,他们便开始拿美丽的新刀切卤肉。刀那样锋利,切得那样好,这简直是一种异样的胜利。

"那么,你呢,你的事情怎么样?"她问道。"你不要怪我多嘴,乱说一气,关于县长的事情,你没有告诉我,结果如何?"

于是他详细叙述业务处长如何接待他的情形。哦！这只是例行公事的训斥！他替自己辩护,他说了真实的经过,这荒唐的县长要固执地带他的狗进入一辆头等车,而在当时恰有一辆二等的专给猎人和他们的畜生保留着的车,争吵因此而起,彼此互相骂了些难听话语。其实,他要别人遵守规章,处长也是赞成的;不过,可怕的是他说了自己也招认的一句话:"你们不会永远是统治者!"因而人们怀疑他是共和党人。一八六九年议会开幕时所发生的辩论和不久将举行普选的隐隐恐惧已引起政府的忧虑。所以,如若没有格兰摩伦院长的好意招呼,人们一定会调动他。此外,他只好在后者所劝告和所写好的道歉信上签了字。

桑芙琳打断他的话,喊着说:

"嗯?我要你写信给他,告诉他今天上午你没有受训斥之前,我要你同我一起去拜访他,我的确是对的……也知道他一定会帮助我们,让我们摆脱困难。"

"是的,他非常爱你,"罗勃接着说,"他在公司里的势力很大……,你试想一下,做一个好职员到底有什么用处啊！人们并不吝惜对我称赞,为什么?虽然没有很多开拓精神,可是行为很好,皆具有服从命令的本质,办事也很果断,总之,一切都不错。那么,好！我亲爱的,如果你不是我的女人,如果没有格兰摩伦出于对你的友爱,竭力替我的事情辩护,我必然会完蛋。为了惩罚我,人们或许将派我到什么偏僻小站去受罪!"

她目光凝视着,仿佛自言自语喃喃说道:

"哦！当然,他的确是一个很有势力的人。"

她沉默了一下,停止吃东西,睁大两眼,向远处凝望。无疑的,她已想起她从前在卢昂十七余公里以外,陀恩维尔宫堡的童年生活。她从来没见过生母。当她的父亲,园丁奥布利去世时,她已十六岁,就是这个时期,已经丧妻的院长要她留在女儿贝尔蒂身边,由他的妹妹,已寡居的波娜洪太太,一个工厂主的夫人监护着,宫堡现已属这位太太所有。比她大两岁的贝尔蒂,在她之后半年结了婚,嫁给了卢昂法院的一个推事,一个干瘦而脸黄的矮个子——赖什纳先生。前一年,格兰摩伦院长还是他这故乡法院的首脑,经过辉煌的法官生涯后,他就在这里退休了。生于一八〇四年,一八三〇年革命第二天,他就任梯涅的代理检察官,后来历任芬丹伯罗和巴黎的代理检察官,多罗亚的检察官和勒那的首席检察官,最后才当上卢昂法院院长。拥有数百万家产,从一八五五年起,被选为州议会议员。他退休那天,又获得荣誉团骑士勋章。在她记忆深处,她重新看见他同现在一样,还是短大和结实。原来像刷子一样的金黄头发很早就变白了,嘴边没有八字胡,方形的面孔上,绕有一圈剪得很低的颊须,他的容貌因他的深蓝眼睛和大鼻子而显得很严肃。他是不容易接近的人,周围的人都怕他。

罗勃只得提高声音,重复两次:

"唉！你究竟在想什么？"

她吃了一惊，不免微微战栗，好像突然被恐惧震动一下。

"什么也没想。"

"你不再吃东西，难道不饿了吗？"

"哦！不，……你看吧！"

桑芙琳喝空白葡萄酒杯，吃完盒里的一块卤肉，但是他们感到恐慌：他们的一斤面包已被扫光，没有留下一口，可以和干乳酪吃。他们推开一切，在维克多娅妈妈的食具橱深处发现一段放了很久的硬面包，不禁欢喜地叫起来，虽然窗还开着，房间里依然很热，少妇因火炉正在她背后，更不觉得凉爽。在这房间里，吃这意外的午餐，她的脸色变得更激动，更粉红。一谈及维克多娅妈妈，罗勃又想到格兰摩伦：看，这又是一个受他恩惠的女人！本是被诱奸过的女郎，她的孩子在生下来就死了。桑芙琳母亲因分娩故世了，继而她就做了这孤女的乳母，后来嫁给公司一个火伕，吃光一切，她在巴黎只靠少许裁缝工作，过着艰苦生活，后遇见她哺乳过的女儿，恢复旧日的关系，她已成为一个被院长保护人；今天他给她在卫生处谋到一个顶好的职务，要她看守化妆兼盥洗室的女厕所。公司每年只给她一百法郎，可是由于赏钱的收入，她可以实得一千四百法郎左右，至于住宿；这冬季烧热的房间，还不计算在内。总之，这是一个很有趣而报酬又很可观的工作，罗勃估计，如果她的丈夫柏葛，不在路线两端乱花钱，过着放荡生活，而能带回他做火伕的固定工资和奖金，约二千八百法郎，他们一家每年可以有四千余法郎收入，这比他在勒·阿佛尔车站副站长的所得，多了一倍。

"不错，"他最后说，"一切女人都不愿意看守厕所。可是世上并没有下贱的职业。"

此刻，他们不像刚才那么饥饿了，只以怠倦的样子慢慢吃着，一小块又一小块，切下干酪，借以延长他们可爱的午餐。他们也逐渐变得徐缓了。

"话又说回来，"他喊道："我忘记问你……为什么你拒绝院长，不到陀恩维尔去过两三天呢？"

他的精神由于酒足饭饱变得好起来，又想起他们上午去车站附近岩石路公馆拜访；他重新看见自己在肃穆的大书房里，听见院长曾对他们说起他将于第二天动身到陀恩维尔去。接着，仿佛突然闪出一个念头，他情愿当天晚上同他们一起搭乘六点三十分的快车，然后领着他的教女到很久以前就想见她的妹妹波纳洪太太家里去。但是少妇提出种种理由拒绝了这个邀请。

"你知道。"罗勃继续说，"我觉得这小旅行没什么不好。你还可以到那边，一直留到星期四，我会料理自己的事情……不是吗？像我们这样的情况很需要他们帮忙。拒绝了他们的好意，这是不大明智的选择，尤其是你的拒绝似乎使他真的难过……所以我不断催促你接受，待你拉扯我的大衣，我只得附和你，可是不知道到底是什么理由……嗯？你为什么不愿意呢？"

桑芙琳露出游移的目光，不禁做一个不耐烦的手势。

"难道我能让你一个人回去吗？"

"这不是理由……我们结婚以后,三年之内你曾两次到陀恩维尔好好过了一个星期。并且没有什么可以阻止你第三次到那边去。"

少妇更加局促不安,她转过头来。

"总之,这我并不感兴趣,也不想去。你不会强迫我去做我所不喜欢的事情吧?"

罗勃摊开双臂,仿佛他并不强迫她去做任何事情。可是他又说:

"那么,你一定对我隐瞒了什么……再问一句,难道波纳洪太太没有好好接待你吗?"

哦!不,波纳洪太太总对她很好。她是那样可爱,又高大,又强壮,满头美丽的金发,虽然已五十五岁,看起来还是那样漂亮!从她的寡居,甚至从她丈夫还活着的时候起,人们就开始议论,说她的心往往有别的寄托。在陀恩维尔,人们都尊敬她,因为她使所住的宫堡成为欢乐的场所,卢昂整个社会,特别是司法界,都到那里串门。在司法界,波纳洪太太交了很多朋友。

"那么,你招认吧,是赖宣那夫妇曾对你表示冷淡吧!?"

无疑自从她和赖宣那先生结婚以后,贝尔蒂已不像从前那样对待她。这可怜的红鼻子贝尔蒂,那样不被重视的一个人,她现在已变得不大好。在卢昂,一般太太们都非常夸张她的高贵。她所嫁的是一个丑丈夫又粗暴,又吝啬,仿佛生来就要他的夫人减色,而且使她的脾气变得很怪癖。但是,贝尔蒂对她旧日的女伴,还表示合适的态度,桑芙琳并没有切实的事情可以责怪她。

"那就是院长在那边使你不高兴吧?"罗勃问道。

桑芙琳直到那时,只以平静的声音慢慢回答他,听到这句话,又突然被不耐烦的情绪袭击。

"他!这是什么念头?"

她神经质地继续轻声说下去。人们几乎见不到他。他在大花园里保留一个厢房,厢房的门开向一条荒凉的小巷。他出出进进,都不让别人知道。此外,他妹妹甚至不知道他到达的确切日期。他在巴朗丁租一辆马车,总在夜间让人领他到陀恩维尔,他整天整天生活在厢房里,不被一切人知道。啊!在那边,不会是他会来妨碍你们!

"我之所以对你说起这个,因为你曾二十次告诉我,你很小时,他就使你害怕。"

"哦!使我害怕,和平常一样,你总是夸大事实……他不大笑,这是事实。他的大眼总是固定地注视别人,别人立刻会低下头,不敢看他。我曾看见很多人慑于他著名的严厉和贤名,总感到紧张,不敢向他说一句话……但是,我,他从来不斥责,我时常觉得他对我是特别的……"

她的声音又变得缓慢,目光消失在远处。

"我记得……在很小的时候,我同许多小朋友在花园的林荫道上玩耍,如果他一出现,大家都躲藏起来,甚至他的女儿贝尔蒂也吓得不断颤抖,怕自己会犯什么过失,而我却平平静静等候他。他走过来,看见我鼻子朝天,露出微笑留在那边,他总轻轻拍拍我的面颊……后来,到十六岁,当贝尔蒂要想从他那里得到什么好处,总叫我去求情。我说话不低头,觉得他的目光一直深入我的内心。但是我尽不管这一套,因我是那么确信他一定会答应我希望的一切!……啊,是的,我记得!我记得!只要一闭上眼睛,花园里每一个树丛、宫堡,每一个走廊或房间,都立刻浮现在我的脑海里。"

她停住口,垂下眼皮,涨红的脸仿佛掠过往事的震颤,她闭口不谈往事。就这样呆了一会儿,她的两唇微微掀动,似乎不由自主地痉挛,痛苦地抽搐嘴的一角。

"他对你一定很好。"罗勃点起烟斗说,"他不但命人像培养小姐一样培养你,而且还贤明地管理你的少数金钱。我们结婚时,他扩大了这个数目……他当我的面说过,他要留给你若干财产,那还不计算在内。"

"是的。"桑芙琳喃喃回答,"这摩弗拉十字房子,这被铁路截断的产业。人们有时到那边去过几天……哦!我并不希望得到这个,赖宣那夫妇一定设法不让他留给我任何东西。其实,我宁愿这样,宁愿不接受他任何财产!"

她用那么尖锐的声音说出这最后一句话,罗勃不免吃惊,从嘴里抽出烟斗,圆瞪眼睛注视她。

"你这人真奇怪!人们肯定院长很富,他的财产不止数百万,他将自己的教女列入他的遗嘱,又有什么不好呢?任何人都不会觉得奇怪。这会帮助我们,能让我们好好安排我们的生活。"

接着,一个念头掠过他的脑海,使他突然笑出声来。

"你或许是怕人们把你看作是他的女儿吧?……因为,你知道,尽管他态度冰冷,对院长的为人,人家还是偷偷说过不少坏话。据外面谣传,他女人没死之前,所有女仆都已落入他的掌心。总之,像他这样强壮的老家伙,就是今天也会偷女人哪!……啊!我的上帝!假定你是他的女儿的话……"

桑芙琳粗暴地站起来,面孔气得血红,她的蓝色眼睛在厚密黑发下,射出恐怖的飘忽的光芒。

"他的女儿,他的女儿!……我不愿你拿这个来开玩笑,你听见吗?难道我会是他的女儿吗?难道我像他吗?……看吧,这已够了,我们谈别的事情吧。我不愿到陀恩维尔去,因为我不愿意,因为我宁愿同你一起回来勒·阿佛尔。"

他摇摇头,做了个手势平息了她的生气。好,好!既然这会刺激她的神经,他也就不再说了。微笑着,从来没看见她那么激动,无疑,这一定是白葡萄酒的功效。他想求得她的饶恕,重新拿起新买来的刀,出神地想了一会儿,并细心地揩擦它,为了表明它像剃刀一样锋利,他用刀剪割自己的指甲。

"已是四点一刻了……"站在杜鹃钟前的桑芙琳喃喃说,"我还有几处地方要跑……应该想到我们的火车。"

她为了完全平息自己的神经激动,把房间稍加整理一下后,靠在窗口。罗勃放下手里的刀和嘴上的烟斗,也离开桌边,走近她,从背后慢慢把她抱到自己怀里。他这样搂抱她,让自己的下颌放在她的肩膀上,头紧靠她的头,彼此都不再动,他们注视着。

下面,调配的小机头仍然来往奔跑,毫无休止,人们几乎听不见它们的活动。它们像活泼而谨慎的主妇,只发出车轮的钝重响声和不停地汽笛尖叫。其中一部消失在欧罗巴桥下面,给一列已被解开的特鲁维尔火车拖去停备着。在铁桥对面,它遇到一部从停备站里开来的机头,又崭新又坚固,已准备出发。机头全身的铜和钢铁闪闪发光,简直像孤单的散步者一样慢慢行走。这缓步的火车头停下来,发生两声短促的鸣叫,向扳道员求路,后者马上把它送到干线敞房底下那沿月台完全调配好的列车上。这是四点二十五分开赴第厄普的火车。一大群旅客拥塞着,人们听见载满行李的四轮车子滚动声响,许多工人把热水箱一个又一个推到车厢里。但是机头和它的煤水车,带着钝重冲撞,接触到前部的行李车,人们看见工头亲自旋紧交接棒的螺丝钉。此时朝巴底尧尔方向看去,天已昏暗,薄暮的细灰,笼罩街上房子的正面,仿佛已降到轨道那像扇骨一样展开的广大平面上;在这混沌的空间里,远处不断有近郊和环城火车交叉驶过,越过遮蔽大敞篷的昏暗顶面,逐渐变黑的巴黎上空飞舞着支离破碎的暗红色烟雾。

"不,不!放开我!"桑芙琳喃喃说。

他逐渐为这年轻身体的温暖激动,更热烈地抚摸她,她的气息使他陶醉。她为了挣脱掉,弯曲腰部,然而这更激发他的疯狂情欲,藉突然的动作,他抱她离开窗口,手肘随即关上了玻璃窗。他的嘴寻找她的嘴,双唇紧紧亲吻她。他抱着她向床边走去。

"不,不!我们不在自己家里……"她重复说,"我恳求你!不要在这个屋子里。"

她吃过食品和白葡萄酒,身上还滞留着她在巴黎奔跑的狂热,她自己也似乎已陷入陶醉。这太热的房间,这散乱着食具的桌子,这变成温雅娱乐的意外旅行,一切都燃烧她的热血,使她被柔软的震颤掀起。然而她拒绝,她抵抗,在惊骇的激动中,她的身体靠紧床头,弯成半弓形,而她却不能说她为什么要如此反抗。

"不,不,我不愿意。"

他的血已涌到皮肤上,已然停不住粗暴的巨手。他颤抖,简直要扼死她。

"傻瓜,难道别人会知道吗?我们将重新整好床铺。"

平常,在勒·阿佛尔家里,夜班下来吃过早餐以后,她总是和悦柔顺地任他摆布。这

对她仿佛没有什么快乐,不过,她总表现出幸福的柔意,向他的快乐表示多情的同感。此刻,最使他发狂的,是觉得她从来没有如此热烈,如此性感。她的黑发反光遮暗了她的鲜蓝和平静的眼睛,那稍大嘴巴在她的温柔脸蛋上显得血红。他面前简直是一个他不认识的女人。为什么她拒绝呢?

"说!为什么?我们有的是时间。"

由于一种莫名其妙的忧虑,在她似乎不能明确判断事物,连她自己也不知道自己为何挣扎。她发出一声真正痛苦的叫声,他因而只好突然停住。

"不,不!我恳求你,放开我!……我不知道,一想起此刻干这种事,我的喉头就好像被什么东西堵住,我觉得很难过……这不大好。"

两个人都跌坐在床沿上。罗勃用手摸摸面孔,仿佛要拂去燃烧的灼热。看到他重新变得很有理性,她可爱的俯下来,在他的面颊上亲了一下,对他表示她还很爱他。他们俩这样坐了一会儿,不说话,恢复平静。他重新拿起她的左手。她戴结婚戒指的同一手指上套一颗旧的、头上镶一颗红宝玉的蛇形金指环,他就摸着它玩。他常常看见它这样套着。

"我的小蛇戒,"桑芙琳以为他注视金指环,感到说话的迫切需要,立刻用做梦般的不由自主地声音说,"这是在摩弗拉十字,为庆祝我十六岁,他赠给我的礼物。"

罗勃抬起头,觉得很诧异。

"谁?院长吗?"

丈夫的眼睛盯住她的眼睛,她觉醒似的突然震动,感到小小的寒冷冰激自己面颊。她想回答,可是找不到半句话,她已被袭来的瘫痪扼住。

"但是,"他继续说,"你一直告诉我,这个戒指是你母亲留给你的。"

这一秒钟,她还能收回之前因忘掉一切所说出的那一句话。其实,她只要欢笑,玩弄点小把戏,就够了。可是她固执,她已丧失意识,不能再自主。

"没这回事。亲爱的,我从来没说过这个戒指是我的母亲留给我的。"

罗勃突然凝视她,他自己的脸色也变得苍白。

"怎么?你从来没对我说过这个吗?你曾对我说过不止二十次!……况且院长拿这个戒指送给你,并没有什么不好。他曾给你很多别的东西,但是为什么对我隐瞒?为什么撒谎说是你的母亲留给你的?"

"我并没有说是我的母亲留给我的。亲爱的,是你记错了。"

这固执实在是愚蠢的。她自己站不住脚,他已明显地看透她的心思。她想转口,重新吞下刚才的话,可是太迟了。她觉得自己的脸色已惨变,不顾理智,招认已从她的整个人品里显露出来。脸颊上的寒冷已侵占她的全部面孔,一种神经质的疼挛已抽动她的嘴唇。他样子很可怕,立刻捉住她的手腕,脸上突然变得绯红,就像他的脉管将爆炸,一直凝视她,让自己可以从她眼睛的惊骇和昏乱里,更清楚地看出她不高声说明的秘密。

"混账家伙!"他嗫嚅说,"混账家伙!"

她害怕,猜到拳头就要打来,便低下面孔,藏到自己的胳臂里。一件很小,很可怜和没有意义的事情,关于这戒指的几句对话,就因忘记了撒谎,竟引出无可否认的证据。只

要一分钟就够了。他很粗暴,把她推倒在床上,并随手打她两拳。三年内,他的手指没有弹过她一下,现在,在失去理智的暴怒里,他自己盲目昏醉,用从前推车的巨手拼命地打她。"混账婊子!你曾同他睡觉!……同他睡觉!……同他睡觉!……"

这些重复的话语更加激起他的发狂,他喊一句,拳头打一下,仿佛要把他的话语打入她的皮肉。

"一个老头子的残骸,混账婊子!……你曾同他睡觉!……同他睡觉!……"

他的声音被巨大的愤怒扼塞住,从而变成尖叫,再也喊不出来。直到她在打击的拳头下变得柔软,他才听见她说"没有"。她找不到别的庇护,她只想他不杀死她而极力否认。这叫声,这撒谎的固执,终于使他更加发狂。

"招认!你曾同他睡觉!"

"没有!没有!"

他重新捉住她,把她挟在胳臂里,她遮住面孔,就象要躲藏自己的可怜动物。重新跌到被子上。他强迫她注视他自己。

"招认!你曾同他睡觉!"

她尽力溜下,脱出他的掌握,立刻向门边跑去。他一跃重新扑到她身上,拳头向空中举起,异常愤怒,只一下,就将她打倒在桌子附近。他跳到她身边,用手抓住她的头发,把她"钉"在地上。他们就这样面对面看了一会儿,一动也不动。在可怕的静寂里,他们只听见陀凡涅小姐们的歌声和笑声传上来,她们的钢琴声敲得更凶,幸好,这闹声在下面,遏住他们争斗的声响。这是克蕾尔唱女孩子的圆舞曲,由苏菲亚竭力来伴唱。

"你曾同他睡觉。"

她不敢说没有,只好不回答。

"招认!你曾同他睡觉,混账婊子!不然,我将剖开你的肚子!"

他或许会杀死她,她由他的目光里明显地看出跌倒在地上时,她曾瞥见新刀开着,放在桌子上;她还重新看见刀锋的闪光,她以为他已伸出胳臂。一种卑怯侵入她,她抛弃一切,不再维护自己,想尽快了结的念头催促她招认。

"那么,好!是的,这是真的,让我离开吧!"

于是,可怕极了。他那么粗暴要求的这一招认,像不可能的和奇特的事物,对他迎头一击。他似乎从未想过有这样无耻的丑事。他抓住她的头,和一只桌脚相碰,她挣扎。他拉住她的头发,穿过房间,撞翻了那里的几把椅子。每次她竭力想要再站起来,他总是重重的一拳,打她跌倒在地上。罗勃喘着气,咬着牙,尽量发泄野蛮和愚蠢的愤激。桌子被推撞,几乎翻倒火炉。食具橱的一角留下头发和血。他们被这丑恶的争斗所激怒。疲于打击和被打击,彼此变得蠢头蠢脑。又打到床边,她一直倒在地上乱滚,他却蹲着,依然捉住她的肩膀。他们喘着粗气,下面音乐仍然在继续,很响亮,年轻的笑声仍然不断传上来。

随着猛烈的摇动,罗勃拖起桑芙琳要她的背部靠到床木上。随后,跪着压在她身上。他终于开始说话了。

他不再打她,他不可抗拒地需要知道真情,提出种种问题质问她。

"这么说,你曾同他睡觉。婊子! ……再说,再说你曾同这个老头子睡觉……几岁?嗯?你很小,很小的时候,不是吗?"

突然,她的眼泪急涌而下,哭泣得无法回答。

"混账家伙!你愿意对我说吗? ……嗯?你还不到十岁,这老头子就占有了你。你让他取乐。不是吗?就是为了这个,为了他的龌龊勾当,他才培养你。你说!混账家伙!否则,我再揍你!"

她哭泣着,说不出一个字。他举起手,又打昏她三次。还得不到回答,于是,又抽了她几个耳光,重复他的问题。

"几岁?你快说啊,婊子!你还是不说吗?"

为什么再坚持呢?她的存在显然已从她的体内消灭。他会用他旧日工人的粗暴手指从她的胸膛里挖出她的心。质问仍然继续着,在如此羞辱和恐惧的颓丧里,她说了一切。她低声吐出的字句几乎听不见。他被猛烈的嫉妒咀嚼着。她所唤起的景象仿佛撕裂他的腑脏,感到极大的痛苦。他更加发狂,他总是感觉知道的不够,他要知道更多。就强迫她叙述细节,确定经过的事实。他耳朵贴近可怜女人的嘴边,拿他举起的拳头不停威胁她,如果她停止,立刻准备再揍她。他为这招认,忍受致命的酷刑。

陀恩维尔过去生活的全部,她的童年、少年时代重新舒展着。这在大花园的树丛深处吗?这在宫堡走廊的某一偏僻角落吗?那么,他的园丁故世以后,他保留她,叫人同他的女儿一起教养她的时候,院长就想到她吗?其他许多女孩子在她们的游戏中间,看他一出现,就马上逃去,而她,鼻子朝天,微笑地等着他经过时给她的面颊轻轻拍一下的那些日子,无疑的,这就已开始了。后来,她之所以胆敢面对面地同他说话,她之所以能从他身上得到一切,这不是她觉得自己是情妇吗?他,对别的人那么正经,那么严厉,他不是玩偷奸女仆的花样,享受得是他的淫乐吗?啊,龌龊的东西!这老头子,像祖父似的,邀得她的亲吻,看这女孩子长大起来,探摸她,每一时刻,都稍稍侵犯她,而没有耐心等候她成熟,这多么丑恶。

罗勃喘着气。

"总之,几岁?再说你几岁同他睡觉?"

"十六岁半。"

"你撒谎!"

撒谎?我的上帝!为什么?她心里充满莫大的自弃和厌倦,她只耸一耸肩膀。

"那么,第一次在哪里发生的?"

"在摩弗拉十字房子里。"

他犹疑一秒钟。他的嘴唇颤动着,一阵黄的微笑蒙混他的眼睛。

"我要你对我说,他同你干了什么?"

她哑然不答。随后,看他举起拳头,她才说:

"你不会相信我。"

"你说吧。……他一点也不能干什么,嗯?"

她点一点头,作为回答。的确是这样。于是,他急于想知道当时的景象,他要彻底认识它,并且一直使用淫污的话语和龌龊的询问。她不再出声,她只继续点头或摇头,表示是或否,她完全招认了,以后这或许减轻他们彼此的难受。然而他却因这些她认为会缓和他们情绪的细节,更加痛苦。正规和完全的关系也许会使他萦绕着较不刺激的幻象。这奇特的淫行腐化的一切,一直深入到他的皮肉内部,搅动他含毒且嫉妒的锋芒。现在,这一切已完结,他将不再生活,他将时常想起这可恶的景象。

呜咽撕裂他的喉咙。

"啊!这太混账!……啊!这太混账!……这不能忍受。不,不!这太可恶!这不能忍受!"

接着,他突然摇动她。

"但是你这不要脸的婊子!为什么嫁给我?……你知道不知道这样欺骗我是卑鄙的呢?监狱里的那些女贼也没有这样龌龊东西留在她们的良心上……那么,是你蔑视我,你不爱我吗?……嗯?为什么嫁给我?"

她做一个茫然的手势。现在,难道她确切知道吗?嫁给他,她是幸福的,希望可以同另一个断绝关系。世上有那么多不愿意做的事,却已经做了,因为它们还是最满意的。是的,她并不爱他;她不想对他说的是:倘若没有这样的事,她将永远不会同意做他的老婆。

"他,他要给你安置好,不是吗?他找到了一个诚实的傻瓜……嗯?他要给你安置好,以便这事可以继续下去。在你到那边的两次旅行中,你们曾继续干这个,不是吗?嗯?就是为了这个,他曾领你去吧?"

她点一点头又一次招认了。

"这次,也是为了这个,他再邀请你吧?……那么,直到最后,这些龌龊勾当还将继续下去!如果我不扼死你,这勾当时常会重新开始的!"

他痉挛的双手向前伸出,要重新抓住她的咽喉。但是这一次,她忍不住愤怒,表示反抗。

"算了吧!你是不公道的。因为是我自己拒绝他,不要到那边去。你曾催促我去,我只得生气,你一定还记得……你也很明白,我已不再愿意。这已完结。我将永远,永远不再愿意同他发生关系。"

他觉得她已说了真话,可是他仍然得不到半点安慰。尖锐的痛苦,象酷热的红铁不断刺激他的胸口,她和这个人中间所发生的一切是无可挽回的。他因自己无能,没有办法使这个不致发生,而感到可怖的难受。他仍不放开她,更接近她的面孔,仿佛着了魔,被引诱到那里,要从她细小蓝脉管的血里,重新看见她曾对他招认的一切,好像受魔影缠绕和蛊惑,他喃喃说:

"在摩弗拉十字,那个红的房间里。……我认识它,窗户开向铁路,对面摆着床铺。就是那里。在那个房间里,……我明白他为什么要把它留给你。你曾好好赚得它。他曾监护你的金钱并给你陪嫁。这一切值得他这样做。……一个法官,一个富有数百万法郎的绅士,一个那么被尊敬,那么有教养和那么高尚的人!真的,你的头脑因而昏乱……那么,说!他是否是你的父亲?"

桑芙琳努力一下,站了起来。她是被征服的可怜生物,不顾孱弱,用异常的力量推开他。她表示粗暴的抗议。

"不,不! 不要说这个! 其他一切都可以随你所愿意的。你尽管打我,杀我……但是,不要说这个。你撒谎!"

罗勃还握住她的一只手。

"对这个,你能知道什么呢? 因为你自己也很怀疑,这才激怒你,使你觉得不舒服。"

当她抽开她的一双手时,他感到金指环,那个头上镶红宝石的小蛇戒,还被忘记在她的手指上。于是,罗勃拉掉它,处在新的疯狂发作下,将它丢到地上,用脚跟踏碎。随后,他沉默,愤怒,从房间一端走到另一端。她跌坐在床沿上,只有她的呆滞的大眼睛凝视他。可怕的静寂持续着。

罗勃的暴怒仍然没有平息,似乎刚要稍稍消散,不料立刻又回来,像狂醉的波涛,掀起更加汹涌的浪头,卷他没入疯狂的眩晕。他已不能自主,仿佛凌空行走,随着鞭击他的暴风奔腾浮沉,重新跌到唯一的需要,想平息他存在深处不住鸣叫的兽性。这是肉体的需要,就如同复仇的渴望一样,倘若不立刻获得满足它将绞曲他的身体,不再让他有半点休息。

他毫不停止用两拳敲击自己的太阳穴,他的忧虑声音嗫嚅着:

"我去做什么呢?"

这个女人他既然没有立刻杀掉她,现在他已不会再杀。他让她活着,又激发他的愤怒,因为这是卑怯的,可耻的;他刚才之所以没有扼死她,无疑,是还舍不得这婊子的皮肉。然而他不能这样保留她。那么,他赶她到街上远远地驱逐她,让自己永远不再看见她吗? 当他觉得自己连这个也做不到的时候,一种新的痛苦浪潮淹没他,一种极难堪的恶心侵入他的整个身体。那么,究竟怎么办呢? 难道接受丑恶,重新领这个女人回到勒阿佛尔,像什么都没有发生过,继续同她过平静的生活吗? 不,不! 宁可死了,宁可他们两个立刻都死了! 这样不幸的烦恼激起他的反抗,他的头脑已错乱不堪,他更高声喊道:

"我去做什么呢?"

桑芙琳始终坐在床边,让自己的大眼睛追随他。她一向对他持有伴侣的情感,在这平静的友谊里,看见他这样难受,这过度的痛苦,已引起她的怜悯。这发狂的愤怒留给她较少惊骇,她还没有平息的惊骇,对这些粗暴的话语,野蛮的殴打,她都可以原谅。她一向是柔顺的,被动的;很年轻时就屈服于一个老头子的欲望之下,后来,只愿意料理好过去的事情,继而又让别人包办她的婚姻,她不能理解,为了她已懊悔的旧日过失,他怎么会有这样嫉妒的发作;她并不淫荡,在她温柔女郎的朦胧意识里,她的肉体还不大觉醒,尽管过去发生过一切,可是她还始终是贞洁的,她看她的丈夫来回行走,凶暴地旋转,仿佛她注视一只狼,或另一种动物,在她面前徘徊。那么,他的体内究竟有了什么? 世上有那么多人并不因这类事发怒啊! 最让她恐惧的是她三年以来就一直猜疑的暗暗鸣叫的兽性,今天已被放纵,已发狂,已准备咬人。为了阻止不幸,她将对他说什么呢?

每次转回来,他都到床边,经过她面前。等着他走近,她大胆同他说话。

"我的朋友,你听我说……"

但是他没有听见她,很快又向房间另一端走去,像被暴风扫去的麦秆。

"我去做什么呢？我去做什么呢？"

最后,她拉住他的手腕,她留住他一分钟。

"我的朋友,算了吧,既然是我拒绝到那边去……我将永远永远,永远不再到那边去！你要知道,我爱的是你。"

她显出柔媚,拉近他,抬起她的嘴唇,让他亲吻。但是他停在她身边厌恶地推开她。

"啊！婊子,现在你愿意了……刚才你不愿意,你不需要我……现在,你想重新占有我,你却愿意了,嗯？当你要从这方面占有一个男子,你必须稳固地占有他……但是同你一起玩这个会烧死我,是的,我清楚这会烧死我,使我的血里中毒,我将无法活下去。"

他战栗。同她睡觉的想象,他们两个身体躺到床上的景象刺激了他,在他心里掠过一个念头。从他肉体的混沌昏暗里,从他被玷污和出血的情欲深处,突然矗立着死的必要。

"为着我同你再干这个而不羞死。那么,我必须先杀死另一个……我必须杀死他,马上杀死他！"

他的声音提高了,站着显得更强大。他重述这句话,仿佛这句话给他带来重大决定,因而平息他的怒气。他不再说话,慢慢踱步,一直走到桌边,他注视着上面的刀,显露的锋口闪闪发光。他用机械的手势,合上它,放到自己的衣袋里。摆动两手,目光向远处注视,他站在同一位置上默想。因想到障碍前额刻下两条大皱纹。为着寻找办法,他打开窗户,笔直站着,面孔浸没在薄暮的微寒空气里。他背后的女人再一次被恐惧侵袭,也站起来;不敢询问他,竭力猜测萦绕在这坚硬脑壳深处的一切。她也面对广大的天边站着,等候将要发生的一切。

夜色渐浓,远处的许多房屋成了黑影,空旷的车站充满淡紫薄雾。尤其是巴底尧尔那个方向,深的坑道好像蒙上细灰,欧罗巴桥的桥梁已开始消失。朝巴黎方面的日色最后回光使各个厂房的玻璃变得苍白,下面聚集的阴影像细雨般弥漫着。许多星星闪烁发光,月台一带已点起煤气嘴,一束巨大的白色亮光由那里射出,这是第涅普火车前面那部机头的放射灯,火车里已坐满旅客,车门也已关好,它等着值勤副站长的开车命令。大概发生了什么阻碍,扳道员的红信号封闭了轨道,这时一部小机头开来重新拖去依然留在路上没有调配好的车辆。列车不断从扩展的昏暗里,从繁杂的铁轨网中,从一行一行纹丝不动停着等待路线的车厢空隙里溜过去。其中有一列开赴雅尔尚德伊,另一列,驶向圣日耳曼;来自瑟堡的一列则很长。信号、汽笛和号角的声音,随即增加起来;一下又一下到处显出红的、绿的、黄的和白的亮光;在这薄暮的模糊时刻,仿佛一切都要互相冲撞,可是一切都以同样温和的爬行动作,互相擦过,互相摆脱,茫然消失在暮色深处。扳道员的红光已隐没,第涅普火车鸣着汽笛并慢慢开动。从苍白的天边,稀少的雨点已开始落下。夜将是很潮湿的。

罗勃转过来,此时他的面孔是迟钝的、固执的,仿佛被这降下的夜幕罩满阴影。他已决定,计划已想好。在垂死的日色里,他注视杜鹃钟上的时刻,他高声说:

"五点二十分。"

他惊诧,只经过一点钟,竟发生了这么多事情,只经过一点钟!他以为他们两人的互相吞噬仿佛持续了几个星期!

"五点二十分,我们还有时间"。

桑芙琳不敢询问他,仍然睁着担忧的眼睛留意他。她看见他在衣橱里搜寻,抽出一张纸,一小瓶墨水和一支钢笔。

"喏!你去写。"

"给谁?"

"给他……你坐下。"

她还不知道他要她写些什么,本能地离开椅子,他拉她回来,用非常重的力量,压她坐到桌前,她只得留下。

"写……请您今晚搭六点三十分快车动身,只到卢昂才露面。"

她握着钢笔,可是手颤抖着,面前这两行简单的字句包含着全部"未知",她更加恐惧,竟大胆抬起头,哀求地问道:

"我的朋友,你去干什么?我恳求你,对我说明……"

他用严酷的高声重复地命令她:

"快写,快写。"

接着,他眼睛盯住她的眼睛,并不愤怒,也不说粗鲁话语,可是表现出那么固执的重量正在压碎她、毁灭她,他说:

"我去干的,你会知道……你听着,我去干的,我要你同我一起去干……像这样,我们彼此将会和好,我们中间将有牢固的关系存在。"

他激起她的恐慌,她又后退一下。

"不,不,我要知道……在不知道以前我不写。"

于是他停止说话,抓起她的手,孩子般的小手握在他的铁掌里,并用老虎钳似的压力来捏碎它,就这样,疼痛和他的意志一起深入到她的皮肉里。她发出一声叫喊,一切都在她的体内粉碎了,一切都让他摆布了。她在她的被动温柔里仍然一无所知,她只能服从;她是爱的工具,同时也是死的工具。

"你写,你写。"

她只得移动她感到疼痛的可怜小手,勉强地照写。

"这很好,你很可爱,"他拿了这短函说。"现在,你在这里稍稍整理一下,把一切都准备好……我将回来找你。"

他很平静,在镜子面前重整领结,戴上帽子,然后走开。她听见他关门,双重锁上,并带去钥匙。夜的昏暗已逐渐加深。她坐了一会儿,耳朵倾向外面的一切声音。从隔壁卖报女贩的房间里发出沉重而持续的哀鸣,无疑的,一只小狗被忘记在那里。下面,陀凡涅姐妹家里钢琴已经不弹了,现在是许多食具的愉悦声响,两位主持公务的女郎,在她们的厨房深处做事,克蕾尔料理一锅子卤羊肉,苏菲亚剔选一盆生菜。桑芙琳很颓丧,在这降下的夜色里,她被丑恶的不幸所包围,只听到她们的欢笑。

从六点一刻起，勒阿佛尔快车的机头从欧罗巴桥出来，驶到列车边，立刻被套上。由于拥塞，人们不能让这列车停到干线的敞房底下。它靠近像狭小堤坝那样伸长的月台，在露天下，在墨黑天边的阴影里静静地等着，沿人行道装置的几盏煤气灯只显出一行模糊星火。一阵骤雨已经停止，留下的只有冰冷潮湿的气息，它散布在这广大的暴露空间，由薄雾一直推到罗马路那头隐隐露出白光的房屋正面。那是广阔的、忧郁的、淹没着水的场地，偶尔几处，只射出一点血红的火光，到处弥漫着混杂和厚重的巨影，许多机头，孤单的车厢和一段一段列车沉睡在停备轨道上；从这昏暗的"湖泊"深处，传来种种声音，有的像巨大的呼吸和热病的喘息，有的很刺耳，一声声汽笛简直同被强奸的女人尖叫没有分别，远处的号角可怜地吹响，混杂在邻近街道的嗡嗡喧嚣里。有高声发出的命令，要人们添加一辆车厢。快车的机头一动也不动，由完全气塞上喷出一大股蒸汽，它升到这整个黑暗里，分成小块，使无限天边张挂着丧幕，撒满白的眼泪。

六点二十分，罗勃和桑芙琳出现了。经过候车室附近的女厕所前面，她曾拿门上的钥匙还给维克多娅妈妈。他推着她行走，帽子向后戴，仿佛是一个因为妻子迟到延误了时间而表现不耐烦和粗暴态度的丈夫。她呢，脸上紧紧罩着面纱，不住地喘气，似乎已被疲倦压倒。浪潮般的旅客循着月台走去，他们混入这长长的队伍沿列车前行，目光在头等车上寻找一间空车室。人行道上很热闹，搬运工使用四轮车将行李推到前面的行车小道上，一个稽查忙于安置一个人口多的家庭，值勤的副站长手里拿着信号提灯，检查车辆的连接处，看它们是否已经接好，螺丝是否已经旋紧。罗勃终于找到一间空的车室，正要桑芙琳上去，忽而被站长方道普先生瞥见，后者正在同他的干线副站长陀凡涅先生散步，两人都背着手，注意着添车厢的调配。罗勃打了招呼，只好停下来同他们说话。

他们首先谈到县长的事，解决得很好，两方都感到满意。其次谈到的是勒阿佛尔所发生的意外事件，巴黎方面已收到电报。每逢星期四和星期六早上六点半在快车上工作的利崇号机头在进站时，转动杆忽然坏了。司机杰克·郎济埃，他是罗勃的一个同乡，和他的火伕柏葛·维克多娅妈妈的男人有两天时间可以不做工作。桑芙琳站在车室门前等着，还没上去；她的丈夫则装成很灵活、很随便的样子，提高声音，满口欢笑，同这些先生们聊天。忽而他们听到一声冲撞，火车后退了数公尺。这是机头给前部的列车接上一节车厢，车厢上保留着一间特别加上的车室二九三号。陀凡涅儿子、以车长身份随车工作的亨利认出面纱下的桑芙琳，并迅速做个手势要她走开，使她不至于被大开着的车门碰到；然后，他微笑地道歉，态度很客气，他向她解释这特别加上的车室是为公司的一个董事准备的，那董事在火车开行前半小时才通知。此时桑芙琳脸上显露出无缘无故的神经质微笑。他离开她，跑去工作，心里很愉快，因为他对自己说，她将是一个很可爱的情妇。

车站的钟已指向六点二十七分。还有三分钟。罗勃一边仍然同站长说话，一边却向远处窥伺着候车室的门。突然，他离开他的对谈者，回到桑芙琳身边。但是火车已开始移动数公尺，他们只得跑了几步以后才上车。他转过身来，推他的女人，用手腕的力量要她上去。她忧虑而柔顺，极力想要看什么似的，本能地向后注视。这是一个迟到的旅客，手里只提一条毛毯，肥大的蓝色大衣的衣领高竖，圆帽边缘低低地拉到眉上，在煤气灯摇

曳的亮光下，人们无法看到他的脸，只能辨出少许胡须。方道普先生和陀凡涅先生不顾旅客想避人耳目的企图，迎面向他走去，跟随他。他一直到三辆车以外，站在特别保留的车室前面，才向他们打招呼，并很快就上车去。这就是他。桑芙琳浑身颤抖起来，瘫坐到座位上。她的丈夫用力捏她的胳臂，简直要把它捏碎，仿佛这是最后一次占有它。现在，他确实能实现他的计划了，他的心里充满狂喜。

再过一分钟，六点半就要敲响。一个小贩固执地叫卖他的晚报，许多旅客还在月台上散步，抽完纸烟，但是大都已上车。只听见稽查们从火车两端走来关闭车门。在罗勃以为空的车室里，忽然瞥见一个昏暗的身影，占去一个角落。罗勃感到非常不快。无疑的，这一定是一个戴孝的女人。她默然坐着，一动也不动；不料，车门重新被打开，一个稽查推着一对夫妇进来。两人都喘着气，瘫坐下去。他再也不能忍住真正愤怒的叹息。火车就要开行。细雨淅淅沥沥落下，淹没黄昏的广大面积。火车不断从昏暗穿行，人们只辨出它们的闪亮玻璃，一列移动的小窗。许多绿的火光已点起，几点提灯在地面闪动。没有什么别的，有的只是干线的敞房，由煤气灯的回光照亮，显现在无限大的黑暗里。一切都已消失，声音本身也已降低，只有机头的轰鸣声。放汽管被打开，喷出旋动白色的蒸汽。一片浓雾升起，像显现的殓尸布舒展着。不知从哪里冒出一股巨大的黑烟，由这里掠动。天色更暗了，煤烟色的云飞舞在黑雾弥漫亮光的巴黎上空。

值勤的副站长举起他的提灯，给司机让路。接着，列车发出两声汽笛。那边扳道员的岗位附近，红的灯火已熄灭，立刻被白的亮光代替。车长站在行李车门口，等着出发命令。司机还是拉动汽笛，他扭开蒸汽开阀，机头已走动。列车启动了，起先很缓慢，几乎觉察不到，随后就飞奔起来。它溜过欧罗巴桥之下，驶向巴底尧尔隧道。人们只能看见它后面的三支尾灯，红色三角，像血淋淋的三个疮口。几秒钟后，人们能从夜色的黑暗震颤里，看见它驶去。现在，它已疾驰，任何东西都已不能阻止这开足马力的火车。它消失在远方。

#

　　莫弗拉十字房子倾斜地坐落在被铁道截断的一个花园里。它竟如此接近铁路，一切经过的火车都会使它摇动；旅行只要从那儿路过，便能留下印象。一闪而过途经这儿的一切人，虽然一点也不认识它，却知道它。它的许多灰色百叶窗经常关闭着，因为受到西边吹来的雨不断侵蚀，已经变成淡绿色，看起来仿佛是不幸被遗弃的废屋。当地是一片荒漠，它到四周任何村庄都有四五公里的路程。这似乎更显得这偏远角落的孤单。

　　那里，大路边角上，只有道口看守人的房子。这条大路在它的邻近，穿过铁路，通向五公里以外的陀恩维尔。这房子很低，四面的墙已龟裂，屋顶也已长满苔藓，显出被遗弃的可怜样子，蹲伏在围绕它的小园中间。这是由青绿篱笆关闭着的小蔬菜园，里边有一个大井台和房子一样高。地面过道恰在玛罗纳和巴朗丁两车站之间，距两端都差四公里。这里很少有人来往，一半腐烂的旧栅栏几乎只在人们去搭两公里之外贝库尔石矿的大车时才被推开。一个更遥远，而且与世隔绝的偏僻洞窟令人不能想象，因为玛罗纳那边的长隧道切断一切路线，而且只有沿铁道的坎坷小径才和巴朗丁相通。所以很少有人到那里去。

　　那一天下午，暮色苍茫，天气灰暗而温和，一个行人在巴朗丁，离开勒阿弗尔驶来的火车，沿摩佛拉十字小径大步行走。当地只是一连绵不断的峡谷和冈岭，到处可以看见土地连绵起伏，铁道只时而从高地上时而在深坑里穿过去。铁道两旁，这些接连降下或升高的地形，终于使所有道路都变得非常难走。荒凉的感觉，因周围的环境变得愈加强烈。贫瘠和淡白的田地，一直无人耕种；隆起的丘陵长满小树林，狭谷一带杨柳浓荫掩映的小溪畅快流着。许多别的白垩质高阜，则绝对是赤裸裸的。不毛的小冈，在这死一般的静寂和遗弃里前后相接。这年轻而健壮的行人加速脚步，仿佛要逃避在这凄凉土地上温暖薄暮的忧伤。

　　在栅栏看守人的小园里，一位姑娘到井上来汲水。这是一个十八岁的女郎，高大，强壮，厚厚的嘴唇，淡绿的大眼，浓密的金发下显出低低的前额。她并不漂亮，但臀部、有年轻男子般粗大的胳臂。一瞥见那位行人走下小径，她就抛下水桶跑来站在关闭荆棘篱笆的格子门前面。

　　"喂！杰克！"她喊道。

　　他抬起头。他已二十六岁，也是高大的身材，圆而端正的脸孔，很漂亮，不过上下颚太大，破坏了全部轮廓。他的头发繁密而卷缩，和他嘴上的髭须一样，竟那么厚、那么黑，因而脸色显得更苍白。看皮肤细嫩，两颊剃得很光，如果不从那一双当司机的手上发现到不可磨灭的职业痕迹，可以说他是一位上等人。其实，那一双手小又软，只不过经常与

机头的油污接触，变黄了。

"晚安，芙罗莉。"他只这样简单地说。

忽而，他散有金点的一对漆黑的大眼睛仿佛被赭色烟雾所侵袭，眼帘一动，眼睛在突然的局促里掉开，表现出一种近于痛苦的不舒服。整个身体也发出本能的退缩震颤。

她一动也不动，死死盯住他，发觉这无意的、他每次接近一个女人总竭力克制住的痉挛。因此他似乎显得很认真、很忧闷。随后，为了隐藏内心的局促不安，虽然知道她的母亲生病，不能出门，他仍然问她母亲是否在家。她立刻点点头表示肯定的回答。她躲开，让他走过去，然后不再说话，高傲地挺起胸膛，回到井边去。

杰克疾步穿过小园，进入房子。那里，在第一个房间，同时用来作为餐室和生活场所的大厨房中，法茜姑姑——他从儿时就已这样称呼她——单独一人靠近桌边，坐在一把有麦秆垫的椅子上，腿上裹着一件披肩。这是他父亲的一个堂妹，一个郎济埃家族成员，曾做他的教母。他六岁时，父母逃到巴黎去谋生，他即由她领到她家，留在普拉桑。后来才进那里的技术职业学校读书。他始终很感激姑妈，他说他若有所成就，一切都是她赐给的。他在奥尔良铁路干了两年，进入西郊公司成为一等司机时，教母已同一个名叫米索尔的栅栏看守人再度结婚。她带着和前夫所生的两个女儿在这摩弗拉十字偏僻洞窟里，过着流放般的孤寂生活。今天，虽然还只有四十五岁，从前那样强壮而又漂亮的法茜姑姑已变得又瘦又黄，经受连续打击的痛苦，仿佛已超过六十了。

她发出一声快乐的叫喊。

"怎么？是你，杰克……我的孩子，我可真没想到。"

他吻她的两颊，对她解释说，突然有两天被迫休息的假期。他的火车头莉嫦号早晨到勒阿佛尔时，机器的转动杠突然断了；修理要费二十四小时，他的工作要等到第二天下午六点四十分快车开行时才能恢复，所以他很愿意趁这空闲时间来探望她。他将住在这里，待翌日早晨七点二十六分火车，再从巴朗丁那边动身回去。他握着她瘦削的两手，对她说，她的最后一封信多么使他担忧。

"啊！是的，我的孩子，不行了，这已完全不行了……你能猜到我想见你的愿意，你真的太可爱了。但是，我知道你工作忙到那样程度，我不敢要求你来。总之，看你已到了这里，我心里有很多、很多话要对你说。"

她中断了她的话，带着恐惧的神情向窗外投射一瞥目光。在夕阳薄暮下，铁道另一边，她的丈夫米索尔守在一种像军房似的岗舍里。这是那些木板小屋之一，每五六公里都有一所，由电信设备互相联系，以保证火车的安全来往。米索尔的女人和后来接替上去的芙罗莉负责看守地面过道的栅栏，然后他就当了守望员。

仿佛怕他听见，她小心地压低声音。

"我相信他正在毒害我。"

听到这句机密的话，杰克不免惊跳一下。他转向窗口，眼睛重新被奇特模糊的、这遮蔽金点黑光的赭色烟雾所侵扰。

"哦,法茜姑姑,这是多么奇怪的念头。"他喃喃说,"你看,他的态度是那样温和柔顺。"

一列向勒阿佛尔驶去的火车刚经过那里,米索尔从他的岗舍里出来,关上背后的轨道。当他重新举起杠杆要发出红光信号时,杰克注视他。那体质衰弱的小个子,只有很稀少的褪色头发和胡须,一副瘦削可怜的面孔。他沉默寡言,谦卑而不恼怒,遇见上司,总表示阿谀的礼貌。然而,他已回到他的木板房里,在他的时间薄上记下火车经过的时刻,并用手指扣压两个电钮,一个向前一岗舍报告轨道已自由,另一个则通知下一岗舍火车就要开来。

"啊!你不了解他。"法茜姑姑再说,"我对你说,他一定拿什么肮脏东西给我吃下。……我,我一向是那么强壮,我简直可以吞噬他,现在却是他,这么小的家伙,让人一点也瞧不起的东西来吃掉我了。"

她因恐惧的暗恨,逐渐激动起来,倾诉她的肺腑,是啊!毕竟还有一个人到她面前听着她,她觉得很快活。她的头脑怎么会发昏到这个地步?她大他五岁,又有两个女儿,一个六岁,一个八岁,她怎么会再一次同这样阴险,既没有一个铜子,又是那么吝啬的人结婚?看,她做了这荒唐的行为,差不多有十年了,每时每刻她都感到懊悔;流落在这北部冰冷的洞窟里,她冷得不断发抖,从来没有一个人,甚至是一个女邻居可以陪她谈话,她闷得要死,只过着贫困的生活。他从前本是铺轨工人,现在当了守望员,每年只赚一千二百法郎;她最初时期,还在现已由芙罗莉担任的看守栅栏职位赚得五十法郎;那就是现在和未来,没有别的任何希望。她唯一确信的是,此后只能同其他人相隔数千里,永远埋没在这遥远的洞窟里。她未曾叙述的是她没有患病以前,当她的丈夫还在路基沙石之间工作,她同她的两个女儿单独留下看守栅栏时,从卢昂到勒阿佛尔全线上,她享有漂亮女人的声誉。铁道视察员若经过这里,总来拜访她。他们之间而且还常常为此发生冲突。敲击枕木螺丝钉的检道工们,也时常来观光,故意增加他们的巡察。丈夫并不是什么障碍,他对一切人都表示恭敬;当他从门口出去或回来,总假装什么也没看见。但是这些开心事已消失了,几个星期,几个月,她留在这荒凉洞窟里的这把椅子上,觉得身体一天比一天更坏了。

"我对你说,"她最后再重复告诉他,"现在是他夺去我的健康。看来,他虽然是那么小,他一定会收拾我,结果我的性命。"

突然一声铃响,她向外面投射出同样的担忧目光。这是前一岗舍向米索尔报告一列火车开赴巴黎。放在守望所窗前的仪器指针斜到目的地的位置。他制止铃响,走出来吹了两声号角,报告火车到来。芙罗莉这时走去推上栅栏,然后站住,笔直竖起皮鞘里的旗帜。一列快车逐渐以增大的隆隆声响驶近。它雷一样似乎滚动着过去,像要在猛烈的暴风雨里卷去低矮的房子。芙罗莉已回到小园里洗菜,米索尔关上火车背后的上行轨道,放下杠杆,熄灭红信号,再去打开下行轨道。因为一声新的铃响,随着另一指针再升上来,向他指示五分钟以前过去的火车已掠过下一岗舍。他回到木板房里,预告上下守望所,记下经过的时刻,然后等着。十二小时之内,他所做的是大多相同的工作,他在那里

生活、吃饭，不读三行报纸，他的倾斜脑壳里似乎没有一点思想。

杰克从前对他的教母引起铁道视察员们追逐，并且使他们之间发生争吵的事，时常开玩笑。此刻也不能阻止自己微笑说：

"或许是他吃醋吧？"

但是法茜姑姑耸一耸肩膀，表情里充满轻蔑的怜悯，同时，无可抵抗的笑意也浮现到她已褪色的可怜眼睛。

"啊，我的孩子，你在说什么……他，吃醋？只要他的袋里不拿出半个铜子，他总是不管这一套的。"

随后，她重新被震惊侵袭，再说道：

"不，不，他不大关心这个。他只关心金钱……要我们互相生气的，你看，由于我没有把我去年由爸爸那里继承的一千法郎交给他，于是他威胁过我，这就给我带来了不幸，我就开始患病……从那时起，是的，恰从那时起，我就病魔缠身，没法摆脱。"

年轻人明白了，他深信这是患病女人的过虑，还没有办法劝慰她，请她不要这样神经过敏。可是她确信不疑，还固执摇头。所以他终于这样劝她：

"那么，这再简单不过了，如果你愿意结束这一切，你可以拿你的一千法郎交给他。"

一种奇特的力量要她站起来。仿佛她已复活，重新变得很粗暴。她说：

"我的一千法郎，他休想。我永远不会交给他！我宁可死了……啊！钱已经藏好，藏得秘密，他休想得到！他可以翻转房子，我打赌，他决不会找到！他已到处搜索。这狡猾的家伙！夜里我听见他敲打墙壁。他找，他找吧！只要看到他的鼻子伸长，向各个角落探摸，我就感到快活。这足以使我继续忍耐……此后要看谁，他或我，谁先放手。我不信任他，我再也不吞他动过的任何食物。如果我垮倒，那么，我的一千法郎他仍然不会得到。我宁愿它们留在泥土底下。"

已精疲力竭的她，重新瘫坐在椅子上，忽然被新的号角声音震动。米索尔在木板屋岗位上，这次是向勒阿佛尔驶去的一班火车。尽管她固执坚持，永远不让出遗产，她对他却存着一种逐渐增长的秘密恐惧。正如一个巨人站在一条小虫前面，觉得自己慢慢被吃掉的恐惧。报告过的火车，自中午从巴黎出发的一列慢车带着钝重的滚动远远驶来。人们听见它跑出隧道，在旷野里发出更高的"喘息"。接着，在轮子轰隆声中，火车像巨大的长蛇，以无可战胜的暴风般的力量，疾驰过去。

杰克的眼睛向窗外望去，车上显露旅客们侧影的方块小玻璃先后掠过他的眼帘。他要转移法茜姑姑的忧郁情绪，开玩笑地再说道：

"教母，你抱怨在你的洞窟里永远看不见一个人或一只猫，你看，有这么多人在你的眼前经过。"

开始她没有听懂，表示惊异。

"哪里有这么多人？……啊，是的，这些被驶过去的人。多么漂亮的故事！我并不认识他们，更不能与他们互相谈话。"

他继续笑着：

"我，你总认识我，常常看见我驶过去。"

"你？这是实在的，我认识你，我知道你的火车时刻，我看到你在机头上工作。不过，你总是疾驰过去。昨天，你曾举手像这样招呼我，我甚至不能回答……不，不，这不是看见人的说法。"

然而，这无数的旅客在每天上下行的火车里，于这偏僻角落的寂静里，从她面前掠过去，总引起她的沉思；要她的视线盯着夜幕降临的轨道上。从前她健壮的时候，她来往行走，手里拿着旗帜，笔直站在栅栏前面，从来没有想到这些东西。可是等她终日留在这把椅子上，心里没想别的，只不断考虑她同自己男人的暗斗之后，刚刚形成的模糊梦想搅昏了她的头脑。孤零零留在这荒漠深处生活，没有一个人可以同他谈知心话，而日夜有那么多男女，一列一列，从火车的暴风雨里不断借蒸汽的全部力量，很快很快溜跑。在她看来，这的确是奇特的。真的，整个地球的不同居民都经过那里，不只是法国人，而且还有英国人和来自最远地区的旅客们，因为现在没有一个人能呆在自己家里，正如人们所说的，所有民族，不久将只构成一个民族。这的确是个进步，一切人都是兄弟，大家都一起涌向富饶和理想的国土。她曾试图计算他们，每车平均载去多少人，可数目太多了，她不能达到目的。她常常以为认识车里的好些面孔，一位满脸黄胡子的先生，大概是英国人吧，他每星期都作巴黎的旅行；另一位棕发的小贵妇人，她总在星期三和星期六两天过去。但是闪电般的速度卷去他们，她又不能确定她曾清楚看见他们，一切面孔都互相淹没，互相混合，仿佛彼此都相似，一眨眼就消失了。就像瀑布很快流过，没有留下半点痕迹。最使她悲伤的是觉得这时常忙碌的人们，随这连续的滚动，享受着丰富的安适和富有，而不知道她在那里所面临的死的危险竟达到如此可怕的程度。有一天晚上，如果她的男人结束了她的性命，火车将继续从她的尸首附近交错跑过，而一点也不疑心这孤单的房子深处曾发生的犯罪行为。

法茜姑姑的眼睛仍然往窗外望去，她简要地结束了她那模糊地感觉到而又无法说清楚的想法。

"啊！这是一种奇妙的发现，没有什么可说的。人们去得很快，知识也比较广博……但是，野兽始终是野兽。人们徒然发明更好的机械，可天底下还是会有野兽存在。"

杰克又点点头，表示同意。这一会儿，他看见芙罗莉让一辆载两块大石头的石矿工车通过，又打开栅栏。大路只供培古尔石矿使用，所以夜间栅栏是上锁的，看守的女郎很少要再起来。看见芙罗莉随便同石矿工人谈话，他是一个矮小棕发的年轻人，他惊叫道：

"怎么？我的堂兄弟路易替他驾马车，难道长布什已病倒了吗？……这可怜的长布什。你时常看见他吗？教母……"

她举起手，并不回答，只发出一声叹息。这已是去年秋季的惨剧。她还没有平息自己所受到的悲伤。她的小女儿路易斯特被安置在陀恩维尔波纳洪太太家里，当房间女仆。一天晚上受了伤，像发狂似的逃走，跑到她的好朋友长布什的住宅，一座四面都是树林的房子里咽气了。许多谣言流传着，责备格兰摩伦院长犯了暴行；但是人们不敢高声重述。她的母亲虽然知道这是怎么回事，也不喜欢再谈。然而她终于说：

"不，这年轻人，他简直不再回家，他已变成一只真正的狼……可怜的小路易斯特，她那样可爱，那样白，那样温柔！她很爱我，她，她一定会孝敬我！而芙罗莉，哦！我的上帝！我并不埋怨她，可是，她的头脑里一定有什么东西已被搅乱，她总常常我行我素，既骄傲，又粗暴，往往几个小时见不到她的影子！……这一切都是可悲的，很可悲的！"

杰克一面听着，一面继续注意此刻已开始穿过轨道的载石马车。但是车轮给铁轨阻住，车侠必须抽响鞭子，芙罗莉也吆喝，刺激着拖车的两匹马。

"糟糕！"年轻人叫起来，"不要有一列火车到来，……不然，他们定会变成肉酱。"

"哦，没危险。"法茜姑姑再说。"芙罗莉有时是可笑的，可是她熟悉自己的工作，她有眼睛……感谢上帝！看，五年以来，我们没有发生过什么意外。以前，有一个男人曾被压成两段，我们，我们只死了一头母牛，几乎使火车出轨。啊，可怜的畜生！人们发现它的身体留在这里，头已被拖到隧道附近……而有芙罗莉看守着，人们简直可以塞住耳朵睡觉。"

载石马车已过去，只听见轮子随车撤离远的响亮震动。于是她又回到往日的顾虑，关心别人和自己的健康。

"那么，你呢？现在完全好了吗？你还记得，从前在我们家里，你时常受苦，而医生一点也不明白是什么毛病。"

他的目光显露出一丝忧郁。

"我的身体很好，教母。"

"真的！这耳朵后疼痛仿佛有什么东西要戳穿你脑壳，突然这些寒热病发作，这些无故的忧闷，要你像畜生一样躲藏到洞窟深处，这一切都已消失了吗？"

她愈向下说，他的精神就愈觉得烦扰，巨大的不安侵袭他，他终于用简短的声音打断她的话说：

"我向你保证，我的身体很好……我再也没有什么病，一点也不感到不舒服了。"

"那再好不过了，我的大孩子。你有什么疼痛对我的病没有什么好处，再说，像你这样的年龄，应该享受健康。啊！健康，再没有什么比它更重要的……你本可以到别处去玩耍的，居然抽空来看我，你毕竟是很可爱的。不是吗？你就同我们一起吃晚饭，你将睡在芙罗莉卧房隔壁的屋顶室里。"

但是，号角声又一次打断她的话。夜幕已降临，两人都转向窗口，只模糊辨出米索尔同另一个人谈话。六点钟已敲过，他在与夜间守望员交班。在这木板室里度过十二小时以后，他终于自由了；木板屋里的家具很简陋，仪器的板架下只摆一张小桌、一条凳子和一个火炉。火炉的热气太大，那里的门几乎常常开着。

"啊！看，他回来了。"重新被恐惧抓住的法茜姑姑喃喃说。

报告过的火车到了，它很笨，又很长，轰隆声由远而近。年轻人只得俯身下去，使病人可以听到他，他因看见她所陷入的可怜情况很感动，很想安慰她。

"请听我说，教母，如果他真有坏念头，知道我来干预这件事，也许会阻止他毒害您……您不妨拿您的一千法郎交托给我。"

她发出最后的愤怒。

"我的一千法郎！既不会给他，也不给你……我曾对你说，我宁可死了！"

这时，火车仿佛要摧毁前面的一切，象猛烈暴风雨滚过去，房子因而颤抖，并且给吹袭的风包围住。这火车是到勒阿佛尔去的，里面很拥挤，因为次日是星期天，那里举行一艘汽船下水典礼。尽管速度很快，从照亮的玻璃窗上，还是可以看见车室是满满的，一排一排的人头靠头排列着，每人都露出侧面。它们先后相接并消失了。那么多人！没完没了，在列车的滚动，机头的尖叫，电报的传达微声和钟的嘡嘡响声中间疾驰过去！这好像是一个极长的身体，一个巨大的生物，横穿地上偃卧着，头在巴黎，背骨循着干线，肢体因分枝而扩大，手和脚则伸展到勘阿佛尔和其他城市。不停地驶过去，这是机械的胜利，带着数学的准确，朝向未来前进，不顾两旁所留下的人们的情况，不管他们隐藏着，或是生活在永恒的激情和永恒的犯罪里。

芙罗莉第一个回来。她点燃一盏无罩的小油灯，摆好桌子，没说一句话，向侧斜站在窗前的杰克瞥了一眼。火炉上放着一锅滚热的白菜汤。当米索尔也出现时，她一瓢一瓢盛到盆子里，准备吃饭。米索尔看见这年轻人在那里，一点也不惊讶。或许他早已看见他到来，可是没有好奇心，并不询问他。互相握一下手，寒暄两句简短，再也没有别的表示。杰克只得自动重述转动杠杆折断、在修理，他趁这机会来探望他的教母并住在这里的原因。米索尔只慢慢点头，仿佛他觉得这很好。大家坐下，不慌不忙地吃东西。开始，大家都沉默，什么话也不说。法茜姑姑从上午起，眼睛就没有离开沸煮白菜汤的锅子，她也接受一盆。但是她的男人站起来，拿芙罗莉忘记了的"铁水"———一个浸着铁钉的水晶瓶递给她，她不想喝。他谦卑而瘦弱，不时发出恶性的小咳嗽，并不注意她时常留意他的极小动作的担忧目光。她想要一点桌上没有的食盐，他说她吃多了盐将懊悔，就是盐使她生病。他又站起来，拿一撮放到汤匙里递给她，她毫不疑惑地接受了。"盐将净化一切。"她说。于是大家谈到几天以来真正温暖的天气，以及玛洛姆那边发生的一次出轨。杰克终于相信他的教母是多心了，因为他从这眼睛模糊、态度又那样和蔼的矮人身上，发现不到什么异常的举动。人们留在桌边，挨过一个多小时。有两次听到号角响，芙罗莉出去了一会儿。火车开过去，震动桌上的玻璃杯，但是，没有一个人注意这个。

又一声号角吹响，这次已撤去食具的芙罗莉不再回来。她的母亲和两个男人面对一瓶苹果烧酒坐着。三个人这样坐了半小时。好一会儿，米索尔用搜寻目光向房间一角盯

视，接着，他拿起鸭舌帽，道一声简单的晚安，走了出去。他在邻近藏有很好鳗鱼的小河里偷钓，在没去察看一下水底的钓线之前，他是向来睡不着觉的。

待他离开以后，法茜姑姑凝视她的教子。

"嗯？你相信吗？你看见他的目光向那边，向那角落搜索吗？……这是他忽然想起我可能拿我的私房钱藏在黄油罐后面……啊！我了解他，我确信今天夜里，他可能移动那个罐子看看。"

但是汗水已湿透了她，她的四肢颤抖起来。

"看，这又来了。唉！他已经给我放下毒药，我的口里像吞下旧铜圆那样苦。然而上帝知道我是否从他的手里吃下什么。这简直要浸到水里去。……今天晚上，我再也不能支持了。顶好，我去睡下。那么，再见，我的孩子，因为你若在明天早上七点二十六分动身，这对我来说是太早了。你还会再来看我吗？希望下次你到这里时，我还活着。"

他只好扶她走进卧房。她躺到床上，立刻睡去，她已经累得要死。他单独留下，考虑他是否也应该上去躺在屋顶室的干草上。不过，那时还只有八点差十分，他尽有睡觉的时间。他也出去，让小火油灯在空寂沉静，不时被火车雷声震动的房子里燃着。

杰克到了外面，空气温暖。无疑又要下雨了。天边散布着均匀的乳色密云，看不见的圆月被掩映在里面，只让整个穹窿照着淡黄的回光，所以他还清楚辨出旷野的景色。他四周的土地，山冈和树木在这伴眠灯般的死而平静的均匀亮光下显得漆黑。他在小园里转了一周，随后想往陀恩维尔方面坡度转小的道路那边走去，但是侧斜地建立在铁道另一边的孤立房子引诱他，他由边门穿过铁道，因为夜晚栅栏已经关闭。这座房子他很熟悉，每次旅行，在他隆隆晃动的机头里，他总注视它。他不知道为什么它的形象总不断萦绕在他的脑海里，他隐隐觉得这和他的生存有莫大的关系。每次他总害怕他不会再看见房子，待发觉它仍然蹲立在那里，心头又仿佛生出某种不舒服。他从来没看见房子的门或窗打开过。关于它的一切，他只听到它属于格兰摩伦院长的。那一夜，为了要知道更多的情形，一种无可抗拒的欲望要他到房子周围闲荡。杰克面对铁栅门，在路上站立很久。他后退踮起脚尖，竭力想看清里面的景象。截断花园的铁道，其实只让台阶前面留下一块建筑墙垣的狭小面积；后面则是广大的土地，只有荆棘篱笆围绕着。房子那么孤单，在这昏暗夜晚的淡黄回光下，显得很凄惨。他刚想离开，皮肤表面感到微微颤动，他注意到篱笆里的一个洞穴。不敢进去无疑是懦怯表现，要他从洞穴里钻到里面，他的心在跳跃。但是，他正沿着一个倒塌的小温室走去，忽然看见一个黑影蹲在门边，他因而立刻停了下来。

"怎么是你？"他认出芙罗莉时发出惊异的叫声，"那么，你在这里做什么？"

她也一样，不免一惊。随后却平静地答道：

"你看得很明白，我在收拾绳索……有一大堆绳索，丢在这里腐烂了。对别人都没用，我却常常需要，我想把它拿走。"

真的，她坐在地上，手里拿一把大剪刀，正在整理绳索，遇到抽不出的，她马上剪断相绞的结子。

"房主不再来了吗?"年轻男人问道。

她笑了。

"哦!从小路易斯特的事件发生以后,已经没什么危险了,院长不会冒险到摩佛拉十字。所以我尽可以取走他的绳子。"

他沉默一会儿,似乎被她所唤起的悲惨回忆难过。

"那么,你相信小路易斯特的话?你相信他要占有她?是她在挣扎时受了伤吗?"

她不笑了,突然变得很粗暴。她喊道:

"小路易斯特从来不撒谎,长布什也一样……他是我的朋友,这长布什。"

"此刻或许是你的情人吧?"

"他!啊这是什么话?只有婊子才会这样……不!不!他是我的朋友,我虽没有情人。我,我不愿意有情人。"

她重新抬起头,表现坚强的姿态,头上地蜷缩厚密金发一直垂到前额低处;从她的整个朴实和柔软身躯里升起一种怪毅的野气。关于她的行为,当地有一段传说。说她许多抢险的故事:一辆小货车在火车经过之际,被她突然拉开;一辆铁道上的车厢像发狂的野兽单独从巴朗丁斜坡奔驰下来,将和一列快车相撞,也这样一下被她挡住。这些表现力量的事例激起人们的惊奇,使她成为男子们的追逐对象,尤其是因为她一有空闲时间,总在旷野里行走寻找偏僻角落,钻到洞穴深处沉默地用眼睛注视空中,躺着一动也不动。人们起先以为她是容易到手的,但是最初大胆尝试过的那些人再也不敢冒第二次险。她很喜欢脱得精光,在邻近的小河里游泳,沐浴几个小时,和她同年的顽童们总跑去看她,作为好玩的娱乐。她甚至不去费心地穿上衬衫,就立刻上岸捉住其中的一个好好地收拾他一顿,从此再也没有什么人敢于偷偷窥探她。最后有风声说她和隧道的另一端——第厄普支线的一个青年报道员有了交情。那是一个三十岁左右的男子,名叫奥齐尔,很诚实。她仿佛曾有一段时间鼓励他的追求。一天晚上,他以为她已答应委身给他,正想搂抱她,占有她,结果差点被她一棒子打死。所以她始终是处女。始终好斗,蔑视男性,这终于使别人相信她有点精神异常。

听见她宣告不要情人,杰克继续开她的玩笑。

"那么,你和奥齐尔结婚的事不成了吗?别人告诉我说,你每天都从隧道里溜过去看他。"

她耸一耸肩膀。

"啊,真是笑话!我的结婚……隧道……这使我觉得很好玩。在黑暗里跑两公里半,存着心,如果不睁开眼睛,人会被过往的火车压死。这多么有趣!要听到火车在这下面发生隆隆轰声,你才知道其中的滋味!……但是,奥齐尔,他使我厌恶。我所要的不是那一个。"

"那么,你要另一个吗?"

"啊,我不知道……啊,凭我的信仰说,不!"

她又笑起来,一种局促的感觉要她重新去解一个解不开的绳结。于是好不再抬头,仿佛专心于她的工作。过了一会儿她问:

"那么你呢？你没有情人吗？"

轮到杰克变得很认真。他的眼睛不再望她，闪亮地盯住黑暗的远处，他只简短的回答：

"没有。"

"正是这样。你没有骗我。"她继续说："听说你非常厌恶女人。此外，我不是从昨天才认识你。你从来没有对我们说过什么动听的话……为什么？你说！"

他沉默。她抛开绳结，凝视对面的他。

"那么，你只爱你的机头吗？你知不知道，人们都因此开你的玩笑。人们曾武断说你经常擦机头，擦得闪亮发光，仿佛你只有对它有温情和抚摸……我对你说这个，因为我是你的朋友。"

他现在也在模糊天色下的苍白亮光里注视她。他想起从前她很小的时候就很粗暴，意志很坚强，但是她看到他立即就扑到他脖子上，他会突然被野蛮女孩的激情所袭。后来，他时常离开她，忘了她的形象，每天再看见她，他总发觉她已长得更高，同样跳跃着欢迎他，扑到他的肩膀上，并逐渐以她的闪亮大眼睛的光芒引得他发窘。此刻她已长大，已是美丽可爱的女人，无疑的，她一定在很远的记忆里，在她少年深处爱着他。他的心因而狂跳，他突然觉得自己就是她所期待的人。一种烦扰随他脉管的血涌到他的脑壳里。在焦虑中，他的第一个念头是逃走。情欲时常要他变得疯狂，他变得满眼通红。

"你站在那里做什么？"她又说："你坐下来吧。"

他重新犹疑。随后，两腿突然变得很疲倦，被再想尝试爱情的需要压倒，他跌坐在她身边的绳索堆上，喉头干燥，不再说话。现在是她，高傲自负的女人变得很快活。为了让他散心，滔滔不绝地谈着，话多得简直让人透不过气来。

"你看，妈妈的错误是嫁给米索尔。他会给她玩很坏的玩意儿……我，我真不管这些事。因为我有我自己够多的事情。不是吗？再则，待我想要干涉的时候，妈妈总命令我去睡觉。那么，让她自己看着办吧！我生活在外面，我想到以后的许多事情……啊！你知道，今天早晨，我曾看见你在你的机头上走过去。喏！我就靠在那边的荆棘丛坐着。可是，你从来不注视……我将对你说我所想到的事情，但不是现在，待以后我们完全变成好朋友的时候……"

她让握在手里的剪刀溜下去，他还是一声不响，然后他捉住她的两手。她很快活，把手给他。然而，他拿她的手放到他滚热的唇边时，她发出处女的惊跳。好斗的性格，因这男性的另一次接吻，又再觉醒了，她立刻挣扎反抗。

"不，不！让我……我不愿意。你要安安静静坐着。我们谈话……男人们总想到这个。啊！如果我向你重述小路易斯特死在长布什家里的那一天，她对我叙述种种情形的话……此外，关于院长的行为，我已知道得很多。因为他常同少女们到这里来，我已看见他的龌龊勾当……其中有一个，任何人都不会怀疑的。他把她嫁出去了。"

他不听她，也没有听到她。他用粗暴的手势把她搂抱到自己怀里。他让自己的嘴唇压到她的嘴上。她发出一声轻的叫喊，准确一点说，一声那么深沉温柔的呻吟。她隐藏的那么久的爱情一下子都从这里倾倒出来。但是，她还在继续挣扎。由于好斗的本能，她还想坚决拒绝。她一直盼望他这样,她存着被征服的需要。对他挣扎着,没有一句话,胸口对着胸口,两人都喘着气,看哪一个能翻倒另一个。有一阵子似乎是她占上风,他的高度兴奋使他失掉了力气,如果他不掐住她的脖子,她或许会拖翻他,把他压在自己下面。但是,她终于被征服,胸衣被撕开了,两只坚硬的乳房因搏斗而膨胀,显得有些触目的白色。在半明半暗的光线里,她仰面倒下。她已决定顺从他了。

他不再喘气,也不去占有她,反而凝视她。仿佛被一阵狂怒突然袭击,他的眼睛向周围寻找一样武器,一块石头或任何可以杀死她的东西。他的视线遇见剪刀,在一段一段绳索里闪光。他一跃拿起它,很想从白乳房中间粉红色的乳尖刺戳进去。幸好,一阵巨大的寒冷激醒他,他扔下剪子,立刻疯狂地逃走了。她闭着眼睛,以为轮到他拒绝她,因为她曾猛烈地反抗了他。

杰克在忧伤的夜色里拼命逃走。他很快跑着,登上一个丘陵小径,重新下到一个狭谷深处。他脚下滚动着的石子令他恐惧,他向左来到荆棘中间,转了个迂回的大弯,重新向右,出现在一个空旷的高原上。突然,他走下去,碰到了铁道的篱笆;一列轰隆轰隆和发光的火车正开过来;他首先不明白,他惊呆了。啊!是的,这整批的人,正随着这连续的浪潮疾驰过去,而他,却像要死似的留在那边!他站起身,爬上斜坡,然后又下来。现在,在他掘下鸿沟的坑道深处,或泥土填高的巨大障碍物遮蔽地平线的路基上,他总遇见铁道。这荒凉的区域,到处是小山,仿佛是没有出路的迷宫,让他的疯狂,在这忧伤的不毛之地之间旋转。好几分钟的时间,他沿着斜坡行走,忽然,他瞥见面前出现的圆洞孔,隧道的黑口。一列上行火车,向里面驶去,它怒吼着,尖叫着,然后被大地吞食,马上消失了,只留下一阵长时间的震动。地面因而颤抖。

于是杰克两腿累得像被截断一样,跌卧在铁道边上,腹部向下,面孔埋入草中,他爆发出抽搐性的哭泣。我的上帝!这丑恶的病,原以为痊愈了的病,现在,又复发了吗?看,这个少女,他要杀死她!杀死一个女人!杀死一个女人!这叫声从他青春身体深处,带着增长的狂热欲望,响于他的耳边。像别的男子们,在成年觉醒后梦想占有一个女人似的,他的脑里却浮现出杀死一个女人的疯狂思想。因为他不能对自己撒谎,待他一看这肉体,这白而温热的胸口,他便拿起剪刀,想一下刺戳进去。而且这并不是因为她曾对他反抗。不!这完全是为他的快乐,因为他曾有过这样的愿望。想立刻杀死她的需要,他若不抓住乱草,他一定会奔跑,回到那边,割断她的喉头。她,我的上帝!这芙罗莉,他曾看见她长大的少女,他明知她深深爱着自己,他竟发疯要杀死她!他将痉挛手指陷入泥土里,他呜咽喘息,可怖的失望在撕裂他的喉头。

然而他努力平息自己的激动,他要明白其中的道理。那么,他和别的人们相比,究竟有什么不同呢?在普拉桑,他年轻的时候,他常常这样自问。真的,他的母亲什帆斯,在年纪很轻时,只十五岁半就生下他,而且他还是第二胎,几乎没有到十四岁,她已分娩第一胎:凯罗特;他的两个兄弟,凯罗特和后来出世的凯田纳,似乎都没有因父母受苦。同母亲一样年轻的父亲郎济埃,英俊漂亮,心肠很坏,后来使什帆斯流了那么多眼泪。他的兄弟们或许每个都有他们所不能招认的病痛吧?尤其是长兄,那么狂热地想当名画家,人们说他为自己的天才已半疯狂了。家族的神经都不大正常,很多都有某种内在的缺

陷。他有时对这遗传的缺陷曾有清醒的感觉,这并不是他身体不健康,而是因为从前他时常发觉的恐怖和羞耻,使他变得很瘦,但是,他的身体内却时常丧失平衡,仿佛是突然张开的裂口或洞孔,他的自我,沉入一种搅乱一切要一切都变形的大烟雾里,他清醒的意识就由这裂口或洞孔逃走出去。他因而不再属于自己,他只服从他的躯体和发狂的兽性。然而,他并不喝酒,他甚至不沾一小杯烧酒。他曾意识到少许酒精一定会使他变成疯子。他于是猜想他是替别的人——喝过酒的父亲或祖父们受罪,他的上代一定是醉汉,他的血受到腐败的影响和缓慢的中毒,野蛮的遗传,重新领他同吞噬女人的狼一起回到森林深处。

杰克借一只肘弯重新坐起来,他反省并注视隧道的黑暗入口;一种新的呜咽浪潮从他的腰部一直奔流到他的脑后,他又跌倒,让他的头在地上来回摆动,口里喊出难忍的痛苦。这女郎,他要杀死这女郎!这念头很强烈、很丑恶,不断回到脑际,仿佛剪刀已戳入她的皮肉。任何推理都不能平息他:他要杀死她,如果她还在那边,衣服解开,露出赤裸裸的胸口,他要杀死她。他还清楚地记得,他刚十六岁时,一天下午,同一个比他小两岁的亲戚家的女孩子玩耍,这可怕的毛病就曾第一次袭击他:她跌倒时,他看见她的两腿,他就凶猛地扑过去,践踏她。下一年,他记得他曾磨利一把刀,想拿它戳入另一个女人的头颈,就是每天上午看见她经过他门前的金发少女。她有肥胖的粉红的头颈,他已选定耳朵底下一颗褐痣的位置。接着,还有许多许多别的可怕的噩梦前后排列着,一切被他戕杀欲望所触及的女人,一切在街上交臂而过的女人,一次相遇,便变成相识或邻居的女人,他都想杀害。其中有一个刚结过婚的新娘,在戏院里挨着他坐着,笑得那么狂,为了不剖开她的肚皮,他不等一幕戏演完,就马上逃走。他既然不认识她们,为什么要用暴力来对付她们呢?每一次,总好像是盲目癫狂的突然发作,推促他去替已失掉正常记忆的昔日耻辱复仇。那么,这是从远古时代,从穴居野处的女人第一次欺骗损害他的种族以后,又一代一代侮辱男性的怨恨里不断积聚起来的吧?在他的发作里,他不是也感觉到征服女性和驾驭女性的战斗需要吗?他不是也有这邪恶地想杀死她的需要?像被他从别人手里夺来永久占有的猎物,才觉得舒服吗?他的脑壳努力思考其中原因,几乎就要爆炸,可是他始终得不到回答。他太无知,他想,一个人被推促去做自己清醒意识不发生半点作用、而理由又始终隐藏着的行为,他实在不能理解,处在这可怕的忧虑下,他感觉头脑太笨重,找不到适当的解答。

又有一列火车带着闪烁的灯光,和隆隆雷声疾驰过去,消失在隧道深处。杰克以为这些匆匆忙忙又无所事事的人们会听见他的哭声,于是马上又坐起来,遏住他的呜咽,摆出一种无罪的姿态。多少次,他的疯狂发作以后,听见些微声音,他也像这样,感到犯罪者的惊跳!他只有脱离世界,站到他的机头上,开足马力,发出响亮颤动,很快地把他带走,手里握好驾驶盘,目光注视前面的信号,整个身心在监视轨道之时,他才不再思想,才开怀呼吸时常像暴风一样吹袭的纯洁空气。就是为了这个,他才那样强烈地爱他的机头,简直把它当作抚慰的情妇或爱人,他可以从它身上得到幸福感。从技术职业学校出来以后,他不顾自己敏捷智慧的优点,而去选择司机这职业,只是以求僻静地和麻木地生活。他没有野心,在四年之内,得到一等司机的位置,一年已赚得两千八百法郎,若把节省烧煤和上油的奖金加在一起，他已有四千多收入，可是他再不梦想超过这个数目。他看见他的二三等伙伴们——公司从钳工招来培养成司机的那些人，差不多全都同女工，或那些在火车出发时偶尔瞥见手里提着食物盆随车叫卖的卑微女人正式成立家庭，至于野心较大的同事们，尤其是那些从学校出来的司机们，则等待自己当上停备站主任后才结婚，希望找到一个资产阶级姑娘，一位戴帽子的有钱少女做他们的老婆。他逃避女人，所有这些与他有什么关系呢？他将永远不会结婚，他将单独滚动，连续不断、毫无休止地滚动，所以他的所有上司都认为他是优秀的司机，既不喝酒，又不追逐姑娘，不过，放荡的同伴们却往往要讥笑他那种过分优良的品行。他若陷入忧郁，苍白的眼睛、面如土色，一声不响，有时也不免引起别人的担心。他住在卡尔第纳路的小房间里。从这里，可以看见他的机头驶去放好的巴底尧尔停备站。他想起多少次他可以自由支配的一切钟点，他像修道士一样，幽闭在这狭小的卧室里，躺在床上竭力以睡眠来消耗他情欲的反抗。

杰克努力一下，想站起来。这样温暖和云雾满天的夜晚，他坐在草里做什么？乡野还始终被阴暗淹没着，只有天边是明亮的，模糊玻璃般的无限弯窿上罩满纤细的薄云，后面躲藏着的月亮露出黄而苍白的亮光；黑色地平线毫无动静，像死了一样的沉睡着。好吧！这大概已九点钟左右，最好是回去睡觉。可是，他在迷糊麻木里已想象自己回到米索尔夫妇家里，登上屋顶室的楼梯，躺在只由一层板壁和芙罗莉房间相隔的干草上。不禁浑身颤抖，脱掉衣服，四肢摊开，透出睡眠温热的女郎形象，再一次震动他，激起他的猛烈呜咽，使他重新翻倒在地上。他要杀死她！他要杀死她！我的上帝！一想到停一会儿他要回去，他或许到她的床上去杀死她，他就窒息，喘不过气来。他徒然没有武器，为了遏制自己，用他的两臂搂抱住自己的头。他觉得他的意志已失去作用，他将推开房门，在劫夺本能的鞭击下，由于想替古代的耻辱复仇的需要，他将扼死这女郎。不！不！宁可在乡野里奔跑一夜，也别回到那边去！他一跃站起来，又开始逃走。

于是他穿过黑暗的乡野，奔跑了半小时，仿佛有一群放纵的猎犬发出可怖吠声追逐他。他登上小冈，向狭小的峡道冲下。一次又一次，然后一条小河呈现在他的面前。他涉过河水，一直湿到臀部。一个挡住他去路的荆棘丛激起他的愤怒。他的唯一想法是笔直走去，走得更远，更远，为的是逃避他体内感到的发狂的野兽。但是，他带着它奔跑，它也随他跑得一样快。七个月以来，他以为自己已赶走它，已回到一切正常人所过的生活中；现在一切重新开始，他必须重新奋斗，使它不致扑到偶尔遇见的第一个女人身上杀害她。广大的旷野和无边的寂静稍稍使他平息，他梦想沉默和孤僻的生活，时常行走在这样荒凉的旷野，永远碰不到一个人影。他已不知不觉转了一周，从另一边回来，在隧道上面生满荆棘的斜坡中间，走过很大一个半圆周后，此刻又碰到了铁道。他后退，心里存着重新落入活人境域里的担忧愤怒。接着，想从一个小山背后，斜插过去。由于迷失了方向，只好重新走到铁道的篱笆前面，即隧道出口他刚才躺着哭过的草场对面。他仿佛已被战败，停住不动，忽然一列火车的轰隆声从地下深处发出，先是轻微的，随后一秒又一秒逐渐增大，他因而止步不再前进。这是六点三十分由巴黎开出，九点二十五分经过这里的勒阿佛尔快车，即每两天由他驾驶的火车。

杰克首先看见隧道的黑暗出口，像有些火在灶孔燃烧一样，逐渐明亮起来。在响动

中,是机头部的放射灯首先出现。炫目的灯光戳穿旷野,照耀铁轨,使它们远远闪出双线型的亮光。像闪电和打雷,后面的车厢立刻相接而来,车窗上照亮的方块小玻璃映出排满旅客的车室。它们藉那么眩晕的速度滚过去。看着它,眼睛会怀疑起所见的一切形象。在这四分之一秒里,杰克由头等包厢的一道明亮玻璃窗上,很清楚地瞥见一个男人在座位上翻倒另一个男人,拿一把刀刺入后者的喉头,一堆黑的东西,或是第三个人,或是坍下的一件行李——则以全部重量压住被谋杀者抽搐的两腿。火车一闪而过,消失在摩弗拉十字方向的黑暗里,只留下后面的三个红尾灯。

年轻人被钉在原地,眼睛看着隆隆火车,在旷野死一般的静寂中慢慢隐没了。他的确看见了吗? 现在,他犹豫了,他不敢肯定这一晃即逝,由闪电亮光里带来和卷走的景象是现实的。悲剧的两个演员中,没有一个在他的眼帘里轮廓明晰。一堆褐色的东西大概是旅行者的被头跌下,落到被害人身上。从这模糊的形象里,他又似乎辨出是厚密头发下的一个温雅和苍白的侧影。但是一切都已混合,都像梦境那样消失了。一会儿,被唤起的侧面又出现,接着,又完全泯灭了。无疑的,这一定是一种幻象。这一切都冰冷地刺激他,在他看来,这一切是那么奇特,他最后不得不承认这不过是他的神经在可怕发作后的一种错觉。

杰克头脑沉重,不断被混杂的想象所缠绕,他继续走了一小时左右,感觉很累,神经松弛,一种内在的寒冷使他清醒。他犹豫再三,终于又向摩弗拉十字方向走来。他重新到达栅栏看守人的房子前面,对自己说别进去,就睡在靠近房屋一端搭着的小敞棚底下。但是一线亮光从门下闪过,他机械地推开门,一个意外的景象使他停在门槛边。

米索尔已搬动角落里的黄油罐子,手脚趴在地上,身边放着一盏提灯,他的手正轻轻探测墙壁试图寻找隐藏的一千法郎。门的声响使他站起来,然而他一点也不惊慌,并很自然地说:

"许多火柴散落在地上。"

待他重新放好黄油罐,立刻加上说:

"我来拿提灯,刚才回来时,我看见一个人倒在铁道上……我相信他已死了。"

杰克猛然发现米索尔正在寻找法茜姑姑的私财,不免大吃一惊。对于法茜姑姑指控她丈夫的话语,他本来怀疑,不大相信,此刻却突然有了确实的证据,接着,米索尔发现一个尸体的消息,又使他那么激动。他竟然忘记了另一场悲剧,在这偏僻小房子里表演的悲剧。头等包厢里的场面,一个人被杀的短促景象,随着同样闪出的微光,立刻再现在他的脑海里。

"一个人倒在铁道上,在哪里?"他问道,脸色变得苍白。

米索尔本来想说他从水底钓线上解下两条鳗鱼要拿回来,为了隐藏不得不直跑到家里。但是他又何必把这秘密告诉年轻人呢? 他只做一个茫然的手势答道:

"那边,大概在五百公尺以外的地方……要去看看明白,才能知道。"

这时,杰克听到他头顶上一声钝重的撞击声。他本已忧心忡忡,不勉又惊跳一下。

"这没有什么,"米索尔说:"这是芙罗莉在楼上翻身。"

真的,年轻人辨出两双赤脚踏在板上的声音。她一定在等候他。她刚走到半开的门口来谛听。

"我陪您去，"他再说。"您确信他已死了吗？"

"谁知道！我看可能已死了，我们带提灯去，会看得明白。"

"您以为怎样？一个偶然的意外，不是吗？"

"这是可能的。一定是哪个不想活的家伙，让自己被压死，不然，也许是一个旅客从车厢里跳下来。"

杰克颤抖。

"快走吧！快走吧！"

他从来没有像现在这样狂热地想看到、想知道一切。到了外面，他的同伴手里握着摇摆的提灯照亮路轨，沿着铁路，慢慢向前走去，杰克跑在前面，对这迟缓很生气。这仿佛是一种生理欲望，像情人们在幽会时加快脚步的情火在催促他。他害怕那边等着他去看的东西，可是却拼着自己全身的力量，向那边奔去。他赶到了！几乎碰到躺在下行轨道的一个黑堆，他笔直地站住，全身从头到脚，流过一阵震颤。他由察看的急躁，立刻变成对米索尔的咒骂，因为他还迟迟走在后面三十步以外。

"他妈的！赶快来吧！如果他还活着或许我们可以抢救他。"

米索尔仍然摇摇摆摆，不急不慢地前进。待他拿提灯在躺着的身体之上晃动时，他说：

"啊！糟糕！他确实完蛋了！"

那个人一定是从车厢里翻下来的，面孔和腹部向下，跌到轨道以外至多只有五十公分的地面上。他的头上有一圈厚密的白发，两腿分开，胸口朝下。他穿得很好，外面是一件蓝呢宽大衣，脚上一双漂亮的半筒靴，里面的衬衫也很细致。全身没有任何被压伤的痕迹，只有很多血从咽喉流下，玷污衬衫的领头。

"一个被暗算的富人。"米索尔默然察看几秒钟后，平静地说。

接着向旁边瞠目结舌一动不动站着的杰克说：

"别碰他，这是不允许的……您，您留下看守他，我，我跑到巴朗丁去通知站长。"

他举起他的提灯，看看标明公里的柱子。

"好！正好在一五三柱。"

他把提灯放到尸体旁边的地上，拖着脚步，慢慢离去。

单独留下的杰克一动也不动，目光仍然继续注视这没有生气的尸首，地面上提灯的模糊亮光只照出昏暗的一堆。他的体内那催促他行走的激动，和要他赶到这里的奇异而可怖兴趣，现在只让他的脑里形成这样强烈的印象：他脑海里涌现一个人，他曾看见手里执刀的人，比自己更勇敢！这实现了他的欲望，已杀了人！啊！这一个人并不懦怯，终于满足自己的需要，拿刀刺戳进去！而他，他却被这样的欲望烦扰已不止十年！在狂热中，他不勉轻蔑自己，称赞另一个人的大胆，他早有无可遏止的渴望，亲眼欣赏一个上帝的创造物，被刀一戳，怎样变成残尸，变成敲碎的木偶和柔软的废物。他所梦想的另一个人已做到，哦！他所希望看的就是这个！如果他能杀人，也有一个人这样躺在地上。他的心简直要跳碎了。目击这惨死的景象，他那种想杀人的感觉变得更强烈，仿佛是难忍的情

欲要他马上获得满足。像一个神经质的孩子，他要走近一步，宁愿尝到恐怖的滋味。是的，他也将大胆，他也将大胆去杀人！

但是他背后的隆隆声响使得他跳到一边。一列火车开来，因为深深沉入瞻望和默想，他甚至没有听见火车来的声音，几乎被压死，只有热的气息，机头的恐怖滚动及时提醒他。火车带着暴风雨般的响声，烟雾和火焰，疾驰过去。里面也有很多人，浪潮般的旅客，为第二天的节日，继续向勒阿佛尔流去。一个孩子的面孔贴近一块窗玻璃，注视黑暗的乡野；许多男子侧面显露出来，一个少妇，放下一块玻璃，掷出一张玷上黄油和糖的薄纸。快活的火车已跑向远处，不知道轮子经过了这个尸体。尸体面孔向下，扑在地上，在黑夜的阴郁静寂里，只由模糊的提灯照亮。

杰克单独一个人留下，于是有了好奇的欲望，想看看死者的伤口。他担心若动到头，人们或许会发现这个念头，阻止他这样做。他估计米索尔差不多要过三刻钟才能陪同站长来。他让一分钟又一分钟的时刻流逝过去，想到这米索尔，这孱弱的人，那样缓慢，那样镇静，他也有胆量，以最大的平静，用毒药去杀人。大家都杀人，那么，杀人一定很容易吧？他走近尸体，想看看伤口的念头又那样强烈的刺激他，他的肉体似乎感到热辣辣的燃烧。看看是怎样杀的，血怎样流出来，看看这过红刀口，他无法抗拒这急迫的欲望！如果重新仔细将头放好，人们一定什么都不知道。但是，另一种说不出的恐惧，对于血的恐惧，却在他的犹疑深处作怪。不管怎样，恐惧总和愿望一起在他心里同时觉醒。这样单独一个人又挨过了将近一刻钟，他终于决定了，这时，身边一个细小的声音忽而使他战栗一下。

这是芙罗莉站在那儿和他一样看着尸体。她也有好奇心，要看看意外发生的事件：若报告路上有一畜生被压死，或一个人被压成两段，人们可以确信她一定会跑来看看。她已重新穿好衣服，她愿意看死人。她初一看，并不犹疑，低下一只手举起提灯，另一只手捉住头发，把头翻过来。

"不要这样做,这是不允许的。"杰克喃喃说。

但是她耸一耸肩膀。死者的头已在黄色亮光下出现,这是一个老人的头,大鼻子,变白的金发,蓝色眼睛怒睁着,下颌底下一个中开的丑恶伤口,一条几乎割断颈项的深裂缝,一个搅动过的洞孔,仿佛戳入刀曾旋转一下。血淹没了右边的整个胸口。左面,一颗小玫瑰花结像红血块隐没在大衣的纽扣孔里。

芙罗莉发出一声惊骇的叫声。

"怎么!是老头子!"

杰克和她一样俯下上身,为了看得更清楚些,不免向前,他们的头发搅在一起,看到面前的景象,他窒息了,简直喘不过气来。他不知不觉重复说:

"老头子……老头子……"

"是的,就是格兰摩伦老头子……院长。"

她又审察一会儿这嘴巴歪斜、恐怖大眼圆睁着的苍白面孔,她放下僵硬尸体,让开始变得冰冷的头重新跌在地上,重新掉转了伤口。

"他完蛋了,再也不能同姑娘们调情了!她用更低声音再说。"无疑的,这一定是为了其中的一个……啊!我可怜的小路易斯特,啊!老猪罗!这干得很好!"

接着是一阵长久的沉默。重新放下提灯的芙罗莉向杰克投射徐缓的目光;两人由中间的尸体隔开,杰克不再动弹,仿佛已被眼前的景象吓昏了。大概快到十一点钟了。经过黄昏的一幕,侷促令她不能先开口。但是远处已传来谈话的声音,这是她的继父领着站长回来;她不愿意被人看见,于是说:

"你不回去睡觉吗?"

他战栗一下,仿佛激动地挣扎了一会儿。然后在失望的退缩里努力一下说:

"不,不!"

她没做手势,但强壮的胳臂突然垂下,表现出极度的伤感,仿佛要请他宽恕不久以前的抗拒。她显得很谦卑,说道:

"你不回来睡,我再见不到你了吗?"

"不,不!"

谈话的声音已逐渐接近,她仿佛故意要这尸体留在他们中间,不想和他握手,甚至不想像他们儿时一起玩耍那样亲密地告别,便立刻离开,消失在黑暗中,喉头发出沙哑的声息,仿佛被呜咽梗死住。

站长、米索尔和两个工人很快到达。站长也认出死者的身份:这的确是格兰摩伦院长,他认识他,因为院长每次到陀恩维尔,他的妹子——波纳洪太太家里时,都要在他的车站下车。尸体仍然留在原来跌下的位置上,只叫人拿一件带来的斗篷盖上,一个职员从巴朗丁搭十一点钟火车去通知卢昂的帝国检察官前来。但是检察官不可能在早晨五六点以前赶到,因为他同时必须带来预审推事、法院书记官和一个医生。所以站长组织了死者身边的看守工作,人们将整夜轮流看守,分别由一个人带着提灯,守着尸体。

杰克决定到巴朗丁车站那个敞棚下面睡觉,打算明天七点二十分再搭火车回到勒阿

佛尔。但是,他脑里还被连续的思想缠绕着,站在那里一动也不动,逗留了很久。随后,他想等待预审推事到来的念头使他觉得很困惑,仿佛觉得自己是杀人的同谋者,他将说出快车经过时他所见到的情形吗？既然他没有什么可惧怕的,他决定首先说话。此外,他的义务是毋庸置疑的。随后,他又自问:这又何必呢？他不能提供一个决定性的事实,对于刺客,他将不敢肯定任何切实的详情。让自己混到里面,浪费有用的时间,并引起自己的激动,对任何人都没有什么益处,这将是愚蠢的。不,不,他将不说话！他终于离开,可是他还两次转过身来看看提灯的黄色圆光和地上尸体显出的黑堆。更刺骨的寒冷从罩满云雾的天边降到这四周是不毛丘陵的凄凉荒漠上。许多火车又疾驰过去,另一列开向巴黎的很长客车飞快地开来。这一切都凭借力量无比的机械驱动着交叉穿过,都向它们的遥远目的地、渺茫的未来驶去,虽然它们很近地擦过这喉头被人割断一半的尸体,但一点也不予以注意。

3

第二天是星期日,当勒阿佛尔所有钟楼一起敲响早晨五点钟时,罗勃下楼到车站敞房底下去做他的工作。天色还是漆黑的;但是从海上吹来的风渐渐增大吹动弥漫的浓雾,圣亚特莱斯至都纳维尔炮台中间的各个小岗都被笼罩;西面广阔的海洋上,云雾里显出的最后星星在青天的一角闪烁寒光。敞房底下,许多煤气灯嘴还在燃烧,清晨时刻的潮湿寒冷使火焰褪色,那里有蒙底维里埃的第一列火车,由夜班副站长,命令一组工人调配好。各室的门还没有打开,在车站迟缓的觉醒里荒凉的月台在伸展。

罗勃从候车室上面的寓所里出来看见女出纳,勒布娄太太一动也不动,站在职员们住宅的走廊中间。好几个星期以来,这位女太太总在晚上起来,窥伺着女会计琪松小姐的行动,因为她疑心后者同站长达巴梯克先生秘密来往。可是她从来没有发现任何形迹,甚至没有看到一个影子或听见一声气息。那一天早晨,她很快又走进她的房间,唯一的诧异是在罗勃开门、关门的三秒钟内,她瞥见罗勃太太,漂亮的桑芙琳,平常总赖在床上,直到九点钟才起来,这时却已穿好衣服,梳好头,穿着鞋子站在餐室里。所以勒布娄太太唤醒勒布娄,把这奇特的事告诉他。昨天夜里,在十一点五分的巴黎快车到达以前,他还没有上床睡觉,急于想知道县长故事可能引出的结果。可是他们不能从罗勃夫妇像平素一样回来的态度上看出任何消息,直到半夜,他们徒然倾着耳朵:没有任何声音从他们邻居的房间里传出来,他们大概立刻睡得很熟。肯定的,他们的旅行一定没有好结果,否则,桑芙琳不会这样早就起来。出纳问起她的面容怎样,他的女人竭力描绘她很严肃,很苍白,蓝色大眼睛在黑发下,显得那样明亮;没有做任何动作,简直是梦游者的模样。总之,当天,人们一定会晓得这到底是怎么一回事。

罗勃到下面,找他的同事,值夜班的墨伦。他接替他的工作,墨伦没走而是散步几分钟,同他谈话,告诉他发生的若干小事:几个闲荡的窃贼,想进入行李房时被捉住;三个工人因犯规则遭谴责;调配蒙底维里埃火车时,一个驾车的小钩被折断。罗勃一声不响露出镇静的面容倾听着,只是他的脸色还是稍微灰白,毫无疑问这是旅行疲倦的残留,从发黑的眼圈也可看得出来。然而他仿佛还要询问他,还等着其他的事情,他的同事说完了,这是墨伦所能告诉他的全部情形,他低下头,注视地上好一会儿。

他们两个人沿月台走去,到达遮盖的停车场尽端,即右面有一个停备站的地方,昨夜到的车厢都停在这里,准备构成第二天的列车。他抬起头,目光注视上面配有特车室的一辆头等车,二九三号,煤气灯嘴摇曳微光正照在上面,另一个忽然喊道:

"啊!我忘记了……"

罗勃的苍白面孔立刻显出红晕,他忍不住做了一个轻微的动作。

"我忘记了，"墨伦再说。"这辆车不能开出，您不要让它挂到早晨六点四十分快车上。"

罗勃沉默了一下，用很自然的声音问道：

"怎么！这到底为什么？"

"因为今天晚上的快车要保留一个特等车室，不知白天是否会再开来一辆，顶好是留下这一辆。"

他仍然凝视头等车然后回答：

"好的，就这样吧。"

但是另一种思想缠绕他，他突然恼火。

"这真讨厌！您给我看看，那些家伙打扫了些什么！这辆车仿佛积了八天的灰尘。"

"啊！"墨伦再说，"火车过了十一点钟以后到来，他们只给它揩抹一下，倒没有什么关系……他们愿意去看看它这已经是很好的。有一天晚上，他们忘记了，竟让一个旅客睡在座位上，一直到第二天早晨才醒来。"

墨伦遏住一个呵欠，说要上去睡觉了。离开之际，一种突然的好奇心要他转过来问道：

"话又说回来，您和县长的事已解决了，不是吗？""是的，是的，一次很有收获的旅行，我很高兴。""真是的！这再好不过了……请您记得，不要让二九三号挂上去。"

罗勃独自留在月台上慢慢向等着的蒙底维里埃列车走去。车厢各室的门已打开，上车旅客们已到来，几个猎人和他们的狗，还有两三个利用星期天出游的店员家庭，总之，人很少。但是那列车，当天的第一班已开走，他没有可浪费的多余时间，他必须立刻叫人组织好五点四十五分到卢昂和巴黎去的慢车。这清晨时刻，因为职员不太多，副站长的工作很复杂，要处理种种琐事。而且他监督调配，从停备站拖出的每一辆车厢都由工人们推到敞房底下接着，然后又必须跑到准备开行的办公室，看看车票的售卖和行李的登记。在这冰冷的气流中间，身体发抖、眼睛因没有睡而微微肿胀的成群旅客，都有着恶劣的心情，互相推撞，在这昏暗的空间穿过。这时几个士兵同一个职员发生争吵，要他去调解。半小时之内，他必须一身分成几个人，才能照顾一切，所以他的头脑里没有自己的任何思想。待慢车开走，车站里暂时清静一下后，他又赶快到扳道员的岗位去看看那边的一切是否都进行得很好，因为误了几分钟的巴黎直达车，马上又要到来。他赶回参与旅客们下车后的验票。再去检验拥进旅馆的马车，因为那时接客的马车都进入敞房底下，只由一道简单的栅栏和轨道隔开。待车站重新变得荒凉沉寂时，他才能轻松一会儿。

六点钟已敲过。罗勃装作散步的样子，从遮盖的停车场里走出来，他放眼四周，他抬起头呼吸，看到曙光终于升起。大洋的风已扫清浓雾，这是一个晴朗的早晨。他向北面注视印古维尔海岸，苍白的天边公墓的树木以淡紫的晕线显露；接着，他转向南面和西面，他注意到海上飘散的最后轻飘的白雾，像舰队似的，慢慢移动；整个东面，塞纳河出口的广大空隙里，已开始燃起初升太阳的红光。他机械地摘下镶银边的鸭舌帽，仿佛要让他的前额在清朗纯洁的空气里凉爽一下。这熟悉的地平线，广阔和平坦的车站广场，左面是火车到达点和机头停备站，右面是火车出发的场地，总之一句话，这整个城市仿佛平息了他的烦躁,使他恢复永远相同的日常工作的镇静。在查理·辣斐特鲁的高墙之上,工厂的许多烟囱正冒出黑烟,沿码头堆积的大堆煤炭随时可见。闹声已从别的船坞里传来。货车的汽笛声,风里带来的觉醒和海浪的气味,使他想到当天将要举行的下水庆祝典礼,届时那只汽船四周将拥挤着很多群众。

当罗勃回到遮盖的停车场时,他看见一组工人已调配好六点四十分的快车;他们要把二九三号推到列车上。清凉早晨的整个平静,都在突然发作的愤怒里消失了。

"他妈的!不要挂那辆车!让它安静地留下!它只到晚上才开出。"

组长对他解释,他们只推它一下,为了拖出它背后的另一节车厢。但是,他没有听见,他已被极度的愤怒影响了听力。

"一群愚蠢的家伙!我对你们说不要动着它。"

当他终于听明白后,还很生气。车站是这么不方便,到处被阻塞,人们甚至不能转动一个车厢。真的,这是全线最初建造的车站之一,它的停备站,梁木已很陈旧,装上狭小玻璃,只有木头和铅皮组成的厂房。以及许多各部分赤裸裸都有裂缝的可怜建筑物,实在不够大,不适合勒阿佛尔这样大的城市。

"这真是耻辱!我不知道公司怎么还不把这一切都推掉!"

那一组工人都注视他,听到他竟这样随意发表,觉得很惊讶,因为他平常都那样严谨和遵守公司的纪律。他已发觉到这点,就立刻停住。他站在那里坚挺、沉默,继续监视车辆的调配。一条不满意的皱纹划断他的低矮前额,光彩的圆脸倒竖着赭色胡须表现出深沉而紧张的意志。

此后,罗勃恢复他的全部镇静。他快活地照料快车,检查每一细节。他看车同车的连接做得不好,叫人当他的面旋紧螺丝。有一个桑芙琳经常去拜访的太太和她的两个女儿要他帮忙,给她们安顿到女人专车里。接着,在没有发出开行的信号之前,他还去看看火车的秩序是否合乎规章;最后,他睁着明亮眼睛,长久地注视火车慢慢离远,他必须认真工作,他知道一分钟疏忽可能引起不少人命伤亡。此外,他又必须立刻穿过轨道去迎接一列进站的卢昂火车。那里恰有一个邮政局职员站着,他每天总和他互通消息。在他那么忙碌的整个早晨,这是一个短促的小憩,大约一刻钟左右,他可以轻松地呼吸,没有任何直接的事务需要他管理。那一天上午和平常一样,他撮卷一根纸烟并很快活地谈话。日色已增大,人们熄灭了敞房底下的煤气灯嘴。敞房只装上那么小的玻璃,灰色的阴暗继续弥漫着;但是越过那里,户外的广大天边已照耀着烈焰般的阳光;整个地平线,在这冬季明朗早晨的纯净空气里,变成玫瑰色,一眼看去,连最细微的景象都显得非常清晰。

平常到八点钟,站长达巴梯先生总会下来办公,今天也是如此。于是,副站长走去向他报告。这是一个棕色头发的漂亮男子,穿得很整齐,他的姿态很像一个精于经商的大商人。其实,他不大关注旅客们的车站,而特别注意码头的事务和货场的大量运输,因为他的车站同勒阿佛尔和全世界的高级商业发生持续关系。那天他迟到了,罗勃已有两次推开办公室的门,而没有看见他在里面。桌上的信包甚至还没有被打开,副站长的眼睛落在信件中间的一封电报上。随后仿佛有一种诱惑强迫他留下,他不再离开门,然后不

由自主地转过来,向桌上瞥了一眼。

八点十分,达巴梯先生终于出现了。彼此打过招呼,罗勃坐下,一声不响,让他拆开电报。可是站长并不匆忙,愿意在他所器重的下属面前表示客气的态度。

"不用说,在巴黎一切都进行得很好吧?"

"是的,先生,谢谢您。"

他终于拆开电报,可是不读,他还是向罗勃微笑,罗勃竭力想克制抽搐,但下巴神经质地痉挛,喉头逐渐变得沙哑。

"能留你在这里工作,我们觉得很幸福。"

"而我,先生,我也很高兴同您一起工作,听从您的指挥。"

罗勃看着达巴梯先生阅读电报,脸上被轻微汗水渗溢,两眼紧盯站长。但是他所等待的激动并不产生,站长平平静静阅完电报,丢到办公桌上,无疑的,这一定是简单的业务琐事。他接着拆开信件,照每天上午的习惯,副站长趁这机会作夜间和清早发生的事情的口头报告。不过,那天上午,罗勃犹疑不决,在想起他的同事对他所说过的,几个窃贼闯入行李房终于被捉住的经过以前,他考虑了一下。报告完毕,他们还交谈几句,当其他两个副站长,一个主持码头事务的,另一个管理慢件行李站的,也进来汇报时,站长做了一个手势,让他退出。他们带来一个职员在月台上交给他们转递的一封新电报。

"你可以离开。"达巴梯先生看见罗勃还留在门口时说。

但是,罗勃睁着凝视的圆眼继续等着;等到那张小纸重新放到办公桌上,被同样冷淡的手势丢开,他才退去。接着,他头脑昏乱,不知做什么才好,在敞房底下闲荡一会儿。挂钟已指向八点三十五分,在九点五十分慢车发出之前,没有别的火车开行。平常,他利用这空闲时刻,在车站里巡视一周。他走了几分钟,不知道两脚领他到哪里去。随后,他抬起头,发现自己重新站在二九三号车厢前面,于是突然转弯,向机头的停车站方向走去,虽然那边他没有什么可看的。太阳现在已升到地平线,一种如雨的金黄灰尘弥漫在苍白的空气里。他不再享受这明朗上午的景色,他放快脚步,显得很忙碌,竭力想解脱焦虑的缠绕。

一个声音突然令他停下来。

"罗勃先生,早安!……您见到我的老婆了吗?"

这是火侠柏葛,四十三岁的大家伙,全身因他的大骨架显得瘦削,面孔已被火和烟烧得焦黑。前额很低,灰色眼睛,他的大嘴巴在突露的腭骨里,发出放荡者的笑声。

"怎么?是你吗?"停住表示惊讶的罗勃说,"啊,是的。机头发生意外,我忘记了。……你只在今天晚上再出发吧?二十四小时的假期,好运气!嗯?"

"好运气!"另一个重复说,还沉浸在昨夜宴乐的微醉里。

他出生于卢昂附近的一个村庄,很年轻就进公司当钳工。后来,到三十岁,觉得在工场里很烦闷,愿意当火侠,想由此升到司机,就在那时,他和同村的维克多娅结了婚。但是,许多年过去了,他始终还是火侠,而且现在不规矩,品行不好,时常喝醉酒,时常追逐女人,像他这样他将永远升不到司机。如果没有格兰摩伦院长的保护,如果人们不习惯于他的缺德,如果他的好脾气和当工人的经验不抵消他的放浪行为,公司当局早就把他开除了。他只在喝得酩酊大醉时才是真正可怕的,会变成真正暴戾的野兽,会干杀人的丑恶勾当。

"那么,我的老婆,你见到她了吗?"他重新问道。他咧开嘴大笑。

"当然,我们见到她了,"副站长回答,"我们甚至在您俩的房间里吃了午饭……啊!您有一个很好的老婆,柏葛。你对她不忠实,的确是不对的。"

他更粗暴地开玩笑。

"哦!你们怎能这样说呢?其实是她自己要我去玩耍取乐哩。"

这是事实。维克多娅比他大两岁,已变得肥胖,行动不便,常常拿五法郎的硬币塞到他的衣袋里,让他到外面去寻乐。她从来不因他不忠实、不因他出于自然需要连续出入不洁场所而感到很痛苦;现在他们的生活已定下来,他和两个女人同居,路线的每一端都有一个,他的老婆在巴黎为他提供夜晚住宿,另一个在勒阿佛尔为他消磨等待另一班火车再开行的空闲时间。维克多娅很节俭,过着吝啬的生活,她知道一切,但总以母亲般的态度看守他,而且总喜欢重复说,她不愿意让他在那边的另一个女人面前感到羞耻。甚至,每次动身之前,她总整理他的衣衫,因为她很敏感,怕另一个女人会责备她不好好注意男人的清洁,以免觉得难受。

"不论怎样,"罗勃再说,"这不大好。我的老婆很敬重她的乳母,她一定斥责您。"

但是,他住口,因为他看见一个高个子干瘦的女人从他们附近一个敞栅里出来,这就是菲洛曼妮·梭瓦妮,停备站主任的妹妹,一年来柏葛在勒阿佛尔姘到的情妇。柏葛招呼副站长前,他们两个一定在敞栅底下谈话。她虽然已三十岁,看来还年轻,身材颀长,胸口扁平,腭骨暴露,被连续的情欲燃烧着的身体,点缀着闪光眼睛的瘦长脸,简直像一匹发情的瘦雌马。人们都说她喝酒。车站的所有男人都先后到过她家,在机头停备站附近,他哥哥所住的小房子里。这小房子,由于她的疏懒,确实相当肮脏。她的哥哥,一个奥凡泥山区的人,很固执,严格遵守纪律,很得上司器重,对于她的放荡问题,他感到相当的烦恼。她的行为坏到那地步,他有时几乎要把她驱逐出去。现在,由于他的关系,人们之所以还容忍她住着,一半也由于他的家族观念硬要留她在自己身边;不过,他若偶尔撞见她与一个男人胡闹,也难免伸出拳脚殴打她,打得那样厉害,打得她有时候死了一样躺在地上。她和柏葛之间却有真正的缘分。她在这喜欢开玩笑的大家伙怀里得到满足;他撇下太胖的老婆,换上这个太瘦的女人,也觉得很幸福,他总用滑稽的口吻重复说他再也不要到别处去寻找娱乐。只有桑芙琳,以为应该顾到她的乳母维克多娅,才同菲洛曼妮发生不和,由于本性的自负,总竭力避开她,不和她打招呼。

"好!"菲洛曼妮傲然说道,"等一会儿再见,柏葛。罗勃先生既然代他的夫人向你作道德教育,我就走开。"

他这老好人还继续欢笑。

"你留下吧,他不过开开玩笑罢了。"

"不,不!我必须去拿两个新鲜鸡蛋,我曾答应给勒布娄太太送去。"

她故意提出这个名字,因为她晓得出纳女人和副站长女人之间的暗斗。她总装作和出纳女人要好而惹起罗勃太太的愤怒。可是,她仍然站着听火伕问起县长事件的消息,

她觉得很有兴趣。

"处理好了,你很高兴,不是吗?罗勃先生。"

"是的,很高兴。"

柏葛带着狡猾的神态。

"哦!自己手里有这样大的帽子,你是无须担忧的……嗯?你知道我要说的是谁。我的老婆也应该对他表示感激。"

副站长打断这影射到格兰摩伦院长的话语,他用沙哑声音再说:

"那么,您今天晚上才动身吗?"

"是的,利嫦号就要修好,他们总算锉好转动杠……我等着我的司机,他倒会享受,去呼吸一下新鲜空气。杰克·郎济埃,您一定认识他吧?他是您的同乡。"

罗勃心不在焉,仿佛想着别的事。停了一会儿,并不回答。随后,突然觉醒似的说道:

"嗯?杰克·郎济埃,司机……当然,我认得他。哦!您知道,我们只不过点头之交。我们是在这里遇见的,因为他的年纪比我小,在普拉桑,今年我从来没见过他……去年秋季,他曾替我的老婆帮助一点小忙,替她到第厄普的表姐家里做了一件委托的事……据说,这是个能干的年轻人。"

他随意说了很多话,然后突然道别离开。

"再见,柏葛……我还要到那边去看一下。"

菲洛曼妮像雌马一样迈开大步退走。柏葛还是不动,两手放在衣袋里,因为早晨快活的懒散,露出舒服的笑容。他奇怪地看副站长到敞栅附近转了一周,又很快地回去。他来看一下,并不很久,那么,他可能来窥探什么呢?

罗勃回到遮盖的停车场里,九点钟就要敲响。他一直到底下输送货物的栈房附近,看了看,似乎没有发现他所寻找的东西;接着,他不耐烦地走回,眼睛连续探询管理各种事务的办公室。这时,车站是平静荒凉的,只有他一个人因这平静逐渐激动,怀着一个人被灾祸威胁的烦恼,始终热烈盼望这灾祸立刻爆发。他的镇定已达到尽顶,所以,他不能呆着不动。现在他的眼睛不再离开挂钟,盯着它。九点,九点五分。平常,总是快到十点钟,九点五十分火车开走以后,他才上楼去吃午饭。突然想到桑芙琳一定在那上头等候,他就立刻向住所走去。

这一会儿,在走廊里,勒布娄太太正为菲洛曼妮开门。菲洛曼妮头发蓬乱,手里握两个鸡蛋,以女邻居身份来看她。她们站着,罗勃必须从她们注视下进入他家里。他带着钥匙,连忙开门。然而,从门的迅速开关中,她们瞥见桑芙琳,让两手懒散地搭在膝盖上,只露出侧面,一动也不动,坐在餐室一把椅子上。勒布娄太太拉进菲洛曼妮,自己也躲到房里,说她清早就已看见她这样坐着,无疑的,县长事件一定变得很坏。不,这有些很相同,菲洛曼妮解释她正为这个跑来,因为她已有了消息;她重述她听到副站长亲口说过的话。两个女人于是进行种种猜测。她们每次相遇,都这样啰唆嗦地饶舌。

"他们一定受到严厉的责备。我的小朋友,我可以担保……无疑的,他们的位置已经

动摇了。"

"啊！我的好太太，如果他们能滚蛋，我们能摆脱他们有多好。"

勒布娄夫妇和罗勃夫妇中间逐渐恶化的冲突，是由住宅问题引起。候车室上面的第一楼全部分给职员们居住；中央走廊，一个真正的旅馆走廊，漆上黄色，只由上面照亮，把整层的楼分成两半，褐色的门，向右和向左排列着。不过，右面住宅的窗户朝向火车开行的院子，里面种着许多老榆树，榆树之外又有印古维尔海岸的美丽景色舒展开；而左面住宅的窗户则是穿形狭长的，直接开向车站的敞房，看到的是敞房的高斜面，铅皮和醒龊玻璃的屋脊遮住地平线。右面的房间由于院子里的优雅环境，树木的绿丛和广大的乡野，是再愉悦没有的；至于左面的，几乎看不清楚外面，天像牢狱里一样，被封锁住，人们简直要烦闷死了。向院子这边，住着站长达巴地先生，副站长墨伦和勒布娄夫妇；而罗勃夫妇，女会计，琪松小姐和三个保留给视察员们经过时过夜的房间，则在后面的另一排。两位副站长并排居住，那是人们共知的事实。勒布娄一家之所以占有前面的房子，完全出于罗勃的前任副站长的好意，他死了老婆，又没有孩子，愿意对勒布娄太太献殷勤，才将自己的宿舍让给她。但是，难道这宿舍不应该归还罗勃夫妇吗？他们有权享用前面的住宅，公司却要他们留在后面，这难道是公平的吗？只要这两家人都和睦生活着，桑芙琳也情愿在她的女邻居，比她大二十岁的出纳太太面前，表示谦让，因为后者的身体不大好，胖得那么厉害，每天简直不停地喘气。菲洛曼妮恶意地贫嘴，搬弄是非，挑拨这两位太太互相赌气，从那时起，她们俩才真正"宣战"。

"您知道，"这位瘦邻居再说，"他们很可能利用到巴黎旅行的机会，要求上司驱逐你俩……曾有人肯定地告诉我说，他们曾写过一封很长的信给总经理，要求恢复他们所应享的权利。"

勒布娄太太喘不过气来。

"啊！这些无赖……我可以确信他们曾动员女会计站到他们一边；因为，半个月以来，她几乎不同我打过什么招呼……那家伙，又不是什么干净的东西！所以，我时常窥探她……"

她压低声音说："我敢肯定琪松小姐每天夜里过去和站长幽会。他们两个的房门是相对的。鳏居的达巴梯先生，只有一个已长大的女儿，大部分时间住在寄宿学校里。琪松小姐，这瘦小沉默像蛇一样柔软的金发姑娘，年纪已有三十岁，面容已褪色，是他领她到这儿来的。从前似乎做过女教员。她那样不声不响溜过最狭小的缝隙，我简直没有捉住她的机会。不过，她若真的同站长睡觉，她就有决定性的王牌，我们胜利的条件是要控制她，把她的秘密掌握到自己手里。"

"哦！我终究会知道。"勒布娄太太继续说，"我不愿让自己被吃掉……我们住在这里，我们将留下。凡是好人都会站在我们这一边，不是吗？我的小朋友。"

真的，整个车站对这住宅的斗争都极感兴趣。尤其是走廊两边，更受烦扰。差不多只有另一个副站长墨伦不管这件事，他自己住在前面，已很满意，他同一个孱弱怯懦的小女人结了婚，人们从来没看见她出门，可是每隔二十个月，她总给他生下一个孩子。

"总之，"菲洛曼妮最后说，"他们的地位已动摇了。不过这一次他们还能挣扎，还没

有倒在地下……您小心吧,因为他们认识有势力的人。"

她的手里还握着两个鸡蛋,这是早晨的鲜蛋,她在母鸡屁股下捡来。年老的太太连忙道谢:

"您多客气!您简直就宠坏了我!……您时常来聊天吧。您知道,我的丈夫终日留在钱柜旁边;我,我的两条腿不好,我被'钉'在这里,那么烦闷!如果这些无聊夺去我的风景,我将变成什么呢?"

随后她重新开门,送她出来。然后将一个手指放到嘴唇上。

"嘘!不要作声,我们听着。"

两个都在走廊里站定,不做一个手势,屏住呼吸,停了将近有五分钟。她们俯首,耳朵倾向罗勃夫妇的餐室,但是没有一点声音从那里透出,那里弥漫着死一样的寂静。由于她们恐怕会被撞见,终于分开,不说一句话,彼此点点头表示最后道别。一个踮着脚尖离开,另一个那么轻缓地关门,以至于简直听不见锁簧滑进门框的响声。

九点二十分,罗勃又到敞房底下。他监视工人们构成九点五十分慢车;他指手画脚,然而却不能控制自己,不断回头用他的目光巡察月台的这一端到另一端。什么都没有发生,他的两手在颤抖。

接着,他还向后投射一瞥,看看车站。突然,他听见一个送电报的职员呼呼喘气赶到他身边说:

"罗勃先生,您知道站长先生和督察员到哪里去了吗?我这里有拍给他们的电报。看,我已跑了十分钟……"

他借最大努力转过来,脸上没有一根筋肉颤动。眼睛盯住职员手里所握的两封电报。这次,看见送电报职员的紧张情绪,他确信,这一定是灾祸的消息送来了。

"达巴梯先生刚才经过这里。"他平静地说。

他从来不知道自己心里竟会那么冷静,思维竟会那么明晰,他已为自己做好一切准备。现在,他对自己已有十分把握。

"喏!"他再说,"看,达巴梯先生来了。"

真的,站长刚从慢件行李房回来。一读电报,他立刻惊呼:

"线路上发生了谋杀……这是卢昂视察员拍来的电报?"

"怎么?"罗勃问道:"是我们职工中间的谋杀吗?"

"不,不!特等车室里一个旅客被杀了……尸体被丢在第一五三柱旁边,距玛罗纳隧道出口不远……受害人是我们公司的一个董事,格兰摩伦院长。"

轮到副站长也惊呼了:

"院长?啊!怎么会?我可怜的老婆若听到了,一定会很悲伤!"

这叫喊显得那样合理和那样怜悯,达巴梯先生因而停了一会儿。

"这实在是的,您认识他,那么好的一个人,不是吗?"

然后,回到另一封拍给督察员的电报。

"这一定是预备推事的,大概是为某种应办的手续……现在刚九点二十五分,高舒先生当然还没到来。赶快派人到拿破仑广场的商业咖啡馆去。在那里一定能找到他。"

五分钟以后，高舒先生由一个工人领来。他曾当过军官，认为现在的职务很像退休，每天不到上午十点钟他从来不出现在车站，他从来都是在这里闲荡一会儿，然后立刻回到咖啡馆去消遣。这惨剧忽然闯入他玩的纸牌中间，他非常惊骇，因为经过他手里的事件平常都是不大严重的。但是电报的确由卢昂的预审推事拍来，它之所以在尸首被发现后过了十二小时才被送到，原因是这位法官首先拍电报给巴黎车站站长，想要知道受害人是在什么情况下动身；后来，得知了火车和车厢的总数，他才拍电报给督察员，命令后者查看二九三号车厢里的特等车室，如果这辆车还停在勒阿佛尔的话。高舒先生一开始以为自己是无故地被烦扰，不免大发脾气，等意识到这件事的非常严重性，坏脾气立刻消失了，显出相当重视的样子。

"但是这辆车一定已不在这里。"他突然担忧地喊道，恐怕调查的对象会逃出他的掌握，"它今天早晨一定又开走了。"

"不，不，请恕我插言……有一个特等车室留到今天晚上，这辆车厢还停在那边。"

这时罗勃显出平静神态请他放心。

他先走一步，督察员和站长紧紧跟随他。然而消息一定已散播出去，因为工人们都已悄悄离开工作，连续跟着来；职员们出现在各个办公室的门口，终于他们也一个个走来。不久，那里聚集了一群人。

大家到那辆车厢前面。达巴梯先生高声提出他的考虑。

"昨天晚上一定察看过。如果有什么痕迹留下，早就应该在电报里提及了。"

"我们去看个明白吧。"高舒先生说。

他打开车门，登上特等车室，刚一看，他几乎被吓昏了，惊呼咒骂道：

"啊！他妈的！这简直可以说是杀掉一只猪猡。"

一种恐怖的小气息从拥挤着的人们中间散过去，大家都伸出头奇怪地看。达巴梯先生第一个要看，登上踏级；背后的罗勃，为了表示同别人一样，也伸长脖子。

特等车室内部没有显出半点混乱。窗玻璃关闭着，一切都仿佛留在原有的位置上。只有一股恶臭的气味，由开着的车门透出来。那里，一个坐垫中间，一潭黑血已凝固。这一潭血竟那样厚，那样大，仿佛从一个泉源里涌出来的小水流，渗透了底下的地毯，许多黑块还粘挂在毛毯上。别的没有什么，就只有这令人作呕的血。

达巴梯先生非常生气。

"昨天晚上负责察看的人在哪里？带他们来见我！"

他们恰在那边，便向前走去，嗫嚅地说着种种请求原谅的理由。深夜里，人们难道能看得清楚吗？然而他们的确到处都看过。他们发誓，前夕，他们的确什么也没有发现。

但是，高舒先生站在车室里，为了写报告，用铅笔记下所看见的一切。他喊罗勃，罗勃是他愿意来往结交的朋友，在闲荡的时刻，他们两个总口抽纸烟，循着月台并行走。

"罗勃先生，那么，您上来，您帮助我察看吧。"

当副站长为着不让自己在血里行走，跨过玷污的地毯时，他说：

"请您注视另一个坐垫下面，看看是否有什么东西溜到那里。"

他拿起坐垫寻找，两手小心谨慎，目光表现出好奇的神情。

"什么也没有。"

可是,一个渍痕从钉在靠背的毛巾上被发现出来,马上引起他的注意;他将这个指给督察员看。这不是一个手指的血迹吗?不,人们后来认为这是一点溅射。为了看清检查的情形,人们相互拥挤着向前挤去,他们敏感地嗅察罪行,挤到站长背后,而站长出于温雅人的厌恶感,仍然留在踏级上,并没走进去。

突然,他考虑了一下说:

"那么,听我说,罗勃先生,您曾在这火车里……不是吗?您曾搭昨夜的火车回来……您,您或许会给我若干报告!"

"喏!这是实在的。"督察员喊道:"您曾注意到什么吗?"

罗勃默然想了三四秒钟。然后他俯下身去,察看地毯。可是,立刻再站起来,用稍稍粗大而自然的声音答道:

"当然,当然!我告诉你们……我的老婆曾同我一起。如果我所知道的,要被记在报告里,我想叫她也下来,她的记忆能矫正我的记忆。"

高舒先生听后觉得很合理,刚刚赶到的柏葛自愿去找罗勃太太,他跨开大步动身而去,接着是大家暂时的等待。同火侠同来的菲洛曼妮,两眼跟随他,为他担任这委托的事而暗暗发怒。但是一瞥见勒布娄太太,立刻尽她浮肿两腿的全部力量很快走来,样子竟那样可怜,勒布娄太太立即赶过去搀扶她。两个女人高举双手,为这样丑恶的罪行所激动,不住发出惊叹。虽然人们还绝对不知道任何消息,各种揣测的说明已在她们周围的混杂手势和惊骇面孔中间传播。在喻喻的谈话声中,菲洛曼妮并没有得到任何消息,她拿她名誉担保,说罗勃太太曾见到谋杀的凶手。等柏葛背后跟着桑芙琳,重新出现后,人群马上肃静。

"那么,您看她吧。"勒布娄太太喃喃说,"看她的公主样子,人们能说她是一个副站长女人吗?今天清晨,天还没有亮以前,她就这样梳好头发,穿好衣服,仿佛她要出去做客似的。

桑芙琳是以均匀的小步慢慢走来的。沿着月台,她要在众目睽睽下走过很长一段路。她并不示弱,她只拿手帕压到她的眼皮上,表示她听到爱害人的名字,感到极大的痛苦。穿黑呢的罩袍,很风雅,好像在为她的保护人戴孝。她的厚密黑发对着太阳发光,虽然天气很冷,但她甚至没有时间遮蔽她的头。她那温柔的蓝眼睛,充满忧虑,泪水盈盈,使她的模样变得更加动人。

"她当然有理由痛哭。"菲洛曼妮低声说,"看,现在有人既然杀害了他们的好上帝,他们已完蛋了。"

桑芙琳走到这一群人中间,走到特等车室开着的车门前面,高舒先生就和罗勃从车上下来,罗勃立刻开始叙述他所知道的情况。

"不是吗?我亲爱的。昨天上午我们一到巴黎,我们就去拜访格兰摩伦先生……这可能是十一点一刻,不是吗?"

他固定地凝视她。她的柔顺声音重复说:"是的,十一点一刻。"

但是,她的目光停在涂满黑血的垫子上。她的全身激动地痉挛,深深的呜咽从她的喉头涌出。深受感动和殷勤的站长立刻插进来说：

"太太，如果您不能忍受这景象……我们很了解您的痛苦……"

"哦！只要说两三句话。"督察员打断他的插话，"然后，我们将叫人再领太太回到她的家里去。"

罗勃连忙继续叙述。

"谈过各种事情以后，格兰摩伦先生告诉我们，他将在第二天动身到陀恩维尔的他妹妹家里去……我现在仿佛还看见当时的他坐在他的写字台边。我在这边，我的老婆在那边……不是吗？我亲爱的。他曾对我们说，他将在第二天到乡下去。"

"是的，他说第二天。"

然而，继续用铅笔很快记录的高舒先生却抬起头来。

"怎么，第二天？他显然当天晚上就已动身了……"

"请您等一下吧！"副站长答辩说，"当他知道我们将在当天晚上回来时，他甚至有一会儿很想同我们一起旅行，如果我的老婆愿意跟他一直到陀恩维尔，像她从前所做过的，一直到她的妹子家里住几天，他很高兴搭我们所要搭的同一快车动身。但是我的老婆，因这里有很多事要做，随着拒绝了……不是吗？你曾拒绝了。"

"是的，我曾拒绝了。"

"看，他是很热情的……他曾照顾我，他一直送我们到他的办公室门口……不是吗？我亲爱的。"

"是的，一直送我们到门口。"

"晚上，我们动身了……在我们进入我们的车室之前，我曾同站长方道普先生谈话。我一点什么也没有看见。我很烦闷，因为我以为我们的车室里只有我们两个人，不料一个角落里坐着我们没有注意到的一位太太；同时，车要开行的最后时刻，又上来别的两个人，一对迟到的夫妇……他们直到卢昂，也没有什么特别的，我一点也没有看见什么……所以，在卢昂，当我们下来放松我们的脚腿时，从我们所坐的车厢向后三四辆以外，忽然瞥见格兰摩伦先生正站在一个特等车室的车门边，我们感到非常惊讶！'怎么，院长先生，你动身了吗？啊！好！我们一点也没想到同您一起旅行呢！'他对我们解释他曾收到一封电报……正在这时开行的哨子吹响，我们赶快跑去重新登上我们的车室。在这里，我可以附带说一句，我们已不再看见任何人，因为我们一切同车者都已在卢昂下去，这使我们感到舒服……看，这就是全部经过。不是吗？我亲爱的。"

"是的，这的确是全部经过。"

这叙述虽然如此简单，却强烈地感染听众。大家都张口等着详细了解。督察员停止书写，同大家一样感到惊奇。他问道：

"你确信特等车室里没有人同格兰摩伦先生一起坐着吗？"

"哦！这个，可以绝对确信。"

一种震颤揉过去。这不可思议的神秘生出的恐惧，使每一个人的后颈都仿佛感到轻微的寒冷。如果旅客是单独一个人，那么，火车没有再停止以前，他究竟被谁杀死，从特

等车室里掷下,倒在距卢昂大约十三多公里以外的地点呢?

在寂静里,人们听见菲洛曼妮的恶意语声:

"这听来确实是奇特的。"

罗勃觉得自己被她的目光盯住,也颔首凝视她,似乎表示他也认为这是奇特的。同时,他还瞥见柏葛和勒布娄太太在她身边,不停摇头。大家的眼睛都注视他这一边,人们等着别的什么,人们要从他的身上寻找某种被忘记了的、能揭发事实真相的细节。这些强烈好奇的视线里,并没有存在半点控告;然而他认为各人的脸上露出模糊的猜疑,有时能由极小的事实变成确信的猜疑。

"真奇怪!"高舒先生喃喃说。

"的确非常奇怪。"达巴梯先生也重复一句。

罗勃于是决定了。

"我还记得很确切,快车由卢昂到巴朗丁一直开去,完全按照规定速度前进,我没有注意到任何反常的东西……我之所以这样说,因为我们单独坐在车室里,为了抽一根纸烟,我曾放下窗玻璃;我向外面看着,听见火车的一切声响……到巴朗丁,认出站长,我的接替人,贝西埃尔先生站在月台上,我甚至喊他,我们简短地交谈了两三句话,他还曾登上踏级,同我握手……不是吗? 我亲爱的。你们可以去问他,贝西埃尔先生一定会说的。"

桑芙琳还是不动,她的苍白脸孔写满了悲伤,再一次证实她丈夫的话语。

"是的,站长先生一定会说的。"

从这时起,任何控告都变成不可能的,如果罗勃夫妇在卢昂重新登上他们的车室,到巴朗丁,他们又在这个车室同一位朋友打招呼,他们当然与这杀人没有关系。副站长曾以为看见从各人眼睛里掠过去的猜疑阴影,也随着消失了;然而每个人的惊奇更增长起来。事件已有逐渐变得神秘的倾向。

"好吧。"督察员说,"您确信,在卢昂你俩离开格兰摩伦先生后,就再没有一个人能登上特等车室吗?"

罗勃显然没有预料到这个问题,因为他第一次感到烦扰,无疑的,他没有预先准备好回答这个突如其来的问题。他犹疑,注视他的女人。

"哦! 不,我不相信! ……人们关上车门,然后吹响开行的哨子,我们只有回到我们车厢的时间……再则,特等车室是保留的,任何人都不能上去,我以为……"

但是,他女人的蓝眼睛睁开,睁得那么大。他害怕自己会说出肯定的话语。

"总之,我不知道……是的,或者有一个人能上去……因为那时曾发生真正拥挤的推撞……"

待他一句一句说下去,他的声音重新变得肯定,这个新的完整的故事因而诞生而且确定下来。

"你们知道,由于勒阿佛尔的节日,旅客是那么拥挤……我们曾不得不保护我们的车室,抵抗二等或三等旅客的侵入……除了这个,车站的灯光又不很亮,我们什么也看不见,在这开行的杂乱里上车的旅客们互相推撞并且高声叫喊……凭我的信仰说,是的,在

这个时刻不知道如何安顿自己,或许趁拥挤之机,很可能有一人在最后一秒钟,强行进入保留着的特等车室。"

他的话语停了一下:

"嗯?我亲爱的,有可能是这样发生的。"

桑芙琳态度很颓丧,她的手帕压在她哭伤了的眼睛上,跟着他说:

"当然,有可能是这样发生的。"

因此,有了线索,督察员和站长不再说什么话,默契地交换一下目光。一阵激动掠过群众行列,他们觉得调查已完毕,大家都有评论的需要。立刻,各种假定流播着,每个人都造出一个故事。好一会儿,车站的事务仿佛停顿了,全部职员都在那里,被这悲剧缠绕,直到看见九点三十八分火车进到敞房底下,大家大为惊骇。人们奔跑,车门打开,旅客的浪潮接连流下。差不多所有好奇者都到督察员周围停住,由于处理事务的谨慎,督察员最后一次上去察看溅血的特座。

在勒布娄太太和菲洛曼妮中间指手画脚的柏葛,这时瞥见他的司机杰克·郎济埃从火车上下来,站在那里一动不动,远远注视集合着的群众。他做粗暴的手势呼唤他。杰克仍然不动。最后,他只好决定慢慢走来。

"什么事?"他问他的火伕。

他心里早已知道,他只心不在焉地听着谋杀的消息和人们所推测的假定。最使他骇异并特别引起他的不安的是他又跌到这调查中间,重新看见他昨晚在阴暗里瞥见疾驰过去的这特等车室。他伸长脖子注视凝结在垫子上的血迹;他的脑里重新浮现出杀害的场面,尤其是喉头割开,那正躺在那边铁道旁边的尸首。随后,他转眼注意到罗勃夫妇,同时他又听着柏葛继续对他叙述故事,后两者怎样卷入这一事件,他们自巴黎动身,同受害的搭一快车回来,以及他们在卢昂交换过的最后话语。男的,他认识他,自从他到快车上服务以后,他曾同他握过手;女的,他只偶尔看见她,由于他的病态恐惧,他也像对别的女性一样躲避她。但是这时候,看她这样悲伤和苍白,她的蓝眼睛在她覆盖着的浓密黑发下,露出那么惊惶的柔媚,却使他感动。他的目光不再离开她,心不在焉,昏乱地自问为什么罗勃夫妇和他一起站在那里,他们是昨晚从巴黎回来,而他此刻刚由巴朗丁赶到,事实怎么会使他们集合到这犯罪的'车厢前面。

"哦!我知道,我知道。"他高声说,打断火伕的话语,"昨夜我恰在那边隧道出口处,火车经过时,我很相信自己曾看见一点东西。"

这激起很大的骚动,大家都围到他身边。他战栗,惊讶,被说过的话语烦扰。昨晚既然那么严格决定保持缄默,为什么此刻要说话呢?其实,曾有那么多好理由劝告他不要开口。他注视这个女人,话语却不知不觉从他的嘴唇吐出来。她突然拿开手帕,睁得更大的眼睛随即盯视他。

但是督察员很快走近。

"什么?你曾看见什么?"

杰克在桑芙琳的注视下,说出他所看见的情形:照亮的特座在黑暗里飞快开过去,两个人的模糊侧面,一个被翻倒,另一个手里执刀。罗勃在他的女人旁边站着,他的活泼大

眼睛也固定地凝视他。

"那么,"督察员问道,"你认识刺客吗?"

"哦! 这个……不,我不相信,我能肯定。"

"他身上穿的是大衣还是工衣?"

"我一点也不能肯定。您想吧,火车以每小时八十公里的速度驶过,我怎么能看得清楚呢?"

桑芙琳无意间同罗勃交换一下目光,后者已有力量说:

"真的,这必须有很好的眼力。"

"不管怎样,"高舒先生最后说,"看,这是一个重要的陈述。预审推事将帮助您看明白一切……郎济埃先生和罗勃先生,为了以后的传审,请将你俩的正确姓名写给我。"

此事暂时完结。聚集的好奇者逐渐散开,车站也恢复它的业务活动。尤其是罗勃必须跑去照料旅客们都已上去的九点五十分慢车。他同杰克较紧地握握手,后者单独和桑芙琳留下,眼看勒布娄太太、柏葛和菲洛曼妮在他们前面轻轻谈着,耳语离开。他自己不得不陪少妇一直走到敞房底下,职员宿舍的楼梯附近。虽然找不到话题可以对她说的,他仍然留在她身边,仿佛他们中间已有一根线连住他们。现在白天的愉悦亮光已铺开,胜利而明朗的太阳在纯洁的蔚蓝天边,从早晨的雾气里升上来;海风,由于潮涨的关系,逐渐获得力量,吹来咸性的凉爽。当他终于离开她时又遇见她闪出惊怖和哀求的温柔亮光的大眼睛,他因而受到更深的感动。

这时车站里传来轻微的哨子声。这是罗勃发出的开行信号。机头以延长的汽笛回答它,九点五十分火车开动。它跑得更快,逐渐消失在远处阳光的金尘里。

4

　　三月中旬那一天,预审推事戴尼采先生重新召集格兰摩伦案件的一些重要证人到他的卢昂法院办公室里。

　　三个星期以来,这案件惹起很大风波。它曾惊扰卢昂,激动巴黎,反对党的报纸在他们反对帝国暴烈运动中拿它作为战斗的武器。普选日期的逼近,整个政界都关心普选的情势,格外增加斗争的狂热。议会里曾举行了很骚乱的会议,对归附皇帝的两个议员的职权是否有效问题,发生激烈的争辩;此外还要求成立一个市委员会的选举,竭力反对塞纳州州长管理巴黎财政,也是掀起风波的主要原因之一。格兰摩伦案件来得正好,人们可以借此来延续已有的骚动,许多最奇特的故事已开始传播,报纸每天早晨充满辱骂政府的词汇。一方面各种日报要人们认识受害人是都伊勒里宫的一个亲信、退休的法官、荣誉团骑士、富有数百万家财,一生沉溺在最丑恶的淫荡里;另一方面预审工作,没有任何结果,人们指控警察和司法当局,为了求得统治者的欢心,故意延宕,不认真去寻找凶手,人们都嘲笑这始终没有被找到的传说刺客。这些攻击里固然含有许多事实,可是他们那样尖刻,只使政府更加难以忍受。

　　所以戴尼采先生深深感到紧压在他肩头的沉重责任。他也兴奋激动,尤其因为他有野心,他热烈等着像这样重要案件由他来处理,借以显示他自己认为赋有敏捷和毅力等重大才干。他本是诺曼底一个大牧畜家的儿子,曾在刚城读过法科功课,很晚才进入司法界,由于他的农民出身,加上他父亲破产引起的贫穷,使他升迁很困难。他历任培内、第厄普和勒阿佛尔的代理检察官的职位。随后被派到卢昂当助理检察官。一年半以前,他已过了五十岁,才被派到这里做这里的预审推事。他没有财产,微薄的薪俸绝对不能满足需要,他很烦恼在司法界报酬不丰、只有平庸者才能忍受这种状态而一般聪明人都互相吞噬,等着出卖自己的机会。他的才智很敏捷,很精细,他的品行甚至可说是廉洁的,他热爱他的职业,陶醉于他所掌握的权力,因为这权力使他在自己的办公室里成为别人自由与否的绝对主人。只有他的利益矫正他的激情,他是如此渴望得到勋章并升到巴黎去做法官,自从他接任预审推事的第一天,被崇尚真理的情感拖得很远,但是现在,他只存极端的谨慎前进,预测各方面能阻碍他前程的种种陷阱。

　　此外,应该说戴尼采先生是预先受嘱托的,因为从这个案件侦查一开始,一位朋友曾劝告他到巴黎的司法部里去走一趟。在那里,他曾和秘书长长密·赖摩特先生做了很多的谈话,长密·赖摩特先生是重要的人物,掌有人事迁调的权力,负责任命法官,且同都伊勒里宫发生经常性接触。这是一个美男子,和他一样,也由助理检查员的职位出发,可是他的来往关系和他的女人却使他被选为议员并得到荣誉团的优异勋章。格兰摩伦案

件不期然而至来到他的手里,被害人是一位卸职的法院院长,因而卢昂的帝国检查官很担心这暧昧的悲剧。由于谨慎,他请司法部部长亲自来处理,部长将这责任卸给他的秘书长。这里又有一个巧合:长密·赖摩特先生恰是格兰摩伦院长的一个老同学,虽然比他小几岁,却和他有非常亲密的友谊。他彻底了解他,连他的放荡行为也知道。所以他带着深深的悲伤谈到他朋友的惨死,他只向戴尼采先生表示找到凶手的强烈愿望。但是,他并不隐瞒都伊勒里宫因为这过分的喧闹受到烦扰,他不免嘱咐戴尼采先生要极其机敏。总之,法官已明白他最好不要急速处理,没有得到预先的允许之前,顶好是什么都不要冒险。甚至他回到卢昂时,还确信秘书长那方面也派出许多密探,情愿自己来侦查这个案件。他要了解实情,如必要的话,可以更好地掩盖它。

然而,许多时间过去了,尽管戴尼采先生有耐心,报纸的讥笑终于使他很生气。随后,他的警察本能重新出现,鼻子向天,他简直同一只好猎犬没有什么两样。他立刻想找到真正的踪迹,想第一个嗅到它,他若发现线索,然后再按上司的命令去抛弃它,也不算太迟。他一面等着部里迟迟不来的任何一封信,一个劝告或一个简单的示意,一面恢复他的侦查活动。已经执行的两三个拘捕里,没有一个能站得住脚。但是,拆开格兰摩伦院长的遗嘱,突然唤起他最初几时就已微微感到的一个猜疑:罗勃夫妇的可能犯罪。这遗嘱充满很多奇特的赠送,其中的一个指定桑芙琳为坐落在摩弗拉十字的那幢房子的继承人。罗勃夫妇晓得写好的遗嘱,为着很快去享受他们的产业,可能杀害他们的恩人。这念头萦绕在他的脑海里,尤其是因为长密·赖摩特先生曾奇特地说到罗勃太太从前还是少女时,这位秘书长在他的老朋友家里就已认识她。不过,这里又不知含有多少难以确定的情况,多少物质的和精神的不可能!待他向这方面研究以后,他的每一步又碰到相反的事实,他正规地从事司法侦查的概念也遭到失败。没有任何准确的根据或基本的原因,始终没有出现能照亮一切的中心光焰。

还存在另一个线索。戴尼采先生并没有忽略它,这就是罗勃本人所提供的。一个人曾利用火车开行时的拥挤推撞,可能爬到特等车室里去。这就是所有报纸所嘲笑的,始终找不到的绝妙和传说刺客。侦查的努力首先向这个由卢昂动身,一定到巴朗丁下来的那个人身上进行;可是,得不到半点切实的结果,有些证人甚至否认闯入保留特等车室的可能性,另有些,则提供最矛盾的报道。这线索又似乎得不到任何好的结果,不料法官询问守望员米索尔时,忽然无意间闻到长布什和小路易斯特的悲惨冒险:这女孩子因院长对她施过暴行,结果逃到她的好朋友家里死掉。这对他仿佛是一声霹雳,这一下,正规的控告在他的脑里成形了。一切都可以从这里面发现到:石矿工人反对被害院长的咒骂和死的威胁,犯罪者的可悲履历,其实,这又是一个偶然想起而无法加以证明的莫须有罪状。由于一时的固执灵感,他昨天夜里曾命令逮捕长布什,把他从他在树林深处所住的小房子,一种偏僻的洞窟里,拘捕到看守所里来关押着,而且人们还从那里找到一条溅血的裤子。虽然他还不认为他的确信是绝对的,虽然他不许自己放弃罗勃夫妇的假定,可是他喜欢想象,相像只他一个人有相当精敏的鼻子去发现真正的凶手。那一天,就是为了使自己更有把握,他才召集案发第二天他就已经听过的许多证人到他的办公室里来。

预审推事的办公室是在贞德路那一边的一幢破旧房子里,它紧紧靠近今天已改成法

院、因法院失掉体面的诺曼底公爵旧宫殿侧面底层的阴森森大房间里。只由灰白色的日光照亮，在冬季下午三点钟就必须点灯。四壁贴上褪色的旧绿纸，它的全部家具只有两把沙发、四把椅子、一张法官的写字台和一张书记官的小桌子；冷冷清清的壁炉上是一个黑大理石的座钟，两边分别放着两个青铜杯。写字台背后，一道门通到第二个房间，在这房间里，法官有时隐藏他要保留着询问的人；进口的门，则直接开向宽广的走廊。走廊里摆许多方长凳，让等候的证人坐着。

虽然传审证人是定在下午两点钟，可是刚一点半，罗勃夫妇就已到那里。他们从勒阿佛尔来，几乎没有时间到大街小饭馆里吃午饭。两人的服装都是黑色的，他穿常礼服，她的身上和贵妇人一样，罩上漂亮的绸袍。两个人都保持一个亲戚去世后所表现稍稍疲倦和忧伤的严肃态度。她坐在一条长方凳上，一动也不动，而且不说一句话；他站着，两手向背后交叉着，以徐缓的步伐在她面前行走。但是每次踱回，他们的目光总相遇，他们隐藏着的忧虑的阴影不时从他们沉默的面孔上掠过去。摩弗拉十字产业的遗赠，虽然使他们的心里充满快乐，同时也重新引起他们的恐惧，因为院长的家族，尤其是他的女儿，眼看着那么多奇特遗赠留给了别人，几乎损失了全部财产的一半，非常愤怒，曾说要到法庭撤销遗嘱；赖宣纳太太被她的丈夫催促，对她的旧日女伴特别残酷，她把最严重的猜疑强加到旧日女伴身上。另一方面，罗勃先前没有想到的一个证据，现在又以连续恐惧地萦绕在他的脑际：就是他强迫老婆写下要格兰摩伦决定动身的一封短函。这短函如果没有被院长毁掉，如果人们能重新找到它，而且能认出其中的笔迹那就糟糕了。幸而好些日子过去，什么都没有发生，短函一定已被毁掉。然而每一次新的传审，每次再到预审推事的办公室，对他们夫妇来说，还始终是忧心忡忡。他们虽然摆出继承人和证人的端庄态度，他们的内心仍不免要吓得冷汗直流。

两点钟已敲过，杰克也出现了。他从巴黎来。罗勃立刻很殷勤地伸出手向他走去。

"啊！您也一样，人们也打扰您……嗯？这永远不会结束的悲惨案件，实在太厌烦了。"

杰克瞥见桑芙琳还一动都不动地坐着，他骤然停住。三个星期以来，每隔两天，每次他到勒阿佛尔的旅行，副站长总是很和悦地欢迎他，接待他。甚至有一次，他不得不接受邀请到他们家里去吃午饭。在少妇身边，他觉得自己战栗，为增长的烦乱所激动。那么，这一个，他也要她吗？一看见颈项的白线，胸衣之上的新月形，他的心立刻跳跃，他的两手立刻胀热。所以此后他是坚定下了决心尽量躲避她。

"那么，"罗勃再说，"在巴黎，人们怎样谈论这案件呢？没有什么新的发现，不是吗？您看，人们什么也不知道，而且将永远不知道……那么，请过来向我的女人说一声日安吧。"

他拉着他，杰克只得走近，向局促的桑芙琳打招呼，桑芙琳像胆小的孩子一样露出微笑。他竭力谈论不相干的事情，这对夫妇的目光则不断盯视他，仿佛要从他的思想里、连他自己也犹疑不决的茫然沉思里，看出他的情绪。为什么他这样冷淡？为什么他总设法避开他们？难道他的回忆已觉醒了吗？难道要使他们对质，他们才再召他到这里来吗？他们所惧怕的这唯一证人，他们要收买他，要同他发生那么亲密的关系，要他死心塌地，再也没有勇气去说有害于他们的话语。

受苦刑般的副站长重新提到这案件。

"那么，您没有想到人们为什么又来传审我们吗？嗯？或者有什么新的发现吧？"

杰克做一个茫然的手势。

"刚才我到车站时，听到一个风声，说要逮捕一个人。"

罗勃夫妇很激动，很困惑，不免露出吃惊的面容。怎么？逮捕一个人？没人对他们提及这个。一个已执行的逮捕，还是将要要执行的逮捕呢？他们提出一大堆问题烦扰他，可是事实上他并不比他们知道得更多。

这时，在走廊里，一个脚步声唤起桑芙琳的注意。

"看，贝尔蒂和她的丈夫来了。"

真的，这是赖宣纳夫妇。他们摆出笔挺的样子，从罗勃夫妇面前走过去。少妇对她的旧日女伴甚至不屑一顾。一个守门的马上领他们进入预审推事的办公室。

"啊！好，我们必须尽量忍耐。"罗勃说，"我们在这里将要等候很长的两小时……那么，请您坐下吧。"

他先坐到桑芙琳的左边，然后做手势请杰克坐在她的右边。杰克站了一会儿，随后，看她露着温和和惧怕的面容注视他，他也坐到长方凳上。她很纤弱，在他们两人中间，他觉得她富有顺从的温柔；从这女人身上透出的微温，在他们的长久等待里，逐渐使他的整个身心陶醉。

戴尼采先生的办公室里，审问就要开始了。侦查工作提供了很厚一堆案卷，许多蓝的封套包住许多帙的纸。人们努力调查被害人从巴黎动身以后的情形。站长方道普先生曾陈述种种经过，如六点三十分快车的开行最后时刻，添上的二九三号车厢，格兰摩伦院长未到之前的一会儿，他同立刻要登上车室的罗勃交谈了几句话，以及这位老先生终于安顿到他的特等车室里，他确信他是单独上去，绝没有任何人混入等等。接着是车长亨利·陀凡涅，他对火车停在卢昂十分钟里，他究竟看见了什么，也不能肯定任何事情。他只看见罗勃夫妇在特等车室前面谈话，他很相信他们已回到他们的车室里去，由一个稽查重新关上车门；但是由于旅客们的推撞和车站的半明半暗，他看不清楚，这还始终是模糊的。至于说一个始终找不到的绝妙刺客，在火车起程的时刻，可能闯入特等车室的假定，他一面认为这冒险不大可信，一面却不否认它的可能性；因为据他所知道的，这样事件以前已发生过两次。卢昂车站的其他职员们，在同样问题上被审问，不但不能供给一些明显的线索，还由于他们的矛盾回答，反而增加不少混乱，然而一个事实已被证明，这就是罗勃从他的车室里，同登上踏级的巴朗丁站长握手。站长贝西埃尔先生正式确认这是事实，他还加上说，他的同事只单独和他的老婆一起，后者半躺着，仿佛在安静地睡觉。另一方面，人们甚至去寻找从巴黎动身、和罗勃夫妇同一车室的旅客们。胖的太太和胖的先生、小王冠村的资产者因为迟到，在最后一分钟才上车，他们说他们一上车就立刻沉入假寐，他们说不出什么；而默然坐在角落里的孝服女人，她像影子似的消失了，人们绝对不能再找到她。最后，在别的一些证人，不重要的角色，被用来确定那一夜在巴朗丁下车的旅客们身份的那些人，也被传审过，因为大家都假定凶手一定是在那里下车。人们曾计算过车票，终于认出所有旅客，只有其中的一个没有被发现，这一个恰是高大的家伙，头上包一块蓝手帕，有些人说他穿外套，另一些人都肯定他身上是工衣。单单关于这个梦一样消失了的人，案卷里积有三百一十件陈述，它们的内容如此混杂，每一证明都被另一证明否定。

此外，案卷里还藏有许多司法方面的文件：如检查官和预审推事到现场勘察，由书记官写下的很多记录；铁道旁边死者被掷下的地点；身体的位置、服装、从衣袋里取出证明受害人身份的物件等都有厚厚的一叠叙述。由两个法官领来的医生也用科学的术语留下详细记录。喉头的伤口是唯一的致命伤，锋利武器——一定是一把刀——戳成的丑恶洞孔，文件记得很详细；最后，还有许多别的记录，关于尸首被搬到卢昂医院，它留在那里的时间，它很快腐烂，官方不得不将它还给家属等等，也汇成很可观的一批文献。但是，从这堆纸张里，只有两三点重要的留下来。首先，从衣袋，人们没有发现到所戴的表和一个小皮包，皮包里一定藏有格兰摩伦院长要还给他妹妹波纳洪太太所期待的十张一千法郎。另一方面，如果就像据他所知道的，这样事件已发生过两次。另一方面，如果一只镶大金钢石的戒指不留在手指上，犯罪似乎是出于盗窃的动机。从此，人们又提出一大批假定。可惜大家都不知道银行钞票的号码，但是表是认得的。一只装有开表键的大表，表壳上刻有院长姓名互相交绕的第一个字母，表内还记下制造的数字二五一六。最后是武器，谋杀者所使用的刀，人们在铁道一带的荆棘丛和可能被丢下的一切地方仔细寻找，可是始终没有找到，刺客一定把刀藏在钞票和表的同一洞窟里。人们在巴朗丁车站前一百公尺左右的地点拾到被害人的旅行被头，仿佛是一件边累的物品被抛弃在那里，所以它被列入多种的确证之内。

赖宣纳夫妇进来时，戴尼采先生站在他的写字台前面，重读他令书记官刚从案卷里找出的最初审问的一个记录。这是个身量小而相当强壮的男子，已经斑白的胡子完全被

剃光,厚的面颊,方下巴,阔鼻子,全都显露灰白的平静,一半罩住明亮大眼睛的沉重眼皮,更增加这平静的姿态。但是他自以为具有一切机敏,一切灵巧,全隐藏在他的嘴巴里,这是喜剧演员们玩弄时髦情感的嘴巴,非常伶俐。在他狡猾的时刻,显得很薄。可是机敏却往往损害他,他太灵活,对简单和适当的实情,他只根据职业的理想,太爱耍他的诡计,他要他的职业成为精神解剖家的典型,认为自己富有极端精微的直觉。总之,他并不是一个糊涂人。

立刻,他对赖宣纳夫人表示殷勤,因为他的体内同时还有风雅法官的禀性,他时常出入卢昂和附近的高等客厅。

"太太,请您坐下。"

他亲自推一把椅子给进来的少妇,后者,一个孱弱的金发女人。裹在孝服装里,面露丑陋可厌。可是对同样金发的赖宣纳先生,他只表示客气的礼貌,表情上甚至稍露傲慢。这个矮小的人,从三十六岁起,就做法院审判官,仰仗他岳丈的势力和他父亲——也是一个法官——从前在混合委员会服务的成绩,已得到政府的勋章;总之,这位代表富有和得到优宠的司法官,在戴尼采先生看来本身虽然平庸,靠他们的财产和亲戚关系,一定会迅速达到他们的目的。而自己,既贫穷又没有庇护,只好让他这恳求者的脊梁伸向不断跌下来的升迁石块下。所以,在这办公室里,他要后者感到他的全能,他有控制所有人自由的绝对权力,并不觉得不合适,因为他的职权大到那样,如果他愿意,只要一句话,就可以使一个证人成为被告,可以立刻执行逮捕。

"太太,"他继续说,"您将原谅我还拿这痛苦的故事来烦扰您。我知道您和我们一样,也强烈盼望案情早日查明,凶手早日得到惩处。"

他做一个手势,叫书记官——一个面黄和脸骨突露的高大青年男子,准备好。审讯开始了。

从一开始向他女人提出的几个问题起,坐着的赖宣纳先生看见自己不被问话,竭力想替他发言。对他岳丈的遗嘱,他终于吐露他的全部愤怒。别人能明白这个吗?那么多,那么重要的遗赠,差不多达到全部财产的一半三百万法郎,怎么可能呢?而且送给大多数不认识的人,一切阶级的女子们甚至安顿在岩石路一道门下的一个卖紫罗兰的小女贩,也得到她的一份。这是不能接受的,他等着刑事侦审工作结束以后,看看是否有方法撤销这不道德的遗嘱。

他这样咬紧牙关大发牢骚,显出他是一个蠢家伙,一个存有固执激情,沉没在贪得和悭吝里的外省人。戴尼采先生睁着半闭的明亮眼睛注视他,他的细薄嘴巴对这接受两百万法郎还感到不满足的无能者表示轻蔑的嫉妒。无疑的,有一天,他一定会看见这位吝啬鬼依仗这一切金钱,会穿上最高职位的紫色服装。

"先生,我相信,您的话或许是错误的。"他终于说,"如果遗赠的总数不超过一半财产,遗嘱是不能被攻击的。您现在所谈的,正是如此,并没有超过法定数目。"

然后转向他的书记官。

"听我说,罗兰。我想您不会把这一切都记下去!"是留在这假定上的人都变成他的敌人,仿佛打击他的智慧和确信。

"好吧！我们应该推理！"他喊着说，"像罗勃夫妇这样的人，一定不会为继承得更快而杀掉像您父亲那样一个人。他们若有想急于取得财产的征候，我至少会从别处发现想享受和占有的形迹。不，这动机是不够的，应该发现另一个原因，可是什么都没有，您自己也没有供给什么值得注意的证据。不是吗？……此外，若拿证人的陈述来观察，您不觉得事实上的不可能吗？没有任何人看见罗勃夫妇曾登上特等车室，而且一个职员甚至肯定地相信他们曾回到他们的车室里去。既然有人确定火车到达巴朗丁时，他们在原来的车室里，那么，我们必须承认从他们所在的位置到院长的特等车室，其中相隔三个车厢，而火车又以全速率开行着，同巴朗丁车站只差几分钟的路程，他们的来回，怎么可能呢？这难道是可信的吗？我曾询问司机们和车长们。所有人都对我说，只有大胆和习惯才能显出相当的镇静和毅力……无论如何，女人是不能这样做的，那么，只有丈夫不和女人一起，单独去冒险，为什么呢？为杀掉一个曾使他们摆脱一个严重困难的庇护人吗？不，不，决不！这假定是站不住脚的，必须向别处去寻找……啊！一个从卢昂爬上，在第一站下车的人，他新近曾对被害人说过要杀死他的恐吓……"

他逐渐激动地达到他的新体系，他正要发表很多理由，门忽然开了一半，守门人的头钻进来。可是，他还没说话，一只戴手套的手却推开门走进来，一位金发的太太，穿很华丽的戴孝服装，走进来。她虽然已过五十岁，却还漂亮，具有年老女神的丰满和强壮之美。

"是我，我亲爱的法官。我迟到，您会原谅我。不是吗？道路简直不能行走，自陀恩维尔到卢昂十三公里多，现在简直已增加了一倍。"

戴尼采先生很风雅，马上站起来。

"上星期以来，您的身体很好吗？"

"很好……而您已从我的车夫曾给您造成的震惊里恢复平静了吗？这年轻人告诉我，他领您回去时，刚到宫堡两公里以外，几乎让您翻倒。"

"哦！这不过动摇一下罢了。我已不记得了……请您坐下，正如我刚才对赖宣纳太太所说过的，请原谅我拿这可怖的案件唤醒您的痛苦。"

"我的上帝！既然这是必要的……早安，贝尔蒂！早安，赖宣纳！"

这是波纳洪太太，被害人的妹妹。她抱吻她的侄女，和侄女婿握手。她从三十岁就做了寡妇，丈夫曾给她留下很大一笔财产，她自己同她的哥哥分掉陀恩维尔的产业后，也已很富，她过着可爱的、据说充满爱情的生活。可是，她的外表竟那么端庄和直爽，她还始终是卢昂上流社会的调解人。由于机会和兴趣，她爱司法界里的人物，二十五年以来，她在宫堡里接待全部司法官，他们每次总由她的车子从卢昂领来，然后再送回去，参加她连续举行的宴会。今天，她的激情还没有平息，人们还说她对法院一个审判官宿曼德先生的儿子、年轻的助理检查官，表示母亲般的温柔；她一面为儿子的升迁努力，另一面又给父亲以亲切和殷勤的招待。她还保留一个从前的好朋友，也是一个审判官、独身的德巴赛叶先生，他是卢昂法院文学上的光荣，人们常引证他写得很细致的十四行诗。许多年之间，她在陀恩维尔保留他的房间。现在，虽然已超过六十岁，他还常常以老朋友资格来赴宴会，他的风湿病只允许他回忆过去的情感。因此，尽管渐渐衰老，她的风韵还为她

保持着"王"权,而没有别的女人敢于同她争夺这个优越的位置。上一冬季,她只在勒布克太太身上感到一个劲敌的存在,勒布克太太的丈夫也是一个审判官,她的年纪只有三十四岁,是一个高大和棕发的女人,实在很漂亮。司法界已开始对她发生很大兴趣。这个不免给波纳洪太太的日常生活带来少许忧郁。

"那么,太太,如果您允许的话,"戴尼采先生再说,"我向您提出几个问题。"

赖宣纳夫妇的审问已结束了,可是他并不遣走他们。他的办公室本是那样阴郁和冷清,由此一变而为浮华的客厅。沉默的书记官重新准备书写。

"一个证人陈述您的哥哥曾收到一封电报,要他立刻到陀恩维尔……我们没有找到这封电报。您,您曾拍电报给他吗?太太。"

波纳洪太太很随便地微笑一下,立刻用友好的声调回答他。

"我没有拍电报给我的哥哥,我等着他,我知道他要来,可是没有固定的日期。平常,他总这样突然来到,几乎每次都搭夜车。他住在大花园的一个孤立厢房里,厢房的门又开向荒凉的小街,我们甚至听不见他进去。他在巴朗丁租一辆马车,只在第二天才出现,有时很晚,简直和出去做客回来的一个邻居没有两样,然后就把自己很久的安顿在他的房子里……这次,我之所以等着他,因为他应该带给我一万法郎。这就是为什么我一直相信人们只为谋财才杀害他。"

法官在房间里沉默一阵子,然后正视她:

"您对罗勃太太和她的丈夫有什么感想呢?"

她急速抗议表示:

"啊!不,我亲爱的戴尼采先生,您不要再让您在这些人身上浪费时间……桑芙琳是一个好女孩,温和、柔顺,而且很可爱,她不会损害什么。您既然要我重复说我说过的话,我想她和她的丈夫决不会干坏事。"

他点头表示赞同。他胜利了,他向赖宣纳太太瞥了一眼,后者受到刺激,立刻插进一句:

"我的姑母,我觉得您是很容易说话的。"

波纳洪太太用她平素的直爽谈话宽慰自己:

"算了吧,贝尔蒂。关于这点,我们将永远不会一致……她快活,喜欢笑,她是对的……我完全知道你的丈夫和你的想法。但是,说句真话,利欲搅乱了你们的头脑,你们才会那么惊异你的父亲留给桑芙琳的摩弗拉十字房地产……他曾教养她,给她陪嫁,遗嘱写上她的名字完全是自然的。算了吧!他不是有点想认她做女儿吗?……啊!我亲爱的,金钱在幸福里只占那么少的位置。"

真的,她固然时常很富有,对于金钱却绝对不关心。她是一向被崇拜的漂亮女人,富有温雅的情感,甚至一向只在美和爱里寻找生活的唯一真谛。

"这是罗勃自己谈到电报。"赖宣纳先生用冷淡的语调唤起别人的注意,"如果没有电报,院长不会对他说他曾收到一封。为什么罗勃要撒谎呢?"

"但是,"已逐渐激动的戴尼采先生喊道,"院长自己很可能假托这个电报,来向罗勃夫妇解释他的突然起程。根据他们自己的说法,他要在第二天才动身。他这所以又改乘他们的同一火车旅行，而且如果他不愿意对他们说出我们大家都不知道的真实原因，他当然需要任何一个理由……这不重要，这达不到什么结果。"

法官重新沉默一下，继续说话。他很镇静，显示自己很谨慎。

"现在，太太，我要谈到一个特别微妙的话题，请您宽恕我所要提出问题的性质。没有任何人比我更尊敬您哥哥的声誉……流传许多谣言，不是吗？人们曾说他有过很多情妇。"

"哦！亲爱的先生，到这样的年纪！……我的哥哥很早就做了鳏夫，我从来不相信自己有权利批评他的行为，他认为好的，我自然无权觉得它是坏的。所以他随他的意思生活，但他始终保持着自己的身份，他一直是上流社会里的人。"

贝尔蒂听到人们当她的面，谈她父亲的情妇，简直气得透不过气来，她只好低下眼睛；她的丈夫，和她一样局促，转身走去站到窗前。

"如果我还继续说下去，请宽恕我的冒昧。"戴尼采先生说，"他同您家里的一个年轻侍女，不是有过一段故事吗？"

"啊！是的，小路易斯特……但是，亲爱的先生，这是一个放荡的女孩子，在她十四岁时，十四岁，她就同一个犯罪的人发生了关系。人们要利用她的死来反对我哥哥。我对您说吧，这是一种侮辱。"

真的，她是诚恳的。不过她虽然知道哥哥的品行是怎么一回事，而且他的惨死也没有引起她的惊奇，可是她觉得自己必须庇护家族的崇高地位。此外，关于这路易斯特的不幸故事，她虽然相信她哥哥，很可能要她做他的情妇，可同时她也确信后者的早熟淫荡。

"您想，一个女孩子，哦！那么小，那么娇弱，金发，面孔粉红，很像小天使，同时又是那么温柔，简直像个神圣不可侵犯的圣女那样，不用忏悔就可以得到一个好上帝……谁知道，没有到十四岁，她就做了一个粗犷畜生，一个名叫长布什的石矿工人的好朋友，因为在酒店里伤害过人，刚坐过五年监狱回来。这年轻的男子生活在野蛮的状态里，他的住宅在培古尔树林边缘，他的父亲因忧闷死掉，曾留给他树干和泥土搭成的一间破房子。他固执要开采各个已被遗弃的石矿边角。我很相信，这些石矿从前曾供给卢昂一半的建筑石块。就是在这些洞窟深处，像染到鼠疫一样，女孩子重新找到这个野人——整个地区都惧怕的恶魔，与世隔绝生活着的怪物。人们常常遇见他们一起，手挽着手在树林里闲荡，她那样可爱，而他却那样巨大凶狠。总之，这是难以相信的放荡……自然，我到后来才知道这些事情。在这之前我差不多由于慈善的心肠，要想做一件好事，才雇佣小路易斯特到我家里当女仆。她的父亲、米索尔夫妇，他们很穷，当然没有对我说过什么，他们虽然不时打女孩子，可是仍然不能阻止这些的发生。她常常趁门开着的机会，立刻跑到她的长布什家里去……意外就是这样产生的。我的哥哥，在陀恩维尔没有自己的男仆人。小路易斯特和另一个女人料理他所住的偏僻厢房。一天上午，她单独到那里去，然后她失踪了。我想，她筹划逃走已很久很久，或许她的情人等着她，曾领她出去……但是，顶可怕的是五天以后，小路易斯特死的风声传出来，说我的哥哥用非常可怕的方式试图强奸她，女孩子急疯了，逃到长布什家里，因脑膜发炎丧了性命。究竟是怎样经过的？

欲 魔

那么多流言传播着，很难说得清楚。由我看来，我相信小路易斯特实在因患恶性热病死掉，因为一个医生曾证明过，她一定死于什么不谨慎……夜里在露天下，或经常在沼泽边岸闲荡，谁知道他们干些什么？……不是吗？我亲爱的先生，您一定不相信我的哥哥会害死这个女孩子。这种说法是可恶的，这是不可能的。"

戴尼采先生注意地听着这段叙述，没表示赞成或反对。要结束时，波纳洪太太不免略感为难；最后她决定说：

"我的上帝！我不否认我的哥哥曾想同她开开玩笑。他爱年轻人，外表虽然很严肃，其实，他是很快活的。总之，我们假定他曾抱吻她吧。"

听到这句话，赖宣纳夫妇立刻做出反抗猥亵的手势。

"哦！我的姑母，我的姑母！"

但是她耸一耸肩膀：为什么要对法官撒谎呢？

"他曾抱吻她，或者曾给她瘙痒。这里面并没有什么罪行……我之所以承认这个，因为我相信捏造并不由石矿工人口里说出来。小路易斯特一定是邪恶的撒谎者，她扩大了事态的经过，或者要她的情人仍旧收留她。我曾对您说过，她的情人是一个粗犷的畜生，他臆想有人杀害他的情妇……他真的气得发狂。他在一切酒店里重复说，如果院长落到他的手里，他将像杀猪猡一样杀死他……"

一直都沉默的法官打断她的话。

"他曾说过这个，证人们能加以肯定吗？"

"哦！亲爱的先生，证人是那么多，您可以找到您所愿意找的……总之，这是一个很可悲的事件，我们曾感到很烦恼。幸而我哥哥的地位可以使他摆脱任何猜疑。"

波纳洪太太逐渐明白戴尼采先生所追究的是什么新的线索，她因而相当担忧，她宁可不再多说，于是她也询问他。他站起来，说他不愿意更久滥用她们家族的痛苦回忆和好心。书记官奉他的命令诵读审问的记录，让证人们签字。这些记录，剔除了无用和冗长的话语，显得那么正确，波纳洪太太拿起钢笔，对脸色灰白和瘦削的罗兰、她还没有注视过的书记官，投射和蔼而惊异的一瞥。

随后，法官一直陪她和她的侄女及侄女婿走到门口。她和他握手。

"不久后再见。不是吗？您要知道，在陀恩维尔，人们时常等着您……谢谢！您是我最后的忠实朋友。"

她的微笑被忧郁笼罩着。她的侄女则很冷淡，第一个走开，仅仅表示轻微的敬礼。

戴尼采先生单独留下，呼吸一分钟。他站着考虑。由他看来，案件变得很明显，声名狼藉的院长一定做过粗暴的举动。这使侦察工作陷入微妙的境地，他会答应自己，在他所等待的部里意见没有到来之前，他必须加倍小心。但是，他毕竟是胜利的。不论怎样，他终于抓到犯罪的凶手了。

他重新坐到写字台前，按铃喊守门的。

"请让杰克·朗济埃进来。"

在走廊长方凳上，罗勃夫妇还继续等候着。他们的忧虑面孔仿佛因忍耐露出困惑，时而被神经质的痉挛掀动。守门喊杰克的声音，似乎在轻微的震颤里唤醒他们。睁大着

眼睛跟随他,他们看他进入法官办公室的门。接着,他们一声不响,脸色更苍白,重新沉入他们的等待里。

三个星期以来,整个事件总是很不舒服地萦绕于杰克的脑际,仿佛它终于会转过来对他自己不利。这是不合理的,因为他没有什么可自责的,他甚至没有保持缄默。然而,他却存着犯罪者的忧心忡忡,恐怕自己罪行会发现的心情,进入法官房间。他决定自卫,抵抗要提出的各种问题,他监视着自己,不让自己说得太多。他也可能杀人,这不是可以从他的眼睛里看出来吗?没有什么比这些作证的传审更令人厌恶的,他因而感到愤怒。他说,但愿人们尽快不要再拿这些与他不相干的事来烦扰他。

然而,戴尼采先生那天只坚持询问凶手的状貌。杰克既然是瞥见这后者的唯一证人,只有他能供给切实的情况。但是,他不脱离第一次的陈述,重复说明杀害的场面对他只留下一秒钟的幻象,影子那样快掠过去,在他的回忆里可以说是完全渺茫的,没有任何形体的存在。这只是一个人杀害另一个人,再也没有什么别的。半小时之内,法官缓慢固执地使他难堪,在可想象的各方面对他提出同一问题:刺客是高大的还是矮小的?他有胡须吗?他的头发是长的还是短的?他穿哪一种衣服?他仿佛属于哪一阶级?杰克被他问得头昏脑涨,始终只作含糊的回答。

"总之,如果要他站在您的面前,您能认识他吗?"戴尼采先生突然问道,同时盯住他的眼睛。

他的眼皮轻轻 一下,在注视着他的脑壳的目光下,一种忧郁重新侵入他的心坎。他的良心因而高声自问:

"认识他……是的……或许认识。"

但是,他的无意识恐惧、他怕自己是同谋者的奇特心理,却要他采取支吾的态度。

"不,我不相信,我将永远不敢肯定。您想吧,每小时八十公里的速度。"

法官做一个失望的手势,想让他转到隔壁房间,以便下次询问,然而忽然又改变了主意说:

"您留下。请坐。"

重新按铃喊守门的。

"请领罗勃先生和太太进来。"

在门槛上,一瞥见杰克,他们的眼睛即因担忧而失去了光泽。他说了吗?人们留住他,要他和他们对质吗?觉得他在那里,一点也不安心;他们先以稍稍迟钝的声音回答。但是,法官只重新提出他第一次的审问,他们也只是重述几乎完全相同的话语,谛听他们的戴尼采先生则低着头,甚至不看他们。

接着,他突然转向桑芙琳。

"太太,您曾对督察员说过——我这里还有他的记录——依照您的意见,一个人在卢昂,趁火车开行的机会曾登上特等车室。"

她很惊惶。为什么他再提起这个呢?拿她的先后陈述来比较,他要使她自相矛盾吗?所以她用探询的目光看了看她的丈夫,后者谨慎地插话说:

"我不相信,先生,我的女人曾说得这样肯定。"

"对不起。……当您提出事实的可能性时,您的太太曾说过:这一定是这样发生的……那么,好!太太,我要知道,您之所以这样说,是否有什么特别的理由?"

她的心里终于烦乱,她确信如果她不当心,从一个回答转到另一个回答,他会引她招认的,但是,她不能保持缄默。

"哦!不,先生,没有半点理由……我只根据简单的推理说了这个,因为,真的,我们很难用别的方式来解释所发生的事情。"

"那么,您有没有看见那个人?您不能告诉我们什么情形吗?"

"不,不,先生,绝对没有什么可以告诉您的。"

戴尼采先生似乎要放弃这一点的侦查。可是,他立刻回到这上头来,他问罗勃:

"那么,那个人如果真的登上特等车室,您怎么没有看见他呢?因为根据您自己的陈述,吹哨子开行的时候,您还同被害人在谈话。"

这坚持的质问终于引起副站长的恐怖,在忧虑里,他应该采取什么主意,放弃那个人的捏造还是继续固执下去呢?如果人们已有反对他的证据,没有被认识的刺客的假定是不大能维持的,而且可能使他的处境更艰难。他等着去了解,他只用一连贯含糊的说明作为回答。

"您的回忆竟那么不大清楚,的确是很令人失望的。"戴尼采先生再说,"因为您将帮助我们结束我们对有些人的胡乱猜疑。"

这似乎那么直接影射到罗勃,他不免感到显示无罪的极端必要。他知道自己已被列入嫌疑对象之一,于是他的主意立刻决定了。

"这含有那么大的良心问题。人们可以犹疑,那是很自然的。关于这点,您一定是了解的。若向您招认我相信自己曾看见那个人的话……"

法官做一个胜利的手势,认为这坦白的开始是由他的才能导引出来的,他说自己由于经验,的确了解某些证人不愿意完全供出他们所见的奇特顾虑。对付那些人,他自夸一定要使他们失去意志的限制,尽量清空他们在内心隐藏着的话语。

"那么,您说吧。……他是怎样的?高的还是矮的?身材同您的差不多吗!"

"哦!不,不,比我高很多……至少我有这样的感觉。因为这是一种简单的感觉。我跑着回到我的车室时,我几乎可以确定我曾轻触到一个人溜过去。"

"请等一下。"戴尼采先生说。

他转向杰克问道:

"您是说您曾瞥见的人,手里拿刀,他比罗勃先生高大吗?"

司机表示不耐烦,因为他自己不能搭五点钟的火车回去。他抬起视线审察罗勃,仿佛从来没有留意过他。看他又矮又强壮,像别处或梦里见过的奇特侧面一样显示在他的眼前,他不免觉得诧异。

"不。"他喃喃说,"不比他高大,差不多是同样身材。"

但是副站长马上表示抗议。

"哦!比我高得多,至少高一个头。"

杰克睁得很大的眼睛继续盯视他。在这逐渐惊异的目光下,罗勃激动,仿佛要逃出他的盯视似的；他的女人也吓得冰冷，用她的眼睛观察年轻人面孔上隐隐表现回忆的活动。杰克一开始显然奇怪罗勃和凶手之间有些相似，接着，他突然确信，正如传播的风声所说的，罗勃本人就是凶手。现在他的整个身心仿佛都沉浸在这发现的激动中，他因而张口，不知道怎样做才好。如果他说话，他们夫妇立刻完蛋。罗勃的眼睛遇见他的眼睛，他们两个一直注视到彼此的灵魂。于是大家都沉默一下。

"你俩看法并不相同。"戴尼采先生再说，"您之所以看见他比较矮小，这有可能是他俯下身同被害人斗争的缘故。"

他也注视他们俩，他不想利用对质，但是由于职业的本能，这一分钟里，他觉得所把握的线索变得渺茫了。他确信长布什犯罪的事实，甚至已完全动摇。难道赖宣纳夫妇的话是对的吗？难道犯罪者与一切的可能揣测相反，确实是这规矩的职员和这温柔的少妇吗？

"凶手和您一样，也是满脸的胡须吗？"他问罗勃。

罗勃还有力量回答，他的声音并不颤抖：

"满脸的胡须？不，不！一点也没有胡须，我相信是这样的。"

杰克明白法官要向他提出同样的问题，他将说什么呢？因为他可以发誓那个人是有胡须的。总之，这一对夫妇和他没有关系，为什么他不说真话呢？但是，他的目光离开男人的脸，接着遇见了女人的目光。从这目光里，他看出那样肯定的热烈，仿佛要拿她的人品那样完全献给他，他的心思因而非常烦乱。他从前的震颤又重新抓住他。那么，他真的爱她吗？他能以一般人相爱的爱情去爱这个女人而不致生起杀害的丑恶愿望吗？这时，由于他烦乱的奇特反应，他的记忆仿佛模糊了，他已不再能从罗勃身上认出凶手的影子。景象已重新变得模糊，侵入他脑里的怀疑达到那么厉害的程度，他若说话，他今后一定会懊悔不及的。

戴尼采先生果然提出他的问题：

"那个人和罗勃先生一样，也是满脸胡须吗？"

他摆出诚实的态度回答：

"先生，说句真话，我不能说。我再重申一下，火车走得太快。我一点也不知道，我不愿意做任何肯定。"

但是戴尼采先生很固执，因为他要立刻结束对副站长的猜疑。他催促后者，他催促司机，他终于从罗勃口中得到凶手的完全状貌，高大、强壮、没有胡须，穿工衣，同他自己的状貌完全相反。从杰克的回答里，他只逼出支吾的单音字，给副站长的话以肯定的力量。法官因此恢复他的最初信心：他已在正确的线索上，证人对于刺客所描绘的形象竟那样正确。每一新的细节只增加确信。此刻，就是这一对被猜疑的夫妇，他们的陈述，将使犯罪者的头落地。

"请三位到隔壁去。"法官要罗勃夫妇和杰克在审问的记录上签过字后，叫他们进入邻近的房间，"三位等着我再传你们来作证。"

他立刻发下命令，要人们领来囚犯；他觉得那样舒服，他的好心情一直推促他去同旁边的书记官谈话：

"罗兰,我们抓住他了。"

门开后,出现两个宪兵,押来一个二十五岁至三十岁光景的高大青年。宪兵随法官的手势退出去,长布什单独留在办公室中间,态度惶惑,乱发倒垂,很像被追猎的一只野兽。他是一个粗犷的年轻人,肥壮的脖子,巨大的拳头,金发,白皙的皮肤,稀少的胡须,细棕般的金黄纤毛;厚的面孔和低的前额显示无知识生物的形态,只要一看,就可以感到他的凶暴;可是他的大嘴巴和猎狗般的方鼻,却似乎赋有柔顺和服从的需要。他突然在他的洞窟深处被捉住,从他的树木里拉出来,直到现在他还不明白对自己的控告,非常愤怒。惊骇的神情和破碎的工衣,已泄露被告的可疑,就是最规矩的人一进监狱也会显得像阴险强盗似的丑恶。夜色已降临,房间里很暗,他沉没在阴暗里,守门人拿来一盏没有遮罩的火油灯,鲜明的亮光照耀他的面孔,他就一动也不动暴露在亮光里。

戴尼采先生立刻睁开沉重的眼皮,明亮的大眼睛盯视他。他暂时不审问,这是沉默的小战术,是进行冷酷的对话之前,显示权力的小小尝试,是施展诡计、陷阱和精神苦刑的微妙手腕。这个人是犯罪者,一切都变得很明显、很合理,一切都对他不利,他只有招认他犯罪的权利。

"您知道您被控犯什么罪吗?"

长布什的声音被无能为力的愤怒阻塞,只咕噜道:

"人们没有对我说起,但是我很可以猜到。对于这个,人们已谈得够多了。"

"您认识格兰摩伦先生吗?"

"是的,是的。我认识他,我太认识他了。"

"一个少女小路易斯特,您的情妇,曾到波纳洪太太家里当房间侍女。"

一种狂怒的发作突然袭击这个石矿工人。他满眼通红。

"他妈的!这样说的那些人都是混账的撒谎者。小路易斯特并不是我的情妇。"

法官好奇地注视他发怒。他不做直接的审问,他转一个弯说:

"您是很粗暴的,您是否还记得,从前因为在一次争吵里,伤害了人,您曾被判坐过五年监狱。"

长布什低下他的头。这被判罪的确是他的耻辱。他只喃喃回答:

"他先动手……我只坐过四年,人们给我赦减了一年。"

"那么,"戴尼采先生再问,"您硬要说少女小路易斯特并不是您的情妇吗?"

他重新握紧拳头,然后发出连续的低声答道:

"您要明白,当我回来时,她还是小女孩,不到十四岁……那时,大家都躲避我,几乎要向我投掷石块。我在森林里时常遇见她,她走近我身边,同我谈话,她很可爱。哦!的确可爱!……所以我们就这样成了朋友。我们散步时,总手挽着手。哦!那时多美好,多美好!……后来,她当然慢慢长大,我当然也想到她。我不能说假话,我那么爱她,我简直变得像一个疯子。她也很爱我,如果人们不让她到陀恩维尔那位太太家里当女仆,不让她同我分开,您所说的事,或许最终不会发生……后来,一天傍晚,我刚从石矿里回来,我看见她站在我的房子门前,几乎发狂,她受到那么大的伤害,全身都燃烧着怒火。

她不敢回到她自己家里,后来死在我的住所里……啊,他妈的!猪猡!我应该立刻宰掉他。"

法官紧闭他的细薄嘴唇,这个人的诚恳声调令他十分惊异。他必须施展更巧妙的手腕,因为他已面临始料不及的困难,他的对手不是他所想象的那样容易对付。

"是的,我知道您同这少女所捏造的丑恶故事。不过,您要注意:格兰摩伦先生的全部生活不是你俩的诬陷所能侵犯的。"

石矿工人头脑昏乱,两手颤抖,眼睛睁得圆圆的,只嗫嚅地说:

"什么?我们曾捏造什么?……这是别人撒谎,而我被控告诬陷。"

"当然是这样,您不要装成无辜者的样子。我曾问过那个娶您情妇的母亲做老婆的人,米索尔,如果必要的话,我将叫他同您对质。您将知道他对你俩的故事做何感想?……您要当心您的回答。我们已有证人,我们已知道一切,您最好是说真话。"

这是他平常威吓的策略,即使他一点也不知道或没有半个证人,他也使用这样的方法。

"这么说,您要否认您曾到处公开叫着说您将宰掉格兰摩伦先生的话吗?"

"啊,这个话,是的,我曾说过。真的我曾诚心诚意说过这个话!因为一想起这混账家伙,我的手的确很痒!"

一种惊骇简直要戴尼采先生停止审问,他等着完全否认的答复。怎么?被告竟招认他的恐吓!这里藏着什么诡计?怕自己的工作做得太快,他沉思一会儿,凝视他,向他提出突如其来的问题:

"二月十四日至十五日夜间,您曾做过什么?"

"傍晚六点钟左右我就睡了……我的身体有点不舒服,我的堂兄路易甚至帮我忙,把

一车石块载到陀恩维尔去。"

"是的,人们曾看见您的堂兄弟和车子经过栅栏所在的铁道道口。但是您的堂兄弟我审问过,只能回答一件事:就是您在将近中午时离开他,他再也没见过您……您是否能证明您的确是六点钟睡觉的。"

"算了吧,这太愚蠢,我不能证明这个。我所住的孤单房子坐落在森林边缘……我在那里,我这样说,这就是我所能提供的全部事实。"

戴尼采先生决定使用他已准备好而且认为万无一失的有力武器。他精神集中,面孔显得死板,一动也不动,然而嘴里则尽量玩弄他的花样。

"我对您说,二月十四日夜间您曾做过什么……下午三点钟,您由巴朗丁搭火车到卢昂去,究竟为了什么目的,侦察方面还没有调查清楚。您一定搭停在卢昂的九点零三分火车回来,您混在月台的人群中,忽然看见特等车室里的格兰摩伦先生。您要注意:当然,这不是出于有预谋的计划,也许您要杀他的念头只在那时才产生……趁旅客们的推撞,您登上特等车室,您等着火车到玛罗纳隧道里才动手;但是您估算错了时间,因为您杀害他的时候,火车已开出隧道……您抛下尸首,并抛掉旅行被头以后,到巴朗丁车站下来……看,这就是您所做的事。"

他在长布什通红的脸上窥察最细微的反应。后者首先很注意地听着,最后终于爆发大笑而且很愤怒。

"您在那里说些什么?……如果是我杀掉他,我一定会对您坦白的。"

随后平静地加上一句:

"我没有干过您所说的事,确实,我是应该这样干的。他妈的!是的,我很后悔不是我杀的。"

戴尼采先生不能诱出别的什么,他徒然重提他的问题,徒然不止十次用不同的策略回到这个问题的审问上来,他仍然得不到任何结果。不!硬是不!这并不是他!他耸一耸肩膀,他觉得这很愚蠢。逮捕他时,人们曾搜索他的破房子,既没有发现武器,也没有发现那只表和一万法郎;可是人们曾找到溅上几滴血的一条裤子,认为这是最有力的证据。他重新发笑:又是一个漂亮的故事,那只是一只落网的野兔,曾在他的腿上溅几滴血!法官在断定他犯罪的固执想法里使用太多太复杂的职业诡计,一直要追究到简单的实情,可还是失败了。这个头脑简单的人,不能使用诡计斗争,总凭无可战胜的力量说"不",绝对"不",终于逐渐激起法官的愤怒。因为法官只认定他是罪犯,每一次新的否认,都使他的脾气越变越坏。法官仿佛认为他这不过是野蛮和虚伪的固执。他简直要强迫对方割下自己的头。

"那么,您否认吗?"

"当然,这既然不是我干的,我当然否认……如果是我杀了他的话,啊!我将十分骄傲!我一定会对您坦白。"

戴尼采先生突然站起来,亲自走去打开隔壁小房间的门。他唤来杰克问道:

"您认识这个人吗?"

"我认识他。"吃惊的司机回答,"从前,我曾在米索尔夫妇家里见过他。"

"不,不,……您认得他是车厢里那个人,那个凶手吗?"

一下,杰克重新变得很慎重。其实,他不能轻易承认他是假定的刺客。另一个似以乎比他矮,比他黑。他正想这样说明,又觉得还是太冒昧。他仍然含糊答道:

"我不知道,我不准确……我向您保证,先生,我说不准确。"戴尼采先生不再等待,立刻喊罗勃夫妇。他对他们提出这个问题:

"你俩认识这个人吗?"

长布什继续微笑。他并不惊讶,他向桑芙琳点头,打招呼。她年轻时住在摩弗拉十字,他就已认识她。但是,她和她的丈夫看见他站在那里,不免激动一下。他们明白,这是杰克曾对他们说起的被捕者,要他们重新到这里来受审问的嫌疑犯。罗勃很吃惊,看这年轻人同他所捏造的想象凶手很相似,他向法官陈述过恰和自己相反的相貌,简直是指他而言,他因而有点恐慌。这太凑巧了,他的心烦极了,犹疑很久不敢回答。

"看吧,您认识他吗?"

"我的上帝!推事先生,我曾对您重复说过,这只是我的一种简单的感觉。一个人曾从我身边溜过去……无疑的,我面前的人像另一个那样高大,也是金发的,没有胡须的……"

"总之,您认识他吗?"

副站长感到窘迫,整个战栗的身体不免被内心的斗争所侵扰。保存自己的本能终于占了上风。

"我不能肯定。不过似乎很相像,的确很相像。"

这一次,长布什开始咒骂。总之,人们不要再拿这些故事来麻烦他。既然不是他,他要离开。热血涌到他的脑壳里,他伸出拳头要打他,态度变得那么可怕,被唤来的宪兵们领了出去。但是面对这粗暴,面对这畜牲向前扑来,戴尼采先生胜利了。现在,他确信无疑,他要人们看见这个。

"你们各位曾注意到他的眼睛吗?我是由于眼睛才认识他们……啊!他的花样不错,他已落入我们手里。"

站着不动的罗勃夫妇,互相注视。什么?这已结束了?法官既已拿到犯罪者,那么说他们已得救了。他们稍稍昏乱地站着,为现实强迫他们扮演的角色感到良心上的痛苦。可是,快乐淹没了他们,冲去他们的顾虑,他们向杰克微笑,心里觉得轻松,渴望户外的新鲜空气,等着法官让他们退去。忽然,守门的拿来一封信送给戴尼采先生。

法官很快坐到写字台边,用心读信,忘记了三个证人。这是部里来的,要他在重新进行侦查工作之前,先要耐心等着上峰的指示。一定是他所读的信中,推翻了他的侦查结果,他的脸色逐渐变得冷淡,恢复它的阴郁。一会儿,他抬起头,向罗勃夫妇斜视了一下,仿佛信里的一个句子触起关于他们的什么回忆重新浮现到他的脑海里。他们经过了短促的快乐,也重新变得不安,觉得自己仿佛又被捉住。那么,为什么他要注视他们?难道人们在巴黎已发现到那两行字,那不时引起他们恐惧的拙笨短函吗?桑芙琳很了解加米·赖摩特先生,因为她从前时常在院长家里遇见他,她晓得由他负责整理死者所遗下的文件。一种强烈的懊悔使罗勃烦恼,他像受苦刑似的难过,这就是他疏忽没有派他的女

人到巴黎去做有益的访问,即使没有其他的效果,公司要是被恶劣的流言烦扰,想革去他的职务,她至少能取得秘书长的庇护。两个人的视线都不再离开法官,看见他的脸色逐渐阴暗,显然被这封信扰乱了他辛劳忙了一整天的工作,他们觉得自己的忧虑也随着增加起来。

最后,戴尼采先生丢开手里的信,眼睛对罗勃夫妇和杰克睁着,他沉思了一会儿,随后克制地高声对自己说:

"啊!好,我们再看吧,再考虑这一切吧……你们可以退走。"

但是他们三个刚要出去,法官不管人们曾嘱咐他在没有得到预先的同意之前不要再做别的侦查工作,他不能抵抗自己想知道真相的欲望,他要弄清他的新见解被推翻的严重要点。

"不,您,请您再留一会儿。"他对杰克说,"我还要向您提出一个问题。"

罗勃夫妇停在走廊里。门开着,他们不能动身回去。有什么东西留住他们,法官在办公室里究竟说些什么?他们很忧虑,只要没有从杰克口里听到法官究竟向他提出什么问题。他们不能离开,他们来回行走,两腿简直像断了一样。他们重新并肩坐到他们已等候几个小时的长方凳上,默不作声,心情沉重。

司机重新出现,罗勃立刻困难地站起来。

"我们等着您,我们一起回车站……怎么样?他对您说些什么?"

但是,杰克掉转头,态度很局促,仿佛他要避开桑芙琳固定盯视他的目光。

"他不知道,他已陷入不知所措的境地。"他终于回答,"看,他现在问我,他们是否两个一起下手。晓得我在勒阿佛尔曾说过一大堆黑的东西压住老头子的两腿,他为这个询问我。……似乎相信这只是跌下的被头。于是,他叫人拿被头来,我必须发表我的意见……我的上帝!是的,那或许是被头。"

罗勃夫妇战栗着。人们已摸到他们的线索上,这年轻人的一句话就可以危害他们。他一定知道,他始终会说出来。他们三个,女人在两个男人中间,默然离开法院。到了街上,副站长再说:

"话又说回来,朋友,为了处理有些事情,我的女人不得不到巴黎去过一天。如果她需要什么帮忙的话,您当然乐意当向导。"

5

十一点十五分,欧罗巴桥的看守人准时地发出两声规定的号角声。勒阿佛尔快车从巴底尧尔隧道里出来,不一会儿,转车盘开始摇动,火车放出一声短促的汽笛,进入车站。刹车机轧轧震响,车头冒烟,车身在开出卢昂以后,就一直受到倾盆大雨袭击,从上面正淅淅沥沥滴下水点。

工人们还没有旋转车门的插闩,其中一扇门已打开,桑芙琳不等车停好就很快跳到月台上。她的座位在尾部,她必须穿过那突然像潮水般涌出各个车室,带着孩子和包裹的拥挤旅客中间,赶到机头旁边。杰克站在机头平台上,等着回到停备站去;火侠柏葛,手里拿一块抹布,在全神贯注地揩拭黄铜机件。

"那么,就这样约定。"她踮起脚尖说,"三点钟到加尔第纳路,请您费心把我介绍给您的主任,使我可以向他道谢。"

这是罗勃想出的托词,他好像受过巴底尧尔停备站主任的什么帮忙,特地派他的女人去向他道谢。用这样的方式,他可以把她交托给司机,对他施加影响,增强已有的关系。

但是杰克被煤涂黑,被雨淋湿,同风雨斗争已累得要死,只睁着迟钝的眼睛凝视她,并不回答。从勒阿佛尔起程时,他不能拒绝那丈夫的委托;这单独同她一起的念头,激起他的烦扰,因为他清楚地意识到,此刻他正想着占有她。

"不是吗?我想您会等我的。"她微笑地说,虽然他这样肮脏,几乎认不出他的面容,她看到后感到惊奇和有点儿厌恶,但她仍然温柔和妩媚地注视他,"不是吗?我信赖您,您一定不会失约的。"

她再踮高身体,让她戴手套的手靠到一个铁把上。柏葛恳切地通知她:

"请您当心,您会玷污您的衣服。"

于是杰克只好回答:

"是的,加尔第纳路……除非这混账的雨把我冲垮……这鬼天气多讨厌!"

她很为他的可怜状态感动,仿佛他只为她一个人受苦,她加上说:

"哦!您真辛苦,而我却舒舒服服地坐在后面的车室里……您知道我曾想到您,这倾盆大雨,真使我失望……一想到您今天早晨驾驶快车领我来,今天傍晚又领我回去,我是多么高兴呀!"

然而,这可爱的亲密那样温柔,似乎只增加他的烦乱。当一个声音喊出"向后"时,他仿佛感到安慰。他的手迅速拉动汽笛小柄,火侠赶紧做着手势要少妇避开。

"下午三点钟再见。"

"是的,下午三点钟再见!"

机头再行走之后,桑芙琳最后一个离开月台。阿姆斯特丹路上,她正想张开雨伞,忽然发觉雨已停止,她很高兴。她一直走到勒阿佛尔广场,考虑一会儿,终于决定最好立刻去吃午饭。那时还只有十一点二十五分,她进入圣·拉萨尔路转角一个小饭馆,叫来一盆炒蛋和一块猪排。随后,一面慢慢吃着,一面沉入数星期以来不断缠绕她的思绪中,她脸色苍白阴郁,已失去刚才,富于诱惑性的柔媚微笑。

前一天晚上,就是他们在卢昂被审问后的第三天,罗勃判断再等下去是危险的,决定派她去巴黎,不是到部里,却是到岩石路,恰和格兰摩伦住宅邻近的公馆去看加米·赖摩特先生。她知道他下午一点钟以前总不出门,她并不急,为了不让自己临时昏乱,她准备好她所要说的,并竭力预测他可能回答的一切。前夕,一种新的担忧促成她的旅行:他们闻到,勒布娄太太和菲洛曼妮到处散布流言,说公司要辞退罗勃,认为他是连累人的职员;最糟糕的是直接被询问的达巴梯先生并不说"不"字,这个消息便更可信了。因此,她必须赶急跑到巴黎去疏通,替自己的利益辩护,尤其是要像过去请求格兰摩伦的支持那样,请求有势力者的帮忙。在这种至少还可以说得过去的解释原因外,还有更迫切的一个动机,即是出于一种急于想知道案情的需要催促他们去行动,这行动就像往往催促犯罪者,与其闷在葫芦里,一无所知,毋宁立刻去自首。自从杰克对他们说官方曾疑心有第二个凶手之后,他们觉得自己已被发现,不明了确实消息的忧虑,简直日夜在刺痛他们。他们竭力做各种不同的猜测:短函已找到,犯罪的事实已明了起来;他们随时等着搜查和逮捕;苦刑将被加重,周围最微小的事实都具有那样可爱和威胁的含义,他们终于忍不住了,宁可灾祸马上临头,也不愿这样没完没了的担惊受怕,他们现在最大的愿望是打听到确实的消息,结束这样的苦刑。

桑芙琳快吃完猪排时,突然从那深沉的默想里惊醒过来,好像惊诧自己怎么会被吓醒一样,发觉呆在这公共场所,一切都变成苦味的,那一块一块的猪肉很困难地咽下去,她甚至没有心思喝咖啡,尽管她吃得很慢,走出小饭馆时,还只在午后一刻钟。如此,还要消磨三刻钟!她,平素那样崇拜巴黎,相隔很久,每次到这里来,都是那样喜欢沿着它的石板街道行走,此刻都觉得自己遗弃在这里,很害怕,急于想结束并让自己隐藏起来。人行道已干燥,温暖的风终于扫除了天边的灵魂。她走下脱龙雪路,到了玛德兰演的花市,三月的市场,在冬末的苍白日色里盛开着那么多樱草花和杜鹃花,看起来实在太美丽了!半小时之内,她就这样在早春的气氛中行走,脑子被模糊的沉思抓住,想到杰克,仿佛他是一个熟人,她必须解除他的武器。在她的脑里,岩石路的访问似乎已完成,这方面的一切都很顺利,她只要这年轻人保持缄默就行,这是一种复杂的工作,她觉得自己毫无把握,她的脑海里盘旋着各种各样传奇式的计划。然而并不引起疲倦,也没有惊吓,只由温柔的情绪摇摆着。接着,她突然看见一个卖报亭的挂钟已经指示出一点十分。可是她的事情还没有做,她重新落入现实的残酷忧虑中,她连忙向岩石路方向走去。

加米·赖摩特先生的公馆是在这条路和那不勒斯路转角上:桑芙琳必须经过无声、空荡和百叶窗都关闭着的格兰摩伦住宅前面。她眼睛朝上,并放快脚步。她想起最后一次访问的情形,这大房子矗立着,样子很可怕。在若干距离以外,看上去像一个被群众追

逐的人一样,她本能地转过来,向后注视,她忽而瞥见对面人行道上,卢昂的预审推事戴尼采先生,也这样由路的下端走上来。她很吃惊。他已注意到她向格兰摩伦的房子瞥了一眼吗? 但是他还平静地行走。她让自己落后,烦恼不紧不慢地跟随他。她看见他到那不勒斯路转角上,加米·赖摩特先生家里拉铃时,她的心头又受一下新的打击。

恐惧抓住她。现在她死也不敢进去。她回来,她穿过爱丁堡路,一直走向欧罗巴桥。只到那里,她才认为自己安全了。她头脑昏乱,再也不知道到哪里去、做什么才好。她靠近栏杆站定,一动也不动;透过交错的金属桥梁,注视下面车站的广大场地,许多火车连续移动。她的惊惶眼睛看着火车,她想法官一定为着案件去看秘书长,两个人一定谈到她,她的命运也许就在这一分钟里决定。于是失望侵入内心,可怕的忧虑烦扰她,与其回到岩石路去,宁可扑到一列火车下,让自己压死。干线的敞房恰开出一列火车,她注视它到来,从她下面驶过去,飞旋的温暖的白蒸汽一直吹到她的面孔,她想,她这次旋行竟这么愚蠢、无用,如果她没有毅力去取得准确消息,她带回的烦恼将成为她巨大的精神压力,她花了五分钟才开始恢复勇气。许多机头拉响汽笛,她留意一个小的,拖开郊外的一列火车;她的视线抬向左面,从货运处的院子上面,阿姆斯特丹街高处,她认出维克多娅妈妈的窗户;由这个窗户她想起:丑恶的谋杀没有发生,没有引起他们的不幸以前,她还同她的丈夫靠在一起观看外面的景色。这唤醒她处境的可怕,她忽而受到如此沉重的痛苦袭击。她觉得自己已准备好,宁可冒着一切危险去结束这不时担忧的案件。号角的声音,持续的轰隆响声震聋她的耳朵,浓密的烟雾遮住地平线,向巴黎的明朗天边飞去。她再向岩石路方面行走,仿佛存心要笔直向那里前进,她加快脚步,担心他已出门去,她到那里会找不到一个人。

桑芙琳拉动门铃的绳纽,一种新的恐怖袭来,她的全身吓得冰冷。但是一个仆人得知她的姓名后,请她坐在一个前房里。虚掩的门缝里,她很清楚地听见两个声音的响亮谈话。接着是绝对的静寂。她只辨出自己太阳穴的轻微跳动,为了安静下来于是对自己说,法官还在商谈,无疑的,人们要让她等得很久;这等待对她将是难受的。但是突然,她不免感到惊讶,仆人来喊她,并领她进去。法官一定没有出门。她猜到他隐藏在什么门后。

这是一个大办公室,装饰着黑的衣具,厚的毡毯,重的帷幕那样严肃,严实地关闭着外面没有任何声音能透进来。然而里面也有花,一个青铜花瓶里也插着苍白玫瑰花,表明这严肃背后,也隐藏着优美和可爱生活的趣味。主人站着,很端庄,紧紧裹在他的礼服里,他的瘦长面孔,由斑白的颊 稍稍扩大,可是体态还是漂亮的,还保有旧日美男子的温雅,从他穿官服故意显出的严肃下,人们仍然还能觉得他的高贵风度是和蔼可亲的。在半明半暗的房间里,他的样子仿佛很伟大。

桑芙琳,进来时被帷幕下面透不出去的温暖空气所压迫;她只看见加米·赖摩特先生看着她走近。他不做手势请她坐下,他佯装着不先开口,等着她解释她来看他的理由。这延长了沉默,由于突然的反应,她觉得她在危险里能控制自己,这时她变得很镇静,很谨慎。

"先生,"她说,"如果我竟这样大胆来要求您的照顾,您将宽恕我冒昧。您知道我遭

受无可挽回的损失,在我现在被人遗弃竟胆敢想到您,请您稍稍继续保持您的朋友、我那样哀悼的保护人的好意,给我们必要的援助。"

加米·赖摩特先生只好做一个手势,请她坐下,因为她用那样平静的声调,既然没有谦卑和悲伤的夸大,让人感觉那完全根据女性虚伪的天性说了这些话,他只好对她表示客气。然而他还是不开口,他自己也坐下,继续等着。她晓得自己必须言明切实的原因,马上加上说:

"我胆敢让自己唤醒您的回忆。要您想起我曾很荣幸地在陀恩维尔见过您。啊!这对我,确实是幸福的时期!……现在,日子不好过,我剩下的,只有您,先生,我以我们死去的朋友名义恳求您。您曾爱他,您将完成他的善事,请您在我身边代替他的位置。"

他听着她,注视她,看她说出她的哀悼和她的恳求,仿佛显得那样自然和可爱,以至于他感觉他的一切怀疑都已动摇。他在格兰摩伦遗纸里发现到短函,那两行没有签名的信仿佛不会是她的,虽然他知道她同院长曾有暧昧的关系,刚才,仆人报告她的来访格外增加他的怀疑。他只为证实他的假定,才中断他和法官的谈话。但是,看见她这样平静、这样温柔,他怎么能相信她是犯罪者呢?

他要自己运用切实的智慧去看个明白。于是他仍保持他的严肃态度对她说:

"请您说明吧,太太……我完全想起您所说的,只要没有什么阻碍,使我不能这样做,我当然愿意自己对您能有所帮助。"

于是,桑芙琳很明显,叙述她的丈夫怎样受到撤职威胁。由于他的成绩和他直到那时所受的高贵庇护,人们是多么嫉妒。现在,以为他已失掉庇护,人们希望战胜,并费尽心思来整他。然而她不指出任何人的姓名;她不顾当前的危险;仍然以谨慎的词何说话。她之所以这样决定到巴黎来,因为她绝对确信她有赶快行动的必要。第二天或许已太迟了,她必须立刻请求帮忙和援助。这一切用那么多合理的事实和理由说了出来,疑心她为另一个目的旅行似乎是不可能的。

加米·赖摩特先生一直研究她唇边几乎觉察不到的微微颤动;那是为什么呢?他提出第一次袭击。

"但是为什么公司要辞退您的丈夫呢?他并没有什么严重过失可以责备。"

她的目光也不离开他,窥伺他脸上的细微皱纹,自问他是否已找到短函;问题虽然无害,她的心里却突然有了底,认为短函已被发现,已被放在这办公室的一个家具里;他已知道,因为他给她设置一个陷阱,很想看她是否胆敢说到撤职的真正原因。其实,他太加重他的声调,她觉得自己被这疲劳的苍白眼睛一直搜索灵魂。

她很勇敢直向危险走去。

"我的上帝!先生,这是很奇怪的,由于这不幸的遗嘱,人们曾怀疑我们杀害我们的恩人。我们不必费心便可以说明我们无罪。不过,这些丑恶的控告里仍然留下一些东西,您是知道的,公司无疑会害怕丑事。"

他重新惊奇,被这坦白,尤其被这声调的诚恳击败。此外,刚才用第一瞥目光,他判断她只有庸俗的面貌,现在看她的蓝色眼睛,在浓密的黑发下,显出那样亲切的柔媚,他已开始觉得她极端具有诱惑力的。他想到他的朋友,格兰摩伦,心里不免生起嫉妒的钦佩;这魔鬼般的家伙,比他大十岁,直到他死前,还有这样可爱的尤物供他消遣,而他,为了不丧失他的剩余骨髓,却早已放弃这些玩物!她实在是很迷人的,很温雅的。现在他那早已麻木了的鉴赏者微笑,从他做了高官而又要处理这么讨厌案件的冷酷态度下透露出来。

但是桑芙琳出于女人的盲目自信,竟犯了错误,茫然加上说:

"像我们这样的人,决不会为金钱而杀人。必须怀有另一个动机……可是我们并没有这样的动机。"

他注视她,看见她的嘴角颤抖。就是她。从此,他的确信已变成绝对的。由于他停止微笑,下巴显示神经质抽搐,她自己也立刻明白她已间接供出自己的罪行了。她因而感到昏晕,仿佛整个身心都已抛弃她。然而,她的上半身还笔直坐在椅子上,她听见自己的口里仍然继续发出同样均匀的声调,仍然说了她所应该说的字句。谈话并不中止,可是他们此后已没有什么要彼此探听的;在不用任何话语下,他们只说到他们口里所不说的同样事实。他的手里已拿到短函,这是她写的。他们的沉默里甚至泄露这不言的秘密。

"太太,"他终于再说,"要是您真的需要我帮忙,我并不拒绝,我将向公司提出您的委托。今天下午,为了另一件事,我恰等着业务处长来看我……不过,我需要简短的记录。喏!请您写下姓名,年龄,您丈夫的职位,总之,一切必要的说明,让我可以知道您的整个的情况。"

他推她坐到一张小圆桌前面,不再注视她,使她不致太受惊吓。她战栗:无疑的,他要一页她的笔迹,他将拿去同发现到的短函对照。她坐在那好一会儿,她决定不写,绝望地寻找一个托词。接着,她又想:既然他已知道,这又何必呢?人们总会得到她的笔迹。表面没有半点慌乱,摆出一副很简单的样子,她写下她所要求的东西;他站在她背后,完全认识这笔迹,不过比短函的端正,少露颤抖。这纤弱的女人,他终于觉得她很勇敢;他重新微笑,他这有经验的老油子,除了女子情趣的魅力,什么都不能再引起他的感动,现在在她背后,她既然不能看见他,他无思无虑,又露出这微笑。其实一切都不值得他表现自己。他的唯一职责,只是守护他为之服务的制度罢了。

"好!太太,您把这个留给我,我将探听公司方面的消息,竭力为您办理。"

"我很感激您,……先生,您将使我丈夫保留职位,我可以认为这事已完全处理好了吗?"

"啊!这个,不!我不向您做任何许诺……我必须考虑。"

真的,他很犹疑,他不知道对这对夫妇,将采取什么态度。自从她觉得自己落入他的掌握之后,她只有一个忧虑:他究竟要拯救她还是要危害她?这毫无把握的犹疑,惹起她的苦恼,她不能猜到他将采取怎样的行动。

"哦!先生,请您想到我们的烦恼吧。给我一个确定的消息前,您不能就这样让我离开。"

"哦!我的上帝!对这个,我无能为力。请您等着吧,太太。"

他推她走向门口。她失望地离开,心里非常烦扰,很想立刻强迫他明显说出他打算

怎样处置他们，她甚至几乎要高声招认一切。为了再留一分钟，希望找到一个转折的借口，她喊着说：

"我忘了，关于这不幸的遗嘱，我想征求您的意见……您以为我们应该拒绝遗赠吗？"

"法律是站在您这一边，"他谨慎地答道。"这将由鉴定的方式和情况来决定。"

她已走到门槛上，她尝试她的努力。

"先生，我恳求您，不要让我这样离开，请您对我说，我是否应该存着希望。"

她做解释的手势，拿起他的手。他挣脱开。可是她睁着那样热烈和充满哀求的漂亮眼睛注视他，他因而很受感动。

"那么，好！请您在五点钟再来。或许我有什么话要对您说。"

她走了，离开公馆，比来的时候更忧闷。情况已确定，她的命运受到或许就要被逮捕的威胁。怎么活到五点钟呢？她已忘了的杰克突然在她的脑里出现了。如果人们逮捕她，这又是一个能危害她的人！虽然那时还只有两点半钟，她连忙由岩石路，向加尔第纳路走去。

单独留下的加米·赖摩特先生停在他的写字台前，他是都伊勒里宫的亲信者之一，担任司法部秘书长职务，几乎每天要他到那里去，他享有同部长几乎相同的权力，甚至被用在更秘密的工作里，他知道这格兰摩伦案件怎样刺激并引起宫里的担忧。反对党的报纸还继续进行喧闹的宣传，有些甚至控告警察当局那样忙于政治方面的监视，已没有时间去逮捕凶手们，另有些则搜索院长的私生活，说他是宫廷里的人物，宫廷已被最卑劣的放荡行为统御着，普选的日期逐渐接近，这些宣传运动简直变成真正的灾祸。所以人们曾向秘书长正式表示热烈的愿望：不论怎样，必须赶快结束这不幸的案件。部长将这微妙的责任卸给他，因此他觉得自己是采取决定的唯一主人，虽然他也知道他所负的责任实在太重大；值得深长考虑，因为他若处理得不妥当，他将危害一切人，而且为一切人的损失付出代价。

加米·赖摩特先生仍然默然沉思，走去打开隔壁房间的门，戴尼采先生就在那里等着。后者已听到他们的谈话，进来时喊着说：

"我曾对您说过，疑心这些人犯罪的确是错了的……这女人显然只想援救她的丈夫，不致受到可能的撤职，才到这里来。她的话没有一句是可疑的。"

秘书长并不立刻回答。心想着别处，他的目光射向法官身上，后者的粗笨面孔和细薄嘴唇激起他的怜悯，他现在想到，在整个司法界自己隐隐握有人事全权，奇怪的是这些人处在贫穷里，居然还这样正经，显然他们已被职业弄得麻木不仁，居然还那么自以为是，面前这一个眼睛被厚眼皮罩住，相信自己是那样敏捷的人，一旦认为自己已掌握到实情时，真正表示出固执的激情。

"那么，"加米·赖摩特先生再说，"您坚持相信这长布什是杀人凶手吗？"

戴尼采先生惊跳一下。

"哦！当然！……一切都对他不利，都指出他是真正的杀人犯。我曾给您列举很多证据，我敢说，它们是典型的，因为什么都不缺少……我曾寻找是否有一个同谋得，正如您要我注意的，是否有一个女人在特座里。这仿佛和一个司机，——一个曾瞥见杀害景象的人——的陈述相符合,可是由我巧妙地询问过,这个人却不坚持他的第一次供词,他甚至认得旅行被头,仿佛这就是他所说的黑堆……哦!是的,长布什确实是罪犯,再则,我们若不把他是作为凶手,也许我们将找不到任何凶手。"

直到那时,秘书长本来还想亮出他所持有的书面证据,现在,他的确信既已成立,他不想急忙去指出实情。如果真线索会引起更大的困难,何必要破坏预审推事的假线索呢?这一切都首先值得考虑一下。

"我的上帝!"他带着疲劳的微笑又说,"我很愿意承认您没走错路……不过我要请您来同我研究有些重大的观点。这案件是例外的,看,它已完全变成政治的;您也感觉到不是吗?所以我们或许要被迫站在政府的立场去处理……好吧,我们完全坦白说吧,嗯?根据您的审问,这少女,长布什的情妇,曾被强奸吧?"

法官露出他狡猾者的努嘴,他的眼睛一半隐没在眼皮之下。

"真是的!我相信院长曾使陷入丑恶的情形,这一定会从案件的审问里泄露出来……您再可以想到,如果辩护的工作由一个反对党的律师来担任,那么可以等着整批丑恶故事展现出来,因为那边,在我们的区域,并不缺少这一类故事。"

当戴尼采不服从职业的旧习,不再沉陷在他绝对聪明和赋有全能的自信时,并不那么愚蠢。他立刻明白人们为什么不召他到司法部里,而要他到秘书长的私人住宅来谈话。

"总之,"看见上司不哼一声,他继续提出他的结论说,"我们将处理一件相当龌龊的官司。"

加米·赖摩特先生只摇摇头。他正在估计另一讼案,指控罗勃夫妇为凶手的讼案,将产生什么结果。要是丈夫被逮捕,到重罪法庭去受审,他一定会说出一切,他的老婆还在少女时期就被格兰摩伦院长引诱上钩,后来又继续通奸,以及嫉妒的疯狂催促他去谋杀的种种情形,都会由他和盘托出,至于坐过监狱的人和一个侍女的故事,这位同如此漂亮女人结了婚的职员也会连带谈到,资产阶级和铁道界的整个角落因而都会牵连进去,那更不用说了。此外,提及像院长这一类的人,人们能知道自己在什么路上行走吗?不,罗勃夫妇——真正犯罪者——的事件,的确是更龌龊的。这是已决定的主意,他将绝对撇开它。如果两者要保留一个,他宁可支持无罪者长布什被控。

"我赞成您的看法,"他终于对戴尼采先生说。"真的,假定石矿工人要实施他的正当报复,的确有很多揣测可以反对他……不过,这一切多么可悲,我的上帝!我们必须搅动多么肮脏的呢喃!……我很知道司法的追究当然不应该顾到后果,但是现在应该站在利益之上俯瞰……"

他没有说完,只做手势来结束他的意见。沉默的法官忧郁地等着他觉得要提出的命令。只要人们接受他的假定,这未被证实、由他的智慧臆想出来的创作,他准备有必要为政府的需要牺牲。但是,不论秘书长平常对这一类商谈施展多么巧妙的手腕,现在却稍嫌太急,以为自己是被服从的主人,说得太快了一点。

"总之,人们要求您不对长布什起诉……请您处理好种种必要的善后手续,使这事件

可以归入档案。"

"对不起,先生。"戴尼采先生宣称,"我已不是这案件的主人,所有的判断完全系于我的良心。"

加米·赖摩特先生立刻微笑,显出这仿佛讥剌人的觉悟和客气样子,重新变得很庄严。

"无疑的,我就是向您的良心呼吁。我让您采取您的良心指示您的主张,确信您将为公众道德和健康概念的胜利,用公正的眼光去决定您该赞成或反对……您一定比我更知道,有时接受恶,不让自己跌入更恶的境地,确实是英勇的……总之,人们只向您这样好的公民和规矩人提出要求。没有人想妨碍您的良心,这就是为什么我要重复说您是这案件的绝对主人,正像法律所准许的。"

酷爱这无限制的权力,尤其当他近于滥用时,更不想轻易放过它。法官满意地点头赞成对方的每一句话。

"此外,"秘书长用过分的和蔼而近于讽刺的加倍奉承继续说,"我们知道是向谁呼吁。看,我们很久就已留意您的努力,我可以告诉您,从现在起,如果有空缺的话,我们将请您到巴黎来做事。"

戴尼采先生做一个手势。那么,什么?如果他答应他们的要求,他们将满足他的大野心,将去实现他到巴黎当大法官的梦想吗?但是加米·赖摩特先生的意思很明白,加上说:

"您到这里的职位已被指定,这只是时间问题……不过,我既然开始不谨慎泄露部里的秘密,我还高兴向您报告,您将在八月十五日得到十字勋章。"

法官考虑一会儿,征询自己的意见。他喜欢升迁,因为他估计,这至少每月可以增加一百六十万法郎收入;在他所忍受的正当贫困里,可以使他享受更多安逸,他的衣橱可以更新,他的好美拉妮可以吃到较好的饭菜,由此又可以减少对他发牢骚。获得十字勋章也很光荣。他已听见预许的诺言。他一向生活在规矩和平庸的司法界传统里,似乎不会出卖自己,可是这次立刻向简单明了的希望,向上峰优待他的模糊承诺让步了。因为,在他看来司法官的位置,像别的部门一样,也不过是一种职业,而且,长期以来他以渴望的恳求者身份,拖着升迁的重负行走,时刻准备向权力的命令折腰。

"我很感动。"他喃喃说,"请您替我向部长先生道谢。"

他站起来,觉得他们彼此再多说什么,都将引起他们之间的局促。

"那么,"他两眼无光,面孔像死了似的,提出他的结论说,"遵照您的谨慎意见,我去完成我的侦审。当然,指控长布什,我们看没有足够的事实,顶好是不要冒险,若是激起诉讼的无益丑事……我们将释放他,我们将继续监视他。"

到门槛上,秘书长终于表示完全客气的态度。

"戴尼采先生,我们完全信赖您的伟大才能和您的诚实美德。"

加米·赖摩特先生重新单独留下后,存着好奇心,拿起此刻已变得无用的桑芙琳所写的一张字和他从兰摩伦院长遗纸里找到的没有签名的短函,做一比较,完全相似。他重新把信折好,仔细收藏起来,他之所以没有对预审推事提及这个,因为他判断保存这样的武器确实是有用的。这小女人，那样纤弱，在她的神经质抵抗力却那样坚强，她的侧影忽然浮现到他的脑际，他因而嘲讽，耸一耸肩膀。啊！这些尤物，当她们愿意的时候，什么都能干得出来！

三点差二十分，桑芙琳先到加尔第纳路去赴她同杰克的约会。他所住的一个狭小房间在一幢大房子上头。他几乎只在夜间回来睡觉，而且每个月的星期四有两次不到那里住宿，晚上和早晨的快车之间，他要在勒阿佛尔度过两夜。然而那一天，身上被淋湿，被疲倦压倒，他回来立刻扑到床上。所以，倘若不是邻近的一家夫妇争吵，一个丈夫殴打他的女人，发出尖叫的声音，惊醒他，桑芙琳或许要徒然等着。他从屋顶的窗口向外注视，看到认得她在下面的人行道上，他很不高兴，脾气恶劣，连忙洗脸，只好穿好衣服。

"啊！终于是您。"看见他从通车大门出来时，她喊道，"我怕自己没有听清楚……您曾明白对我说过在梭舒尔路转角上……"

不等他的回答，她向房子抬起眼睛。

"那么，您就住在这里吗？"

他没对她说明约会就定在他住处门前，因为他们要一起去的停备站差不多就在对面。但是她的询问使他不安，他臆想她对他表示的友谊或许发展到请求去看他的房间。这房间摆了那样简陋的家具，而且又是那样乱七八糟，他不免感到羞惭。

"哦！当然不是住，只像鸟一样栖息在这儿。"他回答，"我们快些走，我怕主任已经出去了。"

真的，他们走到车站外围停备站后面的站主任住的一所房子时，已找不到他；他们徒然从这一敞棚走到另一敞棚，被问的人都告诉他们，倘若一定要找到他，那就请他们四点半左右再到修理工场来。

"好，我们将再来。"桑芙琳说道。

随后，她重新出来，单独和杰克站在外面，她问：

"如果您有空闲的话，我将同您一起留下等他。这一点也不妨碍您吧？"

他不能拒绝，此外，尽管她给他引起微微不安，她不时增长的强烈魅力，她的妩媚目光，立刻驱散了他幽闭自己的阴郁。杰克看着她的温柔和畏惧的脸，心中不由地想，她也许会像一只忠实的狗那样爱着她，而他甚至没有勇气去打她。

"当然，我不离开您。"他较和气地回答，"不过，我们要消磨一个多小时……您愿意进咖啡馆吗？"

她对他微笑，看他终于表示恳切的态度，觉得相当舒畅。她欢快地叫着说：

"哦！不，不，我不愿意让自己幽闭着……我喜欢挽着您的胳臂在街上散步，随心所欲地走走。"

她自己主动地挽起他的胳臂。现在他的装束已不像旅行时那样风尘仆仆，她觉得他穿着舒挺的职员服装，显示出他自由自在的生活以及每天在旷野空气里来往和冒险的习惯所养成的优雅的资产者风度。她从来没有那样清楚地注意到他竟然是一个漂亮的男子：端正的圆脸，白皙的皮肤，棕色的髭须，他撒满金点的恍惚眼睛时常掉开，不看她，只有这一点继续引起她的疑惑和恐惧。他不对面注视她，难道他不愿意受约束，始终要按

自己的意思行事,甚至要继续反对她吗？此刻,她还处在疑惑里,每次一想到这岩石路的公馆,这正在决定她生死的办公室,她不免又被震颤袭击,所以她只有一个目的,就是要感到这给她胳臂的人属于她,完全属于她,她要设法获得他的友谊。她若抬起她的头,务使他的眼睛深深注视她的眼睛。于是他将真正属于她,一切可以由她来摆布。她并不爱他,她甚至没有想过这点。不过,为了不再惧怕他,她只好竭力使他成为她的俘虏。

他们几分钟不说话,走在这居民稠密的区域。街上挤满行人,不断穿梭往来。有时,他们不得不从人行道上下来,从车辆中间穿过街心。接着,他们到了巴底尧尔公园门口,这公园每年在这一时期差不多是荒凉的。然而,早晨大雨洗过的天边却显出柔和的蔚蓝,三月的阳光暖暖地照着,紫丁香已开始发芽了。

"我们进公园去吗？"桑芙琳问道,"这人群的喧闹简直震聋我的耳朵。"

杰克不知不觉想远离群众,使她可以更接近自己,几乎自动要走进去。

"这里或别处都差不多。"他说,"我们进去吧。"

他们在枯叶的树木中间慢慢沿着草地行走。几个女人带着褓褓里的孩子徐缓地散步,许多走捷径的行人都快步穿过公园。他们跨过小溪,从岩石之间爬上去。从树丛的暗色绿叶对着太阳闪闪发光。他们经过这浓密的夹道,稍稍感到疲倦,打算往回走时。却忽然瞥见这偏僻角落里却有一条凳子隐藏着,任何人都看不见。他们坐下,这次仿佛是被某种默契领来,甚至不需要征询对方的同意。

"今天的天气确实很晴朗。"她沉默了一下说。

"是的。"他回答:"太阳又出来了。"

其实,他们的思想并不在此。他一向逃避女人,此刻却想着要他和她接近的种种事变。她在这里接近他,暗示要侵占他的整个身心,他因而感到长久的惊异。从卢昂的最

后一次传审以来,他已不再怀疑,这女人在摩弗拉十字的暗杀里一定是同谋者。到底怎样?出于任何情况?被何种激情或利益推促?他提出这些问题,而不能明显解答。然而他终于得出一个结论:贪利和粗暴的丈夫,急于想享受院长的遗赠,或者怕遗嘱会变成对他们不利,或者丈夫打算制造流血事件,要他的女人落入他的掌握,可以由他自由摆布。他坚信这个故事,其中的有些昏暗角落诱惑他,引起他的兴趣,而他不想搞清楚。他有义务向司法当局说出一切,这个念头也时常萦绕在他的脑际。所以,他坐在这条凳子上,同她那么接近,他的腿已感到她臀部的温热。这时,就是这念头在不断烦扰他,要他沉默地考虑。

"三月里,"他又说,"呆在外面像夏季一样,的确是很奇怪的。"

"哦!"她回答,"太阳一上来,就觉得很温暖。"

她这一方面也在考虑,只有这年轻人是真正的蠢家伙,才不能猜到他们是犯罪者。他们对他表示的殷勤是不是太过分了,就是此刻,她也太靠紧他。所以,处在不时被空话造成的寂静里,她留意他的心里反应。他们的眼光互相接触,她看出他正在怀疑他所看到的,像一堆黑的东西很重很重压住被害人两腿的,是否就是她?要同他结成不可毁坏的关系,要他成为自己的所有物,她应该做什么?说什么呢?

"今天早晨,"她加上说,"勒阿佛尔的天气很冷。"

"而且,"他回答,"我们还遇到这大雨。"

这一会儿,桑芙琳有了突然的灵感。她不再推理,不再考虑,这仿佛是一种本能的冲动忽然从她的智慧和心灵的昏暗深处升起,

她慢慢拿起他的手,注视着他。绿树丛隐藏了他们,邻近街道的行人看不见他们,他们只听到远处车辆的滚动。公园照着太阳的僻静之处,不时传来钝重的声音,小径转角上只有一个玩耍的孩子默默地把黄沙一锹一锹盛满他的小铅桶。她语调不变,声音仿佛从灵魂深处发出似的低声说:

"您相信我是凶手吗?"

他微微战栗一下,眼睛紧紧盯住她的眼睛。

"是的。"他以同样感动的低声答道。

于是她的手握得更紧,她不立刻继续说话,觉得他们的热情已互相混合。

"您猜错了,我不是凶手。"

她说这个并不要他相信,她的唯一目的不过想预先通知他,她在别人的眼里应该是无罪的。这是女人不论怎样硬要说的"不"字。

"我不是凶手……您不必再替我费心,以为我是凶手。"

看见他的眼睛深深盯视自己的眼睛,她觉得很幸福。无疑的,她在那里所将要做的是献出自己的整个身心,因为她已打算委身给他,以后,他若向她要求的话,她不会拒绝。不可解的联系已在他们中间结好,现在她很可以向他挑战,她情愿把一切经过都对他说了,她已属于他·正像他已归她所有一样。招认已使他们互相结合。

"您不必再替我费心,您相信我吗。"

"是的,我相信您。"他微笑地答道。

他为什么要强迫她立刻说到这丑恶的事情呢？以后，如果她感到需要的话，她一定会对他叙述一切。不说什么话，隐隐向他招认，这让自己安心的形式，像无限温柔的表示，的确引起他的极大感动。她睁着碧蓝和妩媚眼睛，她竟那样信任和那样纤弱，在他看来，她显得女性味十足，为了自己的幸福，仿佛整个属于男人，准备接受男人的抚爱。他们的手继续握紧，他们的视线不再离开，尤其使他感到快活的是他体内已不再感觉不舒服，没有他每次接近女人、想占有女人之际都会发出、都会激动他的可怕震颤。对于别的异性，他不能动她们的肉体，否则，就会立刻产生咬啮她们和扼死她们的丑恶愿望。这一个呢？难道他能爱她而不至于不杀害她吗？

"您很了解，我是您的朋友，您一点也不要害怕。"她在他的耳边喃喃说，"我不愿意了解您的事情，这是您所喜欢的……您懂得我的意思吗？您在我面前可以完全支配我，您可以随心所欲。"

他终于接近她的面孔，他的髭须已感到她的温热气息。今天上午，在病势发作的野蛮恐惧下，他还害怕同她接近。现在，他竟坐着，仅有轻微的震颤，几乎只感到痊愈的幸福疲倦，他的体内究竟发生了什么变化？她曾杀人的这个观念，此刻已成确信，因而扩大她的形象，使她在他的心目中显得与其他女人不同。她不只是协助，或许曾亲自动手吧？虽然没有半点证据，他却这样确信。从此，抛开一切推理，在潜意识的惊怖愿望中，他仿佛认为她是神圣的。

现在他们两个都快活地谈话，简直和一见钟情的男女没有差别。

"您应该伸出您的另一只手给我，让我焐热它。"

"哦！不，不要在这里，别人会看见我们的。"

"谁？我们单独呆在这里……再说，这不碍事，请您不必担心。即使孩子们也不会在这里干这样的事……"

"我很希望您能控制自己。"

在她得救的快乐里，她突然大笑。这年轻人，她并不爱他；她固然提出承诺，可是她已探寻着不守诺言的方法。她有着可爱的模样，他将不会烦扰她，一切都将处理得很好。

"这很好，我们就这样约定，我们是朋友，而别的人们——即我的丈夫也在内——一点也不能来干涉我们……现在，请您放开我的手，不要再像这样注视我，因为您将损害您的眼睛。"

但是，他仍然捏住她的纤细手指。低声嗫嚅说："你要知道我爱您。"

她很快在轻微的震颤中挣脱出来。站在他依旧坐着的凳子前面，回答说：

"哦！看，这真疯狂！您要郑重些！喏，有人来了。"

真的，一个乳母胳臂里抱了睡着的婴儿走来。接着，又有一个很忙碌的少女跑过去。太阳西下，淹没在地平线的淡紫薄雾里，光线离开草地，只在枞树的尖顶散下渐渐稀薄的太阳的余晖。车辆的连续滚动仿佛突然停止了。人们听见邻近的时钟敲响五点。

"啊！我的天！"桑芙琳喊着说，"五点钟了，我还有岩石路的约会。"

她的快乐消散了，她重新感到那边等着她的"未知"的忧虑，她想起自己还没有得救。她的整个面孔都变得苍白，嘴唇也不住抖动。

"但是您要去看的停备站主任呢?"杰克从凳子上站起来,重新挽起她的胳臂。

"算了吧!我下次去看他……请听我说,我的朋友,我不麻烦您了,让我赶快去做我的事情吧。还是谢谢您,我衷心地谢谢您。"

她同他握过手,连忙离开。

"过一会儿,火车上再见。"

"是的,过一会儿再见。"

她放快脚步离远,消失在公园的树丛内;他一点也不急,慢慢走向加尔第纳路。

加米·赖摩特先生曾在家里同西部铁路公司的业务处长作过长谈。借口其他事由被召来的处长终于表明,这格兰摩伦案件怎样引起公司的麻烦。首先是各种报纸控诉公司的失职,说头等车的旅客们竟得不到安全的保障。其次,这可悲的冒险还牵彻到全部职员,其中有许多甚至是嫌疑犯,至于这罗勃,连累最多的一个,人们随时都会逮捕他,那更不用说了。最后,关于公司董事之一,格兰摩伦院长一生行为所散播的恶劣风声,又似乎攻击到整个董事会。因此,一个小小副站长的假定犯罪,像复杂的机构,一直往上摇动这铁道业务的巨大机器,连上极行政都被扰乱了。损害越来越大,连交通部也受到攻击,政治动荡甚至已威胁国家的存在:处在危急的时刻,即使最小的狂热都会促使社会大机体的瓦解。加米·赖摩特先生从他的晤谈者口里获知公司恰在上午决定辞退罗勃,他激烈地反对这个措施。不,不!再没有什么比这更拙笨,如果公司准备要这位副站长成为政治的牺牲品,这会加倍增添报纸上的喧闹。自下至上,一切都会垮得更快,上帝才知道在某些人和另外一些人身上,将发现什么可恶的丑闻,丑事已传播得太久,必须赶快恢复沉默。被说服的业务处长答应维持罗勃的职位,甚至不调他离开勒阿佛尔。人们将由此明白地看到,公司里并没有不规矩的人。事已完结,所有一切被归入档案。

当桑芙琳端着气,心头怦怦跳着,很快赶到岩石路严肃的办公室,再次站在加米·赖摩特先生面前时,后者默然观察她一会儿,对于她非常努力要自己显得平静很感兴趣。这温雅的罪犯,睁着碧蓝的眼睛,在他看来,的确是可同情的。

"那么,好!太太……"

他突然停住,好让自己再快乐地欣赏几秒钟她的担忧。但是,她的目光竟那样深邃,他觉得她那样迫切想知道实情,几乎要向他的身上扑来,他就变得怜悯她。

"那么,好!太太,我见过业务处长,我得知:您的丈夫不被辞退。……事情已料理好了。"

于是,剧烈的快乐浪潮淹没了她,她几乎昏晕过去。她的眼睛里充满泪水,她不说什么,只顾微笑。

为了使她懂得其中的全部意义,他再重复一句:

"事件已料理好了……您可以放心回到勒阿佛尔去。"

她听得很明白:他是要说人们将不会逮捕他们,人们已赦免他们。这不但是职务被维持住,而且可怕的悲剧也被忘记了,也被结束了!像一只漂亮的家畜要表示感激和阿谀,她本能地俯下亲吻他的双手,将双手贴近她的面颊。这次,他并不抽回来,他自己也因这感恩的温柔情趣非常感动。

"不过,"他竭力要自己重新变得严肃,再说:"您要记住,要好好做人。"

"是!先生!"

但是他仍然要他们,男的和女的,留在他的控制下。所以他影射到短函。

"您要记得案卷都在这里,若有极小的过失,一切都会重新开始……尤其请您嘱咐您的丈夫,不要再管政治。关于这点,我们将是严酷的。我知道他已连累过自己,人们曾对我说到他和县长的不愉快争吵,总之,他已被认为共和党人,这是非常可恶的……不是吗?他应该明理,不然,我们会除掉他。"

她站着,现在她想赶快走到外面,让窒息她的快乐可以接触到自由呼吸的空间。

"先生,我们将服从您,我们将做您所愿意的一切……不论何时何地,只要您吩咐,我是属于您的。"

他重新露出他的厌倦样子微笑,他已长久尝到一切皆空的滋味,他的微笑里不免露出些轻蔑。

"哦!我将不会滥用。太太,我已不再滥用。"

他亲自给她拉开办公室的门。在楼梯口上,她还两次转过来,她容光焕发的面孔还向他道谢。

一到岩石路街上,桑芙琳发狂似的行走。她发觉自己毫无理由地再向这条路上端走去。随后,她再从斜坡下来,一点也不为什么,只冒着自己被压死的危险穿过街心。她要行动,做手势,要叫喊。她已明白人们为什么要赦免他们,她竟惊讶地对自己说:

"这很简单,他们害怕,他们害怕触及那些龌龊的东西,其实本没有什么危险,我让自己受苦,的确是愚蠢的!这很显然……不论怎样,我去恐吓我的丈夫,使他可以老实地呆着……我们已得救,得救,啊!多么好的运气!"

她从圣拉萨尔路出来,看见一个首饰商家里的挂钟,刚刚六点差二十分。

"喏!我好好吃顿晚餐,还有时间。"

她在车站对面选择一家最华丽的饭馆,单独坐在一张很白的小桌前面,靠近店面没有涂锡泥的大玻璃;她看街上的来往行人,心里觉得很有趣。她向侍者叫来精美的晚餐:几只牡蛎,一盆靴底鱼丝,一盆烤炙童子鸡翅膀。这至少可以补偿她五六个小时以前吃过的坏午餐。她吞噬着,觉得很精致的面包非常好吃。她还喊来美味的食品,松脆的煎饼。随后,喝了咖啡,紧接着她连忙动身,因为离快车的开行只有几分钟了。

杰克刚才离开她没先回寓所换上工衣,立刻向停备站走去,平常他总在机头动身之前半点钟才到那里。虽然柏葛三次中有两次会喝醉酒,他终于将检察的责任推给这位火伕。但是那一天,在他所处的温柔情绪里,一种潜意识的谨慎侵入他的身心,他要亲自去看看一切零件是否都很好;尤其因为上午从勒阿佛尔驶来的时候他以为自己已发觉机头工作不多,消耗却很大。

关闭着的广大敞棚被煤烟熏黑,只由许多撒满灰尘的高窗户照亮,在其他好些停着的机头中间,杰克的,停在铁轨头上准备先开走。停备站的一个火伕刚加满火炉,红的余烬落到下面的灭火坑里。这是一台拖拉快车的机头,配上两对精美的大车轴,轻快大轮由钢臂连接着,宽阔的胸部,壮大的长脸……一切都合乎逻辑,一切都正确,这个金属"生物"具有无上之美,显出运用能力的精妙。和西部铁路公司的其他机头一样,除了指定它的号码之外,还保有沿线、歌当丁境内一个小站站名利崇。但是杰克很爱机头,就把它改成女性的名字,他总带着抚爱的温情,称呼它莉嫦。

这是实在的,他同它一起奔跑四年。对于这部机器,他的确以爱的情感喜欢它。他曾驾驶过别的好些车头,其中有柔顺的和执拗的、勤快的或懒惰的,他并不是不知道每部都有它的性质,如人们谈到女子的骨肉一样,很多是没有多大价值,不配接受人们的爱抚;他之所以爱这一部,这确实因为它有好"女人"的罕见优点。它温柔顺从,容易发动,蒸发极好,还保持着有规律的连续奔跑。人们都说它那么容易发动,因为它轮子拨条装配极好,尤其因为配汽室可完全控制,同样,它只要很少燃料就发出很多蒸汽。人们却以为它是依靠管子黄铜的优良质地和锅炉的精美设备。但是,他知道还有别的东西,因为别的机头也是这样小心建造起来、装配上去的,却没有显出它所特具的任何优点。它的内部一定有制造的灵魂和神秘,就是铁柏敲击偶然赋予金属的某种东西,就是装配工人的技巧给予零件的奇妙东西:机头的个性或生命。

所以机头很快发动,制动灵敏,像强壮和柔顺的雌马那样敏捷。他的确怀着感恩的男性情感热爱莉嫦。他热爱它,因为除了规定的工资之外,靠节省燃料的奖金,它给他赚来不少钱。它蒸发得那么好,真的替他节省了很多煤炭。他对它只有一点不满,就是需要太多润滑,尤其是汽缸合情合理地吞噬了大量润滑油,这简直是持续的饥饿,真正的饕餮。他想尽种种办法设法加以节制,可是徒然,它立刻会喘气,它的体质就需要这个。所以他只好容忍这贪吃的激情,正如人们对待那些赋有特别优点的女人一样,他只好视而不见,不管这一种恶习。他开玩笑的口吻对火侠说:它是漂亮的女郎,时常需要涂脂抹油。

火炉里发出轰轰响声,莉嫦腹内逐渐增加蒸汽的压力,杰克在它的周围旋转,视察它的每一个零件,竭力要发现为什么今天上午它吃掉多于平常的润滑油。他找不到什么原因,它还闪闪发光,非常清洁。这愉悦的清洁表明司机的温柔看护和关心。人们不断看见他揩拭它,把它擦得闪亮,尤其是到站以后,人们关闭远程奔跑的冒烟畜生后,他总用力擦它,利用它还滚热的机会,让自己更好地抹去污迹和斑痕。此外,他也从来不扰乱它,让它保持均匀的速度,避免慢行,因为这会引起后来加快速度的不利跳跃。所以他们两个过着那么好的"同居"生活,四年之内,他不曾埋怨它,在停备站的修理簿上,始终没有登记过它的名字。而懒惰和酗酒的坏司机们,则不断和他们的机头发生争吵。那一天,他固然觉得它吞噬润滑油太浪费,可是他的心头还有别的东西,某种他还没有感到过的模糊东西,要他为它忧虑和不信任,仿佛他怀疑它,要看看它到路上是否跑得很好。

然而,柏葛不在那里。因为他同一个朋友吃过午餐后,舌头粘滞,说不清话语。等他终于出现时,杰克不免发怒。平常他们两个从路线这一端到另一端,并肩操劳,很少讲话,由同样工作和同样危险联结着,总在这长途的来往中过着很和睦的共同生活。虽然司机的年纪比火侠少十岁,前者对后者却显示父亲般的爱护,掩庇他的恶习。他若喝得太醉了,只要让他睡一点钟,他对这优待,就会以狗一般的忠心来报答。其实,他本身也是极好的工人。酒醉之外,尽力于他的职业。他也很爱莉嫦,这就足以维持和睦。他们

欲 魔

两个和机头构成真正的三人"同居",从来不发生一次争吵。所以,柏葛突然受到这样不好的对待,不免觉得狼狈。当他听见杰克对机头作咕噜咕噜的怀疑时,他马上露出加倍的惊骇注视司机。

"什么？它还会跟仙女一样奔跑呢。"

"不,不！我还是不放心。"

尽管每一零件都很好,他仍然继续摇头。他拨动转把,看看安全活塞是否灵活。他爬上呆板,亲自倒满汽缸的各个油槽;火侠揩抹顶上留有铁锈的些微痕迹。撒沙器的小棒也转得很好,一切都应该使他放心。他之所以还要惴惴不安,因为他心里已不只是莉嫦一个。另一种温情已在这里滋长,这苗条的小生物那样纤弱,最近他的脑里时常浮现她靠近他,坐在公园的凳子上,显出那样柔媚无力的姿态,需要他去爱她,保护她。若有某种无意的原因使他迟延行驶时间,他就让他的机头拨到每小时八十公里的速率,从来没有想到旅客们可能遭遇的危险。看,现在要领这女人,这个上午差不多还很厌恶,只勉强带来的女人回到勒阿佛尔去,想到这点,担心要发生意外的激动就烦扰他,他想象她可能因他的过失受伤,垂死地躺在他的胳臂里,从现在起,他已有爱的负担。被怀疑的莉嫦,如果要保持它善跑的声名,顶好是准确地奔驰,不要闯出乱子。

六点钟已敲过,杰克和柏葛登上机头和煤水车间的钢皮小桥上;后者遵他头目的信号,打开放气管。一阵飞旋的白蒸汽充满黑的敞棚。随后,司机慢慢开动调整器的转把,莉嫦开始走动,它离开停备站,发出汽笛的尖叫,要求人们给它开道。它几乎立刻进入巴底尧尔隧道。但是到了欧罗巴桥,他在那必须等待;因为只在规定的时刻,扳道员才会给它送上六点三十分快车,然后由两个工人把它牢固地扣到一列长长的车厢上。

人们就要起程,剩下的只有五分钟,杰克的头探出机头以外,看推撞的旅客们中间没有桑芙琳,觉得很诧异。她上车之前,一定会到他身边来,那是可以确定的。最后,她出现了,她知道自己已迟到,所以几乎跑着。真的,她沿整列的车厢前进,只停止在机头旁边,脸色很兴奋,洋溢着说不清的欢悦。

她的小脚踮高,抬起头笑道:

"您不要担心。看,我来了。"

他也笑。看到她已赶到,心里觉得很舒服。

"好,好！很好！"

但是她更踮高,她用较低声音再说:

"我的朋友,我高兴,我很高兴！……我已碰到很好的运气……一切都像我们希望的那样实现了。"

他完全明白了,他也感到很快乐。接着,她重新跑着离开,转过来,开玩笑地加上说:

"那么,请听我说,现在,您不要在路上撞碎我的骨头。"

他的快活声音惊呼:

"哦！这是什么话！您不必害怕！"

各个车门已关响,桑芙琳只有上去的时间。杰克遵从车长的信号,拉响汽笛,然后扭开蒸汽开关。人们动身了。这是二月的阴郁火车,在同样时刻,从车站的同样活动、同样

声音和同样烟雾中间徐徐开动,慢慢离开。不过,此刻的天气还没有黑,还照着无限温柔的明亮暮色。桑芙琳头贴近车门,满心喜悦地向外注视。

在车头上,杰克占去右面的位置,身上温暖地穿一条呢裤和一件羊毛短上衣,他的鸭舌帽下,戴着一直吊到脑后的镶边玻璃眼罩,他的眼睛再也不离开轨道,为了看得更清楚些,他随时把头伸出遮蔽的玻璃之外。车剧烈地震动,他甚至没有意识到这震动,右手放在驾驶盘上,简直同领航员握住船舵的轮子一样,以连续和几乎感觉不到的动作操纵着,减低或加快速度;他的左手不断拉动汽笛小柄,因为驶出巴黎是困难的,到处充满阻碍。遇到地面过道、车站、隧道和大转弯,他都拉响汽笛。远处若有一个红的信号出现在垂暮的日色里,他就一直要求让开道路,带着雷鸣般的声响开过去。他每隔一会儿看一下蒸汽压力表,待压力达到了十公斤,他旋动放射器的小转盘。他的视线时常回到前面的轨道,全心监视着最细微的特殊景象,他那样注意,以至于看不见别的任何东西,甚至感觉不到猛烈吹来的暴风。蒸汽压力表降低了,然后他抬高炉钩打开炉门,柏葛习惯于他的手势,立刻明白了,用铁槌敲碎煤块,拨动铲子送煤进去,使它在整个宽阔的横栅上,铺上均匀的一层煤。一种难忍的火热燃烧他们俩的脚腿,随后,炉门再关闭,冰冷的气流重新吹袭。

夜色降临了,杰克格外谨慎。他很少觉得莉嫦是那样服从。他占有它,他随自己的意思控制它,表现主人的绝对权力,然而他一点也不放松他的严厉。它是被驯服的畜生,但是应该时时当心它的脾气。在它背后风快奔跑着的火车里,他似乎看见一个温雅的面孔露出信任的微笑,完全委弃给他。他因而有了轻微的震颤,他的手掌更粗暴捏紧驾驶盘,他的目光固定射穿增长的阴暗,寻找红的亮光。越过亚尼埃尔和哥伦普的交叉点后,他稍稍喘息一下。直到蒙特,一切都进行得很好,轨道是真正的平地,火车舒服地疾驰过去。过了蒙特,他必须推促莉嫦要它爬上大约两公里多相当峻急的斜坡。接着,他减低速度,让它向洛尔波阿斯隧道的徐缓斜坡奔去,这两公里半隧道,它几乎只花三分钟就穿过去。未到梭特维尔车站之前,还有另一个隧道,盖客附近的卢尔隧道,必须小心驾驶,梭特维尔车站由于复杂的路轨,连续的调配车辆和时常存在的拥塞,是司机们所惧怕的一个场所。他浑身力量都集中到他监视着的眼睛和他驾驭着的手里。尖叫和冒烟的莉嫦借它的全部马力穿过梭特维尔,只到卢昂才停止下来,然后再从那里动身。它稍稍平息,随比较徐缓的速度,登上通往玛罗纳斜坡。

月亮已升起,很明朗。月光使杰克辨出最小的荆棘丛,在很快的奔跑里连路上的石块,他也看得很清楚。出了玛罗纳隧道,一株大树的黑影挡住路线。他很担忧。他向右边一看,认出这偏僻角落是他曾在那里看见谋杀的荆棘田亩。荒凉野蛮的区域仍然排列着连绵小冈,深黑小树林展布着凄凉的景象。随后到摩弗拉十字,在不动的月亮下,侧斜坐落的房子像被遗弃了一样可怜,百叶窗永远关闭着,这时丑恶悲伤的幻景突然映入他的眼帘。不知道为什么,这次比从前的无数次还要厉害,杰克的心紧缩着,仿佛他正站在那桩不幸场面前面。

但是,另一种景象代替了刚才的画面。在靠近地面过道的米索尔夫妇房子旁边,芙罗莉站着注视他。现在,每一次旅行他看见她站在这个位置上等候他,注视他。她一

动不动,只转过头来,让目光从卷走他的闪电中,更长久地跟随他。她高大的侧面,在白光里显出黑影,她的金发,只由月亮的苍白黄光照耀着。

　　杰克推促莉嫦越过蒙脱维尔斜坡,沿波尔培克高原前进。这段时间才让它喘息一下。随后,从圣·罗门到哈弗娄,在全线最峻急的斜坡上,他又要它竭力疾驰过去,这十三余公里的路程,机头像感到马厩将近时的疯狂畜生一样,拼命奔跑,一下就跑完了。到勒阿佛尔,它已累得要死。敞房下充满火车到达的喧噪和烟雾。桑芙琳在回到寓所之前,穿过喧噪跑来,露出快活温柔态度对他说:

　　"谢谢! 明天见。"

6

一个月过去了，候车室上面，车站第二层楼的罗勃夫妇家已恢复宁静。在他们和走廊邻居们的住宅里，这等着规定时刻才回来，像钟摆一样存在着的职员小世界里，单调的生活已重新开始，什么凶暴的和反常的事情仿佛都没有发生过。

喧噪一时和丑恶的格兰摩伦案件慢慢被忘记了，由于司法当局似乎无能，找不到凶手，它将被归入档案。长布什还经过十五天的拘禁，预审推事戴尼采先生发出了不予起诉的命令，理由是没有足够证据。散播着的风声简直是传奇式的，都说是一个不认识的和无可捉摸的刺客，一个无处不在、无时不在的罪恶冒险者干了这桩谋杀，待警察一出现，他就烟雾似的消散了。反对党的报纸对将近的普选很敏感，每隔几天发表一些文章嘲笑这传说的刺客。权力的压迫，州长们的凶暴，每人都有令其他人愤怒的题目，因此，一般出版物已不再提到这个案件，它已脱出群众的强烈好奇心。人们甚至已不再谈论它了。

最使罗勃夫妇家恢复平静的是解决另一个困难的可喜方式，这就是格兰摩伦院长的遗嘱摆脱了掀起风波的威胁。赖宣纳夫妇怕泄露过去的丑事，对诉讼的结果亦无任何把握，终于听从波纳洪太太的劝告，同意不攻击这奇特的遗嘱。罗勃夫妇取得他们所继承的遗赠，一星期以来已成为摩弗拉十字产业的主人，大约值四万法郎的房子和花园都归他们所有。他们立刻决定卖掉这放荡的和血腥臭的房子，好可怕的噩梦一样荡羡在他们的脑际，处在过去幽灵的恐怖下，他们不敢到那里去休闲，完全让它处在原有的状态中，不加修理，甚至不清除灰尘，他们要全部出售，连家具都包括在内。不过，愿意退隐到这偏僻角落的购买者一定很少，倘若举行公开拍卖，他们将损失太多，他们便决定等一个爱好者，只拿一块很大的召购牌挂在正面，让不断过去的火车旅客们都容易看到。这大字的召购，这孤寂产业的出售，又给关闭着的百叶窗和长满荆棘的花园添加刺目的凄凉。罗勃绝对拒绝到那里去，即使经过也不愿意去做些必要的布置，一天下午，桑芙琳只得亲自去料理；她将各个房间的钥匙留给米索尔夫妇，嘱托他们，如有想购买的人出现，请他们代为指出全部房屋。人们可以在两小时内安顿进去，因为那里不缺少任何东西，甚至橱子里还藏有桌布、饭巾和替换的衬衫等等。

从此，再也没有什么引起罗勃夫妇的担忧了，他们天天静静地等着次日的到来，时间就这样流逝过去。房子终于卖掉，他们将钱存到银行里去生息，一切都将很好。他们逐渐把出售这事完全忘掉，这样生活着，仿佛他们将永远不会走出所住的三个房间：首先是餐室，门直接开向走廊；其次是右面的卧房，相当宽敞；最后是左面的厨房，很小，简直没有空气。甚至他们的窗户前面，这车站的敞房，这监狱墙垣一样挡住他们视线的倾斜铅

皮,不但不像从前那样激起他们的愤怒,反而增加他们内心的无限平静和极端舒适的感觉。这样,至少不会被邻居们看见,至少自己面前不会有侦察的眼睛,一直搜索到家里。春天来了,他们只怨恨窒闷的热气和铅皮受太阳照耀的眩目反光。经过两个月可怕的震惊,他们曾生活在连续的颤抖中,此刻可以舒舒服服享受这遍及整个身心的麻木反应。罗勃平常固然是很好的职员,可是从来没有显得像现在这样准时、这样小心:日班的一星期,他早晨五点钟下楼,到车站月台上去。只到十点钟再上来吃中饭,十一点钟再下去,一直到下午五点钟,足足服务了十一个小时,夜班的一星期是下午五点钟到早上五点钟,他甚至连回家吃饭的时间都没有,因为他总留在他的办公室里用晚餐。他存着满意性情忍受这辛苦的奴役,似乎觉得很快活,他一直要管到极细微的事情,要看到一切,料理一切,仿佛他在这疲倦里找到一种遗忘,恢复一种正常而平衡的生活。桑芙琳差不多时常是孤单的,每两星期总有一星期守"活寡",另一星期,她也只在吃中饭和晚饭时看见他,可是她仿佛染上主妇的热病,过去她坐着刺绣,不热心做家务,一切事情都由一个老太婆西门妈妈来料理,从九点钟一直做到中午。但是自从他在家里重新感到平静,确信可以这样呆下去以后,她忽然想起打扫和料理一切。此外,他们两个都睡得很好。在他们稀少的接近里,吃饭或夜间一起睡觉时,他们从来不再谈到那案件,他们一定相信这事已结束,已被淹没了。

尤其对桑芙琳来说,生活已重新变得很甜美。她的懒惰又已恢复,她重新让西门妈妈去料理家务,仿佛她生来就是小姐,只配做针线的精细活计,她已开始刺绣一条盖脚被,这做不完的工作,似乎是他生命的一部分。她起得相当迟,单独躺在床上,觉得很幸福。火车的出发和到达不时摇摆她,像挂钟一样,使她正确地记下时间的移动。在她刚结婚不久,车站的这些粗暴声音,如汽笛的尖叫,转车盘的撞响,雷声般地滚动……以及像地震那样摇摆她房里家具的突然颤抖,简直使她发狂。久而久之,逐渐习惯了,响声和震颤的车站已进入她的生活,现在她喜欢这个,她的镇静就由这激动和喧闹造成。吃午饭前,她从这个房间走到另一房间,无所事事,同料理家务的女人聊天。随后,她坐到餐室窗前,度过漫长的下午。刺绣时常落到两膝上,她一点事都不做,觉得相当舒服。她的丈夫清晨回来睡觉的那几个星期,她听到他的打鼾声一直到下午,其实,这对她来说是好日子。她像没有结婚以前那样生活着,白天完全自由,夜里可以占住整个大床,可以随心所欲地消遣。她几乎从来不出门,整个勒阿佛尔中,她只有瞥见邻近工厂发出的黑烟,在她面前的数公尺以外截断地平线的铅皮屋顶之上飞旋,一直到天边。城市就在那里,就在这永恒的墙垣背后,她看不见它的忧闷,渐渐获得甜美的情趣。由她放在敞房流水管上的五六盆丁香花和茉莉花,构成她的小花园,给她的寂寞以赏心悦目的繁荣景象。有时,她说到她的孤单,仿佛在谈论树林深处的隐居。只有在闲荡时刻,罗勃跨过窗户,然后从流水管一直走到尽端,登上倾斜的铅皮,坐在屋脊高处,面临下面的拿破仑广场,于是他就这样凌空抽着烟斗,城市展布在他的脚下。他看见码头上竖满高高船桅,无垠的大海对他显露深沉的绿色。

同样的惰性似乎侵入其他职员,侵入罗勃夫妇的邻居家里。可怕流言盛行的走廊,现在也已沉睡着。菲洛曼妮若来访问勒布娄太太,人们几乎听不见她们的喃喃语声,两

个都为事态的转变感到惊异,她们只以轻蔑的怜悯谈到副站长;无疑的,为了保存他的位置,他的女人曾赶到巴黎去,干了漂亮的勾当;总之,这个人现在已沾满污迹,他将不能洗掉一些嫌疑。出纳女人既然相信她的邻居们此后再不会强行夺去她的住宅,她只对他们表示轻蔑,高傲地走过去,不和他们打招呼;为此,她甚至使菲洛曼妮不快,来看她的次数逐渐减少了,她认为她太自负,同她一起,不再觉得有趣。然而勒布娄太太为了不让自己空闲,仍然继续窥伺琪松小姐和站长达巴梯先生的私通,可是她从来没有捉住他们。在走廊里,只有她的毛毡的拖鞋发出很难听见的轻轻摩擦。一切都这样慢慢恢复太平。安静的一个月过去了,这仿佛是大灾祸后的沉熟醋睡。

但是罗勃夫妇家里还留下痛苦和担忧的东西,他们的眼睛若偶尔触及餐室地板的一处,就有新的不舒服打扰他们。窗户左面,他们转动过然后又放回去的橡木嵌板底下,他们埋藏着从格兰摩伦身上取来的表和一万法郎,钱袋里三百左右金法郎还不计算在内。这个表和这许多钱,罗勃之所以要从死者衣袋里取来,为了要人们相信盗窃的动机。他并不是一个窃贼,像他自己所说过的,他宁可在旁边饿死,而不愿意动用其中一个生丁或卖掉这只表。这老头子玷污他的老婆,由他执行正义的处决,他的金钱沾满那么多血和泥泞。哦!不,不!这不是干净的金钱,一个规矩的人将永远不会动用它们!他甚至没有想到他曾接受遗赠的摩弗拉十字房子:搜索被害人身上,由丑恶屠杀里取回这些钞票的唯一事实,就激发他的反抗,扰乱他的良心,使他立刻生起退缩和恐惧的情感。然而他却没有焚毁它们、或趁某一夜晚拿表和钱袋掷到海里的想法。简单的谨慎固然劝他这样做,可是隐隐的本能却在他的体内表示抗议,不让他实行这灭迹的破坏。他存着潜意识的敬重,他将永远舍不得毁灭巨额款项。第一夜,他认为任何角落都不够可靠,就将它们藏在自己的枕头底下。以后几天,他设法寻找秘密的洞窟,听到一丁点儿声音,他都以为法院来搜查,由于害怕,他每天早晨都调换藏匿地点,从来没有消耗这么多想象力。后来他绞尽脑汁,不愿再被恐惧袭击,有一天终于厌倦了,不再拿回前夕藏在嵌板底下的表和钱,现在,不论发生任何事情,他将不再动到那里:这简直是一个尸堆,一个恐怖和死者的洞穴,仿佛有许多幽灵在等着他们。行走时,他的脚甚至避免踏到这一片地板,因为这触觉会使他不舒服,他想象自己的两腿会受到轻微冲击。每天下午桑芙琳若坐到窗前,也要让椅子退后一步,不让自己恰好处在他们保存的"尸体"上面。他们俩甚至不谈这个,竭力相信他们将逐渐习惯于这隐蔽住的遗物。然而每一小时他们都觉得它还在底下,终于发怒,认为它已逐渐变得讨厌,他们的脚底怪不舒服。然而,那把女人购买,丈夫用来戳入情敌喉头的漂亮新刀,却一点也不受苦。它只草率地被洗过,随便放在一个抽屉深处,有时只由西门妈妈拿来切割面包。

此外,在平静的生活中,他们强迫杰克同他们来往,又使罗勃逐渐增长新的苦恼。有规律的服务使这位司机每星期三次回到勒阿佛尔:星期一从上午十点三十五分到下午六点二十分;星期四和星期六从晚上十一点五分到早晨六点四十分。桑芙琳旅行以后的第一个星期一,副站长曾竭力表示殷勤。

"好吧,朋友,您不能拒绝同我们吃一块面包……真的!这有什么说的!您对我的老婆实在太费心,我当然应该向您道谢。"

一月两次，杰克就这样接受他们的邀请来吃午饭。罗勃单独同他的老婆用餐时，好像对现在已获得的沉静感到拘束，能有一个客人坐在他们中间，似乎感到莫大的安慰。立刻，他找到许多故事，他谈话，并开玩笑。

"那么，您尽可能经常再到这里来！您自己也明白看见您并不妨碍我们。"

一个星期四晚上，杰克洗过脸，正想回去睡觉，突然遇见副站长在停备站周围闲荡；虽然很晚了，他还是不愿意单独回家，便请杰克一直陪到车站，然后再拖他上楼进入自己寓所。还没有上床的桑芙琳正在看书。他们喝了一小杯酒，甚至还玩纸牌，一直玩到半夜。

此后，星期一的午饭，星期四和星期六的小晚会也变成习惯。如果朋友有一天不来，罗勃就亲自找到他，再领他到家里，责备他的疏忽。副站长渐渐忧郁，只和他的新朋友一起，才真正感到愉快。这年轻人曾使他那样担心，现在既然是唯一的证人，而且使他活生生回忆起希望忘记的丑恶事物，他不但不厌恶，反而觉得是必需的伙伴，这或者恰因为杰克知情而不说吧，留在他们中间地简直是一根很坚实的联系线，或默契的同谋。副站长往往诚心地注视他，突然兴奋地握紧他的手，这粗暴的亲热，的确超过他们友谊的简单表现。

但是杰克，在他们夫妇中间，完全成为真正开心的伴侣。桑芙琳也很快活地接待他，看他一进来，她即像被唤醒快乐的女人一样发出一声惊喜的呼叫。她马上抛开一切，她的刺绣或书，不断说笑摆脱出她整天度过的昏暗和半醒半睡状态。

"啊！您来了，这多么好！我一听见快车，想到了您。"

他来用午餐时简直像是节日。她知道他的口味，亲自去购买鲜鸡蛋，这一切都很有意思，她以主妇身份接待家里的朋友，除表示客气的愿望和消遣的需要之外，没有别的什么存在。

"您知道，下星期一请您再来！我做蛋乳糕给您吃！"

不过，一个月之后，他再到那里时，罗勃夫妇间的分离已格外加重了。女人逐渐喜欢单独睡在床上，尽量设法少和她的丈夫同床。丈夫在结婚初期表现得那么热烈、那么粗暴，现在也不想勉强她。他爱她，但没有什么深厚的情感，她也只以殷勤女人的柔顺忍受这个，想象世上的事情一定都是这样的，尝不到任何快乐。自从犯罪之后，也不知道为什么，这会引起她的莫大厌恶。她因而感到激动和恐怖。一天晚上，蜡烛没吹灭，她叫喊着，以为这抽搐的红面孔，是凶手的脸庞；从此，她每次都颤抖，她的全身有了被谋杀的感觉，仿佛他的手里执一把刀，突然推倒她。这的确像发狂，她的心惊恐地跳动。他逐渐不大滥用她的肉体，觉得她太顽强，不能满足他追求的快乐。丑恶的剧变，流过的血，仿佛在他们中间产生厌倦和冷淡。其实，年龄也间接引出这样的结果。不能避免同床的夜晚，他们总尽量隔开，各占床铺的一边。杰克当然也助成这夫妻的分离，他的出现总以他们时常萦绕着的丑恶景象隔离他们的接近。他们终于因为有了他的介入实现了相互的解放。

然而，罗勃一点也不懊悔地生活着。在事件归入档案之前，他只不过惧怕未可预料的后果，他尤其担心他会失掉自己的位置。此刻，他不惋惜任何东西。或者他觉得他若要再犯罪的话,他不应该使她混入这秘密的谋杀,因为女人立刻会慌乱,他的老婆之所以逃避他,不和他接近,这完全由于他在她的肩上放了太重的负担。他不同她一起陷入犯罪的深渊,依然是绝对的主人。但是既然事情是这样发生了,只好这样去忍受;他尤其要做出努力,让自己重新处在当时所处的精神状态中。她招认通奸以后,他认为谋杀对他的生活是绝对必要的。如果他不杀掉那个人,他认为自己此后无法再生活下去,今天,他们嫉妒火焰已熄灭,他感觉不到难忍的焦灼,他的肉体已完全麻木,他的心已被这流过的血充塞着,这谋杀的必要,对他已显得不那么理解。他终于自问这是否值得去干。此外,他并不后悔,他不过多了一种觉悟罢了!为着要让自己幸福,人们往往做不可告人的坏事,而结果却并不幸福。他平常是那么多嘴,现在却长久地沉默,进行模糊的反省,一旦醒悟,精神也因而更加烦恼。现在每天吃过饭以后,为了避免同他的女人面对面留下,他爬到敞房上面,坐在屋脊高处;大洋的气息吹拂着,茫然的梦想摇摆着,他抽着烟斗,注视城市远处地平线那边的许多邮船逐渐消失在辽阔的海面上。

一天晚上,罗勃不像从前一样有了狂暴嫉妒的觉醒。当他到停备站去寻找杰克,领杰克到自己家里来喝一小杯酒的时候,他遇见车长亨利·陀凡涅走下楼梯。车长显得很慌张,解释他受他的两个妹妹委托来看罗勃太太。事实是在这段时间内,他在追求桑芙琳,希望征服她,占有她。

一进门,副站长就怒斥他的老婆。

"那家伙,又上来做什么?你知道他麻烦我,使我讨厌!"

"但是,我的朋友,这是为一张刺绣图样……"

"刺绣图样,我们不管这一套,我们请他滚出去!难道你相信我愚蠢到那样程度,不明白他到这里来的用意吗?……而你,你也要当心!"

他捏紧拳头,向她走去。她脸色雪白,吓得后退。奇怪,他们彼此既那样平静和冷漠地活着,怎么会突然爆发愤怒?但是他平息怒气,对杰克说:

"真的,有些家伙进入别人家里,摆出自信的样子,以为这家的女人会立刻扑入他们的怀里,而受侵犯的丈夫会感到增光,闭上眼睛,不管他们!这简直使我的血沸腾……您看,在这样的场合,我会扼死我的女人。哦!一下子扼死她!但愿这位小先生不要再来,不然我将收拾他……不是吗?这的确很可恶!"

杰克感到这场面很使他为难,不知道采取什么态度才好,这过分的愤怒是对他而来的吗?丈夫要给他一次警告吗?听见后者重新发出快活的声音说:

"大傻瓜!我很知道你自己也会赶他出去的……好吧,给我们拿杯子来,你同我们干杯吧。"

这下他才放心。

副站长拍拍杰克的肩膀,恢复平静的桑芙琳对着他们微笑。他们一起喝酒,过了很愉快的一小时。

罗勃就以这样恳切的态度,要他的女人和他的朋友接近,仿佛没有想到可能发生的后果。嫉妒对杰克和桑英琳来说,恰成为更亲密的原因,他们中间因而滋生起完全秘密的温情,知心的谈话使彼此的关系更加接近。杰克过两天再见到她,怜惜她受到那么粗

暴的责备时，她的眼睛充溢着泪水，不自主地悲叹着，对他表白说，在他们夫妻生活中，只感到一点点幸福。从这时候起，他们两人有了单独谈话的题目，或秘密表示友谊的同感，他们终于只要示意一下，彼此就能互相了解。他每次来，总让自己的目光询问她，他要知道她是否又有悲伤的新遭遇。她也只以眼皮的简单动作回答他。随后，他们对于彼此生活的极小事实渐渐感兴趣。他们很少有机会趁罗勃不在时见面一小会儿。在这阴郁的餐室里，他们总时常发现他呆着不离开他们；他们也一直不设法逃避他，脑里甚至没有到车站某一偏僻角落深处幽会一次的念头。直到那时，这的确是真正亲切情感吸引他们表示真正热烈的同情，他几乎并不妨碍他们，因为只需一瞥目光，或紧紧握一下手，他们便能互相心领神会。

杰克第一次向桑芙琳耳语下一星期四半夜，他将在停备站后面等候她时，她立刻表示反对，她粗暴地抽回她的手。这是她自由的一周，罗勃轮到夜班工作，一想到离开家穿过车站的昏暗到那么远的地方去会这个年轻人，莫大的烦恼立刻侵入她的身心。她感到从未有过的羞涩，就像是无知处女们心头蹦跳的恐惧。她并不立刻让步，不顾她自己也热烈期待的这夜间的散步，他必须经过将近半个月的请求，方才取得她的同意。六月到了，夜晚已变得很热，几乎只由海上的微风带来一点凉意。已经有三次，他等候她，不顾她拒绝，时常希望她会赶来同他相会。那一晚，她还说了"不"字，可是夜里并没有月亮，天被云遮蔽着，看不见一颗闪烁的星星，热雾使天气更加郁闷了。他站在阴暗里等候，终于看见她身穿黑色衣服，随无声的脚步，慢慢走来。路上那么黑，如果他不挡住她，将她搂到怀里，吻她，她或许会轻轻擦过而认不出他。她全身战栗，发出一声轻微的呻吟。然后，她笑着让自己的嘴唇贴到他的嘴唇上。不过，就此而已，她硬不肯到周围一个敞棚里去。他们走着，彼此搂得紧紧的，只用很低的声音谈话。那里有一个广大的场地，由停备站和它附属建筑占去，这是包括在凡尔特路和佛兰梭亚·马士林路中间的整个场地，每条路都有地面过道穿过铁路线。这荒芜的无限大空间，拥塞着停备轨道，积水池，引水管，各种建筑物，两所停备机头的大敞房，梭瓦涅兄妹居住的、巴掌大的菜园围绕四周的小房子，修理工场的许多简陋工棚，司机和火伕们临时睡觉的看守岗舍……走入这些荒凉和七弯八转的小路，这简直像迷失在树林深处，要躲藏是再容易不过的。一个小时内，他们在这里尝到孤寂的甜美滋味，用积蓄了那么久的友爱话语抚慰对方的心；她只愿意听到彼此倾诉热烈的情感，所以立刻对他宣告她将永远不和他发生关系，她需要自尊，她为这纯洁的友谊骄傲，要玷污这纯洁的友谊实在太丑恶了。随后，他一直陪她走到凡尔特路。他们深切地亲吻了一下，她就单独回去了。

同一时刻，罗勃坐在副站长办公室的旧皮沙发里，开始打盹。在这里，他每夜必须起来二十次。四肢疲倦，似乎已被什么东西截断。直到九点钟，他必须迎接并送走夜间的火车。载运海货的一班特别使他繁忙：调配、扣上车辆，必须仔细监视运出的货单。待巴黎的快车到站并拖开以后，他单独到办公室的一张桌边，吃一块冷肉和两片面包，这是他从家里带来的晚餐。最后的一班、卢昂开来的慢车于零点半钟进站。整个车站在这半明半暗的震颤里沉睡着。全体职工中只留下两个稽查和四五个工人，听从副站长指挥。他们也捏紧拳头，睡在看守岗舍的木板上打鼾；而罗勃一有什么告急，必须亲自去唤醒他

们,他只能耳朵倾听着,似睡非睡地打盹。天将放亮时,他怕疲倦会压倒自己,把闹钟拨到五点,这正是他应该站起来,去迎接巴黎第一班火车到达的时刻。但是,有时,尤其几天以来,他不能睡觉,他被失眠抓住,他只在他的沙发里辗转,没法沉入睡乡。于是他出去巡视一下,一直走到扳道员的岗位,在那里闲谈一会儿。漆黑的广大天边,夜晚的天上静寂终于平息他的燥热。有一次同闲荡的窃贼发生冲突以后,人们让他装备了一枝手枪,他上好子弹,放在自己的衣袋里。他往往就这样一直散步到曙光初现。他以为看见黑暗里有什么动静时便马上停下,然后又重新行走,茫然惋惜他没有机会使用武器,直到天边发亮,车站的幽灵从黑暗里摆脱出来时,他才感到安慰。现在三点钟,天就发亮,他回去扑到沙发里,他沉熟地睡去,一直到闹钟响后,才惶张地再站起来。

　　每隔半个月,星期四和星期六,桑芙琳去会杰克。一天晚上,她说到她丈夫带着手枪,他们很担忧。其实,罗勃从来一直走到停备站。但这仍然给他们的散步笼罩表面的危险,增加更多情趣。他们找到了一个可爱的角落,这就是梭瓦涅兄妹住宅后面、许多煤堆中间的一条小径,两旁的堆积物像黑大理石的方形大宫殿,小径和奇特城市的偏僻街道没有分别。他们在这里是绝对隐蔽的,尽端有一所放工具的小库房,里面堆叠着空麻袋,构成很柔软的一层。一个星期六,突然的阵雨迫使他们赶到里面,她固执要站着,只让她的嘴唇不停地和他亲吻。她要保持她的贞操,仿佛出于友谊,只让他闻吸她的气息,可他全身被欲火燃烧,试图占有她,这时她自卫,她哭,每次重复说着同样的理由。为什么他要让她这么难堪和苦闷呢?彼此相爱,没有性的龌龊勾当,在她看来是多么甜美!十六岁,就被老头子的淫荡玷污,他血淋淋的幽灵依然游荡在她的脑中,后来,又被她丈夫的粗暴嗜好蹂躏,但是,她还保持一种孩子般的天真、羞怯,不懂性欲的全部情趣。他同杰克接触时,最感快乐的是他的温柔和驯服。他听从她的意思,不让两手在她身上乱摸,她握着他的双手觉得它们是那么柔软。她有生以来第一次享受爱,但不让步,因为立刻委身给他,像从前委身给其他两个人那样,会损害她的爱情。她潜意识的愿望是要永

远延长这非常甜美的感觉,重新变得很年轻,回到没有被人玷污以前的时期,仿佛自己只有十五岁。交上一个好朋友,彼此隐在门后,搂得紧紧的,满嘴亲吻。他除了很短时间的狂热以外,再也不太苛求,准备去尝这样持续下去的欢乐和幸福。和她一样,他也似乎回到儿时的年龄,刚开始去爱——这爱,直到那时,对他始终是一种不敢尝试的恐怖。他之所以显得那样柔顺,待她一阻止就马上抽回他的两手,这因为他的温柔深处留有一种隐隐的恐惧,怕从前的杀人欲望会混入现在的情欲。她曾杀过人,这仿佛能实现他追求异性的梦想。他痊愈了,他每天都确信无疑,因为他把她抱在怀里好几个小时,他的嘴唇压着她的嘴唇,吸取她的灵魂,而他的狂暴欲望并没有觉醒,并不想变成主宰他的主人,立刻去杀害她。但是他始终不敢占有她。等着吧,让爱情本身负起联结他们的任务,这实在太好了。时刻一到,他们的意志消失时,他们一定会扑入彼此的怀抱,达到占、有的目的,所以幸福的幽会仍然继续着。他们每次相见一会儿,彼此一起在加重夜晚昏暗的巨大煤堆中间行走,交换亲热的接吻,并不感到厌倦。

七月的一个晚上,杰克为了要在规定的时刻,十一点五分,赶到勒阿佛尔,只得推促莉嫦,令人窒息的懊热已使它变得懒惰。从卢昂起,他左面有威胁的暴风雨,沿塞纳河流域发出耀眼的大闪电,紧紧跟随他。他心里很担忧,每隔一会儿,转过头来看看,因为晚上桑芙琳要同他约会。他害怕这暴风雨,如果下得太早,会阻止她出门。所以当他成功地在下雨之前进入车站时,他很不耐烦,觉得旅客们怎么那么慢,仍然迟迟不离开车厢。

罗勃站在月台上,他整夜都将被工作缠住。

"见鬼!"他笑着说,"您是急于想去睡觉哪!……祝您睡得很好!"

"谢谢!"

杰克向后推开列车,然后拉响汽笛,回停备站去。巨大的门开着,莉嫦进入关闭的敞篷下。这是双轨的一种走廊,长约七十公尺,能容纳六部机头;里面很暗,只由四盏煤气灯嘴照亮,似乎更增加摇曳的阴影。于是好像浸没在大火的光焰里,人们可以看见龟裂的墙垣、煤烟熏黑的梁木和这整个不够宽敞的破旧建筑物。已有两部冷却的机头停在那里沉睡。

柏葛立刻想着手熄灭炉火。他粗暴地拨动,从灰栅拨出的炭火掉到下面的坑道里。

"我的肚子太饿,我想去吃一块面包。"他说,"您也一起去吗?"

杰克并不回答。虽然他很急,火没有拨完、汽锅里的水没有清空之前,他不愿意离开莉嫦。这是优秀司机的一种谨慎性格和习惯,他从来不放弃。

水,如奔腾的热汤,流入坑道,于是他只简单地说:

"我们要快些,我们要快些!"

一阵可怕的雷声截断他的话语。这次,高高的窗户在闪光的天边显得那样清晰,人们简直能计算出许多破碎的玻璃。左面,沿着用作修理的一行螺旋铗,一张立着的铁皮,发出钟鸣般的持续颤声。整个破旧的杆梁都轧轧震响。

柏葛终于完成机头上应该料理的工作。

"哪!明天我们将看得清楚……不必为它再打扮了。"

回到他刚才的话题,他再说:

"应该吃东西……雨下得太大，要到自己的草垫上去睡觉，实在不大方便。"

真的，公共食堂就在那里，靠近停备站。至于供给司机和火伕们在勒阿佛尔过夜的床铺，则安顿在佛兰梭亚·马士林路，由公司租来的一幢房子里。外面下着倾盆大雨，他们会像落汤鸡样一直湿到骨头。

杰克只好决定跟着柏葛走去，后者假装要减轻他的劳累，替他拿小篮子。他知道这小篮里还藏有两块冷的小牛肉、一段面包和几乎没有喝过的一瓶葡萄酒，其实，就是这些东西激起这位火伕的饥饿。雨越下越大，一声巨雷，又震动整个敞棚。当两个人从左面通向公共食堂的小门离开时，莉嫦已开始冷却。它已沉睡着，已被抛弃在粗暴闪电照亮的昏暗里，上头的大颗雨点已连续淋湿它的"腰部"。在它附近，一个没有关好的水龙头，淅淅沥沥滴着，汇成水流，由它的轮子中间，流到坑道里。但是进入公共食堂之前，杰克洗手洗脸。那边一个房间里时常备有热水和许多盛水的木桶。他从自己的小篮里拿出一块肥皂，他洗去施行的黑灰；司机们带着替换的衣服，他能从头到脚穿上干净的服装，其实一到勒阿佛尔，要去幽会时，为了表示风雅，他每次都是这样做的。

这公共食堂只是一间黄墙壁的空荡荡的房间，里面只有一个烧热食物的火炉，一张固定在地上的桌子，上面盖了一张铅皮，作为台布。两把椅子用以补充不足。工人们必须带来小菜，铺上纸，用他们的刀尖在纸上吃着。一扇宽大的窗户照亮整个小厅室。

"看，一阵混账的雨！"站到窗边的杰克喊道。

柏葛坐在桌前的一把椅子上。

"那么，您不吃东西吗？"

"是的，我的老朋友，请您吃完我的面包和小牛肉，如果您愿意的话……我并不饿。"

柏葛不待邀请，立刻吃掉牛肉，喝完一瓶酒。他常常得到这样侥幸的馈赠，因为他的头头是一个吃得很少的人。因为能在他背后吃上残羹剩饭，柏葛更爱他，像狗一样忠心服侍他。沉默了一小会儿，他口里塞得满满的，说道：

"我们既然已进站，雨有什么关系？真的，如果雨继续下，我会抛开您到另一边去。"

他笑着，因为他并不隐瞒自己的秘密，他找她睡的夜晚，为了使杰克对自己时常不在宿舍里过夜不感到奇怪，他泄露了他和菲洛曼妮·梭瓦涅的关系。她在她兄弟家里占住底楼靠近厨房的一个房间，他只要扣一下百叶窗，她马上就过来打开，让他可以很轻松地跨进去。据说，车站里整批人都从那里跳到房里，但是现在她只中意火伕，他对她似乎已足够了。

"讨厌可恶的天气！"杰克看见大雨停了一会儿，又疯狂地下着，不免轻轻咒骂一声。

柏葛将最后一口肉戳在刀尖，笑了起来。

"请听我说，您今天晚上有事吗？嗯！像我们俩，不担心别人责备我们把佛兰梭亚·马士林路的被褥睡坏。"

杰克很快离开窗户。

"您的话什么意思？"

"哪！您和我一样，从这个春季起，只到早上两三点钟才回来。"

他一定已知道若干事情，或者他已蓦然撞见他们的一次幽会。在每一公共寝室里，床铺是配对摆好，火伕的靠近司机的。因为两个人的工作如此密切，人们总设法要他们产生最大可能的亲密关系，所以火伕终于发觉过去很规矩的杰克近来也很晚才回来，他觉得他反常的行为有点奇怪。

"我时常头痛。"司机撒一句谎，"在夜里行走，对我很有好处。"

但是火伕已惊呼：

"哦！您知道，您是完全自由的……我之所以要那样说，这是跟您开玩笑……甚至有朝一日您有什么烦恼的话，您不必拘束，可以向我直说，因为我在那里好好等着，会给您帮忙，会替您做一切您所希望做的事。"

彼此不再加上更明白的解说，他马上抓起他的手，要捏碎似的紧紧握住它。接着，他掷去包肉的油腻纸张，重新把空酒瓶放到篮子里，像习惯于扫帚和海绵的细心侍仆，做了这小小的料理工作。雷声停止了，雨依然下着，火伕终于说：

"那么，我先走了，我让您去做您的事。"

"哦！"杰克说，"既然雨还在下，我到岗舍的床上躺躺。"

这是停备站旁边的一个房间，里面放许多垫褥，垫褥上面铺整张帆布，让一般到勒阿佛尔只等三四点钟的人们可以和衣躺着休息。真的，待他一看见火伕冒着大雨向梭瓦涅兄妹的房子那边消失时，他也冒险跑到岗舍里去。但是，他并不睡觉，因被里面弥漫着浓厚热气，使他感到窒息，他站在门大开着的门边。房间里面已有一个司机仰卧着，张开口，呼出熟睡的鼾声。

几分钟又过去了，杰克不能忍受，不能让自己的希望丧失了。从他反对这可恶大雨的愤怒中，生出一种硬要去赴幽会的疯狂愿望，即使不再打算遇见桑芙琳，赶到那边，至少会减轻心里的苦闷，享受某种快乐。这是他整个身体的兴奋要他这样做。他终于冒雨出去，到达他们所喜欢的角落，沿煤堆构成的漆黑小径走去。大颗雨点扑打他的面孔、淹没他的眼睛，他径直赶到他有一次同她躲避过的工具库房。到这里，他似乎感到不大孤单。

杰克进入这陋室的昏暗深处时，两只轻轻地胳臂拥抱他，两片温热的嘴唇压到他的嘴唇。

"我的天！您已来了吗？"

"是的，我看见暴风雨的密云升上来，我趁没有下雨之前，就跑到这里……哦！您来得多晚。"

她发出昏晕和微弱的叹息，他从来没有觉得她像这样委弃给他，瘫软地躺入他的怀抱里，她溜下身子，坐在空麻袋上，坐在这占去整个角落的柔软层叠上。他跌倒她身边，他们的胳臂紧紧相搭着。他觉得她的两腿横过自己的两腿。他们彼此看不见。他们的气息像眩晕的绳索一样系紧他们，要他们沉入四周一切的毁灭中。

但是，从他们亲吻的热烈召唤里，"你"的称呼升到他们嘴边，好像他们心里的血已互相混合了。

"你等着我……"

"哦！我等着你，我等着你……"

从第一分钟起，差不多没有说话，是他以全身的震动引诱他，强迫他去占有她。她并没预料到这个。当他到来的时候，她甚至已不指望会看见他，她被意外的快乐卷走，突然无可抵抗地属于他所有，毫不思索，毫不顾及，一下就委身给他。这之所以如此，因为应该如此。落到库房顶上的大雨更加猛烈，巴黎开来的最后火车已开始进站。

杰克重新站起来，很奇怪自己听见大雨的滚动。那么，他究竟在哪里？他的手下重新碰到他刚才坐下就已觉到的一个槌柄，他的心里充满快乐。这么说，事已干过了？他已占有桑芙琳，而没有拿这铁槌击碎她的脑壳。没有经过斗争，没有发生本能愿望，没有粗暴地翻倒她，像劫夺别人手里的猎物那样杀死她，撕碎她，她已整个属于他了。他已不再感到杀人的渴望，他已不再想替他已失掉正确记忆的远古受辱报仇，这远古的怨恨，这从穴居时代第一次被欺骗后，自一个雄性传到另一个雄性，累世堆积起来的愤懑，已不再在他的体内出现。不，占有这女人洋溢着十分丰富的情趣，她已治愈他的宿疾，因为他看她是另一个异性，她的纤弱里含有粗暴，她的身上溅满另一个男人的血，这流过的血仿佛给她穿上一件丑恶的铠甲。他不敢干的事她已干了，她已控制他。他怀着温柔的感激想同她合成一体的愿望，重新把她抱在自己的胳臂里。

桑英琳也一样甘心自弃，摆脱了她已不明白就理由的抗争，觉得很幸福。那么，为什么她竟拒绝得那样久呢？既然这里只含有快乐和温情而她又早已答应过，那么她早就应该委身于他。现在她已很明白，即使等着，她认为是好的，舒服的，她也早已存有这样的愿望。她的心，她的肉体，只为绝对和持久的爱而生活着，那些使她昏乱，给她推到这一切丑恶里去的事变，实在是残酷得可怕。直到那时，生活那么粗暴地滥用她，要她陷入血和泥泞中，她的漂亮蓝眼睛，在她黑发的重盔下，还始终是天真的，还保持着恐怖，虽然如此，她还始终是贞洁的处女，她还只第一次委身给这可爱和被爱的年轻人，为了要同他一起远走高飞，她甘心当他的奴仆。她属于他，他可以随心所欲地支配她。

"哦！我的心肝，占据我，把我留在身边，我愿意做你所希望做的。"

"不，不！亲爱的，你才是我的主宰，我只在这里爱你，服从你。"

好几个小时过去了。雨已停止很久，静寂笼罩着车站，只有遥远和辨不清的声音由海上传来，扰乱这寂静。他们还互相拥抱着，忽然一声枪响，使他们全身颤抖地站起来。日色将要出现，苍白的亮光已显露在塞纳河口上的天边。那么，这一声枪响，究竟为什么？他们很不谨慎，这样晚了留在那里，他们突然想象，这大概是丈夫开放手枪，在追逐他们吧！

"别出去！你等着，待我出去看一下。"

杰克谨慎地一直走到门口。那边，在更浓密的深谙里，他听见许多人奔跑，他辨出罗勃的声音，推促稽查们赶来，向他们喊着说窃贼有三个，他看见他们偷煤。尤其是几个星期以来，每天夜里，他们脑海里都浮起一种想象的强盗的幻觉。这次，他蓦然受惊，偶然向黑暗里放了一枪。

"快！快！我们不要留在这里。"年轻人喃喃说，"他们要来搜索库房……你逃走吧。"

他们以极大的兴奋动作，重新拥抱，疯狂亲吻，彼此的胳臂搂得很紧。随后，桑芙琳在宽阔的墙垣掩护下轻快向停备站方面溜走，他自己则慢慢隐到煤堆中间。事实上，他们逃得正好，因为罗勃真的要来搜索库房。他发誓说，窃贼们一定躲藏在这里。稽查们的提灯循着地面跳跃。他们中间发生口角。末了，大家再向车站走回，心里都对这徒劳的追逐感到很不高兴。

杰克安心了，终于决定到佛兰梭西·马士林路的宿舍里去睡觉。这时，他几乎撞倒柏葛，不免大吃一惊，后者嘴里咕噜着轻轻咒骂，刚刚穿好他的衣服。

"怎么了，我的老朋友？"

"啊！他妈的！请您不要提起！这是那些蠢家伙唤醒了梭瓦理。他听见我同他的妹妹睡觉，他只穿衬衣走下来，我只得赶快由窗口跳出……喏！请您稍微听一下！"

被惩罚女人的叫喊和哭泣声传来，中间还加上男子斥骂的粗大声音。

"嗯？事已做过，他狠揍她一顿。她已三十二岁，他若撞见她和什么男人在一起，还像对待小女孩子那样鞭打她……啊！只好由他去，我不想加以干涉。他是她的哥哥嘛！"

"但是，"杰克说，"我以为他对您是容忍的，只有遇见她同另一个胡闹时，他才动怒。"

"哦！人们永远不了解他的脾气。有些时候，他仿佛装作没看见我。可有些时候，您听吧，他揍她……但是这不能阻止他爱她的妹妹。她是他的妹妹，他宁可放弃一切，而不高兴同她分开。不过，他要监督她的行为……他妈的！我相信今晚她也受了苦。"

叫喊在责备声中变成低微的呻吟，他们两个慢慢走远。十分钟以后，他们并排沉睡在他们的小宿舍深处。这涂黄的公共寝室只排了四张床，四把椅子和一张桌子，而且只有一个铅皮脸盆。

从此以后，夜间每次幽会，杰克和桑芙琳都尝到极大的快乐。他们周围并不经常有暴风雨的掩护，布满星星的天边和辉耀的月亮，不时阻碍他们，但是夜晚幽会时，他们总在阴影下行走，他们寻找昏暗的角落，让彼此放心地拥抱着。八九月的夜晚非常迷人，天气那样温和，倘若没有车站的骚动和机头的远远气息要他们突然分开，他们慵倦地抱在一起或许要等到太阳升起来后来不及回去。甚至十月的初寒也不影响他们的快乐。她穿上更多衣服，裹上一件大氅，连他也可以一半藏在里面。随后，他们到工具库房深处，堆起种种障碍，并用一根铁棒，从里面关上。他们躲藏到这里，仿佛在自己家里一样。十一月的一阵一阵暴风可以吹走屋顶的青石瓦，而完全碰不到他们的头颈。然而，他从第一夜起，就有一种愿望。想在她家里占有她。在这狭小的住宅里，她似乎是另一个人，似乎是资产阶级的规矩女人，平静地微笑，似乎显得更加可爱；可是她总拒绝，这与其说是惧怕走廊邻居们的窥探，毋宁说是出于美德的最后顾虑，她要保留夫妇的床铺。但是，一个星期一，他要在那里吃中饭，而丈夫被车站的事务缠住，迟迟不上来，他开起玩笑，由他们两个都发笑的冒昧疯狂催促，他抱她到这张床上；他们居然忘记在哪里。从此，她不再抵抗，星期四和星期六，过了半夜，他就上来同她一起睡觉。这是非常危险和可怕的勾当。由于邻居的耳目，他们不敢动弹，他们因而感到加倍的温柔和新的欢乐。往往有一种想在夜间行走的怪癖，一种像逃命的畜生想在露天下奔跑的需要，催促他们到外面，在寒冷和黑暗夜晚的偏僻角落游荡。十二月，他们就这样相爱于可怕的冰冻之下。

四个月以来,杰克和桑芙琳就以逐渐增长的激情生活着。他们两个都是新的,他们的心都已恢复儿时的状态,都感到这初恋的天真情趣,不论多么小的抚摸,都会激起他们的欢欣。倾心、服从,彼此都愿意做更多牺牲的奋斗,还在他们之间继续着。她已不再怀疑,他的可怕遗传病已经痊愈,因为从他占有她以来,杀人的思想已不再烦扰他。那么,难道是肉体的占有控制这死的需要吗?占有、杀害,在人类兽性的昏暗深处,是相等的东西吗?他太无知,他不思索,不想半开恐怖的门户。有时,彼此搂抱着,他忽而重新想起她所做的事:她坐在巴底尧尔公园的凳子上,只用一瞥目光对她招认了的谋杀,他甚至没有想了解详情的愿望。否则,她却似乎要说出一切,逐渐因需要招认而烦忧。当她忽然紧紧拥抱他时,他清楚地觉得她的心里惴惴不安、充满神秘,她之所以要这样同他合成一体,为的是要摆脱她感到窒息的事物。剧烈的震颤从她的腰部升到她的嘴边,汇成模糊的呻吟震动这爱恋者的喉头。在抽搐的昏暴里,她垂死的声音不是要对他说出一切吗?他很快用一个亲吻封住她的嘴,不让她招认,他的心头已被不安的情绪激动。为什么要这"未知"插到他们中间呢?谁能肯定这一点不会改变他们的幸福吗?他已嗅到一种危险,一想到同她一起搅动这些流血的故事,恐惧的震颤就立刻侵入他的身心。无疑的,她已猜到这个,她紧紧依偎着他,重新变得很妖媚、很柔顺,好像只是为爱和被爱而生的爱情创造物。互相占有的疯狂于是卷去他们,有时,他们就这样昏迷地躺在彼此的怀里,过了很久很久。罗勃从夏季起陷入更迟钝状态中,待他的女人逐渐回到她二十岁的新鲜和欢乐时,他已衰老,似乎显得更阴郁。这四个月内,像她所说的,他已大大改变。他还时常同杰克恳切地握手,邀请他,只有杰克坐在桌子旁边的时候,才感到舒服,不过,这样散心已不够满足,他往往出去,有时吃完最后一口,就让他的朋友和他的老婆单独留下,他借口说感到窒闷,需要去呼吸清新空气。事实是他现在出入于拿破仑广场的一个小咖啡馆,他到那里找督察员高舒先生一起消遣。他不大喝酒,只饮几小杯"罗姆",但是玩牌的趣味来了,简直变成一种激情。只有埋头在无穷尽的"比克"牌之后,他才重新兴奋、忘记一切。高舒先生,一个狂热的赌鬼,决定放上赌注;他们开始只玩五个法郎一盘,此后,罗勃奇怪从前怎么没发现自己的趣味,他简直被赢钱的狂热燃烧——这种赌博的热情赋有莫大的刺激性,有时会使一个人为了一把骰子,即使拿自己的地位和生命去冒险,也不吝惜。在那以后,一切都很好,他一有清闲的时间,便马上出去,若不是夜班的星期,总到清晨两三点钟才回家。他的老婆并不埋怨他,她只责备他回来后更加忧郁,因为他遇到奇特的倒运,终于接连输得的负债了。

一天晚上,桑芙琳和罗勃之间爆发第一次争吵。她虽然还不憎恨他,却已很难同他相处,因为她觉得他已重重压抑她的生活,如果他不在场妨碍她,她将多么轻快,多么幸福!此外,要欺骗他,要他戴上绿帽子,她也不感到半点后悔:难道不是他的过失,差不多是由他推促使自己堕落的吗?在他们的徐缓不和里,为了治愈这离散他们的不快,他们各自寻找安慰,随自己的意思追求快乐。他既然爱好赌博,她也可以有一个情人。但是最使他生气、她最不能接受的是他连续的输钱,使她陷入经济危机状态。五法郎一块的银币不断从家里溜到拿破仑广场的咖啡馆去。打那以后,她有时不知该怎样去付清洗衣妇的账目。至于她缺少种种小玩意儿、种种装饰用品,那更不用说了。那一夜,为她必须

购买的一双半筒靴，他们才发生争吵。他正想出去，找不到切面包的刀子，就拿出平素放在食厨抽屉里他曾作为武器的那把新刀。她注视他，她身边没有钱，他仍然拒绝给她买半筒靴的十五个法郎。桑芙琳不知道到哪里去取得她所需要的小数目，便固执地重复她的要求，他仍然拒绝，因而逐渐引起愤怒，但是她的手指突然向他指出楼板底下沉睡着的幽灵，她对他说，那里还藏有钱，她要那里的钱。他的脸色马上变得苍白。他放下新刀，让它重新跌到抽屉里。好一会儿，她以为他要来殴打她，因为他走近她身边，嘴里咕噜着，这笔钱可以腐烂掉，他宁可割断自己的手，也不愿再动它们。他捏紧拳头，威胁她说，如果趁他不在家，她要挖起嵌板，偷去一个生丁，他就会扼死她。不，不，永远不！这是死了的，埋葬了的！其实，一想到要去搜索那里的东西，她自己也感到昏晕，脸上也吓得灰白。贫困就贫困，他们两个宁可在它旁边饿死！真的，就是最拮据的日子，他们也不再谈到它。当他们踏到这个位置时，脚上的燃烧感觉变得那样难忍，他们终于避开它，不同它接触。

接着，关于摩弗拉十字房产问题，许多别的争吵又产生了。为什么他们不卖掉房子呢？他们互相责备，彼此没有设法催促售卖。他很粗暴，时常拒绝去管这件事情；她很少写信给米索尔，而每次总得到不肯定的答复：没有一个人曾到那边同他接洽购买，园里的果子未成熟就落下，因为很少灌溉，连蔬菜也不能生长。经过那次剧变以后，他们夫妇享受的寂静就这样逐渐被扰乱了，他们仿佛又被重新开始的可怕热病袭击。现在不安的一切种子——如隐藏着的金钱，引到家里来的情人等——已慢慢扩展，使他们分离，激怒他们，要他们互相冲突。处在这增长的激动中，生活已变成难以忍受的地狱。

此外，仿佛由于必然的反响，罗勃夫妇周围的一切也重新变得很坏。新的流言和争论暴风又在走廊里吹袭。菲洛曼妮因勒布娄太太诬蔑她，说她拿一只病死的母鸡卖给她，已同这位老朋友发生争吵并决裂了。但是决裂的真正原因却在菲洛曼妮和桑芙琳的接近上。一天晚上，桑芙琳躺在杰克的怀抱里，忽然被柏葛撞见，她立刻放弃从前的厌恶，对火伕的情妇献殷勤，菲洛曼妮因同这位太太、车站的美人和无可否认的杰出人物来往，觉得很自负，也转过来反对出讷女人，正如她们所说的，这老婊子简直坏透了，连高山都会被她掘翻！她把一切过失都加到她身上，现在，她到处叫着说，朝向院子的住宅是属于罗勃夫妇的，不还给他们的确太可恶，所以四周的事物开始变得不利于勒布娄太太，尤其是她窥伺着琪松小姐的热心，想捉到后者同站长的秘密来往，也已威胁她，将给她引出严重的麻烦：她始终没有捉到他们，而她自己的错误，倾着耳朵，贴近门边偷听，反被别人撞见。达巴地先生时常被她这样窥探，感到非常生气，终于对副站长慕伦说，如果罗勃再要追还他的住宅，他已准备在他的申请信上签名。当时重新燃起的激情是那么强烈，平常不大多嘴的慕伦，几乎向走廊里的每一家邻居，重述这一句话。

在这些增长的烦扰中间，桑芙琳只有星期五这一天供他享受。从十月起，她竟平静地大胆欺骗，编造一个借口，说她的膝盖疼痛，需要一个专家给她医治，每星期五，她搭早晨六点四十分由杰克驾驶的快车动身，同他到巴黎去过一天，然后乘下午六点三十分快车回来。一开始，她以为自己必须向她的丈夫报告她膝盖的情况：好些了，不再恶化。后来，看见他听而不闻，她就无所谓了，不再谈到它。有时她注视他，自问他是否知道。怎么，这残暴的吃醋鬼，这杀过人的男子，这愚蠢的发狂者，眼睛都会被愤怒之血激盲的嫉妒者，竟能容忍她有一个情人呢？她不能相信，她只暗想他变得愚蠢了。

十二月初旬的一个冰冷晚上，桑芙琳等着她的丈夫等得很晚。第二天，一个星期五，天亮之前，她必须搭快车到巴黎去；那些夜晚，她总要细心料理修饰，准备她的服装，使她一跳下床，就可以立刻穿戴。最后，她躺到床上，清晨一点钟左右，她终于睡去。罗勃没有回来。已经有两次，他只在天色微明时，才重新出现，他已整个沉浸在增长的激情里，再也不能离开咖啡馆，那里的一个小房间已逐渐变成真正的赌场：在这偏僻地方，人们现在已赌很大数目的输赢。年轻的女人单独躺在温暖的被窝里被第二天的幸福期待摇摆着，享受她的甜美熟睡。

但是，快三点钟时，一个奇特的声音突然惊醒她。起先她不清楚，以为自己在做梦，又重睡去。这是什么重的东西压下，木头轧轧作声，仿佛人们要撞开一道门。一个更响的破裂声音要她立刻坐起来。一种恐惧烦扰她：一定有什么人要撬开走廊的门锁。一分钟之内，她不敢动弹。随后，她竟勇敢地站起来，要去看看。她赤着两脚，无声地走去，轻轻半开了她的房门。被那么大的寒冷侵袭，脸色苍白，身体在单薄的衬衫下变得更纤弱。餐室里的景象，使她被突然的惊骇和恐怖钉住，一动也不敢动。

罗勃趴在地上，两肘支撑住，刚用一把剪刀撬开嵌板。身边的一只蜡烛照亮他，他的巨大黑影一直投射到天花板上。这时他的脸俯向地板里划出一条黑缝的洞穴，睁大眼睛注视着。血充到脸上，面孔的两颊变成淡紫色，很像一个杀人凶手。他伸手进去，在他的震颤激动里，找到什么东西。他移近蜡烛。里面钱袋、钞票和表立刻显露出来。

桑芙琳不知不觉发出一声轻微的叫声。惊骇的罗勃转过来，好一会儿不认得她，看见她全身雪白，目光显得那么恐怖。无疑的，他以为她是一个幽灵。

"你在那里干什么？"

于是他明白了，不肯回答，只轻轻咕噜一下。他注视她，因她的在场感到局促，很想立刻叫她回到床上去。他找不到一句合理的话，看她这样全身单薄和冷得发抖，只觉得自己应该打她一记耳光。

"不是吗？"她继续说，"你拒绝，不让我买半筒靴，而你自己却去取，因为你已赌输了。"

这一下就激起他的狂怒。这女人，他已不再想占有，一接触就会引起他的不快，难道她还要妨碍他的快乐，损害他的生活吗？既然他到别处去寻找消遣，他已不再需要她，为什么她还要找他的麻烦呢？他重新搜索，只拿出里面藏有三百法郎金币的钱袋。他伸出他的脚后根，重新恢复嵌板的位置。他走来，咬紧牙关，向她脸上吐出这样的话语：

"你使我讨厌！我干我自己所愿意干的。我难道问了你等一会儿到巴黎去干什么呢？"

接着，他愤怒地耸一耸肩膀，回到咖啡馆去，让点着的蜡烛留在地板上。

　　桑芙琳拾起蜡烛，重新回到床上，冰冷的感觉一直渗到她的心头，她无法重新睡去，全身逐渐燃烧，眼睛睁得很大，她等着快车的钟点。无疑的，现在渐渐有一种新东西像罪恶渗透一样瓦解了这个人的身心，并斩断他们之间的一切关系。罗勃已知道他们的关系了。

7

那个星期五，必须在勒阿佛尔搭六点四十分快车的旅客们，清晨醒来时都发出一声惊异的叫喊：雪在半夜起下的铺天盖地，街上已积起三十公分的厚雪。

敞房底下，驾在七辆车厢——三辆二等、四辆头等——上的莉婵已冒烟喘气，等着出发。五点半钟左右，当杰克和柏葛到停备站来察看时，面对这固执的雪从黑色天边纷纷落下，他们的嘴里不免担忧地咕噜着。现在他们坚守岗位，等候起程的哨子声，眼睛望着远处：敞房张开的门廊以外，凝视震颤的昏暗里筛下无声和无穷尽的一片片雪花。

司机喃喃说：

"鬼才知道，我们是否能看见什么信号。"

"而且更不晓得我们是否能开过去！"火伕补充一句。

罗勃手里握着提灯，站在月台上，他准确无误地来回尽他的职务。每隔一会儿，他的微肿眼皮被疲倦压下，可是他仍然不停地检查。杰克问他是否知道路上的情况，他走过来，握着他的手，回答说，他还没有接到电报。看桑芙琳裹在大氅里下来，他亲自领她到头等的一个车室，并给她安顿在那里。无疑的，他已瞥见两个情人间交换担忧和柔和的目光；但是，他甚至不想对她的女人说，她趁这样的天气出门，的确不大谨慎，顶好延缓她的旅行。

手里提了小皮箱，身上穿皮大衣的旅客们已陆续到来，在清晨的可怕寒冷里拥挤推撞。他们鞋上的雪还没有融化；各个车门就又立刻被关上了，每个人都藏到车室深处，月台上是一片荒凉只由几盏煤气灯嘴散下朦胧的微光，机头前部挂在烟囱底下的放射灯，则像巨大的眼睛照射着，向远处的昏暗里扩散一片光辉。

罗勃已举起他的提灯发出信号。车长吹哨子，杰克拉开蒸汽开关，放出叫声回答他，立刻拨动驾驶盘。人们起程了。又过了一分钟，副站长的目光平静地看着火车在大雪下慢慢离远。

"当心！"杰克告诉柏葛，"今天不要再开玩笑了！"

他已明白注意到他的伙伴也似乎非常疲倦：这一定是前夕干了什么放荡勾当的结果。

"哦！没有危险，没有危险！"火伕嗳嘬地答道。

开出遮盖的车场以后，两个人进入纷飞的大雪里。风从东面吹来，机头就这样迎风驶去，迎面受到暴风袭击。他们躲在隐避处后面，身上穿厚厚的羊毛衣，眼睛由罩住的眼镜保护着，开始时还不大受苦，但是在夜的昏暗里，放射灯的闪烁光线，仿佛被这些落下的灰白厚层吞噬。非但不能照亮前面的两三百公尺，轨道反而被笼罩在乳白色的浓雾

里，各种东西仿佛从梦境深处出现，只在近处反映到他们的眼帘。使司机担忧到极点的，是他越过第一个岗位的红光时，立刻观察到他一定无法在规定的距离之内看见关闭轨道的红信号。从此，他极其谨慎地前进，然而不能减低速率，因为风给他以巨大抵抗，任何迟缓都会变成同样可怕的危险。

直到哈弗娄车站，莉嫦还以持续的步伐溜行前进。落下的雪层还没有引起杰克的担心，因为这至多只有六十公分厚，驱雪机很容易扫除一公尺雪。他最关切的是保持速度。他知道一个司机的真正优点，除了生活有规律和爱护机头之外，还在于驾驶的均匀，没有过速或过慢的震动，总以最大可能的动力向前奔跑，甚至他的唯一缺点也在这里，也在固执不停，不服从信号，经常相信他有时间控制莉嫦。所以有时他走得太远，像人们所说，压碎"脚上硬胝"——爆裂筒，有两次因为这样强迫他停止了八天工作。但是此刻，在他所感到的大危险里，一想到桑芙琳坐在后面的车厢里，他负有保护这亲爱的生命的责任，他格外增加意志力量，随时紧张，沿这双轨的路线，越过障碍，一直将她载到巴黎。

杰克站在钢板上，连续受到震动的颠簸。不顾风雪，他仍然向右面，让自己可以看得更清楚。由于水淹没着遮蔽玻璃，他辨不出半点什么，他就这样站着，脸显露在暴风之下，皮肤被成千雪针刺戳，寒冷鞭击他，他仿佛觉得有无数剃刀连续切割他。每隔一会儿，他缩回来，让自己可以呼吸一下；他除去眼镜，并拿手帕揩拭它；然后回到他的观察岗位上，迎着猛烈的暴风，目不转睛，等着红信号，他那样沉没在紧张的意志里，有两次，他忽然生起幻觉，看见许多血红的火星散布在他前面颤抖的苍白雾幕上。

突然，在昏暗里，一种感觉告诉他，火伕已不在那里。为了不使司机眼睛受到任何亮光的刺激，只有一盏小提灯照亮水准器；蒸汽表上的珐琅质仿佛还保持着清洁微光，从它上面，他看清颤抖的蓝针很快地降下。这是火力已减低。被睡眠压倒的火伕卧在旁边的箱子上。

"混账的放荡鬼！"杰克愤怒地喊道，立刻摇动他。

柏葛再爬起来，发出听不清楚的咕噜声道歉。他几乎只能勉强站立，但是习惯的力量要他立刻去做添火工作，手里拿铁槌，敲碎煤块，用锹子送到炉里的铁栅上，铺成很均匀的一层，随后，他清扫一下。当炉门还开着的时候，炭火的光焰向火车后面射去，如耀眼的彗星尾巴，照亮纷纷落下的雪片，使它们变成金黄的繁密颗粒。

过了哈弗娄，直到圣·罗门的十三余公里是大斜坡。这是全线最曲折的一段，平时天气晴朗时就已很难前进，所以司机重新着手他的工作，很注意，打算以更大的努力登上山坡。他手握驾驶盘，望着旁边的电报柱不断向后掠过，竭力想明白开行的速度。莉嫦喘着气，速度已减低了很多，他已猜到驱雪机的摩擦已遇到增长的抵抗。他用脚尖重新打开炉门，已经打盹的火伕明白了，再加上煤块，以便增大蒸汽压力。现在炉门已被烧红，它的淡紫微光照亮他们两人的脚。但是，在冰冷气流围绕他们，他们并不感到猛烈的灼热。按他头头的一个手势，火伕又举起灰栅的长杆，这更增强火力。很快，蒸汽表的蓝针重新升到十度。莉嫦发出它所能发出的全部力量。一会儿，看见水准表低下去，司机只得转动射水的小转盘，虽然这会减少蒸汽压力，然而它马上会升上来，机头像过分受到催促，摇动腰部、竭力跳跃的畜生，轰隆轰隆发出声音喷气，人们还以为听见他的肢体就

要崩裂哩！他虐待它,简直认为它是不大强壮的老妇人,他已经不像以前那样温柔地对它了。

"这懒鬼,它将永远爬不上去!"在路上一向不大说话的他,忽然咬紧牙齿咒骂。

柏葛从半醒半睡里听见这句话,觉得很惊讶,立刻注视他,不知他现在到底为了什么要责备莉嫦呢?它不是时常被称赞为柔顺的好机头,那样容易开动,要它奔跑简直是一种快乐,而且蒸发又那样好,从巴黎到勒阿佛尔,每次给他们节省十分之一煤量吗?一部机头有它那样好的配汽室,调整时十分准确,蒸汽又能随时受到控制,如同对待一个有时要发脾气的节俭和规矩女人一样,人们完全可以容忍它的所有缺点。无疑的,它消耗太多润滑油,那又怎样呢?人们只要给它加油就好了。这有什么可以责怪的!

这时,杰克又愤怒地重复说:

"如果人们不给它加上润滑油,它将永远爬不上去!"

他拿起油壶,趁行走时加油,这在他的一生中没有做过三次。他跨过栏杆,登上踏板,沿着锅炉边走去。这是最危险的动作,两脚在雪水浸湿的狭小铁板上滑溜;眼睛被大雪蒙住,几乎看不见,可怕的风威胁他,几乎要把他像一根干草似的吹去。莉嫦的腰边挂上这个男子,在昏暗的无限旷野车头继续奔跑。继续喘息奔跑。它摇动他,载着他,达到前面横梁上。他蹲在右面汽缸的油斗前面,一只手攀住小棒,费了他的全部力气给它灌满油。随后,他必须像爬虫那样,转到另一边去给左边的汽缸加油。待他回来时累得要命,脸色苍白,仿佛是死神掠过他的身边。

"混账的畜生!"他喃喃说。

柏葛看他对他们所钟爱的莉嫦发这反常的牢骚,忍不住再一次大胆开他的玩笑:

"应该让我去,它认识我。给太太们涂脂抹油,这是我的拿手好戏!"

柏葛已稍稍清醒,重新站到他的岗位上,监视路线的左边。平常,他的眼睛很好,比他的头头还看得远。但是在这纷扰的风雪里,一切都已消失,虽然他们那样熟悉沿途的每一公里,他们却几乎认不出他们所经过的地方:雪淹没了轨道,篱笆,甚至许多房子也似乎已被吞噬,他们眼前只是无穷尽的一片平原,只是雪白和模糊的混沌旷野。莉嫦仿佛被疯狂侵袭,随心所欲地跑去。在这奔驰的机头上,穿过一切危险,他们比单独幽闭在一间小室里还要觉得孤单,如被世界遗弃了一样,他们从来没有感到友爱的关系像现在这样紧紧把他们连住在一起,要他们替后面拖拉着的无数性命担负严重的和可怕的责任。

所以,杰克虽然因柏葛的玩笑光火,终于忍住心里的愤怒,微露出笑容。真的,这不是争吵时候。外面雪纷纷扬扬下得更繁密,地平线的雾幕越来越浓厚。当他们正继续登上斜坡时,火侠认为自己看见远处有红光的闪烁。他通知他的头头。但是他已看不到它,像他有时所说的,他仿佛在做梦。司机没有看见任何东西,心怦怦跳,被火侠的幻觉烦扰,已失掉他的自信力。在雪片纷飞的苍白后面,他想象他辨认一堆一堆黑色物体,像昏暗的巨块蠕蠕移动,朝他的机头直奔过来。这些是坍下的冈陵阻挡路线,火车驶过去会被撞翻吗?于是他恐惧地拉汽笛的短柄,莉嫦发出失望的尖叫,这凄惨的悲鸣透过纷乱的风雪。随后,他惊异他拉得刚好,因为火车很快驶过他以为还在两公里以外的圣·

罗门车站。

　　莉嫦已越过可怕的斜坡，现在更舒服地滚动着，杰克因而能轻松呼吸一会儿。从圣·罗门到波尔培克，路线不知不觉升上去，无疑的，直到高地另一端，一切都将进行得很好。到勃斯维尔暂停三分钟，他看见站长立在月台上，他喊他，想向他说出自己内心的恐惧，面对这逐渐加厚的雪层，他不敢前进：他将永远到达不到卢昂，最好是驾上另一部机器，由两部车头来拖拉，因为附近恰是停备站，那里时常有准备好的机头，可以供他使用。但是站长回答他，没有得到命令不应该采取这样的措施。他所能供给的一切，是拿出五六把木锹让他遇到需要的场合，可以排除轨道上的积雪。柏葛取来木锹，排放在煤水车一角。

　　真的，莉嫦在高地上速度均匀，没有太多困难，继续奔跑。然而它疲倦了，每隔一会儿，司机只好做手势，打开炉门，要火伕添上煤炭，每次，在盖上殓尸布的阴郁白茫茫一片的世界和漆黑火车之内，闪出炫目的彗星尾巴，戳穿周围的昏暗。那时已七点三刻，日色开始出现，但是，整个空间从地平线这一端到另一端，飞舞的雪片弥漫了整个世界。在这旋涡深处，人们几乎看见的白茫茫天际。这模糊的、看不清任何东西的亮光，更引起他们两个人的担心，虽然戴有遮蔽眼镜，他们的眼睛淌着泪水，他们向远处观看。司机不敢轻心，紧紧握紧方向盘，不再离开汽笛的短柄，由于谨慎，汽笛随几乎连续的拉扯发出尖叫，哀怨的鸣声，在白雪的荒漠里，简直像凄凉的悲泣。

　　他们先后越过波尔培克和叶弗多，没有碰到任何障碍。但是到蒙特维尔，杰克重新询问副站长，后者对于路线上的情况，不能给他确实消息。还没有一列火车到来，只有一个电报通知说，巴黎的慢车，因为安全，被封锁在卢昂。莉嫦再动身，以它的沉重和疲倦姿态驶下十三余公里直到巴朗丁的徐缓斜坡。现在很苍白的日色已升起；好像这白光是雪反映出来的，是雪反映出来的，既模糊、又寒冷。雪下得更繁密，用它天边的残余，淹没整个大地。同增长的日色一起，风也越刮越猛，被狂舞的雪片，不啻是飞射的子弹，每一会儿，火伕必须拿起他的锹子，到煤水车深处蓄水箱中间除去煤上的积雪。左面和右面，显现的乡野这样难以认识，两个人都觉得自己是在梦里行走：广大和平坦的田亩，围绕着荆棘篱笆的肥沃牧场，种满苹果树的院子，都成为一片雪海，中间几乎只有小小的波浪隆起，一切都在这无限的颤抖和苍白荒漠消失了。司机站着，被暴风切割，手放在驾驶盘上，开始感受可怕的寒冷带来的痛苦。

　　机车最后停在巴朗丁，站长贝西埃尔先生自动走近机头，预先通知杰克说，人们曾报告摩弗拉十字方面有很厚的雪层。

　　"我相信还能开过去，"他接着又说，"不过，您将很辛苦。"

　　于是年轻人光火了。

　　"他妈的！在勃斯维尔，我就这样说过！添加一部机器，这对他们有什么妨碍？……啊！我们会觉得很有趣！"

　　车长已从他的行李车上下来，显得很生气。他在瞭望台上简直要被冻僵。他宣称根本不能从一根电报柱上辨出任何信号。在一片茫茫的白色里，这真正算得上摸索旅行！

　　"总之，看，您已预先得到通知，"贝西埃尔先生再说。

然而，旅客们在这被掩埋的车站静寂里，没听见一声职员的叫喊或车门的关闭声，对机车长时间的停留，表示惊讶。几扇窗玻璃被放下，几个人的头出现在窗口：一个很强壮的女太太同两个金发的美丽少女——大概是她的女儿——无疑的，三个都是英国人；更远些，一个棕发的少妇，很漂亮，一位上了年纪的先生强迫她缩回去，还有两个男子，一个年轻的和一个年老的，上身一半探出车门以外，从这一车和另一车攀谈。杰克向后一瞥，他看见桑芙琳也俯到窗外在注视着，露出担忧的神色。啊！亲爱的小生灵，她一定很不安，晓得她在那里，在这危险里，同他隔得这么远又这么近，他感到多么难受！他情愿献出他的生命的一切，换得她的安宁，让她安然无恙，一直被载到巴黎！

"好，您动身吧。"站长最后说，"我们不必让大家惊吓。"

他自己发出信号。车长重新登上行李车，也吹响哨子，莉嬗再一次发出呻吟的鸣叫，缓缓离开。

立刻，杰克觉得路线的情况已改变了。这已不是平原，厚层的雪一望无际，机头像邮船一样滑过去，留下一线痕迹。人们已进入崎岖区域，遍地是丘陵和小冈，它们的巨大波浪，一直荡漾到玛罗纳，沿途的土地一块一块隆起，那里的雪不均匀地堆积起来，路线的有些位置已被扫除，许多庞然巨块则堵住有些过道。风吹散了高阜的积雪、坑道被充塞。因此，他们必须连续越过一段一段障碍，几处自由的轨道联结被真正的城墙挡住。现在已完全是白天了，在荒凉的区域，狭小的峡道和峻急的斜坡在雪层之下显出寂然不动和起伏无定的冰海状貌。

杰克还从来没有觉得自己被这样厉害的寒冷侵袭过。两手已麻木，冻得失去知觉，他战栗地注意到他的手指已感觉不到驾驶盘。当他举起肘弯去拉汽笛的短柄时，他的胳膊像僵了似的沉重，联住他的肩膀。在连续颠簸、一直要搅乱五脏六腑的震动中，他怀疑他的脚是否载着他。莫大的疲倦随这寒冷钻入他的身心，连他的脑壳也似乎被冻结了，他恐惧自己已不再存在，已不再懂得驾驶机车，因为他只以机械的手势拨动转盘，他如白痴一样注视蒸汽表逐渐低下。这一切已见过的幻觉故事掠过他的头脑。这不是一棵倒下的树横在那边轨道上吗？他不是瞥见一支红旗在这荆棘丛上飘扬吗？爆裂简不是每一分钟都在轮子的轰动里炸响吗？他说不准，他只重复告诉自己，他应该停止，可是他找不到停车的清晰的标志。几分钟之内，这恐慌的苦刑烦扰着他，随后，看到柏葛被他自己的忍受的寒冷压倒，重新躺到箱子上睡去，他突然那么愤怒，全身仿佛又温暖起来。

"啊！混账的醒醒懒鬼！"

他平常对这醉汉的不良行为是那么宽容，此刻却用脚尖踢醒他，一直要他站起来。麻木的柏葛只咕噜一声，重新拿起他的锹子。

"好，好！我去干！"

火炉装进煤以后，压力再升上来；这正是需要的时候，莉嬗已闯入一个坑道深处，必须拨开一公尺的积雪。它在极端的努力里前进，浑身颤抖。不一会儿就已疲乏，仿佛一艘船碰到了沙丘，立刻要停住不动。加重它负担的还有一层厚厚的雪逐渐遮盖列车顶上，火车就这样由白的波纹里溜过去，全身漆黑一团，上头披着这白的"呢毯"，本身也有白毛的衣边，装饰昏暗的腰部，雪片跌到这里，溶解了，变成雨滴流下来。尽管拖着重负，

它又一次摆脱出来,疾驰过去。弯曲蜿蜒在填高的路基上,火车还能很顺利地前进,像昏暗的一根长带,在白光焕发的传说区域里迷失。

但是,更远处又是坑道。杰克和柏葛觉得莉嫦将要遇到障碍,他们挺直身体抗御寒冷,站到岗位上,即使到垂死的边沿,也不能逃开。机头重新放慢速度,它进入两个斜坎中间,慢慢停止,而且没有任何震动。它喘着粗气,好像被胶住,所有的轮子渐渐收紧,阻止它前进。它已不再动,完蛋了,雪已抓住它,它已无能为力。

"他妈的!这可完蛋了。"杰克怒吼道。

又过了几秒钟,他留在岗位上,手握着驾驶盘,打开所有门阀,看看障碍是否会让步。随后,听见莉嫦徒然喷气和喘息,他关上开关,愤怒地发出更凶的咒骂。

车长从行李车门口俯出来看看。柏葛转向后面,对他大声喊道:

"完蛋了,我们已被胶住了。"

车长很快跳到雪地里,雪一直没到膝盖。他走近来,他们三个商谈。

"我们只能试试扫雪了。"司机终于说,"幸好我们还有锹子。请您喊管理员,我们四个一定会让轮子摆脱出来。"

人们向后面的管理员做手势,他已从行李车上跳下。他很困难地走来,有时简直被淹没了。但是车子突然停止在这旷野中间,四面白雪皑皑用响亮的声音,讨论应该怎么办。这职员困难地迈开大步沿着火车跳跃,终于引起旅客们的担忧。许多窗玻璃放下来。人们叫喊、询问,起先还模糊,随后却逐渐增大成一片混沌。

"我们到什么地方了?……为什么停下来?……发生了什么事?……我的上帝!这是灾祸吗?"

管理员觉得有必要劝告他们安心。他刚向前走来,那位英国女太太——她的粗厚的脸庞由她两个女儿的可爱面孔围绕着——用她生硬的口音向他问道:

"先生,这不危险吗?"

"不,不!太太。"他回答,"这不过是些雪罢了。我们马上就再开行。"

在两位少女的新鲜呢喃里,窗玻璃又拉上去。这英文字母的音乐,由玫瑰色的嘴唇里吐出,听来是那样活泼和悦耳!两个都欢笑,都觉得很好玩。

但是更远些,上了年纪的那位先生呼唤管理员,他的年轻夫人则冒险从他的背后,露出她的美丽棕发。

"怎么,人们没有采取预防措施吗?这是难以忍受的。……我由伦敦回来,我要今天上午赶到巴黎谈生意。我预先通知您,我将要公司担负迟误的责任。"

"先生,"管理员只能重复说,"三分钟之内,我们就再动身。"

寒冷是可怕的,雪飞进来,伸出的许多头已再消失,窗玻璃也再被拉上。肘弯靠着相隔三个车室的窗口,两个旅客,一个四十岁左右的美国人和一个住在勒阿佛尔的年轻人,彼此谈话,两个人对清除工作都觉得很关心。

"在美国,先生,所有人都要下来,拿起锹子一起工作。"

"哦!这没有什么关系。去年,我已有两次被封锁住。我每一星期都要到巴黎去谈生意。"

"而我,先生,大约每隔三个星期去一次。"

"怎么,从纽约来吗?"

"是的,先生,从纽约来。"

杰克领导工作。瞥见桑芙琳站在第一辆车厢的窗口,他的目光恳求她进去。每次为了更能接近他,她总搭机头后面的头等车室,她明白了,退回去,不让自己留在刺激她面孔的寒风里。他想到她,加上更大热忱工作着。他注意到停止的原因,在雪里被胶住并不来自轮子:轮子已截断最厚的雪层;这是安置在它们中间的灰栅滚动积雪,使它成为硬的巨块,阻住轮子转动,他的脑里马上有了一个主意。

"应该拆开灰栅的螺丝钉。"

一开始车长反对这样做。司机是受他指挥的,他不准许他动到机头。随后他被说服了。

"由您负责,这很好。"

"不过,这是一项艰苦的工作。躺到机头底下,背脊靠贴融解的雪,杰克和柏葛几乎努力了半小时。幸亏,他们的工具箱里还有替换的螺蛳开。最后,冒着二十次被燃烧和被压碎的危险,他们终于拆开灰栅。但是,他们还没有达到目的,现在必须将它从机头下面搬出来。它非常重,阻塞在轮子和汽缸中间。然而他们四个人一起把它拖出来,一直移到轨道以外的斜坎边上。

"现在我们去做完清除工作吧。"管理员说。

将近一个小时,火车处在不幸的灾难中,旅客们的忧虑逐渐增大。每隔一分钟,一扇窗玻璃放下,一个声音问道,为什么不动身?这种叫声里充满了惊慌、泪水和恐怖。

"不,不,这已清除够了。"杰克宣告,"请你们上去,让我来做剩下的工作。"

车长和管理员重新向他们的行李车走去。他同柏葛回到他们的岗位上,他转动喷气开关。一股震耳的滚热蒸汽融解了胶住铁轨的雪堆。随后,他手放在驾驶盘上,使机头

后退。为了取得行动的位置，它慢慢后退了三十公尺左右。开足马力，甚至超过准许的压力，向阻住路线的雪墙冲去，他推促莉嫦，要它的整个巨体和它所拖的全部重量，向前冲去。它发出"克勒"声响，听来很可怕，简直像樵夫的斧头砍到树上，它的全身铁料都轧轧震响，但是他还不能过去，它冒着烟停住了，因冲撞而颤动着。于是，他只得重新开始他的工作，他后退，为了撞开雪堆，向前猛撞；每一次，莉嫦坚挺它的腰部，以它巨人般的狂暴气息和胸口，冲击挡道的障碍。最后，它似乎恢复了它的呼吸，尽无上的努力，绷紧金属筋肉跑过去。背后的沉重列车，由剖开的两堵雪墙中间跟随过去。它自由了。

"到底是好畜生！"柏葛咕噜道。

杰克眼睛逐渐被蒙住，取下他的遮蔽眼镜，并揩拭它。他的心怦怦狂跳，他已不再感到寒冷。但是，突然，他想到前面距摩弗拉十字三百公尺左右，还有一条深的坑道：它迎风张开，雪一定堆积很多。立刻，他确信那里是他要被搁浅的注定暗礁。他俯出来观看：远处绕过最后的一道弯，坑道像长长的壕沟那样笔直显现在他面前，里面塞满积雪。天已大亮，在连续落下的繁密雪片下，闪闪发光的白色原野一望无垠。

莉嫦带着不快不慢的平均速度溜过去，并没有再遇见任何障碍。出于谨慎，人们让前后的灯火都燃起来，烟囱脚下的白色放射灯，在日光里闪烁，看来和巨人的一只眼睛没有分别。火车滚动着，带着这只睁得大大的眼睛走近坑道。于是它像惧怕的马，发出短促的喘息。深的震颤袭来，它对停留不前的阻力反抗，只在司机的驾驶下继续行走。司机伸手打开炉门，让火伕增强火力。现在火光已不是照亮黑暗的彗星尾巴，而是一缕浓密的黑烟，玷污苍白天边。

莉嫦前进。最后它必须深入坑道。左右的斜坎都被淹没，人们一点也辨不出底面的路线。这仿佛是瀑布道的凹隙，由溢出两岸的白雪充塞着。它带着逐渐徐缓的昏乱喘息闯进去，滚动了五十公尺。它所撞开的雪，挡住它的去路，纷动和增高的白堆，形成要吞噬它的反抗浪潮。一会儿，它呼被淹没了，完全被征服了。但是藉它腰部的最后努力，它摆脱出来，还前进了三十公尺。最后一切都完蛋了，这是临终的抽搐：整批雪块重跌下来，盖住轮子，机械的一切零件都被侵入，彼此都由冰的锁链封锁住。濒死的莉嫦已停止在严酷的寒冷里。它的气息消失了，它不能再动，它已死掉。

"哪！我们完蛋了！"杰克说，"我早就料到这个。"

立刻，为了再尝试一下，他要机头后退。可是，这次莉嫦一动也不动。它拒绝后退，和它拒绝前进一样。它前后都被封锁住，已没有生气，完全变成瘫子，完全被胶在地上。它背后拖的列车也仿佛死掉，洁白的厚雪一直没到它的车门。雪非但没有停止，反而下得更繁密、更狂暴。这简直是陷没，机头和车辆都将完全消失在这雪白荒漠的静寂里，它们已被淹没一半，什么都不能再动，雪编织了它的殓尸布。

"怎么？这又开始了吗？"俯到行李车以外的车长喊道。

"完蛋了！"柏葛只这样简单地喊了一声。

这次的处境真的变得很危险。后面的管理员跑到车后放上保护火车尾部的爆裂筒，司机则昏乱地拉响汽笛，这是急迫的连续叫声，报告灾难的悲惨和喘息呼号。可是雪已塞住空气，叫声迷失了，一定达不到巴朗丁。怎么办呢？他们只有四个人，他们将永远清

除不了这厚厚的雪堆,非有整批工人来帮忙不可,必须马上派人去求救。最坏的是旅客们中间又发生恐慌。一个车门打开,棕发的漂亮女太太跳下来,她已急疯了,以为遇到了什么意外。她的丈夫、上了年纪的商人跟随她跃下,口里喊着说:

"我将写信给部长。这太不应该,这太不像话!"

女太太们的哭泣、男子们的愤怒声音,从窗玻璃粗暴被放下的车室里传出。只有两个小英国女郎还微笑着,态度很文静,似乎表示快活。当车长竭力解释,请大家安心时,年轻的一个用稍带大不列颠口音的法语问道:

"那么,先生,我们就停在这里吗?"

尽管雪一直没到腹部,还有许多男子走下车。美国人和勒阿佛尔的青年就这样一起向前面的机头走来。他们看后直摇头。

"要它从这里摆脱出来,我们必须等候四五个小时。"

"是的,至少要四五个小时,而且还需要二十个左右的工人。"

杰克请车长决定派管理员到巴朗丁去请求援助。因为他和柏葛都不能离开机头。

职员因而离开。不久,人们看见他消失在坑道的入口里。他必须走四公里路程,两小时之内,他不可能回来。杰克失望了,离开他的岗位,向第一辆车厢跑去,他瞥见桑芙琳曾放下那里的窗玻璃。

"请您不要害怕。"他很快地说,"没有什么可怕的。"

她唯恐被人听见,不用"你"称呼他,也以客气的口吻答道:

"我并不害怕。不过,我却替您担心。"

他们彼此的话语那么温和,他们已得到安慰,相互微笑着。但是他转过身来,却惊骇地看见芙罗莉和米索尔先后从斜坎走来,后面跟着他不认识的两个男子。他们已听见危急的叫声,米索尔,那一天没有轮到值班,同他的两个伙伴跑来。他刚才正拿白葡萄酒款待他们,一个是因下雪停工的石矿工人长布什,一个是扳道员奥齐尔,后者不顾芙罗莉怎样不欢迎他,仍然继续追求她,仍然从玛罗纳穿过隧道到这里来向她献媚。她勇敢强壮,她本是好奇的和喜欢闲荡的女郎,所以也陪着他们来观看。对她和她的继父,这火车这样停止在他们门前的,的确是很重要的大事和很奇特的意外。他们住在那里,五年以来,无论晴朗和暴风雨的天气,无论日夜的每一时刻,他们曾看见多少火车飞快地疾驰过去!一切人都仿佛被这载负他们的暴风卷走,而从来没有一列火车放慢速度奔跑。他们一点也不知道里面旅客们的情形,只看见火车溜走,消失在很远很远的地方。整个世界排列过去,无数旅客被飞快的速度载跑,除了在闪电般的疾驰里看见许多永远不会再见的面孔之外,他们不认识别的什么。有时,有些面孔在固定的日子里重新经过,所以他们觉得似乎较熟悉,可是还始终是无名无姓的。看,现在火车竟在他们门前停下,自然的秩序已被扰乱,他们凝视这意外落到路边的人们,如遥远海岛的蛮族跑到海岸来参观船舶搁浅着的欧洲人一样,他们睁得大大的圆眼审查人们。这些开了的车门,露出裹在皮衣里的女太太们,这些穿厚大衣的男子们,这整个安适的奢侈,忽然搁浅在冰海里,他们从来没有遇到过,他们简直惊呆了。

但是芙罗莉已认出桑芙琳。几个星期以来,她每次窥伺着杰克的机头,都发觉这个女人出现在星期五上午的快车里;尤其因为桑芙琳在地面过道附近从车窗里伸出头来瞥一眼她的摩弗拉十字产业。看见她同司机低声谈话,芙罗莉的眼睛立刻罩上一层阴影。

"啊!罗勃太太。"米索尔也认出她,并立刻显示诣谀态度喊道,"看,您碰到一个坏运气!……但是您不能留在这里,必须到我们家去坐坐。"

杰克握了守望员的手,也赞同他的提议。

"他的话是对的。……可能要等几个小时,够把您冻死的。"

桑芙琳拒绝邀请。她说她穿得很厚。再则,要在雪里行走三百公尺,她有点恐惧。于是芙罗莉走来,固定的大眼睛盯视她,终于说道:

"来,太太,我背您过去。"

后者还没有表示接受,她伸出男人般的有力胳膊捉住她,并像抱孩子似的抱到自己怀里。随后,她给她放到铁道另一边已经被踏过脚不会再陷下去的一个位置上。旅客们很惊奇,都开始发笑。多么结实的女郎!如果有一打左右像她这样强壮的人,清除工作不用两个小时就可以做好。

然而米索尔的提议,这守望员的房子,人们到那里可以躲避,可以找到火,或者还有面包和葡萄酒,这个声音从一辆车厢传播到另一辆车厢。当大家明白此刻并不冒任何危险时,恐慌已平息了。不过情况依然是可悲的:车里的热水箱已冷却。那时是九点钟,只要救助稍稍迟延下去,人们就将尝到饥渴的苦闷滋味。这可能拖延得很久,谁敢说人们不会睡在那里呢?两个阵营构成了:那些失望的不愿意离开车厢,他们好像要死在那里,坐着,全身裹上被头,存着满肚子牢骚,斜靠在座位上;那些喜欢冒险跑过积雪的,希望到那边找到更好的躲避所,尤其是借此逃出这搁浅和冻死的火车。整个集团形成了,上了年纪的先生和他的年轻夫人,英国太太和她的两个女儿,勒阿佛尔青年和美国人,以及别的一打人左右,已准备出发。

杰克用很低的声音要桑芙琳决定到那边去,他发誓说,待他可能脱身时,他将带消息给她。看芙罗莉的昏暗眼睛还时常注视他们,他即以老朋友的样子轻轻对她说:

"那么,就这样吧,你领这些先生和这些太太到你家里去……我留下米索尔和其他人们。在等待中,我们将尽我们所能去做工作。"

真的,长布什、奥齐尔和米索尔马上拿起锹子,赶到已开始挖掘雪层的柏葛和车长身边去工作。他们这一小组人竭力要机头摆脱向轮子下面搜索,把一锹一锹的雪掷到斜坎上。没有一个人再说话,在雪白乡野的阴郁窒闷里,人们只听到这无声的努力。那一小群旅客远离以后,他们向火车看了最后一眼,显出一条细长黑线。人们已重新关闭车门和拉上窗玻璃。雪还继续落下,沉默而固执地慢慢掩埋列车。

芙罗莉愿意再抱桑芙琳,可是后者拒绝了,一定要同别的人们一样行走。三百公尺路程很难越过,尤其是坑道里,人们一直没到臀部;有两次,必须救起那位半身全被淹没的英国胖太太。她的两个女儿觉得很有趣,还在欢笑。老先生的年轻夫人,几乎滑倒,只好接受勒阿佛尔青年的挽扶;她的丈夫则和美国人一起咒骂法国。出了坑道后,行走容易多了,但一到填高的路基上,这一小群人沿着被风吹刮的一线前进。最后,人们走到

了,芙罗莉请旅客们安顿在厨房里,她甚至不能给每个人一把椅子,因为他们大约二十人左右,塞满房间,幸好这房间还相当大。她所能做到的一切,就是去寻来几块木板,靠椅子协助,构成两条长凳。接着,她拿一小束木柴,掷到炉灶里,她做一个手势,仿佛表示人们不应该向她要求更多的。她没有说一句话,她站着,以她这金发大蛮女的淡绿大眼睛、粗野和大胆态度,注视这一切人。其中只有两个脸是她所熟悉的,这是好几个月以来她一直注意到他们在车窗上的结果:一个是美国人,另一个是勒阿佛尔青年。她审查他们,正为人们研究嗡嗡飞翔时不能看清、此刻终于停下来的昆虫一样。她觉得他们的样子很奇特,她从来没有想象他们是这样的,虽然除了他们脸上的轮廓之外,她一点也不认识他们。别的那些人,在她看来,似乎属于不同的种族,是另一不认识的行星的居民,从天上降下,给她的家里、她的厨房深处带来她从来没有想到会看见的服装、风俗和思想。英国太太告诉大商贾的年轻夫人,她到印度去找她的长子,他在那里当高级官员;这位漂亮的少妇也自我解嘲,说她真没运气,她的丈夫每年到英国两次,她第一次有了怪癖,让他陪她到伦敦去,回来时竟遇到这样的事故。一想到被封锁在这荒凉区域,大家都叹息:必须吃东西,必须睡觉,这怎么办呢? 我的天! 芙罗莉一动也不动,听着他们,遇见坐在火前一把椅子上的桑芙琳的目光,她向她做一个手势,要她走到另一边的卧房里去。

"妈妈,"她进来时报告,"这是罗勃太太……你没有什么话要对她说吗?"

法茜病得厉害,已半个月没离开床铺了。在贫困的房间里,只有一个铁的火炉维持着窒闷的热气。她度过漫长的时光,脑里只有固执念头,除了风快掠过去的火车震动以外,没有别的消遣。

"啊! 罗勃太太。"她喃喃说,"好,好!"

芙罗莉对她叙述火车被阻的意外,对她说到这么多人由她领来,坐在隔壁厨房里。但是这一切都不再使她感动。

"好,好!"她用同样疲倦的声音重复说。

一会儿,她想起了什么,抬起头告诉女儿:

"如果太太愿意去看看她的房子,你知道钥匙挂在衣橱旁边。"

但是桑芙琳拒绝了。一想到在这下雪和灰白的日色下,再进入摩弗拉十字,她马上哆嗦起来。不,不,她没有什么要看的。她喜欢留在这里,温暖地等候着。

"那么,您请坐吧,太太。"芙罗莉再说,"这里比隔壁要好些。再则,我们将永远得不到够多面包给这么多人去充饥,如果您的肚子饿,我们总有一块可以给您。"

她推一把椅子请她坐下。她继续表示和蔼;她显然努力要改正她平常的粗暴。但是她的眼睛却不离开少妇,好像她要从她的内心看出一种秘密,想给若干时期以来就已向自己提出的问题找到一个确定的答案。在她的殷勤下,实在藏有接近她、凝视她、洞察她和想明了种种情形的需要。

桑芙琳道谢,坐在火炉附近,真的,她喜欢单独同女病人留在这个房间里,希望杰克能脱身到这里来看她。两个小时过去了,彼此了读了当地的新闻,她对热气屈服了,她已睡去。忽然,一直被喊到厨房里去的芙罗莉重新打开门,她的粗大声音说:

"她在这里,你进来吧。"

这是杰克暂时逃开机头,给她带来好消息。到巴朗丁的那位职员,已领回一大批人,三十左右士兵,他们是行政当局派在被威胁的铁路各点上预防意外的。他们都已拿起鹤嘴锄和锹子,着手工作。不过,这要很多时间,夜晚之前或许不会再动身。

"总之,情况不太坏,请您忍着点儿吧。"他加上说,"不是吗?法茜姑姑,您不会让罗勃太太饿死吧。"

法茜一看见她平常称呼的"我的大孩子",立刻困难地坐起来。她注视他,听他说话,重新变得兴奋,觉得舒服。待他走近她的床边,她大声说:

"当然,当然!啊!我的大孩子,看,您又在这里了。这是您的车子被雪阻住……啊!这大傻瓜,并没有预先通知我。"

她转向女儿,吩咐道:

"你至少要有礼貌些!你再去看看这些先生们和这些太太们,你要照顾他们,不要让他们对公司当局说我们是野蛮人。"

芙罗莉留下,站在杰克和桑芙琳中间,她似乎踌躇了一会儿,自问她是否应该不顾她母亲的吩咐,仍然固执地呆在那里。但是她看不到什么,她母亲的在场会阻止他们两个泄露秘密:她不说一句话,马上出去,只不时远远地看着他们。

"怎么?法茜姑姑,"杰克摆出悲伤的神态又说,"看,您已经完全卧床了,这是真的吗?"

她抱住他,强迫他坐到垫褥边沿,不再顾忌由于表示谨慎稍稍远离的少妇。她用很低的声音说话,以减轻自己心里的郁闷。

"哦!是的,是真的!你能重新看见我还活着,这的确是奇迹……我不愿意写信给你,因为这些事情是不能写在纸上的……我几乎死掉……但是,现在好多了。我很相信,这次我还能逃出危险。"

他审察她,看见她的病逐渐加重,不免很惊骇,他从她身上已看不到从前的健康和漂亮形态。

"那么,还是痉挛和眩晕吗?我可怜的法茜姑姑……"

但是,她像要握碎手骨似的握紧他的手,她更降低她的声音继续说:

"你想象我曾蓦然撞见他……你知道为了不知道他究竟拿了他的毒药放到什么食物上,我简直费尽心里去猜测、去发现他动过的任何东西。我不吃不喝,可是我的肚子每天晚上痛得像火烧一样……他拿药混入盐里!有天夜里,我看见他……我为了洗空肚子,拿很多盐掺入我要吃的东西里。"

杰克占有桑芙琳,似乎已治好他的顽固的疾病。有时,存着疑心想到一个噩梦,想到这固执的放毒故事。他也温柔地握紧病人的手,愿意平息她的忧虑。

"算了吧,这一切难道可能吗?……要说这一类的事情,必须有真正确实的证据……再则,这拖得太久!好吧,这也许是医生们都不明白的一种'可怕的疾病'。"

"一种病。"她冷笑说,"一种他塞入我皮肉的病。是的,关于医生们的诊断,你的话是对的。他们来过两个,可是什么都不懂,甚至两个的意见都不同。我不愿意这一类庸医再到我这里来……你听他拿这个掺入盐里。我可以向你发誓,我曾看见!这是为我的一

千法郎,爸爸留给我的一千法郎!他曾对自己说,他毒死了我,一定会找到钱。这我可以向他挑战:钱藏在任何人都不会发现到的一个地方,他将永远永远找不到!……我可以永远离开这个世界,我很安心,任何人都永远不会占有我的一千法郎!"

"但是,法茜姑姑,假如我是您的话,既然那么确信他要毒死我,我,那我将派人去找宪兵。"

"哦!不,不要宪兵……这只是我们中间的事,这只是我和他的斗争。我知道他要杀害我,而我当然不愿被他杀害。那么,我只好自卫,不再像我吃他的盐时那样愚蠢……嗯?这样的一个矮个子,人们可以放到自己衣袋里的一个小东西,如果让他的老鼠牙齿自由啃啮的话,他终于会吃掉像我这样大的一个女人!谁能相信这个呢?"

一种小小的战栗袭击她,没有说完之前,她困难地呼吸着。

"不论怎样,这不是为这一下。我好多了,半个月之内,我将再站起来。……这次,他必须很狡猾,才能重新要我上当。啊!是的,我很好奇,我很想看看如果他找到什么方法,再拿他的毒药给我吃,那么,他一定是强者,只好算了。我就垮倒,从此完蛋……可是不要任何人来干预这件事情!"

杰克想,一定是她的病使她的脑子产生这些阴惨的想象。为了使她分心,他竭力说笑,忽然她在被头下面开始颤抖。

"看,他来了,"她喘息说,"他走近时,我总会有预感的。"

真的,只过了几秒钟,米索尔就走进来。她的脸色变得苍白,她被不情愿的惊怖侵袭——巨人遇见啃啮他的昆虫也往往表现这同样的恐惧;因为在她孤独自卫的固执中,她虽然不承认,可他已成为她的恐怖对象。米索尔在门口即以尖锐的目光射到她和司机身上,随后,他甚至装着没看见他们并排坐着;他的眼睛黯淡无光,鼻子细小,带着孱弱矮人的温柔样子,走到桑芙琳面前,表示殷勤。

"我想太太或者趁这机会去看看她的产业,所以我暂时离开那里……如果太太愿意我陪她去的话……"

看少妇重新拒绝了,他带着几分悲叹的声调说:

"啊!关于果子的事,太太或者会吃惊……它们全部都被虫吃掉,这实在值不得去采摘……除了这个,一阵暴风又造成很大破坏……啊!太太不能卖掉产业,这实在很可惜!曾经来过一位先生,他要求修理……总之,一切都按太太的意思处理。太太可以信任我在这里代替她,就跟她自己一样。"

接着,他一定要拿来面包和梨子,拿她花园里没被虫蚀坏的梨子来侍候她。她接受了。

经过厨房时,米索尔告诉旅客,清除工作正在进行,但是还要等四五个小时。中午已过,这又是新的悲叹,因为大家都很饿了。芙罗莉宣告她没有面包可以供给大家。她的确还有葡萄酒,从地窖里拿来十瓶,把它们排列在桌子上。不过,玻璃杯也一样缺少,大家必须分组去喝。英国太太同她的两个女儿,一个老先生同他的年轻夫人……各组使用一个杯子。然而,这些年轻的夫人发觉勒阿佛尔青年是一个热心和富有发现精神的侍仆,不断照顾她的安适。他不在了,回来时,带着他从柴堆深处发现到的一段面包和许多

苹果。芙罗莉很生气，说这是留给她患病母亲的面包。可是，他已切碎它，先拿一段递给年轻的夫人，然后一块一块地分给在场的太太们，感到荣耀的少妇因而向他微笑。她的丈夫并没有息怒，甚至不再管她，他正同美国人在大谈纽约的商业情况。年轻的英国女郎从来没有那么津津有味地啃过苹果。她们的母亲很疲倦，半睡半醒。有两位太太坐在炉灶前的地上，她们已被等候拖垮。男子们出去，为了消磨一刻钟，在房子前面抽烟。他们再进来时，全身发抖，简直被冻僵了。大家越来越不舒服，饥饿的肚子没有得到好好满足，疲倦又因拘束和烦躁更加难忍。这简直同船舶沉没了、一群脱险的文明人集合在野营里的情形没有区别。他们被海风一击，漂到荒凉的孤岛上，满目看去，只有凄凉的景色。

米索尔进进出出，让房门开着，法茜姑姑从病床上向外注视。差不多一年以来，她从床边拖着脚步坐到椅子上看见雷声般疾驰过去的就是这些人吗？她甚至很少走出门外，她日夜单独生活着，被"钉"在那里，眼睛朝向窗户，除那么快掠了过去的火车之外，没有别的伴侣。她时常埋怨这恶狼出没的地方，从来没有人来找她。看，现在真有一群人从未知世界降到这里。这些为事务奔波的忙碌人群中，没有一个曾怀疑掺入她盐里的醒甄毒品。她的心头时常被这想象盘踞着。她自问，上帝怎么会准许世上有那么多阴险的卑劣行为，而没有一个人会发觉它们。已有够多的人，无数的旅客从他们门前过去，可是大家都一晃而过，而没有一个想到在这低矮的小房子里，有人正不声不响随随便便在杀人。法茜姑姑看看这个，看看那个，轮流注视着这些像从月球里降下的人们，她想，他们既然这么忙碌，因而在醒甄的事物里行走，而不会发觉它们，其实是没有什么值得惊奇的。

"您回那边去吗？"米索尔问杰克。

"是的，是的。"后者回答，"您先走，我立刻就来。"

米索尔走开，重新关好背后的房门。伸手留住年轻人的法茜姑姑向他耳语说：

"如果我死了，他找不到我藏着的一千法郎，你将看到他的苦恼样子……一想到这里，我就觉得很有趣。因此，我即使死了，也是高兴的。"

"那么，法茜姑姑，这对大家不都是损失吗？您不拿它留给您的女儿吗？"

"留给芙罗莉吗？让他从她手里取去？啊！不，甚至不留给你，我的大孩子，因为你也太愚蠢。他会从你那里得到若干好处……啊！不留给任何人，只留给我要到底下去相会的泥土！"

她已精疲力竭，杰克要她躺下，答应她不久再来看她。随后，看她仿佛已入睡，他转到依然坐在火炉附近的桑芙琳背后。他微笑竖起一个指头，嘱咐她要小心谨慎。她以无声的漂亮动作转过头，抬起她的嘴唇，他俯下，让他的嘴胶到她的嘴上，深情地吻着，他们闭上眼睛，呼吸彼此的气息。但是他们重新睁开眼睛时，都不免慌乱，推开门的芙罗莉站在那里，站在他们面前注视他们。

"太太不再需要面包了吗？"她沙哑的声音问道。

桑芙琳很羞涩，很懊恼，只咕噜出模糊的话语。

"不，不。谢谢！"

好一会儿，杰克的火热眼睛盯视芙罗莉。他犹疑着，嘴唇颤抖，仿佛要说话，随后他做一个威胁她的愤怒手势,走开了。在他背后,门很粗暴地关响。

芙罗莉显出好战少女的高大身材,头上盖着金发,依然站着。那么,她的忧虑,每个星期五看见这位太太在他火车里时,她心头所感到的不安并没有欺骗她。自从她看见他们俩一起旅行之后,她终于找到了寻找已久的证据,而且是绝对真实的。她所爱的男子将永远不会爱她,他已选择了这纤弱的女人,这娇小的妖精。他曾尝试要粗暴地占有她的那一夜,她竟拒绝了,这懊悔现在变得格外强烈,达到那样痛苦的程度,她几乎要哭出来。在她的简单推理中,如果她比桑芙琳先委身给他,现在他所抱吻的,一定是她自己。此刻她只想到哪里单独见他,扑到他的脖子上,对他喊道:"占有我,我从前竟那样愚蠢,因为我无知!"可是,她无能的狂怒升上来,痛恨这局促嗫嚅和羞涩地站着的屠弱女人。她只要用她女斗士的强壮胳膊,紧紧一箍,她就会像一只小鸟似的被扼死。那么,为什么她不敢呢?她发誓要替自己报仇,她对这劲敌,知道很多可以使她坐监狱的故事,这不要脸的女人,像所有出卖给有钱有势老头子的婊子一样,人们竟让她自由自在生活着。嫉妒烦扰着她,她心里充满愤怒,开始用美丽蛮女的动作,撤走剩下的面包和梨子。

"太太既然不再吃了,我就拿去送给别人。"

三点钟已敲过,接着是四点。在逐渐增长的厌倦、激动和窒闷中,时间过分拖延着。看,夜又来了,雪白的广大乡野罩上青灰的暮色;每隔十分钟,男人们出去,朝远处看看,工作进行得怎样。他们再进来说,机头似乎还没摆脱出来。两个小英国女郎也已憋闷得要哭了。在一个角落里,棕发的漂亮女人,靠在勒阿佛尔青年肩膀上睡去,处在大家都不顾礼节的随便状态里,年老的丈夫甚至没有发觉这事。房间又冷起来,人们颤抖着,甚至没有想到再向火里添加木柴,因此,美国人离开了,觉得躺到车子的座位上会比较舒服些。现在大家都后悔:应该留在那边,这至少不会不知道工作情形而被忧虑烦扰。那位英国太太,她也主张要到她的车室里去睡觉。当人们拿支蜡烛放到桌角,照亮黑暗的厨房深处,旅客无限的灰心,一切都沉浸在阴郁的失望里。

那边,清除工作已经完成,解救了机头的整队士兵清扫它前面的轨道。司机和火伕重新登上他们的岗位。

杰克看见雪终于停止,立刻恢复了信心。扳道员奥齐尔肯定地对他说,开出隧道,在玛罗纳那一边落下的雪层并不太厚。他重新询问他:

"您是由隧道里走过来的,您一定能自由地进出吧?"

"我已对您说过,您开得过去,我可以担保!"

卡希什刚才怀着巨人的热心参加工作,他已畏缩后退。最后一次和法庭发生纠葛后,他变得更胆小,更粗野。要杰克喊他,他才走近。

"唉!朋友,请您将斜坡旁边属于我们的锹子递给我。遇到需要的场合,我们还可以使用。"

当石矿工人帮他最后这个忙后,杰克紧紧握了他的手,对他表示:不管其他的一切,看见他这样努力工作,他是尊敬他的。

"您,您是一个好人。"

这友谊的表现以非常奇特的形式,激起卡希什的感动。

"谢谢!"他只这样简单地说,竭力忍住他的眼泪。

虽然米索尔当着预审推事的面曾控告他有罪,两人却已言归于好。米索尔现在也点头赞成,他紧锁的嘴唇露出一点微笑。他已休息好长时间,两手放在衣袋里,用模糊的目光扫视火车,仿佛在等待,想看看他是否从轮子下面收拾到遗下的物品。

最后,车长同杰克一起决定试试重新开行。柏葛忽然跳到轨道上呼喊司机。

"您来看吧。有一个汽缸受伤了。"

杰克走近,也俯下去仔细审察莉婵,发现这一部分确实受伤。清除时,人们看见养路工人安置在斜坡边缘的许多橡树枕木,由于风雪作用已溜下来,阻碍铁轨,甚至机头的停止,有一部分也从这障碍中来,因为它已碰到这些枕木。人们看见汽缸箱上的痕迹,里面的唧筒似乎已被轻轻撞倒。但是,这只是表面的损害,司机先安了心。或许内部还有严重的毁伤,没有什么比这些汽室、这些跳动着心和灵魂的复杂机械更为微妙。他再上去,拉响汽笛,他扭开蒸气开关,去探探莉婵的关节。正像一个人跌下受了伤,一时不能运用他的肢体一样,它很久很久才能动作。最后,困难地喘着气,它已开动,轮子转了几下,不过还很沉重。没有坏,因为他彻底了解它,他觉得它在自己手下有点奇怪,好像它已改变,已老去,某一部分已受致命的打击。这一定是大雪以致命的寒冷刺伤它的心,就像有些年轻女人,本来身体强壮,因为一夜跳舞,从冰冷的雨下回来,忽然患了急性肺炎,送掉性命。

柏葛开了喷气管以后,杰克重新拉响汽笛。车长和管理员回到他们的岗位。米索尔、奥齐尔和卡希什则登上前端行李车的踏板。火车慢慢从武装着锹子、排列在左右斜坎上的士兵们中间走出坑道。接着,它到守望员的房子前面停下,让旅客们上来。

芙罗莉站在门外。奥齐尔和卡希什赶到她身边,同她一起站着;米索尔现在则很殷勤,向那些从他家里出来的太太和先生们致敬,收拾递给他的雪白银币。这是终于解放的时刻了。他们已等得太久,这一切人都因寒冷、饥饿和精疲力竭颤抖着。英国太太拖走两个半睡半醒的女儿。勒阿佛尔青年登上棕发的漂亮女人的同一车室,后者很疲倦,一切都让她的丈夫自由支配。在这踏着雪连续上来的混乱中,人们简直像是一批溃乱的士兵上车,他们七倒八斜,互相推撞,都失掉了清洁的本能。一会儿,从卧房窗口的玻璃后面,法茜姑姑出现了,好奇心要她从床铺上下来,拖着脚步,走到那里来看看。她的凹陷大眼睛,注视这一群不认识的群众,这些奔走世界的过路人,他们由暴风雪带来和重新卷走,她将永远不会再见到他们。

但是,桑芙琳最后一个出来。她转过头,向杰克微笑。他也俯出来,注视的目光一直跟随她到她的车子上。芙罗莉等着他们,看到这平静交换了的温情,她脸色变得很苍白。突然,靠近一直被排斥的奥齐尔身边,仿佛现在,在憎恨里,她忽然感到需要一个男人。

车长发出信号,莉婵以悲惨的尖叫回答它,杰克这次只为停止在卢昂开动机头。那时已六点钟,夜色降临;但是非常丑恶和阴郁的苍白回光,还留在地面上,照亮着崎岖、荒凉的区域,在那模糊的微光里,摩弗拉十字房子侧斜站着,看起来格外颓败,它漆黑地显现在这白雪中间,写有"召购"字样的牌子被钉在关闭着的正面门上。

8

　　火车只在晚上十点四十分进入巴黎车站。到卢昂曾停二十分钟,让旅客们可以吃晚饭;桑芙琳连忙拍一个电报给她的丈夫,预先通知他,她将搭第二天晚上的快车回到勒阿佛尔。同杰克整整在一起呆了一夜,这是他们在幽闭的房间里,自由自在,同睡一张床,而不怕被人扰乱的第一夜。

　　离开蒙特以后,柏葛想到一个主意。他的女人维克多娅妈妈不小心跌了一跤,脚上伤得很重,住到医院里已有八天;他像开玩笑时所说的,在城里还有另一张床铺可睡,所以觉得可以将他们的房间让给罗勃太太:她在这里过夜,一定比邻近的任何旅馆好得多,她像住在自己家里一样,一直可以留到第二天晚上。杰克立刻明白这安排的实际方便,尤其是他还没想好把这位少妇领到哪里去。在车站敞房底下,她从终于下来的旅客浪潮中间走近机头,他劝她接受火伕交给他的钥匙,并把它递给她。但是她犹疑不决,火伕的轻薄微笑使她感到局促;她想,他一定已知道他们的关系了。

　　"不,不,我有一个表姊妹住在巴黎。她会搬一个垫褥放到地上给我睡觉。"

　　"那么,请你接受吧。"柏葛终于露出他这放荡者的欢悦态度说,"去吧,床铺是柔软的,它很大,甚至可以睡四个人!"

　　杰克注视她,神情竟那么焦急,她只得接过钥匙。他俯下,用很低的声音对她说:

　　"你先到那边等候我。"

　　桑芙琳只要走过阿姆斯特丹路一段,就立刻转入那房子所在的小巷,但是地上的雪那样滑溜,她只得很小心地行走着。她很有运气,遇见房子是开着的,她登上楼梯,甚至没有被门房的女人看见,因为她同一个女邻居玩着"陀米诺",到四层楼,她开了门,并轻轻地再关上,无疑的,决没有一个邻居会意识到她走进那里。然而,经过第三层楼梯口时,她很清楚地听见陀凡涅家里传出歌声和笑声:真的,这是两位姊妹的小小招待会,每星期一次她们就这样同女朋友们演奏音乐。现在,桑芙琳已重新关好门,已站在房间的沉重昏暗里,她还听见这青春的活泼欢乐,穿过楼板,透入她的耳膜。好一会儿,房间在她看来似乎是完全黑暗的;当杜鹃钟在漆黑中发出她所熟悉的深长声音,敲过十一点时,她不免战栗一下。随后,她的眼睛习惯了,两扇窗显出两个苍白方形,雪的反光射进来,照亮上头的天花板。她已辨清方向,在食具橱上,她在熟悉的一个角落里寻找火柴。但是她费了好大的劲还找不到蜡烛;她终于在一个抽屉深处发现一段;她点起蜡烛,全房间都被照亮,然而她还是担忧地向四周很快扫了一眼,仿佛要看看她是否只一个人。她认识里面的每件东西,如圆桌,她曾和她的丈夫坐着吃过中饭;那挂着红布的床,她曾被他打了一拳,倒在它的边缘……这的确是这里,六个月以来,房间里任何东西都没有什么

改变。

桑芙琳慢慢摘去帽子。在她要脱掉她的外套时，浑身都不免发抖。房间这么冷，人们简直会被冻坏。火炉附近一个小木箱里藏有煤炭和细碎木头。她不再去脱衣服，立刻想起生火；这使她觉得很好玩，能够消除一开始感到的不舒服。她为了爱的一夜料理细碎家务，想到他们两个都会觉得这温暖甜美的滋味，同时又感觉到他们解脱的温柔快乐。虽然很久以来，他们就梦想这样的一夜，可是从来不奢望会得到它！待火炉轰轰烧响了，她再想准备其他，按自己的想法排好椅子，寻找白的被单，完全整理一遍床铺，这相当辛苦，因为的确是很宽大的。她忧闷的是食具橱里找不到一点吃的和喝的东西；无疑的，柏葛在这里做了三天主人，已扫光食品橱里的碎屑。为了亮光，就只剩这一段蜡烛，不过睡下后，人们用不到看得清楚。现在，既然很暖和，全身都有了生气，她站在房间中央，目光朝四周看看，为的保证她是否不缺少什么。

接着，她正奇怪杰克怎么还留在那边、迟迟不来之际，一声汽笛催她走到一堵窗边。这是十一点二十分直达勒阿佛尔的火车开始出发。下面，从车站到巴底尧尔隧道的坑道，只是一片积雪，人们只能辨出折扇骨般的铁轨。停备的机头和车厢，形成白的一堆一堆，仿佛盖上厚密的白貂皮沉睡着。在大敞房的洁白玻璃和欧罗巴桥绳花边般的铁梁之间，对面罗马路的房子，尽管夜里很黑暗，还看得见，它们从这整个白色里面，显出肮脏的斑痕和混杂的污黄。勒阿佛尔的直达车出现了，昏暗地向前爬去，它前面放射灯的强烈亮光戳穿周围的阴霾；她看着它消失在桥下，后面的三盏红灯在雪地里映上血影。她转向房间，短促的震颤又重新侵扰她：她真的只单独一个人吗？有一种幻觉她仿佛觉得一阵热的气息吹拂她的后颈，一种暴烈手势的触动，似乎穿过她的衣服，从她的皮肉上揉过去。她睁大的眼睛重新向房间四周看了一下。不，的确没有什么人。

杰克这样迟迟不来，究竟在做什么呢？十分钟又过去了。一种轻的敲击声，手指扒搔木板的声音引起她的担心。随后，她明白了，连忙跑去开门。这是他，手里拿一瓶玛拉格酒和一大块蛋糕。

她欢笑着，以柔软的热烈动作扑到他的怀里，抱住他的颈项。

"哦！你多可爱！你想到这个！"

但是他很快要她住口。

"不要响！不要响！"

于是她降低声音，以为他已被看门的女人追赶。不，他的运气也很好，正要拉铃时，他看见下面的门被一位太太和她的女儿打开，无疑的，她们是从陀凡涅家里下来；因此，他能上楼，没有引起任何人的疑心。而且，在楼梯口，他由半启的门边曾瞥见卖报女贩正在一个面盆里洗一小件衣服。

"我们不要作声，你愿意吗？我们轻轻谈话。"

她点点头，热烈地拥抱，她紧紧搂他在自己怀里，在他的脸上盖满无声的亲吻。玩弄神秘的把戏，只以很低的声音，喃喃谈话，这使她觉得很快活。

"是的，是的，你看，人们听不见我们，我们的声音比两个小鼠所发出的响声还小。"

她十分细心地摆好桌子，放上两个盆子，两个玻璃杯和两把刀子。有件东西放得太

快,响了一下,吓得她马上停住,几乎爆发大笑。他注视她这样做,也觉得很有趣,他的半低声音再说:

"我想你一定很饿了。"

"啊!我真要饿死了!卢昂的晚餐吃得那样不好!"

"那么,听我说,我再下去买一只煮熟的童子鸡来好吗?"

"啊!不,这样你不会再上楼!……不,下'一块蛋糕已够了。"

他们立刻并排坐下,差不多占着同一把椅子,切开蛋糕,带着恋爱者的孩子气的样子吃着。她叹息说她很渴,她一口又一口,喝了两杯玛拉格酒,终于,血涌到她的面颊上。火炉在他们背后烧着,他们感到灼热的气流。可是,当他在她的后颈吻了一声太响的亲吻时,她立刻阻止他。

"不要响!不要响!"

她做了一个手势要他听着。在静寂里,他们重新听见陀凡涅家里传来一种钝重的摇动,由音乐的声音,押着均匀拍子:这些小姐们已随随便便地跳舞。另一边,卖报女贩往楼梯口的铅斗里倒下她面盆里的肥皂水。她重新关上门,下面的跳舞停止了一会儿。窗外面下雪的窒息里只有轻微的滚动,这是一列火车在开行,微弱的叫声听起来简直同悲泣没有两样。

"这是奥德伊的火车。"他喃喃说,"现在已十二点差十分。"

接着,他的轻得像气息的柔媚声音,再说:

"我们去睡觉。我的心肝,你愿意吗?"

她不回答,在她的幸福狂热里,她却忽然被过去抓住。她控制不了自己的意志,又重新想起她同自己丈夫在那里生活过的时刻。这不是从前的午餐,由这蛋糕继续着,外面传来同样的声音,彼此坐在同样的桌边吃吗?增长的激动从事物中摆脱出来,回忆充溢着她的脑海,她从来没有感到这样强烈的需要,想把一切都对她的情人说了,想把整个秘密都泄露给他。这仿佛和她的情欲,她必须立刻满足的肉体要求一样,她辨不出这两种欲望之间的差别;就像如果在热烈的拥抱里,她向他的耳边忏悔一切,她因此会觉得自己更属于他,整个属于他以后,她似乎尝到更大的快乐。事实上她的丈夫仿佛还在那里,她转过头,似乎还看见他多毛的短手,从她的肩膀上穿过去,拿起刀子。

"去睡觉,你愿意吗?我亲爱的宝贝。"杰克重复说。

她战栗着,觉得年轻人的嘴唇压紧她的嘴唇,仿佛又一次,他要从她的口里吸出招认。她哑然站起来,很快脱掉衣服,她溜到被头底下,甚至不再拾起在地板上拖曳着的裙子。他也不整理什么东西:桌上仍然散乱着食具,一段蜡烛将要烧完,火焰已开始摇动。他也脱掉衣服睡到床上,两人突然地拥抱,热烈地占有,因而感到窒息,喘不过气来。下面的音乐还继续弹着,房间的死寂空气里,没有别的任何声音,有的只是狂乱的震颤,直至不省人事的淫乐痉挛。

杰克认为桑芙琳已不是他们最初幽会时那样温柔,那样被动,每次总显露洁净蓝眼睛的女人。在她昏暗的黑发下,她似乎每天都增加热情;他觉得她躺在自己怀抱里,已逐渐从长期冰冷的童贞深处醒来,不论是格兰摩伦衰老淫行、或罗勃的丈夫粗暴,都未能使

她享受过这样大的快乐。她是爱的创造物，从前只是柔顺的被动者，此刻已开始爱，已整个委身给她的情人，在她的欢悦中，保持着深厚的感激。她已达到猛烈的激情，对这启发她官能的男人已生起无上崇拜。这就是最大的幸福——他终于为她所有，被她任意趴在自己胸口，并用两只胳膊搂抱他——要她咬紧牙关，不让口里脱出一声叹息。

等到他们重新睁开了眼睛，他第一个表示惊讶。

"怎么！蜡烛已熄了！"

她轻轻动一下，仿佛说，这没关系。然后，用遏住的笑声问：

"嗯？我很乖吧？"

"哦！是的，什么人都不会听见……两只真正的小鼠！"

他们又躺下去，她立刻将他抱到自己怀里，紧紧偎贴他，让自己的鼻子埋入他的颈窝下。她发出一声舒服的叹息：

"我的上帝，这多好！"

他已不再说话。房间是漆黑的，几乎只能辨出两扇窗户的苍白方形，天花板上只有火炉的光线，一块圆而血红的斑痕。他们两个注视它，眼睛睁得很大。音乐声已停止，许多门关响，整个房子沉入睡眠的沉重平静里。下面，刚城的火车到了，震动轨道的转盘，冲撞的钝重响声，仿佛从很远的地方传来。

但是这样抱着杰克，桑芙琳不久又灼热起来。除了情欲之外，她的身心深处，招认的需要又觉醒了。从那么长的许多星期以来，这需要就不断烦扰她！圆的斑痕，在天花板上，已经扩大，仿佛展成一块血迹。她的眼睛注视着，产生了幻觉，房间里的事物，似乎重新发出高的声音，叙述过去的故事。她觉得话语像掀起她皮肉的神经质波浪一样涌到她的嘴边。不再隐藏什么，自己整个溶解在他的体内，这一定是很好的！

"你不知道，我的心肝！"

杰克的视线已不离开血红的斑痕，他很明白她将去说什么。她搂抱他，她的娇小身体紧紧贴靠他，他留意这模糊感觉的高涨浪潮，很巨大，他们两个都想到它，而从来不谈论它。直到那时，他要她住口，避免预兆的震颤，害怕他从前的毛病会因此发作，一谈到流血的事，他们的生活或者会突然改变。但是这次，他已没有力量，在这温暖的床上，由这女人的柔软胳臂箍得紧紧的，甜美的怠倦那样侵入他的身心，他甚至不能抬起头以一个亲吻去封闭她的嘴。他相信这已来了，她将说出一切。所以当她似乎烦乱、犹疑，但随后又改变主意，而说了非他所等待的话语时，他的忧虑减轻了许多。

"你不知道，我的心肝，我的丈夫曾疑心我同你睡觉。"

到最后一秒钟，出于他的猜想以外，却是前夕在勒阿佛尔的回忆代替招认，从她的嘴里吐出来。

"哦！你相信吗？"他喃喃说，表示他的怀疑，"他的态度是那样可爱。今天早晨，他还同我握手。"

"我可以向你担保，我已知道一切。此刻，他一定对自己说，我们像这样，彼此搂抱着相爱！我已有可靠的证据。"

她停住,把她抱得更紧,在这拥抱里,占有的幸福因她心里的怨恨更显得强烈。接着,经过了战栗的沉思,她再说:

"哦!我恨他,我恨他!"

杰克很惊奇。他一点也不恨罗勃。他觉得他是很随便的丈夫。

"那么,这到底为什么?"他问道,"他不大妨碍我们。"

她并不回答,她只重复说:

"我恨他……现在,只要觉得他在我身边,我简直是难忍的苦刑。啊!如果我能够的话,我将逃走,将同你一起永远生活。"

他为这热烈的温柔话语所感动,也格外抱紧她,要她贴近他的皮肉,从她的脚到她的肩膀,整个都属于他所有。但是,她这样伏着,差不多不让胶住他颈项的嘴唇离开,又慢慢说:

"因为你不了解,我亲爱的……"

必然的,无可避免地招认又升到她的唇边。这次他已明白地意识到,世上的任何东西都不能再延缓它,因为这是从她要再被搂抱和再被占有的昏乱愿望里升上来。他们已听不见房子里任何气息,卖报女贩也一定沉睡了。外面,积雪的巴黎已没有车辆滚动,它已被静寂掩埋笼罩住;十一点二十分开赴勒阿佛尔的最后火车仿佛已卷去车站的最后生命。火炉已不再轰轰烧响,煤已化成炭火,天花板上格外强烈的红斑痕显得滚圆,很像一只恐怖的眼睛。房子里那么热,一种窒息的浓雾仿佛压在床上,他们两人感到昏眩,混乱胶合着彼此的肢体。

"心肝,这因为你不知道……"

于是他也无可抵抗地说话了。

"不,不,我知道。"

"不,你或者疑心,但是你不会知道。"

"我知道他是为得到遗产才干了这个。"她动一下,不由自主地发出一声神经质小笑声。

"啊!是的,遗产!"

她以很低——那么低,连夜里小虫轻触窗玻璃也会撞得更响——的声音,叙述她在格兰摩伦院长家里的儿时生活,她很想撒谎,不愿意表白她和后者的关系,可是终于觉得有坦白的必要,觉得说出一切,可以享受一种近乎快乐的安慰。从此,她的轻轻话语,像永不枯竭的泉水奔流出来。

"你可以想象,你一定还记得,上半年二月,为了他同县长发生纠纷的事情,他到巴黎来,就在这里,就在这个房间里……我们曾愉快地吃过中饭,正如刚才我们在这桌上用了晚餐一样。当然,他什么都不知道,我不会对他叙述这个故事……看,为了一个戒指,一个从前的礼物,为了一点无关紧要的小事,我不知道他怎么一下就都明白了……啊!我亲爱的,不,不,你不能想象他曾怎样对待我。"

她战栗着,他感到她的小手在他赤裸的皮肤上抽搐。

"他很粗暴地伸出拳头,一下把我打倒在地……随后,他抓住头发,拖着我走……他对着我的脸,抬起脚跟,好像就要踏碎我……不! 你看,只要我还活着,我将记得这个……他一下又一下,继续打我。哦! 我的上帝! 但是我真想重述他向我提出的一切问题和他终于强迫我对他叙述的全部经过! 虽然我可以不必对你说这一切,我现在竟全部说给你听,你看,我是很坦白的,不是吗? 那么,对于我必须回答的龌龊问题,我将永远不敢提及半个字,不然,他一定会打死我。那是不用说的……无疑的,他爱我,他听到了这一切,当然很苦恼,我承认若在结婚之前预先告诉他我的行为,我就比较诚实。不过,必须了解,这是过去的事,早已被忘记了。另外一个真正的野蛮人,才会这样吃醋,这样发狂……好吧! 我的心肝,现在你已知道这个,难道你不会再爱我吗?"

杰克没有动,似乎失掉生气,躺在这女人的怀抱里反省,她紧紧地搂住他的腰和颈项,他很惊讶,这样的怀疑从来没有浮到他的脑里。遗嘱已足以解释,这一切是多么复杂! 其实,他喜欢他们夫妇不是为金钱而杀人,这个事实减轻他一种轻蔑感,这轻蔑感即使在桑芙琳的亲吻下,他有时还模糊地感觉到。

"我不再爱你,为什么? ……我不管你的过去。这同我毫无关系……你是罗勃的女人,同时很可以是另一个的。"

短时间的沉默。他们两个人又互相抱得喘不过气来。他感到她的圆润,膨胀和结实的胸口,紧紧贴靠着他的肩膀。

"啊! 你做过老头子的情妇,这毕竟是很滑稽的。"

但是,她顺着他的身体一直摸到他的嘴边,在一个亲吻里喁喁地说:

"我只爱你,我从来只爱你一个人……哦! 其他两个,你应该知道! 同他们一起,你看,我甚至没有学到这应该是怎样的;至于你,我的心肝,你使我变得如此幸福。"

她的抚摸擦热他,她贡献自己,她想再占有他,她迷乱的两手热烈地要求他。他和她一样,也被欲火燃烧,为了不马上让步,只得满怀搂紧她,阻止她。

"不,不,你等着,停一会儿……那么,这老头子呢?"

她的声音很低,在她全身心的震颤里,完全招供了。

"是的,我们已杀掉他。"

情欲的激动消失在想到死人的另一战栗里。在整个欢乐深处,这仿佛是可怕的临终,已重新开始。好一会儿,她因这昏晕的徐缓、感觉非常窒闷。随后,鼻子又埋入她的情人的颈窝里,用同样轻微的气息说:

"他要我给信给院长,要他和我们同时搭晚上的快车动身,到卢昂才露面……我在角落里颤抖,昏乱地想着我们将去制造的不幸。我的对面有一个穿黑丧服的女人,她不说一句话,使我非常害怕。我甚至不看她,我想象她已看出我们脑里的事情,并很了解我们将去干什么……从巴黎到卢昂的两点钟,我就这样挨过去。我没有说一个字,也没有动一下,我闭着眼睛,要别人相信我已睡去。在我身边,我觉得他也不动,最使我恐惧的,是意识他脑里滚动着的可怕东西,而不能正确猜到他究竟决定去干什么……啊! 脑壳里荡漾着这翻滚的思绪,置身在这些汽笛的尖叫、轮子的颠簸和轰隆轰隆的响声中间,这是什么旅行呀!"

杰克嘴贴近她厚密头发的触鼻香味,他繁隔一会儿总无意识地长久亲吻她。

"但是,你们既然不在同一车室里,怎么能杀他呢?"

"等着,你就会明白……这是我丈夫的计划。这是实在的,他之所以能成功,这的确是偶然促使他这样……到卢昂,火车暂停十分钟。我们下去。在那里,看见院长靠近车门站着,他装出诧异的样子,仿佛他不知道他在火车里。月台上,旅客们互相推撞,人们为了第二天勒阿佛尔的节日,抢着登上二等车。当人们开始再关车门时,还是院长自己要求我们登上他的车室。我嗫嚅地说话,我提及我们的手提箱,但是他高声说,别人一定不会偷去我们的箱子,因为他到巴朗丁下来,我们很可以回到我们的车室里去。一会儿,我的丈夫,很担心,似乎想跑去寻找它。恰在这一分钟,车长吹起开行的哨子。他已决定,他推促我登上特座,他自己也上来,并重新关好车门和玻璃。怎么别人没有看见我们呢?这就是我还不能了解的一点。很多的人奔跑着,职员们的头脑已昏乱,总之,没有一个证人曾看得明白。火车慢慢地离开车站。"

她沉默几秒钟,回忆当时的场面。在她四肢的委弃中——她自己并没有意识到——她的左腿筋络抽搐,发出合拍的震颤,轻触年轻人的一个膝盖。

"啊!最初,在这特座里,我感到土地向我们背后溜跑,我的心境是多么奇特!我的脑袋仿佛已错乱,我首先只想到我们的手提箱:用什么样的方式取回来?如果我们让它留在那边,它不会泄露我们的秘密吗?这一切由我想来,都是愚蠢的,不可能的,这是一个孩子幻想出来的魔鬼的谋杀,只有发疯才会给它付诸实行。因为到了第二天,我们就将被逮捕,就将供出我们的罪行。所以,我没法要自己安心,我对自己说,我的丈夫或者会退缩,这或者不会发生,不可能发生。但是不,只要看他同院长谈话,就立刻明白了他不变的残暴的决心。然而,他很镇静,他甚至保持他平素的态度,很快活地谈话。只是从他有时盯视我的明亮目光里,我才看出他的意志的固执。到一公里或者两公里以外,他预先定好而我不知道的恰当地点,他将去杀害他。这是毫无可疑的。他看着另一个不久就将不再存在的人。从他平静的目光中,我看得很明白。我不说什么,我的内心激动着我要竭力隐藏的颤抖,他们一注视我,我就装起微笑。那么,当时我为什么没有想到阻止这一切呢?这只到后来,当我愿意了解的时候,我才奇怪自己,怎么不向车门上叫喊,或不拉响警铃?那时,我好像已瘫痪,我觉得自己根本没有力量。无疑的,我的丈夫,在我看来,似乎享有他的权利。既然我把一切都对你说了,我的心肝,我也应该表明这一点:不管怎么说,从我内心深处,我是同他一起,反对另一个的,因为他们两个都曾占有我,不是吗?他很年轻,而另一个,哦!另一个的抚摸……总之,人们怎么能知道呢?人们往往会干他们从来不相信自己会干的事。我一想到我平常连一只鸡都不敢杀,啊!这狂暴之夜的感觉!啊!这可怖的黑暗在我的内心深处怒吼。"

这娇小的创造物,在他的胳臂里,是那么纤弱,杰克现在却觉得她是无可渗透的,她所说到的黑暗深处,简直是无底的。他徒然以更紧的拥抱要她属于自己,他却不能进入她的体内。听到这谋杀的叙述,一种热病突然抓住他,要他在他们的搂抱里喃喃问她:

"对我说,那么,你帮他杀死老头子吗?"

"我躲在一个角落里。"她继续说,并不回答他,"我的丈夫要我和占去另一个角落的

院长分开。他们一起谈论临近的普选……有时，我看见我的丈夫转身向外面瞥一两眼，仿佛不耐烦地要看看我们已到了什么地方……每次我都随着他的视线，我也知道走过的路程。夜是苍白的，树木的黑影飞快地掠过去。总是轮子的轰声，我从来没有听见它们像这样滚响，这简直是发狂和呻吟的凄惨喧闹，急畜生 死的可怖悲鸣！火车全速奔跑着，猛然有了亮光，我们听见火车经过车站建筑物中间的回声。我们已到玛洛姆，离卢昂还有十一公里。还要经过玛罗纳，然后抵达巴朗丁。那么，究竟在哪里下手呢？应该等到最后的一分钟吗？我已意识不到时间和距离，我萎靡不振，如落下的石块一样，让自己穿过黑暗，发出震耳的响声，跌到未知的深渊里去。经过玛罗纳以后，我忽然懂得了：这事一定在一公里以外的隧道里下手……我转向我的丈夫，我们的眼睛对视了一下。是的，在隧道里，还有两分钟……火车奔跑着，已越过第厄普支线的分叉点，我看见扳道员站在他的岗位上。那里有很多小山冈，我似乎看见许多人举起胳膊在咒骂我们。接着是火车头的长声尖叫：这是隧道入口……待火车一跑进去，哦！在这低矮的穹窿底下，是多么大的响声啊！你知道，这些铁的摇动和摩擦声音简直像铁锤连续敲着铁砧，而我，在这发狂的一瞬间，我却觉得它像巨雷的滚动。"

她颤抖，停止叙述，然后用改变了的、几乎笑的声音再说：

"嗯？我的心肝，此刻骨头里还感到寒冷，这不是很愚蠢吗？然而，在这里，同你一起，我却很温暖，我如此高兴！……再则，你要知道，再没有什么可以惧怕的。事件已被归入档案，至于政府的大员们更没有心心要查明我们的犯罪……哦！我了解，我很放心。"

随后，她完全笑着加上说：

"话又说回来，你很可以大炫耀，你曾给我们惹起精彩的恐惧！……那么，你对我说，你时常使我们沉浸于迷蒙的雾中，准确地说，你曾看见什么。"

"就是我在法官那里所说过的，再没有更多的：一个人手里拿刀杀死另一个人……你们对我的态度是那么奇特，我终于疑心你们。好一会儿，我甚至认出你的丈夫……然而只到后来，我才绝对确信。"

她快活地打断他的话语。

"是的，在公园里，那一天，我曾对你说'不'，你还记得吗？这是第一次我们单独到巴黎……这真奇特！我曾对你说，不是我们，我却完全知道你是了解的。好像我已对你叙述一切，不是吗？哦！亲爱的，我时常想到这个，你看，我很相信，就是从那一天起，我才爱你。"

他们兴奋起来，好像要合成一体似的紧抱着。她再说：

"在隧道底下，火车奔跑着……隧道很长。那底下我们只有三分钟，我却很相信我们似乎已在那里滚动了一小时……由于被摇动的震聋耳朵的铁声，院长已不再说话。我的丈夫，在这最后的时刻，一定感到不敢下手的怯懦，因为他还是不动。从油灯的摇曳亮光下，我只看见他的耳朵变成紫色……那么，他重新等着我们到平坦的乡野再动手吗？此后，由我看来，事情是那么依然的和无可避免地，我因而只有一个愿望：不再在这等待的边缘苦恼，最好是立刻摆脱。既然这是必要的，那么，为什么他不杀死他呢？我因恐惧和痛苦,心里那么激动和愤怒,我或许会拿刀子结束一切……他注视我。无疑的,我的脸上表露了这个。突然他扑过去,抓住转向车门方向的院长的两肩。院长慌张地,以本能的震动摆脱出来,用他的胳臂伸向正在他头上的警铃钮。他动到它,可是马上被另一个再捉住,处在那样凶暴的推撞下,他给压倒在座位上,仿佛全身曲成两段。他的嘴因惊骇和恐怖张开,发出浸没在车轮喧闹里的模糊叫喊,至于我,我清楚地听见我的丈夫发出尖锐的疯狂声音,重复咒着:'猪猡!猪猡!猪猡!'但是闹声已消失,火车已走出隧道,苍白的乡野和排列过去的黑树重新出现。我留在我的角落里,尽最大的可能,笔直贴近靠背的挡布。斗争持续了多长时间?几乎只有几秒钟,而我却仿佛觉得它不会休止,现在,一切旅客似乎都已听见叫喊,车外的树木也似乎注视我们。我的丈夫,手里拿攀开的刀,被他的脚腿推撞,不能下手,只在车厢的摇动地板上蹒跚,他几乎跪下去。火车奔跑着,以它的全速度载去我们,机头快到摩弗拉十字地面过道时发出尖叫……于是我扑到还继续挣扎的老头子的两腿上,我以后想不起这究竟是怎样发生的。是的,我让自己像一捆东西似的倒下去,用我的整个重量,压住他的两腿,使他不再抵抗。我什么都没看见,可是我感到一切:刀戳进喉头的撞击,身体的深长震动,经过三次打嗝,像时钟被敲碎似的散开,死慢慢来临……哦!这临终的战栗!我的肢体里,现在还保持着它的反响。"

杰克很想知道得更清楚些,为了询问她,试图打断她的话。但是现在她急于要结束她的叙述。

"不,你等着……当我再站起来时,火车正以它的全速度经过摩弗拉十字面前。我清清楚楚瞥见正面关闭着的房子和守望员岗舍。还有四公里,至多五分钟就要到巴朗丁了……老家伙身体还蜷缩在座位上,血流下来,汇成宽厚的一潭。我的丈夫站着,被火车的颠簸摇摆,仿佛已惊呆了。他睁大眼睛注视,并用他的手帕擦拭刀子。这持续一分钟,而我们两个都没有为我们将怎样解脱做过任何事情……如果我们将尸体保留在我们身边,如果我们留在那里,火车到巴朗丁停下时,人们或许会发现一切……但是,他把刀子重新放到他的衣袋里,好像已觉醒了。我看见他搜索尸体,取出表、钱和一切他所能找到的东西,打开车门,竭力将尸体推到轨道上,而没有用两臂去抱他,怕身上溅到血迹。'帮帮我,一起推吧。'我甚至没有尝试,我已不再感到我的力量。'他妈的!你愿同我一起推吗?'头首先出去,一直垂到踏级上,躯干却蜷成一团,无法下去。火车仍然奔跑着。最后,我们更加猛烈地推,那尸体坠下,消失在车轮的响声中。'啊!猪猡!完蛋了。'接着,

他拾起被头,把它也投掷出去。于是只有我们两个站着,座位上是血潭,我们不敢坐下……大开着的车门砰砰撞响,我看见我的丈夫,下去,消失了,我首先不明白,我的头脑已昏乱;仿佛本身已不存在。他回来。'快跟随我走吧,如果你不愿被杀头的话!'我不动,他很不耐烦。'来吧,蠢家伙!我们的车室是空的,我们回到那边去。'空的,我们的车室,那么,他已去过了吗?一声不响,穿黑衣服的寡妇,我们看不见的女人,她的确已离开,已不再留在那边的角落里了吗?……'你愿意走吗?否则和他一样,我把你也推到轨道上!'他重新上来,粗暴地发狂,推着我走。我到外面的踏板上,两手抓住铜杆。他从我背后下来,仔细关好车门。'走吧,走吧!'但是,我处在火车疾驰的昏晕里,不断被凶暴吹着的大风袭击,实在不敢走动。我的头发已散乱,我的坚硬手指会放掉铜杆。'他妈的!快走吧!'他依然催促我,我只得行走,两手轮流放开,全身紧靠车辆,我的裙子飞舞,我就这样一步又一步向前移动,被吹响的裙子阻住我的腿脚。远处的一个拐弯后面,我们已瞥见巴朗丁车站的亮光。机头已开始尖叫。'他妈的!快走吧!'哦!这地狱的声音!这猛烈的、我在其中行走的颠簸!我好像觉得自己被一阵暴风雨侵袭,将和干草一样被卷走,碰到那边一堵墙垣,把自己碰得粉碎。乡野向后掠过,许多树木带着发狂的奔跑跟随我,它们旋转,弯曲,我们经过时,每样都发出短促的叹息。到车厢尽端,当我必须跨过,达到下一车厢的踏板和抓住另一铜杆时,我停住,我的勇气已丧失,我再也没有力量跨过去。'他妈的!快走吧!'他扑到我身上,他推我,我闭上眼睛,我不知道怎样继续前进,大概只由本能的力量,像一只想得救的畜生似的,拼命运用它的脚爪,不愿意让自己跌下去。同时,怎么没有人看见我们呢?我们从三辆车厢旁边过去,其中的一辆二等车,绝对坐满了人。我还记得许多旅客的头整行排列在油灯的亮光下,如果有一天遇见的话,我以为自己还可能认得他们:一个肥胖的男子,满脸是红颊髯,尤其是两个少女的脸,笑着俯下。

'他妈的!快走吧!'他妈的!快走吧!'我已不清楚了,巴朗丁的亮光逐渐接近,机头发出尖锐的叫声,我的最后感觉是被拖曳,被搬动,被扯着头发拉上去。我的丈夫一定抓住我,从我的肩膀上打开车门,给我掷到车室里。火车停下来时,我喘着气,躲在一个角落里,一半不省人事。我听见他不做任何动作,只同巴朗丁站长谈几句话,接着,火车再开行,他立刻跌到座位上,他也已精疲力竭。直到勒阿佛尔,我们没有再开过口……哦!我恨他,我恨他,你看,为了他要我受苦的这一切丑事,我恨他,而你,我的心肝,我爱你,你给我这样多的幸福!"

在桑芙琳的心里,经过这长久而激烈的叙述后,这叫声由她的丑恶回忆里发出,仿佛是她需要快乐的最后焕发。然而杰克虽然被她的迷乱两手烦扰,也和她一样狂热,还是继续阻止她。

"不,不,再等一下……你压住他的两腿,你没有感到他的死去吗?"

从他的体内,"未知"已觉醒,狂暴的波浪由他的脏腑里升上来,使的头脑被红色的幻象侵占。他重新生起杀人的好奇心。

"那么,刀子,你觉得刀子戳进去吗?"

"是的,钝重的一击。"

"啊！钝重的一击……没有破裂的声响，你确信是这样吗？"

"不,不,只有钝重的撞击。"

"那么,后来,他抽动一下吗？"

"是的,抽动三下。哦！从他身体这一端到另一端,那么长,我觉得它一直伸延到脚上。"

"这是使他僵硬的抽动,不是吗？"

"是的,第一下很强烈,其他两下则比较微弱。"

"他死了,你觉得他像这样,一下被刀戳死,这对你有什么反响呢？"

"对我,哦！我不知道。"

"你不知道,为什么你撒谎！对我说,你要对我坦白说,这对你有什么反响？……你难过吗？"

"不,不,并不难过。"

"你快乐吗？"

"快乐？啊！不,也不快乐。"

"那么,到底怎样呢？我的爱。我恳求你,把一切都对我说了……如果你知道的话……请你对我说你所感到的。"

"我的上帝！难道我能说出这个吗？……这是丑恶的,哦！这仿佛卷走你,把你卷的那么远,那么远！那一分钟的生活,比我过去的一生,都来得强烈。"

杰克咬紧牙关,只剩下嗫嚅的呢喃,紧紧抱住她。桑芙琳也抱住他。他们互相占有,他们从死亡深处、从交尾的畜性互相剖腹般的痛苦欢乐里,重新找到了爱情。房间里只响着他们的沙哑气息。天花板上,血红的亮光消失了,火炉里已没有火,在外面的严寒里,整个卧房开始变得冰冷。盖满白雪的巴黎没有任何声息。一会儿,隔壁女报贩的打鼾传到他们的耳边。

杰克的胳臂里还搂抱着桑芙琳,他觉得她立刻向难以抗拒的睡眠让步,她真的累坏了。旅行,白天在米索尔家里的长久等待和这狂热的一夜,已沉重地压倒她。她咕噜了一声孩子般的晚安,沉睡过去,发出均匀的气息。杜鹃钟敲了三下。

再经过一小时左右,杰克的左臂还搂抱着桑芙琳,在她的重量下,觉得这只臂膀已逐渐麻木。他不能闭上眼睛,似乎有一只看不见的手固执要眼睛向着黑暗再睁开。现在,他已看不清房间里的任何东西,四周被黑暗吞没,火炉、家具和墙壁等,一切都已淹没,他必须转过来,才重新看见窗户的两块苍白方形,一动也不动,像梦样涉茫。尽管疲倦压着他,他脑里的奇异活动使他辗转不安,被理不清的思绪烦扰。每次,由于意志的力量,他以为自己沉入睡眠,而同样的缠绕又重新开始,同样的形象排列着,唤醒同样的感觉。当他的眼睛睁得很大,充满昏暗,谋害的详细景象一幕一幕地展现出来。它连续出现,而且时常是相同的,刺激的和令人发狂的。刀子钝重的一击,戳入喉头,身体发出三下抽动,生命随着温热的血潮离开,他觉得这红的液体,流在他的两手上。二十次,三十次,刀子戳进去,身体激动着,这变得巨大、窒息他、淹没他,简直要使周围的黑暗都崩裂了。哦！干这一刀,满足这遥远的愿望,知道人们所将感受的,尝到这一分钟比一生都要强烈的生

活滋味,这是多么大的诱惑!

杰克的窒息逐渐增加,他想到这是桑芙琳的重量压住他的胳臂,阻止他睡去。他慢慢摆脱出来,不惊醒她,把她放到自己身边。很快,他感到轻松,能更舒服地呼吸,相信睡眠终于会到来。然而,不顾他的努力,无形的手指,仍然重新撩开他的眼皮;在黑暗里,杀害的景象,以血红的影子再露出来,刀子戳进去,身体颤动着,红的雨一阵又一阵飘过阴暗。喉头的创伤显得很大,像被斧头劈开似的张开。于是他不再奋斗,他仰卧着,不断被这固执的幻象侵扰。他听见体内响着冲动的声音,消耗力超过了脑力思想的十倍,这简直是整个机器的轰动。这来自很远,来自他的年轻时期。然而,他已为自己已痊愈,因为几个月以来,由于占有了这个女人,这愿望似乎完全死去,看,在这杀人的显示下,刚才当她紧靠着他的皮肉,抱住他的肢体,向他的耳边喃喃说着的时候,他却从来没有觉得它像这样强烈。他因她的皮肤的小小接触,觉得焦灼,他稍稍避开,不让她动到他。一种难堪的热气,沿着他的脊梁升上来,好像垫褥在他的腰部底下,已变成炭火。无数火针刺戳他的背后。好一会儿,他试着两手从被头里伸出;但是它们立刻变得冰冷,使他颤抖。恐惧已抓住它们,他又抽回来,首先要它们合起,放到他的肚皮上,终于让它们溜下,紧紧被压在臀部底下,就这样囚禁它们,把它们封锁住,仿佛他担心它们捣乱,恐怕它们会犯他不愿意而仍然不得不犯的丑恶行为。

每次杜鹃钟敲响,杰克都倾耳计算。四点,五点,六点。他切盼天亮,希望曙光会驱逐这萦绕的噩梦。所以,现在,他转向窗户,窥伺着玻璃。但是那里,还只有雪的模糊反光。五点差一刻,只晚点了四十分钟,他曾听见勒阿佛尔的直达车到来,这证明铁路的交通一定已恢复。将到七点钟以前,他才看见玻璃逐渐变白,这是很徐缓的乳色苍白。最后,房间已被这模糊的光线照亮,各种家具似乎都在浮动。火炉、衣柜和食具橱等都重新出现。他还是不能沉下眼皮,他的眼睛,由于想看,反而更加激动。立刻,由于还没有射进更多亮光,他与其说是看见,毋宁说是猜到他昨晚用来切蛋糕的那把刀,放在桌子上。他只看见这把也,一把尖利的小刀。月色更扩大,两扇窗整个白光现在已透射进来,反映在这细薄的刀刃上。他恐惧地将双手伸入身体底下,因为他觉得它们激动、反抗,比他的意志还要坚强。难道它们不再属他所有了吗?这是来自另一个人的手,是远古人类在森林里扼死野兽的时代,由某一祖先遗留给他的手!

为了不再看见那把刀,杰克转向桑芙琳躺着。她睡得很平静,在极端疲倦里发出孩子般的气息。她的厚密黑发已散乱,一直溜到肩膀成为她昏暗的枕头;从发绺中间的下颌底下,他看见她的胸口,显出柔嫩和稍带微红的乳白色。他注视她,仿佛他已不认得她,然而他还崇拜她呢!在热爱的愿望里,他走到哪里都有她的影像,而且往往缠绕他,使他忧虑,即使他在驾驶机头时也一样;他想念她到那样程度,有一天,当他开足速率,不顾信号,掠过一个车站时,他仿佛刚从一个梦里醒来。但是这乳白的胸口,带着冷酷的突然幻觉整个抓住他,他的体内,还留下有意识的恐惧,他感到迫切地需要,想立刻去拿桌上那把刀,向这女人的皮肉里,一刀戳到柄子为止。他似乎听到刀锋进去的钝重撞击,他突然感到身体跳动三下,接着是死,身体在血的奔流下开始僵硬。他抗争,想从这萦绕的幻觉里摆脱出来。每一秒钟都稍稍丧失意志,好像在这极端边缘,被这固定的念头淹没,

他将无法抵抗,他将向本能的催促让步。一切都变成混沌,他的愤怒两手战胜了他想隐藏它们的努力,逐渐松开,并逃出他的控制。他很明白,此后他已不是它们的主人,如果他继续注视桑芙琳,它们将变成凶暴,将去满足自己的要求,他尽他的最后力量摆脱床铺,和醉汉一样,只在地上滚动。他竭力再站起来,两腿被地板上的裙子绊住几乎又重新跌倒。他蹒跚,他迷乱的双手寻找他的衣服,脑里只存着唯一的思想:赶快穿衣,拿刀子下楼,到路上去杀死另一个女人。这次,他的愿望太使他受苦,他必须杀掉一个。他找不到他的裤子,已三次动到它,而不知道他已拿在手里。他的皮鞋要他费了他许多辛苦。现在虽然已是白天,房间里,由他看来,仿佛还弥漫着赭色烟尘,仿佛还罩满冰冷的浓雾,一切都被淹没。他因狂热战栗,他终于穿好衣服,拿刀子,藏在袖口里,确信这次他将杀死一个,杀死他将在人行道上遇到的第一个女人,忽而被单发出绵缥声,床上传来一声叹息,使他停住,被"钉"在桌边,脸色立刻变得苍白。

桑芙琳醒来了。

"怎么! 亲爱的,你想出去吗?"

他不回答,他不注视她,希望她再睡去。

"你有什么事,你到哪里去,亲爱的?"

"没有什么,"他嗫嚅地说:"只为一件工作上的事,……你睡吧,我马上就回来。"

于是她重新被蒙胧的麻木侵占,眼睛重新闭下,只吐出模糊的话语。

"哦! 我还想睡,我还想睡……你来抱吻我,亲爱的。"

但是他不动,因为他知道他若转过去,有这刀子握在手里,他只要再看见她这样娇嫩,这样漂亮,赤裸裸地躺在被头里,要他坚挺站着的意志立刻会丧失。不顾他自己的反抗,他的手将举起来,将拿刀子插入她的喉头。

"亲爱的,你来抱吻我吧……"

她的声音消失了,很温柔,口里说着妩媚的喃喃话语,她已重新睡去。他很昏乱,马上打开门,逃走了。

杰克走到阿姆斯特丹路人行道上,时钟已敲响八点。雪还没有被扫除,人们几乎只听到很少行人的脚步声。立刻,他瞥见一个老妇人,但是她已转过伦敦路拐角,他并不跟随。许多男人从他的身边擦过,他向勒阿佛尔广场走去,十四岁左右的一个女孩子,由对面的一幢房子里出来,穿过街心;他赶到时,只看见她已进入隔壁一间面包店。他是那么不耐烦,等不及,又向更远处寻找,继续走去。从他拿起这把刀,离开房间以后,这不再是他自己在行动,而是另一个,他多次感觉到在他自己存在深处激动的另一个,他不认识的,来自很远之处,不时燃烧着杀害渴望和遗传宿疾的另一个。他过去杀害过,现在他还想杀害。杰克周围的一切事物仿佛都弥漫在梦境里,因为他只透过固定的念头看见它们。他每天的生活似乎已消灭,他和梦激者一样在走,既没有过去的记忆,也没有将来的预测,一切都浸没在他的需要的缠绕里。在他行走的身体深处,他的个性已不存在。两个女人轻轻擦过他,向他前面走去,他加速他的脚步;当一个男子留住她们的时候,他已赶到她们身边。他们三个欢笑并谈话。这男子已打扰他,他立刻去跟随另一个走过去的女人,她又黑又羸弱,在她的单薄披肩下,显出可怜的姿态。她慢慢走向什么繁重和报

酬又很少的工作，因为她不慌不忙，满脸是失望和忧郁的神情。他现在已看中这一个，一点也不急迫，只等着选定一个地方，让自己可以舒舒服服去打击她。无疑的，她发觉这年轻人跟随着她，她的眼睛以无可形容的悲伤向他转过来，奇怪人们怎么还愿意追求她。她已引他走到勒阿佛尔路中间，她转过来两次，每次都阻止了他从袖口里拿出刀戳入她的胸口。她有着那么可怜的贫苦眼睛！那边，待她走下人行道以后，他将下手。突然，他转弯，开始去追赶另一个向相反方向行走的女人，这没有理由，也不是由于他的意志，因为她刚在这一分钟过去，他就这样转变了目标。

杰克，在她背后，向车站这边走回来，这女人很活泼，踏着响亮的小步前进，又可爱，又漂亮，至多只有二十岁，已经肥胖，金黄头发，脸上有一对快活和漂亮向人生微笑的眼睛。她甚至没有注意到背后有一个男子跟随她；她一定很急忙，因为她轻捷地越过勒阿佛尔院子的台阶，登上大厅，她几乎跑着走过去，扑向环城路线的售票口。看她买来一张到奥德伊的头等票，杰克也同样要了一张，他跟她穿过候车室，转到月台上，一直进入车室，他安顿在她的旁边，火车立刻开行了。

"我还有时间，"他想到："我将在一个隧道底下杀死她。"

但是他们对面，一个年老的女太太，唯一上来的旅客，却认识这位年轻女人。

"怎么！是您！这样早，您到哪里去？"

另一个，做失望的滑稽手势，爆发大笑。

"瞧我简直做什么事都会遇见熟人！我希望您不会出卖我的秘密……明天是我丈夫的生日，待他一出去做他的事情，我也立刻奔跑，我到奥德伊一个园艺家家里去，他曾看见那里有一种兰花，他非常喜欢，他想买它，已想得发狂……您知道，我正为他准备一种意外的礼物。"

年老的太太摇摇头，对他们夫妻的恩爱，显得很感动。

"那么，小孩很好吗？"

"小女儿？哦，一个真正有趣的小宝贝……您知道八天以前我已给她断了奶，应该给她吃肉汤……我们全家的身体都很好，这简直是怪事！"

她笑得更大声。杰克靠她的右边坐着，手里握住的刀藏在他的大腿后面，他对自己说，这很好，他很可以去袭击。他只要举起胳臂，一半转过来，他的手立刻可以捉住他。但是到巴底尧尔的隧道底下，帽带却阻止他下手。

他想到那里，有一个结子将妨碍我，我要自己戳得很准。

两个女人继续她们的快活谈话。

"那么，我看您是幸福的。"

"幸福的，啊！如果我能这样说的话。我现在所享受地简直像我在做美梦！……两年以前，我什么都没有，您一定还记得，在我的姑母家里，并不觉得快活，没有一个铜子的陪嫁……他来了以后，我颤抖，我立刻开始爱他，爱得那样热烈！可他是那样漂亮和那样富有……现在，他已属于我，他是我的丈夫，我们两个已有小孩！我对您说，这是太幸福了！"

杰克研究帽带的结子，观察到那下面有一个大的金徽章，吊在一块黑天鹅上。他估计一切。

"我将用左手捉住她的脖颈，我将翻倒她的头，撇开徽章，以便戳入她的赤露喉头。"

火车停下，过一分钟又再开行。到古尔赛尔，到纳伊，短的隧道连续过去。停一会儿，一秒钟就够了。

"今年夏天，您曾到海边去过吗？"老妇人再问。

"是，到布勒搭尼，逗留了六个礼拜，我们住在一个偏僻角落里，一个真正的天堂。随后，我们又到波雅都我丈夫的父亲家里度过九月，在那里他拥有很大一片森林。"

"冬季，您不准备到南方去吗？"

"是的，本月十五日左右，我们将到加纳……房子已租好。一段非常优雅的花园，对面就是海。我们已派去一个人，替我们安排一切，使我们一到，就可以住下……这并不是去避寒，我们两个都不怕寒冷；不过，太阳那么好！……我们将在三月份回来。下一年，我们将留在巴黎。两年以后，当小孩长成大女孩子时，我们将旅行。难道我知道一切吗？这时常是欢乐的节日！"

她充溢着那么大的幸福，很想炫耀一番。她转向杰在，转向这不认识的人，对他微笑。在这动作里，帽带的结子已被移动，徽章也已撇开，粉红的头颈已出现，用有轻微的小窝，全部都由暗影镀上金色。

杰克已下无可挽回的决心，他的手指已捏紧刀柄。

"就是这里，在这位置上，我将戳进去。是的，一会儿，未到巴锡之前，在一个隧道底下。"

但是一个职员在特洛加岱罗车站上车，他认识杰克，立刻同他谈到工作上的事情：一个司机和他的火伕已服罪，已承认自己偷煤。从这时起，一切都开始混乱，他将永远不能再正确地记起以后的事实。笑声还继续着，幸福的表现那样强烈，他自己也仿佛受到感动，沉入陶醉的状态。或者他同两个女人一直会到奥德伊吧。不过他想不起她们曾在那里下去。他自己终于走到塞纳河边，而不能对自己解释这是怎样发生的。他所保持的很明晰感觉是他曾从高高的岸边掷下他紧紧握着、藏在袖口里的刀子。随后，他不清楚了，他已蠢头蠢脑，超脱他的存在，"另一个"也同刀子一起由他的存在里逃走了。他一定偶然随意地在许多街道和许多广场上走了很长时间。人和房子很苍白的排列过去。无疑的，他曾进入某处，在坐满顾客的一个厅堂深处吃过东西，因为他还清楚地看见白的盆碟。他对于一间关着门贴着红纸条的店铺，也有非常深的印象。随后，一切都溜入黑的深渊和空灵里，那里再没有时间和空间，他只不声不响地躺着，或者从许多世纪以来就已如此。

当他恢复清醒时，杰克觉得自己已在加尔第纳路的狭小房间里，没有脱衣服，横躺在他的床铺上，像一只疲倦的狗，本能已重新领他回到这时。此外，他已想不起他曾登上楼梯并躺到床上睡去。他从沉熟的睡眠里醒来，突然摆脱昏迷，不免有点慌乱，仿佛经过了长时间的不省人事，灵魂忽然再进入自己的躯壳。他已睡过三小时或三天了吧！突然，记忆再浮到他的脑里：他曾同桑芙琳挨过一夜，她曾招认杀害，他像吃人的凶兽一样，曾出门去寻找流血。那时，他已不再是他自己，此刻，他已回到自己体内，他奇怪他竟做了

非他意志所能控制的种种行为。随后,想到少妇一定在等他,他马上站起来。他注视他的表,他看见已下午四点钟;头脑空空的,很镇静,像经过一次很大的流血,他连忙回到阿姆斯特丹街去。

直到中午,桑芙琳沉熟地睡着,醒来以后,还没有看见他在那里,觉得很奇怪。她重新燃起火炉,最后,她饿得要死,穿好衣服,两点钟左右决定下去,到邻近的一个饭店里吃午饭。当杰克出现时,她已跑过几间商店,又上楼等着。

"哦! 我的心肝,我多么担心!"

她抱住他的脖子,并很近很近地盯着他的眼睛。

"那么,这究竟发生了什么事情。"

他非常疲倦,皮肉冰冷,但毫不烦乱,只平静地请她放心。

"没有什么,只是一件讨厌的苦役。他们若要留住你的话,他们是不再放你走开的。"

她于是降低声音,让自己变得谦卑和柔顺。

"你知道我在胡思乱想……哦! 一种丑恶的念头,很使我痛苦……是的,我曾对自己说,经过了我曾对你招认的叙述,你或许不再爱我了,看,我以为你走了,永远永远不再回来。"

眼泪淹没了她,她大哭起来,热烈地将他抱在自己怀里。

"啊! 我亲爱的,如果你知道的话,我多么需要人们对我表示可爱! ……爱我,好好地爱我,因为,你看,只有你的爱情能使我忘记……现在,我已把我的一切都对你说了,不是吗? 不应该离开我。哦! 我恳求你!"

杰克被这温柔袭击软化了。他嗫嚅地说:

"不,不,我爱你,你不要害怕。"

想到这重新抓住他。他将永远不会痊愈的丑恶毛病,他的眼睛被泪水充溢,他也哭了。表示出一种羞惭和无限的失望。

"爱我,你也要好好爱我。哦! 以你的全部力量爱我,因为我也同你一样需要爱情。"

她战栗着,她要知道。

"你,有什么悲伤,你应该对我说。"

"不,不,没有什么悲伤,只是一些不存在的东西,使我感到非常不幸的忧闷,我甚至不能说出它们究竟是什么。"

他们互相拥抱,混合他们的可怕忧郁和悲哀。这是无法忘记和宽恕的无限痛苦。他们哭,他们觉得生命的盲目力量由斗争和死亡组成,总不断在他们的体内激动。

"好吧,"杰克摆脱出来说,"现在已是该动身的时候了……今晚,你将回到勒阿佛尔。"

桑芙琳突然阴沉着脸,显出失望的目光喃喃说:

"如果我是自由的话,如果我的丈夫已不在那边的话……啊! 这种时刻过得多快!"

他做一个粗暴的手势,他高声地说出自己的想法:

"然而我们却不能杀掉他。"

她固定地盯视他,他战栗,很奇怪自己怎么会说出他从来没有想到的这一句话。既

然他要杀人，那么，为什么不杀这妨碍的人呢？待他终于要离开她，赶到停备站去工作时，她重新将他搂到自己怀里，在他的脸上盖满亲吻。

"哦！我的心肝，你要好好爱我。我将更强烈、更强烈地爱你……好吧，我们将很幸福！"

9

回到勒·哈佛尔以后，杰克和桑芙琳因为顾虑，显得很谨慎。罗勃既已知道一切，他难道不想窥视他们，捉住他们，在突然的发作中向他们报复吗？他们想起他从前的嫉妒狂怒，他从前做工人时捏紧拳头打人的粗暴。他们好像看见他睁着昏乱的眼睛，态度那么阴沉和缄默，他一定在考虑什么凶险的阴谋埋伏，打算要他们落入他的掌握。所以第一个月，他们相见时总存着警惕和戒心。

然而，罗勃不在家的次数逐渐增加。他这样离开或许想突然回来，撞见他们彼此搂抱着吧！可是这恐惧并没有实现。恰恰相反，他的出门时间延长到那样程度。他几乎从来不在家里，待他一有空闲，就逃出去，只到职务需要他的准确时刻才回来。日班的星期，他设法于十点钟再上来，只费五分钟吃过早饭，随后，不到十一点半，他不再出现，下午五点钟，他的同事下去代替他的时候，他马上溜走，往往整夜不归家。每天几乎没有几小时睡眠时间。夜班的星期也是一样，从早晨五点钟就自由了，无疑的，他到外面吃饭、睡觉，无论怎样，他只在下午五点钟才回来。在这混乱中，他还长时间保持模范职员准时上班的习惯，每次于最后的一分钟赶到，时常是那样疲倦，他的脚腿已不能载负他，可是他还站着，专心做他的工作，渐渐的，毛病产生了，已有两次，另一个副站长慕伦，只得等他一个小时；甚至，一天上午，吃过早饭以后，看到他不再出现，慕伦做好人，下来代替他，使他可以避免上司的谴责。从此，罗勃的职务已开始受到这逐渐变得散漫的影响。白天，他不再像从前那样活跃，不像从前总要亲眼看过一切，才送出或迎接一班火车，将极琐细的事实列入报告，呈给那位对别人和对自己都很严格的站长。夜里，他躺在自己办公室的大沙发里睡得很沉；醒来后，好像还打盹。他到月台上，来回行走，两手交叉在背后，有气无力地发出命令，而不再查问是否照他的意思执行。然而，由于习惯的固有力量，除非一列旅客火车闯入停备轨道，他的疏忽会引起一次撞车之外，一切都进行得很好。他的同事们都很快活，都说他已耽于淫乐。

事实是罗勃现在生活在商业的咖啡馆楼上一个逐渐变成赌场的偏僻小房间里。人们传说每夜有许多女人到那里去；其实，那里只有一个退休营长的情妇，年纪至少已四十岁，也是发狂的赌徒，别的统统是玩牌的男人们。副站长只在那里满足他赌博的忧郁激情。他杀过人以后，偶尔玩玩"比克"牌，激情因而觉醒，随后就逐渐扩大。为了它所满足他彻底的放松和毁灭，终于赌博变成了强迫的习惯。它如此强烈地占有他，连女人的需要也从这粗暴的男性里被逐出来。此后，赌博的热忱已完全控制他，仿佛是他所能自我满足的唯一享受。这并不是杀人的懊悔，他并不是偶然一次烦恼，他要拿赌博去满足忘记的需要，而是在他家庭互解的震动和他生活被破坏的紊乱里，他不免找到一种安慰，一

种他能单独享受的自私和幸福的昏晕滋味。现在,这种感受都浸没在这激情深处,这是引起他堕落的无底深渊。酒精不会使他更轻松、更迅速地消磨时光。他甚至已摆脱生活的忧虑,仿佛怀着奇特的强烈情趣生活着;此外,他变得无所用心,连从前令他发狂的忧闷也不再触动他。除了熬夜的疲倦外,他的身体很康健,他甚至已逐渐肥胖,全身充溢滞重的油脂,他的昏乱眼睛压上不易睁开的眼皮。当他带着睡眠和迟钝的形态回来时,他对家里的一切只表示极度冷淡。

罗勃回来,由地板底下取走三百金法郎。那一夜,因为连续赌输几次,他要付钱给督察员高舒先生。后者,一个老赌徒,镇静自若,的确是可怕的对手。此外,他总说自己玩牌是为了消遣牌,虽然负有司法职务,他却保持老军人的外表。他始终是单身汉,他以平静的老主顾身份,生活在咖啡馆里。这不能阻止他常常一整夜的玩牌,并收集别人的全部金钱。流言已开始传播,人们指控他那样不尽职,那样不准时站到他的岗位上,现在已有强迫他辞职的谣传。但是事情仍然拖延下去,车站上只有那么少工作,为什么要向他要求那么多的热情呢?他仍然像往常一样只到车站月台上闲荡一会儿,而每个遇见他的人也继续对他致敬。

三个星期以后,卢波又欠高舒先生将近四百法郎。他曾解释他老婆所得的遗产,尽可以让他们过着很舒服的生活,可是他笑着加上说,她保管着钱柜的钥匙,这要别人原谅他迟迟不付赌账。一天上午,他单独在家,心里很窘迫,他重新揭开嵌板,从秘密洞窟里拿出一张一千法郎钞票。他的全身都哆嗦,偷取金币那一夜,他没有感受这样激动的情绪。无疑的,在他看来,那还只是偶然的零星数目,取来这一张钞票,盗窃已逐渐开始了。一想到神圣的钱,他曾答应将永远不动到它,一种不舒服的感觉侵入他身心,他的皮肉因而竖起鸡皮疙瘩。从前,他曾发誓,宁可饿死也不拿它来花费,此刻他把钱握在手里,他不知道他的谨慎为何会消失了。无疑的,从谋杀的余悸里,他的谨慎逐日在减少。由洞窟深处,他感到一种潮湿,似乎有什么柔软和令人作呕的东西,使他怕得发抖。很快,他重新放好嵌板,并重新发誓,他即使切断自己的拳头,也不愿意再移动它。他的女人没有看到他,他呼吸,觉得轻松,为了使自己振作,他喝下一大杯水。现在,一想到他的赌债清付了,他还有这一大笔数目可以再赌,他的心更活跃了。

但是,必须兑换这大票时,罗勃又开始忧虑。从前,他是勇敢的,如果他不犯愚蠢的错误,要他的女人参与他的杀害事情,他很可以一个人去自首,但是,现在脑里一浮想起宪兵,他的全身即被冷汗浸泡。他当然知道法官并没有查明这些失掉的钞票号码,官司也已永远沉睡在档案的纸堆里。待他一打算进入某处去兑换零钱,一种恐怖立刻抓住他,使他吓得发抖。五天之内,他的身边保存着这张票子,长期以来的习惯和需要他不断探摸它,重新移动它,夜里也不同它分离。他想起种种复杂的计划,而每次都碰到意外的恐惧。首先,他在车站里寻找:为什么不让一个负责收款的同事给他拿去呢?接着,他觉得兑换是极端危险的,他想干脆不要戴工作鸭舌帽,到勒阿佛尔另一端去购买不论什么东西。不过,人们不是要奇怪他为一点点物品竟动用这么大的一个数目吗?他决定采用以下的方法。拿这张钞票到他每天出入的拿破仑广场纸烟店去兑换,不是最简单吗?人们都知道他曾继承到遗产商人一定不会发生惊奇。他一直走到门口,觉得昏晕和怯弱,

为了振作勇气，又朝服班码头下去。经过半个小时的散步，他回来还是没有决心。晚上在商业咖啡馆里，看见高舒先生到来，突然大胆地从衣袋里抽出钞票，请女老板给他兑换，但是她没有小钱，她只得派一个仆人到纸烟店去。这张票子虽然印上十年以前的日期，看来还是崭新的，人们甚至还大开玩笑。督察员拿它到手里，翻转这边或那边，仔细审察它，口里说，这一张无疑曾沉睡在某一洞窟深处。这使退休营长的情妇无穷无尽的谈论某人隐藏私财，终于从五斗橱大理石底下重找出来的故事。

许多星期过去了，罗勃手里的这钱更激发他的赌兴。这并不是他大赌输赢，但是那样持续和不幸的倒运跟随着他，每天小的失累积起来，终于达到很大的数目。将近月底时，他又一文不名，而且已欠上数十法郎的债，他很难过，不敢再动到一张纸牌。然而他奋斗，几乎病倒。九张大票睡在那里，睡在餐室地板下，这种想法每分钟都缠绕着，盘旋在他的脑际。他透过木板看见它们，他觉得它们烧热他的鞋底。如果他愿意的话，还可以拿出一张！但是这次是真的发过誓的，他宁可让手放在火里，也不愿意再去搜索。一天晚上，桑芙琳睡得很早，他向狂热的情绪屈服，挖开嵌板，心头那么忧伤，眼睛里充满泪水。何必要这样抵抗呢？这只是无益的痛苦，因为他明白此后他将一张一张拿完它们。

第二天上午，桑芙琳偶然注意到嵌板的新鲜损伤和棱角。她俯下去，看出挖动的痕迹。显然，她的丈夫继续取里面的钱。她奇怪自己怎么会愤怒发作，她平常并不关心利益问题；至于她坚信自己即使饿死，也不动到这些血腥臭的票子，那更不用说了。但是这些钱不是同样属于他们俩所有吗？为什么他偷偷处置它们，甚至不征求她的意见呢？直到晚餐时刻，她确信他已拿去，她要知道究竟，痛苦的情绪烦绕着她。如果一想到单独搜索这个洞窟时，她的头发里直冒冷气，她自己也会挖开嵌板去看看。死人不会从这下面站起来吗？这孩子般的恐惧，使餐室变得那样令人厌恶，她带上刺绣，幽闭在睡房里。

晚上，他们两个正沉默吃着剩下的卤肉，她看见他向地板角落无心地瞥一眼，一种新的刺激掀起她的愤怒。

"你又去取，对不对？"她突然问道。

他惊讶地抬起头。

"你说什么？"

"哦！不要假装不知，你很明白我的意思……但是你听着：我不愿你再拿去，因为这不是你的，同时也不是我的。知道你动到它，这简直使我生病。"

平常，他避免争吵。他们的共同生活只是两个相连的生物被接触，他们挨过整天时间，不说一句话，他们一直冷漠，和孤单的陌生人一样，虽然并肩来去，而彼此漠不关心，所以，他只耸一耸肩膀，拒绝任何解释。

然而她很激动，她要结束这隐藏在那里的金钱问题，从犯罪那一天起，她就因这问题很苦恼。

"我要你回答我……你敢对我说你没有动到他吗？"

"这和你有什么关系？"

"这和我很有关系。这扰乱我的安静。今天，我还害怕，我不能留在这里。每次你动到它，我总有三夜要做可怕的噩梦……我们从来不提它。那么，你不要动它些，不要强迫

我谈到这个。"

他睁开大眼睛固定地凝视她,慢慢地说:

"我动到它,这和你有什么关系?我只要不强迫你去动它就行了!这是我的事情,你不用管!"

他做一个竭力忍住的粗暴手势。随后,她实在太烦扰,显出痛苦和厌恶的面容说:

"啊!好,我已不了解你……可是你一向是规矩的。是的,你从来没有拿过别人的一个铜子……你先前所做了的,这还可以原谅,因为你已发狂,像我自己也被激得发狂一样……但是这钱,这丑恶的钱,它对你来说应该不再存在,而你,为了你的快乐,却一个铜子又一个铜子偷去……那么,你本身究竟发生了什么变化?你怎么会堕落到这样卑鄙的境的?"

他听着,清醒了一分钟,也奇怪自己怎么会做出偷窃的行为。道德意识慢慢丧失的现象已消失,他不能重新想起那次谋杀在他体内所截去的一切,他不能向自己解释,另一个生物,怎样开始代替他的原有存在,他的家庭因而被破坏,他的女人也远离他,变成敌人。然而立刻无可挽救的恶劣激情又重新抓住他,他做一个手势,好像要摆脱讨厌的考虑。

"在自己家里感到厌倦的时候,"他咕噜道,"人们当然要到外面去寻找消遣。你既然不再爱我……"

"哦!是的,我的确不再爱你。"

他注视她,向桌上猛击一拳,脸被血的翻滚所侵占。

"那么,你滚蛋,让我安静些吧!难道我阻止你去寻快乐吗?难道我指责了你的行为吗?……有许多事情,一个规矩的人,若在我的位置上,一定会做的,而我却不做。首先,我应该用我的脚尖猛踢你的屁股,把你赶出门外。然后,我再也不偷窃。"

她的整个脸色变得灰白,因为她也往往想到一个男人,一个妒忌的人,被内心痛苦困惑,达到那样可怕的程度,竟容忍他的女人同另一个男人相好,他的存在里一定已有道德腐败的征象,这丑恶的毒菌,将以蔓延的步伐,毁灭其他的顾虑,瓦解整个良心。但是她挣扎,她拒绝自己的责任,她嗫嚅地喊道:

"我禁止你动到那下面的钱吗?"

他已吃好晚餐。他平静地折卷饭巾,然后站起来,显出嘲笑的态度说:

"如果你也要它的话,我们去均分了。"

他已俯下,仿佛要揭开隐藏所。她只得扑过去,用脚踏住地板。

"不,不!你知道,我宁可死掉……不要揭开这个。不,不!不要在我面前。"

那一晚,桑芙琳必须到货站后面去会杰克。半夜以后,她回来时,黄昏的景象又浮现在她眼前,她双重关上锁,幽灵在她的卧室里。罗勃做夜班工作。他既然平常很少离开他的职务,她甚至不担心他回来睡,但是被头一直盖到下颌,让点着的油灯发出细微亮光,她不能睡去。为什么她拒绝均分呢?一想到自己也可以利用这钱,她已不再觉得她的廉洁情感,发出那么强烈的反抗。她不是已接受摩弗拉十字产业的遗赠吗?那么,她

也可以取用这藏着的钱。随后,战栗又来了。不,不,永远不!钱,她很可以取来,可是她不敢动到它,她怕自己的手指会被燃烧,因为这是从死者身上偷来,而且是杀过人的丑恶东西。她的头脑重新平静,她反省:她去取来,目的并不要消费它,它将给它藏到别处,掩埋在任何人都不知道,只有她一个人知道的秘密地方,让它永恒地沉睡着。这样,至少有一半数目可以从她的丈夫手里抢救回来。从此,他不会独占全部,他不会把属于她的一份,也抢去赌博,座钟敲了三下,她非常惋惜她曾拒绝均分。一种还含糊和遥远的念头浮到她的脑际:立刻起来,搜索地板下面,使他不再拿到一个铜子。不过,她的全身打了一个寒噤,她不愿想到这点。取来一切,把一切都保存着,使他不敢叹息一声!这计划逐渐强迫她接受,一种比她的抵抗还要坚强的意志,从她整个存在的无意识深处,增长起来。她固然不愿意,可是她突然从床上跳下,因为她不能不这样做。她旋高灯芯,她走到餐室里。

从此,桑芙琳已不再哆嗦。她的恐惧已烟消云散,她很冷静,她用梦游者的徐缓和准确手势行动。她必须寻找用来挖起嵌板的火钳。洞窟显露以后,她看不清楚,她移近油灯。但是她惊呆了,她俯下身,一动也不敢动:洞窟已完全空了。显然,当她出去与杰克幽会时,罗勃已再上来,怀着取走一切,把一切都拿到手里的同样渴望,已抢先一步干过了;一下,他拿所有的钞票都放到袋里,没有一张留下来。她跪着,从那底面,她只瞥见表和那表的金链,在地板支木的灰尘里,闪闪发光。一种冷酷的狂怒要她坚挺地和半裸地留下。过了一会儿,她几乎有二十遍高声骂道:

“贼!贼!贼!……”

接着,藉狂暴的动作,她拿出里面的表,一只被打扰的大蜘蛛,因而循着石灰逃走了。她重新安置好嵌板,踏上一脚,她回来睡到床上,拿油灯放在床头的小桌上。重新感到温暖时,她注视她手里紧握着的表,然后,给它转过来,长久地审查它。在后面盖子上,院长姓名的两个起首字母,互相交错地雕刻着,引起她的注意。从里面,她读到二五一六制造号码。要保存这珍贵的物品,的确是很危险的,因为法官曾认识它的数字。但是在她只能抢救这个的愤怒中,她已不再害怕。现在她的地板底下既已没有尸首,她甚至觉得她的噩梦已经结束。总之,今后她可以安安静静,无论在家里的任何一处行走。她让手里的表滑到她的枕下,她熄掉油灯,一下就沉熟地睡去。

第二天,杰克休假,必须等着罗勃依然按日常习惯到商业咖啡馆之后,他才上去同她吃午饭。有时,如果他们大胆的话,都做这样的幽会。那一天,吃饭时,她还全身颤抖,同他谈到钱,向他叙述她怎么发现隐藏的洞窟是空的。她反对丈夫的怨恨没有平息,同样的叫声不断冲到她的口里:

“贼!贼!贼!”

随后,她拿来表,不顾杰克表示厌恶,她绝对要赠给他。

“那么,你明白,我亲爱的,没有人会到你的寓所来寻找。如果由我保存着,他又会给我抢去。这,你看,我宁可让他拉掉我的一块皮肉……不,他已偷得太多。我不要那钱。它使我害怕,我将永远不愿想要其中的一个铜子。但是,他,难道他有权利享受这个吗?哦!我恨他!”

她哭,她坚持,她这样悲哀地恳求他,年轻人终于拿表放到他的背心袋子里。

一小时过去了,杰克的两膝上还坐着半棵的桑芙琳。她仰后,紧靠他的肩膀,一只臂膀搂住他的脖子,正抚摸时,身边藏有钥匙的罗勃进来了。她突然一跃,站起来,这是目击的犯罪,否认是无益的。丈夫截然停住,不能向别处走去,情人则已惊呆了,依然坐着。于是她并不困窘,并不让自己陷入任何解释,她向前走去,口里狂暴地骂道:

"贼!贼!贼!"

罗勃犹疑一秒钟。随后,以他现在不理一切的耸肩,进入卧房,取去他忘记了的一本服务记事册。但是她不追赶他,烦扰他。

"你曾搜索,那么,你敢说你没有搜索?……你把全部都拿去了。贼!贼!贼!"

他没有一句话,穿过餐室。只到门口,他才转过来,以他的忧郁目光包围她。

"你滚蛋,让我安静些!嗯?"

他走了,门甚至没有发出声响。他仿佛没有看见,他的话没有影射到这留在那边的情人。

经过了很长的沉默,桑芙琳转向杰克。

"你相信吗?"

后者没有说过一个字,终于站起来。他提出他的看法:

"这是一个完蛋的人。"

两个都同意。杀害了从前的情人,现在却容忍当场撞见的奸夫,他们不免表示惊讶,接着来的是他们对这和善丈夫的厌恶。一个人已达到那样程度,他的确已陷入不可自拔的地步,他很可以滚到一切沟壑里去。

从这一天起,桑芙琳和杰克享有完全的自由。他们已不再费心去注意罗勃的撞见。但是现在丈夫固然不再引起他们的不安,他们的大忧虑却是女邻居,勒布娄太太时常窥伺他们,监视他们。当然,她已怀疑到某些事情。每一次的访问,杰克徒然遏住他的脚步声音,他看见对面的门隐隐微开着,一只眼睛由裂缝里凝视他。这变得难以忍受,他不敢再上来,因为他若再冒险的话,人们一定会知道他在那里,一定有一只耳朵贴近锁口偷听他们。如此,他们已不能互相抱吻,甚至不能自由谈话。因这新的障碍阻挡她的激情,桑芙琳很愤怒,她对勒布娄夫妇再作从前要争回住宅的运动。那是人所共知的,不论在任何时期,副站长都住在他们现在所占的房子。但是这已不是壮丽的景色,窗户开向火车出发院子和印古维尔高地的种种好处在诱惑她。她口里不说,其实她要调换房子的唯一理由是所争的住宅辟有第二道进口,一道开向侧面小楼梯的便门。杰克可以从那里进出,而勒布娄太太不会发觉到他的造访。总之,他们将完全自由。

争夺是可怕的。这问题以前曾激起整个走廊的兴奋,现在再次觉醒,而且逐渐剧烈起来。被威胁的勒布娄太太马作绝望的自卫,她确信人们把她调整到后面的昏暗住宅里,由敞房的屋脊阻住,整日呼吸着牢狱般的沉闷的空气,她一定会窒闷死。她习惯于那么明亮的房间,开向广大的地平线,有旅客们的连续活动,带来愉悦的景象,她怎么能生活在这洞窟深处呢?她无法到任何地方散步,她面前将永远只有这铅皮的屋顶,这无异要立刻杀死她!不过,那只是感情的理由,她不得不承认,她的住宅是由从前的副站长、

罗勃的前任、单身的人,由于献媚才让给她,甚至她的丈夫还留下一份协议。答应如有一个新的副站长提出要求,他一定会还给他。人们既然还没有找到协议,她当然否认它的存在。待她所依靠的理由逐渐丧失时,她变得更粗暴和更蛮横。一会儿,她竭力想把另一个副站长慕伦的女人拉到自己这一边,有意连累她,说她曾看见许多男人在楼梯上抱吻卢波太太,慕伦很恼火,因为他的老婆、一个很温顺、从来不大出门的女人,曾哭着对他发誓,她没有看见什么,也没有说过什么。八天之内,这流言使走廊这一端到另一端,吹着猛烈的暴风。但是勒布娄太太的大错特错,将引出她失败的最大过失,她经常窥探,激怒女会计琪松小姐:这是一种怪癖,她脑里的固执地以为后者每夜去会站长,想捉住她的需要,变成一种病态,而且日益强烈,两年以来,她总不时窥探她,而没有撞见她,甚至没有听到一个气息。她确信他们在一起睡觉的,这简直使她发疯。所以,琪松小姐因进出总不断被她窥伺,不免非常生气,现在也支持人们去反对她,要她离开朝向院子的房间。如此,将有一个住宅隔离她们,至少她不再住在她对面,她不再被迫经过她门前。很明显,站长达巴地先生,直到先前,对斗争都保持中立态度,现在他下定决心,每天更厉害地责备勒布娄夫妇,这是一个预示着他们非搬出来不可。

斗争还增加许多复杂性。菲洛曼妮现在已拿她的新鲜鸡蛋送给桑芙琳,每次遇见勒布娄太太总显得很傲慢。后者居然故意让她的门开着,引起大家的反感。菲洛曼妮经过时,两个女人总连续交换不愉快的话语。桑芙琳和火侠情妇的亲密已达到说知心话的程度,杰克不敢亲自上楼时,火侠情妇将替他到他的情妇身边代作委托的传达。她带着她的鸡蛋来,通知改变幽会的时间,说他前一天晚上只得谨慎,只好留在她家里谈话。杰克有时被什么障碍阻住不能去,就很高兴地到停备站主任梭瓦涅的小房子里。好像由于满足自己消遣的需要,他害怕整个黄昏独处着,他和他的火侠柏葛到那里去。甚至火侠溜到水手们的酒店去胡闹时,他也到菲洛曼妮家里,托她传达一句话,坐下来,不再离开。菲洛曼妮逐渐陷入这情网,有时受到温柔的感动,因为直到那时,她只认识许多粗暴的情人。这忧郁年轻人的小手和有礼貌,看来是如此优雅,对于她,仿佛是她还没有吃过的一块糖果。她同柏葛现在已变成夫妇,时常喝醉酒,粗暴多于抚摸。反之,当她带司机的一句可心话语给副站长的女人时,她为她自己体味它,尝到禁果的滋味感到甜美。一天,她向他说心酸的话语,她埋怨火侠是一个阴险的人,她说,在他欢笑的外表下,他若喝醉酒的时候,也会干很坏的凶险勾当。他注意到她更修饰她这大瘦马般的热烈身体,无论如何,看她显露激情的漂亮眼睛,她还是可爱的,她已少喝酒,经常整理她的房子,她的房子因而比以前整洁。她的哥哥梭瓦涅,一天晚上,听见男人的声音,为了惩戒她,抬手进来,但是认出同她谈话的是这个年轻人后,他只供献一瓶苹果酒。杰克受到好的款待,他的震颤因而痊愈,似乎非常高兴留在那里聊天。由此,菲洛曼妮对桑芙琳逐渐表示热烈的友谊,总不断愤怒地攻击勒布娄太太,到处说她是老婊子。

一天晚上,她在她的小果园后面遇见这一对情人,她不顾阴暗,一直陪他们走到他们平常所躲藏的库房里。

“唉!您确实善良了。既然住宅是属于您的,如果我是您,我将拖着她的头发,要她离开……您不要客气,赶她搬出去吧。”

但是杰克并不赞成完全破裂。

"不,不! 达巴地先生在过问这件事,最好是让事情合情合理地解决。"

"月底之前,"桑芙琳宣告,"我将住到那个房间里,从此,我们可以随时在那里相见。"

在弥漫着的阴暗,菲洛曼妮感到桑芙琳说及这个希望时,立刻温柔地挽紧她的情人的胳臂。她回到家里去,让他们俩留下。但是走到三十步以外,隐藏在黑暗里,她停住,她转过身来看。晓得他们一起搂抱着,这激起她的很大感动。然而她并不妒忌,她的潜意识里只有这样爱和被爱的需要。

杰克的面容,每天都这么阴郁。有两次,本来可以去看桑芙琳,他却编造了不去的托词,他有时之所以滞留在梭瓦涅兄妹家里,也为的是躲避她。然而他还爱她,对她还存着与日俱增的占有欲望。不过,现在在她的胳臂里,丑恶的毛病又重新袭击他,使他感到强烈的昏晕,他迅速摆脱出来,心头冷冰冰的,因那时他已经不再是自己,他感到体内野兽已在准备撕咬,他觉得惊慌。他设法让自己陷入漫长旅程的疲倦里,主动争取额外的苦差事,在他的机头上度过十二小时,身体处在不停地颠簸里,肺部受冷风鞭击。他的伙伴们埋怨司机这繁重职业,他们说,这工作只要二十年就能把一个人累垮,他愿意立刻把自己毁掉,他从来不感到开车辛苦,只有莉嫦载着他,他就全身放松,只睁着眼睛去看信号时,他才觉得幸福。到站以后,睡眠马上压倒他,往往连脸都不洗就上床了。但是,从一觉醒来,固执的想法又折磨他。他甚至曾尝试重新对莉嫦表示温柔,重新花很多时间去揩拭它,要柏葛把列车擦得又光又亮。中途上车,站在他身边的视察员们都夸奖他的勤劳。他摇头,始终不悦,因为他很清楚他的机头自从在雪里停过以后,已不像从前那样健康和强壮。无疑,经过了唧筒和配汽室的修理,它已失掉它的灵魂,和神秘的生命平衡,以及装配时偶然给予它的微妙精神。他因此很苦闷,情绪是那么低落,他总向他的上司提出不合理的怨言,要求无益的修理,想象不能实行的改良。人们拒绝他的请求,他因而变得更阴郁,确信莉嫦已病得很厉害,他此后不能随心所欲地驾驶它。他的温情因而丧

失了,既然他将扼杀他所爱的一切,他又何必爱呢？所以他给他的情妇只带来这反常、狂热,连痛苦和疲倦都无法忘却的绝望之爱。

桑芙琳也清楚地感觉到他已变了,她自己也很苦恼,以为他知道了她的秘密后,因她的缘故感到忧闷。当她看见他在自己的颈边战栗,忽而用粗暴的退缩避开她的亲吻时,这不是他突然想起,是她给他以恐怖的感觉吗？她再也不敢谈到这些事情。她后悔自己把一切都说了,她奇怪自己在这陌生的床铺上,他们俩都被欲火燃烧着,怎么会被招认的激情侵袭,她甚至已想不起吐露秘密的遥远需要,今天同他一起在这秘密深处幽会,她仿佛已得到满足。她爱他,从他什么都已知道以来,她当然更爱他。这是一种不知足的激情,女性已觉醒,她只为温情生活,她整个是情人,而不是母亲。她只为杰克活着,她说她努力要自己同他合成一体,她并没有撒谎,因为她只有一个梦想,就是要他占有她,把她保存在他的体内。她还是很温柔,很被动,只要能从他身上获得她的快乐,她愿意像母猫似的,自早到晚,躺在他的两膝上睡觉。从丑恶的悲剧里,她只保存她曾参与这谋杀的惊奇,同样,从她少女被玷污后,她仿佛还始终象处女单纯。这是那么遥远的往事。她微笑,如果她的丈夫不碍她的事,她甚至不会对他产生怨恨。但是等到她的激情,她需要杰克的狂热逐渐增长之际,她厌恶罗勃的情绪也随着增加。现在杰克已知道给她幸福,已知道溶化她,他是自己的主人,她将跟随他,任他支配。她曾要来他一张照片,她同它一起睡觉,她每次睡去,嘴唇总胶贴在这张相片上,她一看见他非常苦恼,却不知他为什么要这样苦恼,她也觉得很痛苦。

他们仍然在户外幽会,等候他们能争得的新住宅,安安静静地幽会。冬季已完了,二月是很暖和的。他们长时间地散步,他们总在车站的空旷地面,行走好几个小时,因为杰克不想停下来。当她攀住他的肩膀,他不得不坐下,并占有她的时候,他总担心自己会杀了她,他总要求没有亮光的地方,使他不会瞥见她的赤裸的皮肤;只要不看见,他或许还能克制。每个星期五,她仍然继续跟他去巴黎,他总仔细关好窗帘,说光线太强会打断他的快乐。这每周的旅行,已变成习惯,她甚至已不再向她的丈夫做任何解释。对于邻居们,还继续被使用从前她的膝盖痛的借口,同时她还说她去看望她的乳母维克多娅妈妈,后者还在住院里治疗养。对此,他们俩都感到很快乐。那一天,他全神贯注地开车,她看见他不再忧郁,也很快活,也因这长的行程,觉得很好玩,虽然她已熟悉沿途的风光。从勒阿佛尔到蒙德维尔,这是无数牧场,平坦田亩,被荆棘篱笆和种着的苹果树环绕,其次,直到卢昂,这是一处一处隆起的荒凉区域。过了卢昂,塞纳河舒展着,人们在梭特维尔、奥阿赛尔和崩·德·拉舒桥上越过它,随后,经过广大的平原时,它不断地再现,而且宽广地展开。从加隆起,人们不再离开它,它在左边奔流,它的低矮边岸,种满白杨和杨柳。列车沿着山冈前进,只到波尼埃尔才离开它,从洛尔玻阿斯隧道出来后,又在罗斯尼与塞纳河相遇。它,这蜿蜒的河水,仿佛是旅行的亲切伴侣。在到巴黎之前,人们又三次越过它。这分别是看见树木里的钟楼蒙特,有许多石灰窑的灰白斑痕特里埃尔,列车横穿市中心的波亚西,圣·日尔曼森林和它两旁绿墙般的树木,哥伦普斜坎和它载满紫丁香树的边缘,最后,到了郊区,终点站巴黎,从亚尼埃尔桥上已可以看见,远处的凯旋门,在竖满工厂烟囱的肮脏建筑物之上矗立。机头开到巴底尧尔隧道底下,人们从喧闹的车站里

下车,直到傍晚,他们彼此互相拥有享受快乐,他们是自由的。回去时,已经是黑夜,她闭着眼睛,回忆她的幸福。但是无论上午或晚上,每次经过摩弗拉十字时,她总伸出头,向那里投射谨慎的一睇,她相信英罗莉一定站在栅栏前面,举起鞘里的旗帜,用火热的目光,注视驶过的火车。

芙洛莉自从在下雪那一天看见他们互相抱吻之后,杰克曾劝告桑芙琳要小心她。他很清楚她是一个野孩子,她满怀激情,年轻时就狂热地追求他。他觉得她很嫉妒,她的嫉妒里包含男人般的毅力甚至杀人的愤怒。另一方面,她一定了解很多事情,因为他记起她曾隐隐说起院长同一位小姐的关系。这位小姐,没被任何人怀疑,由院长设法嫁给别人。如果她知道这个,她一定会猜到犯罪:无疑的,她将说话、写信,以告密相报复。但是,一天又一天,一周又一周,时间接连流逝过去,而什么都没有发生,他只经常看见她手里握着旗帜,笔挺站在轨道旁边的岗位上。就是从远远的机头上,他身上也会感到她的眼睛所射来如火的目光。在烟雾中,她仍然看见他,紧紧盯住他,在列车的奔驰中和雷鸣般的轮子响声中间,一直跟随他。同时,由第一节到最后一节车厢,也被她窥探、观察和搜索。她总发现另一个,她的劲敌,每星期五都在那里。桑芙琳现在出于想看一看的迫切需要,谨慎小心,只稍稍伸出头去;她已被对方看到,她们两个的目光,像两把利剑相遇。疾驰的火车已开走,只有芙罗莉留在原地,以无能为力的视线跟随它,心里存着它已卷走幸福的狂怒。她似乎已更高大,每次旅行,杰克总看见她比以前更高,此后他很担心她一无所事地凝视着。他猜想这忧郁的高大女郎的脑里究策划着什么阴险的计划,他现在已不愿看到她站在那里,但不可避免。

还有一个人,亨利·陀凡涅车长,也妨碍桑芙琳和杰克的行动。他正好负责指挥这星期五的火车,他对少妇表现出令人反感的热情。他发觉她和司机的关系,便对自己说,他也有希望会轮到。他值班的那些早晨,从勒阿佛尔出发,亨利的殷勤变得那样明显,卢波总暗暗嘲笑她:车长给她保留整个车室,他把她安顿到里面,并检查热水箱。甚至有一天,继续和杰克作平静谈话的罗勃,竟向司机眨一眨眼睛,暗示车长的献媚,好像问他是否能容忍这个。此外,夫妇争吵时,罗勃还正式指责他的老婆同他们两个睡觉。她曾有一段时间想象杰克也相信这个,因此,她非常烦恼。在悲伤中,她为自己的无罪抗议,她对杰克说,如果她不忠实,他可以杀死她。于是他的脸色变得很苍白,他和她开玩笑,他抱吻她,回答她说,他知道她很规矩,他希望自己将永远不杀人。

但是三月初的几夜出了点麻烦,他们只好中断了他们的幽会。到巴黎去的旅行,到那么远地方寻找来的几小时自由,已不能满足桑芙琳。占有杰克,要他整个属于她,不论日夜,他们都共同生活着,彼此永远不再离开,这非常迫切的需要,在她心里不断增长起来。她对丈夫的厌恶也一天一天加重,一看见罗勃她就立刻要陷入病态和无可容忍的激动。平常是那么柔顺,富有温柔女人的妍容,一涉及他的事情,她就马上发怒;只要她稍稍不如意,她就马上发火。于是她的黑发阴影仿佛遮暗她的洁净蓝眼睛。她变得很粗暴,她指责他毁掉她的一生,此后共同的生活已变成不可能的。这不全是他的过错吗?他们家里之所以再没有半点恩爱存在,她之所以有了一个情夫,这不是他的过失吗?她看见他所表现的无所谓的样子,他只冷漠地看一眼,接受她的愤怒。他大腹便便,一身肥

肉,更激起她的厌恶和愤怒,她只希望和她离婚。远远离开,到别处去重新开始生活。哦!重新开始,尤其是设法要过去不再存在,重新开始这丑恶未曾发生以前的生活,重新回到十五岁的年龄,重新选择爱和被爱,过着儿时她所梦想的生活,她的脑里指定了逃走计划:她将同杰克一起离开,他们逃到比利时,他们将以勤劳的年轻夫妇身份安顿在那里。可是她甚至没有同他说起,立刻发现有许多麻烦,他们不是合法夫妻,那将使他们终日担惊受怕,尤其要使她的财产金钱和摩弗拉十字房子留给她的丈夫,她感到很不情愿。由于法律的规定,最后活着的人将获得遗下的一切产业,他们将放弃她所有的一切:女人既然属于丈夫的合法保护下,她被束缚住,处处受到这可恶男人的支配。他不愿给丈夫留下一份钱,她宁可死在家里!一天,罗勃再上来,脸色很苍白,说他从一个机头前面走过去,觉得车前的缓冲机轻轻擦到他的肘弯,她立刻想到他如果被压死,她将自由了。她用大眼睛瞪他,那么,她既然不再爱他,现在他活着妨碍别人,为什么他不死了呢?

从此,桑芙琳的计划了。罗勃将因偶然的意外死掉!她将同杰克一同到美国去。他们将正式结婚,他们将卖掉摩弗拉十字产业,他们将获得全部金钱。他们以后也不再留下半点恐惧。他们之所以要出国,为的是再生,重新躺在彼此的怀抱里,过着恩爱的生活。那边,再没有她要忘记的一切,她完全相信生活是全新的。既然她已犯过一次错误,她将从头去再体验幸福的经验。杰克他一定能找到工作,她也将去做点事情,他们的生活会越来越幸运。无疑的,他们将有许多孩子,他们将过着劳动和舒服的新生活。早晨躺在床上或白天坐着刺乡,她一个人独处时,她总重新陷入这个幻想,并不断地修正它,扩大它,不断给它加上幸福的细节,最后相信自己已充满欢乐和财富。她从前很少出去,现在却有去看邮船起程的热情:她走到码头上,肘弯靠着栏杆,目光随着大船的黑烟,望着它一直和大海的云雾混合了,同时,她仿佛已分身,已同杰克站在甲板上,已远离法国,奔向梦想的天堂。

三月中旬的一个晚上,年轻人冒险上楼看她,他对她说,他从前学校里的一个老同学,坐过他的火车,他到纽约去使用他的一种新发明——制造纽扣的一种新机器,他居然需要一个合伙人,一个机械师,他甚至约他一起去,情愿同他合伙经营。哦!这生意很好,似乎只要加入三千法郎股本,或许就有数百万可赚。他对她说起这个,只为谈谈罢了,此外他又补充说,他当然拒绝了他的提议。可是他毕竟有点舍不得,因为财运出现在面前时,硬要拒绝它,毕竟是困难的。

桑芙琳站着听他叙述目光迷失在茫茫的远处。岂不是她的梦想就要实现了吗?

"啊!"她终于喃喃叹息道,"我们明天就动身……"

他抬起头,觉得很惊讶。

"怎么,我们明天就动身?"

"是的,如果他死了的话。"

她没有说出罗勃名字,她只用下颌的动作暗示着。但是他明白了,他做一个茫然手势,好像说,不幸得很,他没有死。

"我们将动身。"她的深沉而徐缓的声音再说,"到那边,我们将多么幸福!三万法郎,我只要卖掉产业,就可以得到,而且我还有余款,让我们可以安顿下来……你,你将用这

一切赚钱;我,我将布置一个小家庭,我们将尽我们所能相爱……哦! 这很美好,这将是多么美好!"

她又很低地补充一句:

"远离一切的回忆,我们前面将只有新的生活!"

他被巨大的温情感染,他们的手相遇,并本能地握紧,他们彼此都不再说话,两个都沉浸在这美好的希望里。接着,还是她再开口:

"你的朋友一定还没有动身,你应该再去看看他,请他在没有和你商量之前,不要另找一个合伙者。"

他重新表示惊奇。

"那么,这又为什么呢?"

"我的天! 难道人们能知道吗? 有一天,遇见那机头,只要它再快一秒钟,我就自由了……有人上午还活着,不是吗? 下午或许就会死掉!"

她注视他,她重复说:

"啊! 如果他死了的话。"

"然而,你不愿意我杀死他吗?"他问道,脸上不免装出微笑。

接连三次,她说"不"字,可是,她的眼睛,这温顺女人的眼睛却说"是",她的整个身心似乎都沉浸在这激情的残酷中。他既然能杀死另一个,为什么别人不能杀死他呢? 这想法突然在她脑里催促着,仿佛是一种必然的结果。杀掉他并离开,这是再简单没有的……他死了,一切都完结,而他的一切可以重新开始。她已想不到别的可能结局,她的决心已下,而且是绝对的,不过,全身受轻轻地震动,她还继续说"不"字,没有勇气显示她的凶暴。

他后背靠着食品橱,依然装出微笑。他看见放在那里的新刀。

"如果你愿意我杀死他,你必须给我刀子……我已有了表,这会让我组成一个小博物馆。"

他笑得更高。她严肃地答道:

"那么,你拿去吧。"

他把刀子放到衣袋里以后,仿佛要把玩笑开到底。他抱吻她。

"那么,好! 现在祝你晚安……我立刻去看我的朋友,我请他等候我……星期六,如果不下雨,那么,你到梭瓦涅兄妹的房后来看我。嗯? 这是约定的……你放心吧,我们不会杀人,这只是开玩笑罢了。"

然而,尽管时间已很晚,杰克却走向码头,到他朋友所住的旅馆里去找他谈话,因为他的朋友明天就要动身。他对他说到一个可能的遗产,要求:没有得到他的确切答复以前,给他十五天期限。随后,从昏暗的大道再向车站走回时,他默想,他惊异他刚才的交涉。那么,他已决定杀掉罗勃,让他可以支配他的女人和他的金钱吗? 不,真的不,他什么都还没有决定,当然,他之所以要如此嘱咐他的朋友,只是他准备去决定罢了。但是忆起桑芙琳的情境,她的灼热两手紧握他,她的固定目光表示肯定的回答,而她口里却说"不"。显然,她希望他杀死罗勃。他烦躁不安,他去做什么呢?

回到佛兰梭亚·马士林路,躺在打鼾的柏葛旁边,杰克辗转难眠。他控制不住自己的意志,脑海里不断涌现谋杀的念头,他尽量估计可能引起的后果。他反复权衡,他提出赞成和反对的种种理由,总之,经过冷静地考虑,一切理由都赞成他去杀害。难道罗勃不是他幸福路上的唯一障碍吗?这个人死了,他将同他热爱的桑芙琳结婚,他不再躲藏,他将永远和整个享有她。再则,他将有钱,有可供自己支配的财富,他将离开他的辛苦职业,他将到美洲变成厂主。他曾听见他的伙伴们说起这遥远的国土,仿佛机械匠们到那里可以用铲子去搬运整堆黄金。他到那里后的新生活展现在美妙的梦境中:一个热烈爱着他的女人、立刻可以赚得的数百万财产、宽绰的享受、无限制的野心、他所愿意的一切……为了实现这梦想,只要做一个手势,只要除掉一个人,只要驱除挡除他去路,并将他踩碎的一只畜生、一棵植物就行了。而且这个人并不可爱,此刻变得很迟钝,很肥胖,整日沉醉在这赌博的愚蠢爱好里,他往日的一切毅力都已丧失。为什么要怜惜他?绝对没有半点可以替他辩护的理由。一切都该判他死刑,因为每一种需要,他们的利益都要求他立刻死掉。犹疑将是愚蠢的和卑怯的。

杰克背脊像火烤一样热,他转过来,腹部向下躺着,由于一种想法,他突然再翻转,这想法,直到那时,都很模糊,此刻忽而变得那么强烈,他觉得她像一根针似的,刺痛他的脑壳,他从那时起,就想杀人,这个念头曾长期折磨他,那么为什么他不杀死罗勃呢?或者因选定谋杀对象,他想杀人的需要永远得到满足。如此,他不但做了一笔好生意,而且他的宿疾也会痊愈。痊愈,我的天!能够占有桑芙琳,而且不再有这血的震颤,而不再发生这古代雄性解剖雌性的可怕愿望,这是多么理想!一阵冷汗浸泡了他,他仿佛看见自己手执刀,向罗勃的喉头击去,如同罗勃杀掉院长那样,待创口的血慢慢染红他的双手后,他才觉得满足和舒服。既然他可以使宿疾痊愈,被钟爱的女人和所渴望的财富,也将落到他的手里。他要杀死他,他已决定。如果应该杀死 个人的话,那么他要杀死罗勃。这样,无论从利益或逻辑上讲,至少他知道自己所干的是什么。

这样下了决心,早晨三点钟已敲过,杰克竭力要自己睡去。刚睡着,一种强烈的震动忽然惊醒他,他喘着气,从床上坐起来。杀掉这个人,我的天!他有这种权利吗?倘若一只苍蝇盯他,他可以一下拍死它。以前,曾有一只猫缠住他的两腿,他踢一脚,踢断它的腰部。真的,这是出于无心的凶暴!可是,这个人,他的同类,他能这样对付他吗?为了证明他的杀人权利,弱肉强食的权利,他必须重新考虑他的全部计划。此刻,是他被另一个男人的老婆爱着,是她自己愿意自由地嫁给他,给他带来她的财产。他只要除掉这障碍就行了。在森林里,两只雄狼相遇时,若有一只母狼在那里,最强大的不是用口一咬,摆脱另一只吗?远古时期,人类和动物一样,躲避在洞穴深处的时期,被渴望的女人不就是属于能使竞争者流血、能征服整群同类的那一种动物吗?那么,既然这是生活的法则,人类就应该不顾后来的共同生活所创起的种种禁忌,而应服从它。逐渐他觉得,他的权利在他看来似乎是绝对的,他觉得他再次下定决心:从第二天起,他将选择地点和时间,他将准备行动。无疑的,最好是晚上,趁罗勃巡视的时候,在车站里刺杀他,这样可以使别人相信是被撞见的窃贼杀害他。在那边煤堆后面,如果他能引诱他到那里的话。他倒有一个很好地方,他不顾自己要睡去的努力,又在想象中布置场面,他考虑他将站在什么位置,他将怎样出手,才可以一下就结果他。待他想到最小细节以后,他又产生了为难情绪,一种内心的抗议,又在他的全身心里激动。不,不! 他将不杀他! 这对他来说,实在是丑恶的、不能实行的和不可能的。他的体内已发生文明人的反抗,他所受的教育,都起强烈的作用。人们不应该互相残杀,他吃奶时就常到这个道理,他的精细脑筋存着种种顾虑,待他一开始推理,就厌恶地排斥这杀人的观念。是的,在需要和本能的愤怒里杀人,这还可以说得过去! 但是,由于不可知的东西,为了利益,硬要去杀人,不,他将永远,永远不能这样做!

　　天亮时,杰克才睡去,但睡得并不踏实,两种思想一直在他脑海里翻滚、斗争。以后几天是他一生最痛苦的日子。他回避桑芙琳,害怕她的眼睛,他没法对她说星期六的约会已经取消。但是,星期一,他必须见她;他正畏惧这个,她的蓝色大眼睛,如此温柔,那样深沉,使他心里充满忧虑。他不说这个,她就有一个手势或一句话催促他去谈到这个。不过,她的眼睛里全是那件事儿,总不断询问他,恳求他。他不知道怎样去避免她的烦躁和责备,他总觉得这不烦躁和责怪总是盯住他的眼睛,好像奇怪他怎么还犹疑,不愿意去过幸福的生活。离开她的时候,他突然紧紧抱吻她,似乎要她明白他已决定。真的,他已下了决心,直到楼梯底下,他还是这样的。可是一进车站,他又重新陷入他的良心斗争中。第三天,再见到她,他的脸色苍白而惭愧,露出一个胆小懦夫的躲闪目光。她放声痛哭,不说一句话,只在他脖子上呜咽,似乎是很不幸。他烦乱极了,心中满是自卑。总之,这种情形必须尽早结束。

　　"星期四,老地方,你愿意来吗?"她的很低声音问道。

　　"好的,星期四,我将等着你。"

　　那个星期四,夜是漆黑的,阴沉沉的天边没有一颗星,弥漫着海上的浓雾。和往常一样,杰克先到,站在梭瓦涅兄妹的房子后面,盼望桑芙琳到来。但是阴暗是那么厚密,她又那么轻捷脚步奔跑着,他没有看见她而被她轻触到,他不免战栗一下。她已扑入他的怀抱里,因感觉到他的哆嗦很担心。

　　"我使你害怕吗?"她喃喃问道。

　　"不,不,我等着你……我们行走吧。任何人都不会看到我们。"

　　他们相拥着,在荒凉的车站空地上漫步。在停备站这一边,煤气灯嘴是稀少的;有些阴暗的凹隙里,完全没有亮光,远处车站那边,微小的灯火则像闪烁的星星散布着。

　　他们就这样走着,不说一句话。她让自己的头贴靠着他的肩膀,她有时踮起脚尖,亲吻她的下颌;他俯下去,也在太阳穴和头发根上还吻她。远处的教堂里送到早晨一点钟的肃穆响声。他们之所以不说话,是因为他们从彼此的拥抱里了解他们的思想。他们只想到那件事,他们一起行走时,总被那件心事缠绕。心里的斗争仍然继续进行,既然应该行动,何必要说些无益的话语呢? 为了温柔的抚摸,她偎贴他,踮起脚尖,她感觉到他的裤袋里突出的刀子。那么,他已决定了吗?

　　桑芙琳想得太多,她也不得不说话:

　　"刚才他再上楼,我不知道为什么……随后,我看见他取去他忘记带的手枪……这无疑他要去巡视。"

重新沉默一下，几乎再走二十步，他也说道：

"昨天晚上窃贼们曾偷去这里的铅皮……等一会儿，他将到这里来。这是一定的。"

于是她轻轻发抖，两个都重新变得哑然无声，只以慢慢地行走着。为了更加明了起见，她曾两次亲吻他，这样顺着他的腿根轻触它，她还是不能肯定，她把手垂下去，趁再吻他的机会探摸它。这的确是刀子。这时他明白了，突然紧紧把她搂到自己胸口上；他在她的耳边嗫嚅说：

"他将到来，你将自由了。"

谋杀已决定，他们似乎已不是行走，只由一种奇怪的力量载负他们移动。他们的官能，尤其是触觉，突然变得极端敏锐，因为他们互相握着的手感到疼痛，他们嘴唇的极微接触都变得像指甲搔挖一样。他们听到刚才消失了的声音：如车轮的转动、远处机头的气息，黑暗深处的钝重冲撞声和隐的脚步声等等。他们看透昏暗的夜色，他们辨出四周种种东西的阴影，好像浓雾已从他们的眼皮四周散开：一只蝙蝠掠过去，他们能留意它的突然盘旋。到一煤堆转角上，他们停下来，一动也不动，眼睛和耳朵都窥伺着，他们的整个身心都处在极度紧张中。现在，他们互相耳语。

"你没有听见那边呼唤的声音吗？"

"不，那是有人拖去停备的一节车厢。"

"但是那边，我们左边有人行走。"

"不，不，有许多老鼠在煤堆上奔跑，煤屑掉下来。"

好几分钟流逝过去。突然，她把他抱得更紧。

"看，他来了。"

"哪里？我一点也没有看见。"

"他已转过慢件货站的敞篷，他笔直向我们走来……诺！他的影子从白的墙上移过去。"

"你相信，这昏暗的一点影子……那么，他是单独一个人吗？"

"是的，只有他一个人，他是一个人在行走。"

在这决定的时刻，她狂乱地扑到他的脖子上，她让自己的热烈嘴唇紧压他的嘴唇。哦！她多么爱他，她多么憎恶罗勃！啊！如果她敢下手的话，她早就做了这工作，可以让他避免担惊受怕！但是她的双手很娇嫩，她觉得自己太软弱，必须有另一个人的铁腕。这亲不完的热吻，就是她想把自己的勇敢吹给他，答应他以后能完全占有她，他们的肉体从此将合成一个。远处，一个机头尖叫，向夜晚发出凄凉的呻吟，他们又听见不知来自何处的巨大铁锤敲击的均匀的响声，海上升起的浓雾，在天边排列成行无序地移动，它的飘荡碎块，有时仿佛把煤气打嘴的鲜明光辉都熄灭了。她终于移开她的嘴时，她已没有什么属于自己的，她相信自己已整个进入他的体内。

用极快的动作，他已拨出刀子。但是他发出一声遏住的咒骂。

"他妈的！这次又完蛋，他已走开了。"

确实如此，移动的影子，在走近他们、离他们只有五十步左右的地方，忽然转向左边，以一个夜间巡视者的脚步慢慢离走了，什么都没有引起他注意和担心。

于是她催促他。

"那么，去，去吧。"

两个人马上动身，他带头，她跟在他后面，两个都轻轻溜过去，追赶他，避免踏出响声。一会儿，在修理工场拐角上，他们发现他不见了；随后，为了抄近路，横过火车的闪避轨道，他们又发现他，和他们相隔至多只有二十步。他们只得利用最小的墙垣，隐蔽着，稍一失足就会泄露他们的踪迹。

"我们将捉不到他。"他轻轻咕噜道，"如果他抵达扳道员的岗位，他就可以逃走了。"

她仍然在他耳边重复说：

"那么，去，去吧。"

这一分钟，在这些黑暗的地方，在这一个火车站的荒凉夜晚里，像在什么危险狭路的偏僻地方似的、他已决定了。过一切都暗暗要他加快脚步，他激动，他还要分析；提出理由，要使这谋杀成为理智的，正当的，经过合理考虑和决定的行动。这另一个人的血，既然为他自己的存在所不可或缺的，那么，他的确是在实施他的权利，生活的必要权利。只要拿这把刀戳刺进去，他就得到了他的幸福。

"我们将捉不到他，我们将捉不到他。"看见黑影走过扳道员的岗位时，他愤怒地重复说，"这下又完了，看，他已溜跑了。"

"你看，他又走回来了。"

罗勃，真的，已再走回来。他从左面转过，然后又往下走。或者，他已模糊感觉到他背后已有谋杀者在追赶他吧！然而他还继续随他的平静脚步前进，仿佛是一个尽责的看守人，没有向到处看一眼之前，绝对不愿意回去。

在他们不再奔跑，杰克和桑芙琳不再走动。他们站在一堆煤转角处。他们向后靠紧煤堆，胶贴成黑"墙"，仿佛要使自己陷进煤堆，成为一体，消失在墨黑的阴影里。他们大气不敢出。

杰克注视罗勃向他们笔直走来。几乎离他们只有三十公尺。每一步，好像严酷的命运钟摆打着节拍，减少中间的距离。再走二十步，他看见他出现在自己面前，他将这样举起胳臂，他将刀子戳入咽喉，从右往左一拉，可以遏住他的叫声。一秒钟又一秒钟，在他看来似乎是无限期的，他脑海里思潮沸腾，已没有时间观念。要他决定的所有理由，再一次排列着，他重新清楚地看见杀害以及杀害的原因和结果。还有五步。他的决心几乎紧张到崩裂，还始终是无可动摇的。他要杀了他，他知道他为什么要杀了他。

但是再两步，一步，这是整个崩溃。一下了，一切都在他体内坍塌了。不，不！他将不杀他，他不能杀害这个毫无抵抗的人。推理永远不会造成谋杀，这还需要吃人的本能，扑向猎物的跳跃，撕裂猎物的饥饿或激情。不管良心是否只由遗传的正义观念所形成，这都没有关系！他觉得自己没有杀害的权利，他所有的努力都是徒劳，他不能说服自己，要自己相信他享有这种权利。

罗勃安安静静走过去。他的肘弯轻轻触到陷入煤堆里的其他两个人。些微的气息都会泄露他们，可是他们像死了一样静寂。胳臂并没有举起来，并没有拿手里的刀子戳进去。厚密的黑暗里没有半点动静，甚至没有些微颤动。他已走远，已到十步以外，可

是，他们两个脊背被钉在煤堆里，还是一动也不动，屏住气息站着，因这单身和解除武装的人，以那么平静的脚步，轻轻触到他们，他们陷入极大的恐怖里。

杰克发出压抑狂怒和羞惭的轻微哭声：

"我不能杀他！我不能杀他！"

由于需要得到原谅和安慰，他想再抱桑芙琳到自己怀里，并紧紧靠近她。她没说一句话，立刻挣脱跑开。他伸出两手只感到她的衣裙从他的手指间溜出去；他只听见她轻捷逃走。他徒然追赶她一会儿，因为这突然的逃掉，的确激起他的烦乱。那么，她竟如此不满他的懦弱吗？她轻视他吗？谨慎阻止他再去找她。当他单独一个人留在这广大，平坦的荒中，看煤气灯光很像黄的眼泪筛洒着，一种恐怖的失望突然袭击他；他赶紧从那里走出来，回到宿舍里，把头埋到枕头下，忘却这一生中的罪过。

十天以后，将近三月，罗勃夫妇终于战胜了勒布娄夫妇。公司当局批准他们调换房间，而达巴梯先生又予以支持的理由是正当的；同时出纳的协议，曾答应新的副站长若追索住宅他一定交还的那封保证书，也由琪松小姐，在车站档案里寻找旧文件时，重新找到。勒布娄太太，因自己的失败，非常愤怒，立刻喊着搬家：别人既然愿意她死，最好还是不要等待，早点结束这一切吧。三天之内，这可纪念的搬家轰动整个走廊。一向不露面，人们从来没有看见她进出的小慕伦太太也不顾劳累，帮着把桑芙琳的缝纫机，从这一住房移到另一住房。尤其是菲洛曼妮煽起彼此的不和，她从第一刻起，就到那里帮忙，捆缚包裹，搬运家具，在原有的住户没有离开之前，就侵入前面的房间；可以说是她，在两家器具的充斥，混杂和散乱中驱逐勒布娄太太。她对于杰克和他所爱的一切，表示那么大的热忱，令觉得奇怪的柏葛，产生怀疑，有一天竟以他的阴险和恶毒，以及喜欢报复的醉汉态度，问她现在是否已同他的司机睡觉，并警告她，如有一天，他偶然捉住他们，他将和他们算账，他将处理他们的事情。她倾心于年轻人的热情已高涨，她当他和他所爱的情妇的侍仆，希望自己在他们两人中间，可以稍稍占有一席之地。她搬来最后一把椅子以后，房门砰的一声关掉。随后，看见一条被出纳老婆忘记了的小凳子，她又重新开门，给它扔到走廊，搬家总算结束了。

于是生活又慢慢恢复它的单调的常态。当勒布娄太太在后面住宅，因她的风湿病，被"钉"在她的沙发里面，整天只看见挡住天边的敌房铅皮，烦闷得要命，眼睛里充满大颗泪珠时，桑芙琳则安顿在前面房间的窗子附近，懒洋洋地刺绣她的永无终止的盖脚被。她下面不时有院子里火车出发的快活骚动、车辆和步行者的川流不息；早春的天气已使人行道边缘的大树抽出绿的嫩芽；越过这里，印古维尔的各个小山岗舒展它们的满是树木斜坡，中间还点缀着乡间房子的白点。她终于实现了这梦想，让自己住到这渴望已久的房间里，前面有了空间和太阳，可是桑芙琳没有觉到有多大的快活，对此她不免感到惊讶。甚至帮她料理家务的女仆，西门妈妈，也口里咕噜着怨言，因不合她的习惯，暗暗愤怒，满是不耐烦，有时甚至怀念她的旧日洞窟，像她所说的，那里的肮脏至少不容易被人看见。至于罗勃，他无所事事，他只让别人做去。他仿佛不知道他已搬过住所：往往他还走错了，待他的新钥匙不能进入旧的锁孔时，他才发觉。此外，他不在家次数又逐渐增多，家庭的瓦解还继续着。然而有一阵子，由于他的政治思想觉醒，他似乎重新振奋一下,不过这所谓政治思想并不是很明显和很热烈的;只因为他心里还存有他同县长争吵芥蒂,发生纠葛几乎丧失了他的职务。自从帝国,被普选动摇,渡过可怕的恐慌之后,他胜利了,他反复说,那些人,将不会永远是主人。他当琪松小姐的面发表了这革命的议论,后者告知站长达巴梯先生,达巴梯先生给他一个友好的警告,他的兴奋就立刻平息了。既然走廊里已很平静,大家都很和睦生活着,现在勒布娄太太已衰弱下去,已被烦闷压倒,为什么要拿政府的事情,来给自己制造出新的苦恼呢?他做一个简单的手势,他不要管什么政治,正如他不要管一切事情一样!每天变得更胖,没有任何懊悔,他总以沉重的脚步,冷漠的面容走着,过着毫无作为的生活。

现在杰克和桑芙琳能随时相会,他们中间的侷促,反而格外增加。再没有什么东西能阻止他们的幸福,如果他愿意的话,可以从另一条楼梯上去看她,而不怕被人窥视;房子是属于他们的,如果有胆量的话,他可以睡在那里。可是还没有那样做过,他们两个都希望和切盼杀死罗勃,他却没有完成,这思想,总不断萦绕在他们的脑际,他们因而时常不快,仿佛有一堵不可超越的墙壁时常矗立在他们中间。他,带来他懦弱的羞愧,每次觉得她的面容更阴暗,因无益的等待,觉得烦闷。他们的嘴唇甚至不再互相寻找,因为对于这种半占有,他们已感到厌倦,他们所希望的是整个幸福,是动身到美国去结婚,过着另一种美满的生活。

一天晚上,杰克发现桑芙琳流眼泪,看见他到来,她并不停止,反而扑到他的脖子上哭得更凶。以前,她这样悲泣时候,他只要紧紧拥抱她,她就没事了,可是这次,在他的心口上,他觉得她被增长的失望烦扰,他把她抱得更紧,她并没有感到安慰,他因而烦乱极了,他最后用双手捧着他的头;他逼近注视她,看到她淹没着泪水的眼睛深处,他很明白,她之所以这样失望,是因为她是女人,在她被动的温柔里,她不敢亲自动手。

"宽恕我,请你再等着……我向你发誓,不久,待我有足够的勇气的时候,我一定会照你的意思去做。"

立刻,她让自己的嘴胶住他的嘴,好像要给这誓言盖上永久的烙印,他们交换了那么深的亲吻,仿佛他们在肉体的混合里,已互相溶化了。

10

星期四晚上九点钟,法茜姑姑在最后一次抽搐里死去;米索尔靠近她的床边站着,徒劳地想摸闭她的眼皮,固执的眼睛仍然大大睁开,僵硬的头微微俯向肩膀,仿佛在盯着那一个地方,翘起的嘴唇收缩着,似乎显示她的嘲弄的笑容。仅有一根蜡烛燃烧在她身边的一个桌角上。火车在九点时就飞快地开过去,却并不知道这里还有身体温热的死者在躺着,它们的震动还摇醒过她一刹那,蜡烛的火焰,因而微微颤抖。

为了摆脱芙罗莉,米索尔立刻派她到陀恩维尔去报丧。十一点钟以前,她不能回来,他还有两小时空闲。她首先慢慢地,切下一块面包,因为他感觉自己的肚皮是空空的,由于这长时间的弥留,他还没有用过晚餐。他边吃边来回地走动,收拾房间里的东西。一阵一阵咳嗽迫使他停下来,分成两半,他自己也一半已死掉,他那么瘦,那么虚弱,他的眼睛无光,他的头发褪了色,经过了这么长时间他也似乎不能长久享受他的胜利。无论怎样,和一只小虫蚀掉一棵橡树一样,他已毁灭这强壮的家伙,这高大的漂亮女人:她现在已朝天仰卧着,她已完蛋,已被赶入另一个看不见的世界,而他还继续生活着。可是一个突然的念头使他跪了下去,从床下抽出一个土钵,那里面还盛有准备洗肠的麸皮水:自从她疑心到他的放毒之后,他已不再在盐里,而向她的灌肠水里掺下灭鼠的药品;她太愚蠢,并不怀疑这一方面,这次,她却好好灌进去。他到外面倒空土钵,回到屋里,用一块海绵抹掉房间里溅满污迹的砖地。那么,为什么她要固执呢?她愿意做狡猾的人,只好这样对付她,吃了亏,那是她活该!夫妇之间居然被对方毒害致死,那肯定会死不瞑目的!他很自负,他嘲笑这个,像他嘲笑一个动听的故事一样,毒药被他那样不动声色地从下面灌进去,而她却那样小心监视着从上面吞入的一切,他认为的确是可笑的!这时,一列快车掠过去,使低矮的房子更包围着那么浓的暴烈气息,他虽然勿以为常却仍不由自主地走向窗口。啊!是的,这连续的浪潮,这从各处赶来的人群,他们一点也不知道他们在路上所压碎的一切,只要他们忙着向魔鬼那边奔去,他们何必管这一套呢?火车过去以后,在沉重的静寂里,他遇见死者大睁着的眼睛,固定瞳仁仿佛在注视他的每一动作,而她翘起的嘴唇一角,好像显示嘲弄的微笑。

米索尔,不论怎样冷静,也被愤怒的小小动作袭击。他似乎听见妻子说:"你找吧!你去找呀!"但是她的一千法郎,她当然不会把它们带到地下去;现在,她既已不再存在,他最终会找到它们。难道她不应该甘心情愿地献出吗?这可以避免一切烦恼。眼睛总到处跟随他。"你找吧,你去找呀!"这房间,只要她还活着,他是不敢搜寻的,此刻,他的目光在房间里扫视一遍。首先在衣橱里:他从长枕底下拿来钥匙,他翻动放满饭巾、衬衫和被单等的木板,清空两个袖屉,甚至拉出它们,看看里面是否有秘密的隐藏所。可是,什么都没有！其次，他想到了床头柜。他揭开上面的大理石，然而他只是无益地转运它。壁炉架上，有一面从节日市场买来的镜子，由两枚小钉钉着，向这镜子后面，他也试图去搜索，他用一根扁平的尺子推进去，结果只抽出一块一块的黑灰尘。"你找吧！你去找呀！"于是，为逃避使他觉得时刻盯住自己的睁着的眼睛，他手脚趴在地上，用拳头轻轻地敲击砖块，听听是否有什么回声泄露底下的空隙。许多砖石被他拉掉。没有，还是什么都没有？待他重新站了起来，妻子的眼睛仍然紧紧盯着他，他转过身来，故意让自己的目光盯住妻子的怒目；他似乎觉得，她那翘起的嘴角，更让人觉得她微笑的可怕！他不再怀疑，她一定是在讥笑他！"你去找吧，你找呀！"热病侵入他的身心，他走近她，突然被一种猜疑，一个亵渎的观念侵占，他的脸色因而更显苍白。为什么他相信她，就没有把她的一千法郎随身带去了呢？或者她硬要把它们带到地下去吧！他大胆揭开被头，她的衣服脱掉，既然她要他寻找，他就搜索她，向她肢体的一切折缝里寻找。在她的身体底下，她的后颈和腰部后面，到处搜寻着。床铺被翻得乱七八糟，他让自己的胳臂伸入草褥，一直伸入到肩膀，他还是什么都找不到。"你找吧，你去找呀！"死者的头重新跌到混乱的枕子上，她的嘲笑瞳仁仍然注视他。

当米索尔气得发抖，正费力地整理床铺时，芙罗莉走进房间，她已从陀恩维尔回来了。

"时间定在后天，星期六，十一点钟，"她告诉他。

她是说埋葬时间。但是仅仅一瞥她已明白米索尔趁她不在家，喘着气在干什么勾当。她做了一个轻蔑的冷淡手势。

"别找了，您将不会找到它们的。"

他想象她也向他挑战。咬紧牙关，他向前走来：

"原来她已赠给你，你一定知道它们藏在什么地方。"

一想到她的母亲会拿她的一千法郎，赠给什么人，包括她自己的女儿，她不免耸一耸肩膀。

"啊！真是的！赠给……是的！赠给地下……喏！它们在这外面，您尽可以去找。"

她的手势，包括了整个房子，菜园和它的井，铁路线和四周的旷野。是的，在那边，在某一个洞窟深处，在任何人都永远不会发现到它们的某一个地方。接着，趁他光火，忧闷，不再当她的面感到侷促，重新去推撞家具并敲击墙壁之际，年轻女郎，站到窗口附近，继续用很低的声音说道：

"哦！外面很温暖，美丽的夜晚！……我走得很快，星星像白天样照耀着……明天，太阳出来以后，将是个多么明朗的天气！"

一会儿，芙罗莉站在窗前，眼睛向这洋溢着四月初温暖的、静穆乡野看去，她由那里回来，不免沉入默想，她被刺激，她感到更大的痛苦。但是她一听见米索尔离开卧室到隔壁房间去搜索，她也走近床边坐下，目光停留在她的母亲身上。桌角的蜡烛仍在燃烧，还发出高而不动的火焰。一列火车跑过去，震动整个房子。

芙罗莉决定整夜留在那里，她将想些什么？原先，死者的形象使她从她的原有感情里摆脱出来，她已不再想那些在她从陀恩维尔回来时，一路在繁星下和昏暗的寂静里不

断缠绕她、要她加以考虑的事情。现在,一种突然的惊奇减轻了她的痛苦:为什么她的母亲死了,她竟没有更多的悲伤呢?为什么她没有为她掸过一滴眼泪?虽然她是一个野蛮的和沉默的姑娘,平时她一下班,总不断逃出去,向乡野里奔跑,但其实她是很爱母亲的。在最后要使她母亲致命的危急病势里,她不止二十次走来坐着,恳求母亲请一个医生来看看;因为她也疑心到米索尔的谋害,她恐惧会停止他的放毒。但是她从病人方面一直只能得到一个愤怒的"不"字,仿佛病人存着斗争的倨傲,不接受任何人的援助,确信自己会战胜,将带去她的金钱,于是她不再干涉,重新被她自己的痛苦侵袭,为了忘记,她消失了,再到乡野里去奔跑。真的,这一定是这个阻塞了她的情感:有了太大的悲伤时,心里当然没有给予别人的位置;她的母亲去了,她看见她被毁了,躺在那里,脸色那么苍白,但是她仍然无动于衷,不论她怎么努力,她仍然不能更加悲哀。喊来宪兵?揭发米索尔的罪恶?既然一切都将垮掉,这又何必呢?虽然她的视线还盯视死者身上,但逐渐无可战胜地,停止再看死者,她回到她内心的幻象里,整个思想重新被她脑壳深处所原有的情感侵占,从此只感到火车的震动,它们开过去,不啻向她报告钟点。

一会儿以来,远处传来巴黎慢车驶近的隆隆声。当机头和它前面的放射灯,从她窗前掠过时,房间里突然充满一闪电光像大火反照。

"一点十八分,"她想道。"还要七小时。也就是早上八点十六分,他们将从这儿去。"

数月以来,每一星期,这等待的痛苦总不断缠绕着她。她知道,星期五上午,由杰克驾驶的快车,将领桑芙琳到巴黎去。处在妒火的苦刑里,她只能窥伺他们,只为看见他们而生活着,她想象说,他们到那边,将自由自在地互相占有过快乐的生活。哦!这疾驰过去的火车,她都不能吊在最后一辆上让自己也被载去!她被这丑恶感觉烦扰,在她看来,这所有的车辆都仿佛绞继她的心!她受不了这痛苦的折磨,一天晚上,她躲藏起来,想写信给法庭;因为她若能让宪兵逮捕这个女人,她的痛苦就会结束了;从前她曾蓦然撞见她和格兰摩伦院长的龌龊勾当,她怀疑,她将拿自己所知道地告诉法官们,她一定会把她交到他们手里。但是手里握起钢笔,她却不能叙述经过的事情。再则,难道法官们会听她

的话吗？这整个上流社会一定是互相保护。像人们对付过加蒲宣加样，弄不好倒是她被人关到牢狱里去！但是她太想复仇了，她决定单独去干，而不需要任何人帮助。这甚至不是像她所听说过的复仇思想：为了解除自己的痛苦，要让别人感受痛苦的思想，这是一种尽快了结。撞倒一切的需要，仿佛她盼望巨大力量立刻来扫荡他们。她很自负，认为自己比那个女人强大和美丽，她确信她有被爱的正当权利；当她孤单单一个人披着她时常赤裸的金发在这荒凉旷野的小径上行走时，她真希望抓住另一个女人，如对抗的女兵一样，在树林角落里，用决斗解决她们的争端。从来没有一个男子曾动到她，她反而能击败男性；这就是她的无可抵抗的力量，她一定会赢的。

上个星期，一种突如其来的念头，好像受不知来自何处的铁锤打击，突然被钉入她的脑海里：我要杀掉他们，使他们不再驶过去，不再一起到那边去。她并不考虑，她只服从破坏的野蛮本能。好像有一根刺留在她的肉里，她当然要拔掉它，如果必要的话，她当然会割断自己的手指。杀掉他们，他们第一次经过时，就杀掉他们；为了这个，撞翻一列火车，拿枕木横到路线上，拉掉一段铁轨，然后一切都被粉碎，一切都被消灭。他，肢体被压扁，当然留在他的机头上，女人，为了更接近他，总是坐第一节车厢，也不能逃出灾祸；而其他的旅客们，这人的连续浪潮，她一点也没有想到。这简直不存在，难道她认识他们吗？这火车翻倒，这无数生命的牺牲，变成她每一时刻的缠绕，这唯一的灾祸，相当广大，淹没着够深的人血和够多的痛苦，使她充满眼泪的膨胀的心，可以在里面自由沐浴。

然而，到了星期五上午，她显示了怯弱，并没有在什么地方并用什么方式去除掉一段铁轨。可是晚上，不再值班，她有了一个念头，她向隧道走去，一直荡走到第厄普支线交叉点。这二公里多长的地下，这上面拱形的大道，她在那里仿佛感到火车，向她身上滚来，每次，她都几乎被压碎，由于表示勇敢，一定是这危险诱惑她，要她到那里去行走。但是那一夜逃出看守人的监视之后，她一直走到隧道里面，她沿着左面前进，确信对面来的火车，一定会从她右面过去，她不当心转过头来，想看看开赴勒·哈佛尔的一列火车红灯等她重新行走以后，不知道红灯究竟从哪一方向消失了。尽管她很勇敢，耳朵还是被车轮的闹声震聋，她停下来，两手冰冷，她的凌乱的头发，被恐怖的气息掀起。现在，若有另一列火车过去时，她将扑到右边或左边，她将随时随刻，会被切成两段。她努力一下，还想保持理性，她要自己想起来，她在脑海里考虑。随后，恐怖突然袭击她，她笔直向前疯狂地奔跑。不，不！在没有杀死他们两个之前，她不愿意先死！她的两腿，因轨道受到阻碍而无法正常行走，她溜着走，她跌倒，但是她跑得更快。这是隧道底下的疯狂，两边的墙仿佛为搂抱她，逐渐收紧，上面的穹隆反映出想象的声音，威胁的话语和可怕的吼叫。每一会儿，她转过头来，以为她的颈边已感到机头的灼热气息。有两次确信自己她搞错了，认为沿着她所逃走的这一边跑去，她会被车轮压死，所以又突然跳一下向另一个方向跑去。她疾奔，她疾奔，突然她前面远处，出现一颗星，一只逐渐增大的炫耀的圆眼睛。她全身紧张。前面的眼睛变成一堆炭火，一个吞噬的炉口。她的眼睛被射得睁不开她毫无所，知跳向左面；火车，雷鸣般地开过去：只五分钟以后，安然无恙，在玛罗纳方面，走出来。

那时已九点钟，再过几分钟，巴黎快车就要开到那里。她迈着散步的姿势一直走到

两百公尺以外第厄普支线分叉点,审察铁道路看看是否有什么东西可以供她使用。正在修理的第厄普支线上,停着一列砂砾火车,由她的朋友奥齐尔扳道转到这里;忽然她的脑里有了灵感,她并决定一个计划,她只要阻止这工人不再把扳道机拨向勒·哈佛尔路线,快车就会驶去撞翻砂砾列车。这奥齐尔,自从他满身充溢着迷醉的情欲扑向她身上,又几乎被她突然用棒,击碎脑壳的那一天起,她还对他保持着友谊,还喜欢像逃出溪谷的山羊似的,穿过隧道,向他作意外的拜访。奥其尔很瘦,很多嘴,从前当过军人,办事全心注意,日夜都睁开眼睛,还没有出现疏忽。不过,这野蛮的女人像男子那样强壮,曾打过他,只要她的小指头一挥动,他马上会服从她。虽然他比她大十四岁,他要她,还发誓要占有她,既然暴力不能成功,他只得忍耐并竭力对她表示爱情。所以那一夜,在黑暗里,她走近他的岗位,在外面喊他的时候,他立刻忘记了一切来见她。她迷惑他,带领他向乡野走去,对他讲些复杂的故事,说她的母亲病得很厉害,如果她死了,她将不再留在摩弗拉十字。她的眼睛,向远处窥伺快车的轰声离开玛罗纳,随风快的速率走近。等她觉得火车已到那里后,她转过来看看。但是她没有想到防止误入歧途的新仪器;机头走上第厄普支线轨道,自动发出停止的信号;司机还有时间,使他的火车在砂砾列车数步以外停下来。奥其尔,像一个人在房子塌下的时候,突然惊醒似的叫喊一声,马上跑着回到他的岗位上,而她却则仍然笔直站着,一动也不动,从昏暗深处,观望着眼前的一切。然而两天以后,被调走的扳道员走来向她道别,丝毫没有对她施过的诡计产生过疑心,只对她说,如果她的母亲死了,她可以去找他和他同居。

此刻在这回忆里,罩住芙洛莉目光的梦想浓雾已消散;她重新瞥见死者,由蜡烛的黄光照亮她的母亲已不再在人间,那么,她应该离开,同愿意占有她,或者会使她幸福的奥其尔结婚吗?她的整个身心都在反抗。不,不!如果她怯弱,让他们两个生活着,而她自己也一样活下去的话,她宁可去,充当别人的仆人,而不依附她所不爱的一个男子。一个不习惯的声音,要她倾着耳朵,那一定是米索尔,拿一把鹤嘴锄,正在挖掘厨房的硬地;为了寻找私藏的钱财,他已发狂,他会撞翻整座房子。然而她不愿意同他一起留下,那么,她去做什么呢?一阵暴风吹袭,墙壁都被震动,一线炉火的反光,从死者的苍白脸上掠过去,映红她开着的双眼和讥讽的嘴角。巴黎的最后慢车,由它的沉重和徐缓机头拖着奔跑。

芙罗莉转过头来,凝视晴朗春夜里的闪烁星星。

"三点十分。还要五点钟,他们将开过这里。"

她重新开始考虑,她确实太苦恼。看见他们,每星期看见他们这样到巴黎去相爱,她难以控制内心的不平。现在她确信她将永远不能单独占有杰克,她宁愿他不再存在,什么都不再存在。她在这个悲惨房间坐着守夜,在她想毁灭一切的需要里,整个阴暗的丧幕包围她。既然没有人再爱她,其他的人都可以同她的母亲一起离开这个世界。当然还会死很多人,把他们一起拉走好了。她的妹妹死了,她的母亲死了,她的爱情死了;那么,怎么办呢?孤身一人,留下或离开,还是孤身一个,而他们却时常是两个一起!不,不!我宁可大家一起完!宁可这烟雾腾腾的房子里死的阴风,吹向外面,扫荡整个世界!

经过了长时间的考虑,她已决定,于是她在心里盘算,要实行她的计划的最好方法。

她因而回到除掉一段铁轨的想法。这是最可靠,最实际和最容易执行的方法:只要用锤子敲击枕木上的小铁枕,然而拉走铁轨就行了。她有许多工具,在这荒漠里,没有一个人会看见她。要选择的最好地方当然是出了坑道以后,向巴朗丁方面,在填高的七八公尺土基上,穿过小谷的弯曲处:那里,一定会出轨,翻车也一定是可怕的。但是时间又盘旋在她的脑海里,又引起她的忧虑。在上行的轨道上,八点十六分过去的勒阿佛尔快车没有到来之前,还有一列七点五十分慢车。那么,她有二十分钟的工作时间,这已够了。不过,在规定的班次之间,往往有意外开来的货车,船舶大批到来的时候,尤其是这样。那么,这又是多么无益的冒险! 怎么能预先知道这将一定是快车来到那里撞翻了呢? 很久,她的脑里盘旋着种种偶然性。夜还统御着,仍在继续燃烧的一根蜡烛和她不再剪去的焦黑高烛芯,淹没着溶解的油脂。

由卢昂开来的一列货车刚到来时,米索尔重新进入房里。他曾搜索柴堆,他的两手沾满泥土,他气喘吁吁,他已经因自己的陡然寻找,弄得非常昏乱,他被无能的发狂激动到那种地步,他重新向家具底下,壁炉里面和所见之处到处寻找。长长的列车,它的巨大轮子,隆隆滚响,仿佛永远跑不完,每一震撞都摇动床上的死者。而他,伸长胳臂,卸下挂在墙上的一幅小图画,仿佛看见那双睁着的跟随他的眼睛,那颤动的嘴唇,则仍然发出嘲弄的微笑。

他的脸色变得灰白,他颤抖,他从恫吓的愤怒里嗫嚅说道:

"是的,是的,寻找吧! 寻找吧! ……呸! 他妈的! 我若翻转房子的每块石头,和附近的每块泥土,我一定会找到它们!"

黑的火车,在黑暗的夜里,带着钝重的缓慢,终于跑过去,重新不动的死者,还时常注视她的丈夫,显出那么嘲笑和那么确信自己一定会战胜的样子,他重新走出去,让房间的门大开着。

芙罗莉,由于自己的考虑分心,突然站起来。她走去关上门,使这个人不再来烦扰她的母亲。她惊异地听见自己高声说:

"只需在十分钟以前这就好了。"

真的,十分钟之内,她将有充裕的时间。如果快车到达以前的十分钟,没有任何火车开来的报告,她可以去工作。这样,事情已决定,她的忧虑已消散,她变得很镇静。

将近五点钟,天亮了,这是新鲜和洁净的曙光。不顾强烈的小寒,她大开了窗户,甜美的晨风进入这充满死的烟雾和气味的悲惨房间。太阳还在地平线底下和覆盖树木的小山后面;但是它终于出现了,深红的光,像每一新的春季那样,在土地的再生愉悦里,洒向各个斜坡,照耀崎岖的道路。她昨夜并没有猜错:今天天气将很晴朗,这一天早晨,的确是这些表示青春和辉煌健康,大家都热爱生活的美妙时刻之一。在这荒凉的地方连绵不断的小山岗,被狭小溪谷截断的崎岖旷野上,自己随心所欲地在羊肠小径上行走,多么美好呀! 当她向房间里转过回来时,她惊奇,她看见蜡烛,好像已熄灭,只以苍白的眼泪,闪烁在扩大的日色里。死者,现在,也仿佛向火车交叉过去的路线凝视,甚至已不注意放在她身边的这蜡烛的苍白火焰。

白天,芙罗莉才恢复她的值班。她只为六点十二分巴黎慢车,才离开房间。米索尔

也在六点钟来接替他的同事,夜间的守望员。是听从他的号角召唤,她才去,手里举起旗帜,站在栅栏前面。一会儿,她的眼睛留意火车开过去。

"还要两点钟,"她想道。

她的母亲已不需要任何人。此后她不愿意回到房里去,对此,她已感到无可克服的厌恶。这一切均已完结,她曾抱吻她,她能支配她自己和别人的生活。平常,在各班火车之间,她逃离岗位。但是那一天早晨,一种兴趣要她留在栅栏附近的岗位上,坐在靠铁道边缘放着的一条板凳上。太阳已从地平线升起,温暖的阳光洒到纯洁的空气里,她一动也不动,她在这广大的乡野中间,受这温暖的沐浴,全身充满活力。一会儿,她看到米索尔在路线另一边的木板房里做些什么,他显然很激动,一点也不象他平常的半醒半睡状态:他出来,进去,用神经质的手拨动他的机械,他频频注视着房子,仿佛他的精神仍然留在那边寻找。随后,她忘记了他,她甚至已不再知道他仍然守望着。她完全沉浸在她的等待中,脸是缄默的和严肃的,眼睛盯住巴朗丁方面的铁道尽头。那边,在太阳的愉悦亮光里,一定升起一种幻象,不停地吸引她,她的固执和野蛮目光因而不能离开。

一分钟一分钟连续流逝过去,芙罗莉还是一动也不动地坐着。最后,到七点五十五分,当米索尔,吹两声号角报告上行轨道上的勒阿佛尔慢车将要到来时,她站起来,关掉栅栏,手里握着旗帜,站在前面。火车,震摇土地之后,已向远处消失了;人们听见它进入隧道,声音也随即停止了。她不再坐到板凳上,她仍然站着,重新一分钟又一分钟计算下去。如果十分钟之内,人们不报告什么货车开来,她将跑去,跑到坑道那面去除掉一段轨道。她很镇静,只有胸口紧缩着,仿佛被她将采取的行动的重量压住下。此外,在这最后时刻,一想到杰克和桑芙琳将跑近,如果她不阻止他们,他们将过去,将到巴黎去相爱,她就挺直身体呆着,她下了死决心,她的眼睛因而变盲,她的耳朵因而变聋,仿佛什么都看不到和听不见,她再也没有什么顾虑,这是无可挽回的,这是母狼的脚,趁他们经过时,要踢碎他们的腰部。在她要报复的自私里,她仍然只看见他们两个的毁灭,而不顾虑许多其他旅客。这无数的死人,无数的血,会把这激起她愤怒的温暖和愉悦阳光遮蔽住。

再过两分钟,再过一分钟,她就将动身,她正要动身的一刹那,培古尔路上的钝重响声要她停住。一辆车子,无疑的,一辆载石块的车子走来。有人将向她要求通过,她必须打开栅栏,留下谈天;再没有行动的可能,她的机会又将丧失。她做发狂的无思无虑手势,她将奔跑,她将离开她的岗位,她将让马夫自己去处理车子过去的事情。但是一根鞭子在清晨的空气里抽响,一个声音快活地喊道:

"喂! 芙罗莉!"

这是卡希什,她被钉在那里,从第一步起,她就被留住,甚至还站在栅栏前面。

"怎么?"他继续说,"这样好的太阳,你还睡着吗? 快! 我要趁快车未到来之前赶过去!"

她心理阶段整个崩溃。机会又丧失了,他们两个将去享受他们的幸福,而她仍然找不到半点东西,可以阻止他们,使他们撞死在那里。当她慢慢拉开半腐的旧栅栏,听听破马车轧轧发声时,她愤怒地寻找一个障碍,她可以扔过去,横到轨道上的什么东西,她失望到那样,如果她的骨头还充分坚硬,可以使机头衔出轨外的话,她简直会让自己躺着阻止火车过去。但是她的目光落到载石车上,这是一辆厚而低的车子,上面装着两块大石头,由五匹强壮的马费力拖着走。很高、很宽,这是可以阻塞道路的巨大石块,她竟无意间得到了它们,她的眼睛里因而生起一种突然的幻想,要把这些石头放在那里的疯狂欲望。栅栏大开了,五匹流汗和喘息的畜生等着跑过去。

"今天早晨,你怎么啦?"卡布什再说,"你的脸色很难看。"

于是芙罗莉开始说话。

"昨天晚上,我的母亲去世了。"

他发出一声表示友谊的痛苦呼声。放下他的鞭子,他握紧她的两手。

"哦!我可怜的芙罗莉!这应该早就有这样的心理准备,不过,这毕竟是很难受的!……那么,她躺在那边,我愿意去看看她,因为如果没有发生那次不幸的事情,我们最终会和好的。"

他慢慢地,同她一直走到那所房子。然而在门槛上,他向他的几匹马投射一瞥。她说一句话,请他放心。

"没有危险,它们不会走动!再则,快车还早着呢!"

她撒谎。在旷野的温暖震颤里,她听惯的耳朵已听见快车离开巴朗丁车站。再过五分钟,它将到那里,将从栅栏以外一百公尺的坑道里出来。待石矿工人走到死者的房间里站着,忘记了自己,很感动想到已死的小路易斯特,她留在外面的窗前继续听着,听见远处,机头的均匀气息,逐渐走近。突然,她想到米索尔:他一定会看见它;一定会阻止它;她转过来,看见他并不在他的岗位上,她的胸口不免感到沉重的打击。在房子的另一面,她又一次看见他向井栏圈下面挖掘,他不能抵抗他要寻找的疯狂,他被突然灵感侵袭,认为她母亲的私财一定藏在那里:整个沉浸在他的激情里,他已变成聋子和瞎子,他搜索,拼命搜索。这对她,又是最后的鼓励。事情本身也愿意这样。一匹马已开始嘶叫,机头从坑道对面,像一个忙着奔跑的人,发出很重的喘息。

"我去牵着它们,要它们安静地留下,"芙罗莉对卡布什说。"你不要担心。"

她很快跑去,拉起第一匹马的络头,用她女斗士的全部力量拉动它。五匹马都挺直它们的脚腿,不一会儿,车子,因它的巨大载负,很重地留着,只摇摆一下,而没有移动;但是她自己也仿佛驾在车上,像增援的畜生似的帮着它们拖拉,车子终于向铁路上前进。它完全横在轨道上的时候,快车已从那边,一百公尺以外的坑道里出来。于是为了要载石车不动,怕它会被拖过铁轨,突然做出超人的力量阻止车子,要它停住。她肢体都轧轧发响,她已享有非常强壮的传说声誉,人们都曾说,她的敏捷力量是奇特的:一节车厢由斜坡上滑下,在它奔跑时,曾被她抵住,还有一辆载货的马车碰到火车,曾被她推开,抢救回来。今天,她做这惊人的动作,她用她的铁腕阻住那五匹因遇险本能翘足反抗和张口嘶叫的马。

这几乎只是几秒钟的无穷恐怖。两块巨大石头仿佛阻塞地平线。机头带着闪亮的铜、发光的钢铁在明朗早晨的阳光下,随它的风快速度向前冲过来。不可避免的现象已经来到,世上再没有任何东西能阻止撞压发生。只能坐等。

米索尔,一跃回到他的岗位上,胳臂朝天,拼命呼喊,在想通知和挡住火车停下的疯

狂愿望里,摇动他的拳头。听到车轮的响声和马的嘶叫,由房子里出来的卡布什,也拼命呼喊,扑向车边,想使畜生们赶快走开。但是已跳到旁边的芙罗莉拖住他,救了他的性命。他相信她没有力量控制他的几匹马,是它们拖着她走。他在失望和恐怖的喘息里责备自己,他急得痛哭,而她仍然一动也不动,仿佛更高大,她的眨动和紧张的灼热眼睛,只向前面注视。当机头前端将碰到石块,或者还有一公尺要远时,趁这无可估计的千钧一发和危急时机,她很清楚地看着杰克,他的一只手握着他的驾驶盘。他转过脸来,他们的眼睛,在一瞥交射里相遇,——她觉得这一瞥是无限地长久。

那个早晨,桑芙琳,在勒阿佛尔,为了搭快车,像每一星期一样,走到车站月台上,杰克向她微笑。何必要让噩梦破坏生活的趣味呢?幸福的日子既然呈现在自己面前,为何不好好利用它呢?最终,一切都会处理得很好。他决定至少去尝尝这一天的快乐,他预拟计划,打算同他到饭馆去用午餐。所以她看见前面没有头等车厢,不得不远离他,到后面去找座位时,他安慰她,对她露出非常愉悦的微笑。他们还是一起到巴黎,这时虽然离得很远,到了那边,还是能重新相会的。他俯出去,看她到尽端登上一个车室,他表示那样好的耐性,他甚至开车长亨利·陀凡涅玩笑,他知道后者正在爱她。上个星期,他认为桑芙琳为了散心,逃避她的郁闷生活,也曾鼓励车长,要他作大胆的尝试。罗勃早就说过,即使不感兴趣,只为重新寻找另一种生活,她也会同这个年轻人睡觉。杰克问亨利,前一天夜里他隐藏在火车出发大院子的一棵榆树后面,到底是给谁递送他的飞吻,这使正替冒烟和准备起程的莉嫦加进煤炭的火伕柏葛,爆发出大笑。

从勒阿佛尔到巴朗丁,快车按照它的规定速度行驶,并没有什么意外;出了坑道,还是亨利第一个从他的瞭望小室高处,报告轨道上横阻着石车。前部行李车,塞满行李,因为火车载得很重,搭有前一夜从一艘邮船上下来的许多旅客。在这大箱和手提箱不断摇动和跳跃的整个堆积中间,车长只占很狭小位置,他靠他的办公桌站着,整理各种纸张,挂在一枚钉上的小墨水瓶,也在连续摇摆。经过他卸下行李的车站前,他必须作四五分钟记载。到巴朗丁两个旅客下了车,所以他整好他的纸张以后,爬上他的瞭望台坐下,依照他的习惯,他向前后瞥了一眼,这个时刻,他总是这样自由自在,在这装有玻璃的岗位上监视着。煤水车遮住了司机,因他坐得高,他往往比司机看得更远、更快。所以火车由坑道里转过来时,他已看见那里的障碍。他大惊失色,一下子产生了惊疑、慌张和全身瘫痪。他呆了几秒钟,一声吼叫已从机头里升起,火车跑出坑道,于是他去拉身边悬挂着的警钟绳子。

在这千钧一发之际,杰克一只手握住驾驶盘,由于一瞬间的分心,他虽然向前注视,可一点也没有看见。他想到遥远的和模糊的事情,连桑芙琳的形象也在沉思里消失了。警钟的疯狂摇动和柏葛从他背后发出的叫声,突然惊醒他。柏葛因不满意行驶,台高灰栅的掀棒,俯身去看看速率,忽而看见了前面的载石车。杰克,脸色像死人那样苍白,已看见一切和明白一切,巨大载石车横挡着,机头疾驰过去,即将发生的恐怖冲撞和翻倒,以那么强烈的明显形象,呈现在他眼前,他甚至能辨出两块石头的斑痕,他从骨子里感到压碎的震动。这是不可避免的。他粗暴地拨转驾驶盘,关上蒸气开关,并竭力收紧制轮机。他开倒车,在想通知和避开那边巨大障碍物的无能和狂暴意念里,他下意识地用一

只手,挂到汽笛的拉柄上。但是在这撕裂空气的凄惨叫声里,莉嫦并不服从,它向前奔跑,几乎没有慢下来。自从它在雪里毁坏它的好蒸发以来,它已不再是从前的柔顺牲口,它从前是那样容易开动,现在已变成狂暴和倔强的衰老女人,寒冷的打击已破坏它的胸口。它喘息,它在制轮机下反抗,它仍然带着沉重巨体固执地向前跑去。柏葛,吓疯了,立刻跳下火车。杰克,笔挺地留在他的岗位上,痉挛的右手握住驾驶盘,另一只拉响汽笛,不知道为什么,他还等着。冒烟和喘息的莉嫦,在不停地尖锐怒叫声中,继续奔跑,带着她拖拉的十三节车厢的巨大重量,碰到横挡着的载石车上。

于是二十公尺以外,站在路线边缘的米索尔和卡希什,两臂向天竖起,早被恐怖吓昏,而芙罗莉,则睁着眼睛,看见这可怖的情景,火车矗立起来,七辆车厢爬到彼此的身上,然后随着可怖的响声重跌下来,形成整堆残物的崩溃。前三辆粉碎,其他四辆,则构成一堵小山,撞穿的车顶,裂断的轮子,毁坏的车门,分散的链条和缓冲机,互相混杂,倒在玻璃碎块中间。尤其是人们听见机头碰撞石块的摩擦,它所发出的钝重压榨声,简直是巨大生物的呼喊。腹部剖开的莉嫦,向左翻倒在载石车上;巨大的石块,仿佛受到地雷爆炸,突然崩裂,飞出无数碎片,五匹马中的四匹,滚动着,拖曳着,一下子被压死。火车尾部,其他还完全的六节车厢,随即截然停止下来,甚至没有出轨。

但是种种叫声和消失了的呼救话语,变成听不清楚的呼号。

"救命呀!……哦!我的天!我要死了!救命呀!救命呀!"

人们已不再听到,已不再看见。向左翻倒的莉嫦,腹部裂开,蒸汽从脱掉的开关和破碎的管子里丧失了,它的怒吼气息,很像巨人临终时的狂暴急喘。一阵白汽喷出来,它的厚密漩涡,沿着地面滚动;炭火从炉了里跌出来,红得像肚腑里流出的血。另外,一阵又一阵的黑烟在飞旋。烟囱在暴烈的冲撞下戳进泥土;载负机头的底架,被截断,两根直梁被绞曲,轮子朝天,像一匹奇特的牝马被什么锋利器皿一下子撞翻,莉嫦露出它的全部肢体,它的转动杠已弯曲,它的许多配汽器已破碎,它的唧筒和侧心盘已被压扁,总之,整个丑恶的创口向天空裂开,它的灵魂,不断地发出发狂的绝望响声,从那里逃走。那没死的一只马,正好傍近它躺着,前面的两脚被截去,内脏也从它的腹部裂口里流出。它的头,在残酷的痛苦里,笔直挺起,人们看见它发出恐怖的嘶叫、喘气,它的悲惨声音,淹没在垂死的机头隆隆震响声中。

喉头梗塞的一声一声叫喊,消失了,飞走了,仿佛没有被人听见。

"请救救我!请杀死我!……我太痛苦了,请杀死我!那么,请立刻杀死我吧!"

在震耳的喧闹和这敝眼的烟雾里,那几节还完好的车厢的门打开了,溃乱的旅客们逃到外面。他们颠仆在铁路线上,他们互相滚动,他们用拳打脚踢,挣扎起来。接着,待他们一觉得土地还是结实的,自由的旷野还呈现在他们面前,他们即疯狂奔跑,跃过荆棘篱笆,穿过田亩,只想着避开危险,远远避开危险。女人们,男人们都拼命呼喊,消失在附近的森林深处。

桑芙琳被践踏,她的头发散乱,她的罩袍被撕成碎块,她终于摆脱出来;她并不逃走,她正向隆隆响着的机头扑去,她忽而站在柏葛面前。

"杰克,杰克!他已逃出危险,不是吗?"

火侠，居然没有一点肢体损伤，他也奔跑，一想到他的司机被压在车底下，他的心不免被懊悔缩紧。他们曾一起旅行了那么多次，他们处在大风吹袭的连续疲倦下，曾共同吃过那么多苦！他们的机头，他们的可怜机头，他们三个一起过活的好朋友，现在也仰翻倒在那边，从它的破裂肺部里，倒吐胸口的全部气息！

"我曾跳车，我什么都不知道，我完全不知道……我们跑吧，我们快跑吧！"

在路边，他们碰到芙罗莉，她还没有动过，她沉没在她所完成的行为和谋杀的麻木里。这已完蛋，这很好，只有她感到自己满足了一个需要，她对于别人的痛苦，并没有怜悯的心思，甚至她的眼里没有看见这个。但是她一认出桑芙琳，她的眼睛就过分睁大，一种惨痛的阴影，立刻罩住她的苍白面孔。什么？这女人，她还活着，而他已死了！在这杀害爱人的强烈痛苦里，在这给自己当胸刺入一刀的打击下，她突然意识到她犯罪的丑恶。她曾干了这个，她曾杀掉他，她曾杀掉这一切人！一声大的叫喊撕裂她的喉头，她绞曲她的胳臂，她也随着人们疯狂地奔跑。

"杰克，哦！杰克……他在那里，我曾看见他曾被翻到后面，……哦！杰克，杰克！"

莉嫦的喘息已减，它的沙哑呻吟已疲弱下去，现在从这微声里，人们已听见受伤者的悲伤呼喊逐渐增高。不过，烟雾还始终是深厚的，巨大的残物堆好像包围着黑的灰尘，留在阳光里，一动也不动，这些恐怖和受苦刑的人声，就从这里面迸发出来。现在该做什么呢？从哪里开始呢？怎样才能达到这些不幸者身边呢？

"杰克！"芙罗莉还继续喊道。"我对你们说，他曾注视我，他被翻倒在那里面煤水车底下……你们快跑吧！你们帮助我吧！"

卡希什和米索尔已扶起车长亨利，后者在最后一秒钟也纵身跳下。他的脚骨已脱节，他们要他坐到篱笆附近的地上，他，蠢头蠢脑，如聋如哑，他只在那里注视抢救，似乎并不受苦。

"卡希什，快来帮助我，杰克在那下面！

石矿工人没有听见，他朝别的许多受伤者身边跑去，他抢起一个少妇，她的两腿垂下，腿根儿部分已被折断。

还是桑芙琳听见芙罗莉的叫唤，很快跑过来。

"杰克，杰克！……在哪里？我来帮助您！"

"好！就这样，请您帮助我吧，您！"

她们的手相遇，她们一起拖拉一个破碎的轮子。可是这一个的纤细手指做不了任何事情，另一个铁腕，则推翻了很多障碍。

"当心！"柏葛说，他也着手工作。

桑芙琳正向一只由肩膀上截断，还穿蓝呢衣袖的胳臂走去时，他突然做动作阻止她前进。她因而吓得后退。然而她不认识这个衣袖：这是一只不相识者的胳臂，无疑的，是由别处的一个身体上，滚到这里来的。她因而颤抖得如此厉害，她仿佛已瘫痪，她哭丧着脸站住，注视别的人们工作，她甚至不能俯下来，除掉手会被割伤的玻璃碎片。

抢救垂死者和寻找死者，其中充满忧虑和危险，因为机头的火已拨到木片上，为了扑灭这大火的隐患，必须拿锹子扔上泥土。人们跑到巴朗丁去要求援助，并向卢昂发出一个电报，排除障碍的工作，尽最大可能迅速组织起来，一切人手都发挥极其勇敢的精神参加抢救。很多逃走者已回来，认为他们的惊慌是可耻的。但是人们十分小心地前进，必须除去每一残物，要求极大谨慎，因为残物堆里若发生坍塌，恐怕被掩埋的还活着的不幸者会丧失性命。许多受伤者从混乱的堆叠里露出来，他们一直陷到胸口，仿佛被夹在老虎钳里，发出悲惨的呼号。人们工作了一刻钟，才挖出其中的一个，他并不呻吟，他的脸色像纸那样白，他只说他没有什么，他一点也有受苦；待他终于被挖出来以后，他已经没有了两腿，马上死了，刚才在他的恐惧激动里，他并不知道和发现这丑恶的毁伤。还有整个家庭从已经着火的一节二等车厢里拉出：父亲和母亲伤在膝盖上，祖母的一只胳臂被截断；但是他们也一样，他们也不感到他们的疼痛，他们只哭着呼叫他们的小女儿，只有三岁的金发孩子，消失在车子的倾覆里，人们从车顶的一块碎片底下找到他们的孩子，一点也没有受伤，她还露出好玩和微笑的面容。另一个小女孩，身上涂满血，她的两只可怜小手已被压碎，人们把她抱到旁边，等着找到她的父母，她孤单单和无知地留下，她已那样窒息，她不说一个字，待人们一接近她，她的抽搐脸孔立刻变成难以形容的恐怖面具。人们不能打开车门，冲撞已扭曲门上的铰链，人们必须由破碎的窗玻璃进入车室。已有四具尸体并肩排列在路边。估计十个受伤者在死者旁边躺着，没有一个医生给他们包扎，没有任何必要的救助。排除障碍物的工作几乎刚开始，从每一残物下，人们总会发现一个新的被害者，堆积似乎没有减少，所有的一切都因这人的屠杀颤动着，不断流血。

"我对你们说，杰克在那下面！"芙罗莉重复说，仿佛因她所发出的这固执和无理由的叫声，感到安慰，仿佛这就是她的失望呻吟。"他呼救，喏！喏！你们听！"

煤水车深陷在互相堆叠和互相倾覆的许多车厢底下；真的，从机头的喘息减低以后，人们听见一个粗大声音，从坍塌的残物堆深处迸发出来。待工作逐渐有了进展，这临终声音的呼喊也变得更高，听来那样痛苦，正在工作的人们也不能忍受，也随着哭泣和呼喊。最后，当他们挖到那个人，把他从两条腿上拉下来，并拉到他们身边时，痛苦的呼号立刻停止。那个人已死了。

"不，"芙罗利说，"这不是他。他还在更深处，他一定在那下面。"

伸出她的女铁人的胳臂，举起轮子，把它们扔到远处，她扭曲车顶的铅皮，击碎车门，拔掉一段一段铰链。她若遇到一个死者或一个受伤者，她呼唤，要人们给她拖走，她一秒钟都不愿意放弃她的疯狂搜索。

在她背后，卡布什，柏葛和米索尔，也帮着工作，始终站着的桑芙琳，感到衰弱无力，不能做半点事情，终于坐到一个车厢被撞穿的座位上。但是米索尔，重新恢复他的冷淡脾气，很温和，很镇静，一扫过分的疲倦，极其卖力帮助别人去搬运受伤的或死了的人。他，和芙罗莉一样，也注视尸体，仿佛要认出他们，看他们之中是否有成千成万在十年之内由他们面前很快排列过去的熟悉面孔，这无数群众，每次都像闪电般被载去，被卷跑，只给他们以模糊的回忆，这次难道没有留下一个相识者吗？对，这些就是那些川流不息，来回奔波的陌生人，他们猝死在这里，连名字也没留下完全同忙碌的生命，匆匆而过，向遥远的未来奔去，没有分别；对于这些跌到路上，被践踏，被压碎，头卢布满丑恶创伤的不幸者，他和芙罗莉还不能指出任何姓名，或得到任何可靠的情况，他们像面对敌方猛烈炮

世界孤本小说

欲魔

火站着的士兵们一样,他们只让自己的尸体填满洞窟罢了。然而芙罗莉发现到一个,火车陷入雪里的那一天,她曾同他谈过话:这美国人,她终于熟识地认出他的侧影,虽然始终不知道他的名字叫什么,他自己和他的家属是何许人。米索尔将他同其他的死者一起搬走,他不知道这些可怜的人究竟从何处来,停在哪里,究竟要到何处去。

随后还有一个心酸的景象。在翻倒的一个头等车室里,人们发现一对年轻夫妇,大概是刚结婚的吧,他们如此不幸地一个躺在另一个身上,女人压住她底下的男人,她竟不能移动一下,以减轻他的痛苦。他被压得那样紧,已开始作临终前的喘息,她嘴巴还是自由的,恳求人们快些工作,她惊恐,觉得自己将杀死他,她的心简直已被扯裂。待他们终于被抢救出来以后,她突然断气了,因为她的腰部已被缓冲机戳穿一个洞。醒过来的男人发出痛苦的叫喊,他跪在她身边,眼睛里充满泪水。

现在已有十二个死者,三十以上受伤者。人们已拖开出煤水车;芙罗莉,每隔一会,停止她的工作,让她的头伸入破裂的木板和绞曲的铁条中间,她的眼睛在做热烈的搜索,看看她是否能找到底下的司机。突然,她大叫一声。

"我看见他了,他在那下面……喏!这是他的胳臂同他的蓝呢短上衣……他不动,他不呼吸……"

她再站起来,她像男人一样的咒骂。

"他妈的!你们快些吧!你们把他从那下面拉出来吧!"

她竭力想除掉车厢的一块地板,而别的残物却阻止她拉向自己身边。于是她跳下来,她奔跑,她带着米索尔家里用作劈柴的一把斧头回来,她举起它,像一个樵夫,在橡树森林中运用斧头那样,她以狂暴的连续摆动,打击地板。人们都离远她,让她这样做,只向她喊着"当心!"但是除了司机,已没有别的受伤者,他被埋藏在错杂的车轴和轮子底下。其实,她并不听从他们的警告,她被兴奋掀动着,她有把握,她是无可抵抗的。她劈倒木板,她的每一打击,都截去一个障碍。她的金发飞舞着,她的胸衣被拉去,露出她的赤裸裸两臂,和可怕的刈草者一样,她从这丑恶的、由她自己造成的破坏中间,开出一个空隙。最后一下打击,碰到车轴,斧头的铁,裂成两半。在其他人的帮助下她拨开许多轮子,这些轮子正好庇护着年轻人,使他不至于被压死。她第一个抓住他,把他抱到自己的胳臂里。

"杰克,杰克!……他呼吸,他还活着。啊!我的天!他还活着……我知道我曾看见他跌下而且被压在那底下!"

桑芙琳昏乱地跟随她。她们两个抬他放到篱笆脚下的亨利身边,亨利惊呆了,还继续注视,似乎不明白他在哪里以及人们在他周围做些什么。柏葛走过来,站在他的司机面前,看见他处在这样垂死的状态里,心头非常难过;两个女人此刻则在杰克左右跪下,扶住不幸者的头,并忧心忡忡地窥察他脸上的细微颤动。

后来,杰克抬起眼皮。他的模糊目光轮流望着她们,好像认不出她们究竟是谁,好像她们和他毫无关系。但是看见数公尺以外正在断气的机头时,他的眼睛首先惊惶,固定,逐渐闪出增长和摇曳的感动亮光。它,莉嫦,他认识它,它使他想起一切:横挡在轨道上的两块巨石,可怕的震撞,这丑恶的,他和它同时感觉到的颠覆;他已复活了,而它,无疑的,一定要死去。它表示倔强,的确无罪;因为自从它在雪里感染了病症之后,它即使不警惕,也不能算是它的过失;而更不用说那到来的年纪,使它的肢体加重,使它的关节变硬。所以他愿意宽恕它,看见它受到猛烈的致命伤,现在已处于弥留状态,他的心头洋溢着巨大悲痛。可怜的莉嫦,它只有几分钟可活了。它逐渐冷去,它的炉子里炭火掉下来,化成灰,从它裂开的腰部,那样粗暴地吐出气息,终于变成哭泣孩子般的轻微呻吟。即使被泥土和唾沫玷污,它还是那样闪亮,朝天躺着,陷入煤炭的黑潭中间,它像一只壮丽的牲口突然被一个意外轰倒在街心,遭受凄惨的死亡。过了不久,从它的破碎脏腑里,还能看见它的器官的活动,汽缸的抽唧,像两个双生的心脏跳动着,蒸汽仿佛是脉管里的血,循环流入各个配汽室,转动杠,很像抽搐的胳臂,只发出它借以生活的力量一起离开,这强烈的气息,仍然徐徐喷吐,它不能使它一下就清空。被剖腹的巨人已转入平静,已逐渐沉入很柔和的熟睡,终于默然无声地死去。这整堆留在那里的铁,钢和铜,这被压碎的巨人破裂的躯体、分散的肢体、受伤的器官,都偃卧在光天化日之下,显露巨大尸体的凄惨景象,仿佛它已活过,生命已在痛苦里消失了。

知道莉嫦已不复存在的杰克,怀着同它一起死去的愿望,重新闭上眼睛,其实,他是那么衰弱,他相信自己已从机头的最后气息里被卷走,现在,从他闭上的眼皮,徐缓的泪水流下来,淹没他的面颊。这对于喉头紧缩,一动也不动留在那边的柏葛,实在是太难受了。他们的好朋友死了,看,他的司机也想跟着它去。那么,他们三个一家的生活已完了吗?那么,登到它的背上,不交换一句话,共同作数百公里的旅行,也已完了吗?他们三个时常是那样同心同德,他们不必做什么手势,就能互相了解呢!啊!可怜的莉嫦!它表现它的力量时,是那样温柔,它对着太阳闪光时,又是那样漂亮!没有喝过酒的柏葛于是爆发痛哭,他不能忍住悲哀的打嗝摇动他的高大身体。

桑芙琳和芙罗莉也陷入失望,也因杰克的重新失去知觉,极其担忧。年轻女郎跑到她家里去,带回掺樟脑的酒精,为了做点有益的事,用这刺激的液体,拼命为他按摩。但是在这两个女人忧虑的同时,还为那匹两只前腿被截去,苟延残喘的马的缓慢临终而感到烦恼。它靠近她们躺着,发出不断的嘶声,几乎同人一样的痛苦叫喊,听来是那么响亮和那么恐怖,有两个受伤的人,受到传染,也像畜生似的,开始呼号。人死的叫声从来没有像这样悲惨,它传入听者的耳中,永远不会被忘记,人们的血简直被它吓冷。苦刑变得那样残酷。许多怜悯和愤怒的颤抖声音,恳求人们结果那匹不幸而又那样受苦的马的性命。现在,机头既已死去,而这匹马的无尽期喘息仍然继续着,仿佛是面临灭顶之灾的最后悲伤。还呜咽哭着的柏葛于是拾起已突裂的斧头,对着马的脑壳重重敲击一下,终于将它打死。大屠杀后的地面立刻转入静寂。

了两小时漫长的等待,援救终于到来。在相碰的冲撞里,一切车厢都向左倾倒,如此,下行轨道的清除工作只要几个小时就能完成。一部调配机头拖引着三节车厢,从卢昂载来州长办公室主任,帝国检察官,公司的许多工程师和医生,整整一大群慌张和忙碌的人,巴朗丁车站站长,贝西埃尔先生则早已赶到那里,和一组工人,清除残物。这平常是那样荒凉和无声的偏僻角落里,充溢着奇特的激动和骚扰。安全和健康的旅客们,从他们惊慌的疯狂里,还保持着活动的强烈需要;有些寻找车厢,一想到他们要再上去,就

表示恐怖，其他的人看见人们甚至找不到一辆手推车，已开始担心，要知道他们到哪里去吃饭，到哪里去睡觉，大家都要求设一个拍电报的办事处，很多人已带电报，步行到巴朗丁去。当官厅代表们，得到公司人员的协助，开始做事变的调查时，医生们忙于受伤者的包扎。有些已在血泊中失掉知觉。另外有许多人受钳子和针的刺激，则发出微弱的呻吟。那里一共有十五个死者和三十二个重伤的旅客。等着他们的身份被证明，死者躺在地上，面孔朝天，沿篱笆一带排列着。只有一个个子矮小金发和玫瑰色脸颊的年轻助理检察官，显示热心，照顾他们，搜索他们的衣袋，看看是否有什么证书，卡片和信件，可以让他给他们的每一个人标上一个姓名和住址。然而他的四周，已有一圈张口结舌的人围绕着，虽然附近四五公里以内没有房子，但仍然有许多好奇者不知从什么地方赶来，三十个左右的男子，女人和孩子，非但不能提供任何帮助，反而成为别人行动的障碍。四月的清朗早晨，已在屠杀的旷野上战胜黑的灰尘，那遮住一切的蒸汽和烟幕，已经消散，明亮、温暖和愉悦的阳光照耀着垂死者和死者，以及腹部破裂的莉嫦和堆叠的残物。负责清除的工人们，像成群的蚂蚁，正在修复被不谨慎行人一脚踢翻的"蚁窠"。

杰克还是不省人事，桑芙琳留住一个经过的医生，恳求他给他医治。医生诊察过年轻人，找不到半点表面的伤痕，但是他害怕内部损害，因为一丝一丝的血流在他的唇边。还不能做出准确的诊断，他劝她赶快搬走受伤者，避免震动，给他安顿在一张床铺上。

杰克发出痛苦的轻微叫声，重新睁开眼睛，这次他认得桑芙琳，他在昏乱里喏喏说道：

"赶快搬我走，赶快搬我走！"

芙罗莉俯下身。但是转过头，他也认出她。他的目光表现一种孩子般的恐怖，他在愤恨和惊骇的退缩里，重新转向桑芙琳。

"赶快搬我走，赶快搬我走！"

于是她问他，甚至用"你"称呼他，好像她只单独同他一起，芙罗莉在场也无关紧要：

"到摩弗拉十字去，你愿意吗？……如果你愿意的话，这就在对面，我们将在自己家里。"

他接受，他还战栗，他的眼睛还盯视另一个身上。

"到你所愿意的任何地方去，马上去！"

芙罗莉站着不动，在这惊怖和厌恶的目光下，她的脸色变得苍白。在杀死这些无罪者和不相识者的惨剧中，她没有达到目的，他们两个还活着：女的逃出来，没有半点轻伤；他现在或者也会脱险；这样，她只使他们更加接近，使他们一起进入这偏僻的房子深处，过着亲密生活。她仿佛看见他们安顿着，男情人痊愈了，静静休养，女的，对他做种种细心的看护，她的守夜将得到连续抚摩的报答，他们两个都远离世界，享受绝对的自由，度过这灾祸的蜜月。一阵大的寒冷刺激她全身，她注视躺着的许多死者，她杀了许多人，却一无所得。

这时，在这投向屠杀的目光下，她看见米索尔、卡希什，由先生们在询问，无疑的，这一定是官厅的人。真的，帝国检察官和州长办公厅主任，竭力想查明这石矿工人的车子怎么会这样横挡着轨道。米索尔虽然不能供给半点切实的情况，却坚持说他没有离开他

的岗位;他实在什么都不知道,他撒谎,他说他正转过身去照顾他的仪器。至于精神很烦乱的卡希什,则叙述一个长的混杂故事;他为什么犯错误,抛开他的马,想去看看死了的女人,那几匹马怎样自动地行走,女郎又怎样不能留住它们。他的言语含糊,他再开始叙述,别人不明白他讲了些什么。

芙罗莉被吓冷的血,在自由的野蛮刺激下重新激动起来,她要摆脱一切约束的自由,她要考虑一个主意,她在自己选择的真正道路上,将永远不需要任何人的干涉。何必等着别人提出许多问题来麻烦她,甚至逮捕她呢?因为除了犯罪,的确还有职务上的过失,人们将使她担负这翻车的责任。然而,只要杰克没有离开,她仍然被某种不可知的力量留住不走。

桑芙琳恳求柏葛协助,柏葛终于找来一副担架;跟一个伙伴回来,抬走受伤者。医生同时要少妇接受亨利,让他也睡到她的房子里去,可这位车长还蠢头蠢脑地留在那儿,似乎受着脑震荡的折磨。他挨着等待,让人搬走。

当桑芙琳俯下,解开妨碍杰克的领子时,她公开亲吻他的眼睛,给他以忍受移动而产生的剧烈疼痛的勇气。

"别害怕,我们将是幸福的。"

他露出微笑,也亲吻她。这惹起英罗莉极度悲伤,这已是永远失去他,她的心痛得简直要破裂,她的血也像是从不可医治的伤口里一阵一阵流出。待人们把他抬走以后,她立刻逃走。但是经过低矮房子前面时,她由窗玻璃上,看见死者的卧室,白日里燃点的蜡烛,在她母亲的遗体旁边,闪烁着惨白的斑点。意外事件发出时,死者单独躺着,头一半转向外面,眼睛还睁着,弯曲的嘴唇依然显示嘲笑,仿佛她注视她所不认识的人怎样被翻倒、被压死。

芙罗莉奔跑,她立刻转过陀恩维尔大路的拐弯处,然后向左投入荆棘丛里。她熟悉当地的每一个偏僻角落,从此,她可以向宪兵们挑战,如果他们要追捕她的话,他们不妨来试试,看他们是否能捉住她。所以她突然停止奔跑,她继续用徐缓的小步跑向她过去烦闷时常常喜欢躲藏的一个隐蔽所——隧道上面的一个洞窟。她抬起眼睛,她看见太阳已升到头顶。到了她的洞窟以后,她仰卧在坚硬的岩石上,躺着一动不动,两手弯到她的脖子后面,开始反省。只在那时,丑恶的空虚在她的体内产生,死亡的感觉,逐渐使她的肢体麻木。这并不是无辜地害死这所有人的追悔,因为她还必须再作努力,才能认识这行为的丑恶和自我忏悔。她现在只确信:杰克一定看见她阻止那几匹马过去,从他的回避中,她已明白,他简直认为她是可怕的怪物,他不愿意接触她,她看见他曾经惊怖和厌恶地排斥她。他将永远不会忘记。其实,对别人失败了,对自己当然是不会失败的。过一会儿,她将去自杀。她已没有任何别的希望,等到她躺在那边,脑里逐渐平息下去并开始做安静的推理时,她更感到自杀的绝对必要,只有她整个生命毁灭。似乎疲倦阻止了她重新起来去寻找一件自杀的武器。然而,从她沉浸的半醒半睡深处,同时又升腾起生的热望,和幸福的需要,她既然让其他两个人享受自由和共同生活的无上幸福,她的脑里还萦绕着她自己也要幸福的最后梦想。为什么她要等到夜里,为什么她不立刻跑去找一向崇拜她,此后一定会好好保护她的奥齐尔呢?她的意识变得很温柔,很模糊,她慢慢进

入没有梦的漆黑睡乡。

芙罗莉醒来后，深沉的夜已降临。全身麻木，头脑还很昏乱，她探摸她的周围，触到赤裸裸的岩石，她突然想起自己睡在什么地方。这仿佛是巨雷的轰击，她立刻感到"必须去死"的无可挽回的必要。怯懦的温柔、还想过着可能生活的示弱、似乎同疲倦一起消失了。不，不！只有死是好的。她不能生活在这整个血潭里，她的心已破碎，她唯一想占有而被另一个女人抢去的男人，现在已憎恨她。现在她已有力量，她必须去死掉。

芙罗莉站起来，走出岩石的洞窟。她毫不犹疑，因为她从本能里，知道她应该走向何处去。直向天边，向闪烁的星星看了一下，她知道那时已将近九点钟。当她抵达铁路线时，一列火车，在下行轨道上，很快地掠过去，这似乎引起她的快感：一切都进行得很好，人们显然已清除了这条轨道，至于另一条，无疑的，还被阻塞住，因为它的交通似乎还没有恢复。在这野蛮区域的极大静寂里，她沿着荆棘篱笆前进。她一点也不急忙，巴黎快车只在九点二十五分钟才到那里，这之前，将不再有别的火车；在浓密的阴暗里，像她平常沿着荒凉小径，作习惯性的散步一样，她仍然以缓慢的小步沿着篱笆走去。然而，没有到达隧道以前，她越过篱笆，她继续在轨道上闲荡着前进，决心去迎接不久就要到来的快车。为了不被看守人看见，像从前每次到另一端去看奥齐尔似的，她必须施展狡猾的躲避。进入隧道后，她还向前，时常向前行走。但是这不再像那一星期的情形那样，她即使转过来，她已不再害怕迷路。这隧道里的疯狂发作，这事物意识，空间和时间都淹没在穹窿压抑和雷声里的疯狂发作已不再在她的脑壳里激动。这和她有什么关系！她不再考虑，她甚至不再思想，她只有一个固执的决心：只要她没有遇见快车，她将向前面走去，即使看见机头的放射灯，她还是笔直向它走去。

芙罗莉不免有些诧异，因为她觉得自己经这样行走了很久。她所渴望的这个死的主意，她不会遇见它，她将行走许多许多公里而始终不会碰见它的念头，一会儿激起了她的失望。她的两脚已疲倦，那么，她必须坐下，横躺在轨道上等候死吗？但是这在她看来是不适当的，由于处女和女斗士的本能，她需要一直走到底，让自己全身笔挺地死掉。待她从很远地方，看见快车的放射灯，像一颗小星，在墨黑的天边深处，闪烁发光之际，她的体内有了毅力的觉醒和再向前的新的激励。火车还没有进入穹窿底下，没有任何声音告示它的到来，只有这如此鲜明和如此愉悦的火光，逐渐扩大。重新挺直她柔软的高身材，随她的强壮两腿摇摆，她现在已放快脚步前进，可是并不奔跑，仿佛走近一个朋友，她要留下一段道路。但是火车已进入隧道，可怕的隆隆声响已逐渐逼近，风暴的气息已震动土地，那亮灯，继续扩大，变成一只巨眼，似乎从昏暗的眼眶里涌现出来。于是受无法解释的情感控制——或者只让自己单独死去吧？——她一面不停止她的固执和英勇行走，一面清空她的衣袋，她拿整个包裹：一条手帕，许多钥匙，小绳和两把刀，放在轨道旁边，甚至她除去结在自己脖子上的披肩，她解开纽扣的胸衣，一半被拉掉。那只眼睛变成一堆炭火，变成一个喷射烈焰的炉口，怪物的气息，已变得热而且潮湿，由这霹雳的滚动中到来，逐渐发出震耳的响声。她还继续行走，为了不错过机头的驶近，她仍然笔直向这炉口前进，简直同夜里的飞虫受到闪亮的火光诱惑一样。在可怖的冲击里，在即将到来的拥抱里，她更挺直上半身，仿佛她被女斗士的最后反抗掀起，她要抱紧巨怪，她要摔倒它。

她的头撞在放射灯上,放射灯因而熄灭了。

一小时以后,人们才来收拾芙罗莉的尸体。司机清清楚楚地看见这苍白大脸,从这淹没她的一线鲜明亮光下,带着奇特的恐怖显现,向他的机头走来,待他的放射灯突然熄灭了,火车处在深的黑暗中,带着雷响的巨声,向前滚动以后,他才战栗,觉得死神已从他旁边过去。出了隧道,他竭力向看守人叫喊他所遇到的意外。但是只到巴朗丁,他才能叙述有一个人在那边被撞死:这一定是一个女人,混有脑壳残物的头发还粘住放射灯的破碎玻璃。派去寻找的人们终于发现她的时候,看见她这样白,简直像大理石,他们都很感动。她靠近上行轨道躺着,被暴烈的冲撞投掷到那里,头已粉碎,四肢甚至没有擦伤,衣服已一半脱去,在纯洁和力量中,显出可赞叹的裸体之美。人们都肃静地围绕她,他们已认出她。为了逃避压死那么多人的可怕责任,她一定发疯,让自己死在行进中的火车底下。

从半夜起,芙罗莉的尸体,就移到低矮房子里,安息在她母亲的尸体旁边。人们搬一个垫褥放在地上并在她们两个中间,重新燃起一根蜡烛。法茜,同她依然倾斜的头和弯曲嘴边的恐怖微笑,现在仿佛睁着她的固定眼睛,注视她的女儿;从黑暗的荒僻里,从深的寂静中间,只到处听见米索尔重新从事偷偷地搜索的工作和上气不接下气的努力。每隔一些时间,各班火车在两边轨道上交叉驶过,因为交通已完全恢复了。它们带着它们的机械全能,严酷地和冷淡地急驰而过,一点也不理睬这些悲剧和这些罪恶。曾有一大批不相识的人跌到路上,被车轮压碎,这有什么关系呢?搬走了尸体,洗去了血迹,人们又重新向那边,向未来跑去。

11

摩弗拉十字房子的楼上是宽敞的卧室,四面张挂着红的锦缎帐幔,高窗户正对着数公尺以外的铁路线。靠窗放置着古老的床铺,从这里,人们可以看见火车开过去。多年来,人们未曾除去一件物品或移动过一件家具。

桑芙琳请人把不省人事的杰克抬到这个房间,亨利,陀凡涅,则被安顿在楼下比较小的另一卧室里。她自己保留一个和杰克邻近,只由楼梯口分开的房间。两小时之内,一切都被料理得相当利索,因为房子的全部摆设都是现成的,甚至衣橱深处还有被单,饭巾,台布、衬衫和日常使用的布帛。桑芙琳先给罗勃拍了一个电报,叫他不要等候她,她说,为了照料他们房子里所收容来的受伤者,她将留在那里好几天,随后罩衫外面系上一条白的围裙,她马上变成一个女看护。

第二天,医生认为能担保杰克的生命,甚至计算出在八天之内他能重新站起来:这不能不说是一个真正的奇迹,几乎只是内脏受了点轻伤。但是他吩咐少妇要非常细心地看护他,绝对不能让他移动一下。所以当病人睁开眼睛时,像照看孩子那样照看他的桑芙琳,恳求他,要他乖乖留着,不管任何事情,都要服从她。他,还很衰弱,只点头答应她。他的脑筋完全明白,他熟悉这个房间,因为她在招认那一夜,曾详细对他叙述过:红的房间,从十六岁半起,她就在这里对格兰摩伦院长的暴力让步,这的确是他现在所睡的床铺,这的确是她说过的窗户,由这里,甚至不要抬头,他可以注视火车开过去,整个房子都突然被摇动。这房子,他觉得它在周围,正如他自己用他的机头那么多次掠过那里时所看见的一样。他眼前又重现出它侧斜建立在铁路线旁边,百叶窗关闭着,保持着不幸和被放弃的模样。自从要把它出售以后,钉上的大块招牌,使它变得更凄凉,更暧昧,使长满荆棘的花园加上更多忧郁。他想起他每次所感受的愁闷和萦绕他的不舒服,仿佛它是为他的不幸存在,才矗立在这个位置上。今天,他这样衰弱,睡在这个房间里。他以为自己已明白,因为这只能这样:他一定会死在这里。

看见他有所好转,已能听到她的说话,桑芙琳赶忙安慰他。她一边重新给他拉上被头,一边在他耳边说道:

"你不用担心,我已倒空你的衣袋,取来了那只表。"

他睁大眼睛,注视她,努力回忆发生的一切。

"表……啊!是的,表。"

"他们也许会搜你的身。我把它藏在我自己的许多东西中间。你不要担心。"

他紧紧握住她的手表示感谢。他转过头来,瞥见桌上放着那把刀,这也是从他的一个衣袋里找到的。它并不曾要隐藏起来:就是一把刀,和其他的一切刀并没有什么差别。

一天又过去了,杰克恢复得很快,他重新燃起了生的希望。他认出身边有加蒲宣在表示殷勤,在地板上走路时竭力压低他巨人般的沉重脚步,他的确感到真正乐趣;因为意外事件发生以后,石矿工就没有离开桑芙琳,仿佛他自己也被卷入献身的热烈需要中:他放弃了他的日常劳动,每天早晨来帮助她做粗重的家务,他的眼睛盯住她的眼睛,简直像一只忠实的狗,愿意替她服务。正如他自己所说的不管她看上去怎么纤弱,她是一个可怕的女人。她替别人做那么多事情,人们也完全可以替她帮点小忙。两个情人已习惯他的走动,当他尽可能小心翼翼地穿过房间时,他们并不感到拘束不安,他们彼此用"你"称呼,甚至互相拥抱亲吻。

然而杰克对桑芙琳的屡次离开感到奇怪。第一天,她遵从医生的嘱咐,没有告诉他亨利也睡在下面,她觉得绝对孤单的感觉将给他以多么温柔和安慰。

"只有我们两个人留下,不是吗?"

"是的,我的心肝,只有我们两个人,完全只有我们两个人……你安安静静睡觉吧。"

不过,她总是很快消失了。从第二天起,他听见楼下有脚步声和喃喃说话的声音。再下一天,就是整个遏住的快活,嘹亮的笑声,年轻的和新鲜的对谈声音,不断传到他耳边。

"有什么事情?这是谁?……那么,这里不只是我们两个人吗?"

"哦!不,我的心肝,楼下,恰在你的房间下面,还有另一个受伤者,而我不得不收留他。"

"啊!……那么,究竟是谁呢?"

"是亨利,你知道,车长亨利!"

"亨利……啊!"

"今天早晨,他的两个妹妹来看他。你听见的就是她们的声音,她们对一切都发笑……他现在已经好多了,今天晚上她们就会回去,因为她们的父亲不能缺少她们。为了完全恢复健康,亨利还要躺两三天……你想,他曾跳下来,他没有跌断什么;不过,他变得笨头笨脑,此刻他已重新清醒了。"

杰克不说话,只是久久地凝视着她,她接着说:

"你明白吗?如果他不在这里,人们也许会大谈我们两个的闲话……只要我不单独同你留下,我的丈夫将没有什么可说的!我将有可以住在这里的很好托词……你明

"是的,是的,这很好。"

直到晚上,杰克听两个小陀凡涅女郎的笑声,他想起那一夜在巴黎的柏葛房间里,桑芙琳同他拥睡在床上,对他忏悔杀害院长经过时,他也曾听见她们的声音像这样从底下的一层升上来。接着,下面平静了,他只辨出桑芙琳从他那里走到另一个受伤者身边的轻微脚步。楼下的门重新关响,房子又沉入深深的静寂里。有两次,他很渴,只得拿一把椅子敲击地板,才使她再走上来。她一重新出现,就满脸微笑,表示很殷勤,她解释她在那里要做的事太多了,因为她必须向亨利的头压上冰冷的湿布。

到第四天,杰克已能站起来,坐到窗前的沙发里,挨过两小时。稍稍伸出头去,他瞥见狭小的花园,围着一堵矮墙,到处被淡白花的野蔷薇侵占。他想起那一天踮起身体,从墙上向里面注视,他重新看见相当宽阔的荒地,在房子的另一边,只由一道荆棘篱笆关闭住,他曾越过这篱笆,在那后面,他曾碰到芙洛莉,靠近倒塌的小温室门槛坐着,正用剪子整理偷来的绳索。啊!丑恶的夜晚,整个都充满他宿疾发作的恐怖!这芙洛莉,自从回忆浮到他的脑里,逐渐变得明晰之后,总以她金发女战士的柔软和高大身材笔直盯视他的闪亮眼睛,不断缠绕他。首先,对于火车的意外倾覆,他没有开过口,他周围的人们,由于谨慎,也没有对他谈到这个。随着每一细节都已觉醒,他重新组成一切,他只想到这个,他费了那样连续的努力,现在,靠近窗口,他唯一关心的是寻找遗迹,窥伺灾祸的主要角色。那么,为什么他不再看见她,手里举起她的旗帜,站在栅栏旁边的岗位上呢?他现在所住的这不幸建筑物,仿佛布满可怕的幽灵,他不敢提出问题,因为这一定会增加这凄惨房子给他惹起的不舒服。

然而一天上午,当加蒲宣也在那里帮助桑芙琳服务时,他终于决定了。

"那么,芙洛莉,她已病了吗?"

突然感动的石矿工人,没有懂得少妇的一个手势,以为她吩咐他说话。

"可怜的芙洛莉,她已死了!"

杰克,战栗地注视他们。那么,必须将一切都对他说了。他们两个于是对他叙述少女的自杀:她怎样到隧道底下,让自己被压死。为了同时抬去女儿,人们曾把母亲的埋葬延迟到傍晚。她们现在已并肩睡在陀恩维尔公墓里;她们已到那里去会第一个离开的小女儿,温柔和不幸的小鲁薏史,她也粗暴地被杀死,全身溅满血和泥泞。这三个可怜的人,同那些跌倒在路上,被人压碎和消失的死者没有两样,也仿佛由这些疾驰过去的火车的可怕暴风扫荡了。

"死了,我的上帝!"杰克暗暗般地重复说,"我可怜的法茜姑姑,芙洛莉和小鲁薏史,她们都死了!"

提到这最后的名字,正在帮桑芙琳推床的加蒲宣本能地向她抬起眼睛,在他刚刚生起的激情里,他不免因从前温情的回忆,而感到烦忧,现在他开始露出缺少知识的温驯动物的模样,简直像一只仅得到一下抚摸就会献身的好狗,已对这少妇发生迷恋。但是晓得他过去悲惨爱情的桑芙琳,却严肃地站着,只拿同情的眼睛凝视他;他因而很感动;他的手,给他递过枕头时,无意间碰到她的手,感到一种近乎窒息的快感,只发出嗄嚅的声

世界传世藏书

世界孤本小说

欲 魔

音回答询问他的杰克。

"那么，人们责备是她造成的意外吗？"

"哦！不，不……不过，这是她的过失，您一定很明白。"

他用继续的话语，叙述他所知道的。他，他什么都没有看见，因为那几匹马行走，将载石车拉到轨道上面时，他还留在房子里。这就是他心里最为为遗憾的地方，法院的那些先生们曾严厉谴责他，他不应该离开他的牲口，如果他同它们一起留下，可怖的不幸事件或者不会发生。所以调查只达到芙洛莉方面的简单疏忽，她既然给自己以残酷的惩罚，案子就发展到这里为止，人们甚至没有调走米索尔，他只借他的谦卑和恭顺态度，摆脱了困境，将一切责任都加到死者身上：她从来只随她的怪癖到处乱跑，每一分钟，他都要离开他的岗位，替她关闭栅栏。此外，公司当局也只能证明那一天上午他的服务完全没有差错；等他再结婚后，公司准许他雇佣邻近一个老妇人，杜克鲁妈妈，看守栅栏，这是乡村小伙铺的一个老女仆，她全靠从前积蓄的暧昧利益过着生活。

加蒲宣离开房间以后，杰克睐睐眼睛留住桑芙琳。他的脸色很苍白。

"你要知道这是芙洛莉拉上那几匹马，让石块挡住那边的轨道。"

杰克的话把桑芙琳的面容吓青了。

"心肝，你对我讲些什么！……你发热病，你应该再睡下去。"

"不，不，这不是一个噩梦……你明白吗？我曾看见她就像我此刻看见你一样。她捉住畜性，她用他的强壮胳臂尽力阻止载石车前进。"

少妇差一点昏厥，瘫坐在他对面的一把椅子上，两腿仿佛已被截断了。

"我的上帝！我的上帝！这太令人恐怖了……这太丑恶了，我简直不敢睡觉了。"

"当然是这样！"他继续说，"事情确实很明显，她曾尝试杀掉我们两个，要我们混在那一堆里死掉……很久以来，她就爱我，她非常妒忌。除了这个，她的头脑错乱，藏着另一个世界的思想……一下造成了那么大的屠杀，整个群众被淹没在血泊里！啊！多么狠心的家伙！"

他的眼睛睁大，一种神经质的痉挛抽动他的嘴唇。他们继续互相注视一分钟，随后，摆脱显现在他们中间的丑恶幻象，他再低声说道：

"啊！她已死了！那么，就是为了这个，她再回来！自从我恢复知觉以后，我似乎觉得她还在这里。今天早晨，当我转过来的时候，我以为她站在我的床头……她已死了，而我们还活着。现在，但愿她不再报复才好！"

桑芙琳浑身都在战栗。

"你住口，你住口吧！你要使我疯掉吗！"

她出去，杰克听见她下楼，到另一个受伤者身边去。他，仍然靠近窗口坐着，重新忘记了自己，专心在凝视轨道，守望员的小房子和两个大井，以及这狭小的木板屋，米索尔驻守的岗位，他埋头在他的规矩而单调的工作里，似乎在打盹假寐。这些东西现在缠绕他，要他默然沉思了几个小时，仿佛考虑他不能解决的一个问题，而这解决对于他的得救，有着重大的关系。

这米索尔，杰克毫不厌倦地凝视他，这温柔和脸色灰白的孱弱生物，继续被恶劣的小咳嗽震动，他曾毒死他的女人，他固执地沉没在他的激情里，以啮食的昆虫姿态，终于结果了这

强壮女人的性命。无疑的，许多年以来，不论日夜，在他长久值班的十二小时里，他的脑际，没有别的思想。每次电铃一响，报告一列火车到来时，他总吹响他的号角：火车开过去，栅栏关上以后，他揿动一个电钮，向下一岗舍报告火车将到，再揿动另一个电钮通知前一岗舍，轨道已自由了；这只是许多简单的机械动作，在他所过的"植物"生活中，终于进入肌肉，成为身体的习惯。既不识字，又很愚笨，他从来不阅读，在仪器不召唤他的空余时间里，他总眼睛茫然，两手摇摆地留下。几乎时常坐在岗舍里，除了尽量延长时间吃他的午餐之外，几乎没有别的消遣。随后，他又沉入他的麻痹里，头脑空空的，没有半点思想，他尤其被可怕的半醒半睡烦扰，有时他竟睁着眼睛睡觉。夜间，如果他不愿意进入这无可抵抗的朦胧里，他必须站起来行走，两腿软软的，简直像一个醉汉。他和自己女人为了她藏匿的一千法郎，看谁在另一个死后能够得到它们而暗地斗争，大概就这样月复一月地在这孤寂者的迟钝脑筋里成为他的唯一考虑。当他吹响号角，像木偶一样拨动他的信号，监护着那么多生命的安全时，他想到毒药；当他两手无力，睡眼蒙眬木然等着铃响时，他还是想到这个。什么都没有越过这不变的念头：他将杀死她，他将寻找并得到隐藏着的金钱。

今天，杰克看见他还是同样的人，不免表示惊异。那么，杀了人，并没有什么震动，生活仍然继续着。经过了最初搜索的狂热，米索尔真的已重新落入他的冷淡，他显出阴险的温柔，仿佛很脆弱，害怕暴烈的冲撞。其实，他徒然吃掉她，他的女人还是胜利了，因为他即使翻转房子，仍然没有找到什么，连一个生丁都没有被他发现，只有他的目光，那不安和侦察的目光，从他的土色的脸上道出了他的忧虑。他继续不断地重新看见死者大睁着的眼睛和她嘴边的丑恶微笑，好像重复对他说："你寻找吧！你寻找吧！"他寻找，他现在不能让他的脑筋有一分钟休息，毫不间断地工作工作，搜索埋藏着私财的地方，重新审察可能的隐蔽所，丢开他已寻过的洞窟，待他一想到一个新的，他就被非常急促的热情燃烧，立刻抛弃一切，立刻跑到那里去做无益的搜查。久而久之，这变成难堪的苦刑，报复的缠绕，一种要他时常醒着的脑筋失眠，不由他自主，他总在固定观念的钟摆下，作恍惚的反省。当他一次为下行火车，两次为上行火车，吹响他的号角时，他寻找；当他服从铃声，揿动食品的电钮，关闭或开放轨道时，他寻找；他不断地寻找，兴奋地寻找，日里，在他的长久等待中，全身被空闲加重时，他寻找；夜间，在黑暗旷野的静寂里，仿佛被充军到世界尽端，连续被他的睡眠烦扰时，他也寻找。杜克鲁妈妈，现在看守栅栏的那个女人，心里很想嫁给他，她十分留意他的生活，竭力侍候他，担心他会永远闭上眼睛。

一天晚上，能开始在房间里行走几步的杰克，站起来，走近窗口，他看见一盏提灯，在米索尔家里，或来或去地移动：无疑的，那个人又在寻找。但是下一夜里，当养病者重新窥察时，他很惊异，他看见一个高大的黑影，认出是加蒲宣，站在大路上，即桑芙琳睡觉的房间的窗户底下。这个，他不知道为什么，不但不激起他的愤怒，反而使他充满怜悯和悲伤：这高大的粗汉像发情忠顺的畜生，笔直站着，也是一个不幸者。真的，桑芙琳那么纤弱，脸蛋长深，并不漂亮，看她的墨黑头发和蔚蓝眼睛，居然有那样强大的魔力，要这野蛮人，无知识的大汉也这样被诱惑，简直像颤抖的男孩子，一直走到她前，挨过昏暗的夜晚！他想起许多事实，石矿工人帮助她服务的殷勤，他献身给她的预顺目光。是的，加蒲宣的确爱她，并且渴望占有她。第二天，杰克留心监视他，看见他偷偷拾去她整理床铺时从发髻上跌下的一根别针,他把它握在自己手里,并不还给她。杰克想到他自己的烦恼,想到他因情欲受苦的一切,想到他恢复健康以后,混沌的可怕念头将再来侵扰他的一切。

又两天过去了,整个星期已经结束,医生说过,伤员可以恢复工作了。一天上午,司机靠近窗口,看见他的火伕柏葛,在一部全新的机头上驶过去,仿佛为了喊叫他,用手向他打招呼。但是他并不急,一种激情的觉醒,一种将要发生什么事情的担忧的预兆,使他留在那里。当天,从下面,他重新听到年轻和新鲜的笑声,大女郎们的整个快活,使阴惨的住宅里,充满如寄宿女学校下课休息时的喧闹。他辨出是两位陀凡涅姊妹。他不对桑芙琳说起这个,她其实整天都逃出去,甚至连五分钟都不能留在他身边。晚上,房子重新沉入死一般的静寂里。当她态度严肃,脸色有点苍白,迟迟不离开他的房间时,他的眼睛凝视着她,问:

"那么,他已走了,他的两个妹妹领他走了吗?"

她只简短地回答了两个字:

"是的。"

"那么,我们终于是单独两个人,真正单独两个人了吗?"

"是的,真正单独两个人……明天,我们也必须离开,我将回到勒·哈佛尔去。这里一切都结束了,我们不用再逗留在这荒漠里了"

他继续露出微笑和局促的态度凝视她。然而他终于决定了。

"嗯?他走了你感到惋惜吧?"

看她战栗一下,正想抗议,他阻止了她。

"我不是要同你争吵。你很明白,我并不妒忌。过去,你曾对我说,如果你不忠于我的话,我可以杀死你,对吗?我并没有杀情妇的意思……但是,真的,你不再想离开下面。我一分钟都不能使你留在我的身边。我终于想起你的丈夫曾说过,你总有一天晚上,即使没有乐趣,只为再尝另一种荤味,你都会同这个年轻人睡觉。"

她不停止争论,她有两次慢慢重复说:

"再试试,再试试……"

接着,由于要坦白说话的无可抵抗的兴奋,她答道:

"那么,好!你听我说,这是实在的……我们两个,我们可以把一切都说明。我们之间联系着够多东西……好几个月以来,这个人追求我。他知道我是属于你的,他想,一旦属于他,也不会使我更加难受。刚才,当我在下面再看见他的时候,他还对我说到这个,他还对我重复说,他爱我爱得要死,为了我给予他的细心侍候,他充满热烈的感激,显得非常的温柔,那是实在的,我曾有一会儿也梦想我已爱他,我将再开始另一玩意儿,再开始某种较好和较甜美的生活……是的,某种或者没有兴趣,或者能平息我烦恼的玩意儿……"

她的话中断了,在没有继续下去之前,她犹像了一下。

"因为现在我们两个的前景已被堵塞住,我们将不能走得更远……我们一起离开的梦想,到美洲那边去过着富有和舒服生活的希望,这完全系于你的决定的幸福,由于你不能够下手,已变成不可能的……哦!我一点也不责备你,这事情没有做过,或者比较好些;但是我要使你明白,同你一起,我将没有什么可等待的:明天将和昨天一样,始终是同

样的烦闷。"

他让她说话，只看她住口时，才问她。

"就是为了这个，你同另一个睡觉吗？"

她在房间里走了几步，回过头来，耸一耸肩膀。

"不，我没有同他睡觉，我只这样简单地对你说，我想你一定会相信我，因为此后，我们已无须互相撒谎……不，我不能够，正如为了另一件事，你自己也不能够一样。嗯？一个女人，当她考虑了眼前的问题，觉得她有乐趣可享，而不能委身给一个男子时，这会引起你的惊奇吧？我自己，我并不作那么长的考虑，要我表示可爱，这从来没有使我觉得为难，我是说我看见我的丈夫和你那样强烈爱我的时候，我就随便将这个乐趣给予你们。那么，好！这次我却不能够。他曾亲吻我的两手，甚至没有吻过我的嘴唇，这，我可以向您发誓。他以后在巴黎等着我，因为我看见他那么不幸，我不愿意使他失望。"

她的话是对的，杰克相信她，他明白看见她并不撒谎。然而他重新被一种忧虑困扰，一想到现在，远离世界，只单独同她一起幽闭着，他们的激情烈火因而重新燃起，他的丑恶肉欲即在他的体内增长和烦扰他。他愿意逃避，他喊着说：

"但是还有另一个，那个加蒲宣呢？"

一个突然的动作重新要她走回来。

"啊！你已发觉到，你也知道这个……是的，这是实在的，还有那一个。我自问他们全体的身上完全究竟是什么在作祟……那一个从来没有对我说过一句话。但是我明白看见我们互相抱吻的时候，他很难过，他揉曲他的胳臂。他听见我用'你'称呼你的时候，他躲在角落里暗泣。此外，他偷走我的一切，我身边的种种东西，如手套，甚至手帕等等，他认为它们是珍贵的宝贝，他就把它们藏到他的洞窟里去……不过，你不要想象我会对这个野蛮人让步。他太粗暴，太使我害怕。其实，他并不要求什么……不，不，这些无知识的大家伙，他们是胆小的，他们只爱得要死，而什么也不要求。你可以让我单独同他过一个月的生活，他将不会动到我的手指端，甚至他也未曾动过小鲁慧史，关于这个，我今天可以向你保证。"

提及这个回忆，他们的目光又碰在一起，房子里一下子又静寂下来。过去的事物已觉醒，首先是他们在卢昂预审推事办公室的相遇，其次是他们到巴黎的第一次旅行，那么甜美的旅行，再其次是他们在勒·哈佛尔的爱情，这一切美好的或可怕的，都连续浮现在他们的脑际。她走近，她那么接近他，他已感到她呼吸的微温。

"不，不，同这一个或同另一个，都没有什么事情。总之，你听着，我不会同任何别的人睡觉，因为我不能够……你愿意知道为什么吗？好，我此刻已感到这个，我确信我是对的；这因为你已把我整个占有去，像你伸出两手拿去什么似的，我是属于你的物品，你可以任意搬走它，每一分钟，你都可以自由支配我。在你之前，我不属于任何人。现在我是你的，即使你不愿意，我将始终是你的……这个，我不能加以解释。我们就这样互相遇见。同别的人们，这使我害怕，这使我厌恶，至于你，你使这个成为一种甜美的乐趣，一种真正的天堂幸福……啊！我只爱你，我只能爱你！"

为了搂抱他，要他属于自己，想使自己的头靠到他的肩膀上，自己的嘴唇胶住他的嘴

唇，她伸出她的胳臂。但是他捉住她的两手，他阻止她，他很昏乱，觉得旧日的震颤，同打击他脑壳的血一起，重新升到他的肢体，他很惊慌。这是他耳朵里的响声，铁槌的敲击，他不能在白天，甚至一根蜡烛的亮光里占有她，恐怕看见自己会变成发狂的疯子。一盏油灯在那里，鲜明地照亮他们两个；他之所以这样颤抖，这样开始激动，这一定是因为从她没有扣好的便服领头里，瞥见了她胸口隆起的雪白肌肤。

她继续哀求而热烈地说：

"我们的生存徒然被墙堵住，我们不要管它，即使我从你身上等不到新的，即使我知道明天将给我们带来同样的烦闷，这于我都是一样，除了拖曳我的生活，同你一起受苦，我将没有别的选择。我们回到勒·哈佛尔去，只要每隔一些时候，我能这样占有你一点钟，这就很好，一切都将随我们所愿意的过去……看，已有三夜，我无法入睡，我在那边，在楼梯口另一边的房间里，像受苦刑似的，想来会你的欲望侵扰我。你曾那么受苦，我看你的脸色又是那么阴暗，我不敢……但是，今天晚上，你留住我。你会看见这将多么可爱，为着不妨碍你，我将缩得很小很小。而且，你想，这是最后一夜……在这房子里，我们不啻在地球尽端。没有一点气息，没有半个人影。谁都不能来，我们是单独的，绝对单独的，如果我们死于彼此的胳臂里，任何人都不会知道。"

被这些抚摸怂恿，在这占有情欲的激发里，杰克，因没有武器，正想伸出手指去扼死桑芙琳之际，桑芙琳忽而转过来，吹熄油灯。于是他抱起她，他们睡到床上。这是他们最热烈相爱和最好的一夜，他们觉得自己互相混合，一个消失在另一个体内的唯一良宵。虽然因这幸福非常疲倦，一直疲倦到不再感到他们还有躯体，他们却没有睡去，仍然留着，彼此抱得紧紧的。像日前在巴黎维克多亚妈妈房间里忏悔她犯罪经过的那一夜一样，他默然听着她，她也让自己的嘴贴近他的耳边，用很低声音，喃喃对他说着无穷无尽的话语。或者一晚上没有吹熄油灯以前，她曾感到死的气息已从她的后头掠过去。直到那一天，虽然处在被杀害的连续威胁下，她还无意识和微笑地躺在她的情人怀抱里。但是她已有了寒冷的轻微震颤，那是一种无法解释的恐怖，由于她想得到庇护的需要，就那样紧紧地抱住这个男人的胸口。她的轻微气息仿佛是她整个身心的奉献。

"哦！我的心肝，如果你能够的话，我们到那边，将多么幸福！……不，不，我不再要求你去做你所不能做的事，不过，我那么惋惜我们的梦想！……刚才，我很害怕。我不知道为什么，仿佛有什么东西在威胁我。无疑的，这一定是一种孩子的幻觉：每一分钟，我转过来，似乎有什么人站在那里，准备打击我……我的心肝，我只有你可以保护我。我的全部快乐都系于你一人身上，现在，你是我活着的唯一理由。"

他并不回答，更搂紧她，仿佛要把他所不说的一切：如他的感动，他诚恳要和她要好的愿望，她不断给他煽起的暴烈爱情等，都放在这拥抱里。那一夜，他还想杀死她，因为她从不转过来，吹熄了油灯，他一定会扼死她，那是毫无可疑的。他的毛病，将永远不会痊愈，发作总随偶然事实的再度出现，他甚至不能发现并解释它的原因。如此，那一夜，当他重新晓得她是忠实的，对他表现更大和更信任的激情时，为什么他要杀害她呢？难道在这些雄性自私的可怕昏暗里，她越爱他，他越想占有她，就一直要毁灭她吗？要占有她，把她杀死，像占有物品那样占有她，这是怎么一回事呢？

"说,我的心肝,那么,为什么我要害怕呢? 你,你知道究竟是什么在威胁我吗?"

"不,不,你放心吧,没有什么在威胁你。"

"这因为有些时候,我的整个身体都颤抖。我背后似乎隐有什么连续的危险,我虽然看不见,可是很清楚地感到它……那么,你说,为什么我要害怕呢?"

"不,不,你不要害怕……我爱你,我不会让任何人损害你……看,像这样,一个消失在另一个体内,这多么好!"

接着是一霎时的甜美沉默。

"啊! 我的心肝,"她的柔媚地呢喃着继续说,"以后会有许多许多夜晚,无穷无尽的夜晚,都同今天晚上一样,我们将永远永远像这样搂抱着,彼此合成一体……你知道,我们将卖掉这个房子,我们带着所得的金钱,动身到美洲去见你的朋友,现在还等着你合作的那位朋友……我睡到床上,简直没有一天不想像我将怎样料理那边的生活……一切夜晚,都将和今天晚上一样,你占有我,我属于你,我们将终于彼此搂抱着睡去……但是你不能够,我知道。我之所以对你谈到这个,这并不是要使你难过,完全因为这个,不顾我的努力,从我心里洋溢出来。"

"我不能够,"他也喃喃说,"但是我将能够。我不是已答应过你吗?"

她微弱地抗议。

"不,你不要答应,我恳求你……以后,你如果缺少勇气的话,我们会因此患病……再则,这是丑恶的,这不应该,不,不! 这不应该。"

"不,正相反,你不知道,绝对应该。就因为这绝对应该,我将找到力量……我愿意谈论这个,我们既然单独留在这里,很平静,可以清清楚楚听见我们自己的话语,我们可以共同谈论这个。"

她忍住叹息,膨胀的心跳得很厉害,他觉得它已贴近他的心怦怦撞响。

"哦! 我的上帝! 只在这似乎不应该做的时候,我很盼望它实现……但是现在,面对现实,我简直无法活下去。"

他们沉默下来,下了决心,反而有了新的静寂。他们从环境中已感到这野蛮区域的荒凉。他们很热,他们的温润躯体互相联结,合成一体。

接着,他随无定的抚摸,向她的下颌底下亲吻她的头项,她开始做喃喃地说:

"必须叫他到这里来……是的,我可以想出一个托词要他到这里来,不过,我不知道究竟用什么托词才好。我们停一会儿再看吧……那么,不是吗? 你等着他,你隐藏着,这很容易成功,因为我们确信我们在这里决不会被人打扰……嗯? 这就是应该做的!"

他很柔顺,他的嘴唇正从她的下颌亲到喉头之际,他只答道:

"是的,是的。"

但是她还是要考虑周详,她衡量每一细节,待计划从她的脑里逐渐形成时,她不断加以讨论和修正。

"不过,我的心肝,我们若不采取预防,那就太愚蠢了。如果第二天我们就会被人逮捕,我倒宁喜欢像我们现在这样留下……你看,我已想不起在哪里,大概在一本小说里我曾读过这个:最好是要别人相信他自杀……若干时期以来,他是那样奇特,那样反常和那样阴郁,突然听到他到这里来自杀了,任何人都不会感到怀疑和惊奇……但是,看,我们必须找到方法,作巧妙的布置,要使自杀的想法可以被人接受……不是吗?"

"是的,当然。"

她的脑筋在寻找,她稍稍窒息,因为他的嘴唇已紧紧亲吻她的整个喉头。"嗯?某种能抹去痕迹的东西……听我说,这是一个主意!譬如在喉头上杀死他,我们两个只要把他抬到外面的铁路线上就好了。你明白吗?我们让他的头颈放在一根铁轨上,这样,第一列到来的火车就会切断它。这一切既然都被压碎:再没有洞孔,再没有别的任何痕迹,尽可以让人们去寻找!……你想,就这样好不好?"

"好的,这很好。"

两个都兴奋起来,她几乎很快活,几乎因她有了这巧妙的想象很自负。受到更强烈的抚摸,她的全身都掠过舒服的震颤。

"不,让我,你等一下……因为,我的心肝,我还想到刚才所说的,这还不大妥当。如果你同我留在这里,自杀还似乎是可疑的。你必须离开。你明白吗?明天你要离开,可是要公开,在加蒲宣和米索尔面前离开,使你的动身可以完全被证明。你到巴朗丁搭上火车,再偷偷由卢昂下来;待夜色降下以后,你再回到这里,我设法让你从后面进来。这只有十七多公里,不要三小时,你就可以再到这里……这次,一切都已安排好。如果你愿意的话,就是这样做吧。"

"是的,我愿意,就是这样做吧。"

现在,他自己也考虑,默然留着,不再亲吻她。当他们这样一动也不动,相互搂抱,仿佛已沉入此后不再更改和不再犹豫的未来毁灭行为时,四周又包围着绝对的静寂,随后,待他们两个身体的感觉慢慢恢复了,他们抱得更紧,阻塞彼此的呼吸,然而她却立刻停住,放开他的胳臂。

"那么,好!要他到这里来的托词呢?他时常只能在下班以后,搭上黄昏八点钟的火车,十点钟之前,他不会到这里:这再好没有……喏!恰有托词,米索尔对我谈起这购买房子的人,他将于后天上午来这里!看,明天起来时,我去拍电报给我的丈夫,说他必须到场。他将于明天夜间到达这里。你可以在下午离开,他没有到达之前,你已回来。明天没有月亮,夜晚将是昏暗的,没有什么能妨碍我们……一切都完全安排得很好。"

"是的,都完全安排得很好。"

这次,一直被激动到昏晕,他们立刻互相占有。他们还是彼此搂抱着,终于睡去,沉没在大静寂深处时,天还没有大亮,阴暗像一件黑的大褂包围着他们,些微曙光已开始给这遮蔽的阴暗透入模糊的苍白。他,直到十点钟,沉熟酣睡着,没有梦的影子;睁开眼睛后,他只单独一个人留在床上,她已到楼梯口对面的房间去穿衣服。一阵鲜明的阳光,由窗户射进来,照亮床的红帐,墙壁的红帷幕,这整个房间闪耀着红色,房子因刚掠过的火车轰雷般的声响颤抖着。无疑一定是这一列火车惊醒他。他目光缭乱,注视太阳和流洒在他周围的整片红光;接着,他想起来:这已决定,今天晚上,等这太阳消失了,他要去杀人。

这一天的情形,正如桑芙琳和杰克所决定的那样挨过去。没有吃午饭以前,她请米索尔拿她拍给她丈夫的电报送到陀恩维尔;将近三点钟光景,趁加蒲宣也在那里,他公开

做离开准备。当他动身到巴朗丁去搭四点十四分火车时，石矿工人一来由于闲散的苦闷，二来想从接近她的情人中尝到他所爱女人的些许幸福滋味的隐隐需要，甚至一直陪他行走。五点差二十分，火车到卢昂，杰克下来，住到车站附近一个小饭店里，小饭店主人是他的一个女同乡。第二天没有回到巴黎去恢复他的工作以前，他说要去看看他的朋友们。但是他告诉女同乡他太相信自己的力量，他已很疲倦；从六点钟起，他就退走，到楼下一个房间去睡觉，很凑巧，房间的一堵窗户恰开向一条荒凉的小巷。十分钟以后，他跨过这扇窗户，没有被人看见，他重新仔细关好百叶窗，使自己可以秘密再进去，接着就出去向摩弗拉十字路上行走。

还只九点一刻，杰克就已重新站在铁道旁边侧斜建立着的孤单单被遗弃的凄惨房子前面。夜色很深，没有一点亮光照亮严密关闭着的正面。他心里还有痛苦的撞击，这非常悲伤的跳动，仿佛预先告诉他这里有无可避免地不幸在等待他。如他同桑芙琳所约好的，他向红房间的百叶窗投掷三块小石；随后，他走到房子后面，他终于无声地打开那里的一道门。重新向背后关好它，他慢慢摸索着行走登上楼梯。但是到上面，由桌角上一盏火油灯的微光，他瞥见床铺已翻开，少妇的衣服散乱在一把椅子上，她自己只穿衬衫，两腿赤露，头上已作夜间的装束，深厚的头发结得很高，因而露出她的颈项，他很吃惊，停下一动也不动。

"怎么！你要睡了吗？"

"当然，这样更好……我忽然想出一个主意。你要晓得，待他一到来，我若这样下去给他开门，他更不会疑惑。我会对他说我患轻微的头痛。米索尔已经相信我已生病。明天早晨，人们若在下面轨道上发现他，我就可以对别人说，我一直没有离开这个房间。"

但是，杰克战栗，立刻生气。

"不，不，你穿上衣服……你应该起来。你不能像这样躺着。"

她马上微笑，表示惊异。

"那么，为什么，我的心肝？你不要担心，我向你保证我一点也不冷……嗌！你看看！我的身体是否温暖！"

她做阿谀和柔媚的动作，走近他，想用她的赤裸裸胳臂，搂抱他，她的衬衫滑到一个肩膀上，她的圆润胸部，因而显露出来。看他在增长的愤怒里后退，她让自己变得更柔顺。

"不要生气，我马上回到床上去。你不用害怕我会着凉。"

待她再睡下去，被头盖到下颚以后，真的，他的激动似乎已稍稍平息了。她仍显出平静的神色谈话，她对他解释她怎样在自己的头脑里安排好种种事情。

"他一敲门，我就下去给他开了。首先我曾想到：让他一直上来，进入你在等着他的这个房间里。但是为了再抬他下去，这会很麻烦，再则，这个房间全是地板，楼下进门的地方则铺着一块一块的石片，如果有什么痕迹的话，这使我很容易把它揩拭干净……刚才，脱去衣服时，我甚至想到一篇小说，作者在那里叙述一个人为了杀掉另一个，曾让自己的全身脱得精光。你明白吗？他以后可以大洗一顿，他的衣服上不会溅到半点血迹……嗯？如果你也脱掉衣服，如果我们除去我们的衬衫，你觉得怎样？"

他很慌乱凝视她。但是她的面孔温柔,她的明亮眼睛和小女孩的一样,她只为成功,关心事情的顺利进行。这一切都从她的头脑里掠过去。他一想起他们两个因避免杀害的鲜血迸射,全身脱得精光,又立刻被丑恶的震颤,一直刺激到骨头里。

"不,不! ……那像野蛮人一样,为什么不吃掉他的心脏呢? 那么,你为什么这样恨他?"

桑芙琳的面孔突然变得阴郁。这问题要她由谨慎主妇的准备,重新落入行为的丑恶中。泪水淹没她的眼睛。

"几个月以来,我太苦恼我几乎不能接触他。我曾一百次地说过:我什么都可以接受,就是不能再同这个人共处一个星期。但是你的话是对的,达到这样地步,的确是可怕的,只有我们真正要一起过幸福生活,才会下定这样的决心……总之,我们不要带亮光下去。你就站在门后,待我关了门,他走进来以后,你就做你所愿意做的……我,我之所以管这件事,完全是为帮助你,使你不再单独忧虑。我已尽我的最大可能,考虑过并安排好这件事。"

他停留在桌前,看见刀子,她丈夫曾经用过的武器,显然由她故意放到那里,让他可以使用。开口的刀子在油灯底下发光。他随手拿来并审察它。她闭住口注视着它。既然他拿到手里,再同他谈到这个,是无益的。他重新把它放回桌上以后,她才继续说:"不是吗? 我的心肝,这并不是我催促你。如果你不能够的话,这还不太迟,你可以马上离开。"

但是他做一个粗暴手势而又固执的手势。

"难道你认为我是一个懦夫吗? 这次,的确已决定了,这是发过誓的!"

这时,房子被火车的雷声震摇,火车像霹雳似的从窗前这样近的地方,疾驰过去,它的隆隆声响仿佛穿过房间,他补充说:

"看,他的火车,去巴黎的直达车。他在巴朗丁下来,半点钟之内,就会走到这里。"

无论杰克或桑芙琳,都不再说话,长久的静寂持续着。那边,他仿佛看见一个人,从窄窄的小径,穿过漆黑的夜晚,一直向这里走来。他,在房间里,也开始做机械般的行走,仿佛他计算另一个的脚步,每跨一步,就更接近这里。一步又一步,他继续前进,到最后一步,他将被进口门后的埋伏袭击,一进来,刀子将戳入他的喉头。她,被头还一直盖到下颌,还默然仰卧着,她的凝视的大眼睛,注视他或来或去走着,精神被他脚步的音节摇摆,仿佛是那边摇远脚步回声一直传到她的耳鼓。脚步毫不停留,走了一步又一步,再没有什么能阻止它们。待他走够了,到达下面的门前时,她就会从床上跳下来,不带亮光,赤脚下去,给他开门。"是你,我的朋友,那么,进来吧,我已上床睡觉了。"他甚至还没有回答,就将倒入黑暗里,喉头将被割开。

又是一列火车驶过去,这是下行的慢车,它同上行去巴黎的直达车经过摩弗拉十字前面,只隔五分钟。杰克突然停住,觉得很惊异。只有五分钟! 要等半个小时,这会多么长久! 一种活动的需要催促他,他再从房间这一端走到另一端。他很担心,正像有些男人的性机能,受了某种神经质的意外打击那样,他已开始自问:他能够吗? 为了多次的经历和留意,他很认识这现象的进行,在他体内所发生的变化:首先,一种绝对的决心,要他

去杀人;其次,他的空洞胸口感到压迫,他的手脚都冷却,突然,他衰弱,他的意志对变成无力的筋肉,已不发生作用。为了让推理来鼓励自己,他重述他已说过那么多次的话语:他的利益要他消灭这个人,财富在美洲等着,他将完全占有他所爱的女人。最坏的是刚才看见后者的半裸体,他以为事情又要失败了;因为他旧日的震颤若重新出现,他已不再属于自己。一会儿,他在太强烈的诱惑前面颤抖,她委身给他,而这开着的刀子就在那里。但是现在,他还是强壮的,他竭力振作,他将能够继续等着那个人,他在房间里徘徊,从门边走到窗口,再从窗口走到门边,每次经过床前,他总不愿意看她。

这床铺,昨夜那样昏暗和热烈的时刻,他们曾在那里相爱过,现在躺着的桑芙琳,仍然一动也不动。头靠着柔枕,她的目光在跟随他,她也很担心,被恐惧激动,这一夜他还不敢下手。结束了,再开始,从她这恋爱女人的无意识深处,她只愿意这个,她倾心于所爱的男子,整个属于占有她的人,她对于她从来没有爱过的另一个,则毫无心肝。他既然妨碍别人,他们就应该摆脱他,这是再自然没有的,为了摆脱犯罪感,她一定考虑过:待流血的景象,可怖的复杂和意外再被抹去以后,她将重新沉入微笑的平静,她的脸将重新显示天真,娇嫩和柔顺。然而她,以为很认识杰克的她,却不免觉得惊奇。他生有漂亮男子的圆头,他的头发是卷曲的,他的髭须很黑,他的棕色眼睛仿佛镶着金黄钻石,但是他的下颚,却与伸长的兽角想象,竟那么向前突出。他的整个面容都变了形。经过她的身边,仿佛不由自主,忽而注视她时,他眼睛里的光芒就被赭黄的烟雾遮蔽,同时他又显出整个身体的畏缩,向后退走。那么,他为什么躲避她?难道他的勇气,再一次抛弃他,使他不敢下手吗?若干时日以来,在她和他所处的不安状态里,她感到死的危险隐隐威胁她,她连续担忧,她用不久要决裂的预感,解释这没有原因的本能恐惧。突然,她有了确信,如果停一会儿,他不能打击,他将逃走,永远不再回来。于是她要鼓励他,使他决定去杀害,如果他需要的话,她将知道给他力量。这时,又一列火车开过去,这是很长的货车,它的尾部,在房间的沉重静寂里,仿佛永不终止地滚动着。借她的肘弯她半坐起来,她等着这暴烈的震动消失在远处,隐没在沉睡的旷野里。

"还要一刻钟,"杰克高声说,"他已越过培古尔树林,他已走过一半路程,啊! 这时间太长了!"

他再向窗户走来时,他发现桑芙琳只穿衬衫,站在床前。

"如果我们拿油灯下去,"她解释道。"你就会看见地方,你站好,我再给你指出我怎样开门,你应该怎样下手。"

他颤抖并后退。

"不,不! 不要灯火!"

"那么,听我说,我们会把油灯隐藏起来。可是我们应该明了那里的位置。"

"不,不! 你再睡下去!"

她不服从,她知道女人在情欲的诱惑里是全能的,她反而带着无可战胜和专制的微笑向他走来。她想她若拒绝他在自己的胳臂里,他将对她的肉欲让步,他将做她愿意做的。为了克服他的抵抗,她继续用柔媚的声音说话。

"算了吧,我的心肝,你怎么啦? 这简直可以说你很怕我。待我一走近,你似乎要躲

避我。你要知道此刻我多么需要靠到你的身上，觉得你在这里，我们将永远永远很相爱！你明白吗？"

她终于逼他退到桌边，他不能再逃避她，他在油灯的鲜明亮光下注视她，从来，他没有看见她这个样子，衬衫散开，发髻梳得很高，她整个是赤裸裸的，她的颈项和她的两只乳房都没有半点遮蔽。他窒息，在丑恶的战栗里，他已被自己体内的血潮捲走和震昏。他想起那把刀就在那里，就在他背后桌子上：他已感到它，他只要伸手去拿就行。

他努力一下，还是喃喃说：

"你再睡下，我恳求你！"

但是她并没有猜错：这是想占有她的太大欲望要他这样颤抖。她自己也因这个感到一种骄傲。她既然愿意被爱，为什么她要听从他的话。这一晚，只要他能爱她，一直使他爱得发狂，不是很好吗？她做阿谀的柔软动物，仍然继续走近，压到他身上。

"那么，抱吻我……像你跟我做爱那样，很紧很紧地抱吻我。这会给我们勇气，为了要做我们要去做的事，应该不像别的人们一样相爱，应该比别的一切人都相爱得更强烈……抱吻我，用你的整个心，你的整个灵魂抱吻我！"

他喉头被梗塞，不再能呼吸。杂乱的喧嚷，在他的脑壳里，阻止他听见，火样的咬啮，从他的耳朵后面，截穿他的头，传到他的胳臂和他的脚腿，要他在另一个可怕畜生的奔驰和侵占下，由自己的身体里被逐出来。他已陷入这赤裸裸女人所给予他的过于强烈的沉醉！他的两手已完全不再属于他自己所有。显露的乳房压住他的衣服，赤裸裸的颈项向前伸出，看来那样白和那样鲜嫩，给他以那样无可抵抗的诱惑，柔和强烈的温暖气味，终于使他落入狂暴的眩晕和无穷无尽的摇摆，他的意志已被剥夺，已被毁灭，又整个沉没在疯狂地浪潮里。

"我们还有一分钟的时候，抱吻我，我的心肝……你知道他马上就要到来。现在，如果他走得快的话，从这一秒钟到另一秒钟，就会走到下面叩门……既然你不愿意我们下去，你要记住：我，我先去开门；你，你隐在门后，不要再等，立刻，哦！立刻去结束了……我是这样爱你，我们会很幸福！而他只是一个坏人，他使我受苦，他是我们幸福的唯一障碍……抱吻我，哦！这样紧，这样紧！像你要吃掉我似的抱吻我，使我进入你的体内，使我在你之外，不再留下半点什么！"

杰克，并不转过来，只让他的右手向背后摸索，拿起桌子上的刀。一会儿，他就这样站着，把它捏在自己拳头里。远古代曾经受过而他已失掉准确记忆的凌辱，从穴居时期雄性第一次被骗，就已一代一代累积起来的憎恨，又出现在他的脑际，要他重新生起报复的渴望吗？他的疯狂眼睛紧紧地盯住桑芙琳，他只有杀人的迫切需要，他要推倒她，使她像一只抢自别人手里的猎物，翻仰在地上死掉。恐怖之门已开，这性的黑暗深渊上已毫无遮蔽，这就是一直要她死去的爱情，为完全占有她而不惜破坏她的疯狂。

"抱吻我，抱吻我……"

她带着亲热的恳求，仰起她的柔顺小脸，显出她的赤裸裸喉头和胸口的诱惑肌肤。他，仿佛从大火的光焰里，看见这雪白的皮肉，立刻举起握刀的拳头。但是她已看见刀锋的闪光，她惊呆了，她恐怖到极点，马上向后退缩。

"杰克,杰克……对我,我的天!为什么?为什么?"

他牙关紧闭,不说一句话,他追赶她,短促的斗争重新领她到床边。她后退,面目凶狠,没有防御,衬衫已被撕破。

"为什么?我的天!为什么!"

他的拳头打下,刀在她的喉头上割断她的询问。打击时,由于手要获得满足的可怕需要,他把武器旋转一下:这是存着同样狂暴,向同样位置上,曾对付过格兰摩伦院长的同样打击。她曾叫喊吗?他永远也不会知道。恰在这一秒钟,巴黎快车开过去,凶暴而迅速,地板也被震摇;她已死了,仿佛在这暴风里,一下被雷轰倒。

杰克一动也不动站在床前,注视着他脚边躺着的尸体。火车已消失在远处,他在红色房间的沉重静寂里注视她。四周围绕着这些红帷幕和这些红帐幔,她在地上流了很多的血,红的液体从她的乳房中间流下,流在腹部上,一直倾注到一条大腿,然后再由那里一大颗一大颗滴到地板上。一半被撕裂的衬衫都已浸湿。他从来不相信她会有那么多血。最使他留住并被缠绕的,是这漂亮、温和和柔顺女人的容颜在死了以后,显出那么恐怖的丑恶面貌。黑的蓬松细发竖立着,像夜那样昏暗,简直是一顶凶险的头盔。蔚蓝的眼睛,过分睁大,还在询问,露出神秘的惊骇和昏乱。为什么,为什么他要杀害她:她已被毁灭,在杀害的必然性里已被捲走,她还是莫名其妙,明明要她从泥泞中间滚到血泊里,她依然是温柔的和天真的,她将永远不明白她为什么死了。

但是杰克感到惊异。他仿佛听见畜生的喘气,野猪的鸣叫和雄狮的怒吼;他的激动逐渐平息,原来是他自己在呼吸。总之,他已得到满足,他已杀了人!是的,他已干过这个。一种发泄的快乐,一种巨大的享受,在永恒愿望的完全满足里,激动他的全身心。他因而感到倨傲的惊骇,雄性权威的扩大。这个女人,他已杀掉她,他已占有她。

她,像他渴望已久似的,他已整个占有她,他已一直毁灭了她。她已不再存在,她将永远不再属于任何别的人。一个明显的回忆浮到他脑里,这就是另一个被杀害的,格兰摩院长的尸首,在可怕的一夜,他曾看见他躺在那里五百公尺以外。这温雅的身体,这样白,划上一线一线红的斑纹,也不过是人的同样碎块,只由刀向有生命的创造物上一戳,使她马上变成破裂的木偶和柔软的残体罢了!是的,就是这样。他曾杀了人,现在已有人躺在这里。和从前被她压倒的另一个一样,只不过他是仰卧着,两腿分开,左臂弯到腰部底下,右臂被扭曲,已一半从肩上拉脱罢了。不正是那一夜,心头怦怦跳着,看见这被杀者的景象,杀害的愿望,就像强烈的情欲激动他,他曾发誓他也会大胆去杀人吗?啊!不做懦夫,满足自己的愿望,拿刀刺戳进去!这个愿望隐隐在他的体内萌动,疯长;一年以来,无时不向不可避免的方向走去;甚至抱着这个人的颈项,在她的亲吻下,暗暗地完成工作;两个谋杀互相连接,一个不是另一个的结果吗?

坍塌般的地板的响动使杰克从张口站在死者面前的瞻望里摆脱出来。门和窗户不是要裂成碎片飞去吗?难道是人们赶来逮捕他吗?他注视,他只发现他的周围,仍然是无声的静寂啊!是的,又是一列火车跑过去。而他要到下面去打击的那个人呢?他要埋伏着杀害的那个人呢?他已完全忘记了。他固然不惋惜什么,可是他已觉得自己是愚蠢的。怎么了？这到底发生了什么事情？

而他自己也被热爱的女人，现在已喉头裂开，躺在地板上；而她的丈夫，阻止他幸福的障碍，却还活着，此刻还一步一步从黑暗里向前走来！那个人！好几个月以来，只因为他所受的教育的顾虑和逐渐获得的传统的道德观念，幸存下来。他不能等着他，不顾他自己的利益，他被暴烈的遗传，和杀害的需要所捲走，这难以解释的需要，在原始的森林里，不是要一只野兽扑向另一只野兽吗？人们真不思考去杀人呢？人们只在血和神经的冲动下除灭自己的同类，这只是远古斗争的残余，生活的需要和各人想做强者的快感。他只剩下已获满足的厌倦，他惊惶，他竭力想了解，从他激情的平息深处，他只发现无可挽回的事实的惊骇和辛辣悲哀。不幸死者还带着恐怖的询问，注视他，这太残酷，使他变得很难受。他愿意转移视线，可是他突然感到，另一个苍白的面孔矗立在床脚上。那么，这是死者的魂魄吗？接着，他认出是芙罗莉。火车出轨的意外事件发生以后，他正发烧时候，她已来过。无疑的，此刻她已获胜，她已报了仇。

一种恐怖激冷他的全身，他自问他这样久久站在这房间里，究竟要干什么。他已杀了人，他已获得满足，他仿佛被犯罪的可怕烈酒灌醉。他踩到地上的刀而蹒跚一下，他逃走，他沿着楼梯滚下来，仿佛后面的小门不够宽大，他打开台阶的大门，他奔到外面，他疯狂地奔跑，消失在黑黑的夜里。他并不转过来，斜立在铁道旁边的暧昧房子，在他背后依然开着，重新沉没在悲惨的被遗弃里。

卡希什，那一夜，同别的晚上一样，越过那里的荆棘篱笆，在桑芙琳的窗下闲荡。他知道罗勃要来，他并不诧异百叶窗的裂缝里透出亮光。但是这个人从台阶上跃下，这野兽般的狂奔，向旷野方面离远，却使他惊得像被钉在那里。要追赶逃走者已太晚了，石矿工人慌乱停下，木然站在这开着的门前，看着这个巨大的黑洞，不免充满担心和犹豫。那么，究竟发生了什么事情：他应该进去吗？那盏油灯还继续在那上面燃烧着，这沉重的笑声和这绝对的静寂，使他的心头紧缩着增长的忧虑。

最后，卡希什决定了，他摸索着上去。到房间之前，看这里的门也同样开着，他重新停下来。从平静的亮光里，他远远看见床前似乎放了一堆裙子。无疑的，桑芙琳已脱掉衣服。他被烦扰侵袭，脉管里的血跳跃着，轻轻地呼唤。随后，他看见血，他明白了，他疾跨过去，他的心头进出一声可怕的叫喊。我的天！这是她，被杀了，被扔在那里，露着她的可怖裸体！他以为她还喘息着看见她赤裸裸留在临终的状态中，他有了那么大的失望和那么痛苦的羞愧，由于友爱的兴奋，他把她抱在怀里，并放到床上，为了遮蔽她，重新给她盖上被头。但是在拥抱时，在这发生于他们之间的唯一温柔里，他的双手和胸口涂满了血。他的身体溅上她的血。这一分钟，他看见罗勃和米索尔已到那里。发现一切门都开着，他们也决定上来。丈夫已迟到，因为他曾停下来同守望员谈了一会儿，为着继续谈话，后者一直送他到这里。两个都惊呆了，注视卡希什，看他的双手，和屠夫的手一样染红了鲜血。

"这是对付过院长的同样打击。"米索尔，看过伤口以后，终于说道。

罗勃摇头，并不回答，他不能从桑芙琳身上，从这恐怖的丑恶面具上，移开他的视线，他看见她的前额竖立着黑的头发，过分睁大的蓝眼睛，仿佛正在询问"为什么？"

12

三个月以后，一个温暖六月的夜晚，杰克驾驶勒·哈佛尔快车，于六点三十分离开巴黎。他的全新机头，他刚刚驾驶并已经逐渐熟悉的六〇八号机头，正如他所说得像那些必须用疲劳方法才能使其驯服和忍受马具束缚的劣性牝马一样，既倔强又有怪癖，不大容易控制。他时常咒骂它，惋惜丧失了的莉嫦；他必须逼近监视它，手时常放在驾驶盘上。但是那天晚上，天气那样凉爽和温暖，他觉得自己已对它表示宽大，稍稍让它随它的怪癖任意奔跑，他自己也借此放怀呼吸一下，也感到非常舒服。从来他的身体没有像现在这样健康，心里没有懊悔，他的态度，在幸福的平静里，似乎已得到了安慰。

公司方面仍然让柏葛做他的火伏，在路上一向不说话的他，却向这位助手开玩笑。

"什么？您像一个只喝清水的人一样睁着眼睛！"真的，柏葛违反他的习惯，仿佛没有喝过酒，面容很阴郁。他的严厉声音答道：

"要想看得明白，当然应该睁着眼睛。"

他心里有点疑惧，故意摆出良心已不清白的样子注视火伏。前一星期，他让自己倒入了这伙伴的情妇、可怕的菲洛曼妮怀里。那并没有一分钟的肉欲好奇心，他不过只是向试验一下的愿望让步罢了：现在既已满足了他的丑恶需要，他的确已痊愈了吗？这一个，他能占有她，而不拿刀戳入她的喉头吗？已经有两次，他曾占有她，一点也没有什么，既不感到不舒服，身上也没有震颤。此后他也会同别的人们一样，只是一个普通的人。他觉得很适意，他的快乐，他的平静和微笑——即使他自己并不知道——一定是源于这幸福。

柏葛打开机头的锅炉，想放进煤炭，他阻止他。

"不，不，您不要太催促它，它跑得很好。"

火伏于是嘴里咕噜起脏话来。

"啊！不爱它！好……一个漂亮的骚货，一个好看的脏家伙！……当我想到人们拍到另一个身上，那个老家伙身上，它是那样柔顺……这混账的娼妇，这值不得我们去向它的屁股踢一脚！"

杰克，为了不使自己生气，避免回答他。但是他清楚地觉得从前三个一家的生活已荡然无存，因为他同伙伴和机头间的好友谊，自从莉嫦死了以后，已完全丧失。现在人们为了些很小的事，如一个螺丝钉旋得太紧，一锹煤没有放得端正，彼此就会发生争吵。他答应自己，同菲洛曼妮来往时要特别当心，不愿意在这摇晃不停载着他们两个的狭小铁板上，爆发公开的战斗。柏葛只要不被推撞，从煤的消耗上省下小小数目，就能得到食物

篮里的剩余,供自己吃喝,面对他表示感激,做他的柔顺走狗,献身去扼死别的人们。他们两个,总像兄弟似的,每天在危险里不声不响生活着,即使不说话,彼此也能互相了解。但现在他们并肩留在一起,受到摇晃,彼此若不再和好,若互相吞噬,这就将变成难以忍受的地狱。这恰有一个例子,前一星期公司当局,不得不把瑟堡快车的司机和火伕分开,因为他们为了一个女人,发生冲突,司机虐待不再服从火伕:他们在路上相互殴打,彼此进行真正的搏斗,完全忘记了他们背后载满旅客,风快滚动着的列车。

有两次,柏葛打开锅炉,掷进煤炭,这疑的是表示不服从,故意想寻找争吵;杰克装着没有看见,仿佛整个不注意驾驶,只每次当心去拨动注射器的转盘,借以减低蒸汽的压力。天气那样温和,六月的夜里机头奔跑的清凉微风又是那样好!十一点五分,快车到达勒·哈佛尔以后,两个人,和从前一样,仍然露出完全和好的样子,给机头做仔细的揩拭。

但是待他们一离开停车站,到佛兰梅亚·马士林路去睡觉,一个声音呼唤他们。

"怎么,你们竟这样忙吗?请你们进来一分钟怎么样?"

这是菲洛曼妮,她一定从她哥哥住宅的门槛上窥伺着杰克瞥见柏葛,她做一个显然感到妨碍的不适当的动作;她之所以决定呼唤他们两个,这只为她至少有同她的新朋友谈谈天的快乐,即使要忍受老朋友的在场,也不要紧。

"滚你的,让我安静些吧!"柏葛怒吼道。"够烦人的,我们要睡觉了。"

"他真可爱,嗯?"菲洛曼妮重新快活地说。"可是杰克先生并不和你一样,他仍然要进来喝一小杯……不是吗?杰克先生?"

由于谨慎,司机正想拒绝时,火伕却突然接受了,无疑的,他是想侦察他们,借以获得确信他们的确已有关系的证据。他们进入厨房,他们坐到桌前,她拿许多玻璃杯和一瓶烧酒放在桌子上,她再用更低的声音说道:

"请不要闹出太多声响,我的哥哥在那上头睡觉,他不大喜欢我接待客人。"

接着,她一面侍候他们,一面接着说:

"话又说回来,你们知不知道今天上午,勒布娄妈妈已去世了……哦!这个,我早就说过:如果人们要她住到后面的房间,一个真正的牢狱里,这一定会杀死她。除了铅皮,看不见任何别的什么,她这样吃掉自己的血,还持续了四个月……等她变得不能离开她的沙发以后,最使她难过而结果她性命的,一定是她不再能侦察淇松小姐和达巴地先生,对于这个,她已有无法摆脱的习惯。是的,她从来没有发现他们中间的半点事情,她因而发狂,因而死掉。"

菲洛曼妮停住,她喝下一口烧酒;然后又笑着说:

"无疑的,他们是一起睡觉。不过他们竟那样狡猾!既不被看见,又没有被捉住,你去侦察你的吧!……然而我却相信一天晚上小慕伦太太曾看见他们。不过,那没有危险,她不会到处宣扬:她太愚蠢,其实,她的丈夫,副站长……"

她的话又中断了,为的是调换一个题目,喊道:

"听着,就在下一星期,罗勃夫妇的案件,将在卢昂审判哩。"

直到那时,杰克和柏葛只听着她,而不插一句话。后者只觉得她很多嘴;同他一起,

她从来没有说过那么多话;看见她在他的头头前面居然这样激动,心里逐渐被嫉妒之火燃烧,他的眼睛的视线不再离开她。

"是的,"司机平静地回答,"我收到了出席作证的传票。"

菲洛曼妮走,她的肘弯能轻轻触到他,似乎觉得很舒服。

"我也一样,我也是证人……啊! 杰克先生,人们曾向我问到关于您的事情,因为,人们认识您,想知道您和这位可怜太太的关系究竟怎样;是的,法官问我的时候,我曾对他说:'但是,先生,他非常爱她,他简直是崇拜她,他会损害她,那是绝对不可能的!' 不是吗? 我曾看见你俩一起,我,我的确占有很有利的位置,可以谈论你俩的关系。"

"哦!"年轻人做一个手势冷淡地说,"我并不担心,我能说出我是怎样利用这一小时一小时的时间的……公司之所以留用我,这因为它找不出哪怕是小小的过失。"

一霎时的沉默,三个都慢慢喝酒,

"这简直使人吓得发抖,"菲洛曼妮说。"这可恶的畜生,这加蒲宣,人们逮捕他的时候,身上还涂满那位可怜太太的血! 有些男人的确很蠢得像猪! 杀死一个女人,因为他想同她睡觉! 一个女人不再存在时,好像这对他们会带来什么好处似的! ……你看,我一生永远不会忘记的,是高舒先生到那边,到月台上来逮捕罗勃先生的那一会儿。我正在那边。你们知道,这只是八天以后发生的事情,罗勃先生把他的女人葬入公墓的第二天,显得出非常平静像没发生什么事一样,重新来做他的工作。后来,高舒先生走近他身边,用手拍着他的肩膀说,他有命令领他到监狱里去。你们想一想:他们彼此不离开,总整天整夜一起玩牌! 但是一个人当了督察员,不是吗! 既然这是职业要他这样做,他会领他的父亲和母亲去上断头台! 他才不管这一套。当天下午,我就看见高舒先生在商业咖啡馆里玩牌,再也不记得他的朋友,正如他不关心与他毫不相干的土耳其大帝一样!"

柏葛,咬紧牙关,伸出胳臂,在桌子上狠狠地击下一拳。

"她妈的! 如果我在这乌龟罗勃的位置上! ……您,您曾同他的女人睡觉! 另一个把她杀了。看,人们拿他送到重罪法庭里去……不,这简直会使人气得发疯!"

"但是,大傻瓜,"菲洛曼妮喊着说,"因为人们控告他曾催促另一个人去摆脱他的女人,是的,为了金钱问题,或者别的什么,难道我知道吗!? 人们似乎从加蒲宣那里,重新发现到格兰摩伦的表:你们一定还记得,这位先生就是在十八个月以前,在火车上被刺死的那一位。那么,人们把这杀害同前一次的杀害并在一起,构成了整个故事,真正要费一瓶墨水的案件。我,我不能对你们解释,但是这印在报纸上的白纸黑字,足足占去很大的栏目。"

杰克心不在焉似乎没有听见她在说些什么。他只喃喃说:

"何必要伤自己的脑筋,难道这和我们有关系吗? ……法庭都不知道的,我们当然也不会替它知道。"

接着,他目光消失在远处,两颊被苍白,接着又说:

"这一切里面,只有这可怜的女人……啊! 这可怜的女人!"

"我,"柏葛粗暴地结束说,"我若有这样一个女人,若有什么坏蛋想动她,我一定要扼

死他们两个。之后，人们只管杀我的头，我才不管这一套！"

又是一阵沉默。菲洛曼妮第二次倒满小玻璃杯，耸一耸肩膀，装起冷笑的样子。其实，她心里已非常烦扰，她以斜视的目光审视他。他很疏忽自己的衣着身上穿又破又丑的衣服，自从维克多亚妈妈跌断了骨头，变成残废，只好放弃她女厕所的岗位，进入一个救济院以后，他就一直是这样。她已不再在那里，像慈母一样宽容他，不时拿几个白的银币送到他手里，并给他缝补破碎的服装，不愿意勒·哈佛尔的那一个女人责备她没有好好保护好他们男人的清洁。菲洛曼妮，被杰克的可爱和洁净样子所诱惑，表示厌恶他的老情人。

"你要扼死的是你的巴黎那个女人吧？"她大胆质问他。"那一个没有危险，人们决不会给你抢走！"

"那一个或另一个！"他咕噜道。

但是她已摆出说笑的态度与他一想碰杯。

"喏！祝你健康！把你的衣服送来，让我浆洗和补好，真的，因为你已不再让我们——她或我——感到体面……祝您健康，杰克先生！"

杰克好像刚从梦里醒来，颤抖着。在他完全没有懊悔的状态里，在这欣慰和他杀了人后所生活着的肉体安适里，桑芙琳就这样从他眼前掠过去，惹起他的怜悯，有时使他——内心其实是温柔的人——一直感动得泪流满面。他也碰杯，为了掩饰他内心烦扰，他很快说：

"你们知道，我们就要有战争了。"

"不可能的，"菲洛曼妮喊道，"那么，同谁呢？"

"同普鲁士人……是的，由于他们那里的一个亲王要继承西班牙王位。昨天在议会上就讨论这有关的问题。"

她开始忧虑起来。

"啊！好，这很滑稽，在巴黎，他们闹他们的选举，他们的全民投票和他们的暴动，引起我们很多麻烦！……喂！如果打仗的话，难道要把所有的男人都调去吗？"

"哦！我们这些人也许可以避免，他们不能扰乱铁路上的组织……不过，为了军队和给养的运输，我们会忙得要死！总之，仗真的打起来的话，我们当然要好好尽自己的义务。"

说着，他突然感觉得她终于让她的一只腿放到他的脚底下，而柏葛也已觉察到，后者的脸已气得通红，并已捏紧拳头。他立刻站起来。

"我们去睡觉吧，已经是时候了。"

"是的，这比较好些。"火侠嗫嚅说。

他拿起菲洛曼妮的一只胳臂，简直要捏碎似的捏紧它，她忍住痛苦的叫声，趁他狂暴地喝完一小杯酒的机会，只向司机身边轻轻告诉道：

"你要当心，他倘若喝醉了，简直是一只凶暴的野兽。"

这时从楼梯上传来沉重的脚步。

"我的哥哥！……你们快跑，你们快跑！"她惊慌失措地喊道。

两个人逃出房子，没有走到二十步以外，已听见打耳光和随着出现的号叫声音。她像一个犯错误的女孩一样，受到丑恶的惩戒。司机停下来，准备去救她。可是他被火伕拖住。

"什么？难道这和您有关系吗？……啊！混账的婊子！他会打死她！"

到了佛兰梅亚·马士林路，杰克和柏葛睡下，没有交谈一句话。在狭小的房间里，两张床铺几乎相互挨着；他们都醒着，两眼睁得大大的，彼此听着对方的呼吸。

这是星期一，卢波案件的审判，就要在卢昂开始。预审推事戴尼已获得大的胜利，因为司法界里，对他处置这复杂和暧昧案件所采取的方式，都赞不绝口：人们说，这确实是精细分析的杰作，实情的逻辑重新建立，总而言之，是真正可钦佩的发现。

在桑芙琳被杀害数小时以后，戴尼才先生一到出事地点，摩弗拉十字，就马上命令人逮捕加蒲宣。一切都表明后者是凶手，他身上还涂满血，罗勃和米索尔的绘形绘色陈述，说他们怎样撞见他单独昏乱地留在尸体旁边。石矿工人被审问，被逼迫，必须说明他为什么并怎样走到这个房间里，他嗫嚅说了一个故事，法官认为这是那样愚蠢和合乎传统的供词，他只耸一耸肩膀，并不相信他。他曾等着这一类时常是相同的故事，总会有一个想象的凶手和捏造的犯罪者，而这个真正的凶手却听见他向黑暗的旷野逃去了。这残暴的人，如果继续奔跑的话，他一定跑得很远，不是吗？此外，当人们问他这样晚的时刻，他留在房子前面到底做什么？加蒲宣开始烦乱，拒绝回答，宣称他只在散步。这是幼稚的，怎么能相信这神秘的不认识者，杀了人，逃走了，所有的门都开着，而没有搜索，甚至没有带去一条手帕呢？他从哪里来？为什么杀人？然而法官，开始侦察之后，就知道被害人和杰克的关系，他关心后者安排在这时间；但是除被告自己承认曾陪杰克到巴朗丁去搭四点十四分火车之外，卢昂小饭店的女主人，凭她的对上帝发誓说，年轻人，吃过晚餐马上走去睡觉，只在第二天七点钟，才从他的房间里出来。再则，一个情人决不会毫无理由地杀死他所崇拜，而且彼此间从来没有发生过一点儿争吵的情妇。这是荒唐的。不！不！只有一个可能的凶手，一个明显的凶手，就是从前坐过牢狱，被人发现留在房间里的加蒲宣，他的两手还沾满血，他脚下还放着刀，这粗暴的畜生，居然对法官叙述许多可以站着睡觉的荒唐故事。

但是戴尼才先生达到了这一点，尽管他确信，不管像他自己所说的，他的嗅觉会比证据告诉他更多事情，但他不允许又难免感到疑惑。因为第一次到培古尔树林深处，在嫌疑犯所住的破陋房屋里搜查了一遍，没有发现到什么东西。偷盗的事实不能成立，应该查出犯罪的另一动机。突然，由于偶然的询问，米索尔根据他所推想的线索，叙述了在一天夜里，他曾看见加蒲宣攀登摩弗拉十字的墙，从房间的窗户，注视里面睡着的罗勃太太。杰克轮到被审问，平静地说出他所知道的：石矿工人的默然崇拜，他追求她，时常在她的身边为她服务。那么，这再没有半点怀疑的地方：只有兽性催促他去犯罪；一切都组织得很好，他从他可能保有一个钥匙的门进来，在他的昏乱里，甚至让门开着，以后是斗争引出杀害，强奸只有丈夫到来才停止了。然而，最后的反对论又出现在法官的面前，因为一个人，明明知道马上有人要来，恰好选择丈夫能撞见的时刻，的确不可思议：不过，好好考虑一下，这又反过来不利于被告，因为这正好证明他一定会在情欲的高度发作的时候行事,他因为这念头而发狂发疯:他认为他若不利用桑芙琳还单独留在这荒僻房子里的一分钟,他将永远不会占有她,因为她第二天就要离开。法官终于发现了对待被告的理由。从这时起,法官的确信是完全的和无可动摇的。

加蒲宣被审,他感到窘迫,一再落入复杂的境地里,知道所提出的许多问题,一点也不关心人们给他挖好的陷阱。他固执地保持他的陈述。他经过这里的大路,他呼吸夜间的新鲜空气,忽然一个奔跑的人擦过他身边,在黑暗深处,跑得那么快,他甚至不能说他向哪一方面逃走。于是忧虑袭击他,向房子投射了一瞥,他发觉那里的门大开着。他终于决定上去,他发现死者,身体还是热的,睁着大眼睛注视他。他断定她还没有死,为了抱她到床上,他身上沾满了血。他只知道这个,他只重述这个,他将永远不改变半点细节。看他的态度,似乎想永远让自己幽闭在预先造好的故事里。当人们设法要脱出这固执的范围时,他昏乱,露出一副懵懵懂懂的样子,保持他的沉默。第一次,戴尼才先生审问他,他对被害人所保存的激情,他的脸色变得很红,这简直如同一个很年轻的男孩子,因为最初温情受到别人责备,而不免感到羞惭。他否认,他争辩,他说他从来没有梦想要同这位太太睡觉,仿佛这是很卑污的,不能招认的,同时也是神秘的,温雅的,只掩埋在他的灵魂深处,没有任何坦白必要。不,不!他并不爱她,并不想占有她,现在她已死了,人们永远不应该要他谈到他认为是渎犯神圣的事情。但是固执地否认。许多证人都一致肯定的事实,又转过来有害于他的辩护。根据控告的陈述,他故意要隐藏他对这不幸者所燃烧着的疯狂情欲,因为不能得到满足,他只得把她杀掉;他不招认,当然是有利的。当法官,搜集了一切证据,逼出他的真实口供,并当他的面说出这杀害和强奸时,他马上表示出疯狂的愤怒和抗议。他,为占有她而杀掉她!他,像崇拜女圣人似的崇拜她!他说要扼死整批的混账家伙!重新被唤来的宪兵们只得抓住他。总之,这是一个最凶残和最奸诈的流氓,他的粗暴发作了,因而替他抬出了他所否认的罪行。

侦查工作到此结束,被告进入凶暴的愤怒,每次人们一谈到谋杀,他总喊着说,杀人的是另一个,是神秘的逃走者。后来戴尼才先生有了一种新发现,改变了这案件,突然给它增加十倍的重要。如他自己所说的,他嗅到隐藏着的实情;所以,出于一种预感,他亲自到加蒲宣的陋室里,作新的搜查。在一根简单的梁木后面,他发现女人的手帕和手套,下面还有一只金表。他立刻认出这是格兰摩伦院长的遗物,这使他很感动而且很快乐,从前他虽那样用心寻找它。这是一只刻有两个交叉字母,壳子内部记有二五一六制造号码的大表。他仿佛受电光一闪,一切都被照亮,过去已和现在相接,他所连接上的事实和逻辑引起他无比的欣喜。但是结果将达到那么远,他首先不谈及表,他只向加蒲宣询问手帕和手套的事情。后者,一会儿几乎吐出他的招认:是的,他崇拜她,是的,他非常爱她,爱得简直发了疯,他要吻她要吻她所穿的罩袍,一直要从她背后,收拾并偷窃由她身上掉下的一切,如一段一段衣带,一颗一颗纽扣和一枚枚别针等等。随后,一种怕羞,一种无可战胜的廉耻,要他沉默。等到法官决定他已想起来:这只表,令他惊讶的是居然被结在一条手帕边角上,他从长枕底下取来,像珍贵的战利品,由他带到自己家里去,后来,他想方设法想用一种恰当的方式还给她,它就这样留下,始终没有送回去。不过,何必叙述这一切呢?由此他必须表白其他的偷窃,供出那些喷香的,而他却觉得那么可羞的零

星布片。人们已经不相信他所说的任何话。此外，他自己也开始不再明白，一切都在他的简单脑壳里混乱了，他已进入模糊的噩梦深处。提到杀害的控告，他甚至不再愤怒变得蠢头蠢脑。回答每一问题，他只重述：他不知道。对于手帕和手套，他不知道；对于表，他不知道。人们麻烦他，使他讨厌，人们最好让他安静些，立即把他送上断头台。

戴尼才先生第二天就命人逮捕罗勃。他签了拘票，他信任自己的无上权力，在这些灵感的一分钟里，他认为自己赋有敏悟的天才，甚至没有充分的证据可以反对副站长之

前，他就做这专断的逮捕。不顾还有很多模糊疑点存在，他猜想这个人是双重案件的枢纽和根源，待取得证据，知道罗勃和桑芙琳继承了摩弗拉十字房产八天以后，曾到勒·哈佛尔的公证师，柯伦先生面前成立协会，写明产业将遗赠给最后活着的人，他马上表示胜利。从此，整个故事，在他的头脑里，由推理的准确，显明的力量，重新组织起来，这给他的控告基础是那样不可毁灭的，仿佛真理本身也不够真实，也混杂着较多幻想和较多违反逻辑。罗勃是一个懦夫，他曾两次不敢亲自杀人，而是利用加蒲宣这个粗暴畜生的胳臂，来达到他自己的目的。第一次一方面了解格兰摩伦院长曾立有遗嘱，他急于想继承到他遗留下来的产业，另一方面，他又知道石矿工人对于后者所存的怨恨，罗勃拿一把刀给他，并催促他登上车厢的特等室。后来，一万法郎均分了，如果杀害不引出另一杀害，他们两个或者永远不再见面。法官，就在这里显出人们曾称赞的对犯罪心理的深刻研究，因为他今天才宣布这个；他从来没有停止监视加蒲宣，他确信第一个谋杀一定会引出第二个谋杀，这简直像教学样准确。十八个月就够了：罗勃夫妇的家庭已被破坏，丈夫在赌博里花掉他所分得的五千法郎，女人为了消遣，终于寻得一个情人。无疑的，她拒绝卖掉摩弗拉十字，恐怕他浪费所卖得的金钱；在他们的连续争吵里，她可能曾威胁他。要告发他，将他交给法庭。不论怎样，很多证据证明他们夫妇的绝对不和；总之第一次犯罪的后果，终于出现：加蒲宣的畜生贪欲，重新发作，丈夫为了确实保证这被诅咒房子，已经害过一条性命的可恶产业的占有，再暗地里拿刀放到他手里。这就是实情，昭然若揭的实情，一切都得到这样的结论：由石矿工人家里找到的表，尤其是两个尸首用同样的手，用

同样的武器——房间里拾得的这把刀——截入喉头的同样地方。然而关于这最后一点，控告却提出怀疑，院长的创伤有点像是被较小而锋利的刀刺的。

罗勃，只以他现在所处的滞重和朦胧态度，作"是"或"否"的回答。他似乎并不奇怪自己的被捕，在他存在的徐缓瓦解里，一切对他都变得无能为力。为了要他交代，人们曾派一个看守人陪着他一天到晚玩纸牌；他的样子完全是幸福的。此外，他确信加蒲宣的犯罪：只有他一个人可能是凶手。问到杰克，他笑着耸一耸肩膀，他就这样显出他晓得司机和桑芙琳的关系。但是待戴尼才先生，试探过他以后，终于施展他的妙法，催促他，让他的同谋打击他，竭力使他认识到自己已被发现的震动里，逼他招认时，他立刻变得很慎重。人们在那里对他说了些什么？这绝对不是他，这是石矿工人杀了院长，这好比后者杀了他的老婆一样；可是，现在人们却都认为两次犯罪的都是他一人作为，而石矿工人，为了维护利益，并在他的位置上代替他打击。这复杂的冒险激起他的惊骇，使他充满疑惑：无疑的，人们一定会给他挖好一个陷阱，人们撒谎，为的是强迫他表白他的杀害部分，前一次的犯罪。他被捕就立刻怀疑是旧日的事情重新出现。同加蒲宣对质，他宣告他并不认识他。不过，当他重述他突然遇见他全身沾满血，正在强奸他的被害人时，石矿工人发怒，那杂乱暴烈争吵，又给事件带来更多杂乱和困难。三天过去了，法官连续作长久的审问，断定两个同谋者预先约好，对他玩着彼此冲突的把戏。罗勃很厌倦地采取不再回答的主意，可是到不耐烦的一刻，他想马上结束这一切，他忽而对几个月以来就隐隐出现在他脑里的需要让步，他吐出实情，整个实情。

那一天，戴尼才先生恰在进行狡猾，他靠近他的办公桌坐着，他的眼睛被沉重的眼皮罩住，他的活动嘴唇，在施展灵敏的努力里，变得很薄。他已精疲力竭，他使用巧妙的诡计同这迟钝、全身都被恶劣的黄脂肪侵占的被告，已进行一小时的斗争。他判断后者在这滞重的外表下，藏有很精微的狡猾。当罗勃做一个被推到极端的手势，喊着说，他已受够了，他宁喜欢招认，由此人们可以不再烦扰他，法官以为自己一步一步追逼他，已从各方面窘迫他，终于使他掉入为他设计的陷阱。既然人们硬要认定是他是犯罪者，他至少愿意在他所干过的真实部分承认自己的罪行。但是他慢慢叙述他的故事：他的女人怎样很年轻就被格兰摩伦奸污了，问到这些丢人勾当，他的嫉妒怎样达到疯狂程度，随后，他怎样杀死他，他为什么取来一万法郎等等情形多事的眼皮，于是又从怀疑的皱蹙里，重睁起来，无可抵抗的和职业的不相信，要他的两唇张开，形成嘲笑的努嘴。待被告重新沉默以后，他满面微笑。这家伙比他所想象的还要厉害；拿第一次的杀害加到自己身上，将它改成纯粹激情的犯罪，如此，摆脱盗窃的任何预谋，尤其是洗掉桑芙琳被杀的同谋关系，这的确是大脑的企图，显出他确实具有不大平凡的智慧和意志。不过，这毕竟站不住脚，他只白费心思罢了。

"算了吧！罗勃，您不应该把我们当作不懂事的孩子……那么，您武断说，您是妒忌的，这只在妒忌的发作中，您才杀了人吗？"

"当然是这样。"

"那么，我们如果承认您所叙述的一切，您娶了您的女人一点也不知道她同院长的关系……这怎么可能呢？相反的一切，都证明，您之所以同她结婚，是经过考虑和接受的投

机生意。人们给您一个像小姐样教养起来的少女，人们给她陪嫁，她的监护人，成为您的保护人，您不可能不知道。他在遗嘱上，曾把乡间的一幢房子赠给她，而您却武断说，您一点也不怀疑，绝对没有怀疑到任何事情！算了吧！您一定什么都知道，不然，您的结婚是难以解释的……此外，一个简单的事实就足以使您无法自辩：您并不嫉妒，您居然说您是嫉妒的吗？"

"我说真话。我曾因嫉妒狂热发作，才杀了人。"

"为了旧日的模糊关系，一定是您捏造的关系，您杀了院长，那么，请您对我说明您怎样能容忍您的老婆有一个情人，杰克·郎济埃——一个结实的年轻家伙呢？大家都对我谈到这个关系，您自己也没有隐瞒您知道这个……您让他们自由，一起到巴黎去，那么，为什么呢？"

罗勃已被他的话压倒，眼睛模糊，让自己的视线朝向空际，找不到一句话说明。他终于嗫嚅说：

"我不知道……我曾杀了另一个，却没有动到这一个。"

"那么，您不要再对我说您是一个复仇的嫉妒者，我劝您不要对陪审员先生们重述这个荒唐故事，因为他们会因此耸肩……请您相信我的话，您还是改变您的方法吧，只有真话的交代才能拯救您。"

从这时起，罗勃越固执越想说真话，法官越确信他是故意撒谎。此外，一切都转过来反对他，法官以为他的虚伪达到那样程度，连第一次他控告加蒲宣的意见，本来可以支持他的新陈述，现在也变成他们两个中间曾有巧妙和奇特谅解的证据。法院出于真正职业的爱好，仔细穿凿犯罪的心理。他说，他从来没有像这样深入人性的内部；这些推测多于观察，因为他自诩他属于有先见之明和敏感性的法官这一派的，只要目光一瞥，就可以洞悉一个人的秘密。另外，证据很充分，他所搜集到的全部材料，简直可以压倒被告。此后，侦查工作已有牢不可破，得到的确信已像太阳光那样耀人。

另外，还给戴尼才先生的才能增加无比光荣的，是他仔细研究过最深的秘密的结果，并予以合理调整以后，他把双重的案件放在一起解决。自从全民投票有了喧闹的成功，狂热的舆论，像预告大祸就要到来的眩晕似的已不断震动全国各地。在帝国末期的社会，政治，尤其是新闻界里，这是连续的忧虑，过度的兴奋，连快乐本身也显示出病态的热烈。所以，当这摩弗拉十字偏僻房子深处，有一个女人被杀死，人们问到卢昂的预审推事，采用何种天才的巧妙手法，发掘格兰摩伦的旧案件，拿它同新的罪行连在一起时，官方的报纸立即呼喊司法当局的胜利。真的，当时，反对派的出版物，每隔几日就刻薄的讥笑那些警方编造出这传说中无法找到的凶手，来隐蔽有些被连累的大人物污行的故事，现已有了决定性的，凶手和他的同谋者已被逮捕，格兰摩伦院长的声誉从这险恶的事件里挣脱出来，将无损毫毛。笔战已重新开始，亢奋的情绪，在卢昂和巴黎，逐日增长。除了这缠绕想象的残酷故事之外，人们还表示莫大的兴奋，仿佛终于被发现和无可争辩的实情，一定会巩固国家的基础。整整一个星期之里，报纸上全是详细的描述。

戴尼才先生被召到巴黎，出现在岩石路。司法部秘书长。加米·赖摩特先生的私人公馆里，他看见秘书长站在他的充满严肃气氛的办公室中间，面孔更瘦削，形容更疲倦；

他已衰颓，已被自己的怀疑主义和悲伤包围，仿佛他在这帝国的辉煌光彩下，已预感到他所服侍的制度，不久就要崩溃。两天以来，他沉沦于内心的斗争中，不知道怎样使用桑芙琳的短函。他还保存着的这封短函一定会破坏控告的整个体系，将以无可否认的证据支持罗勃的陈述。世上没有一个人曾认识它的存在，他很可能消灭它。可是前夕，皇帝曾对他说，这次，他要法庭，不顾一切影响。进行它的工作，哪怕是他的政府因此受累也在所不惜——这只是表示简单的公正呼声呢，还是他迷信，经过了全国的欢呼以后，只要一个不公道的行为，就会改变帝国的命运呢？即使秘书长对于他自己已没有良心的顾虑，只把这世上的事情，减缩为机械的简单问题，他由于接到的命令而感到烦躁不安，他自问他是否应该爱他的主人，一直到不服从他的地步。

立刻，戴尼才先生取得胜利。

"那么，好！"我的嗅觉并没有欺骗我，这的确是加蒲宣杀了院长……不过，我也同意，另一个线索也含有少许真理。我自己也觉得罗勃的问题还始终是暧昧的……总之，他们两个都已落到我们手里。"

加米·赖摩特先生苍白的眼睛，定定地注视着他："那么，您转移给我的案卷，里面所述的一切事实都被证明，您的确信是绝对的吗？"

"绝对的，没有半点怀疑……一切互都相连接着，我想不起有哪一个案件像样，虽然表面复杂，但犯罪的程序却那样合乎逻辑，那样容易预先确定它的步骤。"

"但是罗勃抗议，他把第一次杀害的负责全归他，他叙述一个故事，他的女人被奸污过，他因嫉妒发狂，他因盲目的狂暴发作杀了人。反对派的一切报纸都在大肆渲染这个。"

"哦！它们很可能像传播流言似的描绘它，连它们自己也不敢相信呢！这罗勃，他曾提供便利，助成他的老婆和一个情人幽会，他会嫉妒吗？啊！他可以到重罪法庭里，重新叙述这个故事的时候，他将不会成功掀起所寻找的丑闻！……如果他还能提供新的证据的话，可是他一点也没有。他固然谈到他曾强迫他老婆写信，人们一定会从受害人遗纸里找到他的短函……您，秘书长先生，您曾整理这些遗纸的，您不是没有找到它吗？"

加米·赖摩特先生无以应答。这是实在的，用法官的方法，丑事将被掩埋掉——任何人都不会相信罗勃的话，院长的声誉里，将被洗去这些丑恶的嫌疑，帝国也将因它的一个党徒。脱出这些喧噪的污行和恢复清白，获得莫大利益。另外，这罗勃既然承认自己是凶手，那么他因为这一个或那一个的供述而被判罪，这于正义的观念又有什么关系！当然还有加蒲宣；他对于第一次的杀害固然没有参与，可是他仿佛是第二次的真正凶手。再则，我的上帝！正义是多么可笑的最后幻想！当真理被那样多荆棘阻塞时，要做公正的人，这不是一种痴心妄想吗？最好是识时务，挺起自己的肩膀来撑住这就要倾塌的垂死社会。

"不是吗？"戴尼才先生重复说，"这封信，您没有找到它吗？"

加米·赖摩特先生重新把眼睛抬向他。他，很安静，是当前情况的唯一主人，他把引起皇帝忧虑的懊悔放到自己的良心上，他回答：

"我发誓我绝对没有找到什么东西。"

接着，他微笑，显得很可爱，他满口称赞法官的才能。几乎只有轻微的嘴唇皱缩，显出一种无可战胜的形态。从来，侦查工作，没有像他那样做得透彻；这是上峰已经决定的事，暑假以后，人们将召他到巴黎来任审判官。他就这样一直把他送到楼梯口。

"只有您一个人看得明白，这的确是可钦佩的……一旦真理开始说话时，任何东西，不管是个人的利益，甚至国家的至上理由，都不能阻止它前进……您好好工作吧，无论后果如何，案件总要沿着它的正当途径进行。"

"法官的整个义务都在这里。"戴尼采先生最后说，他向秘书长致敬，并满面欢悦地离开。

待单独留下以后，加米·赖摩特先生首先点起一根蜡烛；随后，他到藏着分类案卷的抽屉里，取出桑芙琳的短函。蜡烛很高地燃烧着，他展开信，愿意再读上面写着的两行字。对这纤弱女罪犯的回忆已被唤醒，他想起他的蔚蓝眼睛，从前曾那么使他感动，使他产生非常温柔的同情。现在她已不在人世，他重新看见她是悲惨的。谁知道她曾带去的秘密呢？是的，所谓真理和正义，只是一种幻想罢了！这不认识的和可爱的女人，对他，只留下她曾轻触他而他没有得到满足的一分钟的情欲。他将短函送到蜡烛上，短函升起一阵火焰。这时，他突然被大的悲伤，不幸的预感侵袭；倘若命运要帝国像一撮黑灰，从他的手指间跌下，随着被扫除了，这又何必要毁灭这证据，要他的良心承担责任？

不过一个星期，戴尼采先生结束了他的侦审工作。他得到西部铁路公司的全力协助，找到一切所期望的文件和一切有用的证据；因为公司当局也急切希望结束这涉及它的一个副站长的可悲故事，这一直通过它的复杂机构，几乎危害到它董事会的不幸案件。应该赶快割掉腐烂的肢体。所以法官的办公室里，重新排列着勒阿哈佛尔车站的职员达巴梯先生，慕伦和其他人们，他们对罗勃的坏行为，说出不利的详情；其次是巴朗丁车站站长。贝西埃尔先生，以及卢昂的许多职工，他们的陈述，对于第一次的杀害，有着决定性的重要；再其次，是巴黎车站站长。方道鲁先生，过道守望员米索尔和车长亨利·陀凡涅，后两个人谈到被告夫妇关系不好，都表示很肯定的看法。由桑芙琳在摩弗拉十字服侍过的亨利。甚至说，有一天晚上，他的身体还很衰弱时，他相信自己曾听见罗勃和卡希什在他窗前商议的声音。这确实说明很多事情，同时也推翻两个被告的口供，因为他们都说彼此并不认识。公司的全部人员里，已发出愤怒和反对罗勃的普通喊声，人们怜惜两个不幸的被害人：这可怜的少妇，她的过失是那么可以原谅，这可崇敬的老人，现在已洗掉人们有意加给他的丑恶故事。

新的官司唤醒格兰摩伦家族的异常猛烈激情，从这方面，戴尼采先生固然还找到有力的协助，可是他必须奋斗才能保持他侦审工作的完整。赖宣纳夫妇高唱凯歌，因为由于摩弗拉十字的遗赠，悭吝心理受过损伤，他们非常愤怒，他们一直肯定罗勃的有罪。所以，前案一经复核，他们只认为这是攻击遗嘱的机会。为了使遗赠撤销，只有一个方法，就是打击桑芙琳，说她忘恩负义，恩将仇报，他们因而接受罗勃的一部分招供，女人和他同谋，帮助他杀人，但不是要替某种想象的秽行复仇，唯一的目的只想盗窃罢了；如此法官只得和他们，尤其是贝尔蒂，发生冲突，她对于被害者，她的过去的女朋友，显得很残酷，总拿丑恶的事情指控她，而他，则正相反，待人们一触犯他的杰作，他就马上激动和生

气;并且竭力辩护,如他自己摆出倨傲的态度所说过的,这逻辑的大厦建造得再好不过了,好像人们只要移动一块石头,全部都会崩溃。关于这点,赖宣纳夫妇和波纳洪太太,在他的办公室里,曾发生很激烈的争吵。波纳洪太太,从前曾袒护罗勃夫妇的,此刻只好唾弃了那丈夫;但是她仍然继续存着一种温柔的同情性支持女人,对于爱情和女性的魔力表示很容忍,她整个的身心因这溅满血的悲惨浪漫事件,感到烦扰。她是很清白的,她轻蔑金钱。她的侄女重新提到这遗嘱问题,难道不觉得羞耻吗?认为桑芙琳犯了罪,难道罗勃的假招供,不是要被完全接受,院长的声名要重新玷污吗?实情,即使预审推事没有那么巧妙地替他建立起来,为了家族的荣誉,也应该设法编造它。她含着稍稍伤感谈到卢昂的上流社会,这案件竟在那里激起那么大的反响,现在,年纪老了,她已没有控制这社会的势力,她甚至已失去老女神的金发和丰润之美。是的,前一夜,在审判官女人,勒蒲克太太,这夺去她王位的高大、棕发和温雅少妇家里,人们还喃喃谈论猥亵的故事:小路易斯特的惨死,公众恶意捏造的流言。这时,戴尼采先生插进来对她说,勒蒲克先生将任下次重罪法庭陪审官,赖宣纳夫妇保持沉默,他们突然被忧虑侵袭,似乎表示让步。但是波纳洪太太安慰他们,请他们放心,她确信主持正义的人一定会尽他们的义务:重罪法庭将由他的老朋友戴巴赛叶先生担任庭长,他的风湿病只允许他对她保持甜美的回忆,第二个陪审官一定是史密特先生,她所庇护的年轻助理检察官的父亲。所以她并不担忧,虽然提到后者名字时,在她嘴边露出忧郁的微笑——因为一段时期以来,人们已看见史密特先生的儿子在勒蒲克太太家里走动,据波纳洪太太说是她自己为了不妨碍他的前途,派他到那里去的。

当著名的审判终于到来时,不久要发生战争的传言,传遍整个法国,各地的激动,曾大大损害对大案件的反响。然而卢昂仍然经过三天的狂热,人们拥挤到审判庭的门边,保留的位置都被城里的贵妇人们侵占了。自从改成法院以后,诺曼底公爵旧日的宫殿,一向没有涌进那么多的人潮。这是六月的最后几天,太阳烤着的燠热下午,猛烈的阳光,燃烧十个窗的花玻璃,鲜艳的阳光照辉橡木的板壁,照耀上面撒满蜜蜂刺绣的红帷幕和红帷幕上显出的白石耶稣受难像,路易十二时代的著名天花板和它一格一格看来非常漂亮的老金色雕版,也闪烁着亮光。没有开庭以前,人们已感到窒息。女人们踮高身体,向证特桌上,观望格兰摩伦的表,桑芙琳的沾血衬衫和两次杀害所用的刀。卡希什的辩护,来自巴黎的一个律师,也很受注视。在陪审团的凳子上,排列着十二个卢昂人,神态笨拙而严肃,全体都穿黑礼服。法官进来时,站着的听众里产生很大的骚动,庭长只得马上威胁说。他要命人撤空法庭。

最后,审判开始了,陪审员们站起来宣誓,呼唤证人出庭,群众又重新激动,使他们中间又的人被好奇心的震动:听到波纳洪太太和赖宣纳先生的名字,各个人的头又波动一阵,接着,尤其是杰克,引起贵妇人们的热情,她们都用眼睛跟随他。此外,被告到了那里,每个都站在两个宪兵中间以后,听众的目光都跟着他们,而且交换彼此的感想。人们觉得他们的态度是凶暴的和卑劣的,简直是两个强盗。罗勃穿着的暗色短上衣,懒汉那样打着领带,他的衰老神态、蠢笨和满脸油脂的面容激起人们的惊奇。卡希什,他的确是人们所想象的典型凶手,长的蓝工衣,巨大的拳头,凶兽的上下颚,看来确实可怕。这凶

狠的家伙,人们若在什么森林角落里遇见他,一定会吓得发抖。审问证实了这坏的印象,有些回答掀起激烈的喃喃抗议。对于庭长的一切问话,卡希什都回答他不知道:他不知道表怎样放在他家里,不知道为什么他让真正的凶手逃走了。他坚持这神秘的不相识者的说法,他说,他曾听见罪恶向黑暗深处奔跑并消失了。随后,问到他对于这不幸和可怜被害人的兽性激情,他便含糊其词,变得十分暴躁两个宪兵只得用他们的胳臂捉住他。不,不! 他并不爱她,他并不想占有他,这只是谎言,只要一想到占有她,他认为就是玷污她,因为她是一位太太,而他却坐过监狱,只像野蛮人一样的生活着! 随后,他怒气平息了,他重新保持忧郁的沉默,只发出单音的回答,不再关心可能打击他的判罪。同样,罗勃也坚持法官称之为"他的方法"的招认:他叙述他如何并为什么杀了格兰摩伦,他否认他曾参与他的老婆被杀;但是他用断续的字句,几乎不连贯的话语,仿佛突然失掉记忆的样子,说明这些,而眼睛又那么昏乱,声音又那么迟滞,他有时似乎在寻找并编造细节。庭长催促他,向他指出,他的叙述是多么荒唐,他最后耸一耸肩膀,拒绝回答——既然谎言是合乎逻辑的,他又有什么必要说真话呢? 这冒犯法庭的轻蔑态度对他更不利。人们曾注意到两个被告,互不关心,仿佛这是他们预先有了默契的证据,整个巧妙的计划,由他们凭借意志的奇特力量去实现它。他们硬说他们彼此并不认识,他们甚至互相控告,唯一的目的,只想欺骗法庭罢了。等到审问终结时,案件可以说已被判决,庭长曾运用那么巧妙的方法,要罗勃和卡希什走近掘好的陷阱,仿佛是他们自己投入张开的罗网。那一天,人们还审问了几个不重要的证人。随后,天气变得那么酷热难忍,将近五点钟左右,已有两个贵妇人昏倒了。

　　第二天,有些证人的陈述,引起很大震动。波纳洪太太获得优越和机敏的真正成功。人们很有兴趣地谛听公司的职员们,方道普先生,贝西埃尔先生,达巴梯先生和高舒先生等。尤其是后者说得很长,他叙述他怎样很认识罗勃,他曾时常和他在商业咖啡馆里玩牌。亨利·陀凡涅重新提出他的致命性的证明,他在热病朦胧里曾听见两被告商议的隐隐话语,他对这点,差不多是绝对确信地。问及桑芙琳身上,他显得很慎重,他要别人明白他爱她,因为知道她已属于另一个,他就做正当的回避。所以,当这另一个,杰克·郎济埃终于被召进来时,群众里发出嗡嗡声响,许多人站起来,以便看得更加清楚,甚至陪审团里也有了热烈注意的移动。杰克很平静地做他驾驶机头时所常有的职业手势,让他的两手靠在证人的栅栏上。这一定很干扰他的出庭,却使他的头脑非常清醒,仿佛这案件同他毫不相干。他将以局外人和无罪者的身份去陈述;自从犯过罪以后,没有任何震颤侵入他体内,他甚至没有想到这些,记忆已毁灭,器官处在完全健康和平衡的状态中;那里,在这栅栏前面,他也没有任何懊悔和顾虑,他心里一点也不感动。立刻,他睁着他的明亮眼睛,注视罗勃和卡希什。前者,他知道是有罪的,他只对他微微点头,表示缜密的招呼,而想不到他今天已公开是他老婆的情人。接着,他向第二个微笑,他知道他是无罪的,他自己应该坐到他现在所坐的凳子上;尽管这工人显示强盗般的样子,其实是一个好心的傻瓜,他曾看见他工作并同他握过手。他怀着自由自在的心情。他以简单明了的话语回答庭长提出的问题。后者毫不顾忌,询问他同被害人的关系后,要他说明谋杀未发生数小时以前,他怎样离开摩弗拉十字,怎样到巴朗丁去搭火车,怎样宿在卢昂。卡希什和罗勃听着他,以他们的态度证实他的回答;这一分钟,在这三个人中间,透出一种难以形容的悲伤。法院里弥漫着死一般的静寂,不知来自何处的感动,一会儿,紧压陪审员们的胸口:这大概是事实真相默然掠了过去吧。对于庭长想知道石矿工人所说的那个不认识者,消失在黑暗深处,他有什么感想的问题,杰克只摇摇头,仿佛他不愿意伤害任何被告。于是一个事实产生了,全场旁听者因而都非常感动。泪水爬出杰克的眼眶,它溢出,流到他的面颊上。像他在幻觉里已重新见过她似的,桑芙琳又显现在他的脑里,这可怖的被害者,他曾带去她的形象,她的前额上竖立着恐怕头盔般的黑发,此刻又过分睁大她的蓝眼睛,似乎固定地凝视他。他还爱她,一种莫大的怜悯侵入他的身心,他从自己犯罪的无意识里,流下大颗泪珠,忘记了他现在是面对这拥挤的群众。被温情侵袭的贵妇人们,也随着哭了。看丈夫无动于衷,眼睛干燥,蓦然使人们觉得这情人的痛苦是极端感人的。庭长问辩护人是否还有什么问题要向证人们提出,律师道谢,形容蠢笨的被告们,则让目光跟随杰克,看他在普遍的同情中间回去坐下。

第三堂的会审,完全被帝国检察官的控诉和律师们的辩护所侵占。首先,庭长提出全案的诉讼。这诉讼,虽然披上绝对公正的伪装,却使控告情节格外加重。接着,帝国检查官,似乎不想尽量运用他的一切方法:他的演说往常是有较多的说服力量,他的雄辩也不像这次那么空洞。人们都认为这是非常难忍的酷热,使他不太认真。反之,卡希什的辩护人,巴黎的律师,虽然不能说服别人,却给公众以很大的感染。罗勃的辩护人,卢昂律师公会的一个著名会员,也尽可能从他承办的尴尬事件里,提出全部有利的理由。检察官疲倦了,甚至不再辩驳。待陪审团进入会议室以后,挂钟只敲六点,白天的阳光还从十个窗户透入,最后的阳光还照亮各柱头装饰着的诺曼底各城市的徽章。大声地谈话,升向金色的古老天花板,不耐烦地推撞震动了坐着与站着的人们之间的铁栅。等陪审团和法官们再出现,又重新变得绝对的静寂。陪审员们的决议承认减罪情节,法庭判处两个人终身苦役,这激起强烈的惊奇,群众都吵吵嚷嚷地退走,如在剧场里一样,同时也听见几声表示不满的嘘声。

当天晚上,整个卢昂都带着无穷尽的批评,谈论这个判决。根据一般意见,这对于波纳洪太太和赖宣纳夫妇,不啻是一种失败。只有死刑似乎能满足家族的愿望;毋庸置疑,相反的势力已发生作用。人们已低声提到勒蒲克太太,据说陪审员里有她的三四个效忠朋友。她丈夫,陪审官的态度当然没有什么可指责的,但是人们以为觉察到,就是另一个陪审官和戴巴赛叶先生本人,也没有意识自己是审判的主人,一切都没有像他们所愿意的决定。或者,陪审团,被顾虑侵袭,承认减罪情节时,只是向那一刻曾掠过法堂的怀疑,这忧郁实情的无声飞翔,让步吧!总之,案件始终是预审推事,戴尼采先生的胜利,任何东西都不能损伤他的杰作;甚至家族本身还失掉很多同情,因为传闻都说赖宣纳先生,为了取回摩弗拉十字,想违反法律的规定,不顾受赠人的死亡,曾尝试要求遗嘱的撤销——一个混身于司法界的人,竟说到这个,当然会感到令人惊奇。

杰克走出了法院,菲洛漫妮立刻赶到他的身边,她也是出庭的证人之一。她不再放开他,她留住他,她竭力要想同他在卢昂度过这一夜。他只在第二天才去恢复他的工作,他也愿意领她到车站附近,他说犯罪那一夜他曾去过的小饭店里去吃晚饭,可是他并不愿意留下睡觉,他必须搭半夜五十分的火车回到巴黎。

"你不知道,"她挽着他的胳臂向小饭店走去时对她说,"我可以发誓,刚才我曾看见我们认识的一个人……是的,柏葛,他有一天还对我反复说,他将不管那一套,为了这案件,他将不让自己的两脚踏到卢昂……一会儿,我转过来,我瞥见后面的一个人向群众中间溜跑……"

司机耸一耸肩膀,打断她的话。

"柏葛此刻正在巴黎喝酒或正同什么女人胡闹,我的请假给他制造了放荡的机会,他是太舒服了。"

"这很可能……不论怎样,我们应该当心,因为他若发狂的话,这的确是最龌龊的畜生。"

她紧紧靠近他,她向后瞥了一眼,立刻加上说:

"那一个跟随我们的,您认得他吗?"

"是的,你不要担心……他一定是有什么事情要问我。"

这是米索尔,确实,从犹太人路起,就远远跟随他们。他也显出沉睡态度当了证人;他留下,在杰克的周围闲荡,而不决定向他提出显然已到嘴边的一个问题。待他们消失在小饭店里之后,他也跟着进来,命人送来一杯葡萄酒。

"怎么,是您,米索尔!"司机喊道。"同您的新夫人一起,还很好吗?"

"是的,是的。"守望员咕噜道。"啊!混账的家伙,她的确给我拖累进去!嗯?上一次到这里的时候,我曾对您说过这个1"

杰克,因这故事,觉得很快活。杜克鲁妈妈,从前当过暧昧女仆,由米索尔雇来看守栅栏的老妇人,看见他搜索各个角落,很快就觉察到他一定在寻找他已故女人所埋藏着的私财,一种天才的想法突然浮到她脑里,她要设法嫁给他,她以隐约吞吐的话语和小的笑声,使他明白她已找到它。首先,他几乎气得要扼死她;随后,他想到,如果和另一个那样,在没有得到之前,就消灭她,那一千法郎,又将从他手里溜跑了,他变得很阿谀,很可爱,但是她拒绝他,甚至不再愿意他动她:不,不,待她做了他的老婆,他将获得一切:她和他所寻找的金钱。他果然同她结了婚,她嘲笑他,认为他太愚蠢,竟然会相信她对他所说的一切。最妙的是知道真有这私财以后,她也传染到他的热病,此后也发狂似的,同他一起寻找。啊!这无法找到的一千法郎,现在他们既然是两个人,终有一天会被他们搜掘出来!他们寻找,他们寻找!

"那么,还是一点也没有找到吗?"故意要嘲笑他的杰克问道。"那么,杜克鲁妈妈,她没有帮您的忙吗?"

米索尔定定地注视他;他终于说话了。

"您知道它们藏在什么地方,请您对我说吧!"

司机立刻恼火。

"我一点也不知道,法茜姑姑没有给我半个铜子,您大概不会控告我盗窃吧?"

"哦!她没有给您半个铜子:这个,的确是很实在的,……您看,我因这个患病。如果您知道它们藏在什么地方的话,请您对我说吧。"

"哎!您不用啰唆!您要当心我会说太多的话……那么,您到盐罐里去看看,它们是否藏在那底下!"

米索尔面色苍白,眼睛热烈,还继续注视他。他似乎有了突然的醒悟。

"在盐罐里,诺!这是实在的。抽屉下面的一个隐秘地方,还没有搜索过。"

他连忙把他的一杯葡萄酒付了钱,他跑到车站里去看看他是否还能搭上七点十分火车。那边,在低矮的房子里,他将作永恒的寻找。

夜里吃过晚饭,等着半夜五十分钟火车时,菲洛曼妮硬要拉杰克穿过许多黑暗的小巷,一直到邻近的乡野去。天气很窒闷,这是六月末的一夜,又闷热又没有月亮,她的胸口,差不多攀挂在他的脖子上,因而充满大的叹息。有两次她好像听见他们背后有脚步声响,她转过耳来,由于那么深厚的阴暗,她没有看见一个人影。他对这暴风雨来临前的夜晚,感到很苦闷。在他的安静平衡里,在他杀了人以后所享受的完全健康里,刚才靠餐桌坐着,每次这个女人用她的探摸的两手轻触他的时候,他感到一种隐隐的不舒服又回到他体内。无疑的,这是疲倦,由沉重空气所激起的萎靡。这样搂着她,贴近他身边,现在,更猛烈的情欲忧虑已再生,而且充满隐隐的恐怖。然而他已的确痊愈了,考验已做过,因为为了明白自己的情况,他曾占有她而肉体依然是平静的。他如此激动,如果淹没她的阴暗不给他以保证,他怕丑恶的发作会使他脱出她的胳臂,往日,即使在他宿疾发作的最恶劣时刻,他也从来没有产生过不看见而想残害的心思。当他们沿着荒凉的小路,经过长草的斜坎附近,她抱着他,向这僻静旷野前进时,突然,一种可怖的需要,重新袭击他,他被狂暴的激情捲走,他俯向野草中间寻找一个武器,一块石头,想立刻敲碎她的头颅。他震动一下,重新站起来,他已昏乱逃走的时候,忽而听见一个男人声音:满口咒骂和整个争吵。

"啊!婊子,我曾一直等到底,我要得到确实的证据!"

"这不是真的,放开我!"

"啊!这不是真的!另一个,他可以奔跑!我知道他是谁,我一定会再捉住他!……喏!婊子,你再说这不是真的!"

杰克在黑暗里奔跑,这并不是为逃避他已认出的柏葛,实在是因痛苦发狂,他是逃避自己的昏乱欲望。

什么!一次杀害还不够,他还不是像他上午所相信的,已由桑芙琳的流血得到满足吗?看,他又开始了。另一个,再另一个,而且时常是另一个!待他暂时平息一下,经过数星期的麻木,他的可怖饥饿又觉醒起来,他不断需要女人的肉体来满足这丑恶的饥饿。甚至现在他不需要看见这诱惑的胴体:只要感到它温热地贴近他的胳臂,他立刻会产生犯罪的激情,他简直是剖开雌兽肚腹的野蛮雄兽。他这一生完了,他前面只有这深的昏暗,这四周笼罩着,他只非常失望地逃走的黑夜。

许多天过去了。杰克已恢复他的服务,避开伙伴们,重新落入他从前的忧虑和野蛮孤寂。议会里经过激烈的辩论,已向普鲁士正式宣战,而且前哨已发生小战斗,据说,都很成功。一星期以来,军队的运输累坏了铁路的人员。正常的服务已被扰乱;连续的意外,引起火车晚点;至于为加速各军团集中,人们曾征用最好的司机,那更不用说了。就是这样,一天下午在勒阿佛尔,杰克不开他的平常快车,只好驾驶一列由十八节车皮组成的火车,里面塞满了士兵。

那一天下午,柏葛到停备站时,已喝得烂醉。撞见菲洛曼妮和杰克搂着散步的第二天,他重新登上六〇八号机头,仍然做后者的火伕。从这时起,他不说任何影射的话语,神态很阴郁,似乎不敢注视他的头头,但是杰克觉得他逐渐反抗,拒绝服从,待他一吩咐他做事,他总发出暗暗的咕噜声音接受他的命令。他们终于完全停止谈话。这摇动的钢板,这从前载着他们,他们在上面过着那么和好生活的小桥,此刻只变成他们互相歧视和互相冲突的危险狭道。憎恨已增长,他们在这风快驶去的几方尺地方,终于会互相吞噬,只要小小的推撞,他们就会从那里倾跌下去。那一傍晚,看见柏葛喝醉,杰克非常当心;因为他知道他太阴险,没有喝酒,他决不会暴怒,只有酒能放纵他体内的兽性。

应该六点钟开行的火车,已晚点。当人们像装绵羊似的,要士兵们进入以往载牲畜的车皮时,天已全黑。里面只简单地钉上几块木板,作为座位,他们是一队一队堆叠着,整车满得超过最大限度,为此,他们只好坐在彼此身上,有些站着,被挤得不能移动一只胳臂。待他们到了巴黎,另一列火车等着他们,将载他们向莱茵河方向驶去。在这起程的昏乱里,他们已被疲倦压倒。但是人们既然发给他们烧酒,很多人曾分散到邻近的小酒店里大喝了一顿,他们发泄狂热和粗暴的快活,眼睛通红,几乎要脱出眼眶。等到火车开动,出了车站,他们开始唱歌。

杰克立刻注视天边,那里聚结着暴风雨前的密云,遮住星星。但是很昏暗的,没有一丝气息流动酷热的空气,以往那么凉爽的奔驰之风,仿佛也是湿热的。漆黑的地平线上,除了信号的鲜明火星以外,没有别的亮光。他增加蒸气压力去越过哈佛娄至圣罗门的大斜坡。不管数星期以来,他多么仔细地研究它,他还不能控制六〇八号机头,它太新,它的年青怪癖和任性,还不断激起他的惊奇。那一夜,他特别觉得它倔强,奇特,为了太多的几块煤炭,已准备去狂奔。所以,手放在驾驶盘上,他监视着火力,对于他的火伕姿态,他已逐渐担心。照亮水准表的小油灯,让平台留在半明半暗里,只由烧红的炉门,映上淡紫的亮光。他看不清楚柏葛,有两次,他的脚腿感到轻轻摩擦,仿佛移动的手指想在那里抓住他。但是,无疑的,这只是醉汉的疏忽动作,因为他听见他在车轮的响声里,发出高声地冷笑,以过多敲重的铁锤,击碎煤块,而且狂暴地使用他的锹子。每一分钟,他打开炉门,拿过多的燃料,扔到火炉的铁栅上。

"够了!"杰克喊道。

另一个装着没听见的样子,继续把一锹一锹的煤,送入炉里。当司机捏住他的胳臂时,他转过来,威胁他,他终于由酒醉的增长狂暴里,找到他所寻找的争吵。

"不要动我,否则,我就揍你!……车子跑得很快,这使我觉得很好玩!"

火车现在以最大的速率在波尔培克至蒙德维尔的高原边缘上奔驰。除了到指定地点加水,它毫不停止,必须一直驶进巴黎。很长的一列,十八辆车皮,塞满人的"牲畜",在连续的轰声里,穿过黑暗的乡野。这些被载去戕杀的人唱歌,拼命唱歌,喊得那么高,他们的喧嚷淹没过车轮的声响。

杰克用脚重新关上炉门。随后,拨动蒸汽的注射器,他还忍住怒气说:

"火已太猛了,……您睡觉吧,如果您已喝醉的话。"

立刻,柏葛再打开炉门,拼命把煤再送进去,好像他要使机器烧的爆炸了。这是反叛和违抗命令;愤怒的激情,已顾不及这一切生命,杰克亲自俯下,降低灰栅的掀棒,想至少减低底下的通风,火伕突然抱住他的腰部,竭力推撞他,想凭这粗暴的摇动,把他掷到轨道上。

"流氓,那么就是为了这个!……不是吗?你以为我已跌下去,阴险无耻可恶的混账家伙!"

他重新抓住煤水车的一个边缘,他们两个都滑倒,彼此的搏斗在摇得很厉害的钢板小桥上继续着。咬紧牙关,他们都不再说话,他们彼此都竭力要对方从狭小的,只由一根铁杆关住的出口翻到下面。但是这开不容易,风快的机头,还向前滚动,继续向前滚动;巴朗丁已被越过,火车进入玛罗纳隧道,他们彼此还紧紧抓住,在煤上打滚,头碰到盛水箱的铁壁,避开每次他们伸展时脚腿会被烤焦的赤红炉门。

一会儿,杰克想到:倘若他能再站起来,他将关掉蒸汽开关,他将呼救,使人们可以给他摆脱这暴怒的,因喝醉酒和嫉妒而发狂的疯子。然而他已衰弱,他的个子比较小,他现在已失望:找不到掷他出去的力量,他已失败,觉得跌下的恐怖之风已掠过他的头发。他费了莫大的努力,一只手向前开关摸索以后,另一个明白了,腰部挺直一下,把他像孩子似的再抱起来。

"咳!你关掉开关,要火车停住……咳!你抢走我的女人……去吧,你应该滚到下面去!"

机头滚动,继续滚动,火车带着巨大的轰隆声开出隧道。在这样迅速的疾风里,被越过去,月台上站着的副站长甚至看不见这两个人趁捲去他们的雷声,正在机头上互相搏斗。你死我活。

最后柏葛凭最后的兴奋和努力掷出杰克,后者感到空虚,恐慌,拼命抓住他的颈项,抓得那么紧,终于拖着他下去。接着是两声可怕的叫喊,互相混合,互相消失了。两个人,一起跌下,车轮底下,他们就在车轮底下拥抱里,在这可怖的,像兄弟一样过了那久共同生活的抱吻里,被压断,被切碎。人们重新发现他们时,他们已没有头,没有脚,两个血淋淋的躯干,还紧紧抱住,仿佛要惹起彼此的窒息。

完全自由,不受任何指挥的机头,向前滚动,连续向前滚动。最后,倔强和怪癖的家伙,能任意发展它的青年疯狂,简直还没有被驯服的牝马,脱出她的看守人之手,拼命向平坦的旷野里狂奔,汽锅里盛足水,炉子里装满煤炭,已全部燃烧。开始半小时之内,蒸汽压力疯狂地升高,速率变成可怖的。无疑的,车长,因为疲倦,已沉熟睡去。士兵们的醉意因这样拥挤着,格外增加,发觉这粗暴的狂奔,他们突然快活起来,一起唱得更高。象霹雳一闪,人们掠过玛洛姆。接近信号,经过车站时,已没有汽笛的叫声。这里笔直的奔驰,发狂"畜生",低着头,一声不响,向障碍中间猛冲的跳跃。它滚动,无止境地滚动,仿佛因它喘息的尖锐声音,更加疯狂。

到卢昂,人们应该加水。看见这发狂直驶的火车,这没有司机和火伕的机头,这些塞满士兵、高声唱着爱国歌曲的牲畜车皮,从这煤烟和火焰的眩晕里,疾驰过去,车站里的人都被恐怖侵袭,脉管的血都因而冷固。他们到战争里去,这是为着更快赶到莱茵河边岸,他们才这样毫不停留地跑过去。职员们都张口结舌地留下,摇动他们的胳臂。立刻,

发出普遍的叫声：放纵的驾驶的火车，将永远不会畅通无阻地穿过梅特维尔车站，因为那里，和一切大的停车场一样，时常被调配工作阻塞，轨道上停满车厢和机头。人们连忙扑向电报机，立刻发出通知。正好，那边。一列货车占住轨道，它仿佛借任何东西都不能阻止的神异力量，尽量狂奔，迅速到来。梅特维尔车站已被掠过，它穿过障碍，而什么都没有钩住它，它重新没入黑暗里，它的轰隆轰隆响声，也逐渐消失了。

现在沿途的所有电报机都"滴答滴答"响着，所有的心都因在卢昂和梅特维尔看见这奇怪火车狂奔过去的消息吓得心惊肉跳。大家都在担心：前面的一列快车一定会被它追到。它像大森林里的一只野猪，还继续它的奔跑，并不注意红的信号和爆裂筒。到奥阿赛尔，它几乎把一部调配机头碰碎；它激起崩·德·拉舒的恐怖，因为它的速率似乎没有减慢。重新，它又消失了，它滚动，它滚动，在黑暗的夜里，它向那边，不知什么地方，继续滚动。

机头在路上压死许多许多被害者，这都没有什么关系！它不是对已有的流血事件毫无顾虑，依然向未来跑去吗？没有驾驶员，仿佛是放纵给死神的耳聋和目盲畜生，它趁黑暗的夜色，向前滚动，向前滚动，而车皮里所载满的这些炮灰，这些士兵喝醉了酒，对因疲倦变得蠢头蠢脑，却仍然高声唱着他们的爱国歌曲。

世界孤本小说

全译插图本

娜　娜

［法国］左拉 ◎ 著　　张斌 ◎ 译

导　读

　　《娜娜》是左拉的鸿篇巨制《卢贡-马卡尔家族》中一部颇有文学价值和艺术价值的长篇小说,它的问世扩大并巩固了左拉在世界文学史上的地位。

　　《娜娜》发表后在法国引起了轰动,小说初版的第一天,其销售量达五万五千多册,开创了法国出版界从未有的盛况。小说曾被改编为电视、电影在法国多次播映。1981年4月5日,法国《世界报》曾发表评论,认为左拉在《娜娜》中"非常真实地描写的19世纪那个巨变的时代,到今天还没有过时,他描绘的那些人物所遇到的一些问题,也正是我们今天所遇到的。"

　　在左拉的全部创作中,《娜娜》是艺术成就较高的一部作品,自问世至今,已有一个世纪了,它在全世界范围内拥有广泛的读者,相继被译成20多种上语言文字,即使在法国,其影响也经久不衰。

第一章

晚上九点钟,游艺剧院的大厅没有多少观众,在楼厅与正厅前座,分枝吊灯半明半灭,厅里光线不明,几个等着开场的观众把身体埋在石榴红丝绒面的座椅里。猩红的布幕在阴影下如同一大块红渍。舞台上一片静默,脚灯也熄灭了,乐师的乐谱架乱七八糟。可在剧院的四楼两廊座位,天花板圆顶的周围,传来接连不断的叫喊声、笑声、吵闹声。一层层的男女观众戴着女帽或工人帽,坐在镀金框架的大圆窗下面。天花板绘着在天空飞翔的裸体女人和孩子,在煤气灯下变成了绿色。场内偶尔出现一位女检票员,手持戏票,领着走在她前面的先生和太太,慌忙地带到座位上。先生穿着晚礼服,太太苗条纤细,腰身笔直,眼神慢慢地四处转悠。

两个年轻人出现在正厅前座。他们一直站着,四下张望。

"埃克托尔,我怎么跟你说的来着?"年长的那个高声叫嚷,他高个儿,留小黑胡子,"我们来得过早了,你该叫我抽完雪茄再来的。"

女检票员恰好经过他们身旁。她热情地说:

"啊,福什里先生,再过半个钟头才开场呢。"

"那为什么他们的海报说九点开场呢?"埃克托尔嘟哝道,瘦长的脸上露出不快,"就在今天早上,戏里担任角色的克拉莉丝还跟我发誓,说是八点整一准开场呢。"

他们两个沉默片刻,抬起头用眼睛搜索黑魆魆的包厢。包厢糊着绿纸,更暗了几分。

楼座下面的包厢,完全没入漆黑之中。楼厅的包厢里,只有一位胖太太倚靠在蒙着丝绒的栏杆上面。舞台两旁的高柱子之间的左右包厢,悬垂着长流苏的彩饰,此时亦阒无一人。白色、金色的大厅,用嫩绿色做装饰,在大水晶吊灯不大的火苗照射下,色泽浅淡,如同洒了微尘。

"你给露茜买了这边包厢的票没有?"埃克托尔问。

"买了,"另一个答道,"相当困难了……啊,别担心,露茜不会早到的!"

他懵住一个呵欠,沉默半晌,又说:

"你还真走运,还没见识过第一场演出呢……《金发维纳斯》肯定能成为今年轰动一时的大事,半年以来它可成了热门话题。呀,我亲爱的,它是音乐! 够刺激! ……波尔德那夫精明到家了,他真会做生意,留下这场戏在万国博览会期间才上演!"

埃克托尔信服地垂听表兄的议论,他产生了一个疑问:

"娜娜呢,就是演维纳斯的那颗新星,你认识她吗?"

"瞧,你又来了!"福什里双臂朝天举起,大声说,"从早上起,大伙儿全拿娜娜烦我,我遇见的人至少有二十个,这个问娜娜,那个也问娜娜,我知道吗? 我认识巴黎全部的婊子吗? ……娜娜是波尔德那夫创造出来的偶像,肯定是个天生尤物!"

他安静下来。可那剧场的静默,吊灯昏暗的光线,教堂般的肃穆,楼上嗡嗡的噪音,砰砰的关门之声,都叫他无比烦躁。

"不行,"他猛然说,"在这里待下去,头发全变白了。我得出去……他们或许在楼下找得着波尔德那夫,他会把具体情况告之我们的。"

检票处设在剧院楼下,铺大理石地板的高大的前厅里。观众已开始进场。从敞开的三道铁栅门可以看见外面繁华热闹的林荫大道,在四月的美丽夜色里,只见人头攒动,灯光璀璨。载着观众的车辆,轮声不绝于耳,在戏院的门前"嘎"地停住,车门"吱呀"又再关上。观众攒三聚五地进入剧院,在检票处停下来,然后再登上前厅尽头处的两排楼梯,女士们扭动着腰肢,缓缓挪步。前厅点缀了不多的帝政时代的装饰品,颇像纸板搭糊的圣殿的列柱廊,光秃秃的灰白墙壁上贴着巨幅黄色海报,上面用巨大的黑体字赫然写着娜娜的名字,在耀眼的煤气灯光下格外抢眼。不少先生驻足观看海报,有些则站着聊天,堵住剧场的入口。靠近售票处,只见一个大块头汉子,宽脸膛,剃光的下巴,正大声与缠着要票的几个人周旋。

"他就是波尔德那夫。"福什里边下楼梯边说。

波尔德那夫经理也瞥见福什里,他远远地冲福什里嚷叫:"好呀,你可真守信用,你就是这样子给我写专栏文章的呀,今早我翻开《费加罗报》,一个字也没见到!"

"你等等嘛!"福什里回答,"要吹捧你的娜娜,我总得了解她的情况才行吧,再说,我并没有许诺你什么。"

然后,为了不提这回事,他向经理介绍他的表弟。这位青年名叫埃克托尔·德·拉法卢瓦斯,是来巴黎求学的。经理朝小伙子打量了一下,而埃克托尔却诚惶诚恐地审视他。原来此人便是波尔德那夫,这位把女人当猴子耍的人,对待女人如同狱卒监禁囚犯的人。这位满脑子广告绝招的人,动辄张口吐唾沫,大叫大嚷,拍大腿。在这种场合,埃

克托尔认为该客套几句。

"您的剧院……"他说，他的声音像笛声。

波尔德那夫是个直来直去的汉子，满不在乎就吐出句粗话，打断埃克托尔的话头，说："你干脆称它为我的妓院得了。"

福什里一笑，表示赞同。埃克托尔的恭维辞藻只好堵在喉咙里，颇有点狼狈，却也装出欣赏这句话的样子。经理这时向一位戏剧评论家奔去，握手寒暄，那个人的专栏是很有影响力的。等经理转身回来，埃克托尔已恢复常态，他唯恐自己的窘态被人笑话，笑话他乡巴佬。

"听说，"他搜索枯肠，要寻句话说说，"娜娜有一副金嗓子。"

"她！"经理耸耸肩，嚷道，"是一个真正的喷射器！"

埃克托尔赶快补充："还说她是出色的女演员！"

"她！……一团肉！到了台上，连手脚都不知往哪儿放！"

埃克托尔脸上微微一红。他给经理闹糊涂了，结结巴巴地说："无论如何，我不会错过今晚的首场演出，我知道您的剧院……"

"叫它做妓院。"波尔德那夫又打断他的话，那股犟劲儿是一向自信的人特有的。

福什里正专注地盯着进场的妇女，看见表弟瞠目结舌的呆相，又好气又好笑，便过来解围，"你就顺着他的意思叫好了——既然他愿意你叫他的剧院是什么，你尽管这么叫得啦……你哪，我亲爱的，"他转向经理，"也别对我们胡吹了，你的娜娜既不会唱又不会演，你准要砸锅的，没别的下场啦。我最担心的就是这个。"

"砸锅！砸锅！"经理的脸涨得通红，"一个女人难道非要会演会唱才行？啊，亲爱的，你太傻喽，娜娜自然有别的本事！这本事足以抵得上别的本事。我嗅出来了，这个本事她大着呐，如果我嗅错了，我就是笨蛋。你瞧吧，瞧吧，只要她一登台，全场的人准会张开嘴巴伸出舌头的。"

他举起粗大的双手——因激动而发抖的双手，他压低嗓门，宽慰地自语："错不了，她将来一定了不起的，嘿，一个骚货！骚货！"

经不住福什里的盘问，他答应提供详细的情况。他出言粗俗，埃克托尔听了觉得刺耳。波尔德那夫认识娜娜，他要捧红她，刚好他正缺少一个扮爱神的演员，而他从来不耐烦花费太多的时间去训练一个女人，他要立即把她捧成红角。但自从这个丰满的女人插足他的戏班，却也添了不少麻烦。他原有一个红星萝丝·米侬，演戏天分高，歌喉也曼妙，看见新来的对手心里很气恼，终日以辞职威胁他。还有呢，我的天！为了海报上面的排名先后，竟闹了个沸反盈天！最后他决定把两个女演员的名字，用同样大小的字体这才了事。他绝不允许她们烦他，不管哪个小娘儿们——他是这样称呼他的女戏子的，西蒙娜也罢，克拉莉丝也罢，谁敢不听他的话，他就在她们的屁股上猛踹一脚。不这样，没法子活下去。他拿她们卖钱，也知道这些贱货值几个子儿！

"嘘！"他把话锋一转，"米侬和斯特涅来了，他们总是形影相随啊。你知道，斯特涅开始嫌弃萝丝了，她的丈夫米侬生怕她溜了，寸步不离地跟着她。"

剧院的飞檐上装了一排煤气灯，向人行道上射出一片强烈的光辉。两行小树被照得

枝叶分明,格外浓绿。小柱子也被灯光照得白晃晃地,贴在柱子上的海报,如同白昼看到的那样清楚。

灯光照不到的马路,此时夜色深沉,只有稀稀落落地点缀着的几点灯光。隐约可见络绎不绝的人向剧院走来。许多男人没有马上进场,先站在外边聊天,抽完雪茄。灯光在他们身上洒了一层灰白,在柏油路面投下缩短了的黑影。

米侬从人群中挤着过来,胳臂下挟着银行家斯特涅。米侬是条彪形大汉,有如街头卖艺大力士的方形脑袋,而斯特涅却是个大腹便便,脸庞滚圆,留着一圈灰白络腮胡子的小个子。

波尔德那夫对银行家说:"嗨,昨天你在我的办公室遇到的就是她。"

"哦!是她!"斯特涅嚷,"我昨天也猜到几分,只是她进来时我正走出去,只打了个照面。"

米侬半闭着眼听着,很是烦躁,只管旋转手指上的大钻戒。他明白他们说的是娜娜。波尔德那夫描绘他新捧的红角,燃起了银行家眼中的邪火。米侬忍不住加入了谈话:

"亲爱的,别说了,一个婊子罢咧!观众会把她轰下台的。斯特涅,我的老弟,你知道我老婆在化妆间里等着你呐。"

他想拉走斯特涅,后者却不肯离开波尔德那夫。在他们前面,观众排成长龙,检票处挤得水泄不通,噪声聒耳,其中夹杂着"娜娜"这两个清脆响亮的字眼。站在海报前面的男人,朗声拼读她的名字;凡经过海报的男人也都瞟它一眼,带着疑问的口气念叨它。女人们神情困惑,含着笑,不安地轻轻重复她的名字。没有一个人认识娜娜,她是从哪儿掉下来的呢?四处流传着有关她的绯闻和笑话。这字句听起来温馨,亲切,顺口,令人愉快。一股好奇的狂热推动人群,这种巴黎式的好奇,其猛烈的程度等同于热病的发作。人们都想看娜娜的尊容。一个女人被挤掉裙子的饰带,一个男人被挤掉了帽子。

"咳,你们提的问题太多了!"波尔德那夫喊道,他被二十多个人围着问这问那,"你们一会儿就会见到她的,我要走了,她们还等着我呢。"

他溜走了。眼见煽起了观众的好奇,他暗自得意。米侬耸了耸肩,提醒斯特涅,说萝丝正在等他去看她在第一场所穿的服装呢。

"瞧,露茜来了,正下车哩。"埃克托尔对福什里说。

露茜·斯特华果真来了。这妇人丑陋,矮小,四十岁左右,脖子太长,面孔瘦削憔悴,厚嘴唇。但她气质高雅,举止活泼,颇具魅力。她领来卡萝莉娜·埃凯和她的母亲。卡萝莉娜是个冷美人,她的母亲则神气十足,笨手笨脚,行动迟钝。

露茜对福什里说:"你和我们一道坐吧,我给你留了座位。"

"啊!不必了!什么也看不到,何必呢!"他说,"我有一张座椅票,我宁愿坐正厅前座。"

露茜很是不悦。难道他不敢与她公开露面?她抑住怒气,转了话题:

"为什么你不告诉我你认识娜娜呢?"

"娜娜?我从未见过她。"

"真的吗?可有人向我发誓,说你同她睡过觉。"

站在他们前面的米侬，把一根手指竖在唇上，向他们示意，叫他们住口。露茜问他何故，他指指走过去的小伙子，低声说："他是娜娜的情夫。"

大家望着那青年。他是个漂亮的小伙子。福什里认得他。他叫作达格内，曾经为女人挥霍了三十万法郎，如今在交易所做点小投机买卖，也还是为了弄点钱给女人送花束，或者请吃饭。露茜觉得他的眼睛很美。

"啊！布朗斯来了！"她嚷道，"就是她告诉我你和娜娜睡过觉的。"

布朗斯·德·西维里是个金发的胖姑娘，胖嘟嘟的脸蛋颇有几分姿色。她身旁伴着一个纤瘦、衣着讲究、文质彬彬的男人。

福什里悄声告诉埃克托尔："他是格扎维尔·德·旺德夫尔伯爵。"

伯爵与记者福什里握手，布朗斯却与露茜热烈地议论起来。她们一个穿着蓝色，一个玫瑰红，那两条镶边饰的裙袍挡了道，她们屡屡提及娜娜的名字，尖嗓子引起旁人的注意，听她们谈娜娜一些什么。

伯爵带着布朗斯走了。现在，"娜娜"的呼声在前厅的四面回响，声浪迭起，由于久等而更加迫切。怎么还不开场？男人们掏出表来，迟到的观众，不等车子停稳就跳了下来。三五成群的观众离开人行道往里面拥。在煤气排灯照耀的空地上，过路的人都伸长脖子往剧院窥视一番才走。一个野小子吹着口哨走过来，站在门口的海报前面，用嘶哑的声音喊："嗨！娜娜！"说完，趔趄着脚步，拖着他那双破靴子，摇摇晃晃地走了。观众哄然大笑，衣冠楚楚的绅士们也一遍又一遍地呼着："娜娜！嗨！娜娜！"人群拥挤着，检票处有人争执。在观众里散播开来的愚蠢可笑的疯狂，兽性发作，引发他们呼叫着娜娜，因而这一片声浪也就越来越高了。

开场的铃声在轰轰然的声浪中响起。"铃已经响了！铃已经响了！"喧哗声直达外面的大马路，于是你推我拥抢先挤进去，检票处增加了职员。米侬满脸焦急，终于拉走斯特涅，他还没有去看萝丝的试装呢。第一次铃响，埃克托尔拉着福什里，挤出一条路，生怕错过开场戏。这一阵拥挤惹恼了露茜·斯特华，这些人多么粗野，竟推操妇女！她和卡萝莉娜母女留在最后。现在前厅已经空无一人，马路上，车轮声依然不断。

在剧场里，福什里和埃克托尔站在他们的座椅前面，又在四处张望。此刻，场内灯火辉煌。大水晶吊灯里的火苗蹿得老高，放射出黄色和玫瑰色的光芒，从拱穹上面折射回池座，有如洒下一片雾样光辉。座椅上的石榴红丝绒闪闪发亮。金色大厅更显辉煌，而天花板浓艳的色彩下那嫩绿色的装饰多少柔和了它迫人的光芒。舞台上的脚灯突然放出一排强光，猩红的帷幕如同着了火，华贵厚实的帷幕具有神话中宫殿般的富丽堂皇，与寒碜粗陋的布景形成鲜明的对比。布景的裂缝露出了镀金掩盖的灰泥。场子已经暖烘烘的，乐队在乐谱架前调校弦索。笛子轻悠的颤音，号角窒息般的呜咽，小提琴悦耳的低吟，飘扬在越来越响的嘈杂声中。观众们闲谈着，推拥着，争抢座位；过道拥挤不堪，每扇门艰难地涌进一股滔滔的人流。人们彼此打着招呼，摩肩擦背；戴帽穿裙的女士，穿黑色燕尾服或长上衣的男士，一队队鱼贯而进，一排排的座位终于坐满了。这里露一角缟衣素裳，那里见云鬟低垂，钗影泛彩，俏脸半露；这个包厢里呈现了女人白缎般的裸肩，那边包厢里太太在悠然扇扇，眼睛瞟着人流；年轻的先生站在正厅前座里，背心敞开，上衣纽

扣孔插着一朵栀子花,用戴了手套的手指举起观剧用的望远镜端详着。

这时候,福什里表兄弟俩忙于找熟悉的脸孔。米侬和斯特涅并肩坐在楼下包厢里,胳臂靠着蒙上丝绒的栏杆。布朗斯·德·西维里似乎独占了楼下的一个边包厢。埃克托尔特别关注达格内。达格内坐的是正厅前座,在他的前两排。达格内紧挨着的是一个约十七岁的小青年,很像是一个逃学的中学生,大睁着一双小天使般的俊目。福什里看见了他,微微一笑。

"二楼楼厅的那位太太是谁?"埃克托尔突然问道,"就是身旁有个蓝衣少女的那个。"

他指的是一位胖妇人,她胸衣紧束,从前的金发已变得有点发白,染了黄色,圆脸上涂了胭脂,额前垂着儿童般的刘海儿,把胖脸衬得如肿了似的。

"她叫嘉嘉。"福什里简短地回答。这个名字似乎引起表弟的惊愕,他又补充道:

"你不晓得嘉嘉?……路易·菲力浦统治的最初几年,她可是个风云人物呢。到现在,无论到哪里她都要把女儿拉在身边了。"

埃克托尔却没瞧少女一眼,倒是嘉嘉的样子令他动心。他盯住她看,他觉得她丰韵犹存,只是不敢说出来。

这时,乐队指挥把弓子一举,乐队便奏起序曲来。观众仍继续进场,纷乱喧哗有增无减。这一群观众是特意来观看首场演出的,还是原先的那一批人,没人知道。熟人相遇便微笑着聚拢在一起,帽子也不用脱,态度随便,互致问候。巴黎的人物全到了,文学界、金融界、娱乐界,也有许多的记者,还有几位作家,交易所的投机家,而交际花之类的女人,也比正经妇女多。这是特殊组合的群体,秉承了各种天才,却又为恶习所污染,脸上呈现同样的疲乏和狂热。

由于表弟的发问,福什里就把专门留给报馆和俱乐部的几个包厢指给他看,又把戏剧批评家的名字一一告诉他。其中一个瘦子,神情冷峻,嘴唇薄而面目狰狞;他特别指出另外一个胖子,面孔和善,正倚在他邻座一个年轻姑娘的肩上,用父爱的眼神注视着她。

他的话尚未说完便住了口,因为他看见埃克托尔向着对面包厢里的几个人打招呼。他愕然了。

"怎么! 你认识米法·德·布维尔伯爵?"

"是的,我们是老相识了。"埃克托尔回答,"米法家有一处产业与我们家的产业毗邻,我常常到他们家去。伯爵与他的太太,岳丈德·舒阿尔侯爵坐在一起呢。"

看见表兄不胜惊愕的表情,他很得意。在虚荣心的驱使下,他谈得更详细了:侯爵是政府的咨议员,伯爵最近被任命为皇后的侍从长官。福什里拿起望远镜向着伯爵夫人望去,只见她肌肤丰满洁白,棕色头发,眼睛黑而且美。

"幕间休息的时候,你给我引见引见,"福什里说,"我见过伯爵,但我很想参加他们家里每礼拜二的招待会。"

"嘘! 嘘!"的喊叫声从最高几层的楼座发出。序曲已经开始了,还有观众在入场,迟到的人使得整排的观众不得不站起来让他过去,包厢的门砰砰地响着,甬道上有人大声地争执,交谈声不绝于耳,有如日暮归巢的麻雀的喧噪。场内乱纷纷的,脑袋乱晃,手臂乱挥,坐下的想法子坐得舒服一点,一些人站在那儿东张西望。"坐下! 坐下!"的呼喊从

昏暗的正厅后排爆发出来。全体观众情绪激动，大家总算要一睹大名鼎鼎的娜娜了，巴黎为她颠倒一个礼拜了。

说话的嗡嗡声逐渐低下来，轻下来，偶尔有几声含糊的声音。就在窃窃低语开始平息、悄悄地叹息消逝之时，明快活泼的乐音突然从乐池奏响，奏的是华尔兹曲，节奏放荡夹着戏谑，观众听来如被搔到痒处，微笑起来。坐在前几排由剧院雇来捧场的人，使劲地鼓掌。幕开了。

"你看！"没停过嘴的埃克托尔说，"有个男的和露茜坐在一起呢。"他盯着二楼右侧的边包厢，卡萝莉娜和露茜坐在前面，后边还可以望得见卡萝莉娜的母亲那张威严的脸，和一个高个儿男子的侧脸，满头美丽的金发，一身毫无瑕疵的衣裳。

"你一定要看一看，"埃克托尔再三催促表哥，"那里坐着一个男的。"

福什里这才把望远镜移向右包厢，马上又转过头来："哦，是拉博德特。"他低声说，毫不介意的样子，大家对于这个男人的出现都认为是理所当然，不足挂齿似的。

观众从他们的身后吆喝："不要说话！"他们只得停止谈话。现在，整座大厅静止不动。从乐池到楼座，那一大片人头，从下往上排到最高处，像一道斜坡，都挺直身子注视着台上。《金发维纳斯》的第一幕是古希腊神话里的故事，发生在奥林匹斯山。场上出现用纸板画就的奥林匹斯山，山后画着云彩，右边摆着众神之主朱庇特的宝座。最先出场的是虹神伊利斯和司酒神加尼梅德，他们在一群侍从的帮助下，一面合唱一面布置诸神会议的座椅。捧场的那班人又突兀地喝起彩来，观众还有点儿茫然，就等着往下看。埃克托尔已经给克拉莉丝·贝尼鼓掌了，她是经理波尔德那夫的"小娘儿们"之一，扮演虹神伊利斯，穿着淡蓝色衣服，一条七色的宽大披巾系在腰间。

"你知道，她把衬衣脱了才系这带子的呢。"埃克托尔对福什里说，声音大得四周的人都听得见，"今早我们看着她试装，要不，胳臂下面和背脊就露出衬衫了。"

观众席上轻微骚动。萝丝·米侬上场，她饰演月神狄安娜。她没有角色所需的窈窕身材，也没有角色的花容月貌，又黑又瘦，倒像丑陋的巴黎野小子，可是，她看来却有点魅力，有点迷人，仿佛这才足以给她所扮的角色一个嘲弄。她一上场，唱的曲调和歌词离奇得几乎让人喷饭。唱词全是抱怨战神马克斯移情别恋，追求爱神维纳斯，她唱得颇为传神，有不少轻佻的暗示，使观众的心如有热流穿过。她的丈夫和斯特涅并肩坐在那里，嘻嘻地发笑。观众喜爱的男演员普律利埃尔扮演的将军出场了，全场观众哈哈大笑，因为他扮演的同狂欢节里出现的滑稽的战神那样相似，头上插一根大羽毛，拖一把长及肩的剑。他对月神狄安娜厌倦了，嫌她太嚣张。于是月神发誓要监视他，要报仇。他们的二重唱以滑稽可笑的蒂罗尔山歌调结束。普律利埃尔唱得特别精彩，他的歌声像被惹恼的大公猫的吼叫。他既然是走运的青年男主角，不免有些可笑的自负，这会儿他挺神气地转动眼珠向台下溜来溜去，惹得包厢里的女士们尖声笑起来。

接着的几场戏沉闷乏味，观众冷静下来。直至老演员博斯克饰演的笨蛋朱庇特头顶硕大的王冠上场，与天后朱诺为了厨娘报的账目发生争执，观众才快活了一阵。可是一连串天神的出场：海神、地狱神、智慧女神和其他神几乎把剧场效果全破坏了。大家有点不耐烦了，嘈杂的低语逐渐提高，观众都在场子里东张西望起来。露茜向拉博德特嫣然

示笑;德·旺德夫尔伯爵从布朗斯肥大的肩膀后伸出脖子;福什里眼角偷窥米法夫妇;伯爵神色凛然,似乎不谙剧中所指何事,伯爵夫人似笑非笑,眼神迷茫,若有所思。

在不妙的气氛里,雇来捧场的人突然大鼓其掌,而且极有规律,就如一队士兵放的排枪,大家都转过头来向台上望,娜娜该出场了吧? 这个娜娜真叫人好等。

司酒童和虹神引来一队凡人,他们是有身份的财主,被妻子欺骗的丈夫,他们向万神之主控告爱神维纳斯,说她煽动他们的妻子的欲火而至偷汉。他们的合唱声调悱恻而天真,时而静默,静默中满含无限懊丧的意味,十分可笑。场内传开了一句戏谑:"这是王八大合唱呢,王八大合唱。"观众觉得这话说得妙,大喊再来一次。合唱队员头脸可笑,观众觉得王八的称谓倒很恰切,尤其是其中一个胖子,脸圆团团的如天上的大月亮。这时,火神怒气冲天闯进来,他来寻找溜走三天的妻子。合唱队向着这个王八们的神坛,重新申诉他们的怨愤。火神这个角色由方唐扮演,他是颇有演丑角才能的滑稽演员,且有创造性。他饰演的火神像乡村的铁匠,头套火红的假发,走路一瘸一拐的,光着的臂膀上刺着被箭射中的几颗红心。一个女观众失声高叫:"啊! 他真丑!"女士们不禁笑了,都拍起掌来。

下面的一场似乎拖沓冗长。朱庇特没完没了地召开诸神会议,商讨受骗的王八们的诉状。娜娜迄今犹未露面! 莫非剧院老板故意安排她演压轴戏? 一再拖延的等待把观众惹恼了,谈话的声音又起来了。

"情况不妙呢,"米侬幸灾乐祸,喜形于色,对斯特涅说着,"你等着瞧吧,她一出场观众准有好一顿臭骂!"

就在这个时候,台后边的云霓冉冉散开,维纳斯出场了。娜娜的个子高大而丰满,远超于她十八岁的年龄,金发披肩,缟素仙装,悠悠然地走下来,走到台边的栏杆,妖媚地一笑,然后唱起那段主题曲:

"暮色降临,维纳斯徘徊游荡……"

唱到第二句,观众诧异地面面相觑。莫不是经理波尔德那夫在开玩笑,还是他故弄玄虚? 从来没有听过这样离谱的唱腔,如此拙劣的歌喉。她的经理倒是说对了,唱得就和喷射器一样! 她甚至不懂在台上该如何举手投足,两手僵直地前伸,身子东摇西晃,动作既不自然又欠雅观。观众大倒胃口,后座和廉价座的观众已经大喝倒彩、吹口哨了。这时,前座却有人用小公鸡般的嗓子,高叫:"太美了!"

全场观众四处搜索,原来是那个逃学看戏的中学生,俊俏的少年。一双美目睁得圆圆的,一看见娜娜,兴奋得两颊通红,当他发现大家都在看他时,他为自己刚才的失态更加涨得满脸绯红了。坐在他旁边的达格内笑眯眯地看着他。观众哄然大笑之后,气氛轻松了,忘了吹口哨,喝倒彩。那些戴白手套的年轻绅士们,被娜娜全身的曲线迷住,都把身子往后一靠,也痴狂地鼓起掌来。

"对极了! 唱得妙极了! 好哇!"

娜娜看见全场哄笑,她站着,一点也不生气,亲切自然,很快就与台下沟通了。她眨眨眼,仿佛自己也承认她演戏的本事不济,实在不值几个子儿,但还不要紧,她有别的本事。她向乐队指挥扬一扬手,示意:"接着奏下去,我的老伙计!"她开始唱第二段:

"夜色深沉,维纳斯走过……"

依然是那副酸涩的歌喉,但现在这个声音搔着观众的痒处,撩得他们的身子微微震颤。娜娜依然浅笑着,樱桃小口,红得鲜亮,两行贝齿,晶莹如玉,澄蓝的大眼,秋波潋滟。唱到略为生动的诗句时,她动情地翘起鼻子,粉红色的鼻孔一张一合,两颊绯红。她还是只会东摇西晃,可是观众不再认为难看了,恰恰相反,男人们都举起望远镜来细瞧。唱到后来,她已中气不足,她心里清楚很难支持到底,于是她不慌不忙地猛一扭腰,把薄裙下浑圆的屁股一撅,张开胳臂,把身子往后一挺,高耸的乳峰就上下地颤动。顿时掌声雷动。她倏地转身往台后走去,把颈背呈现给呆瞪着眼的观众,颈脖披垂着红棕色的头发,像某些动物的绒毛。掌声更加狂热了。

这一场的结尾更平淡冷清。火神要扇维纳斯的耳光。诸神召开会议,决定去凡间做一番调查,满足王八丈夫们的请求。月神狄安娜窃听了维纳斯和战神的情话,发誓要在凡间永远监视他们,另外还有一场戏,是一个十二岁的女孩扮演小爱神,人家无论问她什么问题,她总是回答:"是的,妈妈;不是的,妈妈。"声音可怜兮兮的,手指头捅着鼻孔。朱庇特大为恼火,摆出主人的威严,把小爱神关在小屋子里,罚她把"我爱"的动词变位背二十遍。观众较赞赏结尾的大合唱,合唱团和乐队配合协调,都很精彩。幕落之后,雇来捧场的人虽然拼命鼓掌,希望引着观众要求演员谢幕,但是全场观众已经站起来,纷纷向着出口走去了。

人群在座位之间践踏着,拥挤着,同时在交换着意见。大家的感觉是:"实在不像话。"

一位批评家说,剧情必须大大地削减。然而,这场戏是无关紧要的,人们谈得最多的倒是娜娜。福什里和埃克托尔最早挤了出来。在正厅前座的走廊遇见斯特涅和米侬。这条走廊狭窄而低矮,有如矿井里的坑道,只有几盏煤气灯照着。他们在右边楼梯脚站了一会儿,有扶手栏杆护着,可以不受拥挤。廉价座位的观众穿着笨重的长靴,在下楼时发出咚咚的响声,黑色衣服如水流经过,一个女服务员使劲遮护着一把椅子,那上面堆着许多衣服,生怕被群众挤落。

"我一定见过她!"斯特涅一见福什里就嚷道,"我敢说肯定在什么地方见过她,我想也许在卡西诺俱乐部,当时她喝得烂醉,被人搀着。"

"我不十分记得在哪儿见过了,"记者福什里说,"和你一样,我一定见过的……"

他压低嗓门,笑着加了一句:

"也许在老鸨婆特里贡家里吧。"

"见鬼!原来在这么一个脏地方!"米侬悻悻然地说,"观众对台上偶然出现的妓女竟这样欢迎,真叫人恶心。以后舞台上就没有正经女人了。我非禁止萝丝登台不可。"

福什里不禁微笑起来。楼梯上沉重的鞋声并没有停止,一个戴鸭舌帽的矮个子男人,拖长腔调喊道:

"哎呀呀,她是一团肥肉,咱们捞着吃得啦!"

走廊里,有两个青年,头发仔细烫过,衣着整齐,白领翻下来,正在那里争论着。其中一个反复说:"下贱!下贱!"可没说出理由;另外一个再三反驳:"精彩!精彩!"他也不

屑说出理由。

埃克托尔觉得娜娜不错，他大胆说出，如果她再把嗓子练练，那就更好了。斯特涅本来不在意他们的议论，现在似乎恍然大悟，认为无论怎样，必须等等再说，说不定下面几幕会一败涂地呢。观众虽然认可，但还未被打动。米侬发誓说这出戏一定不会演到结束，娜娜就被观众轰下台。福什里和埃克托尔离开他们向吸烟室走去的时候，米侬挽起斯特涅的手臂，紧靠他的肩，附耳低语：

"你去看看我妻子的第二幕的服装吧，老朋友，实在下流呢!"

楼上的吸烟室里，三盏水晶吊灯灯火通明。那表兄弟俩站在门外犹豫片刻才进去，因为从开着的两扇玻璃门可以看见整整一条走廊，人流如潮，此来彼往，如两股小河不停地流动。可是他们还是进去了。里面坐着五六堆人，正在热烈交谈，一面指手画脚，讨论着这出戏，中间往往夹着激烈的插嘴，打断了话头。其余的人在随意转悠，脚后跟踩在打蜡的地板上，发出刺耳的声响。左右两边，在仿玉的大理石柱之间，妇女们坐在红丝绒长椅上，带着慵懒的神色，似乎室内的暖气使她们疲软了，懒洋洋地看着过往的人流。背后高悬的镜子映出她们的发髻。屋子尽头，一个大腹便便的男人，靠着酒吧间的柜台，喝着果子汁。

福什里到阳台去透一透气，埃克托尔本来在饶有兴味地鉴赏挂在柱子上、镜与镜之间的女演员照片，此时亦随着他走到阳台。剧院前面的灯光已经熄灭，阳台又暗又冷，他们以为是一个人也没有的，却见右边的门洞里，有一个青年正凭栏吸烟，烟头在黑暗中闪出一星红光。福什里认出青年是达格内，两人热烈握手。

"亲爱的，你在这儿干什么?"记者福什里问，"你怎么藏到角落里来了？你可是从来在首场演出都不离开前座半步的呀!"

"你不是看见了，为了抽烟嘛。"达格内说。

福什里故意考问他：

"那么好呀，你对新星有何高见？……在走廊里，我听见大家把她贬得很低呢。"

"哼!"达格内说道，"他们都是一些她不屑一顾的男人!"

这就是他对娜娜的才能的评价。埃克托尔俯瞰下面的大街，对面的一家旅馆和一家俱乐部，窗户露出明亮的灯光；人行道上，黑压压的一堆顾客坐在马德里咖啡馆门前的桌子周围。时间已经不早了，群众却依然拥挤，人们缓步前行。从儒弗鲁瓦胡同里，源源不断地涌出人群，马路上的车辆排成长龙，人们要等上几分钟才能穿过马路。

"这么多的车辆行人哟！这么热闹哟!"埃克托尔赞不绝口，对巴黎他还是惊异不已。

铃声响了一些时候，抽烟室的人全走光了，走廊里的观众也加快了脚步。幕已拉开，观众还成群成群地进场，早已就座的观众，怒视着，让他们挤进位子。每个人各归原座，脸孔又呈欢快的神色，注意力又集中起来。埃克托尔首先把视线射向嘉嘉，他不禁愕然了。刚才还坐在露茜包厢里的男人，现在竟坐在嘉嘉的身边。

"那个男人是谁?"他问。

福什里没看见。

"哦! 不错，他叫拉博德特。"他终于也看见了，慢声应道。

第二幕的布景出乎意料,地点在黑球小酒店的低级舞场,狂欢节的最后一天。戴假面具跳舞的人们轮流唱着一段曲子,随节拍踏踢脚跟,剧里穿插了观众预料不到的俚俗场面,令观众大开眼界,要求把这个轮唱再来一次。这个神仙歌舞队本要下凡进行调查的,谁知自称熟路的虹神却把诸神错领到这儿来。为了掩饰真面目,他们戴上了假面具。朱庇特化装成国王达戈贝尔,反穿短裤,头戴马口铁做的大王冠。太阳神扮作朗日谋地区的马车夫,女神扮成诺曼底的奶妈,战神穿着古怪服装,活像瑞士海军大将,一上台就引得全场哄堂大笑,再到海神一上台,观众更是笑得前仰后合,因为他的扮相更为滑稽,身穿大褂,头戴高高竖起的鸭舌帽,卷曲的鬈毛贴着太阳穴,趿拉着拖鞋,用浓重的怪腔调喊道:

"哎哟哟,一个男人长得俊,就该让他被女人爱慕!"

台下发出"哎""噢"的怪叫,女人举扇半遮面。露茜"格格"地笑个不住,卡萝莉娜·埃凯用扇子轻敲了她一下,要她收敛些。

从这时起,这出戏有了转机,大有成功的希望。这些把诸神拉入狂欢节,把奥林匹斯山圣地拖进泥潭,以及对宗教和诗歌等等的嘲弄的场景,观众坦然认为是高雅娱乐,朱庇特成了善良的百姓,战神成了小丑,诸神王朝成了滑稽的组合,军队成了愚蠢的东西。朱庇特突然爱上卑微的洗衣女,并与她共舞狂热的康康舞。西蒙娜饰演洗衣妇,把脚踢到万神之主的鼻子上,怪声怪气地呼叫:"我的胖老爹!"观众爆发出震动屋宇的大笑。他们两个跳舞的时候,太阳神请智慧女神吃一大盘调着果汁的酒;海神端坐在七八个女人中间,饱餐她们奉献的糕点。观众紧扣住寓意双关的台词,添上猥亵的理解,本来无伤大雅的台词被池座观众怪声一叫,立刻把原来的意思歪到一边去了。剧院的观众已经很久没有沉溺在像这样低级的胡闹里,从中得到娱乐了。

剧情就在荒唐胡闹中发展。火神扮成一个英俊的青年,浑身连手套都是清一色的黄装,夹着单片眼镜,依然追求着爱神,爱神后来以渔妇形象出场,头绺手帕,胸脯高耸,乳部罩了两块金灿灿的饰物。娜娜白皙丰腴,饰演臀部发达、嘴唇性感的角色显然十分适合,因此立即赢得了全场的认可。而萝丝·米侬就被人遗忘了。尽管她扮成可爱的娃娃,头戴柳丝编织的小帽,穿一条平纹细布短裙,用美妙迷人的娇音倾诉月神的幽怨。然而那个娜娜,肥肥的荡妇,拍着大腿,母鸡般地发着咯咯的声音,周身散发出生命的气息、女性的无穷魅力,观众就被这个迷醉了。从第二幕起观众包容了她的一切:举手投足没个准则,唱歌走了调子甚至忘了台词。只要她随便一扭身、一浅笑,立即博得满堂喝彩。只要她拿出看家本领——玉腿往上一踢,抬到了臀部,池座里的观众就会如点着了火似的,升起热情的狂焰,从头顶往上飞升,直至屋顶。她跳的舞也很成功,舞姿从容,双手叉腰,那神气几乎要把真的爱神抛到道旁的阴沟里。音乐似乎也是专为她而设——配合她低哑的郊区口音,嘶吼的管乐,震颤的小笛子等,使人联想起圣·克卢市集上卖艺的曲调。

又有两段歌应观众要求重唱了一遍。开幕时的那首华尔兹舞曲,即那首节奏放荡的华尔兹又演奏了一遍,然后送走了诸神。扮成农妇的天后朱诺,很机智地把朱庇特和他的洗衣妇抓住,并扇了他一记耳光。月神无意中撞见爱神维纳斯和战神暗定幽会,连忙把他们约定的时间地点告诉火神,火神大叫着:"我自有对付的办法!"以下的情节似乎不

甚清楚。诸神下凡调查以二拍子快舞结束。接着是朱庇特气喘吁吁,汗水淋漓,摘下了王冠,他声称:"凡间的小娘儿们都是可爱的,犯错的全是男人。"

幕落,在全场一片呼啸的喝彩声中,有几个声音狂热地吼叫:"全体演员出场! 全体演员出场!"

于是幕又拉开了,演员们手牵着手出现在台上。娜娜和萝丝·米侬并肩站在中央向观众行礼致谢。观众鼓掌,雇来喝彩的人欢呼,然后剧院里的人逐渐散去。

"我必须去拜候米法伯爵夫人。"埃克托尔说。

"对了,你给我介绍介绍,"福什里回答,"然后我们再一起下去。"

要走到二楼包厢可真不易,过道楼梯都很拥挤。在人堆中要前进一步,必须侧着身子,用手肘开路。那位肥胖的批评家背靠铜制煤气灯下面,正在发表对这出戏的评论,面前围了一圈专心聆听的人。有人悄声说出他的名字,又有传言这位批评家在观戏时也和一般观众那样发出放肆的大笑。然而,现在他却道貌岸然,一本正经地大谈什么品味和道德来了。稍远一点,一位薄嘴唇的批评家,他充满善意,但言辞带着变了质的牛奶那股味,酸溜溜的。

福什里的目光通过门上的圆洞,搜索着每一个包厢。德·旺德夫尔伯爵拦住他,问他找谁。知道了这表兄弟俩找米法夫妇之后,便指一指七号包厢,他就是从那儿出来的。然后他弯下身来神秘兮兮地对记者悄声道:

"我说,亲爱的,这个娜娜,肯定就是我们有一天晚上在普罗旺斯街角看见的那个……"

"不错,正是她!"福什里嚷道,"我说我见过她的嘛!"

埃克托尔把表哥介绍给米法·德·布维尔伯爵,伯爵反应冷淡。不过,伯爵夫人听见福什里的名字,抬起头来,用很得体的话赞扬这位专栏作者在费加罗报上发表的文章。她斜倚在红丝绒栏杆上,优雅地半转双肩,微侧着身子。他们聊了一会儿,万国博览会也谈到了。

"那一定是很美的,"伯爵说,四方而端正的脸上,保持着严肃的神气,"今天我参观了练兵场……很令人赞叹。"

"据说博览会不能如期开幕,"埃克托尔鼓起勇气说,"那里还乱七八糟的呢。"

伯爵肃容正色地打断了他的话:

"一定会准备就绪的。这是皇帝的旨意。"

福什里兴致勃勃地叙述他有一次跑到那个地方找一篇文章的题材,差点困在正在兴建的水族馆里。伯爵夫人微微一笑。她不时地往楼下的剧场溜一眼,抬起戴白手套的手臂,缓缓地轻摇扇子,那白手套很长,遮过了肘弯。

大厅里的观众几乎已经走光,灯光使人昏昏欲睡。正厅前座有些男士在看报纸,太太们十分悠闲地在接见来问候的客人,好像在她们家里似的。吊灯下听见有密友间的窃窃私语,幕间休息人们往来走动,扬起的微尘使得灯光如在雾中。每一道出入口都有男人们挤着,争分夺秒地去找那些还坐在位子上的女人谈谈话,他们先在门口伸出脖子张望,露出衬衫里的白色胸口。

"下礼拜二,请你光临舍下。"伯爵夫人对埃克托尔说,然后又约了福什里,后者鞠了一躬。

对这出戏大家没再提起,娜娜的名字也不再提及。伯爵骄矜太过,神态庄重,好像他在参加立法会议。他只解释他所以来这里是因为岳父喜欢看戏。他的岳父,德·舒阿尔侯爵,刚才为了给这两位客人让座位出去的,现在又回来了。他挺着衰迈的高大身躯,从宽檐帽子下面露出松弛而白皙的脸孔。他的眼睛滑溜溜地盯住每一个过往的妇女。

伯爵夫人发出邀请之后,福什里觉得再接着谈这出戏,就未免不识相了,于是起身告辞,埃克托尔随后也出来了。他看见金发拉博德特在旺德夫尔伯爵的包厢里大模大样地紧靠着布朗斯·德·西维里,两人亲密地交谈。

"哎,你瞧,"他赶上表兄说,"这个拉博德特,什么女人都认识,他现在又跟布朗斯在一起了。"

"那是当然,"福什里若无其事地说,"你真是少见多怪,人家会对你怎么看呢,我亲爱的?"

走廊里不像先前那样挤了,福什里正要下楼,却听见露茜·斯特华在唤他。她站在最里边包厢的门口,她说包厢里边又热又闷,所以带着卡萝莉娜·埃凯母女占了宽敞的走廊一角透透气。三个人嘴里嚼着糖衣杏仁。一位女领座员正和她们亲热地攀谈。露茜对着新闻记者嚷起来:"你真是个漂亮人物!到楼上来看别的女人,就不来问问我们是不是口渴!"接着,她又转了话题,"你知道吗,可爱的孩子,我觉得娜娜挺不错的。"

她本想留他在她的包厢里同看最后一场戏,但他赶紧溜了,只答应散场后在戏院门口等她们。在剧场门前,他和表弟点燃了香烟。从剧院台阶上走下来的人群堵住了人行道,呼吸着逐渐沉寂的大街上的清新空气。

这时候,米侬把斯特涅拉进游艺剧院的咖啡室。看见娜娜获得成功,他热情地谈论起她来了,一边用眼角瞟着银行家斯特涅。他对银行家了如指掌,曾两次帮助他欺骗萝丝,银行家过后觉得内疚,又追求起萝丝,而且重新忠实起来。咖啡室里,顾客挨挤不开,一些人站在那里,匆匆喝完便走。几面大镜子把人们照成黑压压的一片,这间狭小的店堂和三盏吊灯,以及仿皮的座椅,铺着红地毯的螺旋楼梯,都因镜的折射而显得阔大无

比。斯特涅坐在第一室的桌边,这个小室有一面整个敞开到大街,时令未到,门窗拆得稍早了些。福什里和埃克托尔经过这儿,银行家招呼他们进去。

"陪我们喝一杯,好吗?"

可是有一个念头把他的心占满了,他很想叫人送一束鲜花给娜娜。终于,他把咖啡室一个熟识的茶房叫来。米侬两道锐利的目光看着他,他一时慌了神,说话也结结巴巴起来,他熟稔地叫着茶房的名字:

"奥古斯特,去买两束花,吩咐女领座员在合适的时候给两位女主角送去,知道了吗?"

小室的另一头,坐着一个大约十八岁的姑娘,她背靠镜框,呆然木立,对着面前喝光了的空杯出神,似乎等人不着而怅惘失意。她一头天然卷曲的银灰色秀发,处女般纯净的脸庞,绒般柔和的眼睛温婉而纯真。她穿一件褪色的绿绸裙袍,头上戴一顶圆帽。夜晚风寒,她的脸色苍白。

"咦,萨丹在这儿。"福什里悄声自语。

埃克托尔向他打听这姑娘。哦,原来她是街上一名私娼,算不了什么。她颇有些流氓习气,人们爱逗她胡扯一阵寻个开心。福什里于是扬声问:

"萨丹,你在这儿干什么啊?"

"我他妈的烦透了。"她漫不经心地应道,依然呆然木立。

四个男人乐了,大笑起来。

米侬劝大家不必着忙,第三幕的布景总得要二十分钟。表兄弟俩喝完啤酒就上去,他们觉得有点冷。米侬双肘支在桌上,盯着斯特涅的面孔说道:

"嗯?我们说好了,就到她家去,我给你介绍……这件事你我知道就行了,我的太太也不必知道。"

福什里和埃克托尔回到座位,瞥见第二排包厢坐着一个衣着典雅、外貌俊美的女人,陪着她的是个面容严肃的男人,埃克托尔认得他是内政部办公室主任,曾在米法家会过的,福什里也认得那女人是罗贝尔夫人——口碑甚佳的正经妇人,她的情夫只有一个,而且永远是这个令人尊敬的男子。

他们转过身来。达格内正向着他们哥俩微笑。娜娜获得成功,他也就无须藏藏掩掩的了。他在走廊里,人们还向他祝贺哩。他身旁的逃学少年,一直没有离开座位,他对娜娜的倾倒已到了沉迷的地步。他想要的正是这样一个女人,胀满的情欲化为热流冲到脸上,染成一片通红,他把手套机械地扯下来又套上去,不断地重复着这个动作。听见邻座谈论娜娜,他大着胆子问:

"请恕我冒昧,先生,演戏的那位女人……你认识她吗?"

"是的,有点认识。"达格内含糊地答道,很有些惊讶、疑心。

"那么,你知道她的住址吗?"

达格内恨不得给他一个耳光。提这样的问题,又是冲着他达格内问的!

"不知道。"他冷冷地回答。

说完他立即侧过身去。金发少年自知出言莽撞,脸更红了,十分狼狈。

开场的铃声又响了，女领座员穿梭于人群中，动作麻利地把保管的衣物送还原主。雇来捧场的人对着布景便大鼓其掌。这一幕的布景是埃特那山岩洞，里面像一座银矿，山洞两壁像新铸的银币那样闪闪发光。山洞里是火神的铸炉，熊熊火焰如落月的余晖。从第二幕起，月神狄安娜与火神已经商量好了，火神假称出门旅行，留个机会给爱神和战神幽会。然后剩下月神一个人，爱神就出现了。全场观众都震颤了。娜娜一丝不挂！她脱得那样大胆，她对于自己的肉体的摄人力量有十分的信心。她轻裹一块薄纱，然而，她浑圆的双肩，坚挺的乳峰，肥大的臀部，丰腴的大腿，白如水沫的肌肤，在薄纱下全都依稀可见。爱神刚从水波中出来，除了发网，没有任何遮饰。娜娜举起双臂，在脚灯的照耀下，她腋下金黄色的细毛，台下都能看见。观众都噤住了，没有掌声，忘了发笑。男人们身体前倾着紧瞧，脸皮紧绷，嘴发干，心跳气喘，似乎一阵使人发软的轻柔的风荡漾在剧场里。忽然，台上这个女人，像一个跳跃着的肉弹，施展疯狂的威力，引起人们饥渴的性的妄想，她把欲的神秘世界之门敞开了。娜娜依然笑吟吟地，但这笑，是吞食男人的女妖般的狞笑。

"我的天！"福什里对埃克托尔只说了这一句话。

这时候戴着羽毛军盔的战神，急匆匆来到幽会地点，结果落到两个女人中间。这场戏，普律利埃尔演得很细腻。月神狄安娜爱抚着战神，打算在交给火神之前做一次最后的努力。爱神维纳斯百般向他献媚，情敌当前格外卖力。战神左拥右抱享受着柔情蜜意，怡然自得、心满意足的表情，普律利埃尔演得惟妙惟肖。最后，一段三部大合唱结束了这场戏。这时，一个女领座员出现在露茜的包厢里，向台上抛掷了两大束白丁香花。掌声四起，娜娜和萝丝·米侬向观众行礼致谢。普律利埃尔捡起两束花。池座里有一部分观众扭头向斯特涅和米侬所坐的地方微微地笑。银行家满脸绯红，下颌抖动，喉头如有物堵着。

以下接着演的戏，使全场观众都神迷心醉。月神狄安娜怒不可遏地下场。爱神坐在绿茵长椅上，招手唤战神坐在她身边。还从没有人敢上演比这更灼热的调情场面了，娜娜用双臂搂住普律利埃尔的颈脖，把他拉到她的怀抱里。此时扮演火神的方唐从山洞里出来，他极力刻画滑稽可笑的愤怒神态，夸张地表现当场捉奸的丈夫的暴怒。他手拿一张铁丝网，把网撒开，就像渔夫似的往下一兜，爱神和战神于是尽装入网中，被紧紧地裹住，动也不能动，但这对情人仍然紧抱不放。

嗡嗡嘤嘤的议论声逐渐扩大，像长长的一声叹息。好些人拍手，所有望远镜全对准了维纳斯。娜娜一点一点地控制了全部观众，征服了所有男人。

从她的身上冒出一股荡漾的春情，犹如禽畜春情发动一样，散布开去，气息越来越浓，弥漫了整个剧场。到了这个时候，她一点点的细微动作都足以撩拨起欲火，她的小指头动一动，男人就浑身酥麻。男人们弯下腰去，颤动着，仿佛有看不见的琴弓从身上划过，男人们的肩上，似乎被某个女人的柔发轻轻拂着，又像被女人吐出来的暖烘烘的热气，吹得飘飘荡荡几欲飞升。福什里看见前面那个逃学少年，已被情欲之火烧得坐立不安；他再看看德·旺德夫尔伯爵是何模样，只见他脸色煞白，紧抿双唇；又看看胖子斯特涅，他的脸涨得发紫，几乎接近中风昏倒的边缘。拉博德特惊讶地用望远镜往台上睥睨，

像马贩子鉴赏一匹壮实的母马；然后再看看达格内，他的两耳血红，兴奋得左摇右晃。过一会儿，他忍不住又好奇地回头望去，米法夫妇的包厢所见，使他愣住了。伯爵夫人和平常一样，脸色依然苍白而严肃；坐在她身后的伯爵，腰挺得笔直，张大嘴巴，脸上涨着斑斑点点的赤色，紧挨他身边坐在黑影里的侯爵，那一对色眯眯的眼睛，变得像猫眼一样，闪着金色的光。观众屏声敛息，汗涔涔下，头部昏沉。三个小时以来，人们积聚的气息烘暖了剧场的空气，混合着人体的气味。空中的浮尘停在吊灯下凝滞不动，越来越浓重。人们在疲倦与兴奋的夹攻下，心潮荡漾，情思缠绵，都有些昏然欲睡的感觉。娜娜面对这些如痴如醉的观众，这些在戏近尾声时倦怠与紧张交集下挤在一起的一千五百个人，凭借她那一身白如大理石的肌肤和肉体，赢得了胜利。她那天生富于性感的特质，足以摧毁拜倒在她脚下的人，而本身却毫发无损。

戏剧即将终场，所有奥林匹斯山的神，在火神胜利的召唤下，列队站在这一对情人的前面，发出又惊又喜的"啊""嗬"的呼叫。朱庇特说："我的孩子，你叫我们来看这个，我认为你有点轻浮呢！"接着，局面变得有利于维纳斯，虹神又把王八丈夫们领出来，请求诸神之王不要受理他们的申诉，因为自从女人们安分守己待在家里之后，反而逼得男人们无法忍受，所以男人们情愿太太们去偷汉，自己落得轻松自在。这就是喜剧的主题。于是，爱神重获自由，火神获得分居，战神和月神言归于好。朱庇特为了维持家庭的安宁，把他的小洗衣妇遣送到星座上去了。最后，他们把小爱神从监禁地释放出来，她在里面并没有练习"我爱"的动词变位，而是顾着折纸鸡。王八们跪对爱神唱一首感恩的赞美诗，爱神则笑吟吟地站着。她的姿态，由于是裸体而倍增魔力。就在赞颂的合唱中，戏剧宣告结束。

观众早已站起来，幕落即向出口走去。大家也呼喊剧作者的名字。同时，在雷鸣般的喝彩声中，演员谢幕两次，才算结束了。"娜娜，娜娜！"的喊声疯狂地轰鸣。观众尚未走完，灯光便马上暗了下来，脚灯也熄了，大吊灯也减弱了火苗，长条布套从各包厢落下来，遮盖了楼厅的镀金。刚才还如此燥热、如此喧嚣的剧院，一下子陷入了沉睡状态，发霉的尘土气味升腾起来。米法伯爵夫人站在包厢前等人群散去，她笔直地站在那儿，身上裹着皮大衣，凝视着聚在一起的昏暗人影。

走廊里，观众围住领座员，她们正守着成堆的室外衣服，简直不知怎么办才好。记者福什里和表弟匆匆赶出去，想看看戏院出口的情景。沿着前厅，男人们排成长龙，形成一道人墙。从双排楼梯，又慢慢走下两条绵长的队列，然后接上了人墙，倒也整齐而密集。斯特涅被米侬拖着，随着第一批人群溜出剧院。德·旺德夫尔伯爵臂上挽着布朗斯走了。嘉嘉母女正在进退两难之际，拉博德特赶快走上前去，很快给她们找到车子，还彬彬有礼地给她们关上车门。没有人看见达格内走过去。那个逃学少年两颊发烫，决计在演员进出的门口等娜娜，他朝全景胡同跑去，却见铁栅门已经关闭了。萨丹正踯躅在人行道边，故意用裙裾撩拨他，他找人不着正没好气呢，便粗暴地拒绝了她。他眼里噙着失意和懊恼的泪水，在人群中消失了。观众中有一些人正燃起雪茄，哼着"暮色降临，维纳斯徘徊晃荡……"的歌词，四散走远。

萨丹又返回游艺咖啡室前面，茶房奥古斯特给她吃顾客们剩下的糖果。一个胖男人

出来，正被欲火烧得难受，就把她带走，一起没入茫茫的黑夜中，大马路逐渐归于沉寂。

　　仍然不断有人从楼梯上走下来。埃克托尔等待克拉莉丝。福什里因为答应过露茜，在门口接她们一行三人，所以也在等候。她们来了，占据了前厅的一个角落，米法夫妇神色凛然地走过时，她们笑得很响。波尔德那夫这时推开一扇小门，探出头来，看到福什里，便请求他写一篇评论文章，福什里正式应允了，经理波尔德那夫满头是汗，满脸红光，戏的成功使他陶醉了。

　　"你这出戏大可上演二百场呢，"埃克托尔恭维他，"全巴黎会到你的剧院排队买票的。"

　　谁知波尔德那夫却沉下脸来，下巴往上一翘，指着那些前厅拥挤的观众，他们喉咙发干，两眼红火，心里仍被占有娜娜的欲火焚烧着……波尔德那夫指完，激愤地吼道：
　　"我跟你说过，管它叫我的妓院，你这顽固的家伙！"

第二章

　　翌日早上十点钟，娜娜尚在睡眠中。她住在奥斯曼大街新建的一幢大楼的三楼。房东把各门分租给单身女人让她们成为头一批住户。一个从莫斯科来巴黎过冬的富商，把娜娜安置在这里，替她预付了半年的房租。她一个人独住一个套间，觉得太大了些，家具也不齐全。几张豪华而庸俗的桌椅，配上从旧货商那儿买来的老古董——桃花心木的独脚小圆桌，冒充意大利铜器的锌制枝形烛台等，给人一个不伦不类的感觉。这些情景说明这个妓女当初曾被第一个爱过她的男人抛弃，后来又落到下三烂的情人们手中，说明她踏入社会就遭遇艰难，仰人鼻息，曾经做过生意，亏了本，又借不到钱，甚至被房东撵逐……

　　娜娜俯卧在床上，赤裸的双臂紧抱着枕头，因困倦而苍白的脸庞埋在枕头里。这儿只有卧室和盥洗室叫本区一家地毯店装修过。凭窗帘下透入的一缕光线，看得见红木家具，灰底大蓝花锦缎的帷幔和椅子。在这间昏昏欲睡的潮湿的房间里，娜娜从梦中蓦地醒来，仿佛发现身边无人而诧异。她一望侧旁的枕头，枕间还留着被头压扁的痕迹和余温。她伸出手去，摸索到床头电铃的开关，按了一下。

　　"怎么，他走了吗？"她问进来的女仆。

　　"是的，太太，保尔先生走了，走了还不到十分钟。因为太太很累，他不想惊醒太太，他吩咐我告诉太太，明天他再来。"

　　女仆佐爱一面说，一面打开百叶窗，一片阳光射了进来。佐爱皮肤黝黑，深棕色的头发扎了许多小头带。青白的如同狗般的脸上有一道细长的疤痕，扁鼻，厚唇，黑眼睛骨碌碌转动。"明天，明天，"娜娜道，尚未睡醒，"明天是他该来的日子吗？"

　　"是的，太太，保尔先生是逢礼拜三来的。"

　　"啊，不行，我记起来了，"她大声说，坐了起来，"所有安排都更改了，我本来想今早告诉他的……他要是礼拜三来，一定会碰上黑炭头的，我们就麻烦了。"

　　"太太没早通知我，我怎么知道，"佐爱低声咕哝，"以后太太要是更改日期的话，最好吩咐一声，好叫我心里也有个数。这么说，老吝啬鬼星期二不再来了？"

　　她们俩私下里总是尖刻地用绰号称呼付钱的这两个客人为"老吝啬鬼"，"黑炭头"。"老吝啬鬼"是圣德尼郊区的商人，生性悭吝；"黑炭头"是自称伯爵的瓦拉几亚人，付钱从不定期，而且钱也有股怪味。达格内要求安排在"老吝啬鬼"的第二天，因为商人早上八点钟左右必须回家，这位少年就躲在佐爱的厨房里，等他一走，便溜进来，占了他的热被窝，和娜娜厮混到十点钟，然后起来办他的公事。娜娜和他，认为这样安排很合适。

　　"糟糕！"她说，"今天下午我写信通知他……如果他收不到我的信，明天你拦住他，别

让他进来。"

这个时候，佐爱在室内走来走去，谈昨夜的成功。太太多有才华，唱得多好！啊！现在太太用不着发愁啦。

娜娜一只手肘支在枕头上，微微点一点头。她衬衣滑落，鬈发蓬松，披在肩头上。

"你说的也许不错，"她低声说，心事重重的样子，"可是，我怎么等得及呢？今天我就要应付各种各样的麻烦事……看门人今早又上来了吧？"

两个女人认认真真盘算起来。娜娜欠了三期租金，房东已扬言要查封财产抵债了。此外还有各色债主。马车老板、洗衣妇、裁缝、卖煤的，以及其他，这些讨债的每天上门，赖在前厅的长椅上不走，尤其是卖煤的更为可怕，踏上楼梯便大吵大嚷。然而，使娜娜最揪心的还是她的小路易，她十六岁那年生的男孩子。她把他寄养在康布叶附近村子里的乳娘家中。那女人硬要三百法郎，才肯让她把儿子领走。自从上次探望过孩子之后，她心里一直被母爱煎熬，为不能实现计划而悒悒不欢。其实她的计划很简单，只要付清那乳娘的欠账，把孩子接回来，交给她的姑母列拉太太，姑母住在距离不远的巴蒂诺尔，她就可以随时探望了。

佐爱劝说太太，何不把自己的需要，干脆向"老吝啬鬼"和盘托出。

"唉！我早就把什么全告诉他了。"娜娜叫起来，"他回答我说，他的债务太多，每年只能给我不超过一千法郎的数目。黑炭头呢，这会儿手头正紧，我看他是赌光了。至于可怜的咪咪，他还要别人借钱给他呢。股票跌价，把他弄得一贫如洗，连买花送给我的钱都拿不出了。"

她们说的是达格内。娜娜醒来之后，在懊丧的心情中，便毫无保留地对佐爱倾吐心事，佐爱对这类心腹话已习以为常，并且每次听后都很同情。承太太看得起她，推心置腹地相待，她也就乐意把自己的意见说出来了。而且，她很喜欢太太，不惜辞掉布朗斯太太那份工作来服侍她，天晓得，后者是否挖空心思，千方百计想把旧仆弄回去呢！她可是远近闻名，不愁找不到雇主！但她愿意留在这儿，即使处在艰窘的情况之下，她也不动摇，因为她坚信太太必定前程远大。最后，她向娜娜提出忠告，女孩儿家总难免做出糊涂事来。这回，可要擦亮眼睛喽，男人们只想着玩玩女人、寻寻开心罢啦。唉，太太就快拨开乌云见青天喽。只要太太说句话，便能打发债主，得到急需的钱。

"可惜你这些话不能给我弄到三百法郎，"娜娜说，手指插进蓬乱的头发里，"我今天就要这笔钱，我连一个能给我三百法郎的人都不认识，实在够蠢的了。"

她转着心思，她原想打发姑母列拉太太到康布叶接孩子，今早她正等姑妈。愿望遇阻，昨晚一炮而红的喜悦便冲淡了许多。那么多男人向她喝彩，竟没一个能给她三百法郎！而且她也不能随便接受人家的钱。上帝啊！她怎么这样的不幸！她柔肠百转，总也丢不开她的小宝贝——他那对眼睛简直像小天使的，湛蓝湛蓝的，他已牙牙学语，会稚嫩地喊"妈妈"了，多好听的声音，简直叫人乐死了。

这时，大门的电铃响了，铃声急速。佐爱进来神秘兮兮地悄声道：

"是一个女人。"

这个女人，佐爱见过多次，只是她装作从来不认识她，并且装作完全不知道她跟穷愁

的女人们之间有什么关系。

"她告诉我,她的名字是……特里贡太太。"

"特里贡!"娜娜喊道,"瞧,真的,我倒把她忘了,领她进来。"

佐爱领进来一个高身材的老妇人,头上垂着卷发,那神气像是拜访诉讼代理人的伯爵夫人。佐爱退了出去,每逢有男人来,她总是这样水蛇般地溜出房间,其实这回她倒可以留下来。不过,特里贡甚至连坐一下都没有,只交换了简短的几句话。

"今天我给你找了个人,你要吗?"

"要,多少钱?"

"四百法郎。"

"几点钟来?"

"三点钟。那么,就这么说定了。"

"定了。"

特里贡就转而谈天气,天气晴朗,该出去走走的。她还有四五个人要找呢。她看看小记事本,便告辞走了。剩下娜娜一人,她松了一口气。她感到双肩有点寒意,又钻进被窝去,那样子就像一只怕冷的懒猫。慢慢地,她闭上了眼睛,想着明天给小路易穿得漂漂亮亮的,脸上绽开了笑容。睡意重袭来,昨夜缠绕着她的经久不息的热烈的掌声,又在她的脑中回荡,像持续着的伴奏,安抚她的疲劳。

到了十一点钟,佐爱把列拉太太领进房里,娜娜在酣睡中听见声音,马上就醒了,叫道:

"是你呀,今天你要去康布叶跑一趟。"

"我正是为这事来的,"姑母说,"十二点二十分有一趟火车,我还赶得上搭这班车。"

"不行,我要过会儿才有钱,"娜娜伸伸腰,挺挺胸脯,"你先在这儿吃午饭,看情况如何再说。"

佐爱拿来一件晨衣。

"理发师来了,太太。"她低声说。

可是娜娜不想到梳妆室去,她冲外面呼唤:

"进来吧,弗朗西斯。"

一个衣着整齐的男人推开门,向娜娜道过早安。娜娜从床上伸出赤裸的大腿,不慌不忙地伸出手臂,示意佐爱替她把晨衣的袖子穿上。弗朗西斯也很随便,并没转身回避,一副熟视无睹的样子,站在那里等着。等她坐下,他往她的头上梳第一下的时候,他讲话了:

"太太还没看报吧,《费加罗报》登了一篇好文章。"

他把那份报买来了。列拉太太戴上眼镜,站在窗前,把那篇文章朗声读出来。每读到吹捧的词句,她便宪兵般挺直腰杆,吸一吸鼻子。这文章是福什里离开剧院后写的评论,全文占了两栏,字句热辣辣。他诙谐地调侃娜娜的演技,对她的女性美却无限赞赏。

"绝妙的好文章!"弗朗西斯一再说道。

娜娜听到文章嘲笑她的嗓音,毫不在意。这个福什里是个好人,她一定要报答他写

这篇评论的美意。列拉太太又把它念了一遍。她突然说，男人的腿胫上都有魔鬼！这话究竟隐含什么意思，只有她自己明白，她不肯再解释。弗朗西斯把娜娜的头发梳好，盘个髻。他鞠了一躬，说：

"我还要留意晚报的。我还是照旧五点半钟再来，对吧？"

"给我带一瓶头油来，再到鲍西埃店里买一磅糖杏仁给我！"她对已经带上门走出去的理发师叫道。

屋内剩下这两个女人，这才想起刚才见面时忘了拥抱，于是在对方的脸颊亲了几个肥吻。那篇评论温暖了她们的心；娜娜本来余倦未消的，现在又陶醉在昨晚胜利的狂热里了。好极了！萝丝·米依见了报，今天一上午够她受得了！她的姑母从来不去剧场，她说，情绪波动有损健康。娜娜一面把昨天晚上的盛况细细告诉她，一面沉醉在自己的叙述中，仿佛整个巴黎都被掌声震撼了。她忽然把话停住，笑着问道，当她还是小女孩的时候，扭着小屁股在金滴街荡来荡去的那阵子，别人可曾料到她会有今天？列拉太太摇摇头。不，不，谁也没料到娜娜会有今天！姑母一脸严肃的神气，称娜娜做女儿。自从娜娜的生母追随她父亲和外婆去世之后，难道她不就是娜娜的第二个母亲吗？娜娜一阵心酸，几乎流下泪来。列拉太太唠唠叨叨说，以前的事就别提它了，啊！肮脏的过去，旧账何必天天去翻呢。她好久没来看望侄女儿了，因为家里人骂她，说她如果常跟这小贱人来往，自己也得毁了。老天！好像他们说的真有其事似的！她没有追问娜娜的隐私，她相信娜娜一直清清白白地过日子，现在看见娜娜生活得不错，对儿子这么慈爱关心，心里很满足，在这个世界上，最要紧的是贞洁和劳动。

"这孩子的父亲是谁？"她忽然转了话头，眼里闪着极度的好奇。

娜娜怔住了，迟疑了一会儿。

"一位先生的。"她答道。

"瞧！"姑母又说话了，"人家都说你是跟那个常揍你的泥水匠生的。找个日子你可得把什么都告诉我，你知道我是不乱说话的！……放心好了，我会待他当作一个亲王的儿子似的看待。"

她原以卖花为生，现在不再干了，全靠她一个子儿一个子儿积攒起来的积蓄六百法郎年金过活。娜娜答应给她租间漂亮的小单元，另外每月给她一百法郎。听见这个数字，姑母乐得手舞足蹈，尖起嗓子对侄女嚷道，既然她已把他们捏在手里了，就要勒紧他们的脖子。她说的"他们"指的是男人。说完，两个女人又拥抱起来。欢乐中话题又扯到小路易，娜娜突然想起什么，脸色黯然了。

"真烦人，三点钟我非得出去不可，"她咕哝道，"简直是要命。"

佐爱进来说午饭已备好，她们便往饭厅走去。一个老妇人已坐在桌旁，她帽子也没脱下，穿着一件褐黄色的衣服，色泽昏暗。娜娜看见她坐在那里并不意外，只问她为什么不进卧室来。

"我听见有人讲话，"老妇人道，"我知道你陪客人呢。"

马卢瓦尔太太，举止文雅，样子体面，她是娜娜的食客，给娜娜充当陪人和女伴。列拉太太的出现，使她有点局促，后来得悉是娜娜的姑母，神色才自然了，于是便以甜蜜的

微笑相待。娜娜说她饿坏了,一把抓起小红萝卜,不等面包就大嚼特嚼。列拉太太忽然客套起来,说萝卜吃了引痰,她不能吃。佐爱把肉排送上来,娜娜小口吃肉,却大吮骨髓。她不时斜瞟她女伴的那顶帽子。

"这是我送给你的新帽子吗?"她终于忍不住问道。

"是的,我把它改过了。"马卢瓦尔太太答道,她的嘴里塞满了食物。

那顶帽子形状奇特,前边宽大,顶上插一撮高高的翎毛。马卢瓦尔太太有个怪癖,凡是她的帽子都要改装,只有她才晓得什么样式适合她。转手的工夫她能把鸭舌帽改成最文雅的帽子。娜娜买这顶帽子给她,正是为了带她上街时,不再为她红脸,如今看她又改成这个样子,几乎想骂出来,她喊道:

"你总该把它脱下来吧!"

"不,谢谢,"老妇人一本正经地说,"它不碍事,戴着帽子我一样吃得很舒服。"

上完肉排,上来一道菜花,再就是剩下来的冷鸡。每一道菜上来,娜娜都撇撇嘴,嗅一嗅,不动盘里的东西,只吃点果酱便把午饭打发了。

饭后甜食吃了很长时间。佐爱没撤去盘碟就把咖啡端上来。这几位太太只把盘碟推开去便喝咖啡了。大家的话题总离不开昨夜的盛况。娜娜一面卷了烟抽着,一面仰靠在椅子上摇晃着身子。佐爱靠在碗橱边稍做休憩,大家要她讲讲身世。她说她是贝西人,母亲以接生为业,生意不佳。她自己先是在牙医家干活,以后又去帮一个保险公司的代理人,但是这两家她都觉得不称心。然后,她不无自负地一一说出她做女仆所侍候过的太太的名字。佐爱提到这些女人,认为是因为雇用了她才有好运气的,否则一个个都要闹笑话。比方说,布朗斯太太有一次正和奥克塔夫先生偷情,老家伙忽然回来了。你猜怎么着?她假装晕倒在客厅里,老家伙吓了一跳,慌忙跑去厨房给她找一杯水,于是那汉子便乘机溜了。

"她真好,真的。"娜娜津津有味地听着,不禁赞叹道。

列拉太太跟着说:"我嘛,我可是饱经风霜喽……"

她凑到马卢瓦尔太太身旁,也把一些心里话说了出来。两个太太把糖块浸浸白酒,然后放到嘴里去。马卢瓦尔太太习惯听别人的秘密,关于自己的事情则讳莫如深。人家说她的经济来源很神秘,就算是她独自住的房间,也从来没有人能进去。

忽然,娜娜生气了。

"姑妈,别动那些刀子,你知道,那是会叫我触霉头的!"

列拉太太刚才不经意地把桌子上的两把刀子交叉,摆成了十字架的形状。娜娜并不承认自己迷信。所以,如果打翻了盐瓶她不在乎,她也不忌讳礼拜五,可是刀子却就非同小可了,那可犯了她的大忌,因为从来都是很灵验的。她打了一个呵欠,万分无奈地说:

"已经两点钟了,我该出门了,真讨厌!"

两个老妇人交换了一下眼色,三个女人摇摇头,没说什么。是的,人难免有不顺心的时候。娜娜又把椅子往后斜靠下去,再点起一支香烟。另外几个紧抿嘴唇,识趣地一言不发。

"我们玩一会儿牌,等着你回来。"马卢瓦尔太太打破沉默,"这位太太会打百分吗?"

列拉太太当然会,而且很精。佐爱已经出去了。她们撩起桌布盖住脏碟子,往前推了推,马卢瓦尔太太正要取出食柜抽屉里的纸牌,娜娜说,如果她能替她写一封信,她是很感激的。娜娜讨厌写信,而且她会写错字。可是马卢瓦尔太太却很擅长写情意绵绵的信。她到房里找来信笺,桌上胡乱放着一瓶廉价墨水,一支生锈的羽毛笔,信是写给达格内的。马卢瓦尔太太用一手漂亮的斜体字写道:"我亲爱的小男人。"底下就是通知他明天不要来了,因为不方便,接着加上一句:"无论走到天涯海角或近在咫尺,我的心每时每刻都与你同在。"

"在结尾写上'一千遍地吻你'。"她轻声说。

列拉太太对她写的每一句话都点头赞赏,眼里放光,她对人家谈情说爱的事情饶有兴味,她有一种冲动,也想加进几句。她露出一副含情脉脉的神色,柔声说:

"一千遍地吻你的美丽的眼睛。"

"妙极了!'一千遍地吻你的美丽的眼睛'。"娜娜重复说。两个老太婆很是欣然自得。娜娜按铃叫来佐爱,吩咐她把信送下去找个听差送去。佐爱正和剧院的听差谈话,那人是给娜娜送赠券和排演日程的。娜娜叫把那人带进来,叮嘱他回剧院时,顺便把这封信送给达格内。然后她又问了他一些话。"啊!是的,波尔德那夫可高兴啦,观众已经预订下八天的票啦,太太你不知道,从今早起,多少人在打听你的住址!"听差走后,娜娜说,她出去至多半个钟头,如果有人来找,佐爱招呼他们等着。话未说完,门铃响了,来人是债主,马车老板。他坐在前厅的长椅上不走,那人那天空闲无事,准备就这么泡着。

"鼓起劲头来!"娜娜喃喃自语,任困倦不断袭来。她打着呵欠,又伸懒腰,满脸的无奈,"现在我可得走了。"

然而,她仍然磨蹭着,看着姑妈打牌,姑妈欢声宣称她拿到了四张"爱司"一百分。娜娜手托下巴,全神贯注地看牌。钟敲三点时,她惊跳起来。

"妈的!"她粗鲁地喊道。

马卢瓦尔太太正在算她的纸牌。她温和地劝娜娜:"亲爱的,你最好马上跑一趟,把事情办完吧。"

"快点去吧,"列拉太太一边洗牌一边说,"如果你四点钟之前拿钱回来,我还可以赶上四点半的火车。"

"啊!可不能再拖延时间了。"她低声说。

佐爱用十分钟的时间帮她穿好裙袍,戴上帽子。打扮得好不好也无所谓。她正要下楼,铃声又响了。这次来的是卖煤的,好极了,他可以和马车老板做伴了,这样两个人都不会寂寞了。她怕被绊住,便绕道从后梯走了,她常常如此,只要撩起裙子就行了。

"一个女人只要是好母亲,她的过错就全都可以原谅。"马卢瓦尔像在说格言。屋子里只有她们两个老太婆。

"我得了八十分了,四个国王。"列拉太太说,她已入了迷。

于是两人沉湎在没有终了的牌局中。

餐桌还没撤去食具,饭菜残存的气味和香烟的烟雾混杂在一起,屋里弥漫了蒸汽般的浊雾。这两个妇人又把方糖蘸着白酒送到嘴里,她们俩边嚼边玩,过了二十分钟,第三次铃声又响了。佐爱风风火火地冲进来,像老熟人似的把她们俩推着走。

"喂,又有人按门铃了……你们不能待在这里。如果客人不断上门,我需要所有房间招待他们……去吧,去! 去!"

马卢瓦尔太太还想打完这一局牌,但佐爱似乎要跳到牌上来,她决定保留牌局,原封不动地移到别处去,列拉太太则把那瓶酒、杯子和糖搬过去。两个女人奔入厨房,在一张桌子的一头坐下来,也不管桌上堆放了几块待干的桌布和盛满洗碗水的水盆。

"我刚才说了,我有三百四十分……轮到你了。"

"我出'红桃'。"

佐爱回来,看见她们俩仍兴致勃勃地打牌。沉默了一会儿,列拉太太洗牌。马卢瓦尔太太问:

"是谁来了?"

"唔,没什么人,"佐爱淡淡地回答,"一个小青年……我原想撵走他,但他长得那么俊俏,嘴边还没长毛呢,蓝蓝的眼睛,女孩子似的脸蛋,我就让他在那儿等了……他死捧着一大束鲜花总也不肯放下来……真该扇他几个耳光,乳臭未干的毛孩子,他大概还在中学念书呢!"

列拉太太找来长颈水瓶,往酒杯里兑进水,方糖吃多了渴得很。佐爱咕哝道,她也要喝一杯,她的嘴苦得像胆汁一样。

"那么,你把他安置在……"马卢瓦尔太太又问。

"哼,就在最里面的那个小间里,没有家具的那间……里面只有太太的一口皮箱和一张桌子,我一般把粗人安排在那儿。"

她往掺水的酒里使劲加糖。铃声又响起,吓了她一跳。他娘的! 难道就不让她消停地喝点儿了? 如果现在就开始铃声不断,那还了得! 不过,她还是跑去开门。回来时她见马卢瓦尔太太用目光询问她,便说:

"没什么,一只花篮。"

三个女人彼此点点头表示祝福,喝起酒来。佐爱终于撤去餐具并放到洗碗槽里。门铃又紧接着响了两次。这不算什么,佐爱两次回来,重复她那句带着轻蔑的话:

"没什么,一只花篮。"

两个女人已打完一局,准备打下一局了,趁在牌局之间的空隙,听佐爱描述坐在前厅

的债主看见花篮送来时的神气，都笑了起来。太太回来会发现连梳妆台上都摆满了花。可惜花这么贵，却换不出十个苏来，这些钱就这样白白浪费了。

"我呀，"马卢瓦尔太太说，"要是巴黎的男人们把每天送花给女人的钱都送给我，我就心满意足了。"

"我相信你的话，你是不难满足的。"列拉太太嘀咕道，"你只要有买针线的钱就够了。……亲爱的，我摸了四个'王后'，六十分。"

四点差十分了，佐爱很惊奇，不明白太太为什么在外面逗留那么长的时间。平时，太太不得已，非得下午出去的话，她总是草草敷衍了事便回来的。马卢瓦尔太太却认为，人不可能总是随心所欲的。列拉太太也说，生活中难免遇到麻烦事，最好的办法是耐心等待。她的侄女儿姗姗迟归，那一定有事耽搁了，对不？再说，在这儿待着，一点也不难受，厨房里挺舒服的。列拉太太手里已经没有"红桃"了，就掷出一张"方块"。

门铃又响了。佐爱回来时，激动得涨红两颊。

"我亲爱的，这回是那个胖子斯特涅！"她手扶门框，把声音放低了说，"我请他到小客厅里啦。"

列拉太太并不认识这些人，于是马卢瓦尔太太便给她谈这位银行家。他是不是要抛弃萝丝·米侬？佐爱点点头，她知道一些真相。可是，她又要去开门了。

"真倒霉！"她回来时嘀咕道，"黑炭头来了！我再三跟他说，太太出门了，他不听，径直跑进了卧室……我们原定让他今晚来的。"

四点一刻了，娜娜还不见回来。她会干什么呢？她可真糊涂啊。又送来两束花。佐爱腻烦了，她看了看是否还有咖啡剩下。是的，这两位太太准把咖啡喝光了，可以提神嘛。她们蜷缩在椅子里，由于一直反复地用同一个动作玩牌，已经困得昏昏欲睡了。钟敲四点半了。太太肯定出了什么事，她们低声地猜度起来。

突然，马卢瓦尔太太高兴得忘乎所以，大声嚷：

"我得了五百分！……王牌大顺子！"

"别嚷嚷！"佐爱生气地说，"让那些先生听见了好意思吗？"

于是大家静了下来，两个老妇人压低嗓门悄悄争论。这时，从用人上下的楼梯传来一阵急促的脚步声。娜娜终于回来了。人没到，大家已听见她吁吁的喘息声。她进来时，满脸通红，举止粗鲁。裙带也许被扯断了，裙子拖着楼梯，边饰沾上了污水，那是从二楼流下来的脏物。二楼的女仆是个邋遢鬼。

"你可回来了！"列拉太太说，她紧抿双唇，还在为牌局失利而生气，"你让我们等了这么久，你自己倒是满得意的喽！"

"太太也真是的。"佐爱也在一旁说。

娜娜本来就一肚子委屈，她们的交相指摘更加如火上添油，使她十分恼火。

"嘘！太太，有客人在屋里。"佐爱说。

娜娜压低嗓门，上气不接下气，结结巴巴地说：

"你们以为我很快活吗？那家伙缠个没完没了，我真想让你们去看一看……我都快气炸了，恨不得扇他几个耳光……回来时又找不到马车。幸亏路不远，我也管不了许多，

便跑回来了。"

"钱拿到了吗?"姑妈问。

"哎!你问得才怪呢!"娜娜答。

她坐在靠炉子的一张椅子上,双腿都快累断了,没等缓过气来,就从胸衣里掏出一个信封,里面是四张一百法郎的钞票,信封撕了一个大裂口,可见她当时撕得很急。三个女人围着她,盯住信封目不转睛,信封的厚纸又脏又皱,抓在娜娜戴手套的小手里。"时间太晚了,列拉太太。有客人在候着你呢。"佐爱提醒娜娜。

娜娜的怒气又升了上来。客人就不能等吗,等她忙完了再说。姑妈伸手去拿钱。

"啊!不,不能全拿去,"娜娜说,"三百法郎付给奶妈,五十法郎给你做旅费和别的开销,剩下的五十法郎我留着。"

最大麻烦是找零钱。家里连十个法郎都没有。她们也没问马卢瓦尔太太,她身上从来只有搭车用的六个苏。她正无动于衷地听她们说话。佐爱走了出去,说看看她的箱子里有没有零钱;回来时拿来了一百苏一枚的辅币凑足一百法郎。她们在桌子的一头数钱。列拉太太马上走了,答应第二天把小路易领回来。

"你说屋里有客人?"娜娜问,她一直坐着歇息。

"是的,太太,有三个客人。"

她第一个提起银行家,娜娜撇撇嘴,这个斯特涅,难道昨天他扔给她一束花,就以为可以来烦她了吗?

"再说,"她表示不耐烦,"我腻透了,我不想见他,去跟他说,我还没回来。"

"太太还是想想吧,去见一见的好。"佐爱依然站着,低声劝说。看见女主人又要做蠢事,不由得又急又气。

然后她提到那个黑炭头,他在卧室里一定等得不耐烦了。娜娜听了更是恼怒,坚持不愿见客。她谁也不见!谁让她下午接上一个死皮赖脸的客人呢!

"全给我轰出去!我要和马卢瓦尔太太玩会儿纸牌!我宁愿打牌!"

铃声打断了她的话。真是倒霉透顶,又来一个讨厌的家伙!她不许佐爱去开门,佐爱不听,走出去了。回来时,递给娜娜两张名片,用命令的口气说:"我已经告诉他们,太太马上出来……这两位先生现在在客厅里等着。"

娜娜怒气冲冲弹了起来,正想发作,但瞥见名片上印着的德·舒阿尔侯爵和米法·德·伯维尔伯爵的名字,她平静了下来。她默忖了一会儿。

"他们是什么人?"她终于开口问佐爱,"你认识他们吗?"

"我认得老的那个。"佐爱小心回答,不肯多说。

女主人仍用探询的目光盯住她,便又加上一句:

"我曾经在什么地方见过他。"

这句话似乎使娜娜下了决心。她很不情愿地离开厨房。在这温暖的隐遁所,可以聊天,可以尽情地吸着残火上煨着的咖啡香气。她把马卢瓦尔太太撂在厨房里,这位太太正用纸牌占卜,她的帽子仍没脱下,只是为了舒服些,她解开了帽带,带子垂在肩上。

在梳洗室里,佐爱手脚麻利地帮娜娜穿上晨衣。娜娜咬牙切齿说着粗话咒骂男人,

以发泄她所遇到的麻烦。佐爱听了以后很难过，发现太太还不能摆脱过去生活的影响而变得有教养一些。她鼓起勇气恳求太太不要再骂了。

"呸！"娜娜粗鲁地回答，"他们都是下流坯，他们就爱听脏话。"

不过，她还是摆出她所说的公主的模样，向客厅走去。佐爱却拦住她，由她亲自把侯爵和伯爵请进梳妆室，会更得体一些。

"两位先生，"娜娜说道，装出彬彬有礼的样子，"让你们久等了，十分抱歉"。

两个男人鞠了一躬，坐下了。窗上挂着珠罗纱的帘子，把房间遮得光线不明不暗。这间梳妆室是整个单元最漂亮的一个房间，张挂着浅色的帷幔，有一张宽大的大理石梳妆台，一面细木镶嵌的活动穿衣镜，一张躺椅，几张蓝缎扶手。梳妆台上摆满一束束鲜花和一个个花篮，有玫瑰、丁香、风信子，堆得像一座花山，散发出浓烈刺鼻的香气。房里空气潮湿，从洗脸盆里蒸发出来的淡淡的气味中，不时飘来更刺鼻的香气——那是干在杯底的几茎藿香发出来的。娜娜蜷缩着身子，拉紧松开的晨衣。她皮肤尚未抹干，笑吟吟裹在网眼花边里，仿佛正在梳妆不期有人闯入，一副受惊的神态。

"夫人，"米法伯爵神色庄重地说着，"请原谅我们坚持要见您……我们是为了募捐而来的……先生和我都是本区济贫所的委员。"

德·舒阿尔侯爵连忙殷勤地加上一句：

"得悉一位伟大的艺术家住在这幢房子里，我们便不揣冒昧，以特别的方式向她提出我们所的贫民的恳求……天才是不会没有爱心的。"

娜娜假意谦逊。她轻轻颔首，脑子却在飞快地忖度，一定是老的那个把另外一个拉了来。他的眼睛多淫邪，色眯眯的。可另外那一个也不能不防，瞧他的太阳穴，古里古怪地鼓起来。他可能一个人来这儿的。对了，一定是看门人把她的名字说了出来，于是他们便各怀鬼胎，互相撺掇着来了。

"当然，先生们，你们上来找我，自然有你们的道理。"她说，装出快活的样子。

铃声使她悚然一震，又来了一个，而佐爱总是去开门！娜娜接着说：

"鄙人能够施舍，实在荣幸之至。"

说实话，她也被他们恭维得飘飘然了。

"啊！夫人，"侯爵又说，"您不知道，他们有多悲惨哟！我们区有三千多穷人，而这个区还是最富的地区之一呢。您简直无法想象他们贫穷到什么地步：孩子们没有面包吃，妇女们生病，无人救助，被冻得濒于死亡……"

"可怜的人哪！"娜娜喊道，心中充满同情。

她的恻隐之心油然而生，不禁泪珠莹莹。她下意识地身子前倾，再无心做作，晨衣松开了，露出了脖子，膝盖合拢，薄薄的衣料下映出她滚圆丰满的屁股。侯爵死灰色的两颊泛起微红，米法伯爵正要开口说什么，这会儿也双目低垂。这屋子太热，像温室般的闷热，没有一丝风，玫瑰花枯萎了，杯底的藿香升起醉人的芬芳。

"遇到这种情况，真希望自己是个富人。"娜娜说，"不过，不管怎么说，各人尽力而为吧……先生们，我是说真的，如果我早知道……"

她一时冲动，几乎要说蠢话，幸而她及时煞住。她觉得狼狈，因为记不起脱裙袍的时

候，那五十个法郎放到哪儿去了。她终于记起来了，一定是放在梳妆台的一角，压在一个翻倒的蜡瓶底下。她刚站起来，门铃又响了，响了好长时间。好呀，又来了一个！他们还有完没完啊？伯爵和侯爵也站了起来，侯爵的耳朵动了动向着大门竖起：显然，他熟悉这种门铃声。米法望着他，然后，两人都把目光避开了，他们觉得窘迫，但立刻就冷静下来。这两个人，一个结实魁梧，头发浓密；另一个瘦肩耸起，稀疏的一圈白发垂至肩上。

"说真的，"娜娜说，她拿出十个大银币，对这么一点点钱，简直要笑了，"先生们，有劳了……这是送给穷人的……"

她的唇边露出了那个迷人的笑窝。她是那么天真善良，神色自然。张开的巴掌放着一叠银圆，她向两个男人伸出手去，似乎说："来呀，谁来拿它？"伯爵动作敏捷，他拿了，但还留下一枚银币在她的掌心里，要拿就会触及她的肌肤，那温热柔软的皮肤使他打了一个寒战。娜娜很开心，一直笑着。

"先生们，我就这么些钱，我希望下次能多给些。"

他们再找不到借口逗留了，行了礼，向门口走去。他们正要迈出门槛，铃声又响了，侯爵掩不住微笑，伯爵的脸上则掠过一片乌云，脸皮绷得更紧了。娜娜有意拖延片刻，好让佐爱再找个地方。她不想客人们在这里相遇。只是，这一回，她们家可能人满为患了。当她瞥见客厅没人，不由得松了一口气，难道佐爱把他们塞进柜子里去了。

"再见，先生们。"她说，在客厅门口止了步。

她的媚笑，她的清澈的目光把他们噤住了。米法伯爵虽然阅历丰富，也不免失魂落魄。他需要透一透新鲜空气，梳妆室使他目眩头晕，花香和女人香使他窒息。侯爵躲在他背后，确信伯爵看不见他，便大着胆子冲娜娜吐了吐舌头，笑嘻嘻地送一个眼波。

娜娜回到梳妆室，佐爱拿着信件和名片在等她，她笑得更欢，并嚷叫起来：

"这两个混蛋，他们扒走了我五十法郎！"

她一点也没生气，她只是觉得滑稽可笑，男人们竟从她手中拿走了钱。总之，他们是猪猡，她现在身无分文了。看见信件和名片，怒气又冒了上来。信件犹可恕，都是先生们写来的，昨夜他们给她鼓掌，今天向她求爱来了。至于登门求见的客人们，他们也该滚蛋了。

佐爱把他们往各室乱填，她还提示说，这屋子有个最大的优点，每个房间都通走廊。不像布朗斯太太家，要经过客厅才能出去，给布朗斯太太带来许多不便。

"你给我把他们统统打发走。"娜娜任性地说，"先赶走黑炭头。"

"太太，这个人嘛，我早就把他打发走了。"佐爱龇牙一笑，"他只不过想对太太说一声，今晚他不能来了。"

谢天谢地，不来了！她多走运，娜娜拍起手来。她长长地舒了一口气，似乎从可憎的苦刑中释放出来。

她第一个念头就是达格内，这个可怜的猫咪咪，她刚才还通知他星期四才能来呢！快快叫马卢瓦尔太太再写信去！但佐爱说，她像往常一样，悄悄地溜走了。娜娜口里说要派人去找他，可话一出口，她又犹豫了。她实在太累了，能一整夜的安然入梦，真是难得的享受！这念头占了上风，这回她可以清清静静过一宿了。

"今晚我从剧院回来就睡觉。"她贪婪地嘀咕道,"明天中午之前别叫醒我。"

然后,她提高嗓门:

"嘀!现在替我把其他的客人统统赶下楼去吧!"

佐爱站着不动。她不敢直截了当劝谏太太,只是当太太又要任性妄为时,她只能设法使太太借鉴她的人生经验,权衡得失。

"你也要赶走斯特涅先生?"她冷冷地问道。

"当然,"娜娜答道,"第一个要赶的就是他。"

佐爱仍站着不动。她要给女主人一点时间考虑清楚。太太从劲敌萝丝·米侬手里把这么富有的在所有剧院里都很著名的先生抢过来,难道不引为自豪吗?

"快点去,我亲爱的,"娜娜又说,她完全理解佐爱的良苦用心,"告诉他,他令我讨厌。"

突然她又改变了主意,明天她也许用得着他呢。于是,她淘气地笑着,眨眨眼,像个孩子似的做个手势,大声说:

"总而言之,即使我想要他,最简捷的办法也还是把他踢出门去。"

佐爱显得十分惊愕。她瞪着太太,突然涌起敬佩之情,于是她毫不迟疑地把斯特涅赶走了。

娜娜捺住性子等了几分钟,好让佐爱打扫地板。她可没想到男人们会来一个大包围!娜娜探头看看客厅,里面是空的,饭厅也是空的。她放心了。再一个个房间察看,当她推开一个小房间的门时,蓦然发现里面有一个少年,他安静地坐在一只箱子上面,一声不哼,膝盖上放着一大束花。

"啊!我的天!"她喊起来,"这里面还有一个!"

小青年一见她,便从箱子上跳下来,脸红得像丽春花,他把花从一只手换到另一只手摆弄着,激动得气也透不过来。他的年轻,他的窘态,他捧着花的忸怩,这些都使娜娜动了怜惜之心,她哈哈大笑起来。怎么,连孩子也来了?现在,乳臭未干的男人也上她家来了?她亲亲热热地像母亲哄孩子似的,拍拍大腿,戏谑地问道:

"你想找我给你揩鼻涕吗?娃娃?"

"是的。"小青年嗫嚅地说。

她听了这句话,更乐了。他今年十七岁,名叫乔治·于贡。昨晚他在游艺剧院,现在特意拜访她。

"这些花是给我的吗?"

"是的。"

"那就拿过来呀,傻瓜!"

可是,就在她接花的时候,他突然扑过来吻她的手,那股贪婪的狂热劲儿正是他那个情窦初开的年龄所特有的。为了叫他松手,她打了他一下。这个小青年跟跟跄跄地离开,连门也找不着了。

娜娜回到梳妆室,弗朗西斯就来给她梳头了,她要到晚上才穿衣打扮。她坐在镜子前面,低着头,由理发师灵巧的双手在头上摆弄。她默不作声,陷入沉思。佐爱进来,说:

"太太,有个客人不肯走呢。"

"那好呀,让他待着吧。"她平静地说。

"如果那样,以后会不断有人上门的。"

"哼!叫他们等着去吧,等到肚子饿了,看他们走不走。"

她已经改变主意了。把男人们撂在那儿干等,她才高兴呢。她突然冒出一个恶作剧的念头,不由得乐了。她从弗朗西斯的手底下溜出来,亲自把门插了起来。现在,让他们挤得满满的,他们要来多少人都得挤在一起了,他们总还不敢钻墙过来吧。佐爱可以从通厨房的小门进去。这时,门铃响得更猛了,每隔五分钟就响一次,又尖又响,很有规律,就像运转准确的机器,娜娜数着铃声,作为消遣。她忽然想起了一件事。

"咦,我的糖杏仁呢?"

弗朗西斯也忘了糖杏仁。他从外衣口袋里掏出一个纸袋子来,小心翼翼地递给娜娜,俨然上流社会的绅士赠送礼品给女友的模样。可是,每逢结账,他从没忘记把买糖杏仁的开销记上。娜娜把纸袋放在膝上,开始咬嚼起来,脑袋随着理发师的推动转来转去。

沉默了一会儿,她喃喃道:"真见鬼,一来又是一大群。"

门铃接连响了三次,一下紧接一下。有些铃声较有分寸,像初次表白爱情,带点畏怯;有些则大胆鲁莽,按得铃声大震;有些铃声非常急促,迅猛的激荡波足惊四邻。正如佐爱所说,这是真正的钟乐齐鸣,震动了整个街区。波尔德那夫这个促狭鬼一定是把娜娜的地址告诉了许多男人,简直使所有看过戏的观众都来了。

"对了,弗朗西斯,你有五个路易吗?"

他往后一退,仔细打量她的头发,然后不慌不忙地说:

"五个路易?这要看什么情况了。"

"啊!你知道,如果你需要担保……"

她没把话说完,只是慷慨地指指隔壁的几个房间。于是弗朗西斯就借给她五个路易。佐爱乘梳头间歇这一刻,进来给太太化妆。她急着要伺候太太更衣了,理发师却还等着要最后再梳理一下头发。但铃声不断地响,干扰了佐爱的活儿,太太的衣带只系了一半,鞋只穿了一只。佐爱虽然是干活老手,这下子也弄得晕头转向。她把男人们安排在每个所有能利用上的地方,不得不把三四个人安置在一处,这是违反她的惯例的。如果他们互相吞噬,那是自作自受,那倒可以腾出地方来呢!娜娜把门闩上,躲在里面暗暗好笑,说是听见了他们发喘,他们的样子一定是有趣得很,个个伸出舌头,就像一群狗围成一圈席地而坐。这是她昨夜演出成功的继续,这群猎狗跟着她的足迹到这儿来了。

"但愿他们别打破我的东西。"她喃喃道。

男人们呼出的热气从门缝里钻进来,她开始不安起来,佐爱领着拉博德特进来,娜娜如遇救星似的大叫一声。他特来告知已为她在治安裁判所结了账一事。她顾不得细听,只是一个劲儿地说:"我带你去……我们一起吃饭……然后你陪我去剧院,我九点半钟才登台。"

这个拉博德特,他来得真是时候!他从来不要求什么,是女人们真正的朋友,经常为她们解决一些小问题。刚才经过客厅时,他就替她打发了几个债主。再说,那些老实人也不是来讨债的,恰恰相反,他们坐着不走,是为了向太太祝贺,并给她提供新的服务。

"走吧,走吧。"娜娜已经穿好衣服,说道。

这时,佐爱走了进来,一个劲儿地嚷:

"太太,我再也不开门了……楼梯上排起了队。"

楼梯上排成长龙!弗朗西斯这个一向装出英国式冷漠的人,这时一面整理梳子,一面也为之忍俊不禁。娜娜挽起拉博德特的胳膊,把他推向厨房。她逃出来了,摆脱掉这一群男人,她真开心,终于可以一个人自由活动,用不着担心遇到麻烦了。

"你还得再送我回家,"当他们俩走下用人出入的楼梯时,她说,"这样,我就安全了……你想想,我想好生睡一整夜,一整夜都属于我。亲爱的,我现在渴望的就是这个!"

第三章

人们习惯称萨比娜伯爵夫人为米法·德·伯维尔夫人,以便区别于伯爵的前一年去世的母亲。

伯爵夫人每逢礼拜二都在她的府第里接待客人。该府第坐落在米罗梅丝尼尔街,潘迪埃维尔街的拐角处,是一座正方形的巨宅。米法家族在这里居住有一百多年了。邸宅的正面临街,仿佛在沉睡,那么高,那么黑,修道院般的阴郁。大百叶窗几乎终年关闭。房子后面,潮湿的花园一端,种着好几棵树木,为了获得阳光,都长得又高又细,从墙外可以看得见伸在屋顶上的细枝条。

这次的礼拜二,十点钟光景,客厅里的人还不足十二个。由于只请一些最熟识的朋友,伯爵夫人没有启用小客厅和饭厅。大家可以随意一点,围炉畅谈。客厅宽阔且高,四扇大窗向着花园;在这四月底春雨绵绵的夜晚,虽然壁炉里烧着粗大的木柴,花园里的潮气仍透了进来。这里终年阳光不到:白天,一道暗绿色的光影把室内照得如烟如雾;但到了晚上,台灯和吊灯都点亮之后,倒也显得庄严。家具是帝国时代的笨重的桃花心木制造,黄丝绒的帷幔和椅套,上面绘着光亮的大幅图案。走进客厅,就如置身于冰冷的尊严中,置身于古老的习俗中,置身于浮游着宗教气味的过去时代里。

壁炉的另一边有一张方形的扶手椅,木质坚硬,布垫粗糙,伯爵的母亲就是坐在这张椅子上去世的。萨比娜伯爵夫人端坐在扶手椅对面的一张很深的椅子里,椅子上蒙着红丝绒的椅垫,软如鸭绒。它是客厅中唯一时新的家具,在古老庄严的家具群中引进这么一件异样物件,显得很不调和。

"这么说,我们可以见到波斯国王了……"伯爵夫人说。

几位太太围坐在壁炉前,谈论着将要来巴黎参加万国博览会的王公贵族。杜·戎克娃太太的兄弟是一位外交官,刚出使东方回来,她详细地介绍了纳扎克·埃丹宫廷的情形。

冶金工厂厂主的妻子尚特罗夫人瞥见伯爵夫人微微发抖,脸色苍白,便问道:"你是不是不舒服,亲爱的?"

"不,没事,"伯爵夫人微笑答道,"我有点冷……这个客厅,生了火也要好久才能暖起来!"

她悒郁的目光扫视着墙壁,一直望到高高的天花板上面。她的女儿埃丝泰尔,一个正处青春期的十八岁姑娘,瘦而长的身材,相貌平平。她坐在矮凳上,听见母亲说冷,就站起来,默默地捡起滚出来的木柴,扔到火里去。这时,萨比娜在修道院时的女友德·谢扎尔夫人,突然大声道:

世界传世藏书

世界孤本小说

娜娜

"啊！我真想有你这样的一个客厅！……至少，你可以用来接见……现在的房子像只小笼子……我要是你那就好了！"

她指手画脚，出言冒失，滔滔不绝地说。如果是她，她就要换掉帷幔、窗帘、座椅，无论什么都要换过；然后，她要举办舞会，让舞会轰动巴黎。她的丈夫，是一位行政官员，坐在她的后边，以一种庄重的神气，静聆她大发议论。据说，她竟公开地欺骗丈夫，可是大家都原谅了她，依然到处接待她，因为人们认为她是个疯疯癫癫的女人。

"这个列奥尼德！"萨比娜伯爵夫人咕噜了这么一句，淡然一笑。

她懒懒的做了一个手势，补充了她的未尽言词。既然在这里生活了十七年，她当然无须再动心思改动这个客厅了。这是她婆婆生前所喜欢的摆设，以后也就永远保持这个样子了。之后，她回到原先的话题上来：

"有人向我保证说，普鲁士的国王和俄罗斯的皇帝也要来呢。"

杜·戎克娃太太说道："是的，听说已经宣布要举行几次盛大的庆祝会。"

银行家斯特涅，不久前由熟识整个巴黎社交界的列奥尼德·德扎尔介绍到这个圈子里来。现在，正坐在两扇窗户之间的长椅上谈天，他嗅出交易所的动向，正用圆滑的辞令，向一个国会议员提问题，企图从此人嘴里套出点消息来。米法伯爵站在他们前面，默默地听他们交谈，脸色比平日更灰白。四五个年轻男子聚在门边，围着格扎维尔·德·旺德夫尔伯爵，后者压低声音在给他们讲故事，故事一定很下流，因为他们捂住嘴巴笑得暧昧。客厅中央，一个胖子，独自埋在沙发椅里，正眯着眼睛打盹儿，他是内务部长办公室主任。某青年对旺德夫尔讲的故事提出疑问，后者提高了嗓门说：

"您也太多疑了，富卡尔蒙！这是很扫兴的。"

说完，他笑吟吟地回到太太们身边去了。他是名门贵族的末代后裔，机智灵敏，举止言谈像女人。他挥金如土，穷奢极侈，他的赛马场是巴黎首屈一指的，为此耗资巨大，令人咋舌。他在帝国俱乐部每月输掉的钱，数目之大闻者震惊。他的情妇不管年成好坏，每年都要吞掉他一个农场，几顷地，或者几处山林，把他在庇卡迪的辽阔产业也吞去一部分。

列奥尼德一边腾出位置给他坐，一边说："你还说人家多疑呢，你自己就怀疑一切，你才是扫兴呐。"

"不错，"他答道，"我正是要他们吸取我的教训。"

有人叫他别再说了，因为他又惹恼了韦诺先生。太太们挪动了位置，于是大家看见一张长椅子里稳坐着一个六十岁的小老头，一口坏牙，微露笑容。他就像坐在自己家里似的安闲自在，听别人谈话，自己一言不发。他做了个手势，表示他并没被惹恼。旺德夫尔于是一本正经地说道：

"韦诺先生知道得很清楚，我只相信应该相信的东西。"

他指的是他信仰的宗教。列奥尼德甚表满意。厅里面的年轻人不再笑了，人人都装出虔诚的样子，没什么可供取乐的，一阵冷风吹过，寂静中只听见斯特涅带鼻音的说话声，议员言语非常谨慎，令他很失望。萨比娜伯爵夫人凝视着炉火，一会儿，她重新接上话题：

"去年我在巴登看见过普鲁士国王，就那把年纪而言，他也算得是精力充沛的了。"

"俾斯麦伯爵将陪同他前来，"杜·戎克娃夫人说，"你认识俾斯麦伯爵吗？我在我兄弟家曾与他一起共进午宴。啊，好久以前的事了，当时，他代表普鲁士驻巴黎……我一点也不明白，就这么一个人，最近竟飞黄腾达，获得如此辉煌的成就，实在令人难以置信。"

"为什么你不明白？"尚特罗夫人问。

"我的天！该怎么说呢……我不喜欢他，他粗鲁，没教养。而且，我觉得他是挺笨的。"

于是大家都谈论俾斯麦伯爵。众口不一，意见分歧。旺德夫尔认识他，夸他好酒量，赌品好。正说得热闹，门开了，埃克托尔·德·拉法卢瓦斯走了进来，跟在后面的是福什里。福什里走到伯爵夫人跟前鞠了一躬，说：

"夫人，我一直牢记你亲切的邀请……"

她微笑着说了一句客气话。记者福什里向女主人问了好，在客厅中央站了一会儿，觉得有点发窘，他在这里只认识斯特涅。旺德夫尔转过身来，向他伸出手后，后者由于遇见熟人而大为高兴，立即感到有一吐为快的冲动。他把旺德夫尔拉过来，低声说：

"就定在明天，你去吗？"

"当然！"

"半夜十二点，在她家里。"

"我知道，我知道……我和布朗斯一起去。"

他想脱身回到夫人们身边，为俾斯麦辩护，提供一条新的理由。福什里拉住他。

"你绝对猜不着，她今天托我请谁到她家里。"

他略抬下颌向米法伯爵指着。后者正与议员和斯特涅争论国家预算上的一个问题。

"不可能！"旺德夫尔说他很惊诧，但也乐起来。

"真的！我还被逼着，保证把他给她带到呢。我今天来，也是为这。"

两个人都轻声笑了。然后，旺德夫尔匆匆回到夫人们的圈子里，大声说：

"我向你们保证，恰恰相反，德·俾斯麦先生才智过人……比如说吧，有一天晚上，他对我说了一句深刻动听的话……"

埃克托尔刚才听见他们俩的悄悄话，他用眼睛向福什里探索，希望得到解答，但福什里没有睬他。他们俩谈的是谁呢？明天半夜十二点他们想干什么？于是他紧跟着表哥，表哥已经走去坐了下来。记者对萨比娜伯爵夫人特别关注，人们常在他跟前谈到她的姓氏。他知道她十七岁出嫁，现在约三十四岁；结婚后过着修道院式的生活，只与丈夫、婆婆为伴。在社交界，有人说她冷漠有如修女；有人表示同情，记起她被关闭在古老大屋之前，她那灿烂的笑容，燃着青春火花的大眼睛。福什里端详着她，心里嘀咕。他有一个朋友，是个上尉，最近殁于墨西哥战场。出发前一天，他同福什里一起吃饭。饭后他向福什里倾诉了一段隐情，这类事情便是最审慎的男人亦在所难免。但这些片段他已印象模糊，只记得他们吃了一顿丰盛的晚餐。此刻看见伯爵夫人穿一身黑色衣裳，置身于古色古香的客厅里，一脸安详的微笑，他不禁有点狐疑了。她后面的一盏灯，勾勒出她丰腴、微黑的侧面。嘴唇稍厚，表明她有一种难以抑制的性欲。

"他们这是怎么啦,尽谈什么俾斯麦!"埃克托尔咕哝道,做出厌倦的样子,"在这儿简直是活受罪,都是你出的好主意,偏要到这儿来!"

福什里突然没头没脑地问他:

"你说,伯爵夫人有没有和别的男人睡过觉?"

"啊!没有,没有!"埃克托尔结结巴巴地说,显然有点手足无措,忘了自己的做作,"你以为我们在什么地方?"

他意识到自己悻悻然的样子有点失态,便倒身在长沙发里,说道:

"当然啦!我说她没有,其实我所知甚少……那边有个小家伙,他叫福卡蒙,到处都可见他的身影。当然,我们也见过比这更难以置信的事……总之,可以肯定的是,如果伯爵夫人以越轨行为自娱的话,她也算狡猾的了,居然隐蔽得如此严密,没有人议论她的事情。"

接着,不劳福什里动问,他就把他所知道的有关米法一家的事告诉福什里。壁炉前面的夫人们还在聊天,看到这两个系着白领带、戴着白手套的人压低嗓门讲话,还以为他们在认认真真地谈论什么严肃的话题呢。埃克托尔十分熟悉米法伯爵的母亲,她是一个令人难以接近的老太婆,常与神甫往来,很傲慢,一个威严的手势就能令所有的人慑服。至于米法,他是将军晚年所生的儿子。将军被拿破仑一世封为伯爵。十二月政变之后,拿破仑三世登位,伯爵自然很受恩宠,老伯爵与米法一样,看上去郁郁寡欢,不过大家认为他正直,很有教养。此外,他还有一套古代贵族思想的残余,认为自己既然在宫廷里担任重要职务,既然他德高望重,因此难免自负,摆出一副矜持庄严的模样。他的母亲对他管教甚严,给他以良好教育:每天都得去忏悔,不准逃学,不许他沾染一般青年的不良嗜好。他遵守教规,是个宗教狂,狂得像发热病的人。最后,埃克托尔为了描绘得更充分,还概括地加上一笔,他凑到表兄耳畔说了一句话。

"不可能!"表哥说。

"人家可是赌咒说的,千真万确!结婚的时候,他依然是童子身。"

福什里看着伯爵,不禁笑了。伯爵留着颊须,下巴上没留小胡子,脸显得更方更生硬冷峻。他正向斯特涅列举数字,斯特涅则变着法子套他的口风。

"我说,他的长相倒像是这种人,"福什里低声说,"他倒送了一份稀罕的好礼物给妻子了!……哎,可怜的小女人,他准不讨她的欢心,我敢打赌,到现在,也还是一无所知!"

伯爵夫人正好在这时向他问话,他心里正转着米法夫妇的离奇古怪的轶事,没听见她说什么,夫人又再问了一遍:

"福什里先生,你不是发表了一篇描写德·俾斯麦先生的文章吗?……你和他谈过话吧?"

他赶忙站起来,走到太太们的圈子旁,极力恢复平静的心态,然后从容地答道:

"天晓得,夫人,坦白告诉你吧,我那篇文章是根据德国出版的传记写成的……我与俾斯麦先生素未谋面。"

他站在伯爵夫人旁边,一面和她谈话,一面默忖。她显得比实际年龄要小,看上去最多二十八岁,尤其是眼睛,仍闪烁着青春的火焰,长长的睫毛,蓝蓝的眸子。她生长在父

母分居的家庭里,轮流在父亲德·舒阿尔侯爵或者母亲侯爵夫人身边各住一个月。母亲去世之后,她年纪轻轻就出阁了。估计是她的父亲促成的,因为觉得她碍事。侯爵是个可怕的人。尽管他对宗教很虔诚,但有关他的荒诞轶闻,已经不胫而走! 福什里想,今晚他是否能见到他。她父亲一定会来,不过会来得很晚,他事儿多着呢! 记者相信自己清楚老侯爵在什么地方消磨夜晚,但仍装出庄重的模样。他发现伯爵夫人左边的脸颊上,靠近嘴唇外有一颗痣,这使他暗暗吃了一惊。娜娜也有一颗,完全一样。这就奇了。痣上有几根卷曲的细毛,只是娜娜痣上的毛是金黄色的,而伯爵夫人的是黑玉色。说这个有什么意思,这女人并不跟别的男人睡觉。

"我一直希望认识奥古斯塔王后," 她说,"人们都说她又善良又虔诚……你认为她会陪同国王来吗?"

"大概不会,夫人。" 他回答道。

她不跟别的男人睡觉,这是一眼就看得出来的。看她紧挨她的女儿坐着就可明白——这女孩是那么平庸,那么拘谨地坐在矮凳上。这古墓般阴森的客厅,散发着教堂的气息,足以说明她处于怎样的铁腕之下,她逆来顺受地过着怎样刻板拘泥的日子。在这幢又阴又潮湿的古老住宅里,没有一样东西是由她安排的。米法是这儿的主宰,是他在这儿树立他的权威,施行他的虔诚的教育、忏悔和斋戒。福什里蓦地发现,太太们背后的扶手椅上,坐着一个满口烂牙、脸含笑意的小老头,这更是一个具有说服力的证据。他认识这老头,那是泰奥菲尔·韦诺,曾经当过诉讼代理人,专门受理教会的案件。退休时他拥有一大笔财产,现在过着相当神秘的生活,到处有人接待他,对他毕恭毕敬,甚至有点怕他,似乎他代表一股强大的力量。人们感觉得到隐藏在他背后的神秘力量。然而,他却表现得十分谦逊,他是玛德林教堂的财产管理委员,据他说,为了打发清闲的日子,他才接受了巴黎第九区副区长的职务。见鬼! 伯爵夫人被包围得牢牢地,别指望在她身上存染指的念头!

"你说得不错,这里真叫人受不了," 福什里对表弟说,他已从女士们的圈子里溜出来,"我们走吧。"

这时,斯特涅怏怏然地走过来,他刚离开米法和议员,满头大汗,喃喃地埋怨:

"妈的! 既然只字不吐,就让他们守口如瓶好了……我会找到肯说的人的。"

接着,他把记者推到一个角落里,换了说话的口气,洋洋自得地说:

"喂! 明天……我去,老朋友!"

"唔。" 福什里含糊地应着,很惊讶。

"你不知道……咳! 我好不容易才在她家里见到她! 米侬总是寸步不离地跟着我。"

"可是,米侬夫妇也要去呀。"

"是的,她告诉我了……总之,她接待了我,还邀请了我……戏散场后,十二点整。"

银行家喜滋滋的,他眨了眨眼睛,又补上一句含有深意的话:

"你呢,得手了吗?"

"你说什么?" 福什里佯作不懂,"她想感谢我写的那篇文章,所以才上门找我的。"

"是的,是的……干你们这一行真走运,她总是要酬劳你们的……对了,明天谁付钱了?"

福什里把两臂一扬,表示他毫不知情。这时候,旺德夫尔大声招呼斯特涅,因为后者认识俾斯麦。杜·戎克娃夫人已经差不多被他们说服了。她说了几句话作为她的结论:

"他留给我的印象很坏,我觉得他样子凶悍……但我承认他是个才智非凡的人物,所以他取得辉煌的业绩。"

"也许是这样吧,"银行家淡淡一笑,"他是法兰克福的一个犹太人。"

这时候,埃克托尔鼓起勇气要向表哥问个明白,他追上去,搂住他的脖子:

"明天晚上你们是不是在一个女人家里吃晚饭?在谁家?嗯?在谁家?"

福什里打了一个手势,暗示有人在听着呢,别太放肆了。这时,客厅的门又开了,进来一位老太太,后面跟着一个少年。福什里一眼就认出他就是《金发维纳斯》上演那晚,曾忘形地高叫"太漂亮了!"而震惊全场的逃学中学生。此事至今还在议论呢!这位夫人的到来,惊动了客厅里的人。萨比娜伯爵夫人赶紧站起来,向前迎接;握住来客的双手,称她为"我亲爱的于贡夫人"。埃克托尔见表哥好奇地瞪着这个场面,便讨好地向他扼要介绍几句:于贡夫人是公证人的遗孀,隐居在她家的旧庄园丰代特,此处靠近奥尔良。她在巴黎保留一个落脚点——黎世留街的一幢房子,目前,她来巴黎住一段日子,安顿她这个在法科一年级肄业的小儿子。她曾是德·舒阿尔侯爵夫人的好友,亲眼看见伯爵夫人出生,伯爵夫人还是姑娘的时候,于贡夫人曾留她在家住了好几个月,至今仍视她为晚辈。

"我把乔治带到你这儿来了,"于贡夫人对萨比娜说,"他已经长大了,我相信。"

小伙子眼若秋水,一头金黄卷发,仿佛是扮成男孩的姑娘。他态度从容,向伯爵夫人鞠躬问好,还提醒她,两年以前他们在丰代特曾一起打过羽毛球。

"菲力浦不在巴黎吗?"米法伯爵问。

"噢,不在,"老妇人答道,"他一直在布尔日驻防。"

她坐下来,自豪地谈起她的大儿子菲力浦。大儿子长得高大结实,一时冲动服了兵役,现在已获中尉军衔。在座的妇女都很尊敬她,抱有好感,她们继续谈着,语气更亲切,话题也更文雅了。福什里见两鬓成霜的于贡夫人,慈祥的脸上闪耀着和蔼的微笑,觉得自己萌发对萨比娜夫人品行的疑念是多么无稽可笑。

但是,伯爵夫人坐的那张红缎面的大椅子引起了他的注意。他认为把它置于这个烟雾弥漫的客厅里,显得很不协调,不伦不类,令人触目。这肯定不是伯爵把这种象征淫乐、懒怠的家具引进来的。这是一种试探,是欲念和享乐的开端。他完全陷入沉思,几乎不知身在何处。他又想起了那晚在酒店听到的那位亡友的酒后的自白。他设法进入米法家里来,其实是被色情的好奇心驱使而来的。他的好友已长眠墨西哥,真相无从知悉,且看一看再说。这可能是件蠢事,只是,这个念头一直萦回不去,他受到吸引,恶习又在心中萌动了。这一刻,他看见这张椅子的椅面皱巴巴的,椅背倒了过来,引人遐思。

"怎么样?我们走吧?"埃克托尔问。他下决心离开这儿之后非问个明白不可,究竟是在哪个女人家里吃晚饭。

247

"等会儿再说吧。"福什里答道。

现在他不再急于走了，他借口说受人之托来邀请客人的，可还找不到适当机会提出。太太们正在谈论修女入会的事，入会仪式十分感人，三天来巴黎的整个上流社会都为之激动不已。这仪式是为德·福热莱男爵夫人的长女举行的。她受到不可抗拒的神召，进了苦修会。尚特罗夫人是她家的亲戚，据说男爵夫人哭得过于伤心，以致第二天都不能起床了。

"我那天坐在最前面的位子，"列奥尼德说，"我觉得入会的仪式很稀奇。"

于贡夫人同情那个可怜的母亲，就这样失去女儿，她该多痛苦啊！

"有人指责我过于信奉宗教，"她平静、坦率地说道，"但孩子们固执地用这种方式自戕，我还是认为太残忍了。"

"是呀，这真是可怕的事情。"伯爵夫人轻声说，她觉得身上直打寒战，往大椅子里缩了缩。

这些女人争论起来，声音放小了，偶尔一阵轻轻的笑声打断她们严肃的谈话。壁炉上面的两盏灯，罩着玫瑰红的花边灯罩，光线微弱，远远的家具上面只点了三盏灯，宽大的客厅落入柔和的阴影里。

斯特涅觉得厌烦了。他给福什里讲述德·谢扎尔这个小妇人的风流韵事。他直呼她的名字列奥尼德。他们站在太太们的扶手椅后面，压低嗓门悄悄地说。福什里看看这个小妇人，她穿着淡蓝色的缎裙，神情猥琐地坐在沙发椅的一角，男孩子似的瘦小，放肆。他觉得惊奇，怎么她会在这里出现。连卡萝莉娜·埃凯的家里，客人们的举止都比这里检点得多，她的母亲治家严整有方。这真是一篇文章的绝好题材。巴黎的上流社会是多么奇怪的世界！最古板的客厅也会有不规矩的人们渗透进来。那个沉默的泰奥菲尔·韦诺，只是微微笑着，露出一口烂牙，他显然是已故伯爵夫人的旧交，还有几个上了年纪的太太，像尚特罗夫人、杜·戎克娃夫人和一动不动地坐在墙角的四五个老头子一定也是同属一类。米法带来的是高级官吏，仪表堂堂，衣冠楚楚，杜伊勒利宫里的人都这样；其中，那个办公室主任，老是独自坐在客厅中间，脸刮得干干净净，目光黯淡，衣裳紧裹身躯，几乎手脚都动不得。所有年轻人和几个举止斯文的人物是德·舒阿尔侯爵引进来的。侯爵归顺宫廷、进入行政法院之后，还继续同保王党正统派保持联系。其余就是列奥尼德·德·谢扎尔、斯特涅等几个来历不清楚的人物。他们与可敬的于贡夫人的安详沉着形成有趣的对照。福什里的腹稿已酝酿成熟，并命题为《萨比娜伯爵夫人的客厅》。

"还有一次，"斯特涅低声地接着说，"列奥尼德把她的男高音歌手招到蒙托邦，她自己住在八公里外的博列居尔堡，每天坐一辆两匹马拉的敞篷车到他下榻的金狮旅馆看望他……马车在门口等着，列奥尼德在旅馆一待便是好几个小时，门外边聚拢了一大堆人，围着瞧那两匹马。"

客厅里静了下来，高高的天花板下，出现了几秒钟庄严的时刻。两个年轻人在窃窃私语，但他们也跟着闭上了嘴；只听见米法伯爵在房间里放轻了的踱步声。灯光似乎暗下来了，炉火也熄灭了，严峻的阴影笼罩着这个家族的老朋友们，他们已在这些扶手椅上坐了四十个年头。客人们在交谈中似乎感觉到伯爵的亡母带着冷冰冰的神气回来了。

萨比娜伯爵夫人打破了沉寂,说道:

"总而言之,外面传说那个青年一定是死了,所以这个可怜的姑娘进了修道院。还有,据说德·福热莱先生也坚决反对他们这桩婚事。"

"传说的事还不止这些呢!"列奥尼德冒冒失失地嚷道。

她笑了起来,却不肯往下说。萨比娜被她逗乐了,忙用手帕捂住嘴。这些笑声,在这间庄严宽敞的客厅里,如同水晶碎裂的声音,震动了福什里。他想,这个家庭在此刻出现了裂口。大家都发表各自的见解:杜·戎克娃夫人提出反对意见。尚特罗夫人说,据她所知,他们原打算结亲的,但后来搁了浅。男人们也大胆地各抒己见。顿时七嘴八舌,众说纷纭,客厅里各派人物,拿破仑派,保王党正统派,时下流行的怀疑派,都争相发言,各持己见。埃克托尔按了按铃,命人在壁炉里添上木柴。仆人们把灯挑亮,客厅似乎又复苏了。福什里微微笑着,觉得舒畅多了。

"那是自然的事,既然嫁不成表哥,那就嫁给上帝吧。"旺德夫尔从牙缝里挤出这句话。他对这个问题感到腻烦,便走过来找福什里。"亲爱的,你可见过哪个有男人爱的姑娘去当修女呢?"

他并不等对方回答,他已经听够了。于是他又轻声问道:

"喂!明天我们有几个人去?……米侬夫妇、斯特涅、你,还有布朗斯和我……另外还有谁?"

"我看,还有卡萝莉娜……西蒙娜……也许还有嘉嘉,到底有多少人,谁知道?碰上这等机会,往往说是二十人,结果却来了三十人。"

旺德夫尔眼睛直勾勾地瞪视着客厅里的女人们,忽然冒出一句话来:

"杜·戎克娃夫人这娘儿们,十五年前一定是个绝色佳人;可怜的埃丝泰尔越来越瘦长了,抱倒在床上倒是一块好床板!"

话未说完,又扯到明天晚上吃夜宴的话题上去了。

"这样的聚会,最令人扫兴的就是老是那几个女人,该来个新角儿才行,想法子弄一个来……有了!有办法了!我去叫那个胖子带个女人来,就是游艺剧院演戏那晚他带去的那个。"

他指的是正在客厅中间打盹儿的那个办公室主任。福什里远远望着他们进行这场有趣的交涉,觉得很开心。旺德夫尔坐到神情严肃的胖子身边,两人似乎很认真地讨论那个未完的问题:是什么真情促使那个姑娘进修道院的。一会儿,伯爵回来了,他说:

"这事不可能了。他发誓说,她是个正经女人,不会答应的……但我敢打赌,我在洛尔见过她。"

"怎么?你也光顾过洛尔饭馆?"福什里邪笑着说,"你竟敢去那种地方?……我还以为只有我们这些穷光蛋才……"

"唔,亲爱的,什么都应见识见识嘛。"

两人相视一笑,眼睛发光,津津有味地谈起这家坐落在烈士街的饭馆。胖老板娘洛尔·皮埃德费尔让生计窘迫的小娘儿们花上三法郎便能吃上一顿饭。真是个偏僻的好去处!那些小娘儿们全都亲胖老板娘洛尔的嘴。萨比娜伯爵夫人无意中听到他们的一

两句话，便回过头来，他们急忙往后退，又撞在了一起。他们没有留意身旁的乔治·于贡在偷听他们的谈话，乔治听得心跳脸红，红晕从耳朵漫延到姑娘似的脖子上。这娃娃又羞又喜。母亲把他摆在一边，他就在德·谢扎尔夫人身后转来转去，他认为这儿就数她最好看，可娜娜比她更好看不知多少倍！

"昨天晚上，"于贡夫人正在说，"我带乔治去观剧。对，就是游艺剧院。我有十年没涉足剧院了。这孩子喜爱音乐……我一点都不感兴趣，他却快活得什么似的！……如今的戏剧也真稀奇古怪的，而且，不瞒你们说，我觉得音乐不大能打动我。"

"怎么！夫人，你不喜欢音乐！"杜·戎克娃夫人抬眼向着天花板，嚷道，"竟有人不喜欢音乐吗？"

众人均有同感。可是没有人提及游艺剧院上演的那出戏，老老实实的于贡夫人看不懂个中奥妙，夫人们看懂了却避而不谈，话题马上转变了，提到音乐大师大家都充满激情，表示仰慕，崇拜，赞美。杜·戎克娃夫人只喜欢德国作曲家韦伯，而尚特罗夫人则对意大利音乐情有独钟。她们的声音渐渐趋于柔和，轻微，在壁炉前，宛若教堂里的默祷，是小礼拜堂里低低吟唱的赞美诗。

这时，旺德夫尔拉福什里到客厅中央，说道："你看，我们得为明晚弄个女人来，去问问斯特涅，如何？"

"哟！斯特涅，"记者说，"他要的都是全巴黎不要的女人。"

旺德夫尔还在四周的人中打主意。

"且慢，"他说，"有一回我碰见富加蒙与一个金发的妖娆女人走在一起，我叫他把她带来。"

他向富加蒙示意，两人迅速交谈了几句。大概有点麻烦，只见他们蹑手蹑脚跨过女士们的曳地裙袍，找到另一个年轻人，三个人在窗台边继续商议。福什里独自一人，便想去壁炉那边。这时，杜·戎克娃夫人正大谈她如何迷恋韦伯的曲子，听了他的作曲便如身临湖畔、森林，看遍沾露水的田野上的日出。福什里还没移步，冷不防背后一只手在他的肩上拍了一下，一个声音道：

"你太不够朋友了。"

"你说什么？"福什里扭头一看，是埃克托尔。

"明晚的夜宴……你本可以叫他们邀请我。"

福什里正要回答，旺德夫尔走过来，对他说：

"那女人不是富加蒙的，而是那边那位先生的姘头……她不能来。真倒霉！……但我已撺掇富加蒙，他会设法把王宫剧院的路易丝带来的。"

"德·旺德夫尔先生，"尚特罗夫人提高嗓门问道，"星期天的华涅音乐会是不是遭人吹口哨啦？"

"噢，吹得可厉害哩，夫人。"他走上前毕恭毕敬地回答。

见夫人们没有搭腔，他便走开了，在福什里耳畔继续说道：

"我再活动一下，那几个年轻人一定认识一些小妞的。"

说完，只见他笑吟吟地，在客厅的每个角落和男人们套近乎，样子很亲善。他钻进三五成群的圈子里，凑到每个人的耳边悄悄说几句话，然后回过头来眨眨眼，打暗号。看他那镇定自若的模样，好像在传递什么口令。消息传开，于是大家约好明晚赴约。而太太们对音乐的热烈的议论，掩盖了这场招募新人的狂热的小小骚动。

"得了吧，别谈你的德国人了，"尚特罗夫人说，"歌唱才是快乐，才是光明……你听过帕蒂在《理发师》歌剧中的演唱吗？"

"唱得妙极了！"列奥尼德轻声说，她平时只在钢琴上弹一些轻歌剧的曲调。

这时，萨比娜伯爵夫人按了按铃。逢星期二，如果来客不多，大家就在客厅里喝茶。伯爵夫人一面吩咐仆人腾出一张小圆桌来，一面盯住旺德夫尔伯爵，嘴角隐含笑意，微露皓齿，向走过身旁的旺德夫尔伯爵问道：

"你在搞什么名堂啊，德·旺德夫尔先生？"

"我？夫人，"他不慌不忙地回答，"我没搞什么名堂呀。"

"真的？……我看见你忙忙碌碌的……那就请你帮我做点事。"

她递给他一个曲本，请他放在钢琴上面。可他仍觑空告知福什里，他已弄来了塔唐·内内。在冬季，她是酥胸袒露、最富肉感的女人；还有玛丽亚·布隆，刚在剧院登台的女艺人。埃克托尔亦步亦趋地跟着旺德夫尔，希望得到邀请，最后，他只好毛遂自荐了。旺德夫尔答应得很干脆，但要他带上克拉莉丝。埃克托尔还惺惺作态，装出忸怩的样子，旺德夫尔便宽慰他说：

"既然我正式邀请了你，还有什么好顾虑的？"

埃克托尔正想询问东道主是谁，伯爵夫人又把旺德夫尔叫走了，问他英国人烹茶的方法。他常去英国，他的马群还在那儿参加过比赛。他说，只有俄国人才懂烹茶，并向夫人介绍了他们烹茶的诀窍。然后，他仿佛心不在焉似的，突然冒出一句问话：

"对了,顺便问一句,侯爵呢?他今天不来吗?"

"不,家父答应过我,他一定来的,"伯爵夫人答道,"不过我也有点着急了……他也许是被公务绊住了。"

旺德夫尔微微一笑。他猜疑侯爵是被什么性质的公务绊住了。他想起了侯爵有时带去乡下的那个美人儿,说不定可以把她也弄来。

福什里认为是邀请米法伯爵的时候了,因为时间已经不早了。

"此话当真?"旺德夫尔问,他以为福什里开玩笑。

"千真万确……如果我误了这差使,她会把我的眼睛挖掉的。你知道,她迷上了米法。"

"那好,我来帮助你,亲爱的。"

钟鸣十一点,伯爵夫人在女儿的协助下,准备了茶点。来的都是熟客,大家不拘礼地传递茶杯和盛点心的碟子。太太们依然坐在壁炉前面的扶手椅上,小口小口地呷着茶,用指尖拈着点心吃。话题从音乐转到供应商。只有巴西尔这家糖果还好,而冰块则以卡特琳为佳。尚特罗夫人却夸拉丁维尔供应的商品最棒。众人有点倦意,话说得越来越缓慢了。斯特涅并不死心,仍不放弃做议员的工作,他把议员挤在双人沙发的角落里,悄悄地套话。韦诺先生的牙齿大约被甜食蚀坏了,现在他只吃小点心,像老鼠咬啮东西,发出一下又一下的轻微响声。那个办公室主任,鼻子伸进杯里,吱吱溜溜地喝个不停。伯爵夫人悠闲地从这个客人面前,走到那个客人面前分送茶点,并不勉强他们,只是稍停片刻,默默地用目光询问客人,然后抿嘴一笑走开。壁炉的旺火烤得她的脸红艳艳的,她的女儿在她身旁显得又笨又蠢,看起来她倒像她女儿的姐姐。福什里的那杯茶,给稍远处的乔治·于贡送去。

"有个夫人想邀请你吃一顿晚饭。"福什里喜滋滋地对米法伯爵说。

伯爵这一整晚,脸上都带着那个灰暗的神色。这会儿显得极为惊诧:"哪位夫人?"

"嗯!娜娜呀!"旺德夫尔说,他想尽快促成邀请任务,便开门见山地把名字说了出来。

伯爵面容更严肃了,他几乎眼皮也不眨一下,神色不大自然,似乎有点头痛。

"可我不认识这位夫人呀。"他嗫嚅道。

"怎么,你去过她家的呀。"旺德夫尔点醒他。

"什么!我去过她家?……哦,对了,那天,我代表济贫所去过。我都记不起来了……这算不了什么,我不认识她。我不能接受她的邀请。"

他神色凛然,表明他对这类玩笑的轻蔑。像他那样有地位的人是绝不会在这类女人的餐桌上就座的。旺德夫尔大声辩驳,那是艺术家们的聚餐。福什里还举例说,苏格兰王子,即王后的儿子,曾经和咖啡馆的女歌星坐在一起吃饭……伯爵没听他们的陈词,坚决拒绝,甚至不顾惯常的礼貌,怒形于色了。

乔治和埃克托尔喝着茶,两人相对而立,听见了身边这三个人的对话。

"哈!原来是去娜娜那里,"埃克托尔轻声抱怨,"我早该猜到的!"

乔治没有吭声,体内却欲火如焚,一头金发也竖了起来,蓝眼珠闪闪发亮,几天来,他深深陷进堕落的深渊里,情怀躁动,坐立不安。这么说,他终于梦想成真了!

"可是我不知道她的地址。"埃克托尔说。

"奥斯曼大街,在阿尔加德街与帕斯基尔街之间,四楼。"乔治一口气报了出来。

埃克托尔不禁愕然,两眼直瞪着他。他满脸通红,又得意又难为情,补充了一句:

"我也是她的客人,今早她已邀请了我。"

客厅出现了一阵骚动。旺德夫尔和福什里不能再撺掇伯爵了,因为德·舒阿尔侯爵走进了客厅,大家纷纷站起身来。侯爵双腿软弱无力,艰难地向前挪步,徐徐走到客厅中间,眼睛半睁半闭,仿佛刚从昏暗的小巷里出来,被灯光照得睁不开眼。

"我以为你不来了呢,爸爸,"伯爵夫人说,"你要不来,我会提心到明天的。"

他望着她,没有回答,他像没有听到似的。他的巨型鼻子,在刮得光光的脸上,仿佛隆起的肿块,下唇却耷拉了下来。于贡夫人见他疲惫不堪,很是同情怜悯他。

"你太劳碌了,该休息才是……我们上了岁数的人,该把工作让给年轻人干了。"

"工作,哦!是的,工作,"他终于哧哧地说,"永远都有干不完的工作……"

他逐渐恢复了常态,挺挺佝偻的身子,习惯性地摸摸自己头上稀疏的几根白发。

"你忙什么?搞得这么晚?"杜·戎克娃问,"我以为你赴财部的招待会呢。"

伯爵夫人插话道:

"我父亲在研究计划实施的法规问题。"

"是的,一个计划实施的法规问题,"他说,"正是为这个……我关起门来……这是有关工厂的法规,我希望他们遵守主日休息制度。政府不愿强制执行这项法规,真是可耻。没有人上教堂做礼拜,教堂都空了,这样下去,我们会走向毁灭的。"

旺德夫尔看了看福什里,他们两人就在侯爵身后,仔细地端详他。旺德夫尔瞅空子把侯爵拉到一边,跟他提起他带到乡下去的美人儿,老头子装出莫名其妙的样子。"你们看见的也许是德盖侯爵夫人吧,他有时与她到维罗弗的娘家住上几天。"旺德夫尔出于报复,冷不丁地问他:

"你倒是说说看,你今天去哪儿了?你的胳膊肘沾满蜘蛛网和灰泥。"

"我的胳膊肘,"侯爵有点慌张,含含糊糊地说,"哦,可不是……有点脏了……可能是我从家里下楼时沾上的。"

有几个客人告辞走了。时间已近午夜,两个仆人静悄悄地撤去空杯和点心碟。壁炉前面,太太们重新调整座位,缩小圈子,聚会已近尾声,一个个精神困倦,谈话更无顾忌了。客厅似亦昏昏欲睡,暗影慢慢落到墙上。这时,福什里嘴里说着该告辞了,但眼睛却注视在萨比娜伯爵夫人身上,舍不得离去。作为女主人,她张罗了一夜,这时正坐在她日常惯用的椅子上休息;她默默无言,凝视着渐渐化为火炭的木柴,脸色苍白,一副心事重重的样子。福什里疑窦又生。她嘴角的痣上的黑毛被炉火的光照成了金黄色,与娜娜的痣毫无二致。他忍不住凑近旺德夫尔耳畔悄悄说了几句话。哎呀,真的,旺德夫尔从没注意过这个呢。他们俩继续拿伯爵夫人与娜娜做比较,认为她们俩的下巴和嘴相像,但眼睛完全不同。娜娜亲切和气,而伯爵夫人则胸有城府,难以捉摸,就如一只睡着的母猫,虽收拢了爪甲却时刻警戒着。

"我有法子把她弄到手的。"福什里说。

旺德夫尔用目光剥她的衣服。

"对,有办法的,"他说,"你知道,我可不在乎大腿,她的大腿一点不美,你愿意打赌吗?"

突然,他住了嘴,福什里使劲撞了下他的胳臂,要他留神坐在前面的埃丝泰尔。他们刚才提高嗓门说话,她大概都听见了。她依然僵直地坐着,木然不动,脖子瘦长——拔高太快的姑娘都会有的脖子,头发亦纹丝不动。于是他们走远了三四步。旺德夫尔打赌说伯爵夫人是一个很正经的女人。

这时,壁炉前面的太太们的声音又高起来了,杜·戎克娃夫人正在说:

"我不反对你的看法,俾斯麦先生也许是一个才智之士……至于你说他是个天才的话……"

女士们又绕回最初的话题上去了。

"怎么! 还在谈俾斯麦先生!"福什里咕哝道,"这一回,我可真的要溜了。"

"等等,"旺德夫尔说,"我们一定要知道伯爵最后的决定。"

米法伯爵正在和他的老丈人及几个道貌岸然的人物交谈。旺德夫尔把他拉来,再次邀请他,并强调自己也去,堂堂男子汉何处不可去,不会有人非议的,大不了有些好奇罢了。伯爵低垂眼皮,静静地听着,似乎有些动心了。此时,德·舒阿尔侯爵一脸询问的神气走了过来,当知道是怎么回事之后,福什里也邀请他,他偷眼瞅了一下女婿,紧接着便是一阵尴尬的沉默。翁婿两人鼓起勇气,正待答允,伯爵却一眼瞥见韦诺在死盯着他。那个小老头板起脸孔,神色凛然,眼睛放射出钢一般的寒光。

"不行。"伯爵马上斩钉截铁地回答,毫无商量的余地。

侯爵立刻更声色俱厉地拒绝了邀请,还谈起了道德问题,上流社会应做出楷模。福什里微微一笑,和旺德夫尔握手告别,他不再等了,现在该是他上班的时候了。

"在娜娜家,半夜十二点,嗯?"

埃克托尔也起身告辞了。斯特涅刚跟伯爵夫人辞别,其他男客跟着也走了。到前厅取外套的时候,大家不约而同地重复着一句话:"半夜十二点,在娜娜家。"乔治站在门口,等他的母亲一块儿走,他把娜娜的准确地址——告诉众人:四楼,左边的门。福什里出门之前,最后向客厅瞭了一眼。旺德夫尔又坐回到女人们中间,正和列奥尼德、德·谢扎尔开玩笑。米法伯爵和德·舒阿尔侯爵也加入了谈话,而那位慈祥的于贡夫人则睁着眼睛假寐。韦诺先生消失在女人们的裙子后面,身子蜷缩,脸上又有了笑容。庄严宽敞的客厅里,时钟缓慢地敲响了子夜的钟声。

"怎么! 怎么!"杜·戎克娃夫人嚷道,"你认为德·俾斯麦先生会向我们宣战,攻打我们吗?……啊! 这简直是无稽之谈!"

大家也在笑这位尚特罗夫人,因为俾斯麦要对法宣战是她刚才说的,她又是在阿尔萨斯省听来的,她的丈夫在那儿有一家工厂。

"幸亏皇上还在。"米法伯爵打着官腔正色地说道。

这是福什里所听到的最后一句话。他再看了萨比娜一眼,随手带上了门。伯爵夫人正在神色安详地和办公室主任谈话,似乎对这个胖子的谈话挺感兴趣。不,他也许估计错了,这个家庭根本无瑕可寻。这实在是令人遗憾。

"喂,你怎么还不下来?"埃克托尔在前厅催他。

在人行道上,两人分手时又叮咛了一句:

"明天娜娜家里见。"

第四章

从一大早起,佐爱就把整层楼交给了一个大饭店的侍应总管来负责安排。他是布列邦大饭店派来的,带着一班助手和侍应。一切宴席所需的物品均由他们供应。诸如夜餐、餐具、玻璃器皿、餐巾、台布、鲜花,甚至椅子和凳子。娜娜碗柜里的餐巾还不到一打。她刚刚崭露头角,未及配备日用各项设施,她不屑到饭馆请客,于是决定请饭店的人来家里代做,她觉得这样做更漂亮一些。她要借这次夜宴来庆祝自己演员生涯的巨大成功,以后大家都会谈到她这个盛会的。饭厅太窄,侍应总管把餐桌摆在客厅里,一张长桌上摆了二十五副餐具,未免挤了点儿。

娜娜半夜回到家中,问:"都准备妥当了吗?"

"啊!我不知道,"佐爱粗声地回答,满脸怒气,"谢天谢地,我倒是什么也用不着操心了。他们把厨房和整个套间搅得翻天覆地!……为此,我和他们争执了一番。还有,那两个家伙又来了。哼,我把他们轰出门去了。"

她指的是先头供养娜娜的那两个男人,一个是商人,另一个是罗马尼亚人。娜娜已决定不再接受他们,她对自己的前景充满信心,正如她所说,从此脱胎换骨了。

"简直是一对叮人不放的水蛭!"她咕哝道,"他们下次再来,就吓唬说要报警抓他们。"

说完,她招呼落在后面的达格内和乔治,她在全景胡同演员出口处遇见他们,她就让他们上了马车,一起来了。客人还没来,她唤这两人进梳妆室来,佐爱正给她打扮。娜娜衣裳未换,便匆匆绾起头发,在发髻和胸衣上面别上几朵白玫瑰。梳妆室内堆满了不得不从客厅里撤下来的家具,一堆小圆桌,四脚朝天的沙发和扶手椅。娜娜打扮停当,裙袍却被小滑轮绊住,撕裂了。她怒不可遏地骂开了。她气呼呼地脱下裙子,这是一条白绸裙,又软又薄,简单大方,穿在身上如同一件长衬衣,非常合身。她刚脱下又马上穿上,因为她找不出更合意的衣服。她几乎要哭了,说自己变成一个捡破烂的女人了。达格内和乔治只好用别针把裂口别起来,佐爱重新给她梳头。三个人在她身旁忙得团团转,尤其是小乔治,跪在地下,双手埋在裙子里。达格内安慰她,现在最多才十二点一刻,幸而她省略了许多唱段,匆匆演完《金发维纳斯》的第三场。最后,她平静下来。

"对那些笨蛋来说,我已够抬举他们的了。"她说,"你们看见没有?今晚人流涌涌!……佐爱,我的好孩子,你先别去睡觉,我也许用得着你呢……哎呀!到时候了,客人来了。"

她赶忙奔去。乔治还跪在地上,衣裾扫着地板。达格内盯视着他,他臊得满脸通红。不过彼此还是友好的。他们站在大镜子前面重新结好领带,并且为对方拍净从娜娜身上沾来的白粉。

"人家还以为是白糖呢。"乔治吃吃地低声笑着，像一个馋嘴娃娃。

一个临时打夜工的听差，把客人引进小客厅，那是个小小的房间，只放了四张扶手椅，否则客人挤不进去。隔壁的大客厅传来移动杯盘和银餐具的声音，门下面透出一道亮光，娜娜走进小客厅，看见克拉莉丝·贝努已坐在扶手椅上，她是埃克托尔带来的。

"哎哟! 你是第一个客人!"娜娜说，自从演出成功之后，娜娜就对她熟不拘礼了。

"喏，都是他，"克拉莉丝答道，"他老是担心迟到……我如果全信了他的话，我就来不及卸下戏装了。"

埃克托尔是头一回见娜娜，他向她鞠了一躬，恭维了几句，并谈起他的表哥，以过分的礼貌掩饰内心的慌乱。然而，娜娜没有留意他的话，同他握了握手，便快步向萝丝·米侬走去。她一下子变得高雅起来。

"呀，亲爱的夫人，你太赏脸了! 我盼着你的光临哩!"

"应当说，荣幸的是我。"萝丝也十分客气。

"那么请坐吧……啊! 我把扇子忘在皮大衣里了。斯特涅，替我找找去，在右边的口袋。"

斯特涅和米侬跟在萝丝后面进来。银行家转身出去，然后带着扇子又回来了。米侬友好地拥抱娜娜，还逼萝丝也这样做。在戏剧界，彼此不是一家人吗? 然后他向斯特涅递去眼色，示意他也这样做，后者被萝丝莹彻的目光瞪得心慌意乱，只吻了一下娜娜的手。

这时，旺德夫尔伯爵和布朗斯·德·西维里来了，彼此深深地一鞠躬，娜娜殷勤地请布朗斯在一张扶手椅坐下来。旺德夫尔笑着说，福什里正在下面吵架，因为门房不许露茜·斯特华的马车进来，他们听见露茜在前厅骂门房是个没有教养的脏货。但是，当听差打开门，她已若无其事地笑吟吟地走了进来，一面抓住娜娜的手，一面自报家门，说她第一眼见她就很喜欢她了，认为她有足以骄傲的天才。娜娜初次当女主人，满心喜悦，她道了谢，又有点不好意思。福什里一来，她便有点心神不定，她瞅个空子低声问他:

"他来不来?"

"他不来，他不愿来。"福什里本来编好一套说辞，把伯爵的拒绝解释得婉转一点，可是被她猝然一问，仓促间无奈直说了。

看见娜娜变了颜色，他意识到自己做了蠢事，便赶忙补充了一句:

"他分身不开，今晚他要带夫人赴内政部的舞会。"

"好呀，"娜娜咕哝道，她怀疑福什里没有尽心替她办事，"我的宝贝，我会找你算账的。"

"啊! 你尽管说吧，"福什里觉得自尊心受了伤，"我本来就不喜欢干这类差使，你去找拉博德特吧。"

他们互相背过身去，两人都动了气。就在这时，米侬把斯特涅推到娜娜身边。见她身边没有人，他便压低嗓子和她说话，态度亲热，就像为朋友拉皮条的人那样，貌似忠诚，说的话却厚颜无耻。

"你知道他想你都快想死了……只是他怕老婆。你会保护他的,对吗?"

娜娜像没有听懂他说的话,她微微一笑,向萝丝和她的丈夫以及银行家分别溜了一眼,然后,对银行家说:

"斯特涅先生,你在我身旁就座吧。"

这时,从前厅传来了笑声和窃窃私语声,夹杂着叽叽喳喳的闲聊声,好像修道院的女生溜到这儿来了。拉博德特走进来,背后五个女人鱼贯而入,用露茜的刻薄话说,这是他的寄宿生。其中有嘉嘉,穿一套紧身的蓝绒裙袍;卡萝莉娜·埃凯,她依然穿着镶网眼花边的黑丝绒裙袍;然后是列亚·德·奥尔,她照旧穿得怪里怪气的;再就是胖姑娘塔唐·内内,善良的金发姑娘,乳房像奶妈一样硕大,人家常为此嘲笑她;最后是矮姑娘玛丽娅·布隆,十五岁,瘦削、顽劣有如野小子,是刚登戏台的新人。拉博德特把她们一股脑儿塞进一辆车里,她们还在为刚才的拥挤嬉笑不休……见了娜娜,全都闭上嘴,握手寒暄,一个个规规矩矩的样子。嘉嘉装得过了头,话都说不清了。塔唐在来的路上,听说娜娜请了六个一丝不挂的黑人侍候夜宴,急于要看看他们,拉博德特斥之为笨蛋,命她住口。

"波尔德那夫呢?"福什里问道。

"哎,你想想,我多么失望,"娜娜嚷道,"他不能来参加我们的聚会。"

"是的,"萝丝·米侬说,"他的脚不小心陷进了活板门,扭伤了,伤得还挺重呢,你们还没见他,把包扎了的腿搁在椅上,怎么地咒天骂地的!"

大家都为此表示遗憾,席上没有他,这顿夜宴就没味了。既然这样也只好算了。于是大家开始谈起别的事情。蓦地,一个粗嗓门在大声咋呼:

"为什么!什么!你们就这样葬送我吗?"

有人惊叫一声,众人回头去看,恰恰正是波尔德那夫来了。这个彪形大汉,直着一条腿站在门口,倚着西蒙娜·卡比萝的肩。她是他现在的姘头。这小姑娘受过教育,会弹钢琴,会说英语,一头金发,楚楚动人。她娇弱的身躯被波尔德那夫重重压着,腰都直不起来了,却依然笑盈盈的,一副温顺的样子。波尔德那夫看见众人的视线集中在他们俩身上,便干脆摆出姿势,在门口站了几秒钟。

"嗯?我没法子不爱你们呀,"他接着说,"说真的,我是怕闷,才对自己说,还是去一趟吧,瞧瞧……"

但是他用一句脏话打断了自己的话:

"妈的!"

西蒙娜走快了一步,碰痛了他的伤腿,他猛地推了她一把,她还是不住地笑着,俯下俏脸,犹如一匹怕揍的牲口,用尽全力来搀扶他。

众人一面欢呼,一面奔过来帮忙。娜娜和萝丝·米侬推来一张扶手椅,波尔德那夫一屁股坐下去,另外几个女人推过一张扶手椅,给他搁腿。所有在场的女演员都自然地上来吻他。他还在不停地叹气,抱怨。

"妈的!妈的!……幸亏我的肠胃还结实着呢,不信他们等会儿看好了。"

别的客人也都到了。屋里挤得人们几乎无法走动。从大客厅传来争吵声,侍应总管气呼呼地在骂人。杯盘碗碟的碰撞声倒是停止了。客人全到齐,怎么还不上菜?娜娜不

耐烦了,她命乔治去问问是怎么回事。这时她看见又过来几个客人,有男的,也有女的,不禁愕然。这些人她一个也不认识。她有点慌了,便问波尔德那夫,米侬,拉博德特,他们也说不认识。她问旺德夫尔,他这才突然想起来,这帮年轻人是他昨晚在米法家招来的。娜娜谢了他。很好,很好。只是,大家得挤一挤。她请拉博德特叫人多添七副餐具,后者才出去。听差又带进来三个人。不行,这就太可笑了,肯定挤不下了。娜娜不高兴了,她摆出傲慢的神气,说道,这是不合乎礼仪的。但当她看到又来了两个人,她倒笑了起来,她觉得太滑稽了,真是活该! 能怎么挤就怎么挤吧。除了嘉嘉和萝丝坐在沙发上,波尔德那夫独占两张扶手椅,其余客人全都站着。屋里一片嗡嗡声,客人们低声地谈着,夹着轻轻地呵欠声。

"喂,姑娘,"波尔德那夫问道,"该入席了吧? 客人不是都到齐了吗?"

"嗯,是啊,说得对,人已经到齐了!"娜娜笑着回答。

她环视室内,笑容忽敛,好像意外地发现少了一个她从未提起过的客人。还得等一等。几分钟过去,客人们发现他们当中多了一位高大的先生,仪表堂堂,一把好看的白髯。最奇怪的是没有人看见他进来,他大概是从卧室溜进小客厅的,卧室的门一直半掩着。大家一阵沉默,然后耳语。旺德夫尔伯爵一定认识他,因为两个人会心地握了握手。女人们询问旺德夫尔,他只是笑而不答。卡萝莉娜·埃凯低声打赌说,那是一位英国爵士,明天便回英国结婚去了,娜娜与他很有交情,曾接待过他。这话在女人群中传开。只有玛丽娅持异议,她声称认识他,那是德国大使,证据就是他经常和她的一个女友睡觉。而男人们只用简单几句话就对他做了判断。他看上去像是个上流人物,今晚的筵宴可能就是他付账。管他呢,只要夜餐好吃就行! 大家正在揣测,侍应总管打开大客厅的门。这时,人们已经把白髯老者撂在脑后了。

"夫人,请入席吧。"

娜娜挽起斯特涅的胳膊,似乎没注意那个老者伸出胳膊的动作,后者只好独自一人随在后面进去。队伍次序事先没有安排,男女来宾乱哄哄地拥进餐厅,对这种不拘礼节的现象还开着世俗的玩笑。大客厅的家具已全部撤走,从屋子的这一头到另一头,摆了一张长桌子,桌子还嫌不够长,刀叉都紧挨在一起。桌子上有四个枝形大烛台,每台十支蜡烛,照得餐具闪闪发亮。其中一副烛台还镀了金,两边饰有花束。这些奢华都是饭店式的派头,碗碟上有一道烫金细线做点缀,而没有设宴主人姓氏起首字母组成的图案;银餐具因洗涤过多而黯然无光;水晶玻璃器皿也是市面上容易配齐的货色,就如一个暴发户摆酒庆祝乔迁之喜,而又诸事尚未备妥。客厅里缺一盏枝形大吊灯;烛台上的蜡烛太长,灯花没有分好,火光淡黄,照着盛着水果、蛋糕和果酱的高脚盘、平底盆和缸子。

"请坐,"娜娜说,"大家随意就座……这样更有趣些。"

她站在桌子正中,她把斯特涅让到她的左边,众人陌生的老先生在她的右边。客人们刚坐下,就听见小客厅有人骂娘。原来是被人遗忘了的波尔德那夫,他正使劲挣扎着要站起来,一边骂,一边叫唤西蒙娜:"这个不中用的东西,居然跟着大家一起溜了。"女人们满怀怜悯地跑过去。他由卡萝莉娜、克拉莉丝、塔唐·内内、玛丽娅·布隆搀扶着走进来。为了安顿他,大家又折腾了一番。

"让他面对娜娜,坐在桌子中央!"有人喊,"波尔德那夫坐中央!由他主持晚会!"

女人们把他搀到餐桌中央坐下,另找一张椅子给他搁腿,两个女人小心翼翼地抬起他的腿平放在椅子上面。这不打紧,他可以侧着身子吃的。

"他妈的,"他讷讷地抱怨,"到底是不灵便!……哎,我的小猫咪们,爸爸靠你们照管喽。"

他的右边是萝丝·米侬,左边是露茜·斯特华,她们答应照料他。现在大家都坐好了。旺德夫尔坐在露茜与克拉莉丝之间;福什里坐在萝丝·米侬和卡萝莉娜·埃凯之间。桌子的另一边,埃克托尔赶忙坐到嘉嘉身边,不理会对面克拉莉丝的招呼;米侬紧跟着斯特涅,他们之间只隔着一个布朗斯,他的左边是塔唐·内内,再过去就是拉博德特。最后坐在长桌两端的是西蒙娜、莱娅、玛丽娅等青年男女。达格内和乔治也在其中,两人越来越亲热,笑着注视着娜娜。

还有两个人没有位子可坐,男人们开玩笑说,可以让他坐在膝盖上。克拉莉丝的臂肘被挤得动弹不得,便对旺德夫尔说,只好靠他喂了。而那个波尔德那夫呢,不但用了两张椅子,还占了不少地方!大家又做了一番努力,终于坐下来了。不过,正如米侬叫嚷的,他们活像一桶装得满满的鲱鱼。

"伯爵夫人芦笋酱,德斯里那克清炖肉汤。"侍者托着盛满肴馔的盆子,在客人背后来回走着,嘴里轻轻报着菜名。

外面响起一阵喧哗,是抗议和愤怒的吵叫声。门一下子开了。闯入三个迟到者,一个女的,两个男的。哇!不行,这几个人实在太多了,娜娜坐着不动,眯着眼辨认来者,看是否是认识的人。女的是路易斯·德奥莱娜。两个男的却是从未见过。

"亲爱的娜娜,"旺德夫尔说,"这位先生是我的朋友,海军军官,德·富卡蒙先生,是我邀请来的。"

富卡蒙落落大方地欠一欠身,加上一句:

"我又冒昧地带来一个朋友。"

"噢,很好,很好,"娜娜说,"请坐……嗳,克拉莉丝,请往后挪一下。你们那儿太宽了……对啦,只要挤一挤,总能腾出地方来……"

大家再挤紧一些,富卡蒙和路易斯在桌边的小角落勉强坐下,可他的朋友却远离刀叉,只有从人缝里伸出手去才能取到食物。侍者撤去汤盆,送上小兔肉灌肠烧块菰、巴马奶酪拌通心粉。波尔德那夫一句话惹恼了所有的客人,他说他曾打算带普律利埃尔、方唐和老博斯克来这儿。娜娜板起脸孔,冷冷地说,她会"好好地"接待他们的。如果她想邀请她的同事,她自家会去请的,不请哗众取宠的人来。老博斯克总是喝得迷迷糊糊的;普律利埃尔太自负;至于方唐,待人接物让别人受不了,一开口就呱啦呱啦的,专讲蠢话。再说,你们也知道,这一类角色和这些先生们在一起总是不合适的。

"对,对,一点不错。"米侬说。

这些先生们围桌而坐,穿着礼服,打着白领带,衣冠楚楚,举止得体。他们脸色青白,疲乏更添几分优雅。老先生动作稳重,笑容含蓄,仿佛在主持外交官会议,旺德夫尔像在米法夫人府中一样,对身旁的女客彬彬有礼。这天上午,娜娜还对姑妈说,男客们是再难找到更好的人了。全都是富贵中人,总之,是些豪客,了不起的人物。至于女客们,也都是令人赞羡的。像布朗斯,莱娅,路易斯几个,是穿礼服来的;只有嘉嘉穿着袒胸低领的衣服,而且胸背露得多了一点,以她的年纪,本应一点不露才好。现在,大家都坐定了,笑声和戏谑声渐渐低了下来。乔治觉得他在奥尔良的小市民家里,参加过的几次晚宴,要比这里的开心得多。在这里,大家几乎都不交谈,男人们互不认识,只是互相打量,妇女们也安安静静的,这是乔治最为惊讶的情景,他原以为他们一见面便热烈拥抱的!他觉得他们是在假装正经!

下一道菜上来,是香波尔式莱茵河鲤鱼、英国式狍子脊肉。这时,布朗斯大声说:

"露茜,亲爱的,星期天我遇见你的奥里维了……他长得真高哟!"

"那还用说,他十八岁了呢,"露茜答道,"我可不能不认老啦……昨天他回学校去了。"

她儿子奥里维是海军学校的学生,她每次提起他都感到自豪。于是大家都谈起孩子来了。女人们都动了感情。娜娜道出内心的极大快乐:她的娃娃小路易,现在由她的姑妈照顾,每天上午十一时许,姑妈带他来见面;她把他抱到床上,让他和卷毛狗"吕吕"一起玩。看到他和小狗钻到被子里面的样子,她都快笑死了。她没想到小路易现在变得这样调皮了。

"嗨!昨天,我也整整乐了一天!"轮到萝丝·米侬说了,"你们想象一下,我到寄宿学校接夏尔和亨利,他们缠着要我答应晚上带他们去看戏……得到许可便高兴得跳起来,拍着小手欢呼:'我们去看妈妈演出喽!我们去看妈妈演出喽!'哈,那股高兴劲儿就甭提了!"

米侬得意地笑了,父爱的温情使他的眼睛湿润了。

"看戏的时候,"他接过去说,"他们可有意思了,像大人似的严肃,目不转睛地注视着萝丝,像要用眼睛把她吞下去,还问我,妈妈为什么要这样子光着大腿……"

全桌人都笑起来。米侬的脸上,闪耀着做父亲的骄傲自豪的光辉。他疼爱孩子,心里只想着如何像忠诚的老管家那样,精明严格地管理萝丝在戏院和别的地方挣来的钱财,并使之增加。娶她的时候,他在一家咖啡馆当乐队指挥,萝丝在那里唱歌,他们热烈相爱。今天,他们成了好朋友。两人做出这样的安排:她尽其所能,充分发挥她的才华和美貌的作用,而他呢,放弃了小提琴,专心一意协助妻子,获得演员和女人两方面的成功。没有比这更实际、更协调的家庭了。

"大儿子几岁了?"旺德夫尔问。

"亨利九岁,"米侬答道,"嗨!他长得可结实哩!"

接着,他跟斯特涅开起玩笑来,因为他不喜欢孩子,他不着痕迹地对斯特涅说,如果他做了爸爸,他就不会这样愚蠢地糟蹋他的财产了。他一面说,一面越过布朗斯的肩膀窥伺银行家,看他与娜娜的动静,却瞥见萝丝和福什里十分亲密地谈话,他不由得着恼了,萝丝该不至于花费时间干这种傻事吧。她若果真如此,他会出面干预的。他伸出戴着钻戒的漂亮的手,吃了一块狍肉。

关于孩子的话题还在继续。埃克托尔因为坐在嘉嘉旁边而心神不安。他问起她的

女儿,说他在游艺剧院曾有幸见过她们母女。莉莉身体挺好,但她还是个大孩子呢!莉莉满十九岁了,他很为惊异,觉得嘉嘉更可敬了。他问她为什么不带莉莉一起来。

"啊!不,不,绝对不行!她死活要离开寄宿学校,出来还不到三个月……我本想立即把她嫁出去……但她太爱我了,我只好领她回家。唉,这完全违反我的意愿。"

谈到女儿的归宿时,她不断地眨着眼睛,蓝色的眼皮和焦黄的睫毛也不断闪扑。她到这把年纪了,还要继续接客,甚至供可以做她的孙子的男人取乐。这样看来,结一门好亲事比干什么都牢靠。她说着,把扑了粉的宽大肥厚的肩膀朝埃克托尔的身子斜靠过去。后者不禁满脸绯红。

"你知道吗?"她低声说,"如果她要走这一条道,那可不是我的错……人在年轻的时候,总是这样古怪!"

餐桌四周骚动起来,侍应忙得不可开交。汤菜上完,正菜端了上来;那是元帅夫人鸡、酸辣汁鳎鱼脊、肥鹅肝片。侍应总管开头只吩咐侍者给客人倒的都是默尔索酒,现在才捧出尚伯坦红葡萄酒和列奥维尔酒。在撤换酒肴餐具的轻微的碰击声中,乔治越来越感到惊讶,他问达格内,这些女人是不是都有了孩子。达格内觉得他提的问题可笑,便详细告诉他她们的情况。露茜·斯特华的父亲是英裔加油工人,在火车站北站打工。她今年三十九岁,长着一副马脸,可人挺可爱,患有肺结核,却总是死不了。在这群女人中数她最出色,接待过三个亲王和一个公爵。卡萝莉娜·埃凯在波尔多出生,父亲是小职员,因女儿出卖肉体的丑行而活活气死。她很走运,母亲是很精明的妇人。最初还骂骂女儿,但经过一年的考虑,便与女儿言归于好,她指望女儿积攒一笔钱。女儿二十五岁,表情冷若冰霜,但长得标致,被公认为众花之魁,她的身价从不变动。母亲办事很有条理,管账头头是道。她住在女儿楼上的高两层的狭小住所里,管理家务,还在家里开设缝纫工厂。至于布朗斯·德·西维里,真名叫维克琳娜·布杜,老家在亚眠附近的村庄,人长得漂亮,但愚蠢,爱讲大话。她自称是将军的孙女,不承认自己已经三十二岁,俄国人很喜欢她,因为她丰满。然后,达格内简单地说了其他几个女人的情况:克拉莉丝·贝努,被一位太太从海滨圣奥滨带到巴黎当女佣,可女主人的丈夫把她推进了妓院;西蒙娜·卡比萝斯是圣—安托纳郊区一个家具商的女儿,曾在一所大寄宿学校读书,预备毕业后当教师;玛丽娅·布隆,路易斯·德奥莱娜,以及列亚·德·奥尔,全都是被逼流落巴黎街头当妓女的。塔唐·内内的身世更不用提了,她在赤贫的香槟省牧牛,直至二十岁。乔治一边听,一边瞧瞧被说及的那个女人。达格内在他耳边的粗俗而露骨的叙述,使他既骇异又兴奋。与此同时,侍应在他身后,正恭敬地、不厌其烦地报着送上来的菜名:

"元帅夫人鸡……酸辣汁鳎鱼脊……"

"亲爱的,"达格内把自己的经验传授给乔治,"别吃这鱼,夜间吃鱼没一点好处……喝列奥维尔酒吧,你会满意的,这酒的后劲没那么大。"

从烛台上蹿起的袅袅热焰,从传递着的菜盘里升腾的蒸汽,在屋内弥漫开来,三十八人几乎喘不过气来,侍应们往来奔走,应接不暇,滴得地毯上尽是菜汁、油渍,然而这顿夜餐吃得并不热闹。女人们小口小口地呷酒,各人碟里的肉剩下一半。只有塔唐·内内例外,狼吞虎咽地全吃光了。在夜深时分,胃的功能被打乱,胃口自然不佳。娜娜身边的那

位老先生,什么菜都不吃,只喝了一点肉汤;他默默地对着面前的空碟子,向四周扫了一眼。有人抑制了几个呵欠,有人合上眼皮,脸色发白。用旺德夫尔的话说,这种宴会总是累垮人的,要吃得开心,就不能这么正儿八经的。如果认真讲究礼节,讲派头,那还不如赴上流社会的宴会,那里反而觉得不会这么乏味呢。如果不是波尔德那夫大声嚷嚷,骂骂咧咧的,大家恐怕都睡着了。这个家伙,伸直伤腿,神气活像苏丹国王,由两旁的露茜和萝丝伺候吃喝。她们顾不上自己,一心一意地照料他,喂他吃东西,给他添菜斟酒,而他仍然怨这怨那。

"谁来给我切肉? ……桌子离我几里远,我够不到呀。"

西蒙娜不时站起来,走到他的背后,给他切肉和面包。所有女人都关注他的吃喝,把侍者叫回来给他添上肉肴,把他的嘴巴填得满满的。西蒙娜替他揩嘴,萝丝和露茜替他换餐具,他觉得惬意了,终于露出高兴的神色,说:

"这就对了! 姑娘……这是妇道人家的本分。"

客人们稍微恢复了一点精神,便又聊起天来。吃完橘子冰糕,侍应又送上两道菜,一热一冷,热的是里脊炒菱白,冷的是冻汁珠鸡。娜娜看见客人们意兴阑珊的样子,很是生气,便声音朗朗地说:

"你们知道吗,苏格兰王子已命人订了一个包厢,准备参观博览会时观看《金发维纳斯》呢!"

波尔德那夫嚼着满嘴东西,说道:

"我很希望所有的王子都来看这个戏。"

"星期天波斯国王要来呢。"露茜说。

于是萝丝谈起国王的钻石。国王穿着一件宽大的袍子,上面缀满了宝石,熠熠生辉,璀璨夺目。这些脸色苍白的女人,眼里闪着贪婪的光,伸长了脖子,纷纷列举其他将要来访的国王和皇帝。她们梦想着被这些帝王突然相中,付给她们一大笔度夜钱。

卡萝莉娜侧过身子问旺德夫尔:

"告诉我,亲爱的,俄罗斯皇帝有多大年纪了?"

"哎,看不出他有多大年纪,"伯爵笑答,"告诉你,你可别胡来。"

娜娜假装受到冒犯。这话似乎太刺人了。有人低声抗议。布朗斯详细地叙述意大利国王。她在米兰与他有一面之缘;他长得一点也不英俊,可他有的是女人。福什里说意大利国王不能前来,布朗斯十分扫兴。路易斯和列亚对奥地利皇帝则情有独钟。突然小玛丽娅冒出一句话:

"普鲁士国王像一根老干柴! ……去年我在巴登,总见他和德·俾斯麦伯爵在一起。"

"哎! 俾斯麦,"西蒙娜打断她的话,"我认识他……一个有魅力的男人。"

"昨天我也是这样说的,"旺德夫尔叫起来,"但是没有人相信我的话。"

像在萨比娜伯爵夫人家里一样,大家又谈了俾斯麦好一会儿。旺德夫尔依然旧调重弹。此刻,人们恍如置身米法家的客厅,只是女客们不是昨日的那一批。话题又转到音乐上去。然后,富卡蒙随口提起整个巴黎都在议论的那个姑娘出家的事。娜娜很感兴

趣,非要了解这个德·富日莱小姐的详细情况不可。唉!可怜的小姑娘,就这样子被活活地埋葬了!但如果是神召,又能怎样呢?女人们都动了恻隐之心。乔治却因再次听见这个故事而很不耐烦,于是向达格内打听娜娜的私生活。这时,大家的话题很自然又扯到俾斯麦伯爵。塔唐·内内凑到拉博德特的耳畔,问他俾斯麦是谁,她怎么没听见过。拉博德特冷淡地给她讲了有关俾斯麦的耸人听闻的故事:此人专吃生肉。他在自己的住所附近见到女人时,就把她背回去,所以他四十岁时,便生养了三十二个孩子。

"四十岁就生了三十二个孩子!"塔唐信以为真,惊呼道,"他的样子该不止四十岁吧?"

众人哄然大笑,她才知道人家在捉弄她。

"你们真混!我怎么知道你们是闹着玩的?"

嘉嘉却在琢磨博览会的事,像在座的妇女的心思一样,她跃跃欲试。旺季来了,外省人和外国人都将蜂拥而至。博览会之后,如果事情顺当,她也许拥有足够的资本退隐到儒维希去,把她盼望已久的一幢小楼买到手。

"我能怎么样呢?"她对埃克托尔说,"一无所有……要是还有人看上我就好啦!"

嘉嘉变得柔和起来,因为她感到小伙子的膝盖正压在她的膝盖上。他的脸涨红了。她呢,嗲声嗲气地一边说话,一边瞟了他一眼,心里在掂量他的分量,他是个普通小人物,但她也不能太挑剔了。于是埃克托尔拿到了她的地址。

"你瞧,"旺德夫尔悄声对克拉莉丝说道,"嘉嘉正在抢夺你的埃克托尔呢。"

"我才不稀罕他呢!"克拉莉丝说,"这小子很蠢……我已经有三回把他轰出门去了。你知道的,我嘛,看见后生家迷恋老太婆,身上就会起鸡皮疙瘩,恶心!"

她停了下来,悄悄地指了指布朗斯。夜宴开始,布朗斯就侧着身子,故意挺起胸脯,显露双肩给那个与她相隔三个座位的老先生看。

"亲爱的,她也不要你了。"克拉莉丝说。

旺德夫尔淡然一笑,做了个手势,表示他不在乎。当然,他不会阻止可怜的布朗斯的好事。他更感兴趣的是斯特涅在全桌人面前露出的丑相。大家都知道这个银行家的风流轶事。这个可怕的德国犹太人,在生意场上得心应手,呼风唤雨,双手创造了数百万资财,但一旦爱上一个女人,他便变得愚不可及;而且什么女人他都要。在戏台上亮过相的女人,他更是非弄到手不可,不惜任何代价。他对女人的狂热嗜好使他两度破产。正如旺德夫尔说的,青楼女子洗劫他的钱箱是替道德报仇。他在朗德盐场做成一宗大买卖,恢复了他在交易所的权威。六个星期来,米侬夫妇也在紧紧咬住盐场不放。不过,许多人私下里打赌说,吞下这块肥肉的不会是米侬夫妇,娜娜已经张开她雪白的牙齿了。这回斯特涅又一次掉到陷阱里去了。只要靠近娜娜,他便神魂失措,茶饭无心。只要娜娜开个价,他没有不应承的。但她偏不着急,逗着他玩,不断地把笑声送进他毛茸茸的耳朵里,看着他肥厚的脸在微微地痉挛而大为开心,如果米法伯爵这个吝啬鬼像约瑟夫那样坚决不受诱惑,那时再来拴住这个银行家,也还一点都不迟呢。

"你要列奥维尔酒还是要尚伯坦酒?"一个侍应把头伸进娜娜和斯特涅中间,小声地问,而这时他正在跟娜娜说悄悄话。

"嗯？什么？"斯特涅蒙了，咐咐地说，"随便什么都行，我无所谓。"

旺德夫尔用手肘轻轻碰了碰露茜，这女人一旦被人挑唆，舌头便刻毒异常，心肠也狠。米侬今晚的行为惹恼了她。

"你知道吗，是他拉的纤，牵的线。"她对旺德夫尔说，"他又想故伎重演，把以前对小容基耍的伎俩再来一次……你还记得吧，容基就是嫖萝丝的客人，又看上了牛高马大的洛尔……米侬帮洛尔勾上了容基，然后又哄着容基回到萝丝的怀抱，像是夫妻串谋的把戏……可是，这一回，这一招可不灵喽。娜娜才不肯交还人家借给她的男人呢。"

"米侬这是怎么啦？这么死盯着他的老婆？"旺德夫尔问。

他俩过身去细瞧，发现萝丝对福什里卖弄风骚，他顿时明白他的邻座露茜何以怒气冲冲了。他笑着又说：

"见鬼！你吃醋啦？"

"吃醋！"露茜怒不可遏，说，"好呀，如果她想勾搭福什里，我情愿让给她。他值几个子儿……每星期一束花，还不一定有……你看，亲爱的，这些戏子全是一路货。我知道，福什里为娜娜写了一篇文章，萝丝气得哭了一场。你明白吧，她也想要一篇文章，她要拿身子去换哩……我马上就把福什里轰出大门，不信你等着瞧好了！"

她住了口，对身后提着两瓶酒的侍应说：

"我要列奥维尔酒。"

然后，她压低声音又说：

"我不想大吵大闹，我不是这号人……可是这婊子太自负了。我要是她的丈夫，非狠揍她一顿不可……哼！她不会捞到好处的。她不了解我的福什里，这家伙更卑鄙，他靠着与女人姘居往上爬……都不是什么好货！"

旺德夫尔再三劝慰她，波尔德那夫因为萝丝和露茜没有理会他又发起火来，大声嚷叫，说她们想让爸爸饿死渴死。他这一咋呼反倒活跃了晚会的气氛。夜餐再拖延下去，谁也不再吃喝了；碟子里的意大利式牛肝菌和篷巴杜脆皮馅饼算是浪费了。上肉汤的时候，客人已经开始喝香槟酒了，酒意满脸，人们逐渐兴奋，有点失态了；女人们双臂支颐，趴在桌上，对着狼藉的杯盘，男人们拉后椅子以求宽松一些。男人黑色的礼服和女人淡色的短上衣夹杂在一起；女人斜倚半露的、光滑如缎的香肩。太热了，桌上烛光愈加昏黄、黯淡，不时有蜜黄色的秀项低垂，头发便像雨丝般披了下来，云鬟上的钻石发扣光芒四射，辉映着高耸的发髻。席间衣香鬓影，打情骂俏，戏谑嬉笑，秋波荡漾，皓齿闪耀，透明的香槟酒杯映出摇曳的烛光。有人扯高嗓门开玩笑，得意处指手画脚，话题杂乱，答非所问。客厅这厢的人呼叫另一厢的人，而噪音最大的却是侍应，他们把这儿认作饭馆的走廊，挤来挤去，一面送上冰淇淋和甜食，一面拖长腔调吆喝菜名。

"孩子们，"波尔德那夫喊道，"你们可别忘了明天还要演出……当心，香槟酒别喝过量了！"

"我呀，"富卡蒙说道，"世界各地什么千奇百怪的酒我都喝过……嗨！有的酒极名贵，有的烈酒能烧死一个结实汉子！嘿！我喝不醉，一点事也没有，我试过，就是醉不了。"

他脸色泛青，神色沉静，冷冷地仰靠在椅背上，不停地喝酒。

"不管怎样，"路易斯咕哝道，"别喝了，你已经喝得够多了……如果后半夜还要我照顾你，那才可笑呢。"

露茜的两颊醉得酡红，像肺病患者；萝丝眼眶湿润，水汪汪的更觉妩媚；塔唐吃得太多而迷迷糊糊，自个儿笑话着自己的愚蠢；其余几个，如布朗斯，卡萝莉娜，西蒙娜，玛丽娅，你一言我一语，七嘴八舌，争着讲述自己的事儿，与马车夫吵架，去乡下野餐的计划，情郎被抢又迷途知返等等错综复杂的故事。乔治身边的一个年轻人，意图抱吻列亚，挨了她一记耳光，并怒斥道："你想干什么？放开我！"乔治喝得酩酊大醉，痴痴地望着娜娜，他激动兴奋，正犹疑着要不要把心中翻滚着的念头付诸行动，这念头便是钻到桌子下面，爬过去，像只小狗似的，蹲在娜娜的脚边。谁也看不见他，他会乖乖地蹲伏不动的。列亚央求达格内制止那个年轻人，达格内命令那个年轻人放尊重点，乔治听了顿时伤感起来，以为达格内指桑骂槐，斥责的是他，觉得自己又蠢又可悲，真不知如何自处了。达格内却跟他开起玩笑来，迫他灌了一大杯水，还问他，既然三杯香槟酒就能使他醉倒在地，那么，如果他单独同一个女人在一起，他又该怎么办呢？

"喂，听着，"富卡蒙又说，"在哈瓦那，当地有一种用野生浆果酿的酒，喝了它就像吞了火似的……可是有一晚我喝了一升多，什么事也没有……还有比这更厉害的呢，有一次，在科罗曼德尔海岸，土人给我们喝了不知是什么酒，大概是胡椒掺和劣质烧酒吧，我喝了也没事，我是喝不醉的。"

有一阵子，坐在他对面的埃克托尔的脸令他不快，他冷笑几声，说了几句难听的话嘲讽埃克托尔。后者已是醉得昏天黑地，坐立不安。他紧靠着嘉嘉，忽然疑心人家拿走了他的手帕，执意要找回来不可，他询问邻座，弯下腰在桌底下和客人们脚边乱找，嘉嘉再三劝他不听。

"我真混，"他喃喃道，"手帕的角上绣了我的姓名缩写字母，爵号标志……丢了可就惹麻烦了。"

"喂，法拉莫瓦萨先生，拉马法瓦兹先生……"富卡蒙大声叫道，他觉得把埃克托尔的姓氏乱拼一通挺开心的。

埃克托尔发火了。他结结巴巴地说起他的祖先来，声称要用水壶砸烂他的脑袋。旺德夫尔只好出面干涉，他劝埃克托尔，说富卡蒙一向喜欢逗乐子。这时，大家果然都在笑，怒容满脸的埃克托尔又乖乖地坐下来，他表哥命他吃点东西，他像个听话的小孩似的吃了几口。嘉嘉又把他搂在怀里，只是仍不时用阴郁不安的目光扫视着客人，一直不忘找他的手帕。

这时，富卡蒙有意卖弄风趣，又去攻击远在桌子那一端的拉博德特。路易斯竭力制止他，叫他住嘴，她说他每次戏弄别人，到头来倒霉的却是她。可他又得意扬扬地出了新招，戏称拉博德特为"太太"，而且一直重复地叫，十分开心。而后者却很能克制，每次听见都耸耸肩，说：

"闭上你的嘴，亲爱的，你太无聊了。"

但富卡蒙仍不罢休，甚至莫名其妙地骂拉博德特，后者不再理他，却对旺德夫尔

说道：

"先生，叫你的朋友闭嘴……我可不愿意发火。"

富卡蒙曾两次与人斗殴过，但人们仍对他相当客气，并欢迎他。可是，现在大家都群起而攻之了，而且说他的不是；另一方面，也被他逗笑了。不过诙谐归诙谐，可不能破坏今晚雅兴呀。旺德夫尔清秀的脸上霎时铁青，命令富卡蒙不准以女人的称呼侮辱拉博德特。其他几个男人，米侬，斯特涅，波尔德那夫，也都齐声呼喝，把富卡蒙的声音压了下去。唯有娜娜旁边那位被人遗忘的老先生，不动声色，保留着傲岸的神情和疲乏的微笑，黯淡的目光睨视着这混乱的残局。

"我的小猫咪，我们就在这儿喝咖啡，行不？"波尔德那夫说，"这儿很舒服。"

娜娜没有立即答话。从夜宴一开始，她就失去作为女主人角色的感觉，这帮人咋咋呼呼，使唤侍应，肆无忌惮地讲话，旁若无人，好像在饭馆里似的。她也晕头转向，忘了是在自己的家里，只顾得上照应胖子斯特涅，弄得他神魂颠倒，就差没有中风。这个丰满的金发女人，脸上挂着撩人的媚笑，听着胖子的表白，当他有所要求时，她推却了。她喝了香槟酒，双颊绯红，朱唇湿润，秋波盈盈。只要她的双肩撒娇地一耸，回眸时，脖子上丰腴的肉微微鼓起，银行家就抬高一次价钱。他两眼直勾勾地盯着她耳旁缎子般柔滑娇嫩的皮肤，心痒难搔，差点没有发狂。有时，娜娜被人打扰，这才想起她的客人们，于是赶快装出亲切的神情，表示她懂得待客之道。晚宴快结束的时候，她已经沉醉了，香槟酒完全把她醉倒了。这使她十分恼火，心里忽然涌满了愤怒之情：这些女人居然在她家里胡闹，简直是往她脸上抹黑！哼！她洞若观火！露茜眨着眼睛，怂恿富卡蒙攻击拉博德特，而萝丝、卡萝莉娜和其他女人则在挑逗这些先生们。屋内一片喧哗，听不清别人的说话声。这算什么意思？岂不是说，在娜娜家里夜宴可以肆行无忌、任意妄为？好吧，有他们好瞧的。她虽然醉了，也还是她们当中最漂亮、最有风度的女人。

"我的小猫咪，"波尔德那夫又开腔了，"就在这儿喝咖啡吧……我喜欢这儿，我的腿脚也不方便。"

娜娜霍地站起来，在斯特涅和那位老先生的耳边说了使他们瞠目结舌的几句话：

"好极了，这回我可有了教训，算是领教了把一帮下流坯请到家里来的好处了。"

接着，她指着客厅的门，高声说道：

"你们如果需要喝咖啡，里面有的是。"

大家离开餐桌，拥向饭厅，并没留意她在生气。一会儿工夫，客厅里只剩下波尔德那夫，他扶着墙，小心翼翼地往前挪步，一面咒骂那些该死的女人，肚子填饱了，就撇下爸爸不管了。侍应总管大声吩咐手下撤去餐具，侍应们急匆匆地忙着收拾残席，彼此挤撞，动作迅捷，一转眼间把桌面上的东西全部撤去，就像舞台上美幻的布景，舞台主任一声哨响，便消失得无影无踪一样。这些客人喝完咖啡还要回到这儿来的。

"见鬼！这儿有点冷呢。"嘉嘉走进餐厅，不禁打了一个寒噤。

餐厅的窗户敞开，两盏灯照亮了桌子，上面摆着咖啡和酒。没有椅子，大家站着喝咖啡。侍应们在隔壁的喧哗声更响了。娜娜不见了，可谁也不注意她是否在场。她不在，大家自会照应自己，小茶匙不够，他们便在食橱的抽屉里找。三三两两的自行组合，互相

注视,会心地微笑,讲几句意味深长的富于概括性的话。

"奥古斯特,"萝丝对丈夫米侬说,"福什里先生要来我们家吃饭,是吗?"

米侬正在摆弄他的表链,听了这话,狠狠地瞪了福什里足有一秒钟。萝丝疯了不成?作为一个称职的管账人,他要禁止她的无谓挥霍。为了要记者写一篇文章,这次就算了,可是下不为例,得马上关紧大门。不过,他深知老婆的坏脾气,偶尔要迁就一二,顺顺她的意。于是他装出一副随和的样子,答道:"当然,我很高兴……那就明天来吧,福什里先生。"

正在和斯特涅与布朗斯聊天的露茜听到了米侬的邀请,便故意提高了声音,对斯特涅说:

"她们全都疯了,其中有一个甚至想偷我的狗……你说,亲爱的,你不要她,难道也是我的错?"

萝丝回过头来,她轻轻地啜着咖啡,脸色惨白地盯着斯特涅,被抛弃的满腔怒火,此刻全凝聚在她的双眸里,她比米侬看得更清楚,企图重演对付容基的伎俩是枉费心机的,这类把戏不会一再得逞。活该!她将得到福什里,夜宴一开始,她便已看上他了。如果米侬不高兴,也算给他一个教训。

"你不是要打架吧?"旺德夫尔走过来,对露茜说。

"不会,你别害怕。不过,她最好放老实点,否则有她好看的。"

然后,她刁蛮地做了个手势,又叫着福什里道:

"我的宝贝,我家里还有你的拖鞋,我明天叫人送到你的门房那儿去。"

他想开开玩笑,她却一脸王后似的傲气,扭转身子走开了。克拉莉丝背靠着墙,悠然地喝一杯樱桃酒,见此情景,耸了耸肩。瞧,又为了一个男人闹出纠纷来了!两个女人同时和同一个情郎碰在一起,最要紧的不就是把他夺过来吗?这是必然的。以她本人来说吧,如果她愿意,她会为了埃克托尔把嘉嘉的眼珠挖出来的。不过,呸!她可不稀罕。此

时,正好埃克托尔从她身旁走过,她只对他说道:

"听着,你爱的是早熟的女人!她还没熟呢,你要的该是熟得霉烂的烂污货!"

埃克托尔显得很恼火,他依然焦灼不安……见克拉莉丝嘲笑他,就对她起了疑心。

"别闹了,"他喃喃地说,"你拿了我的手帕,好了,还给我吧。"

"你的那手帕,把我们烦得够了!"她嚷道,"蠢东西,我拿你的手帕干什么?"

"哼!"他的疑心未消,"寄到我家里去,败坏我的名声呗!"

富卡蒙正大口大口地喝酒,看着混在女人堆里喝咖啡的拉博德特,发出冷笑,嘴里胡说一些没头没脑的话:他是马贩子生的,另外有人说他是伯爵夫人的私生子;没有任何收入,口袋里只有二十五个路易,婊子们的奴才,这小子从来不睡觉。

"从不睡觉!从不睡觉!"他说了又说,越说越来气,"不行,我非要刮他耳光不可。"他用指甲敲打牙齿,敲得格格直响。就在他向拉博德特走过去的时候,他面如死灰,突然像块大石似的栽倒在食橱前边。他烂醉如泥,瘫倒在地。路易斯大为恼火,她早就提醒过他,喝多了会出问题的;这下子,她下半夜就得照顾他了。嘉嘉一边安慰她,一边用经验丰富的女人的目光审视这军官,然后说:"没关系,这位先生将酣睡十二到十五个小时,不会出事的。"于是有人把他抬走了。

"咦!娜娜上哪儿去啦?"旺德夫尔问。

真的,她离开餐桌后就踪影全无了。大家这才想起她,都喊叫她。斯特涅为她感到不安,问旺德夫尔,那位老先生去哪儿了,他也不见了。伯爵安慰他,他刚刚送老先生离开这儿的。老先生是外国人,就不必说出他的姓氏啦,他很有钱,愿意负担今晚的一切费用。后来,娜娜又被众人忘掉了。旺德夫尔突然看见达格内从一扇门里探出头来,向他招手。后者走进娜娜的卧室,看见女主人僵直地坐在那里,嘴唇发白。达格内与乔治站在一旁,沮丧地望着她。

"你怎么啦?"他惊异地问。

她不答,连头也不回,他又问了一遍。

"我怎么啦?"她终于嚷道,"大家全不把我放在眼里,我不高兴!"

她把涌到嘴边的话都倒了出来。是的,是的,她不是傻瓜,她看得清清楚楚。晚宴中,大伙儿都轻慢她,讲了那么多下流话,这是蔑视她。这帮臭娘儿们,哪配和她比高低!总是这样,她越是卖力气,越是招人毁谤!她不明白自己怎么没把这帮下流东西撵出去。她气堵咽喉,泣不成声了。

"你看,姑娘,你醉了,"旺德夫尔说,他用亲昵的语气劝慰她,"你要理智些啊!"

不,她拒绝他的劝慰,她就要待在房间里。

"也许我是醉了,但我要求人家尊重我。"

达格内与乔治花了一刻钟,恳求她回到饭厅去,她硬是不从。客人爱干什么尽管干什么好了,她太瞧不起他们了,不愿意和他们厮混在一起。她绝不!绝不!即使把她碎尸万段,她也要待在这儿。

"我早该想到的,"她又说,"准是那该死的萝丝捣鬼,难怪我今晚企盼的那个正经女人没有来,必定是萝丝不让她来。"

"正经女人"指的是罗贝尔太太。旺德夫尔即以名誉向她担保,是罗贝尔夫人自己不肯来的。他听着她说的话,一面正色地争论。他早已见惯了这类场面,知道如何对付处在这种状态下的女人。可当他试图把她从椅子上拉起来时,她挣扎着,怒气更大了。她怎么也不相信米法伯爵不来并非福什里从中作梗。这个福什里真是一条毒蛇,一只醋缸,会算计女人,破坏她的幸福。因为她明明知道,伯爵已经看中她,她本来可以得到他的。

"他吗,亲爱的,你就断了这条心吧!"旺德夫尔不禁失笑,叫道。

"为什么?"她很认真地问,酒也有点醒了。

"因为他已经落到神甫手里了。他今天用指尖碰你一下,明天就要到神甫那儿忏悔了……听我的忠告吧,不要放走了另一个。"

她不再言语了,沉思有顷,然后站起来,揩擦流过泪的眼睛。然而,当大家想把她领去饭厅时,她仍气愤地表示拒绝。旺德夫尔也不去勉强她,微笑着离开卧室。他才走开,娜娜一冲动,扑进达格内怀抱,不停地说:

"啊!我的咪咪,世上只有你……我爱你,真的,我非常爱你!……如果我们能永远生活在一起,那就太好了。我的天!女人多么不幸哟!"

这时,她瞥见乔治涨红了脸。于是,她走过去吻他。咪咪不会和毛孩子吃醋的。她希望他们俩永远友好相处。因为,要是三个人能像现在这样,相亲相爱,那该多好啊!这时,一个奇怪的声音传来,有人在这屋里打鼾。他们循声寻去,发现是波尔德那夫。他喝完咖啡,找了个舒服的地方睡着了。他睡在两张椅子上,头靠床沿,一条腿伸得直直的。他张大嘴巴,鼻子随着鼾声翕动,睡态十分滑稽,娜娜忍不住大笑起来。她走出卧室,达格内和乔治尾随着,穿过饭厅,走进客厅,她一边走,一边还不住地格格地笑。

"啊,亲爱的,"她几乎扑入萝丝的怀里,"你想象不到有多可笑,快过来看看。"

全体女人跟着娜娜。她亲热地牵着她们的手往前拉;她开怀大笑,大家都受了感染,也都笑了起来。她们屏声敛息地鱼贯而进,站在摊开四肢躺在那儿的波尔德那夫的四周,足有一分钟之久,然后走出去,爆发了一阵大笑。其中一人叫大家静一静,这时,波尔德那夫的鼾声又传了进来。

将近凌晨四点,餐厅支起一张赌桌。旺德夫尔、斯特涅、米侬和拉博德特四个人坐了下来。露茜和卡萝莉娜站在后面押赌。布朗斯困得直打瞌睡。这一夜她过得不惬意,每隔五分钟就问旺德夫尔,是不是快要走了。客厅里,有人准备跳舞,达格内坐到钢琴旁边。娜娜称她的钢琴为"五斗柜",她说不要蹩脚的钢琴师,咪咪弹奏华尔兹和波尔卡舞曲,别人叫他弹的,他都能弹。但跳舞也鼓不起劲来,女人们半带睡意地缩在长沙发里聊天。突然,外面传来一阵喧哗声,十一个年轻人成群拥来,在前厅高声谈笑,推推搡搡来到客厅门前。他们刚参加完内政部的舞会,还穿着晚礼服,结着白领带,胸前别着谁也没见过的十字勋章。娜娜对他们吵吵嚷嚷地闯进来十分恼火,命厨房里的侍应把这些不速之客撵出去。她发誓说她从来没见过这些人。福什里、拉博德特、达格内等男人们,都走上前去,要他们尊重这屋子的女主人。粗话已经出口,揎拳捋袖的,眼看就要发生一场打斗。这时,一个满脸病容的金发小个子极力分辩道:

"娜娜,你想一想,那天在彼得家里,在那间红色客厅里……你再想想看!是你邀请我们来的……"

那一天,在彼得家里?她一点也记不起来了。首先,是哪一天?金发小个子说出了日期,是星期三,她记起星期三的确在彼得家吃过晚饭,但她并没邀请什么人,这一点她差不多可以肯定。

"可是,姑娘,如果你邀请了呢?"拉博德特喃喃道,他也动疑了,"也许你当时高兴过头了吧。"

娜娜笑了起来,这有可能,她也记不清楚了。总之,既然这些先生已经来了,那就进来好了。问题解决了,几个新来的在客厅里找到了熟人。风波以握手言欢而平息。病态的金发小个子是法国名门望族的后裔。这帮人宣称,还有人可能跟着要来。果然,过不了一会儿就有人敲门,戴白手套穿礼服的男人不断上门,他们也是从内政部的舞会出来的。福什里开玩笑地问,部长是否也要求来。娜娜气恼地说,部长要去的人家,肯定比不上这儿。她心中藏着一个愿望,她想看见米法伯爵随后而至,他也许会改变主意的。于是她一面和萝丝谈话,一面盯着大门。

钟鸣五下。大家停止了跳舞。只有赌徒们的豪兴不减。拉博德特把位置让给别人,女人们依旧回客厅。客厅里灯光朦胧,灯油已尽,只剩下灯芯在燃烧,火焰映红了灯罩;昏暗的灯光更添了长夜不眠带来的浓重睡意。女人到了这个时刻,常常会萌发一种淡淡的哀愁,胸中块垒,一吐为快。布朗斯谈起她的祖父,据她自称,那是一位将军;克拉莉丝却胡编了一段经历,说一位公爵到她叔叔家打野猪,在那里诱奸了她;两个女人各自看着别处,耸一耸肩,心想,见鬼,这样的谎话亏她能胡诌出来。至于露茜,她坦然地承认自己的出身,主动谈了她的青年时代。她的父亲是北方的铁路加油工,每个星期天都请她吃苹果酱馅饼。

"啊!告诉你们一件稀罕事!"小玛丽娅·布隆忽然叫道,"我家对面有个俄国人,是个大阔佬,昨天我收到一篮子水果,是满满的一篮子呢!这么大的桃子,这么大的葡萄,总之,是现在这个季节里很难见到的东西……里面还放了六张一千法郎的钞票……是那个俄国人给的……当然,我把全部东西都退回去了。至于水果呢,我着实有点难舍呢!"

女人们紧抿嘴唇,面面相觑。在她这个年龄,小小的玛丽娅,脸皮居然这样厚!而这样的事竟发生在这类下流女人的身上!她们之间谁也瞧不起谁。她们尤其嫉恨露茜,对她拥有三个亲王更是愤愤不平。自从露茜每天早晨骑马到树林溜达,出尽风头之后,所有女人都发了疯似的,纷纷都在骑马了。

天快亮了。娜娜断了指望,这才把目光从大门口收回来。大家心里都有些发腻。萝丝推却了唱《拖鞋歌》,和蜷缩在长沙发里的福什里喁喁细语。她在等她丈夫,他已经赢了旺德夫尔五十多个路易。一个胸佩勋章的胖先生,一本正经地用阿尔萨斯的乡音朗诵了《亚伯拉罕的牺牲》,他念到上帝发誓的时候,说:"以我的圣名!"而伊萨克总是回答:"是的,爸爸!"不过,谁也没听懂,而且大家认为这个片段没有意思。他们智穷力竭,不知怎样才能取乐,才能通宵狂欢。拉博德特突然有了个主意,他凑到埃克托尔的耳畔,说某某女人有嫌疑,于是埃克托尔就围着这个女人打转,看看她的脖子上是否系着他的手帕。

后来，那帮年轻人发现餐柜里还有香槟酒，便又大喝起来。他们彼此呼唤，互相对杯，可是依然免不了消沉的醉意，没精打采，沉闷得欲哭无泪。那个金发小个子，即法国最有名望的一个家族的后裔，绞尽脑汁，苦于找不到新奇花样来耍，后来灵机一动，拿来一瓶香槟酒，全都倒进钢琴里，逗得大家笑弯了腰。

塔唐·内内看见他这番举动，不禁十分诧异，问道："咦！他为什么把香槟酒倒进钢琴里？"

"怎么！姑娘，你不知道？"拉博德特煞有介事地，"对钢琴来说，没有什么比香槟酒更好的了。香槟酒能使它的音质更美妙。"

"噢！原来是这样。"塔唐恍然大悟地说。

看见大家又大笑起来，她才生了气。她怎知此话是真是假？这些人总爱捉弄她。

情况越来越糟，这毫无疑问。这个夜晚恐怕要以荒唐恣肆而告终了。玛丽娅·布隆在一个角落里和列亚吵架，玛丽娅讥诮列亚跟一些不富裕的男人睡觉。她们骂着骂着，竟口出污言秽语，攻击起对方的长相来了。长相不美的露茜，听了就过来要她们住嘴。长相有什么要紧？身段才重要呢！稍远处的长沙发上面，大使馆的一个随员搂住西蒙娜的腰，一个劲地要吻她的脖子，但西蒙娜又累又困，心绪欠佳，每次都把他推开，口里说着讨厌，又用扇子重重敲他的脸。这些女人不许男人碰自己，不愿被人当作婊子看待。这时候，嘉嘉却抓住埃克托尔，几乎把他拥到她的膝盖上；克拉莉丝夹在两个先生之间，发出咪咪的娇笑声，笑得摇来晃去。钢琴周围，那个愚蠢的游戏仍在继续，他们互相推搡，争着要把自己的那瓶酒往钢琴里倒，这既简单又有趣。

"喂！老兄，喝一口吧……见鬼！这钢琴它渴了！……喏，这儿还有一瓶，全都得喝完。"

娜娜背对着他们，没看见他们的胡闹。她已决定接受坐在身旁的胖子斯特涅了。活该！这都是米法的错，谁叫他不愿意来。她穿一件轻飘飘的、皱巴巴的薄绸裙袍，脸色因浅醉而苍白，眼圈因疲乏而发黑，就这样，她带着良家女子的安详，把自己奉献给了斯特涅。她发髻和衣服上的玫瑰已叶落花谢，只剩下枝梗。斯特涅的手猛地从她的裙子里抽出来，因为他的手误触在乔治别在她裙子上的一枚针上，几滴血流了出来，一滴落在她的裙子上面，留下了污渍。

"现在，我们的契约算是完了。"娜娜郑重其事地说。

天慢慢地明亮了，一道朦胧的曙光凄凄凉凉、忧忧郁郁地从窗口射了进来。客人开始告辞，这实在是沮丧、不快的散场。卡萝莉娜因白白浪费了一夜而恼火。她说，如果不想再见到难堪场面，那么现在是走的时候了；萝丝噘着嘴，因为她作为女人的名誉受到了损害，和这些婊子在一起，下场总是如此。她们不懂得什么是得体的举止，刚进社交界便出乖露丑。米侬把旺德夫尔的钱赢光后，夫妇俩便走了。他们再次邀请福什里翌日到家吃饭，但没有理会斯特涅。露茜拒绝记者送她回家，还高声赶他到他那个"下三流女戏子"那儿去。萝丝转过身来，咬牙骂一声"臭婊子！"米侬推她到外面，请她住口。每逢女人之间吵架，米侬总是像个有经验的、比她们高明的父辈。露茜跟在他们后面，独自昂首而行。接下来是埃克托尔，他病了，抽抽搭搭地哭，像个小孩似的，他呼唤克拉莉丝，后者早和那两位先生走了。嘉嘉只得扶他回家。西蒙娜也走了，只剩下塔唐、列亚和玛丽娅，拉博德特主动提出送她们回去。

"我一点也不困！"娜娜一再说，"得找点什么事做做才好。"

她透过玻璃窗望一望天空，天空灰蒙蒙的，乌云在翻滚奔驰。这是清晨六点。对面，奥斯曼大街的另一边，房屋仍在沉睡之中，露水濡湿的屋顶在熹微中显出了轮廓。静寂的马路上，走过一群清洁工，木鞋踢托踢托地响着。面对着巴黎这个凄凉的早晨，一股少女的柔情漫上她的心头，她突然向往起乡村、田园以及对柔和与洁白的恋慕来。

"你想你应该做点什么？"她回到斯特涅身边，说道，"你陪我到布洛涅树林，我们喝牛奶去！"

她像孩子般快活，还拍起手来。没等银行家回答，她跑过去披上皮大衣。银行家自然没意见，他实在也很无聊，想找点消遣。客厅里除了斯特涅，还有那一班年轻人，他们把酒杯里的酒倒进钢琴里，正说要走的时候，其中一个伙伴得意扬扬地奔过来，手里拿着最后一瓶酒，那是他从厨房里找到的。

"等等！等等！"他喊道，"一瓶查尔特勒酒！这酒能使它恢复健康……现在，孩子们，咱们溜吧。我们都是些傻瓜。"

梳妆室里，娜娜不得不把佐爱唤醒，她缩在椅子上睡着了。煤气灯还亮着。佐爱冻得簌簌地抖，帮女主人戴上帽子，穿上皮大衣。

"好了，总算办成了，你要我办的事我办了。"娜娜因为主意已定而松了一口气，有股要倾诉心事的冲动，于是也不跟女仆论等级了，以"你"相称，"你说得对，不如找这个银行家。"

女佣睡眼惺忪，神色阴郁。她咕哝说，太太前一天就该做出决定了。她随娜娜进入卧室，问她该拿那两个怎么办。一个是波尔德那夫，一直在打呼噜；一个是乔治，他偷偷溜进来，脑袋埋在枕头里，后来睡着了，现在正像小天使一样微微地打鼾。娜娜回答，让他们睡去。可她一见达格内，心又软了下来。他一脸幽怨，可怜兮兮地在厨房里窥伺着她。

"听我说，我的咪咪，你应该理智一些，"她把他搂进怀里，吻他，爱抚他，"一切都没有变，你知道，我爱的永远是我的咪咪……不是吗？我不得不这样做……我向你发誓，我以后对你只会更好。你明天来吧，我们安排一个时间……快，像你爱我那样拥抱我……啊！抱得紧点，再紧点！"

然后，她挣脱出来，找到斯特涅，想到要去树林喝牛奶，便又高兴起来。现在，人去楼空，只剩下旺德夫尔和那个挂勋章在朗诵《亚拉伯罕的牺牲》的人。他们两个定在赌桌旁，忘了自己身在何方，也不知天已大亮。布朗斯躺在长沙发上准备打盹儿。

"呀！布朗斯在这儿！"娜娜叫起来，"亲爱的，我们要去喝牛奶……走吧，回头再到这儿找旺德夫尔。"

布朗斯懒洋洋地站起来。这下子，银行家通红的脸气得发白，胖姑娘会碍手碍脚的。可是两个女人已经把他夹在中间，挽住他的胳臂，连声说："我们要他们当着我们的面挤牛奶……"

第五章

《金发维纳斯》正在游艺剧院上演第三十四场。此刻,第一幕刚刚演完。在演员休息室里,扮演小洗衣妇的西蒙娜站在镶着镜子的蜗形脚桌子前面。桌子两边,各有一扇角门,斜对着通往化妆室的走廊。她独自一人在对镜端详,用手指轻抹眼角。镜子两侧的煤气灯发出强光,把她烘得暖洋洋的。

"他来了吗?"普律利埃尔进来问道。他穿着瑞士海军上将制服,佩戴长剑,脚下一双大马靴,头插一大撮翎毛。

"你问的是谁?"西蒙娜只管干自己的,对着镜子龇牙咧嘴,察看自己的唇形。

"王子。"

"我不知道,我要上场了……噢,他该来了。他每天都来的呀!"

普律利埃尔走近桌子对面的壁炉,炉里烧着炭火。两盏煤气灯照得亮晃晃的。他抬眼看看左右两边的座钟和晴雨表,上面装饰着帝国时代款式的镀金人面狮身像。随后,他躺在一张大扶手椅里,绿绒椅套经过四代演员的使用已经又旧又黄。他躺在那里,一动不动,目光茫然,露出演员等着上场时惯有的疲乏和无奈。

老头博斯克也进来了,脚步蹒跚,咳嗽着,身上披一件黄色旧外套,外套的一个襟从肩上滑落,露出里面扮演达戈贝尔王穿的镶金边的上衣。他把王冠放在钢琴上,一言不发,跺了好一阵子的脚,神色快快,但不失为一副老实人的模样。他双手微微发抖,显然是酗酒的迹象。那又长又白的胡子给他酡红的脸平添了可敬的风采,寂静中,一阵骤雨敲打着朝院子的那扇方形大窗的玻璃,他嫌恶地做了个手势。

"这鬼天气!"他讷讷地抱怨。

西蒙娜和普律利埃尔没有动弹。墙上挂着四五幅风景画和演员韦尔涅的肖像,被煤气灯的高温熏黄了。半截石柱子上放着鲍狄埃的胸像,眼神茫然地瞪着前方,他曾是当年游艺剧院的光荣。有人大声嚷嚷,那是方唐。他穿着第二幕的戏装,扮成一个时髦公子,浑身上下从衣服到手套全是黄色。

"喂!"他一面挥舞着手一面喊,"你们不知道吧?今天是我的圣名瞻礼日。"

"真的?"西蒙娜问,她微笑着走过去,似乎被他的大鼻子和滑稽的大嘴巴吸引了,"那么你的圣名是阿咯琉斯了?"

"不错!……我要叫人通知布隆太太,第二幕演完就送香槟酒上来。"

铃声在远处响了好一会儿,悠长的声音慢慢地减弱,然后又猛地响起来;铃声停息后,有人在楼梯跑上跑下地叫喊,最后消失在走廊里:"第二幕上场!……第二幕上场!……"随着喊声的移近,一个脸色苍白的小个子男人经过演员休息室的每个门口时,使足气力,尖声地高叫:"第二幕上场!"

"真了不起！香槟酒！"普律利埃尔说道，他似乎充耳不闻那个叫声，"祝你好运！"

"我如果是你，就叫咖啡馆送香槟酒来。"老博斯克慢腾腾地说。他坐在绿丝绒长椅子上，头靠着墙壁。

西蒙娜说，应该让布隆太太得点好处。她拍拍手掌，脸色通红，那目光像要吞掉方唐。方唐戴着山羊面具，眼鼻和嘴巴不停地转动。

"啊！这个方唐！"她低声说，"只有他才这样生龙活虎！只有他才能够这样！"

演员休息室朝着后台走廊的两扇门大开，一盏高处照下来的灯光把黄色墙壁照得雪亮，墙上飞快地闪过人影，有穿戏服的男人；有半裸体裹披肩的女人；第二幕的群众演员；他们都是在"黑球"咖啡馆的低级舞场里跳化装舞的。走廊的另一端，听得见演员们踏着五级木板楼梯上场的脚步声。高大的克拉莉丝飞奔而过，西蒙娜叫唤她，她回答说立即回来。果然她立即回来，她穿着虹神的薄紧身衣，披着镶片彩虹的披巾，冷得直打哆嗦。

"真要命！"她说，"天气并不暖和，我却把皮袄留在化妆室里了。"

她站到壁炉前面烤她的大腿，紧身衣闪耀着鲜亮的玫瑰色。她接着又说：

"王子已经来了。"

"啊！"大家都惊异地叫起来。

"是的，我刚刚跑去就是想一睹他的丰仪，……他坐在右边台口的第一个包厢里，跟星期四那天一样。嗯？一星期之内，他是第三次来看戏。这个娜娜，她真有福气……不过，我敢打赌，他不会再来了。"

西蒙娜张开嘴正要说话，演员休息室附近又发出一声叫喊，把她的话盖住了。催场员在走廊里尖声吆喝：

"开场锤敲过了！"

"来过三次，这有点不像话了。"西蒙娜等吆喝声过去，接着说，"你们知道，他不愿到她家去，而是把她带到他那里去。听说他为此付了很高的价钱。"

"当然喽！要进城去呢！"普律利埃尔刻薄地咕哝了一句，他站起身，朝镜子瞥了一眼，看看镜中这个被包厢观众喜爱的美男子。

"敲过了！敲过了！"催场员在各层楼的走廊里一路喊着，声音逐渐远去。

方唐知道王子与娜娜第一回幽会的经过，就给这两个女人讲述这件事。他俯下身，压低声音描绘某些细节，紧紧贴在他身边的两个女人忍不住放声大笑。老博斯克还是神情漠然，无动于衷。这类风流轶闻已经引不起他的兴趣了。他抚摩着一只缩成一团、怡然自得地在长椅上睡觉的大花猫，他还把它抱在怀里，像痴呆的老国王那样慈祥和蔼。那猫拱起背，嗅他的白胡子，大概讨厌那上面的胶水气味，又跳回到长凳上蜷缩着身子睡觉了。博斯克依然静默沉思。

"不要紧，我要是你，便叫咖啡馆送香槟来，那儿的酒好。"方唐话音刚落，他突然对他说。

"开场了！"催场员声嘶力竭地喊，"开场了！开场了！"

叫声回荡了一会儿。奔跑的脚步声随之传来。走廊上的门突然大开，涌进一阵音乐声和远处观众的嗡嗡声。门又关上了，垫了软木的隔音门扉砰然一响。

演员休息室重新落入沉闷而寂静的气氛里，观众的掌声如在百里之外。西蒙娜和克

拉莉丝一直在谈论娜娜。这个人哪，从来都是慢慢吞吞的，昨晚她又误了场。这时，一个高身材的姑娘把头伸进来，两人立刻煞住话头，那姑娘见摸错了门，便一溜烟地向走廊另一端奔去。她是萨丹，她戴着帽子披着面纱，俨若出门访客的太太。"一个漂亮的婊子！"普律利埃尔轻声嘀咕，一年来，他常在游艺剧院的咖啡厅里见到她。西蒙娜告诉大家，娜娜怎样认出萨丹是她在寄宿学校时的老朋友，又怎样喜欢上她，缠着波尔德那夫，因而得到初次登台的机会。

"哈，晚上好！"方唐伸出手去，和刚进来的米侬和福什里握手。

老博斯克把手指尖伸给他们，那两个女人正和米侬拥抱。

"今晚的场子还可以吧？"福什里问。

"嗨！太棒了！"普律利埃尔答着，"你没瞧见他们怎样捧场的！"

"我说，孩子们，"米侬提醒他们，"该你们上场了吧？"

是的，等会儿该上场了。第四场才有他们的戏。只有博斯克站起来，凭着老演员的直觉，他估计接台词的时候到了。催场员正好这时出现在门口。

"博斯克先生！西蒙娜小姐！"催场员喊道。

西蒙娜急急披上一件镶边皮袄走了出去。博斯克不慌不忙，找到自己的王冠往头上一扣，用手按了按，然后曳着长袍，蹒跚地走了去，嘴里嘟嘟哝哝，像被人无端打扰，满脸的懊恼。

"你最近的那篇专栏文章写得真好，"方唐对福什里说，"不过，你为什么说演员都是爱虚荣的呢？"

"对呀，老弟，你为什么这样说？"米侬嚷道，用他粗大的手掌朝记者瘦弱的肩膀上一拍，记者几乎没被拍扁。

普律利埃尔和克拉莉丝极力忍住笑。一段时间以来，幕后的一个插曲把剧院里的人都逗乐了。米侬对妻子的任性妄为十分恼火。他见福什里给他们家庭带来的利益，只不过是一种效果值得怀疑的广告宣传，更是心里窝火。他想出报复的法子，就是用表面的亲热令记者难堪。当他在后台见到福什里，就对他拍拍打打，似乎因过分的热情而出此举动。福什里在米侬这个彪形大汉旁边，显得又瘦又小，为了避免同萝丝的丈夫闹翻，只好强装笑脸，忍受米侬巨灵之掌的重重拍打。

"哈！好小子，你侮辱了方唐，"米侬说，继续演这场喜剧，"当心！一，二，嘭！打中了胸口！"

他一腿跨前，来了一个冲刺动作，给了福什里一击，后者脸色煞白，半晌说不出话来。克拉莉丝向大家眨眨眼，示意萝丝来了，正站在休息室的门槛边。萝丝已经把这一幕一览无遗。她径直向记者走过去，就像没见到她的丈夫似的。她穿着娃娃戏装，双臂裸露，踮起脚尖，向福什里送上前额，就如小孩为了得到父母爱抚而撅起嘴唇一样。

"晚上好，宝贝。"福什里说着，亲亲热热地吻了她。

这就是萝丝给他的补偿。米侬似乎不介意福什里吻自己的老婆，因为在剧院里此举甚属寻常。他掠了记者一眼，兀自笑起来。福什里肯定要为萝丝的这一放肆行为付出高昂的代价。

走廊里，隔音门开了又关，暴风雨般的掌声响彻休息室。西蒙娜演完戏下来了。

"哎！博斯克老爹演得精彩极了！"她大声嚷，"王子笑弯了腰，和观众一起拍手叫好，就像是雇来喝彩的人那样起劲……喂，你们认识台口包厢里坐在王子身边的那位高个子先生吗？真是一个美男子，英姿勃勃，蓄着一脸好看的须髯！"

"哦，那是米法伯爵，"福什里答道，"我知道，前天，王子在皇后那儿请他今天吃晚饭，饭后就带他来剧院了。"

"哈！原来是米法伯爵，奥古斯特，我们认识他的岳父的，是吗？"萝丝对米侬说，"你知道，就是那位舒阿尔侯爵，我到他家里唱过歌……正好，他今晚也来了。我看见他在包厢后排，这老头……"

普律利埃尔插上那撮翎毛，回过头来招呼她：

"喂！萝丝，上场吧！"

她没把话说完，就跑着跟他走了。这时，戏院的门房布隆太太抱着一大束花从门口走过。西蒙娜开玩笑地问是不是送给她的。布隆太太没答话，只用下巴指了指走廊尽头娜娜的化妆室。这个娜娜，都快被鲜花淹没了！不一会儿，布隆太太又折回来，递给克拉莉丝一封信。克拉莉丝冲口骂了一声又忍住了，又是这讨厌鬼埃克托尔写来的！硬是死缠着她不放！当她知道这位先生还在门房等她时，她尖叫起来：

"告诉他，我演完这一幕就下去……我去给他两耳光。"

方唐赶快过来，急道：

"布隆太太，你听我说……听着，布隆太太……幕间休息时拿六瓶香槟酒来。"

这时，催场员又气喘吁吁地过来了，像唱歌似的催促道：

"全体演员上场！……该你了，方唐先生！快！快！快！"

"是，是，我这就去，巴里约老爹。"方唐答，有点不知所措。

然后，他追上布隆太太，再叮咛一遍：

"记住了，嗯？说定了，六瓶香槟酒，幕间休息时送来演员休息室……今天是我的圣名瞻礼日，由我付钱。"

西蒙娜和克拉莉丝拖曳长裙窸窸窣窣地响着走了。一切复归沉寂。走廊的门再次沉闷地关上之后，在静悄悄的休息室里，又听得骤雨敲窗的声音。巴里约，这个脸色苍白的小老头，在剧院做催场员已有三十个年头，他走到米侬身边，热情地把打开的鼻烟盒递给他。他不停地在楼梯、在休息室的走廊来回奔走，让人家用一下他的鼻烟盒，以此得到一分钟歇息。还有那位娜娜太太——他是这样称呼她的——没有叫到。娜娜一向我行我素，对罚款根本不当回事，想误场就误场，突然，他停住脚步，愣住了，喃喃道：

"咦！她来了，她居然准备好了……大概她知道王子驾临吧。"

娜娜果然出现在走廊里，穿上女鱼贩子的戏服，手臂和脸涂得白白的，眼睛下面抹得通红。她没有进休息室，只向米侬和福什里点点头。

"你们好！"

只有米侬握了握她伸出来的手。娜娜大模大样地继续走她的路，女服装员跟在她后面，不时弯下腰给她整理裙子上的褶子。在服装员后面压阵的是萨丹。她尽量表现得规规矩矩，但心里早已不胜厌烦。

"斯特涅呢？"米侬突然问。

"斯特涅先生昨天动身到卢瓦雷省去了，"巴里约回答，他正要回到舞台上去，"我想他是要在那儿买一幢乡间别墅。"

"哦！对了，我知道，那是为娜娜买的。"

米侬沉下脸来。这个斯特涅，他以前曾许过愿，要买一座公馆给萝丝的！算了，犯不着结冤家，重新找机会就是了。米侬担着心事，他一直不愿放弃，他在室内踱来踱去。现在只剩下他和福什里，记者感到疲乏，在大沙发椅里躺下，闭目养神，米侬每次走过他身边，都要扫视他一下，每当他们俩单独在一起时，米侬根本不屑于打他，没人欣赏这场面，何苦白费劲？扮演吃醋丈夫，以此取乐，他也觉得太无聊了。福什里暂免拍打也暗自高兴，懒洋洋地把脚伸到炉火前，两眼朝上，从晴雨表一直望到挂钟。米侬踱至鲍狄埃的胸像前面，心不在焉地望着它。然后转身走到窗前。窗外的院子就如黑乎乎的洞口。雨停了，室内一片沉寂。炉内的炽炭和煤气灯的火焰使这静寂更显深沉。后台没有一点声音。楼梯和走廊静悄悄的。这是剧终之前令人窒息的平静。而台上的全体演员的演唱声震耳欲聋，戏已接近尾声。空荡荡的休息室却在"嗡嗡"的闷钝声中沉沉入睡。

"哼！这些混蛋！"突然响起波尔德那夫沙哑的吼叫声。

他刚到门口就破口大骂两个群众演员，这两个演员傻得差点在台上跌倒。他看见米侬和福什里，就向他们打招呼，告诉他们一件事：王子提出要在幕间休息时到娜娜的化妆室向她表示祝贺。波尔德那夫领米侬和福什里往舞台方向走去，遇见了舞台监督。

"给我处罚费尔南德和玛丽娅这两个窝囊废！"波尔德那夫余怒未消，说道。

他冷静下来，用手帕抹抹脸，恢复高贵父亲的尊严，接着说：

"我去迎接王子殿下。"

幕在热烈持久的掌声中落下，排灯熄灭，舞台昏暗，演员马上杂乱地下场，急急退回休息室。布景工人迅速撤景。西蒙娜和克拉莉丝仍留在舞台后面，悄悄地交谈。演出的时候，她们趁没有台词的空隙商量了一件事：克拉莉丝经过缜密的考虑，觉得还是不见埃克托尔为好。埃克托尔始终犹疑不决，是否放弃她而去跟嘉嘉相好。她托西蒙娜去对他说，不能这样死缠着一个女人。西蒙娜答应了。

于是，戏服未卸的西蒙娜披上皮袄就走下那座狭隘的旋转梯，梯级上满是油垢，墙上也湿漉漉的，楼梯通往门房。门房位于演员专用梯与经理专用梯之间，左右两边由玻璃隔板封闭着，就如一盏透明的大灯笼，里面点着明亮的煤气灯。一个书架上堆满信笺和报纸。桌上有几束待送的鲜花，旁边是一堆被人遗忘的脏盆子和一件女式旧衬衣，女门房正在那里补扣眼。在这间凌乱肮脏的小室里，却坐着几位上流社会的先生，戴着手套，衣冠楚楚，坐在四张铺着草垫的旧椅上，一副耐心而又无奈的样子。每当布隆太太带着答复从楼梯下来时，他们便猛地转过头去。她把一封信交给一个小伙子，他快步奔往前厅，在煤气灯下展开来看，可他看到的依然是那句老话："亲爱的，今晚不行，我已有约。"他的脸发白，这话他在此地不知读过多少次了。埃克托尔坐在最里面的一张椅子上，在桌子和火炉之间；他似乎决定在这儿过夜，然而心中不免忐忑不安。他赶快把长腿缩了回去，因为正有一窝小黑猫亲热地围着他，而那只母猫蹲在一旁，黄色的眼珠死死地盯着他。

"咦，是你，西蒙娜小姐，有事吗？"女门房问道。

西蒙娜请她把埃克托尔叫出来。可是女门房不能马上应命,她在楼梯底下,在一个像壁柜似的地方开了小酒吧,幕间休息时,群众演员下楼来喝上两口。现在有五六条大汉,穿着"黑球"咖啡馆的奇装异服正在那里喝酒,他们口干舌燥,时间又紧,催得布隆太太手忙脚乱,应接不暇。柜里点着灯,看得见里面有一张桌子和几块搁板,上面是几瓶开了封的酒。这个存放木炭的角落,门一开,立刻就有一股浓烈的酒味飘出来,混杂着小室里的残羹剩菜的气味和桌上鲜花扑鼻的香味。

女门房打发了那几个顾客,问道:

"你是说,你要找的是那边那个棕发的小个子吗?"

"不,别胡说!"西蒙娜说,"是火炉旁边的瘦个子,你的母猫正在嗅他的裤子的那一个。"

女门房把埃克托尔叫到前厅。其余的继续乖乖地等着,忍受着室闷的煎熬。那几个群众演员沿着楼梯在喝酒,扯着沙哑的嗓子在说笑打闹,都带有几分酒意了。

舞台上,波尔德那夫正冲着布景工发火。他们动作太慢,简直是故意捣乱,好让一块屏风背景之类的东西砸到王子头上。

"拉上去!拉上去!"工头吆喝。

终于,布景幕布拉上去了,舞台畅通无阻了。一直盯住福什里不放的米侬,瞅空儿又重施他的伎俩。他用长臂挟住福什里,喊道:

"当心!这根柱子差点砸到你身上啦!"

他把福什里推来搡去,使劲摇撼,然后把他掼在地上。布景工哄然大笑。福什里气白了脸,嘴唇哆嗦,正待发作。这时,米侬又装出老好人的模样,亲热地拍拍他的肩膀,几乎没把他拍成两截,嘴里不停地说:

"我这是关心你的安全,真的……哎呀,如果你遭遇不测,我可惨了!"

这时,有人低声叫喊:"王子!王子!"人们的目光转向剧场门口,可是只看见波尔德那夫壮圆的背和肥胖的脖子随着不断地点头哈腰而弯下去又鼓起来。接着,王子出现了。他魁梧,结实,金黄色的胡子,白皙红润的皮肤,一副强健而风流倜傥的派头,裁剪极其考究适体的礼服衬托出发达的四肢。尾随在后的是米法和舒阿尔侯爵,剧场的这个角落很暗,这一群人淹没在移动着的巨大的暗影中,波尔德那夫对王后的儿子,未来的王位继承人极尽殷勤小心,装出受宠若惊的激动样子,用发颤的声音,不住地说:

"请殿下走这边……殿下请当心,请殿下赏光,随我来……"

王子不慌不忙地、饶有兴味地放慢脚步,观看布景工操作。他们刚把照明灯放下来,这排灯用铁丝网罩着,挂在高空,射出大片光芒照耀着舞台。米法从来没有到过剧场的后台,感到十分惊奇;他觉得不自在,还有点儿厌恶和恐惧。他举头仰望舞台上空吊布景的地方,那儿还有照明灯,灯火都捻小了,好像一簇蓝色的小星星在空中闪烁。空中乱七八糟的,全是布景架、粗细不一的绳子、横梁和幕布。幕布在空中展开,宛如晾晒着的大幅床单。

"放!"工头猛地大喝一声。

王子关照伯爵当心,因为幕布往下降了。现在正装第三幕的布景,这是埃特纳山的山洞。一些人把桅杆插进滑槽,另外一些人把靠在后台墙上的木框拿过来,用粗绳捆在

桅杆上。舞台尽头,为了取得火神灼热的锻铁炉能发射出火光的效果,照明工人装了一个灯具撑架,上面点着许多罩着红玻璃的灯头。这儿是一片纷繁杂乱,其实只是表面上的忙乱,实际上每一个细微的动作都是安排好的。唯独负责提示台词的人在慢慢地踱步,活动腿脚。

"殿下太赏脸了,"波尔德那夫连连哈腰,"敝院狭小,但我们尽力而为……现在,请殿下屈尊随我来……"

米法伯爵已经向化妆室的走廊走去。舞台上一个相当陡的斜坡着实令他吃了一惊,因为脚下的木板是活动的。从槽缝可以看见下面煤气灯在燃烧,一派地下生活的情景:深邃而黑暗,人的声音随着空气的流动,从地下升上来,就像空谷传音似的。当他往上走时,一个意外情景使他停了下来。两个小妇人,穿着第三幕的戏装,在帷幕的孔眼前谈天。其中一个往前探着身子,用手指把孔眼抠大,为的是往台下看得清楚一点,她在观众席里寻觅熟人。

"我看见他了,"她突然嚷起来,"呀!瞧他那副嘴脸!"

波尔德那夫气极了,真恨不得朝她的屁股端一脚。王子却微微一笑,他听到这句话显得愉快、兴奋。他温柔地注视着那个根本不把王子殿下放在眼里的小妇人,而她却放肆地嬉笑着。波尔德那夫赶紧请王子跟他走。米法伯爵汗津津的,摘去了帽子。最使他难受的,是令人窒息的空气,又闷热又挤塞,还有混杂了煤气的臭味,布景的胶水味,黑暗角落的脏臭味……走廊里,更是催人欲呕的各种气味冲鼻而来,那都是从化装室散发出来的。伯爵经过楼梯间下面的时候,他向里面扫了一眼,被突然释放出来的强光和炽热,弄得颈背灼热而大吃一惊。上面,脸盆声、笑声、喊声和砰砰的开门关门声响成一片,透出一股女人的气味,化妆品的麝香味混合着头发难闻的气味。伯爵没有停下来,反而加快脚步,像逃似的走了。他从火热的洞口,窥视了一个陌生的世界,浑身微微战栗起来。

"咳!戏院真是个奇异的地方。"德·舒阿尔侯爵说道。他像回到自己的家似的兴奋。

波尔德那夫终于来到走廊尽头娜娜的化妆室门口。他不慌不忙地把门打开,自己闪到一边,毕恭毕敬地说:

"殿下请进……"

突然,有个女人惊叫一声,只见娜娜裸着上半身闪到一块帷幕后面,正在替她擦拭身子的服装员举着毛巾愣在那里。

"哎!你们这样闯进来太不像话了!"躲在里面的娜娜喊道,"别进来,你们看,是不该进来的!"

波尔德那夫对她的躲避大为不满。

"别躲嘛,亲爱的,不要紧的,"他说,"这是王子殿下,出来吧,别耍孩子脾气了。"

她不肯出来,她还在受惊呢,但已经笑了。于是,波尔德那夫以长辈半恼半怜的口吻说道:

"我的天!这些先生很知道女人是什么样,他们不会把你吃掉的。"

"这可不一定。"王子诙谐地说。

大家都笑了,笑得很夸张,显然为了奉承王子。这话真是妙不可言,完全是巴黎式的

妙语,波尔德那夫如是说。娜娜没有哼声,帷幕动了动,她是下决心了。这时,两颊涨得通红的米法打量起这间化妆室来。这是一间正方形的房间,天花板很低,屋里挂满浅栗色的布料,帷幕用的也是这种布料,挂在铜杆上,在屋子尽头围了一个小单间。两扇大窗户对着剧院的庭院。不到三米远的地方,有一堵斑斑驳驳的墙,在夜里,玻璃窗在那墙上投下黄色的方块光影。大穿衣镜对着一张白色大理石梳妆台。台上乱七八糟地摆着水晶瓶、香粉盒之类的东西。伯爵走近穿衣镜,发现自己脸色绯红,额上沁出点点汗珠。他垂下眼睑,站在梳妆台前,那上面搁着脸盆,盆里盛满肥皂水,零乱的象牙小用具,湿漉漉的海绵,他出了好一会儿神。第一回去奥斯曼大街访问娜娜,他感觉到的那种晕眩现在又袭击他了。他觉得脚下厚地毯在发软,梳妆台与穿衣镜旁的灯光的火焰似乎在他的太阳穴周围唑唑发响。他害怕自己会在这充满女人味的房间里晕倒。这气味在低而窄的空间显得更浓烈、更炽热。他赶快在两个窗户之间的软沙发上坐下,但他马上又站起来,回到梳妆台边,他不再去看桌上的玩意儿,目光呆滞,想起他房里曾放了一束凋谢的晚香玉,几乎没把他熏死。这种花枯萎时,会散发出人体似的气味。

"快点啊!"波尔德那夫把头伸进帷幕,悄声说。

王子这时正饶有兴味地聆听德·舒阿尔侯爵说话。侯爵从梳妆台上拿起一个小粉扑,解释怎样扑白底粉。萨丹坐在一个角落里,打量着这些先生。她的脸像处女般纯净。服装员儒尔太太正在准备维纳斯的紧身服。她的年龄很难看出来,脸上布满皱纹,神情木然,就和那些谁也没有见过她们曾经年轻的老姑娘一样。她是在化妆室的灼热空气中,在巴黎最著名的大腿和乳房中熬枯了的。她永远穿那件旧的黑袍,在她那扁平而没有女性特征的胸前,别着密密麻麻的别针。

"请原谅,先生们,"娜娜拉开帷幔,说道,"可是你们猛然一进来,吓了我一跳……"

大家回过头来,她还是没穿什么衣服,只不过把薄纱小胸衣扣上了纽扣,半掩酥胸。这几位先生刚闯进来时,她正匆忙脱去鱼贩子的戏服,脱了一半,衬衣的一角尚未掖进裤里呢。她的双臂直至肩膀都裸露着,乳峰坚挺,显示着这金发的丰腴女人的青春活力。她一只手抓住帷幔,似乎准备着略受惊吓时立即拉上帷幔。

"真的,我刚才着实吓了一跳,我绝对不敢……"她哧哧地说,装出一副娇怯的模样,脖子红红的,羞涩地笑着。

"得了,得了,大家并没怪你嘛,觉得你挺好的!"波尔德那夫大声说。

她依然装出天真少妇的忸怩,触痒似的扭着腰肢,连声说:

"殿下太赏脸了……请殿下宽恕,我这个样子接待殿下……"

"是我唐突了,"王子说,"可是,夫人,我抑制不住要来祝贺你……"

娜娜仅穿一条衬裤,从容不迫地从几位先生中间走向梳妆台。众人闪过一旁给她让路。她的臀部肥圆丰满,裤子绷得紧紧的,异常高耸的乳峰在微微颤动,妩媚迷人的笑靥,她向大家致意。突然,她似乎认出了米法伯爵,亲切地向他伸出手去让他吻,又责怪他不该不来参加她的晚宴。王子殿下也屈尊打趣起米法来了;米法期期艾艾地说不出话来,他把她那只刚洒过香水、还有点湿的小手抓在自己滚烫的手中握了片刻,身子微微发抖。伯爵刚在豪饮善食的王子家里饱食了一顿,两人都有了酒意,但仍矜持庄重没有失礼。米法为了掩饰内心的骚动,只想出一句关于房间里太热的话。

"我的天!这儿真热!"他说,"夫人,你在这样的温度下怎么待得下去?"

他们正要就这话题谈下去,化妆室门口突然传来嘈杂的声音。波尔德那夫拉开铁格窥视孔的木板看时,原来是方唐,后面跟着普律利埃尔和博斯克,三个人的胳膊下面都夹着酒瓶,手持酒杯。方唐敲门,大声说今天是他的圣名瞻礼日,他掏钱买了香槟酒请客。娜娜用目光向王子探询。这何须问得!王子不想妨碍任何人,他很欢迎他们进来。可方唐不待同意已经进来了。他口齿不清,一再重复说:

"我不是吝啬鬼,我掏钱买香槟酒……"

突然,他瞥见王子在场,他原先并不知道他在这里。他愣住了,但很快灵机一动,露出滑稽而郑重的样子,说道:

"达戈贝尔国王在走廊外面,请求与王子殿下干杯。"

王子微笑,大家觉得怪有趣的。可是,化妆室太小了,容不下这么多人,只得挤一挤啦;萨丹和儒尔太太被挤到墙边,紧挨帷幔,男人们挤在半裸的娜娜四周。三个男演员还穿着第二幕的戏服。普律利埃尔摘下瑞士海军司令帽,因为帽顶的大翎毛会被低矮的天花板碰掉。博斯克穿着紫色外套,戴白铁皮王冠,醉得站立不稳,他死劲撑着,向王子行礼,俨然一个君王接见邻国王子。酒杯里斟满了酒,大家碰了杯。

"为殿下干杯!"博斯克老头庄重地说。

"为军队干杯!"普律利埃尔加了一杯。

"为维纳斯干杯!"方唐叫道。

王子煞有介事的,举了举酒杯,彬彬有礼地连施三个礼,轻声说:

"夫人……海军上将……陛下……"

他仰脖一饮而尽。米法伯爵和德·舒阿尔侯爵也跟着干杯了。大家神情肃穆,如在宫廷。在煤气灯的热气下,假戏真做地演了这出滑稽剧,把舞台搬到这儿来了。娜娜忘了自己仅穿一条衬裤,裤子外面还露出一角衬衫,却也扮演起贵夫人,俨若维纳斯王后,打开小小的房间迎接国宾。她一句一个王子殿下,恭恭敬敬地行着大礼,把戏中人物博斯克和普律利埃尔视为君王和伴君的大臣。而这个真正的王子,王位的继承人,居然在一群化装的假神仙当中,在一些蹩脚演员、妓女、服装员、布景工人以及玩弄女人的男人当中泰然自若,这种离奇荒诞的怪现象,竟没有人觉得可笑。这情景倒引发了波尔德那夫的奇想,如果王子肯在《金发维纳斯》的第二幕像这样客串一次,那他的票房收入一定高得无法估计。

"喂！现在把我的小娘儿们都叫下来,如何?"他不再拘谨执礼了,喊道。

娜娜不肯。但她也放肆起来,化装得怪模怪样的方唐吸引了她。她用身子碰碰他,贪婪地盯着他,仿佛要把他吞进肚里,就如孕妇因妊娠反应想吃些适口的东西一样。突然,她亲昵地对他说:

"呃！斟酒呀,你这大傻瓜!"

方唐又往杯子里斟满了酒,大家喝了,重复着刚才的祝酒词:

"为殿下干杯!"

"为军队干杯!"

"为爱神干杯!"

娜娜打个手势请大家安静。她高举酒杯,说:

"不,不,该为方唐干杯!……今天是他的圣名瞻礼日,为方唐干杯!为方唐干杯!"

于是,大家第三次举杯,向方唐表示祝贺。王子见这个少妇死盯住方唐,便向这个丑角致意。

"方唐先生,"他彬彬有礼地说,"我为你的成功干杯!"

王子殿下的礼服下摆扫着身后的大理石梳妆台。这房间像寝室又像小浴室,脸盆和湿海绵冒出水汽,香味夹着酒的微微酸味。王子和米法伯爵把手抬高,避免碰到夹在他们中间的娜娜,他们略一动弹,就会触及她的屁股和乳房。儒尔太太,没有滴汗,木然地一旁等待。而萨丹目睹王子与衣冠楚楚的先生,居然和戏子们一起讨好一个裸体女人,她感到惊诧,原来上流社会的人也不是那么干净的。

巴里约老爹在走廊里摇铃了。他来到休息室门口,看见三个男演员仍穿着第二幕的戏装,不禁急了。

"哎呀,先生们,先生们,"他结结巴巴地说,"请你们快点……观众休息室那儿的铃已经响过了。"

"得了,"波尔德那夫不急不躁地说,"让他们等好了。"

举了几次杯,酒尽了,演员们上楼换装去了。博斯克把刚才浸到酒里去的胡子取下来,令人可敬的胡子去掉之后,他的醉汉面目毕露无遗,脸色憔悴发青,完全是一个贪杯的老戏子。他在楼梯脚下用嘶哑的嗓子在跟方唐谈论王子:

"嗯?我给他的印象很深吧?"

现在,娜娜的化妆室里只剩下王子、伯爵和侯爵。波尔德那夫跟着巴里约走了。他吩咐巴里约在通知娜娜之前不许敲幕锤。

"先生们,对不起了。"娜娜说。她又继续涂抹双肩和脸部,她对这两个部位特别注意,因为在第三幕要裸体出场。

王子和侯爵在长沙发椅上坐了下来,只有伯爵仍站着。令人窒息的闷热更增加了他们的醉意。萨丹见这些先生同她的女友关上房门,便识趣地退到帷幔后面的一只箱子上坐着等待,心里却是烦透了。而儒尔太太则目不斜视地、安详地来来去去,不哼一声。

"你的圆舞曲唱得真妙。"王子说。

谈话就这样开始了,但讲的句子都很短,而且经常停下来,娜娜也不能回答每一句问

话。她用巴掌把冷霜抹到两臂和脸上，然后用毛巾涂上油彩。有时候，她没照镜子，却笑吟吟地向王子频送秋波，手仍在涂抹油彩。

"殿下太宠我了。"她轻声说。

侯爵目不转睛地盯着娜娜，觉得很是赏心悦目。后来，他也说话了：

"呃，"他说，"乐队的伴奏声不能轻一点吗？乐声盖过你的嗓音，这是不可饶恕的过失。"

娜娜没有搭讪。她拿起小粉扑，小心翼翼地轻扑着，身子往前倾，向着镜子细细端详。她弯得那么厉害，浑圆的屁股高高撅起，衬裤绷得几乎胀破，臀部的轮廓十分清晰。她轻扭屁股，表示给侯爵的恭维一个回应。

大家无话可说。儒尔太太发现娜娜的右裤腿上有一道裂缝，就从胸口取下一枚别针，跪在地上，替她拾掇。娜娜似乎不知道此人的存在，仍在扑粉，并小心地不让粉落在颧骨上。这时，王子说，如果她前往伦敦演唱，整个英国都会为她鼓掌喝彩的。娜娜报以妩媚地一笑。她左边的脸蛋被厚厚的白粉涂得雪白。然后，她收起了笑容，现在要涂胭脂了。她凑近镜子，用指头在小瓶里蘸了胭脂，抹在眼睛下面，轻轻地抹开，一直抹到太阳穴旁边。这几位先生保持着恭敬的静默。

米法伯爵一直没有开口。他不禁回想起他的青年时代。他小时候睡觉的那个房间冷冷的。到了十六岁，每晚临睡前总要吻吻他的母亲，并把这冰冷的吻带进梦乡。有一次，他从一扇半掩着的门前经过，瞥见女仆在里面擦身子，从青春期直至结婚，这是唯一使他内心骚动的回忆。后来，他结了婚，太太严格地履行妻子的义务，而他却因为笃信宗教，对夫妻之道有一种厌恶和反感。如今他年纪渐渐大了，老了，依然对肉欲的快感一无所知。他屈从于严格的宗教教规，按照箴言和道德规范打发日子。现在，他突然闯进了女演员的化妆室，面对着赤裸裸的女人。他连妻子是怎样穿吊带袜都没有看见过，现在却目睹一个女人最肉感的细节，他的整个身心都在抗拒。从什么时候起，娜娜逐渐闯进他的生活，这使他恐惧。他想起读过的宗教书籍，回忆起从童年起就不断听到的魔鬼附身的故事。他相信有魔鬼。他隐隐觉得娜娜就是魔鬼，她的笑，她的乳房，她的屁股，都充满了邪恶。他警诫自己一定要把持住不受诱惑，他懂得如何抗拒、如何自卫。

"那就一言为定了，"王子说，他随随便便地坐在沙发上，悠然自得，"你明年到伦敦来，我们会热情接待你，使你再也不想回法国……喂，亲爱的伯爵，你对你们的美人儿不够重视，我可就要把她们全抢走了。"

"他才不在乎呢，"侯爵揶揄说，他在熟人中说话往往失之草率，"伯爵本身就是道德的化身。"

娜娜听了这话，不禁好奇地望着伯爵，使米法极为不快。但他立即为自己的反应惊讶了，生起自己的气来。为什么在这个婊子面前，被人说自己是正人君子就会局促不安呢？他真想打她一顿。就在这时，娜娜的眉笔掉落在地上，她弯腰去捡，他也急忙跑过去捡，两人的气息交流在一起，维纳斯松散的头发垂拂在他的手上。他感到一阵亢奋，夹杂着一丝忏悔，这是一个正在犯罪的天主教徒的亢奋，而因害怕下地狱而变得更加强烈。

这时，门外传来巴里约的询问：

"太太，我可以敲开幕锤了吗？观众等得不耐烦了。"

"等一会儿。"娜娜不慌不忙地回答。

她把眉笔在一个黑罐里蘸了蘸，然后，鼻子紧贴着镜子，闭上左眼，轻轻地用眉笔描睫毛间的眼皮。米法站在她的背后，从镜子里看见她浑圆的双肩，掩在红色暗影里的酥胸。他虽然努力克制自己，但眼睛总离不开她的脸庞，她低垂美目更见俊俏，两个酒窝似乎盛满了情欲。等到她闭上右眼，用眉笔去描的时候，他明白自己已被征服了。

"太太，"催场员气急败坏地又叫了起来，"观众在跺脚啦，他们会把座位砸了的……我可以敲开幕锤了吗？"

"嘘！"娜娜不耐烦地说，"敲吧，我不管……如果我没有化好妆，那就让他们等着去吧。"

她平静下来，转身笑着对他们说：

"真的，我们想谈一分钟也不行。"

现在，她的脸和手臂都已化妆完毕。她用手指在唇上涂了胭脂。米法更是神魂颠倒了，他被邪恶的香粉和胭脂诱惑得心猿意马，体内充溢着放纵的情欲。他只想占有这个涂抹了的青春少妇，这个唇太红、脸太白、眼圈涂得太黑而显得更大的、灼灼如火的双眼，仿佛为情而憔悴的少妇。娜娜到帷幔后面脱去衬裤，换上维纳斯的紧身裤，然后无所顾忌地走出来，解开薄纱短上衣，伸出两只胳膊，让儒尔太太给她穿上爱神的短袖紧身衣。

"快点！观众生气了！"娜娜低声说。

王子眯缝着眼，内行地观赏她高耸的胸脯的曲线，侯爵则情不自禁地点点头。米法不敢正视她，目光移到地毯上。爱神终于化妆完毕，眼睛清亮而有神。她匆匆从胸口那个取之不竭的针垫上取下几个别针，把爱神的紧身衣别好，她枯瘦的手不时触到娜娜丰满的裸体却似毫无感觉，对同性的胴体视而不见。

"行了！"娜娜说，朝镜子最后瞟了一眼。

波尔德那夫气咻咻地奔过来，说第三幕已经开始了。

"好啦，我这就去。"娜娜说，"真是大惊小怪！平时总是我等人家。"

几位先生走出化妆室，但并没有告辞，因为王子刚才表示要在后台看第三幕的演出。只剩下娜娜一个人时，她环顾室内，显得十分诧异。

"她去哪儿了？"她问。

她找的是萨丹。她在帷幔后面发现了坐在箱子上的萨丹。萨丹拖长了声音答道：

"有这么多男人在场，我当然不想碍手碍脚啦！"

她准备告辞，娜娜一把拉住她。真是的，波尔德那夫不是应允雇用她了吗！演出结束便可谈妥的。萨丹犹豫，这儿她适应不了，但她还是留了下来。

王子沿着小木梯下去时，剧院的另一头突然传来古怪的声音，好像是压低嗓门的咒骂声和斗殴踢踹的声音。这起事端把准备上场的演员吓得呆住了。说来话长，原来，刚才米侬又向福什里动手动脚了，假装亲热地拍打这个记者，这还不算，他又玩了一个新花招，用手指弹福什里的鼻子，说是给他赶苍蝇。当然，这把演员都逗乐了。米侬得意忘形，兴犹未尽，竟又扇了对方一个耳光，而且是结结实实的一掌，分量不轻。这一回，他做得太过分了，当着众人的面，福什里下不了台，更是忍无可忍，于是两个人认真动起火来，脸色铁青，充满仇恨，你死我活地扭打起来。他们在布景架后扭做一团，滚来滚去，骂对

方是王八、拉皮条的货。

"波尔德那夫先生！波尔德那夫先生！"舞台监督气急败坏，喊着跑过来。

波尔德那夫向王子说了声"失陪"，便跟着舞台监督走了。他认出在地上厮打的这两个人时，气得直跺脚。这两个混蛋真会挑时候，王子殿下正好在布景的那一头，而全场观众也会听见的！更糟的是，萝丝也气喘吁吁地赶来了，这时正是该她上场，火神已念了台词，只等她接词了。但萝丝只顾目瞪口呆地看着丈夫和情夫在她脚边打滚，卡脖子，揪头发，互相踹踢，礼服上沾满灰尘。他们挡住了她的去路。搏斗中，搏什里头上那顶该死的帽子向舞台飞去，幸好布景工眼疾手快，挡住了。台上的火神只得信口胡诌了些噱头，哄住观众们，然后又念了那句台词，可萝丝仍呆若木鸡，盯着地上两个男人。

"别看了！"波尔德那夫在她耳边气呼呼地喝道，"快！上台去！……这不关你的事！你误场了！"

萝丝被他一推，跨过两个躯体，来到台上，在明晃晃的脚灯的照耀下，出现在观众面前。她不明白他们为什么要在地上滚着厮打。她浑身哆嗦，脑袋嗡嗡地响，却不忘进入角色，脸上露出坠入情网的月神狄安娜的迷人笑容，向前台走去，唱出二重唱的第一句，声情并茂，观众给了她一个真正的满堂喝彩。这时，后台两个男人仍在拳打脚踢，一直滚到舞台的边沿，幸而音乐把他们撞击布景架的声音盖住了。

"该死的！"波尔德那夫怒火冲天，他终于把他们拉开了，"你们怎么不回家去打呀？你们明知我最讨厌人家打架的……你，米侬，乖乖给我站到舞台左边去；你呢，搏什里，你站到右边去，要不，我就赶你出去……听到了吗？一个在左，一个在右，否则我不准萝丝把你们带到这儿来。"

他回到王子身边，王子问他发生了什么事。

"噢，没什么。"他若无其事地答道。

娜娜披着皮袄，一边站着等上场，一边跟那几位先生闲谈。米法走上来，想从两个布景架之间看一眼舞台上的演出。舞台监督对他做了一个手势，示意他走得轻点。舞台靠后吊布景的地方十分安静，但闷热异常。整个后台，被强烈的灯光照耀着，只有稀稀拉拉几个人，都悄悄低语，踮脚走路。管灯光的工人守着装置复杂的煤气阀门。一个消防员靠着撑架，探头探脑地窥视台上演出。拉幕布地坐在高处的一张凳子上，安安分分地守在那儿，他不知道台上演什么戏，只等铃声一响便拉绳子。在这闷人的空气中，在轻轻的脚步声与窃窃耳语中，台上演员的声音在这儿听来显得异样，特别的响亮和虚假。更远处，从乐池之外，是一片混沌的人的气息，有时膨胀，汇集成喧哗、哄笑和鼓掌声。这里虽然看不见观众，却能感觉到他们的存在，即使静寂时亦是如此。

"这里好像有个风口，"娜娜突然说道，她把皮袄拉紧一些，"巴里约，你去看看。我敢打赌，一定有人开了一扇窗……这儿真能把人冻死！"

巴里约发誓说他亲手把门窗都关上了的，也许窗玻璃有些被打碎了。演员们总是抱怨有过堂风。煤气灯的闷热加上冷风的吹袭，正如方唐所言，这儿真是患肺炎的好去处。

"你们也穿件袒胸衣试试看。"娜娜生气了。

"嘘！"波尔德那夫低声制止她。

舞台上的萝丝有一段唱词唱得十分传神美妙，观众的喝彩声压倒了乐队的伴奏。娜

娜住了口,沉下了脸。这时,伯爵不经意地走进一条天幕后的过道。巴里约拉住他,告诉他那儿有空隙,观众会看见的。他只好从背后和侧面看布景。框架后面被厚厚旧海报糊得严严实实的,舞台的一角有一个埃特纳岩洞,深陷在银矿里,尽头处是火神的锻铁炉。悬挂着的照明灯把涂了色彩的金属片照得恍若烈焰腾腾,红色和蓝色的玻璃边光灯交叉射出光芒,更增锻铁炉熊熊燃烧的效果;第三层放着几排煤气灯,把黑岩石的岩层照得轮廓分明。扮演天后的德鲁亚老太太就坐在那儿的微斜的活动门窗上,她的四周是星星点点的光亮,宛如节日之夜放置在草地上的小油灯,把她照得睁不开眼睛,闭目等待入场。

后台一阵小小骚动,正在听克拉莉丝讲故事的西蒙娜,脱口呼叫:

"瞧,特里贡老板娘来了!"

果然是她来了,她鬓角垂着卷发,依然是一副伯爵夫人拜访诉讼代理人的模样。她径直向娜娜走来。

她们匆匆交谈了几句,娜娜说:"不行,现在不行。"

老太婆怫然不悦。普德里埃克刚好走过,同她握了握手。两个群众女演员钦佩地注视她。特里贡迟疑片刻,招手叫西蒙娜到面前,简短地交谈几句。

"好吧,"西蒙娜最后说,"半小时以后。"

西蒙娜正要回化妆室,布隆太太又拿着许多信件上来,递给她一封。波尔德那夫压低嗓门,怒声指责女门房不该放特里贡进来。这个老鸨!偏偏在王子殿下来这里的时候出现,实在丢脸。布隆太太在这家剧院干了三十年,尖刻地回敬他:她怎么知道?特里贡和这里的每个女人都有交易,波尔德那夫本人不也是常碰见她的吗,也没说什么呀。波尔德那夫喃喃地咒骂时,特里贡正一声不响地盯着王子,从她的眼神显出她阅人不少,很能估计男人的身份。她的蜡黄的脸上,闪过一丝微笑。她慢慢地从那些对她怀有敬意的小妇人当中走出去了。

"马上就来,嗯?"她回过头来,又叮咛了西蒙娜一句。

西蒙娜有点沮丧。信是一个小伙子写来的,她原许他今晚见面。她匆匆涂了一张字条交给布隆太太:"亲爱的,今晚不行,我另有约会。"她担心小伙子还是会等她。第三幕没有她的戏,她想不如立刻就去见他一面,她请克拉莉丝先去看看。克拉莉丝要在第三场的结尾才上场,于是她下楼去了。西蒙娜暂时回她们俩共用的化妆室。

在布隆太太的小酒吧,一个扮演冥王的演员在独自喝酒。他披一件大红底绣金色火焰的长袍。门房的这小买卖一定很兴隆,因为这楼梯下面地窖式的小洞,被涮杯子水泼得湿漉漉的。克拉莉丝撩起她虹神的战袍,以免拖在油腻腻的梯级上面。走到楼梯转弯处,她放轻脚步,伸出头向门房里面扫了一眼。她嗅觉灵敏,那个笨蛋埃克托尔不是仍然坐在桌子和火炉之间的那张椅子上吗?他在西蒙娜面前装作走开了,然后又回来。这屋里总是挤满先生们,他们戴着手套,服装整齐,一副又驯服又耐心的样子,互相冷冷地打量。桌子上只剩下脏碟子,布隆太太刚把最后几束花分送完毕,只有一朵玫瑰花掉在地上干枯了,落在缩成一团睡觉的黑母猫旁边。几只小猫在先生们的腿间欢蹦乱跳,嬉戏追逐。克拉莉丝真想把埃克托尔轰出门外,这呆子不喜欢动物,由此可见他的为人。他缩起臂肘,唯恐碰到那只母猫。

"他会缠住你的,当心!"爱开玩笑的冥王一边上楼梯,一边用手背揩嘴。

克拉莉丝放弃了跟埃克托尔交涉的念头。她看着布隆太太把西蒙娜的信交给那个小伙子,后者走到前厅的灯下读信。"亲爱的,今晚不行,我另有约会。"他大概已看惯这类回条,阅后平静地走了。这小伙子还算懂规矩,不像其他人那样,死赖在那间又热又臭的玻璃大灯笼似的房子里。男人这份德行真叫没出息!克拉莉丝厌恶地回到楼上去了。她穿过后台,轻快地爬了三层楼,回到化妆室,给西蒙娜报信去了。

舞台后,王子避开众人,单独和娜娜谈话。他寸步不离地眯缝着眼向她凝视。娜娜望着别处,却嫣然含笑,有时点点头表示同意他的话。这时,米法突然一阵冲动,撇下正向他详细解释绞盘和鼓筒的效能的波尔德那夫,走过来打断他们的谈话。娜娜抬起头,对他一笑,就如她对王子一样。不过,她一直竖起耳朵,留神台上的演出,随时准备上场。

"第三幕是最短的一幕吧?"王子问,伯爵在场,王子有点窘,只好另找话题。

娜娜没有回答,敛容正色地把双肩一抖,甩脱了皮袄,随在身后的儒尔太太一把接住。

"嘘!嘘!"波尔德那夫轻声止住大家说话。

王子和伯爵出其不意地都吃了一惊。在深沉的寂静中,传来观众深深的惊叹和隐约的窃窃私语。每天晚上,只要维纳斯以裸体女神的形象一上场,都必然产生轰动效应。米法跃跃欲观,便把眼睛凑近一个洞眼。半圆形的脚灯十分明亮。台下的观众席则一片漆黑,弥漫着一层橙黄色的烟雾;在昏茫的背景下,一排排的面孔呈出不调和的苍白。只见娜娜显得分外夺目,浑身洁白,颀长,把楼上楼下的包厢全都挡住了。他只看见她的背脊,伸直的腰和张开的两臂,同时也看见她脚边那个提示台词者的脑袋,像是斩下来放在地上似的。那是个老头子,一副老实的可怜相。她唱起一首歌来,唱到某些部分,脖子随之扭动,跟着扭到腰肢、腿,直至消逝在足底。最后,在一阵狂风暴雨的喝彩当中,她把最末一句唱完,然后弯腰鞠躬,蝉翼似的薄纱就在她的四肢飘开来,她猛一站直,瀑布似的秀发便垂至腰际。伯爵窥见她弯腰时变得更肥圆的屁股,这时正向着他张望的洞眼退过来,他便脸色苍白地站起来。舞台的情景他看不到了,只剩下背景的反面和乱粘一气的花花绿绿的旧海报。煤气灯下,奥林匹斯山上的天神们都集中到入场口和正在打盹儿的德鲁亚会合在一起,等着终场。博斯克和方唐坐在地上,下巴搁在膝盖上。普律利埃尔伸了伸懒腰,没上台已是哈欠连连。所有演员都无精打采,双目发红,急于回家睡觉。

这时,被波尔德那夫限制在舞台右边的福什里,正在徜徉自解,为了掩饰窘态,他缠住伯爵,要带他见识一下演员化妆室。米法觉得自己心旌摇荡,越来越把持不住心思,他四处张望,侯爵不在,便随记者走了。离开后台,他松了一口气,但又感到若有所失的不安。

福什里走在前面,上了楼梯。二层和三层的楼梯口都有木板做的矮门。这是破旧的平民住宅区常有的那种楼梯。作为贫济会委员,米法巡视时曾经见过。楼梯没有装饰,破败不堪,漆成黄色,梯级已被踏旧,铁栏杆也被手摸得光溜溜的。每一层的缓步梯边,都有一个挨着地面的矮窗,四四方方有如气窗。挂在墙上的灯笼,燃着煤气火焰,光灿灿地照见这片寒碜景象,灯笼里散发出来的热气,冉冉上升,凝聚在狭窄的螺旋形的梯道里。

走至楼梯脚下,伯爵又觉得一股热气飞进他的颈脖。这是随着一道光线和声音从化妆室飘落下来的女人香味。每上一级楼梯，香粉的麝香味和梳洗水的酸醋味，便兜头兜脸地扑过来，使他心神慌乱。二层楼上，有两条突然拐弯的长廊，长廊两侧有许多漆成黄色的房间。地上的花砖已经松动了，有些已翘了起来。房门标有白色的粗体字号码，有如出租家具、暗娼出没的旅馆房间。伯爵壮着胆子，向一扇半掩的门里瞄了一眼。里面脏兮兮的，好像是村郊的理发店，放着两把椅子，一面镜子，一张被梳子上的油垢弄得发黑的带抽屉的木板桌，一个浑身是汗的大汉，肩上冒着水汽，正在换衣服。隔壁有一个相同的房间，里面一个女人正在戴手套，准备离开；她的头发湿漉漉的，发卷已直了，大概是刚刚浴罢。这时，伯爵听见福什里叫唤他，上了三楼，右边走廊里传来一声怒骂："他妈的！"原来玛蒂尔德这个邋遢的小娘儿们摔破了脸盆，盆里的肥皂水都流到楼梯的平台上来了。一间化妆室砰的一声把门关上，两个戴乳罩的女人越过走廊；另一个化妆室里，一个女人咬住衬衣的边沿，刚一露面又缩了回去。接着，他听见阵阵笑声、拌嘴声和忽起忽落的歌声。透过门缝，可以窥见几处裸露的胴体，雪白的肌肤和浅色的内衣。两个姑娘，嬉笑着互相展示身上的胎记；一个半大的女孩子，把裙子撩到膝盖上，在缝补衬裤；女服装员看见两个男人走过来，赶快拉上布幔。现在是终场前的忙乱时刻，演员们都在加劲擦洗脸上的白粉红脂，在白雾中重新换上日常服装，更加浓烈的腥臭味从门里排放出来。到了四楼，米法已是神魂飘荡，不知身在何方了。群众演员的化妆室就在这儿了。二十个女人挤在一起，肥皂和香水瓶一片狼藉，简直像城门检查站的公共大厅。伯爵经过一个关着门的房间时，里面传出哗啦哗啦的洗刷声，像下暴雨似的。他上了最后一层楼，好奇地从开着的窥视孔张了一眼：屋内没有人，在灯光下面，赫然一只便壶，放在地上乱成一堆的裙子当中。这房间是这次参观给他留下的最后一个印象。再上去是五楼，他几乎窒息了。各种气味、各种热气都向这儿蒸发；黄色的天花板如被火烤过，橙黄的雾包裹着点燃的灯。他扶着铁栏杆歇了一会儿，栏杆有点温热，他闭上眼睛，深深吸了一口气，品尝着女性的气味，这是他以前不曾尝过的，这气味把他攫住了。

"过来呀！"福什里叫道。他不知从哪里又冒出来："大家在找你呢。"

他在走廊尽头的一间化妆室，这是克拉莉丝和西蒙娜共用的房间，在屋顶下胡乱盖起来的一个狭长的、墙角倾斜、墙上有裂缝的屋子。日光从高处两个很深的洞口射进来。深夜只有灯光照亮。墙上糊着七个苏一卷的墙纸，上面印着爬在绿格上的花朵。两块木板拼凑而成的梳妆台，铺在上面的漆布已被溢出的水染黑。木板下面凌乱地堆放着撞瘪的锌水壶，盛满污水的桶和黄色的粗陶水罐。屋里全是廉价物品，全都用得变形了，缺了口的脸盆，断了齿的梳子。两个女人匆匆忙忙，漫不经心地卸装，留下的东西随手乱扔，搞得乱七八糟。这地方只不过是临时的歇脚处，她们才不管它脏不脏。

"过来呀，"福什里又用男人在妓女屋内的那种狎昵的口吻催促伯爵，"克拉莉丝要吻你呢。"

米法终于进去了。他不觉愣在那儿，他发现侯爵正坐在两个梳妆台中间的一张椅子上。侯爵早已溜到这儿来了。他叉开两只脚，避开水桶漏出来的一摊白色的水。他一副闲适的样子，很会找地方，躲在这个浴池似的使人室闷的角落里，混在淫荡的妇女中间，肮脏的地方助长了放纵和淫逸。在这里，侯爵恢复了活力，精神陡增。

"你跟老东西去吗？"西蒙娜凑到克拉莉丝的耳畔问。

"我才不干呢!"克拉莉丝响亮地回答。

她们的服装员是一个丑陋而轻佻的年轻女子,她正在帮西蒙娜穿大衣,听了这话,笑得弯腰,她们推推搡搡,叽里咕噜了一阵,益发乐了。

"来吧,克拉莉丝,吻吻这位先生,"福什里说,"你知道,他可有钱呐。"

他又回过头来对伯爵说:

"你等着瞧吧,她很听话,她会吻你的。"

克拉莉丝厌恶这些男人。她恨恨地斥骂在门房里等候的那些浑蛋。再说,她急着要上场,他们会使她误了最后一场戏的。无奈福什里挡着门,她不得不在米法的两颊各吻了一下,说:

"这两个吻不是给你的,是因为福什里纠缠着我!"

说完她就溜了。米法面对女人,浑身的不自在,涨得满脸通红。在娜娜的化妆室里,在华丽的帷幔和镜子中,他没有强烈的冲动,但在这个污秽、寒碜的顶楼里感受到了。这时,侯爵紧追在要走的西蒙娜后面,絮絮地和她耳语,她却摇头拒绝。福什里一脸坏笑地尾随他们出去。伯爵见屋里只剩一个正涮洗脸盆的女服装员,也只好走了。下楼梯时,他只觉两腿发软。路上他又吓跑了被他撞见的半裸女人,许多房门也赶忙关上。他经过的楼层都有卸了装的女人四散乱走,在这个香风氤氲的热烘烘的地方,他看得清楚的只是一只红棕色的大猫,竖直尾巴,背擦铁栏杆蹿跳而去。

"真是的,"一个女人哑着嗓子说,"我还以为他们今晚不让我们下场了呢!……这些人真讨厌,一次一次地鼓掌,要我们谢幕!"

戏已演完,幕亦降下。楼梯上急促的奔跑声、喊声,演员们急于卸装,离开剧院。米法走下最后一级楼梯时,看见娜娜和王子沿着走廊缓步而行。娜娜停下脚步,含笑轻语:

"那就这样吧,待会儿见。"

王子转身朝舞台走去,波尔德那夫正在等他。米法眼见只有他和娜娜两人,他受到一股妒火和欲火的冲击,紧跑几步追上她,猛地在她的后脖吻了一下,吻在柔丝般的金色卷发上。这是对他刚才在楼上被吻的回报。娜娜勃然大怒,正欲扬手打去,一看是伯爵,便娇声笑了。

"哈,你吓了我一跳呢!"

她笑靥如花,含着娇羞、柔顺,满怀意外的惊喜和欣幸。可她今晚和明天都没空,得等待。其实,她也有欲擒故纵之意。她在目光里流露了这个念头。最后,她又说:

"你知道,我自己有房子……是的,我买了一幢乡间别墅,靠近奥尔良,你去过那地方的。这是小宝贝告诉我的,就是小乔治·于贡,你认识他吗?到那儿去看我吧。"

伯爵是个腼腆男人,想到刚才的孟浪行为,连自己都吓了一跳,于是羞恶之心掠住了他,他温文尔雅地向娜娜鞠了一躬,答应不负所请,之后,他恍若身在梦中似的走了。

他找到了王子。在经过观众休息室门口时,他听见萨丹嚷:

"这老头真下作!给我滚开!"

原来是侯爵,他降格以求,缠上了萨丹。可姑娘对整个上流社会厌恶透了。娜娜刚才把她介绍给波尔德那夫,可是,她生怕说出难听的话而闭上嘴,她觉得十分别扭,急于摆脱这份活罪,加之在后台碰见她的旧相好,就是扮演冥王的候补演员,此人原是糕点师，给过她一个星期的爱情和耳光。她正在等这个旧相好，偏偏遇上不识相的侯爵，误认她是女演员，走来跟她调情，使她十分恼火。最后，她摆出凛然不可侵犯的正经女人的样子，抛出一句话：

"我丈夫快来了，你等着瞧吧！"

这时，身披大衣的演员们，满脸倦容，一个个离开剧院。男男女女一群群地从小小的螺旋楼梯走下来，黑暗中现出破帽和旧披肩的剪影。舞台上黑漆漆的，值班的消防员提着灯笼，正在四周巡视。波尔德那夫为免王子殿下绕道全景胡同，叫人打开走廊的门，这条走廊从门一直通到前厅。于是，一大群小娘儿们就乘机从这条路溜了出去，庆幸逃过了守在胡同口的男人们。她们你推我拥的，频频回头张望，到了外面才松了一口气。方唐、博斯克和普律利埃尔则一面慢条斯理地向外走去，一面嘲笑那些道貌岸然的男人，在游艺剧院的门廊下徜徉等待，殊不知小娘儿们早就跟她们的心上人在大街上溜达了。克拉莉丝尤为狡狯，她提防着埃克托尔。果然，他还在那里，陪伴着那些坐在布隆太太的椅子上死死等着的先生们。他们伸长脖子，朝人群里探视寻觅。克拉莉丝躲在女伴的身后一溜烟走了。这几位先生眨巴着眼睛，眼睁睁看着一簇簇裙子如旋风般飘到楼梯底，一转眼便不见了。他们白等了这么长的时间，不免沮丧万分。那一窝黑猫钻到母猫的怀里，睡在漆布上；母猫则悠然自得，伸开了爪子；那只大红猫，坐在桌子的另一头，伸长尾巴，瞪着黄色的眼珠望着溜走的女人们。

"殿下请走这一边。"波尔德那夫在楼梯下，指着走廊说道。

走廊里还挤着一些女群众演员，王子跟着娜娜，米法和侯爵跟在他们后面。这是一条狭长的小巷，夹在剧院和邻屋之间，上面是倾斜的屋顶，开着玻璃的天窗，墙壁上沁出一股湿气。铺石板的路面，人走上去发出空旷的响声，仿佛地下是空的。这里堆满通常放在阁楼里的架物。有一张锯木台，那是门房用来刨布景撑架的；还有一大堆木栏杆，那是晚上放在剧院门口供群众排队用的。娜娜经过喷泉旁边时，不得不撩起衣裙，因为喷泉的水龙头关不紧，流水淹没了石板地。到了前厅，大家互相鞠躬道别。剩下波尔德那夫一个人时，他含有深意地耸耸肩，这个动作是他对王子充满蔑视的反应。

"他也未能免俗。"他简短地对福什里说，并不多加解释。此时，萝丝领着福什里和她的丈夫正从里面出来，她要把他们带回家去给他们调解。

米法孤零零地站在人行道上，王子殿下不慌不忙地扶娜娜上了他的马车。侯爵溜到萨丹和她的旧情人后面，他精神亢奋，盯住这对苟合男女，希望能捞到一点便宜。米法则如滚油煎心，他想走着回家。他已经不再犹豫，一种跃跃欲试地对新生活的追求，取代了他四十年来的观念和信仰。他沿着马路行走之时，最后的几辆马车驶了过去，车轮声似乎响着娜娜的名字，在他耳边轰鸣。眼前晃动着许多裸体的女人，娜娜雪白丰腴的胴体，娜娜的魅力已经征服了他，如果今晚他能占有她一小时，他宁愿放弃一切，卖掉一切。青春的火焰，突然在他天主教徒冷漠的心中焚烧起来。他的青春活力终于复苏了。

第六章

昨晚，米法伯爵携同妻女，来到丰代特庄园。他们应于贡夫人之邀，来此地住一个星期。于贡夫人与儿子乔治就住在这里。庄园的房子建于十七世纪末，矗立在正方形的一大片宽阔的土地中央，这块土地被围墙环绕。房子没有任何装饰，但花园浓荫匝地，景色宜人；池沼相连，山泉注于其中，清澈明净。花园坐落于奥尔良至巴黎的大道旁边，树木丛生，青翠葱绿，而这一带平原地区只有一望无垠的农田，这花园便打破了它的单调景色。

十一点钟，通知吃午饭的铃声敲第二下，宾主聚集一堂。于贡太太含着慈母般的笑容，在萨比娜的两颊使劲吻了两下，说道：

"你知道的，我习惯住在乡下。你来这儿，真使我年轻了二十年，你在你以前住过的那个房间睡得可好？"

没等回答，她又回过头对埃丝泰尔说：

"这小妞儿也是一觉睡到大天亮吧？孩子，吻我一下。"

大家坐在宽敞的饭厅里，从窗口可以望见花园。他们挤坐在长桌的一角，这样显得亲热些。萨比娜心情舒畅，这儿唤起她对青春时代的回忆：在丰代特度过的那段时光；漫长的散步；夏日的夜晚，她掉进一口池塘；在壁橱里发现了一本旧小说，整个冬天她就在用葡萄藤做燃料的火堆前读这本骑士小说。乔治有几个月没见过她，这次见面，觉得她有点异样，脸上起了某种变化；至于那个瘦竹竿埃丝泰尔，似乎更不起眼了，不言不语，笨头笨脑。

他们吃带壳煮的蛋和排骨，菜肴简单。主妇于贡夫人发了一通有关买肉的牢骚，说肉店老板苛刻，她什么都得去奥尔良购买，因为这儿什么肉都没有。不过，如果这次客人们吃得不好，可得怪他们自己，他们来得太晚，错过了吃的季节。

"你们真糊涂，"她说，"我从六月份起就等你们来，现在已经是九月中旬了。所以，你们瞧，没什么好景致啦。"

她抬手指了指草地上的树林，树叶已开始发黄了。天空阴沉沉的，远处也都隐藏在淡蓝色的雾霭之中，显得恬静、宁谧，带点哀愁。

"咳，我盼望客人来，"她接着说，"有人来，我们就热闹快活。首先，是乔治请的两位先生，福什里先生和达格内先生，你们认识的，对吧？还有德·旺德夫尔先生，五年前他就说要来了。今年，他也许下决心来的。"

"好呀！"伯爵夫人笑道，"我们能够请到旺德夫尔先生那就太好了，他是个大忙人。"

"菲力浦呢？"米法问。

"菲力浦请了一周的假回家，可是等他到家，你们也许不在丰代特了。"老太太回答。

咖啡端上来了。大家谈到巴黎，还提起斯特涅，于贡夫人听见这名字不禁轻轻叫起来。

"对了。"她说，"斯特涅先生是不是我在你们府上遇到过的胖子？一个银行家，对吧，他真是个浑蛋！他居然在离这儿四公里的苏河后面，靠居米厄尔的方向，给一个女戏子买了一幢别墅，村子里的人都很气愤。伯爵，你知道这件事吗？"

"我一点也不知道，"米法说，"哦，斯特涅在这附近买了幢乡间别墅！"

乔治听见母亲提起此事，早低下头去。但伯爵的回答使他大为惊诧，便抬起头来瞪着他。伯爵也注意到这小伙子的反应，但不放心地瞟了他一眼。于贡夫人接着把详情告诉众人。那幢别墅取名"迷鸟居"，去那里，要沿着苏河一直走到居米厄尔，再过一座桥，这样足足多走了两公里；否则，就涉水过河，有时甚至要凫水，冒着溺水的危险。

"女戏子叫什么名字？"伯爵夫人问。

"呃，人家告诉过我的，"老太太咕哝道，"乔治，今天早上园丁说时，你也在场……"

乔治佯做回忆状。米法转动手中的小茶匙，等他的回答。伯爵夫人对她丈夫说：

"斯特涅先生不是和游艺剧院的一个女戏子相好吗？那个叫作娜娜的？"

"娜娜，对，就是她，一个讨厌的女人！"于贡夫人生气地嚷道，"她马上就要来'迷鸟居'了！我是从园丁那儿听来的。对吗？乔治，园丁不是说她今晚就到吗？"

伯爵心里发怵，身子哆嗦了一下。乔治急忙说：

"噢！妈妈，园丁在胡扯。刚才车夫说的恰恰相反，他说两天内不会有人来'迷鸟居'。"

他装出坦然的样子，用眼角偷偷看伯爵，观察他对自己的话有何反应。伯爵又转起小茶匙来，好像放了心。伯爵夫人茫然地远眺薄雾朦胧的天际。她忽有所感，嘴角隐含笑意，一个神秘的念头在她心中跳动。埃丝泰尔一根木头似的坐着，听大家谈论娜娜，苍白的处女脸上，没有丝毫变化。

"我的天，"沉默片刻，于贡夫人又变得温和起来，嘟囔道，"我不该动气。每个人都有活下去的权利，如果路上遇见这个女人，我们不跟她打招呼就得了。"

离开餐桌时，她又埋怨萨比娜今年让她等得好苦。萨比娜分辩说，来迟的责任都在她丈夫身上。有两次行李都收拾好了，可临时他又说有紧急的公务，撤销了行期。后来，当大家都以为这次旅行无望的时候，他又突然决定动身了。于贡太太说，乔治还不是这样，两次说回来都没来，当她不抱希望时，他却在前天晚上回来了。宾主来到花园，女人在中间，两个男的一左一右，沉默着听她们谈话，弓着背。

"这不要紧，"于贡夫人一边说，一边吻吻儿子的金发，"小乔治肯回到偏僻的乡下陪他母亲，实在很乖。我的乔治真孝顺，他没有忘记我！"

下午，她为儿子焦虑万分，因为乔治饭后即说脑袋沉重，后来渐渐地像头痛发作。临近四点，只有他要上楼睡觉，说这是治疗头痛的唯一方法，只需蒙头大睡，第二天起床就没事了。母亲坚持要陪他入房。可是等她一退出房门，他立刻跳下床，锁上房门，声称反锁了房间，以免有人打扰，还甜蜜地叫了一声："妈妈，晚安！明儿见！"同时答应一定好好地睡到大天亮。其实，他没有再上床，而是神采奕奕，脸上放光，目光灼灼。他悄悄穿好衣服，一动不动地坐着。晚饭铃响时，他窥见伯爵正向饭厅走去。十分钟后，他确信不会

被人看见,便敏捷地从窗口爬出,沿着下水管溜到地面。他的卧室在二楼,正对着楼房的后门。他钻进灌木丛里,离开花园,然后飞奔着穿过田野,向苏河的方向而去。他饥肠辘辘,心却兴奋得怦怦乱跳。夜幕低垂,下起了霏霏细雨。

这天晚上娜娜的确要到"迷鸟居"来。自从五月份斯特涅给她买了这幢别墅以后,她就常常想到这儿来住,有时竟想得落泪。但波尔德那夫拒绝给假,甚至一两天也不许,借口在博览会期间,他不打算用别人代替她,只同意九月份准假。快到八月底时,他又推至十月份。娜娜非常恼怒,宣称九月十五日非到"迷鸟居"不可。为了赌一口气,她还当着他的面邀请了许多人。她一直巧妙地婉拒米法。一天下午,米法浑身战栗,苦苦恳求上她家幽会,她终于恩准了,但说明要到别墅见面。她给他指定九月十五日这一天。到了十二日,娜娜迫不及待地决意立即动身,只带佐爱一人做伴。她担心波尔德那夫到时会设法阻拦。她派人送去一张医生证明,然后不辞而别,这办法使她快意。想到这一回到新居,神鬼不觉地隐遁两天,她催促佐爱急急搀扶一切,然后把她推上马车。在车上,她非常快活,一面吻佐爱,一面请她原谅。一直到了车站茶室,她才想起要写封信通知斯特涅。她对他说,如果他想见到春风满面的她,就请他后天再到新居相会。接着,她又想起另外一个计划,写信通知姑妈立即把小路易带到别墅里来,这对小宝贝大有好处!一起在树底下玩,多么开心啊!在火车上,在从巴黎到奥尔良的路上,她叙谈着这事,眼眶都湿了。她的母性膨胀起来,孩子、花儿、鸟儿混合一起,谈个不停。

"迷鸟居"距火车站十二公里。娜娜花了一个小时,好不容易才雇到一辆马车,那是一辆又破又大的四轮敞篷马车,一路上发出旧轮轴滚动的嘎吱嘎吱的响声,跑得很慢。她兴高采烈地向车夫问这问那,把他烦了个够。此人是个不爱说话的老头,被娜娜问得发昏:他经常路过"迷鸟居"吗,此外,是在这座山峦的后面吧,是不是?树木一定很多吧?房子呢,老远就可以看见吗? ……小老头含含糊糊地应着。娜娜在车里没一刻安静,恨不得立刻到达目的地。佐爱却因走得太匆忙而生气,僵坐一旁,一声不哼。马车突然停下,娜娜以为到了,从车窗伸出头去问:

"喂!是不是到了?"

车夫抽了马一鞭作为回答。那马吃力地爬上一个斜坡。娜娜喜滋滋地观赏着蒙蒙的天空下面辽阔的原野,空中浓云密布,阴霾欲雨。

"噢!你瞧呀,佐爱,好大一片青草!这些都是小麦吗? ……

"我的天!多好看哪!"

"太太显然不是在乡下长大的,"女仆佐爱紧绷着脸,终于开口了,"我可是太熟悉乡下了,从前在牙医家里,他在布日华尔有一幢房子。今晚一定很冷。乡下总是湿寒的。"

他们从树下经过,娜娜像小狗似的,吸吸鼻子嗅树叶的气味。在大路的拐弯处,她突然看见绿树掩映的小楼一角。也许就是那里了,她问车夫,车夫摇头说不。后来,马车驶下另一道山坡时,他把马鞭一指,闷声说:

"喏,就在那里。"

"哪儿?哪儿?"她两颊灰白,大声喊道。她站了起来,整个身子探出窗外,仍然什么都没看到。

终于,她发现了一片墙角。她不禁欢呼雀跃,手舞足蹈。

"佐爱,我看见了!我看见了!……到这边来……喔!屋顶有砖砌的阳台。那儿是温室了!好宽敞的房子。啊!我快活极了!你看哪,佐爱,你看哪!"

马车在栅栏前停了下来。一扇小门打开,又高又瘦的园丁走出来,手里拿着鸭舌帽。娜娜努力保持自己的尊严,因为车夫虽然紧闭嘴巴,似乎已在暗自窃笑了。她克制住自己的冲动,没有撒腿便跑。她耐心地听园丁的唠叨,他请太太原谅这里杂乱无章,因为早上才收到太太的信。娜娜尽管竭力按捺自己,两脚还是不由自主地挪动起来,而且越走越快,连佐爱都追不上。在小径尽头,她停了一会儿,扫视一遍整幢房子的全貌。这是一座意大利风格的独立式楼房,旁边附衬了一个较小的建筑物,原是一个英国富翁在那不勒斯住了两年后跑到这里来建造的,但很快又厌腻了。

"我带太太四处转转。"园丁说。

娜娜已跑到前面去了,叫他自便,说自己会去看的,这样更好。于是她连帽子也没脱,就冲进房间,一边喊佐爱,一边隔着一条走廊对佐爱欢声发表对这座屋子的观感。这间好几个月没人居住的空宅顿时充满了她的喊声和笑声。一进门是前厅,有点潮湿,这不要紧,反正不在这儿睡觉。客厅呢,太漂亮了,窗子开着,窗外绿草如茵。只是红色家具太难看了,需要更换。嘿!好漂亮的饭厅!有这么一间饭厅,她就可以大摆豪华的宴席啦!刚上二楼,她突然想起还没看厨房呢。于是又走下楼来,她一进厨房就惊叫起来。洗碗槽那么美,炉灶那么大,可烤一只整羊哩!佐爱见了一定赞不绝口。她再上二楼,她的卧室更使她陶醉,房间由奥尔良的地毯商布置,挂满了路易十六时代的提花装饰布,是粉红色的。嗬!睡在这儿准能美美地睡觉啦!真是一个名副其实的名优的安乐窝!此外还有四五间客房。再往上是个漂亮的顶楼,放箱子最合适了。佐爱脸色阴沉,对每个房间只冷冷地瞄上一眼,跟在太太后面,显得无奈,勉强。她目送着太太爬上顶楼的陡梯。一个遥远的声音似从烟囱吹来。

"佐爱!佐爱!你在哪儿?……啊!我真想不到……这里简直是仙境!"

佐爱边上楼边讷讷埋怨。她发现太太站在屋顶,凭栏远眺在沉寂之中延伸的山谷。地平线一望无垠,可是被灰蒙蒙的暮霭淹没了。一阵猛烈的狂风卷来点点细雨,娜娜赶忙抓住帽子,免得被风刮走。她的裙子被风吹得像旗帜似的飘扬,啪啪作响。

"哎哟!不,我不来了!"佐爱急忙缩了回来,"太太会被风刮走的……这鬼天气!"

太太没听见她说什么。她低头俯视下面的屋宅和土地。它的面积有好几亩,四周都有围墙。这时,她又被一个菜园吸引住了。她冲下楼去,在楼梯上与女仆撞了一下,她大叫道:

"园子里种满了白菜!……这么大的白菜……还有生菜、芹菜、大葱,什么都有!快来。"

雨下得更大了。她撑开白绸子太阳伞,跑上小径。

"太太会生病的!"佐爱喊,她安详地站在遮檐下的石阶上。

但太太想看看,每有新发现便欢声大叫。

"佐爱,这儿有菠菜!来啊!……哈!还有朝鲜蓟,样子真奇特,它也开花的吗?……瞧!这是什么?我不认识……来呀,佐爱,也许你认识。"

女仆没有反应。太太乐疯了。大雨如注,白色小绸伞已湿透转成黑色,而且也不能

遮挡大雨,太太的裙子直往下淌水,这都不能使她败兴。她冒雨观赏了菜园、果园,在每棵树木前流连,在每一畦菜地俯下身子,然后又往井底探视,盯着一个硕大的南瓜凝思。她想把所有的路径走遍,要把她当年做女工时,拖着破鞋走在巴黎人行道上梦寐以求的东西,全部亲眼看一看,摸一摸。雨越下越大,她似无知觉,只是惋惜白日消逝太快,暮色苍茫中,景物已变得模糊,只能用手触摸,辨别是什么东西。突然她在黄昏的余光中认出一些草莓,她的孩子气又发作了。

"草莓!草莓!这儿有草莓,我摸出来了……佐爱,拿盆子来!快来采草莓。"

娜娜蹲在泥泞里,扔掉阳伞,任由暴雨冲刷身子,用湿手在叶子中间采摘草莓。佐爱并没拿盆子来。娜娜站起来时,忽见眼前有个影子一闪,把她吓了一大跳。

"野兽!"她惊叫起来。

她惊吓得脚发软,像被钉在地上。那是个男人,她认出来了。

"怎么!是你,小宝贝!……你在这儿做什么?"

"见鬼,是我,没错!"乔治回答,"我来了。"

她惊呆了。

"你是从园丁那儿知道我来的消息吧?……唉!这孩子!你看,全身都湿透了。"

"嗨!告诉你吧。我在半路上雨下大了,我不想绕远路去居米厄尔过那座桥,便涉水过了苏河,谁知掉进了一个该死的坑洼里去了。"

娜娜把草莓丢下了。她战栗着,充满了怜悯之心。这个小可怜竟掉进了坑洼里去!她马上把他拉进屋子,说要燃烧旺旺的火给他取暖。

"你知道,"他在黑暗中拦住她,轻声说,"我躲了半天,因为我害怕像在巴黎那样,未经你允许就来看你,又要挨你骂了。"

她笑出声来,没有回答,在他的额上吻一下。直至现在,她仍待他当作一个淘气的小顽童看待,从来没把他的求爱往心里去,只把他视为一个可供逗乐的可有可无的小青年。现在怎样安置他,倒使她大费踌躇。她很想在自己的卧室生火,这样就更舒服了。佐爱乍见乔治并不感到意外,各式各样的幽会方式她已司空见惯了。可送柴上楼的园丁看见浑身湿淋淋的乔治,不禁吓了一大跳,他并没给这位先生开过门呀。女主人把他打发走了。这儿没事烦他了。房里点起灯,壁炉的火苗旺旺的。

"湿衣服一时干不了,你会感冒的。"娜娜对颤抖着的乔治说。

可是找不出男裤来,她正要唤园丁,忽然又有了个主意。

佐爱在梳妆室解开行李,给太太拿来替换的衣服,有衬衫、衬裙、晨衣。

"太好了!"娜娜叫道,"乔治可以把这些穿上,嗯?你不会嫌我吧?等你的衣服烘干了,你再换不迟。然后赶快回家,免得你妈妈责骂……快穿上,我也要到梳妆室换衣去了。"

十分钟后,她穿着睡袍出来,高兴得直拍手。

"噢,真是妙人儿呢,扮成姑娘家更好看了!"

他只穿一件宽大的镶边长睡衣,一条绣花长裤,细麻布晨衣。他这一身打扮,加上金发青年裸露的双臂,湿漉漉的垂肩秀发,看起来真像一个女孩子。

"他和我一般窈窕呢!"娜娜搂着他的腰说,"佐爱快来看,这衣服多么合他的身……

简直就和替他定做似的,只是胸衣宽了点……可怜的乔治,胸围还没我的宽……"

"呵!那还用说,我这儿缺了点东西。"乔治微笑着低声说。

三个人都笑了。娜娜给乔治扣上晨衣的纽扣,从领口到下襟,让他显得规矩一些。她像摆弄玩偶似的推着他旋转,在他身上拍拍打打,让裙子后部鼓起来。她问他是否舒服、暖和。当然啦,没有比穿女人衣服更温暖的啦,可能的话,他会永远穿下去。他的肉体在衣服里转动,那种绵软,那种舒适,那份馨香,他似乎感受到了娜娜温热的生命力。

这时,佐爱已把湿衣拿到楼下的厨房里去,用葡萄藤点燃旺火,以便尽快烘干。乔治往长沙发椅上面一躺,壮着胆子,吐露真言:

"喂,今晚你不吃饭了吗?……我可是饿死了,我还没吃晚饭呢。"

娜娜恼了。这个大傻瓜,空着肚子从妈妈身边逃出来,就为陷进坑洼里去吗?她自己也饿得发慌,当然要吃饭啦!不过,只能有什么吃什么。他们把一张独脚小圆桌推到壁炉前面,临时凑合了一顿奇怪的晚餐。佐爱跑到园丁那里,园丁烧了一锅白菜汤,预备着太太来此之前没吃晚饭时吃的。太太信中忘了关照他准备什么东西了,幸好地窖里储备齐全。大家喝着白菜汤,外加一块肥腌肉。娜娜在手提袋里翻找出不少东西,那是备不时之需塞进去的:一小罐肝酱,一袋糖果,几只橙子。他们俩像饕餮之徒似的大嚼起来,年轻人的胃口极好,彼此无拘无束像老朋友似的。娜娜称乔治为亲爱的小妞儿,她觉得这样叫起来更温柔、更亲切。吃甜食时,为了不麻烦佐爱,他们共用一条匙子,轮流着吃,把从衣柜顶找到的一罐果子酱全吃光了。

"哎!亲爱的小妞儿,"娜娜推开小圆桌,"我有十年没有吃过这么痛快的晚餐了!"

时间已经很晚了,她想把小家伙打发走,免得给他带来麻烦。他却一个劲地说他有的是时间,再说,衣服也没干透。佐爱说至少还要一个钟头呢。她因为旅途劳顿,站着打盹儿,他们便让她睡觉去了。屋里就剩下他们俩了。

这是一个令人陶醉的夜晚。炉火已经熄了。在这间寂静的蓝色的大寝室里,空气热得闷人,佐爱早就铺好了床。娜娜觉得热,站起来打开窗户。忽然,她发出一声轻喊:

"我的天!多美啊!……来看呀,亲爱的小妞儿。"

乔治走过来,窗台似乎太窄,他搂住娜娜的腰,把头靠在她的肩上。天色忽然放晴,纯净的天空显得深邃莫测,银盘似的明月,向草原洒下了一片金辉。大地一片宁静,山谷向着广袤的平原伸展,平原就成了静静的湖泊,树丛成了黑黢黢的小岛。娜娜柔情似水,仿佛回到了孩童时代。她似曾梦见过这个景色,什么时候可记不清了。自从她下火车起所见到的一切,原野、绿草、这房子、蔬菜……使她迷茫,以至使她以为离开巴黎已有二十年了。昨日变得遥远,她感受着前所未有的激动。这个时刻,乔治连连亲吻她的颈脖,这使她更加心思迷茫。她迟疑地把他推开,就如推开一个缠着撒娇的孩子。她催他该回去了。他呢,也不说不走;待会儿,他会走的。

这时,一只雀儿嘤嘤鸣叫,叫了几声又寂然无音。那是一只知更鸟,栖息在窗下的接骨木上。

"等一会儿,"乔治悄声耳语,"它被灯光吓着了,我去把灯熄了。"

他回来又搂住娜娜的腰,说道:

"待会儿再把灯亮起来。"

娜娜聆听着知更鸟的歌声,往事蓦上心头,乔治紧紧贴着她。这一切她只在抒情曲里领略过。当初要是拥有如此月夜,鸟鸣呖呖,柔情款款的小伙子,她早就奉献一片真心了。我的天!这一切多么美好,多么高尚!她几乎要哭了!她生来原是要过良家妇女的生活的。这时,乔治开始在她身上抚摸,越来越放肆了,她把他推开了。

"不要这样,放开我,我不愿意,在你这种年龄,干这事太不像话了……听着,我都可以做你的妈妈了。"

娜娜一时羞恶之心感发,脸涨得通红,尽管没人瞧见。满屋子漆黑,原野万籁无声。她从来没有这种羞耻的感觉。慢慢地,她尽管推拒,挣扎,却已浑身发软,失去抵抗力。

"唉!这不好,这不好。"她咻咻地说着,最后挣扎了一下。

如此良夜,她像个少女似的投进了这个少年的怀抱。整幢别墅都进入沉酣梦乡之中。

第二天,在丰代特庄园,吃午饭的钟声敲响时,餐厅的饭桌不再显得过大了。第一辆马车载来了福什里和达格内,接踵而至的是乘下一班火车赶来的旺德夫尔伯爵。乔治最后一个从楼上下来,脸色有点青白,眼睛下面带黑圈。他回答说,他好多了,可是病来得凶,现在仍有点头晕。于贡太太带着不安的眼神看看儿子,伸手抚他没有梳好的头发,他急忙后退,这种抚爱使他发窘。在饭桌上,她友好地和旺德夫尔开玩笑,说她已经等他五年了。

"你终于来了……怎么会来的?"

旺德夫尔也用开玩笑的口吻回答说,他昨天在俱乐部输了一大笔钱,于是离开巴黎,打算在外省寻找出路。

"说真的,只要你在这块地方给我找一个有大笔遗产的女继承人……这儿应该有可爱的女人吧?"

老太太也向达格内和福什里道谢,承蒙他们接受她儿子的邀请,光临寒舍。突然,她看见德·舒阿尔侯爵也乘第三辆车来了,老太太不禁大喜过望。

"哎呀呀!"她叫起来,"你们今早是约好的吧?你们约好……究竟为了什么事?我请你们请了好几年都没能把你聚集到这儿来,今儿却一下子全来了……噢,我没什么抱怨的了。"

餐桌上又添了一份刀叉。福什里坐在萨比娜旁边,她的兴奋快活使他纳闷,因为上次在她家客厅里,她是那么的萎靡不振,没精打采,两者恰成奇异的对照。达格内坐在埃丝泰尔的左边,挨着这个沉默的高个儿姑娘使他不快,她的瘦骨嶙峋的臂肘也戳得他难受。米法和舒阿尔偷偷对望了一眼。旺德夫尔还在开玩笑,说他不久就要结婚了。

"说到女人,"于贡夫人告诉他,"我家附近倒来了一个新邻居,你们也许认识呢。"

她说出娜娜的名字,旺德夫尔佯装吃惊。

"怎么?娜娜的别墅就在附近?"

福什里和达格内也惊呼了一声。侯爵正啃着一块鸡胸肉,神情漠然,似没听懂他们说的何事。男人们神色自若,一副庄重的模样。

"这完全是真的,"老太太接着说,"这个女人的确是昨晚到了'迷鸟居'。今早园丁告诉我的。"

这下子,这些先生们都掩不住内心的惊诧,面面相觑起来。什么!娜娜已经来了!不是说明天才动身吗?他们还以为比她早一天到呢!只有乔治满脸的疲惫,低眉垂目,定定地望着自己的玻璃杯。午餐一开始,他像睡着了似的凝眸不动,唇边带一丝倦怠的微笑。

"你还头痛吗,乔治?"他的母亲问他,她的目光没有离开过他。

他不禁一震,红了脸说完全好了。但不一会儿,他的脸色又依然灰白,就像一个溺水者,又像跳舞跳到力竭仍不罢休的姑娘的那种脸色。

"你的脖子怎么啦?"于贡夫人惊恐地问,"怎么一大片红迹?"

他狼狈极了,支支吾吾的。他不知脖子上有什么,本来什么也没有的。他提了提衣领。

"哦!是的,我被虫子叮了一口。"

侯爵睨视了一眼乔治脖子上的红印,米法也看着乔治。午饭后,大家约定出外游玩。萨比娜的艳笑愈来愈使福什里心动神摇。他把水果盆递给她时,两人的手触碰了一下。她凝视了他一会儿,使他又想起喝醉了的那个晚上,那个老友的推心置腹的爱情自白。她不再是原先的那个女人了,她暴露了隐秘的内涵。她那灰绸裙袍,软软地贴在双肩,给她优雅敏感的风采添上一点娇慵的韵味。

离开饭桌时,达格内和福什里走在最后,以便肆无忌惮地交换对埃丝泰尔的恶谑,他们管她叫"粘在男人怀里的一把扫帚",但当福什里说出她的嫁妆高达四十万法郎时,达格内变得严肃起来。

"她的母亲呢?"福什里问,"怎么样?很不错吧?"

"噢!这位太太倒是蛮漂亮的……但想打她的主意办不到,我的好友!"

"哼,谁知道……等着瞧吧。"

这天他们不能出门,瓢泼似的大雨仍下个不停。乔治赶忙溜回自己的卧室,反锁了房门。这几位先生对这次的不期而遇都了然于胸,却彼此心照不宣。旺德夫尔因赌输了,心里不好受,是真想到乡下来解闷。他指望有娜娜为邻,不至于过分无聊。萝丝这段日子很忙,准许福什里几天假期,他便趁机来到乡下,如果乡居生活能使他们动情的话,他准备为她再写一篇吹捧文章。达格内自从娜娜跟了斯特涅之后,赌气不睬她,现在又想来和娜娜重新和好,捞点便宜。至于舒阿尔侯爵,他正在伺机而动。娜娜铅华未净,就有几个男人在后面追逐。在这些人当中,米法是最痴心,也是最苦恼的一个。情欲、恐惧和愤怒交织在一起,使他躁动不安,惶惶不可终日。他与她是有约在先的,娜娜在等他,她为什么要提早两天动身呢?他决定晚饭后去探个究竟。

晚上,伯爵刚从花园出来,乔治也跟着溜走了。他听任伯爵走居米厄尔那条路,他自己则淌过苏河,气咻咻地直奔娜娜的别墅。他气得发疯,满眼泪水。噢!他全明白了,那个正在赶路的老头子是来赴约的。他妒火中烧,暴跳如雷的样子使她大吃一惊,很受感动,她把乔治搂在怀里,再三抚慰他。他误会了,她没约什么人。那位先生要来,可不是她的错。小乔治真是大傻瓜,为这点小事自寻烦恼!她以她的小路易发誓,她只爱乔治一个人。说完,她的吻如雨点似的落到他的脸上,替他拭去眼泪。

"听我说,你会发现一切都是为了你,"等他平静下来,她又说,"斯特涅已经来了,就

在楼上。这个家伙，亲爱的，你知道我是不能把他赶出门的。"

"是的，我知道，我说的不是他。"乔治喃喃道。

"这就对了。我已把他安置在最里面的一个房间，跟他说我病了。他正在解行囊呢……既然你没有被人发现，你快上楼躲在我的房里，在那儿等我。"

乔治扑上去搂住她的脖子。那么这是真的了，她真的有点爱他了，那么，可能还像昨晚一样，熄了灯，在黑处厮守到天明了。这时，门铃响了，他蹑足上楼钻入娜娜的房间，立刻脱掉鞋子，以免弄出声响。然后，他躲在帷幔后面，乖乖地坐在地上等候。

娜娜接待米法时，心神恍惚，举止有点失态。她向米法许过诺言。她甚至想遵守诺言，因为她觉得此人是认真的。可是，谁能料到昨儿发生的一连串的意外事呢？她的乡村之行，她前所未见的别墅，浑身湿透的小伙子。一切都如此美好，她愿意保持这一份美好，不受纷扰。这位先生活该倒霉！三个月来，她假装正经女人，欲近还远地让他干等着，有意煽旺他的欲火。就再让他干等下去好了，如果他不高兴，那就滚开，她宁可放弃一切，也不愿意欺骗乔治。

伯爵坐了下来，像来串门的乡下邻居那样客客气气。只是他的双手微微发抖，欲念被娜娜巧妙地挑逗着，他那未被触动过的多血质天性终于受到可怕的蹂躏，这位道貌岸然的君子，这位在杜伊勒利宫廷迈着庄重步伐的宫廷侍从，弄得天天晚上咬着枕头呜咽、苦恼，眼前总是浮现着同一幅淫媚的场景。这一回，他决心结束这种困境了。刚才在路上，在黄昏静寂中，他设想过使用暴力。因此，谈了几句话，他便企图动手了。

"不，不，当心！"她口里说着，脸上仍挂着笑。

他狠咬牙关，又一把揪住她，见她挣扎，就粗鲁地声明他是践约来和她睡觉的。她依旧笑着，却也未免有点狼狈。她委婉地和他说话，使拒绝不会过于生硬。

"听我说，亲爱的，你冷静点呀……现在不行，斯特涅在楼上呢。"

他像疯了似的。她还没有见过如此狂热的男人。她有点害怕，掩住了他的嘴巴，捂住他的叫喊，劝他放开手，斯特涅下楼了。这样做会出事的！等到斯特涅进来时，只见娜娜娇慵地倒在沙发里，说：

"我呀，我真喜欢乡下……"

见斯特涅进来，她止住话头，转过头来。

"亲爱的，这是米法伯爵先生，他在附近散步，看见这儿的灯光，就进来问候我们。"

两个男人握了握手。米法半晌不言不语，满脸乌云。斯特涅也露不悦之色。大家敷衍着，谈论巴黎，生意难做，交易所情况糟糕。一刻钟之后，米法告辞，娜娜送他出门，他要求第二天晚上幽会，娜娜没有答应。斯特涅几乎马上就上楼睡觉去了，嘴里咕哝不已，这些姑娘总是有生不完的病。两个老家伙终于打发走了！娜娜找到乔治时，他还乖乖地躲在帷幔后面。房里一片漆黑，他把娜娜扳倒在地，两人在地上滚呀，玩呀，他们赤裸的脚踢到家具，两人便互相接吻，堵住对方不发出笑声来。而在远处，通往居米厄尔的路上，米法手持帽子慢慢地走着，让拂面的凉风使滚烫的头脑冷静下来。

以后的几天，娜娜过得十分惬意。她在小家伙的怀抱里寻回她的豆蔻年华。在卖笑生涯中，她与男人厮混，与男人周旋，但也厌恶男人。在这种单纯的抚爱中，她身上又绽开了少女的爱情之花。她有时会突然红晕上颊；或激动得浑身战栗；她忽而想哭，忽而想

笑,体味到处女的羞涩。这是她从不曾有过的感受。乡村使她沉浸在一腔柔情之中。小时候,她憧憬生活在牧场里,养一只山羊。因为有一次,在一座城堡的斜坡上,她看见一只山羊被系在木桩上咩咩地叫唤。现在,她真的拥有了这幢房子,这整片的土地,心里无比激动。现实已超过了憧憬,她少女时代的情怀复苏了。白天,原野的生活令她神往,树叶的芳香令她沉醉;晚上,她和躲在帷幔后面的乔治偷情。她觉得,这情景,就像一个少女从寄宿学校溜出来,在假期里与小情人私会,听见一点响动就心惊胆战,害怕被父母发觉,品尝着初次偷尝禁果的甜蜜和可怕的快乐。

这个时候的娜娜,有着多愁善感的少女的种种梦幻,常常一连几个小时抬头望月。一天夜里,整幢别墅的人都已入睡,她提出要和乔治一起到花园里去。他们互相搂着腰在树下漫步,在草丛里躺下,任露水沾湿衣裳。又有一回,在卧室里,她默默无言,然后伏在小家伙的脖子上呜咽起来,断断续续地诉说她害怕死亡。她常常低声唱起列拉太太的一首情歌,歌中都是鲜花和鸟雀,唱着唱着,她动情地流下泪来,把乔治紧紧搂在怀里,要他盟誓永不变心。事后他们俩又像一对小伙伴似的,光着大腿坐在床沿抽烟,用脚后跟踢着床边的木板。总之,她自己也承认有点疯了。

但是,最终溶化娜娜的心的,是小路易的到来。她的母性发作起来就像飓风一般猛烈。她把儿子带到阳光底下,看着他跳跳蹦蹦;把他打扮成小王子的模样,母子俩在草地上打滚。孩子就睡在她隔壁的房间,由列拉太太照看。乡间的恬静令列拉太太心旷神怡,她头一着枕便立刻呼呼入睡了。小路易对乔治没有任何干扰,相反地,娜娜说她有了两个孩子,她以同样的柔情对待他们。夜里,她不下十次丢下乔治去看小路易是否睡得正常。但回来后,她就用余下的母爱重新吻抱乔治,俨然以母亲自居,他也恬不知耻,很乐意装作小孩,躺在这高大的妓女怀里撒娇,任她像哄婴孩似的摇晃他入睡。这种生活太美好了,她要乔治保证永远也不要离开乡下。他们要把别人统统打发走,剩下他,还有她的孩子一起生活。他们设想未来,拟定许多计划,直至黎明,没有听见列拉太太鼾声如雷,这位太太采摘野花累着了。

这种醉人的生活持续了一个多星期。米法伯爵每天傍晚都来,也每天带着沮丧的脸孔和发烫的手回去。有一次,娜娜甚至没有接见他。斯特涅回巴黎去了,女仆仍跟米法说,太太身体不舒服。娜娜不愿欺骗乔治的念头益发坚定,这个小家伙这样天真,又这样信赖她!如果她欺骗这孩子,她会鄙视自己,是一个最最下贱的女人。她不屑于这样做。佐爱冷眼旁观,虽然不说什么,心里却很不以为然,认为女主人未免太糊涂了。

第六天,一群客人突然闯进了这田园诗般的小天地来。娜娜曾经邀请过他们,但以为他们不会来的。因此,当她下午看见一辆坐满乘客的公共马车停在别墅的铁栅栏前面时,觉得很意外,也很不高兴。

"我们来了!"米侬大声嚷道,第一个跳下车,接着把他的两个儿子亨利和查理从车上抱下来。

随后下车的是拉博德特,他扶着一队女人下车:露茜·斯特华、卡萝莉娜·埃凯、塔唐·内内、玛丽娅·布隆。娜娜但愿到此为止了,谁知埃克托尔又从踏板上跳下来,伸出手臂把颤巍巍的嘉嘉和她的女儿阿梅丽挽了下来。一共来了十一个人!如何安顿他们,令主人犯愁了。"迷鸟居"有五间客房,一间住着列拉太太和小路易,娜娜把最大的那间

安排给嘉嘉和埃克托尔,旁边梳妆室放一张帆布床给阿梅丽睡,米侬和两个儿子住第三个房间,第四间给拉博德特,剩下的那间变成集体宿舍,放了四张床,给露茜、卡萝莉娜、塔唐和玛丽娅。至于斯特涅,他可以睡客厅的长沙发。折腾了一个小时,全部客人安置妥当。原先非常不高兴的娜娜,现在当上了庄园主人,不由得眉飞色舞起来。女人们都表示祝贺,盛赞她的别墅:"亲爱的,这别墅真了不起!"而且,她们也给她带来巴黎的空气,最近一周的绯闻,这些女人七嘴八舌,又是笑,又是叫,打打闹闹的。对了,波尔德那夫怎样了?她不告而别之后有什么举动!没什么大不了的。他吼叫了一通,声称要报警抓她回来。可到了晚上,他只不过找了一个人代替她。这个替角就是小维奥莱娜,她扮演的金发维纳斯倒也获得不小的成功。这个消息使娜娜登时变了脸色。

现在才下午四时,有人提出到外边转一转。

"你们可知道,"娜娜说,"你们来的时候,我正准备到地里收土豆呢。"

于是大家都想去收土豆,连衣服也不换了。一大帮人拥往地里。园丁和两个助手已在别墅的尽头等待。这些女人跪下来,用戴戒指的手指在软土里挖掘,挖到一个大的便尖声欢呼,觉得这活儿有趣极了!塔唐挖得又多又快,因为她小时候挖过无数次土豆,她得意扬扬,教他们怎么做。先生们干劲不大,只有米侬,完全像个好父亲,想利用逗留乡村的机会,教育儿子们,这会儿正对他们讲述法国农学家帕芒蒂埃移植土豆的故事。

当晚的夜餐吃得十分热闹快活,个个狼吞虎咽。娜娜的话特别多,风头很劲,还和她的侍应总管争吵了一通。那家伙曾在奥尔良的主教府上当过差。喝咖啡时,妇女们都抽了烟。震耳欲聋的嚷闹声就像办喜事似的,从窗户传到远处,消失在宁谧的暮霭里。晚归的农民经过篱笆外的小道,不禁回过头张望这幢灯火辉煌的住宅。

"哎,可惜你们后天就要走了,"娜娜说,"不过,我们无论如何要组织一次活动。"

第二天刚好是星期日,大家决定去七里外的夏蒙修道院遗址游览。从奥尔良雇五辆马车,午饭后出发,晚上七点钟左右再把他们送回"迷鸟居"吃晚饭,这一定非常有趣。

那天晚上,米法伯爵像往常一样登上小山坡,去安装在铁栅门上的门铃,但里面轰然的笑声和明亮的灯光使他吃了一惊。待他辨出米侬的声音时,他明白了,便返了回去。这个新的障碍使他十分恼怒,决意使用暴力。乔治有小门的钥匙,他从小门进来,沿着墙悄悄溜进了娜娜的房间。只是,要到子夜时分才能见到她。最后,她终于来了,喝得烂醉如泥,但却更为慈爱了。她酒醉时便变得柔情脉脉,缠绵多情。她缠住乔治,非要他陪着一道去夏蒙修道院不可。乔治担心被人看见,不肯答应。假如有人目睹他和她同乘一轮马车,马上就会丑闻远播,人尽皆知。她像个遭到冷遇的女人那样,伤心地大哭起来,他只好百般抚慰,答应明天一定陪她前往。

"这么说,你真的很爱我,"她喃喃地说,"再说几遍你很爱我……说嘛,亲爱的小宝贝,假如我死了,你会很痛苦的,是不是?"

在丰代特,自从来了娜娜这位近邻,整个庄园都被闹得失去了往日的宁静。每天早上和吃午饭的时候,善良的于贡太太总不免要提到这个女人,把园丁带来的消息告诉客人,她像那些高尚的女人一样,对声名狼藉的欢场女子有着本能的反感。她本是个再宽容不过的老太太,可这回她也被激怒了。她隐约预感到灾祸即将降临,一到晚上她便惴惴不安,就像是有一只野兽从笼子里逃出,正在附近出没、潜伏。她指责客人们不该在

"迷鸟居"周围徘徊流连。有人看见旺德夫尔在一条大路上和一个没戴帽子的女人说说笑笑。伯爵力辩其诬,否认那女人是娜娜。其实那是露茜,露茜刚才在散步时告诉他,她是怎样把第三个王子赶出门外的。德·舒阿尔侯爵也天天出去,据他讲,遵照医嘱必须如此。于贡太太对达格内和福什里的批评就欠公正了。尤其是达格内,他从不离开丰代特庄园,他已放弃和娜娜重温旧梦的打算,正围着埃丝泰尔小姐大献殷勤。福什里也总是和米法的眷属厮混。只有一次,他在一条小路上遇见米侬,米侬抱着一大束鲜花,给儿子们讲有关植物的常识。两个男人握了握手,交换了一些萝丝的近况:萝丝身体很好,早上他们都收到她的信,叮嘱他们多住一些日子,享受乡下的新鲜空气。在所有男客中,老太太只对米法和乔治没说什么。米法借口说要去奥尔良办公事,没工夫追逐婊子;至于乔治,这可怜的孩子还真叫她担忧,因为他每天晚上都嚷头痛,不得不在大白天睡觉。

由于伯爵每天下午都外出,福什里就成了萨比娜伯爵夫人的忠实侍从,他们每次去花园尽头时,他总是为她拿着帆布折凳和小阳伞。他凭着小记者所特有的诙谐和机智,哄得她芳心大悦。他利用乡居生活的接近,增进了相互间的亲切感。她似乎马上就接受了这个小伙子,她的第二春又一度来临了。有时,他们俩单独在灌木丛后面,往往四目相对,互相探询着,突然,他们收起笑容,含情地凝视对方,彼此心领神会,一切都在不言中。

星期五吃午饭时,又添了一副刀叉,泰奥菲尔·韦诺先生也来了。于贡太太记起去年冬天在米法家里邀请过她。他弓着背,谦逊地坐着,竭力给人一个无足轻重的老好人的印象,似乎没注意别人对他敬畏的态度。后来他终于使人们忘了他的存在,一边嚼着小糖块,一边斜睨着达格内把草莓递给埃丝泰尔时的神情。他认真地听福什里讲一件使伯爵夫人咯咯直笑的趣闻。别人看他时,他就安详地一笑。饭后,他挽住伯爵的胳臂,把他领到花园里去。自从伯爵的母亲去世之后,大家都知道他对伯爵的影响很大。关于这个退职的诉讼代理人对这个家庭的控制,外面有不少离奇的传闻。他的到来使福什里感到不便,他向乔治和达格内讲述了韦诺的财产来源。原来他是靠替耶稣教会打了一场大官司而致富的。福什里又说,他貌似老好人,和蔼可亲,胖胖墩墩的,其实厉害着呢。现在的贼神甫狗教士的舞弊事件他都染指。两个年轻人开起玩笑来,因为他们觉得小老头的样子很蠢,他们原以为这个只闻其名未见其人的韦诺一定是个气宇轩昂的男子汉,否则怎能充当整个教会的诉讼代理人。如今才知道过去的想象太可笑了。但当他们看见米法挽着韦诺的胳臂回来,脸色苍白,眼睛红红的,好像刚刚哭过似的,马上便噤若寒蝉了。

"他们一定谈过下地狱的事了。"福什里轻声地揶揄道。

萨比娜伯爵夫人听见这话,缓缓地回过头来,四目相遇,这是他们决心做最后冒险之前的注视,是灵犀相通的暗语。

平日午饭之后,大家都在花园尽头的平台上俯瞰平原,散步闲谈。星期天下午,天气少见的和暖,早晨十时许,似乎多云欲雨,后来云块虽然没有散尽,却化作乳白色的浓雾,在黄灿灿的阳光下,像是一片亮晃晃的浮尘。于贡太太提议从平台的小门走出去散步,沿着居米厄尔的方向一直走到苏河。她很喜欢步行,虽然六十岁了,步子依然轻捷。大家也认为没有必要乘车。就这样,他们一直走到了搭在河上的小木桥。队伍零零散散,走在前面的是福什里、达格内和米法妻女;接着是伯爵、侯爵和于贡夫人;旺德夫尔殿后,

吸着雪茄,一副绅士派头,显得和四周环境不调和;韦诺先生的步伐时急时缓,从这群人里又走到那一群人中间,他好像对大家的谈话都有兴趣倾听,脸上还挂着笑意。

"可怜的乔治还待在奥尔良呢!"于贡太太说,"他找塔维尼埃老大夫治他的头痛去了,老大夫现在不出诊了……他七点之前就出了门,你们还没起床哩。不过,这样他也可以散散心。"

她忽然停了话头,问:

"喂,你们怎么站在桥上不走了?"

可不是,这几位女士、达格内、福什里伫立桥头不动了,迟疑不前,似乎遇到了令他们为难的障碍,但路上并没见什么。

"走呀!"伯爵叫喊。

他们没有动,望着正向他们走来但仍看不清的什么东西。公路在这里转弯,路旁有一片密密的白杨树,厚帘似的挡住视线。这时,暗哑的嘈杂声自远而近,辚辚车轮声夹杂着笑声和马鞭的噼啪声逐渐增大。突然,五辆马车一辆紧跟一辆地赶过来,车上挤满了人,几乎把车轴压断,他们大声说笑,兴高采烈,服装有浅色的,蓝色的,也有粉红色的。

"这是怎么回事?"于贡太太吃了一惊,问道。

她立即意识到,也猜到了。对如此放肆侵入她的道路的行径,她十分气愤。

"哼!原来是那个女人!"她低声说,"走吧,继续走吧,只当没有……"

可是已经来不及了。那五辆载着娜娜和她那伙人到夏蒙废墟的马车已经奔上了小木桥,福什里、达格内、米法妻女只好往后退;于贡太太和其他人也停了下来,一溜儿闪在路边,更显车队的威风!马车上的笑声停止了,有人好奇地回头张望。这时,除了有节奏的马蹄声,没有别的声音,双方在默默地互相打量。第一辆车上坐的是玛丽娅·布隆和塔唐·内内,她们像公爵夫人似的昂然地往后仰靠着,裙袍在车轮上面飘扬,向步行的妇女投来蔑视的目光。接着是嘉嘉,她把整张座椅都填满了,把旁边的埃克托尔压住了一半,只能看见他的鼻子。然后是卡萝莉娜·埃凯和拉博德特、露茜、米侬父子三人。最后是四轮敞篷马车,坐着斯特涅和娜娜,娜娜面前的折叠椅上坐着那个可怜的小宝贝乔治,他面对娜娜,他的膝盖紧紧地夹在娜娜的两膝之中。

"这是最后一辆了,对吗?"伯爵夫人假装不认识娜娜,沉静地问福什里。

四轮敞篷马车的轮子几乎擦着她,她傲然不避。两个女人交换了一个意味深长的眼神。这短暂的审视,洞悉了一切,也说明了一切。男人们是一副若无其事、坦然自若的样子。福什里和达格内更是冷淡,车上的人他们谁也不认识。侯爵很紧张,生怕车上的女人和他开玩笑,于是摘了一根草,拿在手里转来转去。只有旺德夫尔离人群稍远,他向露茜眨眼示意,后者亦报以微笑。

"要小心!"韦诺站在米法后面,低声说。

米法慌了神,注目疾驰而过的娜娜。他的妻子缓缓转过头来盯住他,他赶忙低下头来,似乎找地方避开马车。这些马儿把他整个身心都带走了。他一见乔治躲在娜娜裙下,什么都明白了,他痛苦得几乎要叫喊出来。一个孩子!她宁愿要一个孩子而不要他,想到这个,他心都碎了。他不在乎斯特涅,可这孩子!

于贡太太一时没有认出乔治。乔治在过桥的时候,要不是娜娜的双膝紧紧夹住他,他真恨不得跳到河里去。他惊得脸白如纸，浑身冰冷，僵直地坐在那里，目光低垂，谁也不敢看一眼。也许他没被发现吧。

"啊呀！我的天！"老太太突然惊呼，"和她坐在一起的是乔治！"

马车从这些互相认识却不打招呼的尴尬人群中驶了过去。这次微妙的邂逅，虽一闪而过，却显得特别漫长。车辆更欢快地把这些迎着凉风的女人一卷而去。金色田野的清新空气扑面而来，她们的衣袂轻扬，笑声阵阵。她们不时回头张望和嘲笑那些被抛在后面、满脸恼怒的上流社会的人物。娜娜回过身来，只见这些散步的人犹豫了一会儿，然后，没有过桥，沿着原路回去了。于贡太太由米法搀扶着，默默无言，她伤心得没人敢上前安慰她。

"喂，"娜娜冲露茜喊道，然而后者正从邻近的一辆马车里探出身来，"亲爱的，你看见福什里了吗？瞧他那副鬼样子！我总有一天要和他算账的……还有保尔，这小子，我当初待他那么好，现在居然连招呼都不打……他们可真有礼貌！"

斯特涅认为，这些先生们的态度确也不得不这样。娜娜一听就火了，给他好一顿痛斥。那么说，他们连向她们脱帽点点头都不应该吗？难道随便什么人都可以侮辱她们？谢谢啦，原来他也是这号人，这真够受的。男人见了妇女应该行礼的。

"那个高个子女人是谁？"露茜大声问。

"她是米法伯爵夫人。"斯特涅答道。

"可不是！我早就料到是她，"娜娜说，"哼，亲爱的，她真枉做了伯爵夫人，她不是什么正经女人……是的，她并不正经……你们知道，我有眼力。我现在对她了如指掌……你们这位伯爵夫人……你敢和我打赌吗？她是福什里这条毒蛇的姘头！……在女人之间，这些事很容易感觉出来的。"

斯特涅耸了耸肩。从昨日开始，他心绪恶劣，他收到几封信，催他明天一早回去。再说，跑来乡下睡客厅的沙发，实在没趣得很。

"瞧这个可怜的娃娃！"娜娜说，她看见乔治脸色灰白，身体僵直，呼吸急促，忽然心软，充满了怜爱之情。

"你说妈妈会认出我来吗？"他吃吃地问。

"哎哟！这个嘛，肯定的喽。她都叫出声来了……这是我的错，你本来不愿意来，是我强迫你的……你说，乔治，要不要我给你妈妈写封信？她看起来倒是个可敬的太太。我会对她说，我从来没有见过你，是斯特涅今天第一次把你带来见我的。"

"不，不，不要写信，"乔治很不安，"我自己来处理吧……而且，如果她絮叨不休，我就不回家了。"

他又陷入了沉思，考虑晚上回去怎样撒谎。五辆马车在平原上奔驰，沿着一条笔直的、望不到边的大道前进。路的两旁种满了美丽的树木，田野沐浴在银灰色的雾霭里。女人们不断隔着车子互相喊话，马车夫瞧着这帮在他背后大叫大喊的乘客，觉得非常可笑。偶然间，其中一个太太，站起身来，靠着邻座的肩膀，眺望风景，直等车子突然一颠，才跌坐下来。卡萝莉娜正同拉博德特热烈地商量一件重要事情，两人都认为娜娜不到三个月就会卖掉她的别墅。卡萝莉娜委托拉博德特设法代她廉价买下来，但不要让娜娜知道买主是她。在他们前面的那辆车上，坠入情网的埃克托尔，因为嘴唇凑不到嘉嘉肥梗

的脖子,就隔着她那快挣破的衣裳,在她的脊梁上印了许多热吻,僵坐在座边上的阿梅丽,垂着手看见别人吻她的母亲,心中大怒,冲他们喊道,别动手动脚的了。在另一辆车子上,米侬为了使露茜惊奇,要两个儿子背一段拉·封丹寓言。尤其是亨利,很有天赋,一口气把诗背完,一字不差。另一辆车上的玛丽娅·布隆,一路上尽在捉弄塔唐这个蠢货,说巴黎的乳品商用糨糊和番红花制造鸡蛋,可后来她自己也厌腻了。还很远吗?怎么还没有到?这个问题从一辆车传到另一辆,娜娜也听见了,她问了问车夫,站起来喊道:

"再过一刻钟就到了。你们看见那边的教堂了吗?就在树林后面。"

停了一会儿,她接着说:

"你们不知道,夏蒙古堡的主人听说是拿破仑时代的一位老太太……噢,约瑟夫告诉我的,她曾经是个花天酒地的风流人物呢。约瑟夫是从主教的仆人那儿听来的。这类人物现在可找不到了。目前,她已成为神甫之流的人了。"

"她叫什么名字?"露茜问。

"德·安格拉尔太太。"

"伊尔玛·德·安格拉尔吗?我认识她!"嘉嘉喊道。

于是,一连串的惊叹声从五辆车上响起,并随着马蹄加速的声音一路传了开去。不少人伸出头来看嘉嘉。玛丽娅和塔唐也转过身来跪在座位上,扒在放下去的车篷朝嘉嘉这边望。大家问这问那,虽然夹着一些刻薄话,却也隐隐怀着钦羡之情。嘉嘉居然认识安格拉尔夫人,这使她们都满怀着对旧事的敬意。

"哎,那时我还很年轻,"嘉嘉说,"但我仍记得她当年的情景……据说她在家里很讨人嫌,可是一上马车,她就气度非凡!关于她的绯闻遐迩闻名,……她如果拥有一座城堡,我并不感到奇怪。她向来是一看上一个男人,马上就能把他的钱袋掏光,这在她是举手之劳……啊!这个女人还活着!那么,我的小宝贝们,她应该有九十岁了。"

女人们听了这话,脸色都庄重起来。九十岁!见鬼,露茜大声说,她们这一伙人没人能活这么大岁数。娜娜声称,她不愿意变成老骨头,太老就没意思了。说着闲话,目的地就要到了,马夫扬鞭吆喝,噼啪的鞭子声打断了他们的谈话。然而,露茜仍继续说着,但变了话题,她劝娜娜明天跟大伙回巴黎。博览会快闭幕了,她们这些人必须把握时机回城里去,这一季度的生意一定比预期的还要好。可是娜娜执意不肯,她憎恶巴黎,目前还不想涉足那个地方。

"不是吗?我的亲亲,我们可不走啊。"她再夹紧乔治的膝盖,对斯特涅视若无睹。

车子突然都停了下来,众人微微一惊,跳下车来,站在一座小山坡下,周围一片荒凉,一个车夫用鞭梢指了指隐没在树丛中的夏蒙修道院遗址作为回答。众人不禁大失所望,女人们更大呼上当。路上布满了乱石和荆棘,还有坍塌了半截的塔楼,真不值得奔波八九公里来游览这个破地方!这时,车夫又指给他们看那座城堡,城堡的花园从修道院侧伸展开来,车夫告知他们沿墙走一条小径,可以绕着花园的围墙转一个圈子,便可把这个地方巡视一周。马车会赶到村子里的广场上等候他们。这样逛逛倒也有趣,大家都同意了。

"真没想到!伊尔玛很会享受!"嘉嘉停在路边花园拐角的一个铁栅栏前说。

大家默然望着塞住大门口的矮树丛。他们顺着小路，沿着花园的围墙前行，不时抬头观赏那些大树的枝丫，高高地伸出来构成浓密的绿色拱顶。走了三分钟，他们又来到另一道铁栅栏门前。透过栅栏，看得见里面一片宽阔的草坪，两棵浓荫匝地的百年老橡树。再走三分钟，又是一道铁栅栏门，里面是一条宽阔的林荫大道，大道两旁翁郁的树荫遮天蔽日，大道宛若幽暗的长廊。长廊的尽头，阳光筛下斑驳如星的亮点。他们先是惊得说不出话，继而啧啧赞叹起来。他们有点嫉妒，想挖苦几句，但他们委实太感动了，以至说不出话来。这个伊尔玛啊，真是个有能耐的女人！从这地方看得出她的非凡胆识！树林一直往前延伸，围墙上是绵绵不断的常春藤，上面露出部分屋顶。走过了白杨树的屏障，又见密密匝匝的榆树和杨柳。这些树还有完没完啊？她们想看看里面的住宅。可转了几圈，每道门里除了茂盛的树木，什么也看不见，她们已腻烦了，双手抓住栏杆，脸贴栅栏，远远张望隐藏在无边林海中的古堡，想看那不可得的古堡，心中兴起了敬佩之情。她们平日很少步行，都觉得累了。但围墙仍连亘不断。这条荒凉小径，每转一个弯，前面又是一堵向前伸展的灰色石墙。一些人都以为走不到尽头了，打算折回去。说来也怪，她们走得越累越是充满崇敬之心，每走一步，越体会这块领地的庄严肃穆和宏伟气派。

"说到底，这样子走法真是愚蠢！"卡萝莉娜咬牙说道。

娜娜耸耸肩，示意她别哼声。她自己也沉默了一会儿，她脸色有点泛白，神情凝重。转过最后一个弯，眼前突然豁然开朗，她们来到了村中广场，围墙也到此为止。城堡矗立在大庭院的后面。大家停住脚步，被古堡庄严高贵的气势吸住了目光：宽阔的石阶；正面的二十扇窗户，主建筑物有三个石砌的侧翼。亨利四世在这座有历史价值的城堡里住过，他的卧室以及那张挂着热那亚丝绒的大床都照原样保留着。娜娜屏息着呼吸，天真地叹了口气。

"天啊！"她自言自语地低语。

突然，嘉嘉说，就是她，站在教堂门口的就是伊尔玛本人。大家顿时骚动起来。嘉嘉还认得她，这位皓首风流宿将尽管年事已高，却依然腰杆笔直，她的眼珠傲然转动时，依然闪耀着光辉。参加晚祷的人群走出教堂。这位夫人在门廊下站了片刻。她穿着浅褐色的丝绸旗袍，很朴素，个子很高，可敬的仪态俨若逃脱了大革命劫运的老侯爵夫人。她右手拿一本厚厚的祈祷书，烫金的书皮在阳光下闪闪发光。她慢悠悠地穿过广场，一个穿制服的听差在她后面十五步外跟随着。教堂里已经空了。所有夏蒙的居民都向她躬身行礼。一个老头子走过来吻她的手。一个妇女想向她下跪。她简直是个显赫的王后，既享高寿，又享尊荣，可谓福寿双全。她走上台阶，渐渐不见了。

"你们瞧，一个人只要善于安排自己的生活，就能得到她这种荣耀。"米依一脸敬佩的神色，望着他的两个儿子，似乎在进行教育。

于是，大家各抒己见。拉博德特认为她保养得非常好。玛丽娅信口骂了一句下流话，露茜很反感，说应该尊敬这位老妇人。总之，大家都公认她是一位罕见的奇人。然后，大家又上了马车。从夏蒙到"迷鸟居"，娜娜一言不发，她两次回头眺望古堡。她陷入了沉思，她忘了斯特涅坐在身边，也看不见坐在对面的乔治。在暮色迷蒙中，升起一个幻象，那位夫人总在她面前慢腾腾地走着，像一位显赫的王后，既享高寿，又享尊荣。

晚上，乔治回丰代特庄园吃晚饭。娜娜越来越显得心不在焉，神情怪异，她打发乔治

回家向母亲道歉。她突然尊重起家庭来了，严肃地劝他必须这样做，甚至要他发誓当晚不来"迷鸟居"睡觉。她累了，而他对母亲的顺从不过是尽人子之责罢了。乔治对这番训诫很讨厌，快快不乐，垂头丧气地回家去了。幸好他的哥哥菲力浦回来了，免了他提心吊胆的一场责骂。他的哥哥是个性格开朗的大个子军官。于贡太太只是泪眼汪汪地望着他，菲力浦得悉此事后，威吓他说，如果他再去那个女人那里，他就要揪住他的耳朵抓回家来。乔治松了一口气，心里又在盘算明天下午二时左右如何溜走，和娜娜计议以后幽会的事。

晚餐时，丰代特庄园的客人显得不大自在。旺德夫尔表示，他要告辞了，他想把露茜带回巴黎。他认识这个女人已有十年之久，却从来没有对她生过欲念，这回能把她带走，实在是欣慰的事。德·舒阿尔侯爵把头几乎埋在盘子里，正在想嘉嘉的女儿。他想起当年小莉莉在他膝上蹦跳的情景。孩子们长得多快啊！这小妞儿如今出落得很丰满。米法伯爵尤其显得沉默，心事重重，两颊灼热，他注视乔治很长一段时间。吃完晚饭，他借口有点发烧，上楼把自己关在房里。韦诺先生马上跟在他后面冲上楼去，于是立刻便发生了一场争吵。伯爵趴在床上，把头埋在枕头里，神经质地呜咽起来。韦诺则柔声地称他为兄弟，劝他恳求上帝怜悯。伯爵听不进去，只管咕哝自语。突然，他从床上跳起来，哧哧地说：

"我要去她那儿……我再也受不了……"

"好吧，"韦诺先生说，"我陪你去。"

当他们出门的时候，有两条黑影潜入花园里的一条幽暗的小径。福什里和萨比娜每天晚上都撇下达格内，让他和埃丝泰尔一起烹茶。在路上，伯爵走得飞快，韦诺跑步才赶得上他。韦诺虽然气喘吁吁，仍不断劝说米法抵制肉欲的诱惑。伯爵一声不吭，只顾在夜色中匆匆赶路。到了"迷鸟居"前面时，他只抛下一句话：

"我再也受不了啦……你走吧。"

"那好吧，愿上帝的意志得以实现。"韦诺喃喃道，"上帝会通过各种途径确保最后的胜利，你的罪孽也正是他的武器。"

在"迷鸟居"里，吃饭时发生了一番争吵。娜娜收到波尔德那夫的信，劝她好好休息，似乎对她毫不在乎。因为替角小维奥莱娜的演出很受欢迎，每晚都要谢幕两次。米侬趁机力劝她第二天同他们一起动身。娜娜勃然大怒，声称不接受任何人的劝告。她的举动倨傲得可笑，列拉太太讲了一句重话，她就又叫了起来。老天，她不允许任何人，包括她的姑妈，谁都不准当着她的面说不该说的话。她似乎害了愚蠢的正派病，说了许多庄严的格言，当场大煞风景。她一本正经大谈对小路易进行宗教培育的主张和自我道德完善的设想，而且还自信地边说边点头。她强调只有堂堂正正、善于安排生活才能发财致富。她不想像乞丐那样死去。那些女人听了大为恼火，嚷道："真不可思议，是谁把娜娜改变了吗？"可娜娜稳坐不动，又陷入沉思之中，目光茫然，似乎看见自己极富有、极受人尊敬的高大形象。

大家上楼睡觉的时候，米法来了，是拉博德特在花园里看见他的，而且马上明白他的来意，他帮米法支开了斯特涅，然后拉着米法的手，领他沿着黑暗的走廊摸到娜娜的卧室。拉博德特干这类事情是很在行的，做得很巧妙，仿佛很乐意成全他人的好事。娜娜

见了米法并不觉得意外，只是厌烦他追得太狂。对待生活应该严肃点，对吧？真心去爱一个男人很傻，爱情不会给她带来什么有利的结果。乔治年纪太轻，她于心不忍，自责做得不太光彩。那好吧，她要回到正道上来，仍操旧生涯，接受一个老头子吧。

"佐爱，"她对巴不得离开乡下的女佣说，"明天起床后收拾行李，咱们回巴黎去。"

当晚，她和米法睡觉，但并无乐趣。

第七章

　　过了三个月,即十二月的一个夜晚,米法伯爵在全景胡同徘徊,那天晚上,天气和暖,一场骤雨,胡同里塞满了躲雨的行人。店铺之间人山人海,一个挨一个,缓慢而艰难地行走着。街上灯火倒映在玻璃窗上,像耀眼的流水。白色的灯泡、红色的灯笼、蓝色的透明画、成排的煤气灯、巨大的钟表和扇子模型,用火光围着,仿佛在悬空燃烧似的。在橱窗反射镜的强光照射下,店铺里色彩缤纷的商品,珠宝店的金饰,糖果店的水晶器皿,时装店里的浅色丝绸,都透过澄亮的玻璃橱窗放出光芒。在这一片色彩纷呈的招牌中,有一个令人触目的深红色大手套,从远处看,很像被砍下来的血手紧系在黄色的袖口上。

　　米法慢慢地走到大街上。他向马路扫了一眼,然后又沿着店铺踱回来。狭窄的小巷里,潮湿闷热的空气化成了明亮的蒸汽。雨水从雨伞滴下来,沾湿了石板地,一路上只听见脚步声不休不歇,却听不见有人说话。他那沉静的脸被煤气灯照得一片青白,惹得和他擦肩而过的行人忍不住盯他一眼。为了逃避这些好奇的目光,伯爵站在一家文具店前面,十分专注地鉴赏橱窗里的玻璃球镇纸,球里浮现出风景和花卉。

　　其实他什么也没看见,他想的是娜娜。她为什么又要撒谎?早上,她写信给他,叫他晚上别来打扰她,借口是小路易生病,她要在姑妈家过夜照顾他。但他不相信,跑到她家里去,从看门女人那儿得知娜娜上剧院去了。他觉得奇怪,因为新上演的这出戏里没有她的角色。为什么她要撒谎呢?她到游艺剧院会干什么呢?

　　一个行人撞了他一下,他竟毫无知觉,他又走到一个摆着小玩意儿的橱窗前,出神地注视里面的记事本和雪茄烟盒,所有东西的角上都印着一只模式相同的蓝燕子。娜娜一定变心了,刚从乡下回来的那阵子,娜娜把他迷得发狂,她吻遍他的脸,吻他的颊髯,像猫一般柔媚,并发誓说,他是她最喜爱的小狗、最心疼的小男人。他不再害怕乔治了,乔治被他妈妈拘在丰代特乡下了。剩下胖子斯特涅,他有意取而代之,但又不敢明说。他知道斯特涅又陷入极度的经济危机,在交易所濒于破产,现在紧紧抓住朗德盐场的股东,企图从他们身上榨出最后一笔款来。每逢在娜娜家里与斯特涅相遇时,娜娜便向他做合理解释:斯特涅为她花了一大笔钱,她不愿意把他像条狗似的轰出门外。再说,三个月来,伯爵沉迷在温柔乡里,神魂颠倒,除了占有她,别无奢望。由于他的性的觉醒很迟,乍尝滋味便如馋嘴孩子贪吃那样强烈,顾不上虚荣和妒忌了。他现在只有一个感觉,娜娜待他不如以前温存了,再也不吻他的胡子了。他为此不安。他自忖是否在什么地方得罪了她,因为他是个对女人了解甚少的男子。虽然他觉得已经竭尽了全力满足她的一切欲望。早上那封信又浮上他的心头,想起她编的谎言,她只不过是想晚上到剧院里去而已。人群又推搡了他一下,他穿过胡同,站在饭馆前面,脑子里却在苦苦思索,下意识地盯着拔了毛的百灵鸟和橱窗里的一条大鲑鱼。

最后，他从眼前的景物中惊醒过来，他抖擞精神，抬起眼睛，发现时间已将近九点。娜娜就要出来了，他要叫她说出实话。接着，他又往前走，想起往日他到剧院门口接她时，曾在这儿度过的夜晚。这里的店铺他都熟悉，能辨出它们的气味来。纵然弥漫了煤气的气味，他也能嗅到俄国皮革呛人的怪味，从巧克力店的地窖冒出来的香草味，从香水店敞开的大门飘出来的麝香味。他不敢在女店员面前驻足，这些脸色苍白的女人带着笑意注视他，似乎认为他是熟顾客。有一阵，他好像在研究商店上面的那一排小圆窗，似乎现在才第一次见到。他又来到大街上，呆呆地站了一分钟。大雨已歇，毛毛细雨却没有止，冷冷的雨水落在他的手上，使他稍微清醒了一些。他想起了他的妻子，如今她正在马贡附近的一座古堡里，她的女友德·谢泽尔夫人从秋天起病重住在那儿。马车在泥泞中奔驰，这样恶劣的天气，乡下该更难受了吧。突然，他心里一阵焦躁，钻进闷热的胡同里，在人丛中大步流星地穿行。他蓦然想起，如果娜娜起了戒心，她会穿过蒙马特尔走廊溜走的。

于是，伯爵便守在剧院门口。他不想在胡同口等待，怕被人认出来。这地方是游艺剧院走廊与圣马可走廊的交接处，是一个阴晦的角落，全是些昏暗的小店铺，一家门可罗雀的鞋店，几家家具店，家具灰尘厚积，还有一间烟雾腾腾像在昏睡的阅览室，里面那盏带罩的灯，整晚都发出引人入睡的绿光。在这个角落里聚集着的，只有喝醉了酒的布景工人，衣衫褴褛的群众演员，再有就是衣冠楚楚的先生，在耐心地踯躅、等候。剧院门前孤零零一盏煤气灯，罩着粗糙的灯罩，光亮仅及门口。米法曾想找布隆太太打听娜娜的下落，又担心娜娜得知他来找的风声，会从另一门口跑掉。因此他又继续踱起来，打定主意，等到剧院关铁门，把他轰走为止。这种情况已发生过两次，一想起回家孤眠独宿，心里很不是滋味。遇上不戴帽子的姑娘或衣服肮脏的男人投来疑惑的目光，他便踱到阅览室门前，从粘贴在玻璃窗上的两张广告中间向里面张望，每次都是老样子：一个小老头独自一人，直挺挺坐在一张大桌子旁边，在绿色的灯光下，用被映照得发绿的手，捧读一份也是发绿的报纸。在差几分钟就到十点的时候，又来了一位先生，戴着大小合适的手套，高大英俊，一头金发，他也在剧院门前踱来踱去。两人相遇时，都以狐疑的目光瞟一眼对方。伯爵一直走到两条走廊的交接处，那儿挂了一面大镜。他从镜里看见自己严肃儒雅的模样，不禁又羞愧又不安。

十点钟了。米法突然想到，要知道娜娜是否在化妆室里，其实是很容易的事。他登上三级台阶，穿过那个粉刷成黄色的小前厅，然后从一扇只用插栓掩着的小门溜进院子，这院子又暗又潮像在井底，四周是臭烘烘的厕所，水龙头，厨房的炉灶，和女门房堆在那儿的花草，两堵开了许多窗的墙，窗口灯火通明。楼下是道具窗户，消防处，左边是办公室，右边和楼上是演员化妆室。这些窗口就像井壁上的炉口，在黑暗中张着大嘴。伯爵一眼就看见了二楼娜娜的化妆室亮着灯，他立刻心花怒放、满怀舒畅起来，忘乎所以地踩在黏糊糊的污泥中，嗅着巴黎这种老房子后院里的秽臭。水滴滴答答地从一根破裂的水管往下滴。布隆太太的窗口射出一线煤气灯光，把一块长满青苔的路面和被污水侵蚀的墙根以及堆满垃圾的角落洒上了一片黄色的光影。角落里还有破旧的水桶和破瓶碎缸，破锅里一支旧长矛竟长出绿芽。一个窗上的插销响了一下，伯爵吓得连忙逃开。

娜娜就要下来了。他踅回阅览室。夜明灯幽幽地照着，小老头依然没有动，他的侧

影落在报纸上。伯爵又踱起步来,他走得远了些,穿过宽敞的走廊,沿着游艺剧院走至费岛长廊,这儿又冷又黑,阒无一人。他又往回走,经过剧院门口,转过圣马可走廊,壮着胆子一直走到蒙马特尔,在那儿,一家杂货店的切糖机引起了他的好奇心。可是转到第三个圈,他担心娜娜从他背后溜走,于是便丢掉了人类的一切尊严,同那位金头发的先生一起站在剧院门口,互相交换了亲善谦恭的眼光,但仍带一丝疑虑,也许对方是个情敌亦未可知。幕间休息的时候,几个布景工人出来吸烟斗,粗鲁地撞到他们身上,两人也没敢哼声。三个头发蓬乱、衣衫肮脏的高个子姑娘走出门口啃苹果,满地乱扔果皮、果核。两位先生低着头,忍受她们放肆无礼的目光和不堪入耳的粗言秽语,这些烂污货故意推推搡搡地撞他们,以此为乐。

就在这时,娜娜走下三级台阶。她一看见米法,脸色变白了。

"啊! 是你。"她吃惊地说。

正在耍弄他们的那几个群众女演员认出是娜娜,吃了一惊,赶紧肃立一旁,满脸惶恐,宛如做了坏事的仆妇被女主人撞见一样。那位高大的金发先生闪到一边,他放了心但又有点沮丧。

"好吧,挽我的胳膊吧。"娜娜没好气地说。

他们挽着手默然走开,伯爵本来有一肚子的话要盘问她,这时却一句话也说不出来。倒是娜娜急急地说了一大串:八点钟的时候她还在姑妈家里,后来,见小路易病好多了,便到剧院来看看。

"剧院有什么重要事吗?"他问。

"是的,有一个新剧本,"她迟疑一下才回答,"他们想听听我的意见。"

他知道她在撒谎,但感觉到紧挨着他的温软的玉臂,使他浑身酥软,忘了久等的焦灼和苦恼。他唯一忧虑的是得到了她却守不住她。她为什么要到自己的化妆室来,明日再设法了解。娜娜似乎心神不定,显然有什么心事,试图平静下来,好拿个主意。转过游艺剧院走廊的拐角,她在一家扇子店的橱窗前停了下来。

"瞧!"她低声说,"这扇子真漂亮,镶着贝壳,又缀着翎毛。"

接着,她用漫不经心的口气问:

"你打算陪我回家喽?"

"当然,"他惊讶地说,"你的孩子不是好多了吗?"

她后悔刚才编的谎言。也许小路易的病又发作了呢,她说想回巴迪诺尔看一看,可当他说要陪她去时,她就不再坚持去了。有好一会儿她气白了脸,这是女人被人逮着而又不得不虚与委蛇的表情。她终于没有发作,打算拖延时间,只要在午夜时分摆脱他,那就依然可以照着她的意愿行动了。

"真的,你今晚要打光棍了,"她咕哝道,"你老婆明天早上才能回来,是吧?"

"是的。"米法答道,听娜娜以轻慢的口吻提及伯爵夫人,他有点不自在。

她接着追问他火车几点到达,他是否要去车站接她。她又放慢了脚步,似乎被店铺里的货色吸引住了。

"你看,"她站在一家珠宝店前面,"这只手镯真新奇!"

她很喜爱全景胡同。她喜欢巴黎的假首饰假珠宝,镀金的锌质制品,硬纸制的假皮

货,这是少女时代留下的爱好。当她经过店铺橱窗时,总是流连忘返,被琳琅满目、光彩俗气的货品吸引,就像从前,她趿着破鞋在街头流浪时,总是对着巧克力店的糖果看得入迷,或听着隔壁店里的风琴声忘乎所以。她尤其感兴趣的是那些廉价而夺目的小摆设,诸如核桃壳针线盒、装牙签的小筐、圆形纪念碑式或方尖碑型的寒暑表等。可是,今天晚上她心绪不宁,对这些玩意儿视而不见。被人缠着行动不得自由,她终于感到厌烦了,一股怒火从心头升起,很想不顾一切做出糊涂举动来出出恶气。说什么和阔佬轧姘头是最佳投资!为满足她孩童般的任性,她刚刚吞蚀了王子和斯特涅的财产,可是不知道这些钱是如何花掉的。她在奥斯曼大街上的那套住宅至今还没全部布置好,只有客厅全用红缎子椅套,却又因装饰得过分、家具堆砌太多而显得不协调。当她手头拮据的时候,债主们逼债的狠劲比往日更甚,她总是捉襟见肘、入不敷出,这是她一直不解的事,因为她认为自己是节约的典范。一个月以前,她威胁斯特涅,如果他拿不出一千法郎便要把他踢出门去,这老贼费尽心机才弄到这笔钱。至于米法,他是个蠢货,他不懂得应当付出代价,奉献财物,而她不能埋怨他的吝啬。咳!如果她不是每天念叨二十次要好好做人的格言,她一定把这些人统统撵逐出去!佐爱每天早上规劝她,不可太任性。她自己也经常被夏蒙那个尊荣的偶像所迷住,产生一种虔敬的宗教色彩的回忆,而且由于她时时想起,这个偶像便愈显高大,所以,此时娜娜尽管气得发抖,仍克制着,温顺地挽着伯爵的胳臂,在越来越稀少的行人中间,从一个橱窗走到另一个橱窗。店铺外面的铺石路面已经干了,凉风吹进长廊,驱去了玻璃天棚下的热气,把一排排的煤气灯和彩色灯笼以及那把闪耀如烟火的扇子吹得摇摇晃晃。饭店门口,伙计熄灭了球形灯。商店里空荡荡的,却依旧灯火辉煌,女店员纹丝不动地呆坐着,仿佛睁着眼睛入睡了似的。

“啊!这东西真可爱!”娜娜走到最后一家店铺门前时,又往回走了几步,对着一只纯白的瓷制猎兔狗赞叹不已,这狗抬起一条腿,虎视眈眈地盯着隐藏在玫瑰花丛里的一个兔子窝。

他们终于离开胡同,她不想坐马车。她说,天气太好了,而且他们又没什么急事,徒步回去挺有意思的。走到英国咖啡馆门前,她突然提出想吃牡蛎,说是早上由于小路易生病,到现在她还没吃过东西。米法不敢有违,于是要了一个小单间,他还没和她一起公开露过脸呢!他急急忙忙穿过长廊向里面奔去。娜娜跟在他后面,显然对这个地方非常熟悉。侍者拉开小单间的门,他们正要进去,猛听得邻家传来轰然的笑嚷声,一个男人从里面冲了出来,那就是达格内。

“哟!是娜娜!”他叫了起来。

伯爵一溜烟闪进小单间,门却半开着。见伯爵弓着腰躲开了,达格内眨眨眼,开玩笑地说:

“哎哟哟!你混得不赖嘛,居然到杜伊勒宫找男人了!”

娜娜笑了笑,竖起一根手指在嘴唇上,示意他不要出声。她觉得他很放肆,但能在这里遇见他,她还是挺高兴的,毕竟旧情难忘,尽管他与正经妇女在一起时,假装不认识她,实在可恶。

“你近来可好?”她问,态度挺亲切。

“我准备成家立室了。真的,我正在考虑结婚。”

她耸了耸肩,露出怜悯的神气。但他依然用开玩笑的口吻继续说道,如果在交易所里赚的钱,仅够给女人买花的话,那简直不叫生活,连体面的单身汉也够不上。他的三十万法郎只花了十八个月。他要实际一点,娶一个嫁妆丰厚的女人,像他的父亲一样,将来混个省长当当。娜娜只是笑笑,并不相信他的话。她指指他刚出来的房间,问:

"你和谁在一起?"

"噢,一大帮人,"他说,一阵醉意涌上来,把他刚才的计划又忘了,"列娅正在讲她在埃及旅行的见闻哩。太有趣了!其中有关于洗澡的事……"

他把这些见闻转述给娜娜听,娜娜听着,并不急于走开。后来,他们面对面,靠在过道的墙聊起天来。煤气灯在低矮的天花板下面闪耀,墙饰的皱褶里散发出淡淡的厨房气味。房间里的喧闹声加剧,有时他们不得不凑近脸孔才能听见对方的话。每隔二十秒钟,总有一个侍者托着菜盘过来,见他们挡住了路,便请他们让开,他们贴着墙壁让了让,便又谈个不停,也不管顾客们的喧哗和侍者的碰撞,他们若无其事地谈着,好像在自己家里一样。

"你看。"达格内指了指米法进去的那个小单间的门,轻声说。

两人望过去,那扇门微微地动了动,然后又轻轻地关上了,一点声响都没有,两人默默地相视一笑,米法独自待在里面,神气一定很好笑。

"对了,"娜娜问道,"你读了福什里写的关于我的那篇文章吗?"

"读过了,那篇《金苍蝇》,"达格内答,"我没跟你提这事,怕你难受。"

"难受?为什么?他的文章挺长的。"

有人在《费加罗报》发表有关她的文章,她倒很得意。她的理发师弗朗西斯给她带来这份报纸,如果没有理发师做了解释,她还不知道文章说的就是她。达格内偷眼看了她一眼,嘻嘻地冷笑着。既然她本人都对这文章满意,旁人更该满意了。

"对不起!"一个侍者喊道,手里端着一盘冰奶酪,挤开了他们。

娜娜向米法正在等她的小单间走去。

"好吧,再见,"达格内说,"去找你的那个王八吧。"

娜娜停下脚步。

"你为什么叫他王八?"

"见鬼,因为他是王八呗。"

她又走回来,靠在墙上,非常感兴趣的样子。

"啊!"她只发出这么一声。

"怎么,你还不知道?亲爱的,他的老婆同福什里睡觉了……这大概是在乡下开始的……刚才我到这儿的时候,福什里才离开我,我猜他们今晚在他家里幽会。他们一定编了个借口。"

娜娜惊愕得说不出话来。

"我早就感觉到了!"她一拍大腿说,"上次,在大路上,我只扫了她一眼就看出来了……一个正经女人居然欺骗丈夫,而且和福什里这个王八蛋姘居,这真叫人难以相信!他准会教她做出许多好事来的。"

"嘿!"达格内刻薄地轻声说,"她可不是初次尝试,这种事,她可能比他懂得更多呢。"

娜娜气愤地骂了一声。

"真有此事！……什么世道！太肮脏了！"

"对不起！"一个侍者手持几瓶酒，分开了他们。

达格内把她拉到身边，握住她的手，用令女人着迷的清朗的嗓音，说道：

"再见，亲爱的……你知道，我永远爱着你。"

她抽回手，微笑了一下，她的声音被雷震似的喧闹喝彩声盖住了。她说：

"傻瓜，我们早完了。可这没关系，过几天你来吧，咱们好好叙叙。"

然后，她一脸的庄重，用良家妇女的口吻气愤地说：

"哼！他是王八，这太糟糕了，我是一向讨厌王八的。"

她终于踏进小单间，米法坐在一张狭窄的沙发上，脸色苍白，神情驯顺，绞着双手，一点也没有责怪她的姗姗来迟。她深受感动，既怜悯他又憎厌他。可怜的人哪！被他那个淫贱的老婆骗苦了。她想扑上去搂住他的脖子安慰他。可是，他也活该，他跟女人在一起时就像个白痴，这是给他的教训。然而，怜悯之心占了上风。她原打算吃完牡蛎便摆脱他，现在又不忍心这么干了。他们在英国咖啡馆待了将近一刻钟，然后一起回到奥斯曼大街。已经十一点钟了，午夜十二点之前，她会设法好好地把他打发走的。

为了预防万一，她在前厅吩咐佐爱。

"你要看住那一个，他来时，如果这个人还缠住我，你就叫他别弄出声响。"

"可是，太太，我把他安置在哪儿呀？"

"让他在厨房里待着吧，那儿安全些。"

米法在卧室里已经脱掉礼服。壁炉的火烧得旺旺的。卧室依然如故，家具是红木的，墙饰和椅套是灰底大蓝花织锦。娜娜曾两次想换掉它们，第一次想换成黑丝绒，第二次想换成带粉红结子的白缎子。可是她每次都把斯特涅给她更新的钱吃个精光。她凭一时之兴，买了一张虎皮铺在壁炉前面，买了一盏水晶玻璃吊灯挂在天花板上面。

他们关上房门，她说："我一点也不困，我不想睡觉。"

伯爵像个驯服的男人依了她，他不再担心被人看见了，现在只恐惹她生气。

"听你的。"他喃喃地说。

对着火炉坐下来之后，她还是把靴子脱了。娜娜有个癖好，就是对着衣橱的镜子剥光衣服，然后对镜自我鉴赏。她把衣服一件件脱去，一丝不挂地久久凝视镜中的胴体，赞赏缎子般光滑的皮肤，线条柔和的腰肢。她显得那样专注、陶醉，沉溺于自爱之中。理发师常常撞见这个情景，可她连头都不回过去。米法很生气，她却只觉得诧异。理发师能得到她什么呢？她脱光了不是供人观看的，纯粹是为了自己。

这天晚上，她为了看得更清楚些，把枝形烛台上的六支蜡烛全点燃了。她正要让衬衣滑落又停下手来，思忖一会儿，问道：

"你没有翻阅过《费加罗报》上的那篇文章吧？报纸就在桌上。"

她想起了达格内的冷笑，不禁疑惑起来，如果那个福什里存心诋毁她，她必报复。

"据说文章是针对我写的，"她装出若无其事的样子，"嗯，亲爱的，你的看法如何？"

她松开手，衬衣滑了下去，赤裸裸地站着等米法把文章读完。米法慢慢地细阅福什里那篇题为《金苍蝇》的专栏，写的是一个姑娘的故事。她的祖辈四五代都是酒鬼，贫困

和酗酒代代相传,败坏了她的血液,使她的性功能严重失控,性欲异常。她在郊区和巴黎街头长大,又高又美丽,肉体丰腴,如同牛粪里的一朵花,她是在乞丐和被社会抛弃的下层人当中成长的,她要为这个阶层复仇。她把在这个阶层发酵的腐烂堕落之风侵蚀着贵族阶层,并使之随同她一起腐烂。她变成了大自然的一种盲目的力量,一种有破坏性的酵素,她在不知不觉地把巴黎在她两条雪白的大腿中间腐化,如同主妇们每日搅动牛奶那样搅得巴黎不得安宁。文章结尾,作者把她比作苍蝇,一只从垃圾堆里飞出来的金光闪闪的苍蝇,从路旁的弃尸上吮吸毒素,嗡嗡地叫着,飞舞着,发出宝石般的光辉,从窗口飞进王宫,落到男人们身上,就把他们毒死。

米法抬起头,呆呆地瞪视炉火,出了神。

"怎么样?"娜娜问。

米法没有回答,似乎想再读一遍专栏文章。一阵寒意从他的发根侵入肩膀。这篇文章写得马虎,句子不连贯,用词不准确,夸张、突兀。然而,他如被当头棒喝,受到震动,突然唤起了几个月来他不愿意去想的一切。

他抬起眼睛,娜娜正沉醉在自我欣赏的狂热里。她扭转脖子,仔细察看右腰上的小黑痣,用小指头抚摩它,身子尽量往后仰,让它更突出明显些。她大概觉得它长在这个部位又有趣又好看。接着,她又研究起其他部位来,看得极为有味,似乎又萌发了孩童时代的不良的好奇心。她每次看着自己,她都从心里发出惊叹,她像少女初次发现自己发育那样又惊又喜。她慢慢张开双臂,展现她那丰满的维纳斯的上身。她弯下腰,细审自己的背面和正面,停下来看看胸部的侧影和大腿那种摄人心魄的轮廓。最后,她兴致勃勃地扭起肚皮来,两膝分开,左右摇摆,扭动腰肢和臀部,活像埃及舞女跳肚皮舞。

米法瞠目结舌地盯着她,觉得她简直可怕。报纸从他手中掉下来。他彻底地看清她的真面目,同时也瞧不起自己。的确,三个月来,她已经把他腐化了,料想不到的污垢一直侵蚀到髓里。此刻,他的整个身心都在腐烂。他突然意识到这邪恶造成的祸害,发现了这种毒素的破坏性,他自己中了毒,家庭被毁,社会的一角哗啦啦地坍塌了。然而,他抗拒不了,无法把视线从她身上移开,目不转睛地盯着她,尽力提醒自己嫌恶她的裸体。

娜娜停止了扭动。她抬起一条胳膊搁在脑后,一只手握着另一只手,头往后仰,臂肘分开。他看见她双目微翕,樱唇半启,脸含荡意。金黄色的发髻已经散开,像母狮的鬣毛披在背上。她挺胸凸肚,显出结实硬挺的腰和乳房,缎子般光滑的皮肤,发达的肌肉,一条美妙的曲线从她的臂肘笔直地流到足尖,只有肩膀稍突,腰微凹,显出一点波峰。米法定睛从上到下地细观这个娇俏动人的侧影,浑圆的胴体在烛光下面闪着绸缎般的光泽。他想起以前对女人的厌恶,想起《圣经》里淫荡骚臭的妖怪。娜娜身上长满了橙黄色的绒毛,毛茸茸如披丝绒。而她的兽性突出在她母马般的臀部和大腿上,深深的裂缝两旁那肉感地隆起的部分,给性蒙上了撩人的纱幕。她就是金色的野兽,是一股盲目的力量,仅凭气味就足以使世界腐烂。米法着了魔似的一直怔怔地望着她,他无法克制,只好合上眼不再去看。但这怪兽仍在黑暗中呈现,而且更高大、更可怕、更迷人。现在,这怪兽要永远出现在他的眼前,附在他的肉体里了。

娜娜蜷缩成一团,四肢似乎因激动而掠过一阵战栗。她双眸湿润,尽力把自己缩得小小的,好像是为了更好地嗅身上的气味。接着,她松开双手,让它沿着身体往下滑,一

直落到乳峰并紧紧地捏住。她挺起胸脯,沉醉在自我抚爱中,她摸遍全身,脸颊左右轻擦肩膀,她淫荡的嘴在自己身上煽起了情欲。她撮起嘴唇,久久吻着两腋旁的肉,又向镜子里的娜娜微笑,亲吻。

米法发出长长的一声叹息,她的自娱加倍勾动了他的情欲。突然,他刚才的各种念头像被狂风一扫而空,他猛地冲过去,把她拦腰抱住,按倒在地毯上。

"放开我,"她大叫,"你弄痛我了。"

他自知已被击败,他明知她愚蠢、下流而且虚伪,即使她有毒,他还是要占有她。

"啊!真讨厌!"他扶她起来时,她悻悻地说。

她很快平静下来。现在,他该走了吧。她换上镶花边的睡衣,坐在火炉前的地上,这是她最喜欢坐的地方。她又提起福什里的那篇文章,米法含糊其词地敷衍她,避免发生争吵。她说她抓住了福什里的一个把柄。她好久没有作声,考虑用不会使他难堪的方法打发他,因为她毕竟是个善良的姑娘,更何况伯爵是个王八,想到这一点,她软下心来。

"那么,"她终于开口了,"明天早上你要等你的太太回来喽?"

米法两眼矇眬躺在沙发上,四肢软绵绵的,他点了点头。娜娜脸色严峻地望着他,心里琢磨着。她盘起一条腿,压住微皱的睡衣坐在那里,双手握住一只脚,机械地转来转去。

"你结婚很久了?"她问。

"十九年了。"伯爵回答。

"哦!你的妻子可爱吗?你们相处得好吗?"

他不作声,然后有些尴尬地说:

"你知道,我求过你永远别提这些事。"

"哟!为什么?"她生气,嚷道,"我不会吃掉她的,谈谈罢啦。亲爱的,所有的女人都是一路货……"

她突然住了口,生怕说漏了嘴。只是她摆出一副高人一等的神气,因为她自以为是很善良的。这可怜的人啊,对他宽容一点才是。一个调皮的念头掠过脑海,她笑嘻嘻地打量他,说:

"我说,我还没告诉你,福什里散播的关于你的谣言,他真是一条毒蛇!我并不恨他,他的文章还过得去。可他实在是一条毒蛇!"

她越笑越欢,松开腿,爬着过来,把胸脯压在伯爵的膝盖上。

"你想想,他一口咬定你娶老婆的时候还是个童男……嗯?你那时真的还是童男吗? ……此话当真!"

她用目光逼他回答,并抓住他的肩膀摇晃,要他坦白实情。

"当然是的。"他神色庄重,终于回答了。

听了这话,她又跌坐在自己的脚上,爆发了一场大笑,笑得喘不过气来,不住用手拍他。

"不可能,这太稀奇了,全世界也找不出来,你真是怪人!我可怜的小狗,你那时一定是个笨蛋,男人如果不懂得干这事,那真是太好笑了!哎哟,我要能看看你那时的样子……干那事还顺利吧?噢,说点来听听!求求你,说吧。"

她百般盘问他,要他说出细节。她疯笑着,发出一阵阵大笑,前仰后合地乐不可支。衬衣滑下来又撩上去,熊熊的炉火把皮肤映成金黄,伯爵一点一滴地把新婚的情景都说了出来。他渐渐觉得坦然,自己也认为可笑,他用文雅的字眼,叙述"他是如何破身的"。他还有点羞耻感,说话还是注意分寸的。娜娜来了兴致,又絮絮不休地追问伯爵夫人的情形。她长得艳如桃李,却冷若冰霜,伯爵如是说。

"哦,行啦,"他怯怯地咕哝,"你无须吃醋的呀。"

娜娜收敛笑容,坐回原先的位置,背向炉火,两手合抱膝盖抵着下巴,然后庄重地说:"亲爱的,新婚之夜,在老婆面前木头似的,可不像话。"

"为什么?"伯爵惊讶地问。

她摇头晃脑,像讲课似的造作一番,纡尊耐心地解释。

"你看,我,我就晓得其中缘由……好吧,小乖乖,告诉你,女人不喜欢木头,她们嘴里不说,因为她们害羞,你明白吗?但她们的想法多得很。迟早她们会移情别恋的……就这样,我的宝贝。"

他好像还没听懂她的话。她进一步把话说得更明白一些。她像慈母似的,出于好心,善意地给他上了这一课。自从她知道他是个王八之后,这秘密便如鲠在喉,不吐不快。

"我的天!我说的尽是与我无关的事。我之所以要说这些,是因为希望大家都幸福……我们只是闲谈,对吗?喂,你可得坦坦白白地回答我的问题。"

她住了口,换了个位置,因为火烤疼了她的背脊。

"呃,炉火好烫,我的背都快焦了……等等,我要烤烤肚子……这能治病!"

她转过身来,盘腿坐下,就着炉火烤胸脯。

"喂,你不再和你老婆睡觉了吧?"

"是的,我向你发誓。"他生怕惹出口舌,赶忙说道。

"你以为她真的是块木头吗?"

他点点头。

"你就为了这个才爱我的?说呀,我不生气的。"

他又点点头。

"很好!"她下结论道,"我早就猜着了。啊!你这可怜的小狗!……你认识我的姑妈列拉吗?她来的时候,让她给你讲讲住在她对面的那个水果商的故事……你想想,那水果商……妈的!这炉火真热,我得转个身烤烤左边了。"

她把左腰向着火时,又生出调皮的念头来了。看见自己的肉体在炉火的映照下又肥腴又红润,不由得兴奋起来,像个十足的傻瓜似的开起自己的玩笑来。

"呃,我多像只肥鹅,啊!真像,像只烤叉上的鹅……我转呀转的,我用自己的原汁烤着自己。"

她大笑起来。外面传来人语和关门的声音。米法愕然,用目光询问她。她收起笑声,神色有点不安。一定是佐爱养的那只猫,这该死的畜牲把什么都砸破了。午夜十二点半了,她怎么还有心思为这王八的幸福着想?现在另一个男人已经来了,应该尽快把这一个打发走了,越快越好。

"你刚才说什么？"伯爵赔着小心问道，见她情绪很好，他十分高兴。

但她急于要打发他离开，脾气突然变了，态度也粗暴起来，再顾不上说话的轻重了。

"啊！是的，我说的是水果商和他的老婆……亲爱的，他们从不碰对方，没有！……他老婆对那事是很在乎的，而那个木头却不解风情……结果他以为她是木头，便到别处和婊子鬼混，他尝到了种种下流的甜头，他的婆娘呢，也和比她丈夫聪明的男人鬼混……彼此不沟通，结局往往如此，我对这事很清楚！"

米法终于明白她影射的是谁了，他脸色苍白，想叫她住口，但她已一发不可收拾了。

"不，你别拦我！……如果你们不是没有教养的男人，你们就会在太太面前表现得和在我们面前一样好了。如果你们的太太不是蠢驴，她们会想方设法看住你们，不让你们来找我们的……这一切，都是教养的问题……小乖乖，这就是我要说的话……你掂量掂量吧！"

"不要说良家妇女，"他冷冷地说，"你对她们不了解。"

娜娜一听，猛地站起身来，

"我对她们不了解！……但你的那些良家妇女根本谈不上干净二字！不，她们不干净！我就不相信你能找到一个敢像我这样亮出身子让人看的良家妇女……真的，你的那些良家妇女让我好笑！你不要逼人太甚，让我说出事后懊悔的话来。"

伯爵的反应是咕哝了一句粗话。娜娜气白了脸。她默默地瞪了他几秒钟，然后一字一句地问道：

"如果你老婆给你戴绿帽子，你会怎么办？"

他做了个威吓的动作。

"那么，如果是我欺骗了你呢？"

"唔，你。"他耸耸肩，含糊应道。

娜娜其实本无恶意，谈话一开始，便注意克制自己不要当面骂他是王八。她希望使他心平气和地把隐私说出来。但最后，她被激怒了，她按捺不住了。

"那么，我的小乖乖，"她接着说，"我不知道你来我家做什么……你烦了我两个钟头了……找你的老婆去吧，她正在跟福什里干那事哩。是的，一点不假，他在泰布街，普罗旺斯街的街角……你看，我连地址都给你了。"

看见伯爵像遭了猛击的牛般摇摇晃晃地站起来，她洋洋得意说道：

"良家妇女混进我们这群人里头抢我们的相好了！……良家妇女也真有德行！"

没等她把话说完，他已狠狠地把她按倒在地，见他气得说不出话，浑身哆嗦，她不禁心软而泪下，后悔极了。她一边蜷缩在火炉前烤右边的身子，一边安慰他：

"亲爱的，我向你发誓，我原以为你知道这事。不然，我不会讲出来的，而且，这也许是谣传。我并没说这是真的，是人家告诉我的，大家都在议论，但这能证明什么？……呀，得了，你不该烦恼，我要是男人的话，才不在乎呢！女人嘛，你看，不管她们社会地位是高还是低，都是一路货色，全都是骚货。"

她诋毁女人，包括自己在内，使他受的打击不那么重，但他根本不听她的，也没有听见她说什么。他一边顿足，一边穿上鞋和礼服，他在房间里踱了一会儿步，然后，他仿佛终于找到了房门，憋着一腔怒火，夺门而去。娜娜非常恼火。

"好吧！走好啊！"屋里只剩下她一人，她还是大声地说，"人家同他说话呢！我还费尽唇舌安慰他呢！我首先改变了态度，我也道歉得够了！……因此，是他在惹恼我！"

她心里窝着火，两只手使劲挠着发痒的大腿。她打定了主意。

"呸！滚他的！他做了王八，这可不是我的错！"

她把全身都烤遍了，觉得暖烘烘的，然后钻进被窝，按铃叫佐爱把在厨房里等着的另一个男人带进来。

屋外，米法怒火满腔地走着，刚下过一阵暴雨，地面泥泞，他几乎滑倒。他下意识望望天空，煤烟色的云片在月亮前面奔驰。此时，奥斯曼大街行人寥寥。他沿着歌剧院的建筑工地，专拣阴暗处行走，嘴里嘀咕着不连贯的话。这婊子撒谎，她捏造这套谎言实在愚蠢、残忍。他刚才应该把她的脑袋踩个稀巴烂的。总之，遭受这样的奇耻大辱，他再也不想见她碰她了，否则他便是一个十足的懦夫。他深深地吐了一口气，心里似乎轻松了一些。啊！这裸体的妖怪，蠢笨如鹅，烤得也像鹅！竟然诬蔑他四十年来所尊崇的一切！月亮穿出云层，皎洁的光芒倾泻在空寂无人的大街上。他害怕了，绝望地叫出声来，犹如陷入无垠的空虚里，徬徨惊恐。

"我的上帝！"他喃喃地说，"完了，一切都完了。"

大街上，迟归的行人脚步匆匆。他竭力要平静下来，这婊子胡诌的事又萦绕在他发烫的脑子里。他想分析事情的真伪。伯爵夫人早上该从德·谢札尔夫人的城堡里回来，确实，她完全有可能在前一天夜里回到巴黎，在那个男人家里过夜。现在他记起他们在丰代特庄园居住时的一些细节了。一天傍晚，他偶然在树丛下撞见萨比娜，她惊慌的话也说不出来。那个男人当时也在场。既然如此，她为什么现在不能到他家里去呢？他越想越觉得此事完全属实，而是必然发生的事。当他在婊子家里脱衣服之时，也正是他老婆在妍头的卧室里脱衣之时，没有比这更简单、更合乎逻辑的了。他一边推理，一边极力使自己冷静下来。可他感觉已陷入了不断扩大的肉欲的困扰里，而且蔓延到四周，征服了整个世界。一些热辣辣的画面追逐着他。裸体的娜娜，突然使人想起裸体的萨比娜。在这个幻象中，这两个女人同样荒淫无耻。他跟跟跄跄，差点被一辆出租马车撞倒。几个卖笑女子从咖啡馆里出来，浪笑着用臂肘碰他。他的泪水忍不住又哗哗地涌了出来。他不愿被人看见，便钻进一条没有灯光的罗西尼街，在四周无人的街上，沿着沉睡的房子，孩子般地哭过去。

"完了，"他声音暗哑，"什么都完了，一切都完了。"

他哭得太伤心了，只好靠在一扇门上，把脸埋在被泪水沾湿的手中。一阵脚步声吓得他赶快走开，他又羞愧又害怕，见人便躲，就像个夜游人，不安地晃荡。碰到人时，他便装出轻松愉快的样子，唯恐人家看出他抽搐的肩膀而猜测他的家丑。他从船舱街走到蒙马特尔郊区街，街上的亮光使他吃了一惊，又踅了回来。就这样，他在这一带居民区，专挑黑暗的角落，走了将近一个钟头。他心里有个目的地，他下意识地在复杂迂回的路上耐心地走着。最后，他来到一条街的拐角，抬起头来，他到了。这儿就是泰布街与普罗旺斯街交接的角落。他本来五分钟便能走到的，但他的脑子嗡嗡作响，心痛万分，竟花了一个小时才走到。他记起上个月的一个早晨，他曾来过这儿，他上楼到福什里家，感谢他为杜伊勒利宫的舞会写了一篇文章，文中提到伯爵的名字。福什里住在底层和二楼之间的

夹层。有几扇方形小窗，被一家店的大招牌半掩着。左边的最后一扇窗，窗帘没有遮严，一道强光射了出来，只看见半边窗户。他定睛盯住这束光线，静观它的动向。

月亮已沉入漆黑的天空里，外边下着冰冷的细雨，圣三会教堂的钟已敲了两声。普罗旺斯街和泰布街明亮的煤气灯淹没在远远的黄色雾气中。米法呆立不动。那就是福什里房间，米法记得房间里挂着土耳其红棉布帷幔，靠里放一张路易十三时代的床。台灯大概在壁炉上面靠右边。他们现在肯定上了床，因为窗前不见人影。灯光如守夜灯静止不动。他凝视着那灯光，心里却在打主意：他去按门铃，不管看门人的叫喊，他要一直冲上楼去，用肩膀撞开门，向床上搂抱着的两个人扑过去，当场把他们抓住。他忽然想起自己没有携带武器，怔了一下，然后，他决定用手掐死他们。他仔细考虑了他的计划，觉得还是等一等，看看有什么证据，有什么迹象，掌握了真凭实据再动手。这时，如果有个女人的身影出现，他便马上按铃。可是，如果弄错了呢，他的心凉了。他怎么办呢？他又迟疑起来。他的妻子不可能在这个男人的房里，这想法太可怕了。他仍然呆立不动，等了这么久，视线有点迷茫，躯体渐渐麻木，浑身疲惫无力。

又是一阵骤雨。两个警察走过来，他只好离开他躲雨的门角。等警察消失在普罗旺斯街时，他又走回来，身上湿漉漉的，冷得直打哆嗦。窗口灯光仍亮着。这次，他要走了，此时，灯前有个影子一闪而过，他以为自己看花了眼，可是不断有影子在窗口晃来晃去，明明房里有人走动。他又站在人行道上，胃里像火烧似的难受，现在，他要弄清是什么人。窗口晃过胳膊和大腿的侧影，一只巨手端着水壶的侧影在那里晃动。这一切他看不分明，但他似乎认出一个女人的发髻，他揣摸着，它似乎是萨比娜的发髻，可颈脖似乎粗肥了些。这个时候，他已失去辨认能力，为不能确定而焦灼，胃疼更剧烈了，他紧靠门上，以求减轻痛感，身子却像个穷汉似的簌簌发抖。不管怎样，他的目光就是不离那窗口。他的愤怒慢慢地变成道德家的想象：他幻想自己是个众议员，在议会慷慨陈词，谴责放荡荒淫的社会风气，疾呼灾祸降临；他重写了福什里关于《金苍蝇》的文章，而且现身说法，宣称如果让罗马帝国末期的这种伤风败俗的腐朽习气蔓延下去，社会就毫无秩序可言。这样想着，他心里好受了一些。窗口上的影子消失了，他们大概又上了床。他呢，依然盯住窗口，伫候着。

钟敲三点钟，他不能离开。大雨如注，他便躲进门口的角落里，双腿溅满了泥泞。行人已经绝迹。他固执而愚蠢地死盯那个窗口，眼睛似被这光灼痛，不时地合上一会儿。人影曾两次晃动，重复同样的动作，也是端着巨大的水壶。两次都恢复了平静，那灯光依然如守夜灯似的发出沉静的幽光。这些影子使他更加无法确定。这时，一个念头蓦地涌上心头，他冷静了些，推迟了行动的时间，他只需在门口等妻子出来就行了，他当然认得出萨比娜，这办法再简单不过了，又不会闹出笑话便可把事情弄个明白。他待在这儿就行了。扰乱他心绪的各种感觉中，现在只有要知道真相的隐约的愿望。躲在门角落里的他厌烦、困倦了，为了提提神，他就试着计算他还要等多少时间。萨比娜九时左右到达车站，那就是说，他还要等约莫四个半钟头。他有的是耐心，想到他在夜里要茫茫无期的守候，倒也有趣，于是他决定坚持下去。

突然，那道灯光熄灭了。这本是很简单的事儿，但对他却是预料不到的灾祸，使他心绪紊乱而且焦躁不安。显然，他们熄灯上床了。半夜时分这原是顺理成章之事。他为此

恼火，因为这黑乎乎的窗再提不起他的兴趣了。他又凝视了一刻钟，他觉得累了，离开躲雨的门口，在人行道上来回踯躅，并不时抬头望望那个窗户，就这样漫步到五点钟。窗户还是毫无动静。他有时想，自己是不是在做梦，因为他似乎看到有人影晃动。他感到极度的疲乏，全身麻木，竟忘了自己在街角等什么了。他不时被石块绊住，猛地一震，惊醒过来，打个冷战，不知身在何方。既然这些人已经睡下，还有什么值得他担忧的，何必管他们的闲事呢？夜色深沉，没有人知道这些事情的。一切感觉，直至好奇心都已消失，他想结束窥探，找个可以抚慰自己的去处。街上越来越冷，难以忍受。他两次拖着脚步离开这儿，又走回来，他终于走远了。完了，什么都完了。他沿大街走下去，没有再回头。

他颓然走过一条条街。他走得慢，迈着同样的步子，沿着墙根往前走，鞋跟发出响声。他看见自己的影子在移动，走到这盏煤气灯下，影子变大了，走到另一盏灯下，影子又变小了。这对他是一种催眠，吸引了他的注意力。他后来也不知道自己走过什么地方，只记得踯躅了几个钟头，仿佛在一个马戏场里兜圈子。他把脸贴在全景胡同的铁栏栅上，双手握着栏杆，他没有摇撼，只是极力张望胡同里的情景，满怀激动，但他没看什么，空寂无人的长廊里漆黑一片。从圣马可街吹来的风带着地窖里的湿气扑面而来。他执拗地待在那里。接着，他从梦境中醒来，不禁怔住了，自问在这种地方，脸贴铁栏杆，心中如此痛苦，以至栏杆在他的脸上印上痕迹，自己究竟在寻找什么。于是他又失望地游荡起来，栖栖惶惶，孤孤独独，仿佛被人遗忘在这一片黑暗里。

天终于亮了。冬夜过后的灰暗的黎明，在巴黎泥泞的街面显得如此凄凉。米法回到正在修建的大马路上，马路位于新歌剧院建筑工地旁边，灰泥地路面被雨水一浸，再被车轮碾过，变成了烂泥塘。他不看路，只顾往前走，滑了一下，又用力走稳。天色大明，巴黎苏醒了，一队队清洁工和第一批上早班的工人给他添加烦恼。他一副仓皇狼狈的样子，帽子湿透，浑身泥水，大家都惊诧地望着他，他躲进脚手架中，迟迟不敢露面，脑里一片空白，就只觉得自己十分悲惨。

于是他想到了上帝。这种突然求助神灵的思想，祈求超凡得到安慰的念头使自己也吃了一惊，是他预料不到的、突兀的事情，这念头使他想起了韦诺的样子。韦诺肥胖的小脸和满口烂牙似在眼前。几个月来他因为羞愧而避免见到韦诺，后者感到很伤心，如果米法去敲他的门，扑到他的怀里大哭一场，韦诺一定十分高兴。过去，上帝待他慈悲为怀，只要稍有不快，生活中稍有挫折，他便走进教堂，跪下来，让渺小的自己匍匐在万能的上帝脚下。祈祷之后，他又精神振奋地走出来，准备放弃人间的财富，唯求灵魂的得救和永生。可是现在呢，只有下地狱的恐惧降临在他的身上时，他才偶尔进一次教堂。种种淫乐侵入他的身心，对娜娜的迷恋也干扰他皈依宗教的虔诚。所以现在会想到上帝，自己反而感到惊异。在他的脆弱的人格分崩离析、濒于毁灭之时，为什么他没有立即想到上帝？

于是，他艰难地走着，去寻找教堂，他已记不起教堂在哪儿了，早晨改变了街道的面貌。他转过安丁河岸街角，隐约看见圣三教堂后面的钟楼掩在晨雾里，许多白色的塑像俯视着枝叶凋零的花园，仿佛有无数瑟瑟发抖的维纳斯分布在枯黄的树叶中。他登上宽大的石阶，累得站在门廊直喘气。然后他走进去。教堂很冷，取暖设备昨夜已经熄灭，高大的拱顶沾满从窗隙渗进来的蒸汽，教堂的两侧黑沉沉的，没有一个人影。在朦胧的暗

处传来拖沓的鞋声，是几个教堂执事带着睡意未退的不快在走路。他魂不守舍地撞在一堆乱放的椅子上，满腹苦楚地跪倒在水盆旁边一个小神龛的栏杆前。他双手合十，在脑子里搜索祈祷词，整个身心渴望在激情中奉献出来。可是他只见两唇翕动，心已飞往别处，又到了一条条的街上，走着走着，似乎被一种不可抗拒的鞭子抽打着停不下来。他念念有词重复道："啊！上帝啊，救救我吧！我是你的创造物，求你别抛弃我，我接受你的裁判！啊，我的上帝！我热爱你，别让我死在你的敌人的打击下吧！"没有回答，黑暗和寒冷包围着他。远处旧鞋拖地的声音不断，干扰了他的祈祷。空寂的教堂只有这种烦人的声音。早晨的教堂阒无一人，也没有打扫，更没有做早弥撒的人群暖和空气。于是，他扶着椅子站了起来，膝盖发出格格的声音。上帝并没有出现。为什么要扑到韦诺先生的怀里哭泣？他也是无能为力的。

米法不知不觉又走回娜娜的住所。在门外，他滑倒了，眼泪几乎涌了上来，他并非对命运伤心，只是觉得虚弱和不适。他太累了，浇了太多的雨，他冻坏了。想到要回他米罗梅尼街的阴暗的家去，心里更是凉透了。娜娜家的大门尚未打开，他只好等到门房来开门。上楼时，他满脸含笑，身上已感受到这小窝的温暖了，在这里，他可以伸展四肢，美美地睡一觉了。

佐爱开门一见是他，现出吃惊和不安的神色。太太昨晚头痛得厉害，一夜没有合眼。不过她可以去看看太太是不是睡着了。佐爱溜入房间后，他一屁股坐在客厅的沙发里。与此同时娜娜跳了出来，衬裙也来不及穿，光着脚，披头散发，睡衣经一夜性爱的搓揉，又皱又乱，有几处还被撕破了。

"怎么！又是你！"她嚷道，气红了脸。

她怒气冲冲地奔出来，原想亲自把他轰出门去，但一见他那副可怜而绝望的模样，她又动了恻隐之心。

"哎呀！我可怜的小狗，你真干净哪！"她的口气温和了一些，"出什么事了……嗯？你捉奸去了，却把自己弄成这副狼狈相？"

他说不出来，活像只挨打的狗。她明白他没有抓到证据，她安慰他：

"你看，是我听错了。我敢发誓，你老婆是个正经女人……现在，小乖乖，回家睡觉去吧，你需要休息了。"

他没有动。

"去吧，走呀，我不能留你在这儿……这个时候，你不见得想留在这儿吧？"

"不，我想啊，我们一起睡吧。"他结结巴巴地说。

她忍住了怒火，但已失去耐心。难道他疯了不成？

"喂，你走吧。"她再一次说。

"我不走。"

于是，她勃然大怒。

"你真讨厌！……放明白点，你让我厌烦透了，找你老婆去吧，是她使你当了王八，现在我把这事告诉你了……喂！我说得够清楚了，你可以放过我了吧？"

米法泪水满眶，合拢双手。

"我们一起睡吧。"

这下子，娜娜气昏了头。她一委屈，呜咽起来，只觉气堵咽喉。他是在侮辱她！他的老婆欺骗他，这事与她有什么关系？她出于好心，尽量用委婉的方式暗示他，而他却要她承担恶果！不，不行！她的心肠好，但也不至于好到这个地步。

"他妈的！我受够了！"她边骂边捶打家具，"哼！我竭力克制自己，原想忠实于你，……亲爱的，如果我现在说一个字，明天我就会成为富人。"

他抬起头，怔住了。他从没想到金钱这个问题。要是她早有表示，他立即就能使她如愿以偿，他的全部财产都是她的。

"不，现在已经太晚了，"她愤怒地回答，"我喜欢那些主动自觉的男人……不，你不知道，你就是一次付一百万，我也不会要了。现在一切都结束了，我还有别的事……走吧，否则我不承担任何后果，我会让你倒霉的。"

她带着威胁的神气向他走过去。这个善良的妓女被人引发了激愤时，仍相信自己的威力，相信自己比这些纠缠她的上流社会的男人要高尚得多。突然，门开了，斯特涅走了进来。这更是火上加油。她吼叫起来：

"好啊！又来了一个！"

斯特涅被她的大喝吓呆了，他停住脚步。与米法相遇，使他懊恼。他最怕解释，为此他避开伯爵已有三个月。他眨巴着眼睛，讪讪地晃着身子，不敢碰到伯爵的目光。他喘着粗气，脸色通红，神色沮丧，就好像一个人跑遍巴黎城，特意赶来报告喜讯，却撞上了意外的麻烦。

"你想干什么？"娜娜粗声问他，但用亲近的称呼，并不把伯爵放在眼里。

"我……我……"斯特涅吞吞吐吐地说，"我给你带一样东西，你知道是什么。"

"什么东西？"

他犹豫着。前天晚上，她曾向他表示，如果他弄不到一千法郎给她还债，她就不再接待他。这两天，他东奔西走，终于在这个早上凑足了这个数目。

"这是一千法郎。"他终于说出来，从口袋里掏出一个信封。

娜娜已经全忘了。

"一千法郎！"她嚷道，"难道我是要人施舍的吗？……看！我如何看重你的一千法郎的！"

她拿起信封，朝他脸上扔去。斯特涅是一个谨慎的犹太人，他吃力地把信封捡起来，愕然地望着娜娜。米法同斯特涅交换了绝望的一瞥，娜娜两拳叉腰，吼声更高了。

"喂！你们侮辱我还有完没完？……你，亲爱的斯特涅，我高兴你也来了，因为，这下子我可以把你们统统轰出去……好了，全给我滚出去！"

见他们瘫了似的不动，她又说：

"怎么？你们以为我干了蠢事？这有可能，是你们把我烦死了！……呸！我做好人做够了！我即使干蠢事而死，我也会高兴的！"

他们央求她，让她冷静。

"一，二，你们不走？……那么，你们看看，我已经有人了。"

她猛地一推，把卧室的门开得大大的，两个男人看见凌乱的床上躺着方唐。方唐没料到有此一招，两条腿翘得高高的，像头公羊似的仰脸躺在被揉皱的床单上，睡衣敞开，

露出一身黑皮肤。他神色自若,因为他在舞台上已训练有素,善于应变。他起初觉得突然,但随之便坦然地渡过难关:他伸长嘴巴,缩起鼻子,扮了一个鬼脸,下半张脸整个变了样,自称这是扮兔子。他一副淫邪的样子,色鬼的嘴脸。一周以来,娜娜每天到游艺剧院找的原来就是方唐,她也像某些娼妓那样,爱上低级丑角的鬼脸丑态来了。

"看见了吧!"她用话剧演员似的姿态指着他说。

米法以前是什么都能忍受的,可是对这种侮辱实在难以忍受。

"婊子!"他喃喃地骂道。

娜娜已走进卧室,听见这句话又走出来,抛出最后一句话:

"婊子?那你老婆呢?"

说完,她返回卧室,把门砰的一声关上,把门闩大声地一扭。两个男人面面相觑,默默无言。佐爱走了进来,她没有赶他们走,反而通情达理地开导他们。她是个明事理的人,认为太太干这种傻事过分了些。但她也为太太辩护:她与这个戏子的关系不会长久,应当等她对这个戏子的热劲过去再说。两个男人一言不发,离开娜娜的住所。到了人行道上,两人同病相怜,格外亲切,默默地握了握手,然后背转身,拖着沉重的脚步,朝相反的方向走去。

米法终于回到坐落在米罗梅尼街的公馆,他的妻子也刚刚抵达。两人在宽阔的楼梯上相遇。楼梯两边的墙阴森森的,叫人冰冷战栗。他们抬头对视。伯爵的衣服沾满污泥,脸色苍白,神色慌张,显然是刚从荒淫的地方游荡回来;伯爵夫人像是乘坐了一夜火车疲惫至极的样子,站着都能入睡,头发草草梳过,眼皮浮肿发黑。

第八章

蒙马特尔区维虹街五楼的一个小套间里,娜娜和方唐邀了几个朋友来过三王来朝节,大家吃点心,谁在点心中吃到蚕豆,便交好运。他们俩迁入新居才三天,这也是欢庆乔迁之喜的酒宴。

他们原先并无同居的打算,在蜜月的新鲜劲儿和冲动中突然做出这决定。就在她怒骂伯爵和斯特涅,恶狠狠地把他们轰出门的翌日,娜娜觉得周围的一切都崩坍了。她对自己的处境了如指掌:债主们会拥进她的前厅,干涉她的卖笑生涯,扬言要拍卖屋内的一切家具,如果她仍然意气用事的话。为了夺回一些家具,势必要大伤脑筋,争吵不休,她宁愿把现有的一切都扔掉。此外她已住腻了奥斯曼大街的住宅。这几间漆成金色的大房间实在难看死了。与方唐打得火热之际,她渴望拥有一个明亮的寝室,这曾是她从前做卖花姑娘时的憧憬。那时,她只希望有一个带穿衣镜的红木衣柜,一张挂蓝色棱纹布的床。于是,两天之中,她卖掉了她所能弄出来的一切,如小摆设和珠宝首饰等,带着一万法郎逃之夭夭,甚至没和看门人打声招呼,就如潜水人或者逃亡者,没有留下蛛丝马迹一样。这样一来,男人们便不能来缠她了。方唐很好,他不违拗她的意愿,她要怎样就怎样,完全是她的好搭档。他手头也有七千法郎左右,他答应把这笔钱和娜娜的一万法郎合起来用,尽管人家说他吝啬。他们认为这是一笔成家的可靠资金。从此,两人都从这笔储金里取款使用。在维虹街租了两个房间,购置了家具,像老朋友似的分享一切。同居的初期,小日子过得很甜蜜。

三王来朝节的晚上,列拉太太带着小路易第一个到来。方唐还没有回来,列拉太太没有讳言她的担忧:看着侄女放弃了发财机会,她想起来便不寒而栗。

"啊!姑妈,我多么爱他哟!"娜娜嚷道,双手抱在胸前,做了个漂亮的动作。

这句话对列拉太太产生了神奇的效果,她的眼睛湿润了。

"你这话倒是真的,"她坚信不疑地说,"爱情高于一切!"

房间太雅致,她咋咋呼呼地赞声不绝,娜娜领她参观了卧室、饭厅,一直看到厨房。房间不是很宽敞,但重新漆过,换过墙纸,阳光亮灿灿地照了进来。

列拉太太把小路易留在厨房里,看女用人烤母鸡,自己拉娜娜留在卧室,她要和侄女讲几句心腹话,因为佐爱找过她。佐爱出于对女主人的忠诚,义无反顾留在原来的岗位上。太太以后会付工钱给她的,她用不着担心。佐爱在奥斯曼大街那乱七八糟的旧居里应付债主,体面地撤退,抢救出一些劫后残存的东西。她回答债主们,太太出门旅行去了,对太太的地址守口如瓶。她怕被人跟踪,甚至不敢到太太的新居。然而,今天早上,她跑到列拉太太家去了,因为发生了新情况。昨天晚上,债主们又来了,有地毯商、煤炭商,还有洗衣妇,他们提出债务可以缓清,甚至还可以借给太太一大笔钱,只要太太回旧

居来,不做傻事。姑妈转述了佐爱的忠告,还说肯定有一位先生在幕后出点子。

"我绝不会那样做的!"娜娜愤激地说,"这些买卖人真卑鄙!难道他们以为我会卖身还他们的债?……你知道,我宁可饿死也不会欺骗方唐!"

"我也是这样回答的,"列拉太太说,"我的侄女心地太好了。"

娜娜得知她的别墅"迷鸟居"被卖掉了,而且是拉博德特用贱价为卡萝莉娜·埃凯买去,十分恼火。她对那帮人特别气愤,尽管她们装模作样,其实她们是真正的婊子。哼!是的,她比她们任何一个都要高贵!

"她们尽可以吹牛,"她说,"金钱永远不能给她们真正的幸福……而且,你看,我现在太幸福了,我已经忘了这帮人是死是活。"

这时,马卢瓦太太进来了,戴一顶古怪的帽子,只有她自己才知道是什么形状。大家见了面都很高兴。她解释说,以前的豪华排场使她拘谨,现在她可以不时地来打打牌了。她们再次参观了房间。在厨房里,当着正在给烤鸡浇卤汁的女佣的面,娜娜大谈节约开支,雇个女佣太花钱,她想自己做家务。小路易津津有味地看着那个烤箱。

外面传来说话声。是方唐带博斯克、普律利埃尔来了。现在可以入席了。娜娜第三次领客人参观房间的时候,肉汤已经端了上来。

"呀,孩子们,你们这儿真不错哩!"博斯克不住口地称赞。其实他只是为了讨好请他吃饭的伙计,他对这个所谓的"香巢"并不感兴趣。

在卧室里,他又大唱赞歌。平时,他视女人为畜牲。哪个男人为这些肮脏的畜牲操心受累,他就十分愤慨,这是他唯一的愤慨,他对世界抱着这种醉汉式的蔑视。

"呀!伙计,"他眨了眨眼睛,接着又说,"你们偷偷地筑了这个'香巢'……说真的,你们做得对,这儿真舒服。上帝作证,我们会常来看你们的!"小路易骑着扫帚走进来,普律利埃尔不怀好意地调侃道:

"啊!你们已经有了娃娃啦?"

话说得真逗,列拉太太和马卢瓦太太笑弯了腰。娜娜没有生气,还温柔地笑着说:"可惜不是呢。"为了孩子和自己,她宁愿方唐是孩子的父亲,但可能以后他们会生一个的。方唐装出一副好人的样子,抱起小路易逗他玩,还学他的口吻说话:

"这没关系,他爱他的小爸爸……小坏蛋,叫我爸爸!"

"爸爸……爸爸……"孩子结结巴巴地叫。

大家摸他,亲他。博斯克不耐烦了,况且该入席了,这才是正经事呢。娜娜请求客人们允许小路易坐在她身边。晚饭吃得很快活。博斯克坐在孩子的另一边,他很烦,他要提防碟子不被孩子弄翻。列拉太太也使他讨厌,她情绪激动,讲了不少悄悄话,说有身份的先生还在追求娜娜。有两次,她泪湿的脸,几乎靠到他身上来了,他不得不把她的膝盖推开。普律利埃尔对马卢瓦太太也很没礼貌,一次也没给她递过菜。他心里只有娜娜,看见娜娜紧挨方唐,他觉得酸溜溜的。这一对情侣连连接吻,令人生厌,他们不管请客的习俗,两个人竟紧靠着坐在一起。

"见鬼!吃吧,你们有的是时间!"斯博克嘴里塞满食物,一再对他们嘀咕,"我们走了以后你们再吻不好吗?"

娜娜不能克制,她已经如痴如狂地坠入爱河了。她脸上红扑扑的,有如处子,满含娇

笑,含情脉脉地凝视着方唐,用各种昵称叫唤他:"我的小狗,我的小狼,我的猫咪。"每次他给她倒水或递盐,她便俯下身来,吻他的嘴唇、眼睛、耳朵……方唐责备她时,她就灵巧地装出被打的猫那样柔顺、谦卑,偷偷抓住他的手不放,亲了又亲。她非得触摸他的身上某一部分不可。方唐则装腔作势由她爱抚。他的大鼻子因肉欲的快感而一张一合的。娜娜这个雪白、丰腴、美貌姑娘的虔诚的爱,使这个山羊嘴脸、滑稽丑陋的男人得意非凡,他也不时回报她一个吻,就如享有一切快乐而显得和气的人那样。

"喂!你们俩真扫兴!"普律利埃尔嚷道,"你给我从这儿滚开!"

他推开方唐,把自己的餐具换了过去,坐到娜娜身边。大家一阵欢呼,鼓起掌来,还说了一些难听的话。方唐装出沮丧的样子,摆出火神哭求爱神的古怪表情。普律利埃尔马上向娜娜大献殷勤,在桌子底下碰娜娜的脚,娜娜踹了他一下,叫他安分些。不,她当然不会和他睡觉的。以前她因为他的脸蛋漂亮,对他有点好感,现在,她讨厌他了。如果他再装作捡餐巾捏她一把的话,她就把玻璃杯扔到他的脸上去了。晚会过得还是愉快的。大家很自然谈到游艺剧院。波尔德那夫这混蛋怎么还不死?他的心脏病又发作了,痛得不得了,路也走不动。昨晚排练的时候,他还不住地骂西蒙娜呢。他要是死了,艺员们不会为他流泪的!娜娜说,如果他来请她演戏,她会断然拒绝。她还说她再也不会演戏了,剧院比不上她的小家。方唐呢,新戏里没有他的角色,正在排练的戏里也没有他,于是他也吹嘘他的幸福和自由,晚上和他的小猫咪跷起脚烤火,共度良宵。

大家分吃了三王来朝节的点心。蚕豆落在列拉太太那里,她把它放进博斯克的杯里。于是大家叫嚷:"国王喝酒!国王喝酒!"娜娜在众人欢快的喧闹声中,走过去搂住方唐的脖子,一边吻他,一边在他耳畔悄语。普律利埃尔带着美男子的微笑生气地说,他们这样违反了游戏规则。小路易躺在两张椅子上睡着了。将近午夜一时,大家才告辞,一边下楼一边大声喊再见。

连着三个星期,这对情人的日子过得确实销魂。娜娜仿佛又体会到她第一次穿绸袍时的欢欣惊喜的心情。她深居简出,品尝着清静俭朴生活的乐趣。一天,她大清早亲自下楼到拉·罗什富科市场买鱼,与她从前的理发师弗朗西斯不期而遇。他仍是老样子,穿戴整齐,上好的料子做的内衣,无可挑剔的礼服。而她却穿着晨衣,头发蓬乱,足踏旧鞋,这副模样在街上被他撞见,她觉得丢脸。但他很有分寸,显得更有礼貌,也没问什么,装作以为太太出外旅行。"咳,太太这次决意出门旅行,使得多少人伤心呀!大家认为这是一种损失。"娜娜出于好奇,忘了刚才自己的狼狈相,向他打听情况。市场人多拥挤,她推他到一家住户的门口,与他面对面站着,手里拎着小菜篮。她这一走,大家有什么议论?我的天!请他理发的太太们议论纷纷,说东道西的,总之,引起了轩然大波。斯特涅呢?斯特涅先生处境很不妙,如果他再做不成一笔买卖,最终就有好戏看啦。达格内呢?啊,他很好。他会安排自己的生活。娜娜回首前尘旧事未免有感于怀,她张了张嘴,还想问米法的近况,却欲言又止。弗朗西斯会意地一笑,主动说了出来。至于伯爵先生,说起来可怜,她走后,他痛苦极了,仿佛灵魂在受煎熬,凡是她可能去的地方,他都去找过。最后,米侬先生遇见他,把他带到了家里。这消息使娜娜笑了一阵子,但笑得很勉强。

"哦,原来现在他和萝丝在一起了。"她说,"弗朗西斯,你知道,我不在乎!……你看,这个伪君子!他已养成习惯了,连一个星期都熬不住啦!他还对我发誓,除了我,他再不去找别的女人了!"

她心里气极了。

"他是我不要才剩下来的,"她接着说,"让萝丝捡去好了!哦,我明白了,因为我抢走了她的那个混蛋斯特涅,她要报复我……把一个被我踢出门外的男人勾引到自己的家里,也真够狡猾的!"

"米侬先生说的可不一样。他说,是伯爵先生赶你……是的,他说得更难听呢,是伯爵一脚踢在你的屁股上……"

娜娜登时气白了脸。

"嗯?什么?"她叫起来,"他踢我的屁股?……这谣言也太过分了吧!事实上,我的宝贝,是我把这王八踢下楼去的!他是王八,你要知道这个。他的伯爵夫人和许多男人私通,甚至包括那个无赖福什里……米侬到街上为他的丑老婆拉客,他老婆太瘦了,没人要!……多卑鄙啊!"

她气噎咽喉,停下来喘气。

"啊!他们居然说这些……好吧!我的小弗朗西斯,我要去找他们,我……你肯和我一起去吗?……是的,我一定去,我们且看他们还敢不敢说踢在我的屁股上……踢我?我从来没挨过任何人的打,谁也不敢打我,你知道吗?如果哪个男人碰我一根指头,我会把他打得粉碎!"

她平静下来。总之,他们要嚼舌头就让他们嚼去。他们连她的鞋底泥也不如,骂他们还嫌脏了嘴哩,反正她对得起自己的良心。弗朗西斯说着说着态度就随便了许多,看她穿着晨衣出来忙家务,临走时给她几句忠告。她不应该为了一时的痴情牺牲一切,这是错的,一时的痴情会毁掉前程的。她低头听着。他神色沉痛,仿佛一个饱经世故的人,不忍心眼看这个美貌的姑娘糟蹋自己。

"嗯,那是我自己的事,"她终于说道,"不过我还是要谢谢你,我亲爱的。"

她握了握他的手,他的衣装尽管很整洁,但手却有点油腻。然后她去买鱼了。这一整天,关于一脚踢在她屁股上的那段话总是萦回脑际。她甚至把这件事告诉了方唐,还摆出一副不能忍受别人碰一指头的女强人的样子。方唐自以为见识卓群,宣称所有上流社会的男人都是禽兽,应当蔑视他们。从此,娜娜从心里瞧不起上流社会的男人。

就在那天晚上,他们去意大利剧院,观看方唐认识的一个小妇人首次登台演出,她只有十行台词。他们徒步回到蒙马特尔高地时,已将近午夜一点钟。他们在安丹河岸街买了一块咖啡奶油蛋糕。他们坐在床上吃,因为天气不太冷,还用不着生火。他们紧挨着坐在床上,被子盖住腹部,背靠几个枕头,一边吃夜宵一边谈论那个小妇人。娜娜觉得她又丑又缺少风韵。方唐靠在枕头上,递送着切开的蛋糕,蛋糕放在床头柜上,蜡烛和火柴之间。最后,他们终于吵起架来了。

"啊!说真格的,"娜娜大声嚷,"她的眼睛像钻孔,头发像乱麻。"

"住嘴!"方唐说,"她的头发漂亮极了,目光火辣辣的……真怪,你们女人就爱狗咬狗的。"

他的样子很不高兴。

"得了,你说得太多了!"他最后粗暴地说,"你放明白点,我是不喜欢别人惹我生气的

……睡吧，否则不会有什么好结局。"

他吹灭了蜡烛。娜娜怒气未息，继续说道：她受不了别人用这个腔调和她说话，她是习惯于受人尊重的。方唐没有搭理，她也只好不说了。但她睡不着，在床上辗转反侧。

"他妈的！你还有完没完？"他大声喝道。

"床上有蛋糕屑，这可不是我的错。"她冷冷地说。

床上的确有碎屑，她感觉得到大腿下面到处都有。一小粒都使她浑身痒痒。她拼命搔，把皮肤都搔出血来了。平时在床上吃蛋糕，不总是要抖抖被子吗？方唐憋着一肚子火，点燃了蜡烛。两人下床，赤着脚，穿着睡衣，把被子拿开，用手扫掉床单上的碎屑。方唐冷得发抖，赶紧上床躺下，她叫他把脚擦干净，他骂她见鬼去吧。她刚一躺下，又乱动起来。床上还有碎屑。

"见鬼！肯定还有！"她叫道，"你的脚又把碎屑带上来了……我受不了！我跟你说我受不了！"

她正要跨过他的身子跳下床去。方唐困得要命，被她这一折腾，火冒三丈，便狠狠地扇了她一个耳光。这重重的一巴掌打得娜娜一头栽倒在枕头上，顿时眼冒金星。

"哎哟！"她叫了一声，孩子似的长叹了一口气。

他威胁说如果再动就再给她一巴掌。然后，他吹熄蜡烛，摊开手脚，仰脸躺在床上，立即打起鼾来。她把脸埋在枕头里，低声啜泣起来。仗着气力大欺侮别人，这是懦夫的行为！但她也真怕他了，方唐的丑脸凶起来太狰狞了。她的怒气消了，巴掌似乎使她冷静下来。她反而对他产生了敬意，把身子往墙边靠，让他睡得更舒展些，她脸上火辣辣的，满眼泪水，疲乏而沮丧，忘了碎屑的困扰，最后顺从地睡着了。第二天早上醒来，她用赤裸的双臂把方唐紧紧地搂进怀里。他不会再打她了，再也不会了，不是吗？她太爱他了，挨了耳光也是舒服的。

于是，新的生活又开始了。方唐动不动就打她一巴掌。她也习惯了，每次都忍受下来。有时，她也叫喊，威胁他，但他把她逼到墙边，说要掐死她，她又软了下来。她常常跌坐到椅子上，哭泣五分钟就完事，把一切忘了，开开心心地又唱又笑，在房间里跑来跑去，裙子飞扬。然而，最糟糕的是方唐现在整日不见踪影，不到午夜绝不回家。他到咖啡馆闲坐会友。娜娜容忍一切，战战兢兢，百般柔顺，只怕稍拂他的意，他便从此一去不回来。有些日子，马卢瓦太太不来，姑妈和小路易也不来，她便烦闷欲死。有个星期天，她到拉·罗什富科莱场买鸽子，就在她讨价还价的时候，突然遇见了买小萝卜的萨丹，娜娜高兴极了。自从那天晚上方唐请王子喝香槟酒以后，她们就再没有见过面。

"怎么？是你！你也住在这附近？"萨丹说，她很惊奇这么早就在街上见到娜娜，而且还穿着拖鞋，"噢！我可怜的姑娘，你也潦倒落魄了？"

娜娜蹙起眉尖，示意她不要再说。因为周围有不少妇女，她们也都穿着晨衣，里面没有内衣，披头散发，头发沾满了灰尘。每天清早，这个区的妓女把与她们过夜的男人送走之后，就来这里买菜，眼睛因睡眠不足而浮肿，忍受了一夜的纠缠，心情烦躁，身体疲乏，她们拖着破鞋子从十字路口的每条街出来，往菜场走去，有的年纪轻轻，脸色苍白，娇娇怯怯惹人怜爱；有的又老又丑，腹部隆起，皮肤松弛，除了接客时间以外，并不在乎别人怎样看她们。人行道上，人们频频回首注视，她们均不屑一顾，忙忙碌碌，一副家庭主妇的傲慢神气，眼中根本没有男人。萨丹正付钱买一把红萝卜，一个过路的小伙子，像是上班迟到的小职员，对她喊了一声："亲爱的，你好！"她登时站直身子，像被人伤了尊严的皇后，叱道：

"这猪猡，碰到什么鬼啦？"

话刚出口，她马上觉得此人脸熟。三天前，午夜时分，她独自从大街回来，曾和他在拉布鲁叶街角谈了半个小时，想拉他回家过夜。想起这事，她更为恼火。

"他们真是没有教养，大白天冲你乱嚷，人家正在办正经事，应当对她们规矩一些吧，是不是？"

娜娜虽然怀疑那些鸽子不新鲜，最后还是买了。萨丹要把自己在附近拉·罗什富科街的地址指给她。剩下她们两个人时，娜娜告诉萨丹她热恋方唐。萨丹走到自己的家门口，她停下脚步，手臂下挟着萝卜，娜娜说的最后那个细节引起了她极大的兴趣。娜娜说起谎来，发誓说是她在米法的屁股上踹了几脚，把他轰出门外的。

"啊！太棒了！"萨丹连连欢呼，"太棒了，踢得好！他一句话也没说，是吧？真是十足的懦夫！我真希望当时在场看看他的嘴脸！……亲爱的，你做得对。金钱，去它的！我呀，如果我看上一个人，我愿为而死……常来看我，嗯？左边那扇门，你敲三下，因为这儿有很多讨厌鬼。"

从此，娜娜只要觉得过于寂寞，就去看萨丹。萨丹每次都在家，因为她从不在十点之前出门。萨丹住着两个房间，一个药剂师为了使她免遭警察的骚扰给她买了些家具。可是不到一年，她就搞烂了家具，椅垫穿了，窗帘脏了，屋子里堆满垃圾，乱七八糟，像一群野猫的窝。有几天早上，她自己也看不过去，决心打扫一下，可是，她一拍灰尘积垢，椅子的横档和帷幔的碎片便随手而落。这几天，房里更脏，简直插不进脚去，因为掉下来的东西横七竖八地堆在门口，所以她干脆放弃不管。灯光下，只有那个镶着镜子的衣柜、那个座钟和剩下的窗帘还能给嫖客们一点假象。六个月来，房东一直威吓要撵走她。那么，她又为谁保管她的家具呢？为那个药剂师？绝不！早上起来，心情舒畅的时候，她一边叫嚷："吁！吁！"一边猛踹衣柜两侧和五斗柜，踢得几乎爆裂。

娜娜每一回去找她，几乎都看见她躺在床上。甚至在大白天她买菜回来，也是懒洋洋的疲惫不堪，倒在床上又睡了。白天，她疲疲沓沓，无精打采，坐着也打盹儿。直到傍晚上灯时分才摆脱委顿的状态。娜娜在萨丹家里觉得很自在，她可以坐在乱七八糟的床中央什么事都不干。脸盆随地乱放，前一天溅上泥浆的裙子搭在沙发椅上。她们东拉西扯地闲聊，有倾诉不完的心腹话。萨丹穿着衬衣，仰卧在床上，把大腿跷得高高的，一面抽烟一面听娜娜说话。有时，下午她们觉得烦闷就喝苦艾酒。她们说这是为了忘却。萨丹不下楼，甚至不穿裙，俯在栏杆上叫门房的女儿把酒端上来，小女孩只有十岁，每次送苦艾酒上楼，总要偷偷瞟一下萨丹裸露的大腿。每次交谈总以咒骂男人的卑鄙为结尾。娜娜则三句不离方唐，令人生厌，唠唠叨叨地提及方唐是怎么说的，方唐是怎么做的。萨丹倒也善良，耐心地听娜娜讲那些说不完的琐碎事，什么倚窗等待方唐啦，为了一锅烧煳的肉吵架啦，赌了几个钟头的气不说话后来又上床又和好啦。娜娜觉得不吐不快，连挨巴掌的经过也说了出来。上星期，她的眼睛都被方唐打肿了。昨天晚上，他因为找不到拖鞋，又一巴掌把她打倒在床头柜上。萨丹听了一点也不惊讶，依然吞云吐雾地抽她的

烟，只说，如果换上她，就把头一低，让那位先生打个空，一下子栽倒过去！两个人津津乐道有关打耳光的经历，这些重复了几百遍的蠢事使她们醉魂荡魄，沉湎于挨揍后的那种软绵绵、热辣辣、疲乏无力的感觉之中。品味方唐的耳光，描述方唐的一举一动，直至脱靴子的动作在娜娜都是一件乐事。所以她每天都来，萨丹也抱有同感，两人一唱一和，甚是投契。萨丹列举她挨过得更惨重的揍，有个糕点师把她打昏在地，但她依然爱他。后来，有几次娜娜哭了，她说，再不能被他虐待下去了。萨丹把她送到家门口，还在街上等了一个小时，看看方唐有没有谋害她。而到了第二天，两个女人又为方唐和娜娜言归于好高兴了一个下午。她们嘴里不说，心中却宁愿过挨情人痛打的日子，这日子够刺激，有意思。

她们成为莫逆之交，形影不离。但萨丹从来不到娜娜家里去，方唐不愿意有婊子上门。她们常常一起外出，有一天萨丹带她到一个女人家里，这女人就是罗贝尔夫人。自从她不肯到娜娜家里参加夜宴之后，娜娜就十分注意她并对她产生敬意。罗贝尔夫人住在莫斯尼埃街，那是欧洲区的一条新街，环境幽静，没有一间店铺，房子很漂亮，里面有许多小套间，住的全是女人。萨丹领娜娜来这儿的时候是下午五点，僻静的人行道两旁，尽是贵族气派的洁白高楼，马路上停着投机家和大商人的双座四轮轿式马车，男人们一边匆匆走路，一边抬头睃一眼窗口穿着晨衣似在等客的女子。娜娜起初不肯上楼，忸怩地说她不认识这位夫人，萨丹非拉她上去不可，谁都可以带一个女友在身边嘛。她只不过想做礼节性的拜访而已。昨日她在一家饭馆邂逅罗贝尔夫人，夫人十分和气，再三要萨丹去她家看望她。娜娜终于让步了。到了楼上，一个睡眼惺忪的小个子女仆对她们说，太太还没有回来。不过，女仆还是领她们到客厅坐着等太太回来。

"哎！这屋子太美了！"萨丹轻声说。

套房的装饰朴素，舒适。墙上挂着深色的帷幔，这是巴黎的店主发财退休后的典型居室。娜娜觉得触目，正要开个玩笑，萨丹却恼了，说夫人是个正派人。人们经常看到她挽着一些上了年纪而庄重的男人进进出出。目前，她跟了一个退休的巧克力商人，为人正派，他喜欢这间屋子的陈设大方，每次来他都叫仆人为他通报，称她为"我的孩子"。

"看，这就是她！"萨丹指着放在座钟前的照片说。

娜娜细看那照片，照片上的女人长着深棕色头发，脸很长，紧抿双唇，笑不露齿，完全是个上流社会的妇女，但过于拘谨。

"真怪，"娜娜半晌方才说道，"我一定在什么地方见过她。在哪儿呢？我记不起来了，但肯定不是干净的地方……啊！毫无疑问，肯定不是干净的地方。"

她扭头对萨丹说：

"这么说，她要你来看她，她想从你身上得到什么？"

"她想得到什么？见鬼，无非想和我聊聊天罢啦……这是客气嘛。"

娜娜盯着萨丹，轻轻"啧"了一声。反正，这事与她无关。可是，这女人让她们干等着，她不想再等下去了，于是两人都走了。

次日，方唐通知娜娜，他不回来吃晚饭，她一早去找萨丹，想请她去馆子吃顿饭，但到哪家馆子颇费脑筋。萨丹提出的饭馆娜娜都觉得不妥。最后，她说服娜娜到洛尔饭店去。这是一家供应客饭的馆子，在烈士街，一顿饭只要三个法郎。

晚饭时间还没有到，在店外干等太无聊，于是提前二十分钟进了洛尔饭店。三个饭厅还没有顾客。她们找了一张桌子坐下。老板娘洛尔·皮埃代菲坐在柜台的高凳上。这是个五十岁的妇女，肥胖臃肿，上身紧束着胸衣和腰带。女客们一个个进来，踮起脚尖，隔着柜台上的茶托，很亲热地吻洛尔的嘴。而洛尔这个怪物，眼眶湿润，对她们一视同仁，免得引起妒忌。招待女客的女招待却恰恰相反，又高又瘦，眼皮发黑，眼里闪着黯淡的目光。三个饭厅很快就坐满了，约有一百多个客人，随意找地方坐下，大部分客人都在四十岁左右，体态臃肿，因纵欲过度而浮肿的脸挡住了松软的嘴巴。但在这些肥胖滚圆的胸脯的肚腹中间，也有几个美丽窈窕的姑娘，举止轻浮放肆，神气却也天真。这是从低级舞场挑选出来的雏儿，是洛尔一个食客带来的。那群胖女人嗅到青春气息，推推拥拥地围着她们大献殷勤，像猴急的老光棍，争着为她们买好吃的东西。男顾客人数不多，大约十到十五个左右，他们在裙袍汇成的波浪里，态度谦恭。只有四个汉子是专门来这儿看这种场面的，很悠闲地插科打诨。

"这里的烩肉非常好吃，是吧?"萨丹说。

娜娜满意地点点头。这里的饭食还像从前外省旅店的饭食一样实惠：金融家式鱼肉香菇馅酥饼、鸡肉焖饭、肉汁煮豆、焦糖香草冰奶油。女客们对大米焖鸡饭攻势凌厉，吃得上衣都几乎撑破，不时用手慢慢地揩嘴。起初，娜娜还担心碰见旧朋友，问她一些愚蠢的问题，但她很快便平静了，她看不到一张熟悉的面孔。在鱼龙混杂的人群中，有的女人衣裙已经褪色，有的帽子破烂，有的则衣着华丽，因共同的性变态而结下友情。娜娜被一个小伙子吸引住了，他一头短短的卷发，神情傲慢，和他同桌的女人都胖得要死，她们敛息止气地关注他的举动。小伙子胸脯便鼓了起来。

"哟，原来是个女人!"娜娜不由轻呼。

"呀! 不错，我认识她，"萨丹嘴里塞满鸡肉，咕哝道，"很漂亮! 大家都抢着要她呢。"

娜娜不胜厌恶地撅一撅嘴。这种事她还无法理解。不过，她通情达理地说，喜欢什么口味、什么颜色没有必要争论，因为谁也不知道自己将来有一天会喜欢上什么。所以，她摆出旷达的神气吃她的奶油。她分明看见萨丹那双少女般的蓝色大眼睛，撩起了邻近几张桌子的女人的情焰，尤其是她旁边的一个金发胖婆娘，样子蛮可爱，色眯眯地使劲往萨丹身边挤，娜娜几乎要干涉她的放肆了。

这时，进来一个女人，娜娜吃了一惊。她认出这女人就是罗贝尔夫人。这人长一头褐色头发，模样儿俊俏，她熟识地向瘦长的金发女招待点了点头，然后走过去倚在柜台前，和洛尔久久地接吻。如此高贵的妇人竟做出如此举动，娜娜十分惊诧。而且罗贝尔夫人已完全失去平日的稳重端庄的神气，眼珠子骨碌碌地向饭厅乱转，同时同洛尔低声交谈。洛尔又重新坐下，缩成一团，摆出同性恋者老偶像的威严，脸庞衰迈，被忠实的信徒们吻得锃亮发光。她高踞饭店老板娘的宝座，隔着盛满菜肴的盘子，俯视着由胖女人组成的顾客，享受着她四十年苦心经营的成果，她比那些最胖的妇人块头更为肥硕。

罗贝尔夫人发现了萨丹，马上撇下洛尔跑过来，挺热乎地说，昨天她不在家，真是太遗憾了。萨丹受宠若惊，一定要腾出位置请她坐，罗贝尔太太说她已经吃过晚饭了，到这儿来不过看一看。她一面说，一面站在这位新朋友的背后，靠在她肩上，笑眯眯地不住说：

"喂,我什么时候再见到你? 如果你有空的话……"

不幸底下的话娜娜没有听见。这场谈话使她很不高兴,恨不得对这个正经女人直说她要说的话。这时,她看见又有一帮女客进来,不禁愣住了。这群女人很时髦,盛装华服,珠光宝气,还戴着钻戒。她们出于对同性恋的癖好,所以成群结队地来到洛尔饭店,吃一顿每人三法郎的饭菜,炫耀她们身上价值几十万法郎的珠宝,惹得溅满污泥的穷女孩又惊异又嫉妒。她们进店的时候高声说话,笑声清朗,仿佛把外面的阳光都带了进来。娜娜认出这群人里有露茜和玛丽娅,赶紧转过头去,不胜厌恶。过了五分钟,这群女人与洛尔谈完话,到隔壁的餐厅去了,娜娜低着头,像一门心思在桌布上搓面包屑似的。当她终于转过头来时,她怔住了:旁边的椅子空了,萨丹已经不见踪影。

"哎呀,她去哪了?"她脱口惊呼。

刚才深情凝视萨丹的那个金发胖女人,本来满肚子气,这下子倒咯咯笑了。笑声触怒了娜娜,恶狠狠地瞪着她,她拖长声音,懒懒地说:

"当然不是我夺走了你的她,是另有其人。"

娜娜明白人家在戏弄她,于是便不再作声。为了不让人看出她在生气,还继续坐了一会儿。她听见隔壁的饭厅里,露茜正热热闹闹地款待一桌子的小姑娘,都是从蒙马特尔舞场和圣堂舞会里来的。饭厅里很热,女招待撤走了一沓沓脏盘子,屋子里充满了米饭焖鸡的浓烈气味。那四位先生给六对同性恋者灌美酒,意图听听她们酒后吐出的污言秽语。现在,最令娜娜恼火的是她要代萨丹付饭钱。这婊子撑饱了肚子就随便跟人跑了,连谢都不谢一声!虽说才三个法郎,但萨丹这种做法未免令人恶心,也太狠心了。她还是照付了钱,把六个法郎扔给洛尔,她蔑视洛尔,觉得她比阴沟里的污泥还贱。

到了烈士街,娜娜越想越气。当然,她不会去找萨丹,一个漂亮的下流坏,不值得理睬!只是她白白浪费了一个晚上。她缓步走回蒙马特尔,心中恨透了罗贝尔夫人。这女人真不要脸,竟敢冒充上流社会的女人。不错,她是垃圾堆里的上流女人!娜娜记起曾在鱼市大街的下等舞厅蝴蝶厅见过她。男人花上三十个苏就可以找她伴舞。这种人还以端庄的姿态蒙骗办公室主任,赏脸请她吃晚宴,她却摆架子,不屑应邀!真的,应该戳穿她的假面具!这些假正经的女人就爱躲在无人知晓的肮脏角落里,没命地寻欢作乐!

娜娜边走边想,不觉已回到韦龙街。看见家里有灯光,不禁吃了一惊。原来方唐也被一个请他吃晚饭的朋友半途甩了,一肚子闷气回了家。他冷冷地听娜娜的解释。她一面说,一面害怕挨打。她以为他凌晨一时才回家,现在他提早在家,不由得张皇失措。她承认花了六个法郎,却撒谎说是和马卢瓦太太一道花的。他板着脸递给她一封信,信是寄给娜娜的,他却大模大样地拆来看了。信是乔治写的,他一直被关在丰代特庄园。每个星期只能写几页火热的情书以求安慰。娜娜喜欢收信,尤其喜欢满纸山盟海誓、甜言蜜语的情书,她常把情书念给大家听。方唐熟悉乔治的文笔,而且很赞赏。但这天晚上,娜娜十分害怕吵架,所以装出对来信无所谓的样子,草草地扫了一眼,立即扔到一边。方唐不愿意这么早上床睡觉,可又不知如何打发这个夜晚,便用手指在玻璃窗上无聊地敲打。突然,他转过身来。

"我们马上给这小子写封回信吧。"

平日都是他动笔,每次都在文笔上与对方一比高低。信写完他便大声朗诵一遍,娜娜听了必然高兴万分,拥吻着他说,只有他才想得出这样的佳句,他听了也高兴起来。于是,燃起了他们之间的热情,爱心复炽,欢洽如旧。

"就依你的意思办,"娜娜说,"我去烹茶,喝完茶我们上床睡觉。"

于是方唐在桌边坐下,把笔、墨、纸摆了一桌子,然后舒臂弯肘,伸长下巴。

"我的心肝!"他一开始便高声念道。

他专心致志地埋头写了一个多小时,有时为了一个句子而搜索枯肠,改了又改,每找到一个温馨的词语,他便洋洋自得。娜娜静默一旁,已经喝完了两杯茶。最后,他像在舞台上那样,用平均的语调朗读了这封信,并夸张地比画了几下手势。信有五页之多,信中写道:在"迷鸟居"度过的美妙时光,有如芬芳的气息沁人心脾,发誓"永远忠于这个爱情之春",最后宣称,唯一的愿望就是"重温这幸福的旧梦,如果真能重温幸福的话"。

"你知道,"他解释说,"我是出于礼貌才这样写的。只是为了说笑……嗨!我认为这信写得很动人!"

他洋洋得意。可娜娜不太机灵,她心存疑忌,没有一边赞叹一边扑上去搂住他的脖子,这就铸成大错。她只说信写得好而没有别的表示,方唐十分扫兴。如果她不喜欢这封信,可以另写一封嘛。他们俩一反常态,没有讲几句情话之后就接吻,而是冷冰冰地分坐在桌子的两端。不过,娜娜还是给他倒了一杯茶。

他的嘴唇才沾了沾茶水,便大叫起来:

"这是什么鬼茶哟!你肯定放了盐!"

娜娜不该耸了耸肩,方唐勃然大怒了。

"哼!今天晚上什么都糟透了!"

他们吵了起来。时钟才指着十点。吵架也是消磨时光的一种方式。他暴跳如雷,冲着娜娜的脸破口大骂,把种种罪名加到她身上,不容她置辩。她肮脏,她愚蠢,什么下等地方都混过。接着,在金钱的问题上大做文章。他在城里吃饭,一顿花过六个法郎吗?都是别人付的账,否则,他宁愿回家吃蔬菜牛肉浓汤。何况请的又是马卢瓦这个老太婆!明天他就把这个老鸨撵出门外!好呀!如果他们每天都这样把六个法郎往街上乱扔,以后的日子就别过了!

"别的不说,我要查查账!"他喊道,"喂!把钱拿出来,看看我们还剩下多少?"

他所有卑鄙的悭吝本性发作了。娜娜被他震慑了,赶忙从抽屉里拿出用剩的钱,捧到他的面前。直至现在,钥匙就插在公共钱箱上,里面的钱彼此可以取用。

"怎么!"他数了数钱说,"一万七千法郎只剩下不足七千,我们同居才三个月……这不可能。"

他猛冲过去,推开写字台,把抽屉拉出来放到灯下翻找,数来数去只有六千八百零几法郎。于是,他大发雷霆了。

"三个月花掉一万法郎!"他厉声大吼,"他妈的!你拿去干什么了?嗯?说呀!……全用去贴你姑妈了,是不是?不然就是养汉子了,这明摆着……你为什么不回答?"

"啊!瞧你发什么火呀?"娜娜说,"这笔账很容易算……你没有把买家具的钱算进去。再说,我也得买点衣着用品。安置一个家,钱当然花得快。"

他要她解释,可又不愿意听。

"不错,可钱也花得太快了,"火气稍减后他又说,"听着,我的小乖乖,这种合伙共饮的方式我腻透了……你知道,这七千法郎是我的。好吧,既然这笔钱在我手中,我就留下了……我不想破产。各人的财产归各人吧。"

他面无愧色地把钱装入兜里。娜娜目瞪口呆地望着他。他却自鸣得意地继续说:

"你明白,我才不那么傻,去抚养别人的姑妈和孩子……你爱花你的钱,尽管去花好了,这是你的事,我的钱嘛,别指望碰一碰!……以后你烧一只羊腿,我付一半钱。晚上我们结账,就这样定了!"

这下,娜娜反抗了,她不禁叫起屈来:

"这么说,你就把我的一万法郎吞了……你真是下流坏!"

他不容娜娜多说,隔着桌子,他狠狠打了娜娜一个耳光,说道:

"你再说一遍!"

娜娜挨了打,她还是再说了一遍。于是他扑过去,对她拳打脚踢。不一会儿,就把她治得又像往常一样,脱光衣服,哭着上了床,他也累得直喘粗气。他正要上床,瞥见桌上他写给乔治的信,便小心把它折好,转身向床上的娜娜威胁道:

"这封信写得很好,我自己去寄,我不喜欢反复无常……别哼哼唧唧的了,你叫我烦透了。"

娜娜屏声敛气,低声饮泣。他躺下来后,她一阵呜咽,扑到他的怀里,放声大哭起来。他们的打架常是这样收场。她生怕失去他,忍气吞声地要弄明白他是属于她的。方唐两次不屑地推开她,但这小妇人温软的搂抱,大眼睛泪汪汪地央求他,像忠心的狗那样乞怜的目光,终于挑起了他的性欲。他故作宽宏大量,但又绝不假以辞色。让她爱抚他,让她使劲求欢,但必须明白,像他这样的男人,要求得宽恕值得花点力气。接着,他又疑心顿起,娜娜是否在玩花招,想把钱箱的钥匙弄回去。蜡烛吹灭之后,他觉得有必要再次声明他的意愿:

"你要知道,姑娘,我不是闹着玩的,钱我留下了。"

娜娜搂住他的脖子已迷迷糊糊得快要入睡了,说了一句高尚的话:

"留下吧,放心好了……我会出去工作的。"

但从这个晚上开始,他们越来越不和睦了。整整一个星期,打耳光的声音就如时钟的滴答声,在调节他们的生活。娜娜经常挨揍,竟像软滑的衣料一般柔和,皮肤也娇嫩了,白里透红,摸上去滑腻,看上去油亮,反倒更漂亮了。普律利埃尔越发疯狂地追求她,方唐不在家时他就来,把她逼到墙角要吻她。但她竭力挣扎,立即涨红了脸,又气又羞。他居然戏弄朋友的情侣,太可恶了!普律利埃尔自尊心受挫,十分恼火,嘲笑她真是太蠢了!她怎么会钟情于这么一个猴子!那只大鼻子成天耸动着,一个丑八怪,十足的下流坏,何况又经常把她揍得半死!

"我就是爱他这个样子。"有一天,她平静地回答他,坦然承认她有这个可怕的癖好。

博斯克只要能够经常到他们家吃饭便满足了。他常在普律利埃尔背后耸肩膀,这家伙虽然英俊,可太轻浮了。博斯克有好几次目睹方唐和娜娜打骂的场面,吃甜食时,方唐打娜娜的耳光,博斯克只管大嚼特嚼,他认为男人打女人是天经地义的寻常事。他总是以赞叹他们的幸福作为受到款待的报答。他自诩为哲学家,视世事如浮云,功名如粪土。

有时,桌子收拾干净以后,普律利埃尔和方唐往椅子上一仰,忘乎所以地大讲往日的成就,还拖着戏腔,比画手势如在舞台,一直吹到凌晨两点。博斯克却不插话,许久才轻蔑地哼一声,悄悄地把那瓶白兰地喝个点滴不剩。塔尔玛如今还声名显赫吗?不,已经销声匿迹了。那么让他安静吧,谈这些真是太蠢了!

一天晚上,他看见娜娜在流泪。她脱下短上衣,给他看被打得青一块紫一块的背部和胳膊。他看了看她的皮肤——笨蛋普律利埃尔也会这样做。然后,他用教训人的口吻说:

"姑娘,有女人的地方就有耳光,这是拿破仑说的……用盐水洗洗吧,盐水治这些小伤口最好。算了吧,你还会挨打的,只要骨头没打折,你就别抱怨了……你知道,我不请自来,是看见你买了一只羊腿。"

列拉太太却没有这一套哲学。每当娜娜把白皮肤上的新伤痕向她亮出时,她总是大声惊呼。方唐要杀她的侄女儿了,这事再也不能继续下去了。事实上,方唐早已把她赶出了门,说他不想在他家里再见到她。从这天起,每逢在娜娜家遇到方唐回来,她便不得不从厨房溜走,这对她是极大的侮辱,所以她不停地咒骂这个粗野的家伙,尤其指责他没有教养。她说话时活像一个上流社会的妇女,谁都不如她有教养。

"啊!他一点礼貌也不懂,"她对娜娜说,"这是明摆着的事。他的母亲肯定是个粗人,别不承认。这是一目了然的……我这样说并不是为了我自己,虽然我这把年纪的人应该受人尊敬……可是你呀,真的,你怎么受得了他的虐待呢?因为,我不是自吹,我总是教你举止文雅、懂规矩,你在家里是受到好教养的。是吧?我们姑侄相处是很融洽的。"

娜娜默默地垂头听着。

"还有,"姑妈接着说,"你一向结交的都是些有身份的人……昨天我还跟佐爱在家里谈到这事。她也不明白,说:'怎么搞的嘛,太太把伯爵先生这样完美的人物捏在手心,随心所欲地摆弄。'——这里没有外人,你似乎把他弄得团团转——'太太怎么反倒被那小丑作践呢?'我也说,挨打受骂还可忍,可我绝对不能容忍他对我不敬……总之,他一无可取之处。我都不愿意在家里挂他的照片。而你却为这样的畜生毁了自己!是的,你毁了自己。亲爱的,男人多的是,最富有的,做大官的,你都不放在眼里……够了!我不该讲这些话。可是,下次他再折磨你,我就要你立刻离开他,还要质问他一句:'先生,你把我当做什么人哪?'你知道,你要对他态度强硬些,就可以煞住他的气焰。"

娜娜抽抽搭搭地哭道:

"我的姑妈呀,我爱他。"

列拉姑妈眼看侄女许久才拿得出二十个苏给小路易做膳宿费,不由得倒抽一口凉气。当然,她本人可以委屈点,尽心抚养孩子,直至娜娜情况好转。可是想到方唐硬是阻碍了她和小孩母子在金子堆里打滚,她就窝了一肚子火,她恼得要娜娜舍弃这段爱情。她最后说出这样严厉的话:

"听着,总有一天他会剥了你的皮,你会来敲我的门的,而我的门是向你敞开的。"

很快,金钱问题成了娜娜最大的忧虑。方唐弄走了七千法郎,一定是把这笔钱藏在安全的地方,她也绝不敢问他,因为对于这个被列拉太太骂为畜生的人,她羞于开口,怕

337

他认为她是为了他的钱才依恋他的。他答应过负担家用,开始几天,他每天早上拿出三个法郎。既然付了钱,他的要求也随之苛刻起来了,什么都要,牛油、肉、新鲜蔬菜、水果。如果她胆敢不从或暗示三个法郎不能买下整个菜场,他就暴跳如雷,骂她是个废物,浪费金钱,让商贩骗去钱财的笨蛋。还经常威胁她说要去别处搭伙。后来,过了一个月,有几天早上他忘了把三个法郎放在五斗橱上。她只得怯生生地婉转措辞向他讨,马上他们又大吵起来。他随便找个理由就令她不得安生。于是她宁可不再指望他那点钱了。而他呢,每逢他没有留下三个二十苏银币而依然有吃有喝的时候,他就快活得像只燕雀,热烈地吻娜娜,抱着椅子跳华尔兹。而她也十分开心。尽管入不敷出,她也宁可五斗橱上没有他放下的钱。有一天,她甚至把三个法郎留给他,谎称前一天的钱还有剩余。他昨日根本就没放下钱,他迟疑了一下,生怕娜娜借机奚落他。但她的眼睛含着柔情,吻他时,整个身子都紧贴着他,一副百依百顺的样子,他便把钱放进口袋了,手微微发抖,就如吝啬鬼抓住一笔差点丢失的钱一样。从此,他不再为钱担心,也从来不问钱是从哪儿来的。吃土豆,他就黑着脸;如果吃火鸡和羊腿,他便笑逐颜开。即使白吃白喝,他依然动辄赏娜娜几个耳光,高兴时也打,为了练练掌上功夫。

娜娜找到了维持生计的办法。有几天,家里的食物还有过剩。博斯克每星期都有两天吃得消化不良。一天晚上,列拉太太看见锅里烧了一顿丰盛的晚餐,而自己却吃不到,悻悻地要走,她问娜娜是谁付的钱。娜娜一惊,无言以对,抽抽噎噎地哭了起来。

"好呀,这钱不干净。"姑妈明白了。

为了求得家宅安宁,娜娜只好向命运屈服。再说,这也是特里贡那个老太婆的过错。那一天,方唐为了一盆鳕鱼怒气冲冲地出了门。娜娜在拉华尔街遇见特里贡,特里贡正好也手头拮据,娜娜便应允了她的提议。方唐六点之前是绝不回家的,她有整个下午可以自由支配。她用肉体赚回四十法郎,六十法郎,有时更多的一些。如果当初她珍惜她的地位,本来可以要十个或十五个金路易的,而现在她只求得应付家用便心满意足了。晚上,她便忘掉了白天遭受的屈辱。博斯克撑涨了肚皮,方唐双肘支在桌子上,神情傲慢,任娜娜吻他的眼睛,好像自己是个值得女人爱慕的美男子。

娜娜盲目地痴恋她的那位宝贝,可爱的小狗,为此付出了沉重的代价,重新陷入初当妓女时的泥坑。她像最初当雏妓那样,拖着一双旧鞋,四处流浪,在大街小巷寻觅一个一百苏的银币。有个星期天,在拉·罗什富科市场她碰见了萨丹,她冲过去责备她,又把罗贝尔夫人痛斥一顿。萨丹反唇相讥:"你不喜欢这件事,没有理由要求别人也讨厌它。"娜娜心地宽大,接受了她的观点并原谅了她。在好奇心的驱使下,她向萨丹打听同性恋者不可告人的内幕。她获悉了一些连她这个阅人甚多的风月场上的老手都闻所未闻的秘事,不禁瞠目结舌,又是笑又是叫,觉得离奇荒诞,令人恶心。说到底,她是因循保守的女人,不符合她的习惯都难以接受。方唐在城里吃饭时,她又到洛尔饭店吃饭了,听别人讲故事,讲男欢女爱、争风吃醋的事儿取乐。女顾客们听得心荡魂销,食量大增。但是,正如娜娜说的,她始终不能成为其中的一员。大块头洛尔慈母般常邀她到亚尼埃尔乡村别墅去住几天,这别墅够住七个妇女。娜娜婉拒了,她害怕。萨丹却向她咒骂,她不去可就错了,巴黎的先生们已经抛弃了她,去玩投饼游戏了。于是娜娜答应迟些时候,等她走得开时再去。

这段日子，娜娜无心玩乐，忧心如焚。她需要钱。特里贡常常不需要她，她就不知道去哪儿卖淫。她和萨丹发疯般往外跑，在巴黎的街道里拉客，在泥泞的小巷，在煤气灯朦胧的光线下出卖肉体。娜娜又重返城关的下等舞场，她当年就是在那里失身的。她又见到外马路的阴暗角落，她十五岁时在路边的界石上接受许多男人的拥抱，她的父亲四处寻找要揍她。她和萨丹跑遍了这一区的舞场和咖啡馆，爬上被痰和啤酒弄得黏糊潮湿的楼梯，或者，悄悄地在各处转悠，穿过大街小巷，站在车辆进出的大门口守候。萨丹是在拉丁区开始卖身生涯的，她带着娜娜到布里埃和圣米歇尔大街的餐厅酒店去，可假期到了，拉丁区找不到主顾，她们只好折回环城大道，机会还多一些。她们从蒙马特尔高地走到天文台高地，就这样踏遍了全城。雨夜，她们磨坏了鞋跟；炎热的夜晚，汗湿的内衣贴住了皮肉。长时间的等待，漫无边际的徘徊，推撞争吵，领过路男人到不三不四的地方，忍受狂暴的蹂躏，完事后一边咒骂一边走下油腻的楼梯。

夏天快结束了。这是个夜晚酷热、暴风雨交加的夏天。她们俩吃过晚饭，九点钟左右一起出门。在罗列特圣母院街的人行道上，有两队卖笑的女人，匆匆走过两旁的店铺。她们撩起裙袍，低着头，目不旁视，急急赶往林荫大道。这就是布雷布区华灯初上时，饥饿的女人们出动拉客的情景。萨丹和娜娜沿着教堂向皮货街走去。在离富豪咖啡馆一百米的活动场所之前，她们放下一直小心撩起的裙子。任裙摆扫尘拂地，扭着腰肢，轻移玉步。她们走过一家大咖啡馆，被里面射出来的强光照耀着，她们更是盈盈碎步，昂首挺胸，朗声艳笑，向回首张望她们的男人飞媚眼。在这里，她们如鱼得水，如鸟儿归林般地大展身手。她们的脸庞儿抹得雪白，两片唇儿点得鲜红，眼皮儿涂得青黛，在夜色中具有撩人的魅力，就如露天商场上摆卖的廉价赝品。她们在人群中被推来操去，她们依然欣欣自得，碰上有些冒失鬼踩掉了她们裙摆的边饰，她们就骂一声"猪猡"！就这样，一直走到十一点钟为止。她们和咖啡馆的侍应亲亲热热地打招呼，站在桌边闲聊，接受顾客们请她们喝的饮料，慢慢地喝着，从容地坐下来等剧院散场。夜渐渐深了，如果她们不去拉·罗什富科市场一两趟的话，她们便沦为下流妓女，拉客的方式便粗野起来。树底下，沿着行人稀少、光线暗淡的林荫大道，可以听见有人粗暴地讨价还价，讲脏话和打骂。这时候，也有体面人家，父亲呀，母亲呀，女儿呀从这儿经过，他们对这样的场面已熟视无睹，并没加快脚步，仍若无其事地走着。娜娜和萨丹从歌剧院到体育馆来回空跑了十次以后，夜色愈见深沉，男人们全都匆匆回家去了。娜娜和萨丹依然坚守在蒙马特尔大街的人行道上。那儿直至深夜两点，饭店、酒吧间、肉食店还是灯光璀璨，一大群流妓守在咖啡店门口。这是夜巴黎最后一个灯火通明而热闹的角落，一夜销魂交易的最后一个市场。整条街到处都有成群的女人与男人公然讨价还价，洽谈出卖皮肉的生意，仿佛是妓院的露天走廊。有些夜晚，她们一无所获，回家时就要吵架。罗列特圣母院空寂无人，凄凉而幽暗。只有女人们的身影在游荡。这是该区最迟归家的一族，可怜的女人们因一夜的徒劳而恼火，她们仍不甘心，用沙哑的嗓音同几个在方丹街角或布雷达街角遇到的醉汉兜搭讲价。

她们也有意外收获的时候，从上流社会的男人手里得到金路易。这些先生们上楼的时候，总是把胸前的勋章摘下来放进口袋。萨丹尤其机灵，在潮湿的夜晚，湿腻腻的巴黎散发出宛如从不洁的卧室透出来的气息。她知道在这种炎热而潮湿的天气里，阴暗角落

里发出来的恶臭会使男人们内心躁动不安。所以她专门注意衣着最讲究的男人，她从他们的白眼珠里看出情欲。全城这时就如患了肉欲狂。她有点发怵，因为越是体面的男人，越是什么脏事都干得出来。假面具卸下、兽性便大发，变态的怪癖，性要求苛刻，性行为刁钻。萨丹这婊子对他们毫不尊敬，当面斥骂这些先生，说他们的马车夫比他们还要干净，因为马车夫知道尊重妇女，不会想出怪招把妇女弄个半死。这些上等人的荒淫放荡更令娜娜吃惊，因为她仍对他们抱有传统的看法，而萨丹则早已鄙视他们了。她一本正经地提出疑问，难道世上再没有道德高尚的君子了吗？上上下下都在醉生梦死，纵情淫乐。从晚上九点到凌晨三点，巴黎城是最肮脏的城市。她嬉笑怒骂，如果此刻到所有的卧室瞧瞧，肯定看到可笑的情景。小人物尽情享乐，大人物如蝇逐臭，更是有过之无不及，娜娜算是领教得够了。

一天晚上，娜娜来找萨丹，恰遇德·舒阿尔侯爵从楼梯上面下来，只见他脸色煞白，两条腿像折断了似的，正扶着栏杆，一步挨一步地逐级而下。她假装擦鼻涕，不与他照面。到了楼上，她发现萨丹的房间肮脏不堪，足有八天没有收拾了。床上发出奇臭，水壶、便壶到处乱放。她很惊讶萨丹也认识侯爵。噢！是的，萨丹认识他。当初萨丹与糕点商相好时，他还骚扰过他们呢！现在，侯爵还偶尔来缠她，所有不洁之处他都要嗅一嗅，连她的拖鞋也嗅到了。

"是的，我没说谎，他嗅我的拖鞋……哼，一个老坏蛋！他总是要求我……"

萨丹陈述这些下流的荒淫情节时显得十分随便，这使娜娜很不自在。她记起她声名鹊起时过的喜剧般的享乐日子。现在她看到周围的姑娘，天天在追欢逐笑中沉沦。此外萨丹还使她产生了对警察的恐惧。关于警察，萨丹知之甚稔。从前，为了得到平安，她和风化警察睡过觉，这个警察两次阻挠了同行，没有把她列入名单。现在，她提心吊胆，因为她的卖淫行为十分明显，随时有可能被抓。娜娜应该听她讲这些事。警察为了领奖金，拼命抓娼妓，抓得越多越好。如果叫喊，他就赏你一记耳光。他们明白，他们的行动是得到支持的，也会获取奖赏，哪怕他们误抓了一个良家妇女。夏天，他们十二人或十五人一组，在街上组织大搜捕，包围一条人行道，一晚上竟能抓到三十个妓女。萨丹熟识地形，瞥见警察的影子，她撒腿飞奔，其他妓女也仓皇逃窜，就如几条长长的尾巴，在人群中掠过。她们害怕法律和警察，在横扫大街的暴力行动中，有些妓女吓得瘫软在咖啡馆门口。萨丹最怕被人告发，她的那个糕点商就非常卑鄙，在她离开他的时候曾用告发威胁她。有些男人就是凭这个法宝靠娆头养活的。还有些下贱女人，假如你长得比她漂亮，她就会出卖你。娜娜听了这番话，越发惊恐了。她害怕法律，这是一种不可知的力量，是男人们报复的手段。它可以毁灭她，而世界上没有人会为她辩护。她觉得圣拉扎尔拘留所就是墓穴，是活埋女人的黑洞，活埋之前还要把她们的头发剃光。她心里明白，只要放弃方唐，就能找到保护人。萨丹说警察局有几份妓女名单并附有照片，警察看了照片才抓人，不会乱抓的，但她依然怕得发抖，总是觉得自己被警察连推带拖地抓走，第二天送去医院检查，那张体检用的大椅子使她战栗、羞辱，尽管她在男人面前经常脱得一丝不挂。

说来也巧，九月底的一个晚上，她与萨丹在鱼市大街溜达，萨丹突然拔足飞奔，娜娜问她出了什么事。她喘着气说：

"警察来了,快跑! 快跑!"

于是,在杂乱的人群中,有人疯狂地奔跑起来。裙裾飞扬,"哗哗"地被撕裂。处处可闻打人和叫喊声。一个妓女摔在地上。行人笑嘻嘻地观看警察们粗暴的袭击,一步步缩小包围圈。这时,娜娜已不见萨丹的影子。她双腿发软,眼看就要被逮住了。就在这时,走来一个男子,挽起她的胳臂,带着她走过凶神般的警察前面。这人是普律利埃尔,他一眼认出了她,立即把她拉到红山街,这儿僻静无人,她惊魂稍定,却四肢无力,几乎昏倒,他不得不扶住她。她连一句道谢的话也没说。

"喂,"他终于开腔了,"你该歇息一下了……到我家去吧。"

他住在附近的牧羊女街。她一听这话马上挺直身躯。

"不,我不愿意。"

他变得粗野起来,问道:

"既然大家都可以……嗯? 为什么你不愿意?"

"因为……"

她觉得这两个字已表达了她的全部意思。她太爱方唐,不能跟他的朋友干对不起他的事。别人是例外,因为她是为了谋生才卖身给他们,而并非出于享乐。对这种愚不可及的固执,普津利埃尔觉得伤了他美男子的自尊心,于是露出了小人面目。

"好吧,随你的便。亲爱的,只是我不能继续陪你往前走了……你自个儿设法脱身吧。"

说完,他扔下她走了。恐惧又攫住了她。她沿着店铺往前窜,兜了一个大圈回到蒙马特尔,只要有男人走近她,她便吓得脸色煞白。

翌日,娜娜仍心有余悸,往姑妈家走去,在巴迪约尔区的一条僻静的小路上,迎面撞见了拉博德特。起初,两个人都显得有点不自在。他向来爱献殷勤,但眼下正要去干一件勾当。不过,还是他首先镇定下来,表示为这次巧遇高兴。真的,所有的人都因她的销声匿迹而扼腕嗟叹,都在打听她的下落,老朋友也都想念她。最后,他俨然慈父般的教训起她来。

"亲爱的,这儿没有外人,我说句肺腑之言吧。你做得很蠢! 一时的钟情可以理解,只是落到这种田地,钱财被骗光,除了挨耳光,什么也得不到! ……难道你是想争得贞妇奖不成?"

她尴尬地听着。他谈到萝丝已经完全征服了米法伯爵的时候,她的双眸闪出一丝妒火。她咕哝道:

"哼! 如果我愿意……"

他立即表示,作为乐于助人的朋友,他愿意从中斡旋。娜娜拒绝了。于是他又从另一方面向她进攻。他告诉娜娜,波尔德那夫正准备上演福什里写的一个剧本,里面有个很妙的角色适合她来演。

"怎么? 有适合我的角色的剧本!"她嚷道,十分惊讶,"他也参加演出,可什么也没告诉我!"

她没点出方唐的名字,而且她马上冷静下来,她再也不会回剧院演戏了。拉博德特似乎不相信她的话,仍带笑地继续劝说。

"你知道,对我不必有任何顾虑。米法那边由我活动,什么时候你回剧院了,我就牵着他的鼻子来见你。"

"不!"她的回答干脆有力。

说完她离开了拉博德特。她为自己的壮烈行为而自豪、感动,卑鄙的男人就不会像她这样伟大,做出这样的自我牺牲也不自吹自擂。但有一点使她动心。拉博德特适才的规劝与弗朗西斯的劝告何其相似!

晚上,方唐回家来,她问起福什里的剧本,方唐回游艺剧院已有两个月了,为什么不告诉她那个角色的事?

"什么角色?"他恶声恶气地回答,"你说的该不是那个贵族夫人的角色吧?……哎呀呀,你还自以为真有演戏的才能呀?姑娘,你会把戏演砸了的……你简直可笑!"

娜娜的自尊心受到极大的伤害。他取笑了她整整一个晚上,不住地嘲弄她,称她堪与名演员马尔斯小姐媲美。他越是诋毁她,她越能忍受。因迷恋产生的英勇行为使她品味到苦涩的乐趣,而自己也变得伟大而多情了。自从她出卖皮肉养活他以后,她更爱他了。她从外面回来,一身疲累,满心厌恶,而爱他之心有增无减。他成了她花钱买来的恶癖,生活的必需。耳光的刺激反而使她更离不开他了。他呢,视她如驯服的牲口,便滥用他的威力。他厌恶她,恨透了她,连自己从她那儿得到的好处也忘了。博斯克有时提醒他,他就无缘无故地大发脾气,大叫大喊,说他已经受够了娜娜和她的好饭菜。只要他想把他的七千法郎送给另外一个女人,他就把她撵出去。后来,他们的关系正是这样结束的。

一天晚上,娜娜十一点左右回来,发现门被插上了。她敲门,没有人答应;再敲,还是没有人答应。可门缝下面透出灯光,方唐确在里面,她没有胆怯,不停地敲门,大声叫他,生起气来。终于,方唐开腔了,懒洋洋地,含含糊糊地,而且只是一句话:

"他妈的!"

娜娜用两个拳头擂门。

"他妈的!"

她更使劲地擂,几乎把门擂裂。

"他妈的!"

她擂了一刻钟,回答她的就是这句粗话,她擂一下,粗话应和一下,就如嘲弄人的回声。后来,方唐见她不肯罢休,就猛地把门打开,交抱双臂,傲然兀立在门口,仍然用冷酷而粗鲁的腔调说:

"他妈的!你有完没完?……你想干什么?……哼!你让不让我们睡觉?你看清楚,有人在我这儿呢。"

果真,屋里还有另外一个人,娜娜瞥见意大利剧院的那个矮小的女人在里面。她已经穿上衬衣,一头没有光泽的淡黄头发乱蓬蓬的,两只眼睛像钻出来的窟窿,笑嘻嘻地站在娜娜花钱买来的家具当中。方唐向前迈了一步,样子狰狞,张开钳子般粗大的手指。

"滚!不然我就掐死你!"

娜娜爆发出一阵神经质的哭泣。她害怕了,便逃了出来。这一回,是她被人撵出大门。狂怒中她想起了米法,说真的,一报还一报,但无论如何也不该由方唐来报复她啊!

到了人行道上，她的第一个念头就是跟萨丹一起睡，如果她没有客人的话。她在萨丹家门口和她相遇，她也被房东赶了出来，并在她的门上加了一把锁，房东这样做是违法的，因为房间里的家具是她的。萨丹发誓要拉他到警察局去。不过，现在已将近午夜，首先要找个地方睡觉。萨丹认为还是谨慎一点，别让警察插手进来为妙。她把娜娜带到拉华尔街的一个女人家里，这女人开设了一间带家具的小旅店。她租了二楼一个小房间，窗户朝着天井。萨丹说：

"我本来可以去罗贝尔夫人家睡觉的。她家总有我的睡处……可是有了你，这就不可能了，她现在吃起无名醋来，一天夜里还打了我。"

她们关上房门，娜娜气犹未消，她泪如泉涌一再数落方唐的可耻行径。萨丹听着，深表同情，安慰她，显得比她还气愤，一个劲地咒骂男人。

"呸！猪猡！他们全是猪猡！……好啦，我们再也不要这些猪猡了！"

接着，她帮娜娜脱衣服，活像一个又殷勤又柔顺的小妻子。她不停地哄她、安慰她：

"我的猫咪，我们快点睡觉吧。我们会好受些的……唉，你这样生气真不值得！我跟你说他们都是浑蛋！别再想他们了……我很爱你。别哭了，为了你的小亲亲，别再哭了。"

上了床，她立刻把娜娜抱在怀里，抚慰她。萨丹说她不想再听见方唐的名字。娜娜一提到他的名字她就用亲吻堵住她的嘴，还娇嗔地撅起美丽的小嘴巴。她秀发披散，像小女孩似的娇艳，令人怜爱。娜娜在她温情的搂抱里，逐渐抹去了眼泪。她受了感动，也用爱抚回报萨丹。两点钟敲过之后，蜡烛还在燃烧；两人咻咻地低笑，唧唧哝哝地讲情话。

突然，楼下传来一阵嘈杂声，萨丹一听就坐了起来，半裸着身子，竖起了耳朵。

"警察来了！"她脸色煞白，"啊！他妈的！真倒霉……这下子完啦！"

她不止一次讲过警察到旅馆搜查妓女的事。偏偏就在这一晚，她们到拉华尔街避难的时候碰上了。她们猝不及防，娜娜先慌了手脚，她跳下床，冲到房间那头，打开窗户发疯似的要往窗外跳。幸好天井有玻璃顶棚，棚上又有一层铁丝网，同房间的地板一样高。她毫不犹豫地跨过窗台，睡衣在夜风中飞舞，大腿裸露着，一下子钻进黑影里去。

"你别乱动，"萨丹慌了，一再说，"你会摔死的。"

警察砰砰地敲门。萨丹心存厚道，她掩好窗扉，把娜娜的衣服塞进衣柜。她自己只好听天由命了。她想，如果警察把她列入妓女名单，她倒也不必再那样担惊受怕了。她装着从熟睡中被吵醒的样子，打着呵欠，问门外的人来干什么，然后打开房门。一个胡子乱蓬蓬的彪形大汉走了进来，对萨丹说：

"把手伸出来，你的手上没有针眼，你不是干活的。穿上衣服，走吧。"

"我不是缝纫女工，我是磨铜器的。"萨丹厚着脸皮说。

她还是乖乖地穿上衣服，她知道争辩是不中用的。旅馆里叫喊声不断，一个妓女死抠住门不肯走。另一个是同情郎睡觉，男的发誓说她不是妓女，她便索性摆出良家妇女受侮辱的模样，声称要控告警察局长。大皮靴踩得楼梯咚咚直响，拳头拼命敲房门的声音，尖锐的争辩继之啜泣的声音，裙裾摩擦着墙边的声音……足足乱了将近一个钟头。警察们把一帮惊慌失措的妓女押走了。领头的是个小个子金发警官，这个警官倒是个斯文人。然后,旅馆复归平静。

没有人出卖娜娜,她脱逃了。她摸回房间,浑身簌簌发抖,吓得半死。她的光脚板被铁丝钩破了,流着血。她在床沿上坐了很久,听外面的动静。天快亮时,她却睡着了。八点钟,她醒了,逃出旅馆,跑到她姑妈家里。列拉太太正和佐爱喝牛奶咖啡,看见她在这个时候蓬头垢面地跑进来,神色仓皇,立即明白了。

"唉!我说得不错吧!"她嚷道,"我早就跟你说过他会剥你的皮……好啦,进来吧,我这里是随时欢迎你的。"

佐爱站了起来,亲切而又恭敬地低声说:

"太太终于回到我们身边来了……我一直在等太太呢。"

列拉太太要娜娜马上去吻小路易。因为,据她说,母亲的幡然悔悟是孩子的福气。小路易还在睡,这孩子病恹恹的,娜娜俯身吻他那因瘰疬病而苍白的脸蛋时,几个月来经历的种种不快一时涌上心头,她喉咙发紧,泪如雨下。

"啊!我可怜的小宝贝!我可怜的小宝贝!"她结结巴巴地说着,哭了起来。

第九章

游艺剧院正在排练《小公爵夫人》。第一幕刚排练完毕,第二幕就要开始。福什里和波尔德那夫坐在舞台的旧沙发椅上讨论剧情。提词员科萨尔老爹,一个驼背的矮个子,坐在一张草垫椅子上,翻阅着剧本的原稿,嘴里叼着一支铅笔。

"喂!他们在等什么?"波尔德那夫突然嚷道,用他那根粗手杖猛敲地板,"巴里约,为什么还不开始?"

"博斯克先生不见了。"巴里约答道,他这次担任舞台副监督。

顿时刮起了暴风雨,一片呼声叫博斯克。波尔德那夫在骂娘。

"他妈的!又犯老毛病了!摇铃顶屁用,他们总是跑去不该去的地方,要是排戏过了四点钟,他们就发牢骚。"

博斯克不慌不忙地来了。

"嗯?什么?叫我干吗?哦,轮到我出场啦!早就该叫我了……好吧!西蒙娜说出最末一句台词,'客人们来了',我就接着上场……只是我从哪儿上场呢?"

"从门口呗,那还用问。"福什里没好气地说。

"不错,可是门在哪儿呢?"

这一回,波尔德那夫大骂巴里约了,一边骂娘一边用手杖猛戳地板。

"他妈的!我说过要在那里放一把椅子当作门。布景每天都要重新装……巴里约呢?巴里约去哪了?又一个脱滑的了!他们全都溜了!"

巴里约亲自搬了一张椅子过来。他一言不发,躬着背承受暴风雨般的詈骂。排练又开始了。西蒙娜戴上帽子,披上皮大衣,做出女仆整理内务的样子。她停下来说道:

"你们知道,我觉得冷,所以我把手放在暖手笼里。"

然后,她换了戏腔,迎着博斯克轻轻地叫了一声:

"啊!是伯爵先生。你第一个到,伯爵先生,夫人会很高兴的。"

博斯克穿一条沾满污泥的裤子,一件宽大的黄色大衣,脖子上围一条极大的围巾,头戴一顶旧帽,两手插在口袋里。他不像在演戏,拖着长音低沉地说:

"不要惊动你的女主人,伊莎贝尔,我想吓她一跳。"

排练在继续。波尔德那夫皱着眉头,拉长了脸,身子深陷在沙发椅里,不耐烦地听着。福什里心神不宁,在座位上不断地动来动去,每过一分钟,心里痒痒的想打断台上的排练,只是勉强忍住了。他的身后是空荡荡的大厅,黑乎乎的,那里有人窃窃私语。

"她在那儿吗?"他侧过身问波尔德那夫。

波尔德那夫点了点头。他要娜娜饰演剧中的热拉尔迪娜。娜娜要求先看看剧本,因为她还拿不定主意,是否再次饰演荡妇。她渴望演一个正经女人。她和拉博德特坐在楼

下一个黑暗的包厢里。拉博德特为她极力在波尔德那夫跟前拉拢这件事。福什里朝她坐的方向搜索了一眼,然后又继续看排练。

全场只有舞台口才有灯光。这是一盏从台口脚灯分出来的小煤气灯,犹如睁着的一只黄色大眼睛,在昏暗中幽幽地闪着,经过一面反射镜,把光束折射向舞台的近景。科萨尔举着脚本,凑近这根细长的灯杆,以便看得清楚一点。灯光把他隆起的驼背照得更加明显。波尔德那夫和福什里已经淹没在黑暗中。巨大如海舰的舞台上,只有一盏风灯,就是钉在泊船站杆上的那种,黯淡的灯光只照亮几米远的地方,演员们在微光中如同怪异的幽灵,影子在身后晃动。舞台的其余部分烟雾朦胧,就像拆毁的工地,坍塌的教堂,堆满了梯子、架子、布景、褪色的画布,看上去有如一大堆垃圾。吊在半空的幕布像挂在大衣店的横梁上的破布。最高处,一缕阳光透过窗户,一条金黄色的光柱把舞台上空的黑影截成两半。

舞台深处,演员们一面等待上场,一面在聊天。渐渐地,他们的声浪越来越高。

"喂,喂!你们能不能住嘴!"波尔德那夫愤愤地跳起来吼道,"我一个字也听不见……你们要谈话就滚出去,我们这些人是要工作的,巴里约,如果还有人讲话,我就罚大家的款!"

演员们顿时鸦雀无声。他们聚成一堆,坐在一张长凳和几张土气的椅子上,那是在花园的一角,今晚第一场的布景便是这花园。道具都已备好,随时可以安装。方唐和普律利埃尔在听萝丝·米侬说话,游乐剧场的经理出了高价请她去演出。这时,一个声音在叫喊:

"公爵夫人上场!……圣·费尔明上场!快来,公爵夫人和圣·费尔明!"

听到第二声叫喊,普律利埃尔才记起他扮演的正是费尔明。萝丝演的是公爵夫人爱伦娜,早就等着和他一同上场。博斯克老头拖着脚步,走在空洞的、嘎吱响的地板上面,慢慢地回到他原来的座位,克拉莉丝忙让出长椅的一半位置给他坐。

"有什么值得他这样大叫大骂的?"她指的是波尔德那夫,"眼看戏马上就能排好……现在,没一场戏他不是发火骂人的。"

博斯克耸耸肩膀。面对所有的暴风雨他都置若罔闻。方唐嘀咕道:

"他预感到会失败。我觉得这场戏没什么意思。"

他重新提起萝丝的事,对克拉莉丝说:

"嗯？你相信游乐剧场真的给她出大价钱？……每晚三百法郎连演一百场。怎么不说附加一幢乡间别墅？……如果游乐剧场给米侬的老婆三百法郎，他准会毫不留情地甩掉波尔德那夫！"

克拉莉丝相信三百法郎是事实。这个方唐，总爱在背后说同事的坏话！西蒙娜打断了他们的谈话。她冷得直哆嗦。大家都把衣领扣得严严实实，脖子围着围巾，仰望最高处那道阳光，可惜照射不到寒冷阴沉的舞台里来。外面已经结冰，十一月的天空晴朗无云。

"休息室里竟不生火！"西蒙娜说，"真讨厌，他变成吝啬鬼啦！……我想走了，我可不愿冻出病来。"

"安静！"波尔德那夫雷鸣般的声音又吼起来。

于是，在几分钟的时间里，只听见演员们含糊不清的朗诵声。他们几乎没有动作，声音平淡，不肯多费气力。每逢非得强调某一句话的特别含意之时，他们就往深渊一般的空剧场扫上几眼。大厅没有灯光，仅靠舞台射下来的半暗的光线照明，在惨淡和不安中昏然欲睡。天花板上的图案淹没在黑影里。舞台两侧全都套上了遮蔽帷幔的大幅灰布。长条的布罩覆盖在包了丝绒的楼座栏杆上面，犹如裹上两层尸布，灰白的颜色在黑暗中隐约可见。大厅的装潢看不分明，一个个黑洞般的包厢勾勒出每一层楼的轮廓，椅子像一个个黑点，红丝绒也似乎变成了黑色的。大水晶吊灯卸了下来，坠子占满正厅前座，好像剧院准备搬迁，观众永不再来似的。

此时，萝丝扮演的小公爵夫人，被误引入一个妓女居所，她走到台口排灯处，举起双手，撅了撅可爱的嘴，向着那宛如灵堂一般凄凉的空剧场的暗处，说：

"我的天哪！这些人多么奇怪！"她把这一句台词加重了语气，自信效果必佳。

娜娜围了一条大披肩，坐在包厢深处。她听着排练，两眼却死盯着萝丝。她转过身来，低声问拉博德特：

"你肯定他会来吗？"

"一定来，毫无疑问，他准和米侬一起来，这样才有借口……他一到，你立即就到楼上玛蒂尔德的化妆室去，然后，我就给你把他领到你那里去。"

他们说的是米法伯爵。这是拉博德特以中间人的身份，替他安排这次和娜娜的相会。他庄重地和波尔德那夫谈过话，后者因接连两次失败，经济陷于窘境，因此，为了讨得伯爵欢心，以便从他手里借到一笔款，赶忙把剧场借给他幽会，并答应给娜娜安排一个角色。

"你认为热拉尔迪娜这个角色怎么样？"拉博德特接着又问。

娜娜没有回答。她看见第一幕里作者描写了德·波里华日公爵如何不忠于太太，和金发女郎一个演轻歌剧的明星热拉尔迪娜妍上了。第二幕，公爵夫人海伦混到这个女伶家里，参加化装舞会，目的是观察这些荡妇运用什么手段征服她们的丈夫，而且又抓住男人的心。带她来的是她的表兄，美男子圣·费尔明，这家伙想借此机会诱奸她。但她所受的第一课知识却使她大为惊诧，她目睹女伶像个没有教养的下等人向公爵撒泼咒骂，而公爵竟高高兴兴地百般顺从，使得公爵夫人不禁叫出声来："哎哟！原来应该这样对男人说话的！"在这一幕里，热拉尔迪娜仅有这一场戏。公爵夫人的戏份却很多。不久，她

就自食其好奇之果：塔尔迪伏男爵是个老色鬼，他把公爵夫人当作荡妇，向她大肆调情；而在另一边，她的丈夫却坐在紧靠她的长椅子上用热吻和温柔向那女伶求恕。由于扮演女伶的角色暂缺，便由科萨尔老头站起来代念台词，他不知不觉加进去许多意思，整场戏他在博斯克怀里作态。排练单调乏味地拖到这个时候，福什里突然从椅子上跳了起来。他一直隐忍到现在，他再也控制不住自己了。

"不是这样的！"他喊起来。

演员们于是都停了下来，愣住了。方唐皱了皱鼻子，冷笑着，傲然地问道：

"什么？什么地方不是这样的？"

"没有一个人演得对！都不对！太不对了！"福什里接着说。他激动地比画着，迈着大步走上舞台，示范表演了一番。

"喂，方唐，你要理解塔尔迪伏的内心活动，应该俯下身去，用这样的动作抓住公爵夫人……萝丝，这时候你要像这样把身子一躲，可是别太早了，要等到你听见接吻的声音时才躲……"

他讲解得正来劲，突然刹住，对科萨尔喊：

"热拉尔迪娜亲嘴吧！亲得响亮些，要让大家听得见！"

科萨尔老头对着博斯克，把嘴皮子用力一咂。

"对，这才叫亲嘴，"福什里大为高兴，"再来一次，亲嘴……现在你看明白啦，萝丝？这时我走过去，轻唤一声：'噢！她在吻他呢。'在这之前，塔尔迪伏随之上场，要配合得好。你听见了没有，方唐？你还得上场……来，让我们再试一次，大家一齐来。"

演员们又接着排戏，不过方唐存心拆台，戏排得一团糟。福什里不得不反复解说，一连两次都亲自做示范动作。大家都面露不悦之色勉强听着，时而彼此望一眼，神色中表示他这是存心强人所难。大家笨手笨脚地再试演一次，僵硬得像断了线的木偶似的。

"不行，我演不了，我可不明白为什么要这样。"方唐终于憋不住了，依然用他所独具的傲慢口吻说道。

波尔德那夫一直没有吭声，他把自己深埋在椅子里。在恍惚闪动的灯光下，只看见他的帽顶，手杖从手里松出来，斜落在腹部旁，看起来像睡着了。突然，他一跳就坐直了身子。

"伙计，这太混了。"他面无表情地对福什里说。

"什么！太混了？"编剧者叫起来，变了脸色，"你才混呢，我亲爱的伙计！"

波尔德那夫勃然大怒。他连说了几遍"混"，还添上更恶毒的字眼如"白痴""低能"之类。要是这样演，观众会喝倒彩的，照这样下去，这幕戏演得下去吗！每逢排新戏，他们都要对骂，福什里并不介意，但这次他发火了，也粗野地骂波尔德那夫是畜生。后者气极了，挥舞着手杖，像牛吼似的嚷叫：

"妈的，你还有个完没有？你那些馊主意已经白白浪费了我们一刻钟啦。不错，就是馊主意。其实这很简单！你，方唐，不要动。萝丝，你得略为动一动。这不就够了吗？得啦，你下来吧。这次一定行。科萨尔，亲嘴。"

接着又是一阵混乱，排练得并不比刚才好。波尔德那夫亲自上场了，他那大象般的身躯却强装文雅地转来转去，福什里鄙夷地耸耸肩，在一旁嗤笑。方唐也插了话，博斯克

也参加了意见。萝丝筋疲力尽，一屁股跌坐在用来当门的椅子上。排演乱得谁也记不得排演到什么地方了。末了，又加上西蒙娜的冒场，误以为她该接词上场了，冒冒失失地冲进去，把一场戏搞得更加乱了。波尔德那夫更是火上添油，咆哮如雷，手杖往四周乱挥，朝西蒙娜的屁股打去，他经常同女演员睡觉，排演时也打她们。西蒙娜逃了出去，他还对着她的后背狂喊：

"你等着瞧吧，他妈的！下次再惹恼我，我马上把剧院关了！"

福什里扣上帽子作势要走，但一见波尔德那夫满头大汗重新坐了下来，他又退回后台，另找个椅子坐下。他们并排坐了几分钟，一动也不动。令人窒息的沉寂笼罩着整个昏暗的剧场。演员们等了将近两分钟。众人均垂头丧气，精疲力竭，仿佛刚执行过一项艰巨的任务。

"好啦，我们接着排下去。"波尔德那夫终于发了话。他这时已完全平静下来，声调也正常了。

"对的，接着排下去，"福什里跟着说，"我们明天再把这场戏调整一下。"

演员们仍然懒洋洋地拖下去，无精打采地应付着。刚才经理和编剧者争辩的时候，方唐和其他演员就很自在地坐在远处的那张长凳和土气的椅子上。他们悄声冷笑，唧唧咕咕地说着风凉话。可是，等到西蒙娜屁股挨了一手杖，抽抽噎噎地哭着回来，大家变得严肃起来，都向她表示，如果他们处在她的地位，就非把那猪猡掐死不可。西蒙娜一边揩泪一边点头，表示同意。她要跟他一刀两断，另谋出路，斯特涅昨天还向她许愿哩。克拉莉丝听了觉得诧异，银行家不是早已彻底破产了吗？普律利埃尔笑了，提醒大家说，这个无耻的犹太人，跟萝丝在一起混的时候，不也是装得很体面吗？他不是想把他朗德盐场的股票拿到交易所去流通得畅快些吗？就在眼下，他还向人吹牛，说他有一个新计划，要在君士坦丁海峡开凿一条海底隧道呢。西蒙娜很为关注地听着这段新闻。而克拉莉丝一个星期以来都在生气。埃克托尔这畜牲被她抛弃后，投入了老东西嘉嘉的怀抱，偏在这个时候，他就继承了大富翁叔父的遗产！她的运气总是这样，命中注定为人作嫁。演戏方面，波尔德那夫这个坏家伙，又给她一个只有五十行台词的小角色，好像她演不了热拉尔迪娜似的！她渴望演这个角色，但愿娜娜拒绝演出。

"可是，你看看我呢？"普律利埃尔悻悻然地说，"我的台词也不超过两百行。我原想放弃不演……叫我演费尔明，这对我简直是一种侮辱，这角色本身就写得不好。再说，朋友们，那是什么风格呀！演出来一定失败的。"

西蒙娜和巴里约老头交谈了一会儿，气咻咻地走回来向众人宣布：

"一说娜娜，娜娜就到，哼，她就在这剧场里呢。"

"哪儿，哪儿？"克拉莉丝忙问，站起来四下张望。消息不胫而走，人人都伸长脖子扫视场内，排练也为之中断片刻。波尔德那夫又从沉静中跳起来，喊道：

"怎么啦，嗄？把这幕戏接着演完……那边安静一点，真叫人受不了！"

娜娜在包厢里一直留意着排练的戏。拉博德特两次想和她谈话，她都不耐烦地用胳膊肘轻轻碰他，叫他别出声。第二幕快排完之时，有两个人影，模糊地出现在舞台后面，他们偷偷溜到前边去，娜娜认出这是米侬和米法伯爵。他们悄悄地走进来向波尔德那夫打招呼。

"啊！他们可来了。"她舒了一口气，喃喃自语。

萝丝说了最末一句台词。于是波尔德那夫说，排第三幕之前，必须把第二幕重排一次。说完，他就不去注意排演，带着谄笑和伯爵握手寒暄起来。福什里假装把心思完全放在围着他的演员们身上。米侬背着双手，吹着口哨，不无得意地望着他老婆，他太太神气有些不安。

"怎么样？我们上楼吧？"拉博德特问娜娜，"我先把你安顿在化妆室，然后再下来领他上去。"

娜娜于是离开了包厢。她不得不沿着正厅前座的通道，摸索而行。波尔德那夫早已料定她摸黑走的路径，他在后台的走廊尽头把她截住。那是一条狭窄的过道，日夜都有煤气灯照明。他急于把事情定下来，直截了当地谈起荡妇这个角色。

"嘿，这是多棒的角色！多么富有性感！简直是为你量身定做的……你明天来排练吧。"

娜娜神情漠然。她想知道第三幕的内容。

"嘿，第三幕可是妙极啦！……公爵夫人在自己家里装荡妇，弄得她的丈夫十分恶心，这样一来，倒把他的坏毛病治好了。此外，还有一场逗人发笑的误会，塔尔迪伏来访，还以为自己到的是一个舞女的家里呢……"

"那么，热拉尔迪娜在戏里都演些什么？"娜娜插嘴问。

"热拉尔迪娜吗？"波尔德那夫有点发窘，"她只有一场戏，不太长，但很精彩，简直是为你而写的，我向你保证。你签字好吗？"

她眼睛死盯着他，最后笑道：

"等会儿再说吧。"

她找到正在楼梯相候的拉博德特。剧院里的人都认出是她，个个交头接耳地谈论起来，尤其是普律利埃尔对她重返舞台大为反感，克拉莉丝则担心她抢走自己想演的角色。至于方唐，他装作漠不关心的样子，冷冷地说，诽谤一个他曾经爱过的女人是不体面的。其实，在他的内心深处，旧爱已转成新恨，想起从前娜娜对他的专一，她的美貌，他们的共同生活，他那种乖张怪僻的性格，使他对同居生活充满强烈的仇恨，再也不愿过这种生活。

然而，对娜娜的出现起疑心的萝丝，一见拉博德特走到伯爵身边，她马上明白这是怎么一回事了。她固然十分讨厌伯爵，恨不得摆脱他，可是这个样子被他抛弃，她咽不下这口气。这种事她一般对丈夫保持沉默，可这次她忍不住了，向她丈夫一语道破：

"你看见这是怎么回事了吧？……如果她再玩斯特涅那一次的把戏，我就挖掉她的眼睛，我说得到就做得到。"

米侬似乎胸有成竹，显得平静而傲慢。他耸了耸肩，低声说：

"少安毋躁。请你给我闭嘴，嗯？"

他知道怎么办才更有利，他已经榨光了米法的钱，而且他也知道只要娜娜假以辞色，米法就会躺倒在她脚下，给她当地毡去践踏的。这种迷恋是阻挡不了的。他深谙男人的心理，所以他打消挽回残局的念头，只想因势利导，伺机而动。

"萝丝，该你上场啦！"波尔德那夫喊道，"第二幕开始重排了。"

"那么,你去吧,"米侬接着说,"这件事由我来处理。"

他生性刻薄,喜欢挖苦别人,但这会儿他却走去恭维福什里,这剧本写得太妙了,只是为什么把那位夫人写得那样正经?这可不符合事实。他嘲笑地问,那个被荡妇迷惑的德·波里华日公爵是谁的原型呀?福什里对此并不以为忤,反而笑了笑。波尔德那夫瞥了米法一眼,老大不高兴,米侬自知失言,赶忙住口。

"开始排戏吧!"经理吼着,"他妈的!巴里约,开始吧……什么?博斯克又不见啦?他这是存心跟我开玩笑!"

然而,博斯克慢条斯理地来了,排演又开始进行。这时,拉博德特把伯爵带走了。伯爵想到又能见到娜娜,激动得直打哆嗦。自从他们俩决裂之后,他觉得生活空虚,心无所寄,因经此巨变而感到痛苦,无奈任人把他带到萝丝家里,以此忘却苦恼,他抑制自己不再去寻找娜娜,也避免伯爵夫人的解释。他认为忘却是维持自尊的办法。可是,总有一种神秘的力量在他的心里隐隐作祟。不久,娜娜的影子又征服了他。由思念进而对她起了肉欲的渴望,继而产生了独占的、带点父爱的柔情。那决裂的最后一幕渐渐淡忘,连同方唐以及娜娜的撵逐,拿他老婆与人姘居来羞辱他的恶言恶语,这一切都像无影踪的言语一样消失了。然而,他的内心仍然充满强烈的哀痛,而且有增无减,几乎令他窒息。他竟兴起幼稚的想法,觉得当初一定是自己爱得不够虔诚而致使她背叛,他自怨自艾,悔疚于心,苦恼更深了,认为自己是最不幸的人,旧日创伤啮噬着他。他对这女人有了更迫切的占有欲,独占她的一切,她的头发,她的嘴唇,她的胴体,他时时刻刻渴望着,想起她的一颦一笑,他的四肢便发麻,他想得到她的急切正如悭吝鬼想获得金钱一样。所以拉博德特一提出替他们安排约会,他便狂喜不禁地扑上去拥抱他,过后又觉得很难为情。作为一个有地位的人竟如此失态,没有风度。拉博德特很是识趣,做得恰如其分,他到楼梯口向伯爵告别时,只轻声地说了一句简单的话:

"三楼右边的走廊,门一推就开。"

在剧场冷落安静的角落,只有米法一个人。他经过演员休息室的前边时,他从敞开的门口瞥见这间大屋子破旧不堪,阳光下显得更加污秽寒碜。但乍离昏暗嘈杂的舞台,来到静悄悄的明亮的地方却使他有一种异样的感触。曾经有一个晚上,他只见这里充满煤灯气味,散场的女演员在楼梯上奔跑,充满了脚步践踏的喧闹声。而现在,化妆室是空的,过道里也不见人影。十一月的阳光,从梯边的四方窗口渗进,洒下淡淡的黄色的光,映照出飞舞的浮尘。楼梯上下一片死寂,伯爵对这种安静和沉寂很满意,他慢慢地走上楼梯,竭力使自己的呼吸平顺。他的心乱跳,生怕会做出叹息流泪那些幼稚的举动来,上到二楼的楼梯口,他肯定不会有人看见,便停下来,靠着墙,用手帕堵住嘴巴,瞪视着歪斜的梯级、被手磨得光滑的扶手栏杆和石灰剥落的墙壁。这里就像妓院,妓女们散去时,院内如污浊的陋巷,在黯淡的日光下更为触目。他走到三楼的时候,一只棕色大猫盘卧在梯级上,他只得抬腿跨过。这只猫孤零零地守着剧院,每天晚上在女人们留下来的气味中昏昏欲睡。

右边那条走廊里,果然有一扇门虚掩着,娜娜正在等待。那个小马蒂尔德是个不爱干净的年轻女人,把自己的化妆室弄得又脏又乱,缺嘴少柄的瓶瓶罐罐到处乱摆,桌上积满油垢,椅子上红色的污渍,仿佛人的血迹,糊墙纸也溅满斑斑点点的肥皂水痕,屋里有

股变质的香水味，十分难闻。娜娜只得把窗子打开，她倚窗站了一会儿，呼吸一阵新鲜空气，并伸出头去望下边的布隆太太，看她拿着扫帚，在黑影中乱扫狭窄的院子里发霉的地板。百叶窗上挂着一只鸟笼，金丝雀在笼里叫得正欢。附近大街小巷的车马声，这里是一点听不见了，只有沉寂的空间和昏昏然的阳光，有如乡间一样。她往远处望，横巷里的小房舍和走廊的玻璃棚顶一览无遗。更远处，是维也纳路的高大楼房，悄然耸立。房子每层都有阳台，有一家照相馆，在屋顶上装置了蓝玻璃摄影棚。这些景象令人赏心悦目。娜娜正看得入神，听见有人敲门，她转过身去，喊道：

"进来！"

她一看见伯爵进来，就把窗子关上，天气固然不暖，而且也不必让好奇的布隆太太偷听。两人板着脸望着对方一会儿。娜娜见伯爵僵直地愣着，连大气都不敢出，便笑了起来，说：

"好哇！到底你又来了，你这个傻家伙！"

他太激动了，浑身如冻僵了似的。他称她为夫人，说能再次相见，很为欣幸。她尽量显得如老熟人似的随便，以便把事情快些定下来。

"不要用高贵的姿态说话！你不是要见我吗？是不是？那就不要像一对瓷狗似的对望着，……过去我们两人都有错，可我原谅你了！"

说到这里，两人都同意不再提以往的事了，米法不断点头称是，他平静下来，千言万语涌到嘴边，却一句话也说不出来。娜娜误以为他态度冷淡而感到意外，便使出浑身解数来。

"哎，你是个心胸豁达的人，"她妩媚地笑了笑，"既然我们已经言归于好，那就让我们来握握手，今后做一对好朋友吧。"

"什么？好朋友？"米法着急起来，喃喃道。

"是的，这也许是傻话，希望你不要以为我有什么坏意。现在我们把话都挑明了，以后我们再见面时，不要像一对傻瓜似的互相盯着了。"

他伸出手来想拦住她的话。

"让我说完……你要明白，世上没有一个男人指责我对他干过缺德的事。你却是头一个，我真没想到……亲爱的，谁都有自尊心。"

"不过，我可不是那个意思！"他激动地大声说，"你坐下，听我说。"

米法怕她拂袖而去，推她坐在房里唯一的一张椅子上。他情绪越来越激动，在四下里踱着。这间小化妆室，满是阳光，门窗关严，户外的声音传不进来，显得静谧、暖和，只有金丝雀的尖声鸣叫穿插在他们谈话的间歇中，宛如远处吹笛子的颤音。

"听我说，"他站在她的面前，说道，"我是为了重新占有你而来的……是的，我打算重新开始。这一点你很明白，为什么又这个样子和我说话呢？……回答我，说你同意。"

娜娜低着头，用指甲搔弄椅子上的红色草垫。她看见伯爵如此焦灼，就更不忙于回答。她沉默半晌，摆起一副庄重的神气，秀目里似露幽怨。

"哎，不可能了，小乖乖。我再也不和你一起生活了。"

"为什么不？"他吃吃地说，巨大的痛苦使他脸上的肌肉抽搐起来。

"为什么？老天！因为……就是不可能嘛，没别的原因。我不愿意！"

他热辣辣地盯了她几秒钟，然后两条腿弯下去，跪在地上。娜娜恼怒地斥道：

"哎！别耍孩子气了！"

米法不听，他跪在娜娜的脚下，紧紧搂抱她的腰不放，脸压在她的两膝之间，恨不得钻到她的胴体之中。他重新触到她衣料下面丝绒一般的四肢，闻着她身上的气味，于是浑身战栗起来，不住地发抖，疯狂地碰撞她的大腿，那张旧椅子被压得嘎嘎直响，在弥漫着旧香粉的酸臭的那片低矮的天花板上，肉欲在他的心头搓揉，他几乎哭了出来。

"喂，你这是干什么呀？"娜娜说归说，却依然由他这样做，"这一切都不会有什么用处。因为事情是不可能的啦。……我的老天，看你变成怎么样的一个娃娃了！"

米法平静了一些，但仍然长跪不起，没有松手，只是哽咽地诉说着：

"至少你得听我说说我打算送给你的东西。我已经在蒙梭公园看好一座别墅，凡你所需我必尽量满足。为了占有整个的你，我愿意献出我的全部财产。只有一个条件，我要自己一个人完全得到你，你明白吗？如果你答应仅属于我一个人，啊！那么我会使你成为最令人羡慕、最富有的女人，我会供给你马车、钻石、衣服……应有尽有！"

他每说出一样馈赠，娜娜就骄傲地摇一摇头。后来，看见他没完没了地说下去，乃至再想不出什么可以奉献而扯到她多少钱时，她就再也忍不住了。

"得啦，得啦，你跟我讲条件，还有个完没有？我是个好心人，见你这么痛苦，便让你胡说一通。可是现在我可听够啦……让我站起来，你可把我累死了。"

她挣脱了他，站起来，说：

"不，不，不……我不愿意！"

米法听了这句话，痛苦地挣扎起来，衰弱地跌坐在那张椅子上，两手捧着脸，往后一靠。现在，是娜娜踱来踱去了。她望了一会儿污迹斑斑的墙纸、油腻的梳妆台和照在阳光下的肮脏的小屋，然后，停在伯爵的面前，平静地说：

"真奇怪，为什么富人总以为他们有钱就可以买到一切……可是，如果我不愿意呢？……你的那些馈赠，我一丁点儿都不放在心上！你甚至把整个巴黎都献给我，我还是要说不！永远不！……你看看这里，这间屋子极不洁净，可是，如果我愿意和你在这儿生活，我也会觉得它很舒适。可是一个人如果不爱你，就是住在你的宫殿里，我也会窒闷欲死。……咳，钱！我可怜的宝贝，我在哪儿都能弄到！你的钱嘛，我只有践踏它，用口水唾它！"

她露出厌恶的神气，接着，她又伤感起来，用忧郁的语调加上一句：

"我懂得世上有比金钱更可贵的东西……唉，我但求有人能把我早就向往的东西给我呀……"

他慢慢地抬起头来，眼里闪着一线希望的光芒。

"唉，那可不是你所能给我的，"她接着说，"因为这个东西可是由不得你做主的，不然我也不会跟你说这些话……我只是聊聊而已。我想在他们的戏里演那个高贵夫人的角色。"

"什么高贵夫人？"他愕然地低声问。

"嗳，就是他们的那个海伦公爵夫人哪……他们以为我要演热拉尔迪娜，我才不演呢！一个无足轻重的角色，而且只有一场戏，再说，这还不是主要的原因。荡妇的角色我

可演够了，总是演这类角色，别人会以为我满脑子全是这些荡妇的那套。总之，这样安排令人反感，他们明摆着认为我缺乏教养……哈，亲爱的，他们一点也不理解我，这我可以告诉你。我要演一个高贵夫人的话，哼，我自然会做得像个上流人物……你瞧瞧这个。"

说完，她退到窗口，然后昂首挺胸，迈着碎步，那副小心翼翼的样子，像一只肥母鸡怕踩脏鸡爪。米法呢，泪水未干，瞪视着她的一举一动。这不伦不类的动作突兀地出现在他面前，令他啼笑皆非。娜娜来回走了一会儿，竭力装出一副夫人样，不时还抿嘴一笑，眨眨眼，右手灵巧地撩起裙子。然后，又站到他面前。

"怎么样？我学得还不错吧！"

"嗯，不错。"他吃吃地说，露出尴尬的神色。

"我告诉你，我掌握了正经女人的特点！我在家里试验过，我装个什么男人都不放在眼里的公爵夫人，别人可不能像我这样。我刚才在你面前走过时，你看到我斜睨的神情吗？我对男人傲视的神气是我与生俱来的……再说，我梦寐以求演正经女人，想得好苦呀，我一定要演那个角色，你听见了没有？"

说到这里，她认真起来，声音也严肃了，显得很激动。她的确被这个愚蠢的愿望烦扰得痛苦非常。米法因为刚刚遭受拒绝而心神恍惚，还坐着发呆，没有领会她的意思，于是两人相对默然。屋子显得更加空旷而寂静，苍蝇的嗡嗡声音都听得见。

"喂！你没听懂吗？"她开门见山地说，"我要你去叫他们把那个角色让给我。"

米法张口结舌，愕然无语，随后，他双手一摊，说：

"这不可能！你刚才不是说过吗，这可由不得我做主。"

她耸耸肩膀，打断他的话。

"你下去对波尔德那夫说，你要这个角色……你别糊涂了，他要的是钱……你可以借给他嘛，你不是破费得起的吗？"

见米法踌躇不决，她发火了。

"好，我全明白啦，你怕惹萝丝生气是不是？刚才你跪在地下哭哭啼啼，我可没提到她，我要是想说的话，可就太多啦。当然喽，一个男人要是对一个女人发誓赌咒地说永不变心，那就不会碰上另外一个女人就马上和她睡觉！哦，你的难处就在这儿……可是，小宝贝，你去吃米侬的涮锅水不觉得恶心吗？你就不应当先和这些脏东西一刀两断，然后再到我面前痛哭流涕地下跪吗？"

米法大声抗议，迸出一句话来：

"我一点也没把萝丝放在心上，我马上跟她断绝来往。"

娜娜对这句话表示满意，接着说：

"那么说，你还有什么为难之处？波尔德那夫是剧院的主人你也许会说，此外还有福什里……"

她把声音沉下去，因为正触及问题的微妙处。米法垂下眼睑，沉默了。他对于福什里和伯爵夫人的暧昧关系，最初是佯作不知，时间一长，他的疑心逐渐消除，希望那次所过的可怕的一晚，完全是自己多疑弄错了。然而，他对福什里仍存厌恶的敌意。

"咳，福什里算得了什么，他又不是魔鬼！"娜娜又说，她想试探一下，弄清伯爵夫人的丈夫与情人之间的情形如何，"至于福什里，总可以打动他的。他究竟是一个好小伙子

……你去告诉他,是我要这个角色,怎么样?"

这个提议,令伯爵十分反感。

"不,不,绝对不行!"他大声说。

她忍住一句话没说出来:"福什里是什么也不敢拒绝你的。"不过她觉得这句话当作理由未免让他太难堪,她只微微一笑,心照不宣地道出了个中奥妙。米法望了她一眼,又低下头去,脸色发白,忸怩不安。

"噢,你这人的心眼还是欠点厚道。"她咕哝道。

"我办不到!"他的口气和神态显得极其苦恼,"你随便叫我做什么都可以,除了这事不行,亲爱的,我求你别勉强我做这件事。"

于是,娜娜不再费神去争论,她用两只小手抱住他的头,弯下身子,把嘴唇贴住他的嘴唇,给他一个很长很长的甜吻。米法身上一阵战栗,心荡神驰,闭拢眼睛。娜娜扶起他来。

"去呀。"她简短地说。

他迈步向门口走去。临出门口时,她又搂住他,做出柔顺而娇怯的模样,抬起脸,像猫似的用下巴在他的背心上擦来擦去。

"你说的那座漂亮房子在什么地方?"她悄悄耳语,粉面含羞,娇笑着,仿佛像个小女孩,刚刚拒绝过好东西,如今又愿意接受了。

"在维里叶大街。"

"有马车吗?"

"有。"

"还有挑花料子? 钻石?"

"都有。"

"啊! 你真好,我的好宝贝! 你知道,我刚才是因为嫉妒……这回,我郑重答应你,保证不会像上一次那样了。如今你懂得应该给女人一些什么了,你什么都舍得,是不? 那么,好啦,我除了你之外,可就凭他是谁也不要了! ……瞧,现在全都是你的了。"

她在他的手上和脸上,像雨点似的连连吻着,使他热血奔涌,然后把他推出门去。她喘息了一会儿。老天! 这个邋遢鬼马蒂尔德,她的化妆室气味真难闻! 这间屋子有南方冬日的阳光特有的暖和,未尝不可称之为舒服,可是刺鼻的变质香水味以及旁边的脏臭物件实在叫人受不了。她打开窗户,又倚窗而立,眺望底下横街的玻璃棚顶来消磨时间。

米法趔趔趄趄地走下楼梯,头脑昏乱,怎么个说法呢? 这事与他无关,该怎么开口才好? 他走近舞台时,听见吵架的声音。第二幕刚刚排完,普律利埃尔正在大发脾气,因为福什里想把他的台词删去一部分。

"那就干脆把我的台词全都删去好了,"他喊道,"倒不如这样! ……我本来只有不到两百行的台词,还要再删! 不行! 我受不了啦,这个角色我不演了!"

他从口袋里掏出一个皱巴巴的小本子,激动地挥舞着,似乎要扔到科萨尔的怀里去。他的自尊心受了伤害,苍白的脸缩皱着,嘴唇紧抿,眼里冒火,掩不住内心的激愤。想想吧,凭他,普律利埃尔,观众崇拜的偶像,怎么能演一个只有两行台词的角色!

"为什么不叫我演端着托盘送信上场的听差呢?"他恨恨地接着说。

"得了，普律利埃尔，冷静一点，"波尔德那夫说，他对普律利埃尔较客气，因为这人对包厢里的观众有很大的号召力，"别耍脾气了……我们想办法给你增加分量。喂，福什里。你可以在台词里再加上几点意思，对不对？……我觉得第三幕还可以再加一场戏。"

"那么，"普律利埃尔说，"我只特别要保留最后那一段台词……这我完全有资格。"

福什里没吭声，算是默然认可。普律利埃尔把小本子塞回口袋，怒犹未息，情绪仍有些激动。博斯克和方唐在这场口角里袖手旁观，认为各人争各人的，凡与己无关的事，他们都不感兴趣。演员们聚拢到福什里周围，各自问自己排得怎么样，希望得到赞许。米侬已瞥见伯爵走来，他听着普律利埃尔发牢骚，眼睛却盯住伯爵的一举一动。

伯爵走进半明半暗的舞台，在台后停了脚步，看见他们在争吵，迟疑着不想进去。倒是波尔德那夫发现了，急忙跑过来。

"你看这些人有多么可恶！"他咕哝着，"伯爵先生，我对付这班人有多么受罪。他们一个比一个自大，其实是可鄙的戏了，生疮的烂污货，非得把我搞垮，他们才喜欢……请原谅，我的火气又上来了。"

他打住话头，两人沉默有顷。伯爵寻思该如何婉转道出来意，却又苦于无词，最后他决定单刀直入，以便早点摆脱窘境。

"娜娜想演公爵夫人。"

波尔德那夫吃了一惊，嚷道：

"什么？她疯了！"

他发觉伯爵脸色灰白，两颊颤动，便马上和缓下来。

"见鬼！"他喃喃道。

两人又沉默下来。其实他并无所谓，娜娜这个肉感尤物，要是演起公爵夫人来，也许更能引起观众的兴趣呢。问题既提了出来，他何不顺水推舟，又可把米法操纵在他手心，由他摆布。于是他马上决定下来，转身喊道：

"福什里！"伯爵本想拦住他，可是福什里没有听见呼唤。他正被方唐绊住了，在舞台的一角，被迫听这位演员发表对他担任的角色的理解。方唐认为博斯克是马赛人，说话带有乡音，于是他就模仿马赛口音把整段台词重念一遍。这样对吗？他似乎只是征询福什里的意见，可是，当剧作者反应冷淡，提出不同的意见时，方唐脸色就变了。哼，好极了，既然他体会不出角色的主要特征，为了顾全整体，他不演这个角色也罢。

"福什里！"波尔德那夫又喊了一声。

于是，年轻人乘机溜了过来，暗喜摆脱了方唐，但后者被他匆匆撇下，未免不快。

"我们别站在这儿，"波尔德那夫说，"先生们，这边来。"

为了避免好奇者听见，他把他们带到舞台后边的道具库。米侬目送他们离去，不禁疑团满腹。他们走下几步台阶，进入一个四方形的房间，这房间有两扇窗户，向着院子。从肮脏的窗玻璃上悄悄溜进一线微光，在低矮的天花板下，房间有如地窖般的暗淡。屋里全是木架和格子，摆着各种各样的破旧东西，使人联想起拉普街旧货店正在拍卖的货摊。一大堆乱七八糟的碟子、盘子、漆金的纸制杯碗，红色的旧阳伞，意大利瓶子、罐子、各式各样的时钟、托盘和墨水瓶，火枪、水枪，等等，有的破了裂了，乱堆着，上面蒙了一寸厚的灰尘，辨认不出是什么东西。五十年来，每次演戏剩下来的东西都成堆的积压在那

里,发出一阵阵的废铁、烂布和湿纸板的气味,令人欲呕。

"进来吧,"波尔德那夫又说了一次,"无论如何,不能有外人听见。"

伯爵很狼狈,走了几步就停下来,让经理向编剧冒昧地提出来。福什里有点纳闷,问道:

"什么事?"

"事情是这样的,"波尔德那夫终于摊牌了,"我们突然有一个想法……不过你听完之后千万别跳起来。我们说正经的……让娜娜演公爵夫人,你觉得怎样?"

剧作家先是惊愕得张大嘴巴,然后爆发了一串话来:

"啊!不行!不行!你们这是开玩笑,是不是?……观众会笑坏的。"

"是呀,如果观众看了发笑,这就总算成功了一半……请你好好地考虑一下,亲爱的伙计,这个主意会令伯爵先生高兴的。"

米法为了掩饰窘态,早就在身边的架上,从灰尘中捡起一件东西,似乎在辨认它是什么,那是装熟蛋的杯子,杯脚是用漆补上的。他毫无意识地摆弄它。他听见波尔德那夫的话,就走上前来,喃喃地说:

"是的,是的,要是这样安排一定妙极了。"

福什里转身向他做了一个不耐烦的动作。他的剧本和伯爵毫无关系的嘛,他决绝地说:

"绝对不行!……只能叫娜娜演荡妇,演多少都可以,要是演那个夫人,不行,绝对不行!"

"你错了,我敢保证她能行,"米法胆子大了,接着说,"就在刚才,她还在我面前表演良家妇女的角色呢……"

"在什么地方?"福什里问,更加诧异了。

"在楼上一间化妆室里。真的,她表演过。演得十分出色!她走过你面前的时候,拿眼这么一瞟——就是这样子,你知道。"

他手里拿着蛋杯,由于渴望说服对方,竟情不自禁地模仿起娜娜的动作来。福什里瞪视着他,现在他心里什么都明白了,于是怒气也随之消除了。伯爵觉出他的目光里隐含了讥讽和怜悯,脸上微微一红,赶忙停了下来。

"啊!说不定还真行,"剧作家讨好地说,"也许她会演得很好……只是这个角色早已确定了。我们不能从萝丝那儿再夺回来。"

"噢,如果仅仅是这个问题的话,"波尔德那夫说,"我可以负责解决。"

这位青年见他们两人都反对他,心里明白波尔德那夫一定暗中有利害关系在内,但他不愿屈服,于是更加坚持己见,谈判濒于破裂。

"不行!不行!即使这个角色没有确定,我也绝不会给她……听见没有?不要再烦我了……我不打算自毁我的剧本。"

一阵难堪的沉默。波尔德那夫觉得再说也无益,就走开了。伯爵低垂脑袋,艰难地抬起头来,声调颤动地说:

"我亲爱的朋友,就算我请你赏脸帮个忙吧!"

"我办不到,我办不到。"福什里连声说,扭身打算走开。

米法的声音强硬起来。

"我请求你……我要这样办。"

他的眼睛直勾勾地盯住福什里的脸，阴森的目光全是威胁，后者突然口溅唾星、语无伦次地说：

"你爱怎么办就怎么办吧，我才不在乎呢……你简直是越权，正是这样。你等着瞧吧！等着瞧吧！"

这样一来，双方更为尴尬。福什里倚在架子上，神经兮兮地用脚敲击地板。米法不住翻来翻去摆弄手里的鸡蛋杯，似乎在专心研究它。

"这是一只蛋杯。"波尔德那夫走过来搭讪道。

"是的，这是一只蛋杯。"伯爵应声说。

"对不起，这玩意把你弄得满身灰尘，"经理把那只蛋杯放回架上，接着说，"这里即使叫人每天打扫，也无法打扫干净，你知道。这简直是垃圾堆，是吧？……不过，这里面可有不少值钱的物件，不管你信不信。请你看看这些。"

他带米法沿着架子和鸽笼似的格子，借着从天井渗进来的暗绿色的光线，走了一圈，把各种道具的名称，一一告诉伯爵，以引起伯爵的兴趣。他自嘲像个旧货商，正在清点货物。他们转到福什里身边时，他故作轻松地说：

"依我说，我们的主意既然一致，何不把这事就定下来呢。米侬来了，正好。"

米侬早就在邻近的走廊里转悠，一听见波尔德那夫要修改合约，就愤然提出抗议，这太可耻了，简直是想毁了他太太的前程，他要诉诸法律。波尔德那夫却平心静气地摆了许多理由。他觉得萝丝演这个角色太不值得，所以他想把萝丝保留到下一次主演轻歌剧，等《小公爵夫人》演完就接着上演轻歌剧。可是米侬仍大喊大叫，波尔德那夫话锋一转，突然提出取消合约，因为萝丝正和游乐剧院接洽受聘事宜。米侬一怔，之后又吵嚷道，他不否认有聘请这回事，声明金钱尚属其次，但是既然签字约定由他老婆演海伦公爵夫人，她就非演不可，即使他米侬遭受重大经济损失亦在所不惜，因为这关系到名誉和尊严。争论一发不可收拾，经理却反复强调这个理由：既然游乐剧场向萝丝出三百法郎一晚，连演一百场，而在他这里却只得一百五十法郎一场，那么，他只要放她走，她不是马上就多拿一万五千法郎吗？那做丈夫的却坚持他艺术方面的观点，外边的人获悉他老婆的角色被人取代，会有什么议论？哼，那一定说她本领不够，这才找人替换她，这必然影响萝丝作为艺术家的荣誉，降低她的知名度。不，不行！荣誉高于酬金！后来，他直截了当地提出一个可能接受的解决方案。根据萝丝签订的合约条款，如果她违约不演，她应付罚款一万法郎。那么，好吧，现在只要赔她一万法郎，她就到游艺剧院去。波尔德那夫一听，张大了嘴巴，说不出话来。米侬盯住伯爵，一声不响地等着。

"既然如此，一切都解决了，"米法如释重负，轻声说，"我们现在便做一个协定吧。"

"啊！不行，这太岂有此理了！"波尔德那夫嚷道，商人的本性使他激愤得跳起来，"花一万法郎让萝丝走人，这简直是敲诈！"

可是伯爵连连点头，请他接受。他迟疑一阵，咕咕哝哝的，这笔钱虽然不用他从口袋里掏出来，他仍感到惋惜。他愤愤不平地说：

"归根结底，我答应就是了。反正我总算摆脱你们了。"

方唐在院子里窃听了一刻钟。他是因为好奇才出来的，他听了事情的真相之后，立即跑去告诉萝丝，享受一下包打听的乐趣。哎呀，他们正在背后为她讨价还价呢！

萝丝跑到道具库，大家默不作声。她瞄了瞄四个男人。米法低着头，福什里耸耸肩膀回应她探询的目光。米侬正忙于和波尔德那夫商讨条件。

"是怎么回事？"她急忙问道。

"没什么，"她的丈夫回答，"波尔德那夫出一万法郎，让你放弃你演的角色。"

她气得浑身发抖，双拳攥得紧紧的，脸色苍白。她怒目瞪视丈夫好一会儿，平日，只要是关于生意金钱的事，她一向听命于丈夫，随他去和经理或情夫签约。这一次她忍不住了，她想不出别的话，只冲口而出骂了一句：

"真想不到，你也未免太下贱了！"

这句话像鞭子一样，抽到米侬的脸上。萝丝扔下这句话便走了。米侬十分惊愕，忙追了出去。怎么？她疯了吗？他轻声向她解释，这边得一万法郎，那边得一万五千，加起来就有二万五千。这是多么可观的买卖！而且，米法肯定放弃她的了，这不正好是个好机会，最后从他的翅膀上再拔一根毛吗？萝丝气呼呼的，并不搭理他。于是米侬嗤笑着走开了，随她去耍女人脾气好了。波尔德那夫这时已经陪着伯爵和福什里回到舞台上，米侬对波尔德那夫说：

"我们明天早晨签字，准备好钱。"

这时，娜娜下楼来了，拉博德特早把消息传给了她，她俨然一副正经女人的样子，摆出高贵的神气，想让朋友们刮目相待，并且向一班傻瓜证明，只要她肯做，就没有一个女人能赶得上她的高贵。可是，她差点儿露出原形，萝丝一见到她就冲了过来，喉咙哽塞，气急败坏地斥道：

"好哇！你，总有一天我要和你算账，当心！我不会罢休的！"

面对出其不意的袭击，娜娜几乎忘记一切，就要双手叉腰，破口大骂了。她马上忍住了，摆出一副侯爵夫人生怕踩着一块橘子皮的姿态，夸张地用尖脆的嗓音说：

"嘎，怎么了？你疯啦，我亲爱的！"

她仍装出斯文模样。萝丝悻悻地走了，米侬正眼也不瞧她，随着萝丝也走了。克拉莉丝欣喜若狂，因为她刚从波尔德那夫那里获得热拉尔迪娜这个角色。福什里心情烦躁，踱来踱去得一时拿不定主意是否要离开剧场。他的剧本算是给毁了，他心里正在琢磨如何补救它。这时，娜娜走过来，握住他的手腕往自己身前一拉，问他是否认为她很恐怖，她可是不会吃掉他的剧本呀，她把他逗笑了。她又向他暗示说，他既然和米法的太太有染，要是和她闹别扭，可就太不明智了。她如果记不住台词，不是还有提示员吗？剧场一定人满为患的。他对她估计不足，且看她的出色表演吧。大家提出剧作者把公爵夫人这个角色修改一下，好让普律利埃尔的台词拉长，于是后者也高兴了。娜娜的出现，活跃了气氛，只有方唐神情漠然。他站在黄色的灯光下，把他那副羊脸的侧影明显地照了出来，十分引人注目，他装出毫不在乎的样子。娜娜若无其事地走过来，和他握了握手。

"你好吗？"

"好，好得很。你呢？"

"很好，谢谢。"

　　再也没有别的话了。他们好像昨晚才在剧院门口道别似的。这时,演员们还在等待,但波尔德那夫说第三幕不再重排了。老博斯克一边咕哝着抱怨白白浪费了整个下午的时间,一边走了出去。于是人人都走了。在楼下的人行道上,强烈的阳光刺得他们目眩头晕,他们眨着眼睛,好像曾经掉进地窖的深处,神经紧张地度过了三个钟头,乍见阳光而不知所措。伯爵拖着疲乏的脚步,茫然地和娜娜一起登上马车。拉博德特把福什里拉走,打算安慰他一下。

　　一个月以后,《小公爵夫人》首演了。对娜娜而言,是极大的失败。她的表演不堪入目,她力图夸大高雅的效果,结果却使观众觉得可笑。他们倒没有起哄,他们太开心了。萝丝坐在一个侧包厢里,她的敌手一上场,她便报以尖锐的大笑,笑声震动了全场,引得所有观众都笑了起来,这是她报复的开始。因此,到了深夜,娜娜和米法单独相对的时候,她狂怒地对他说:

　　"多么恶毒!这完全是因为嫉妒……哼!但愿他们知道我多么地蔑视这些家伙!难道我现在还稀罕他们吗?……我以二千法郎打赌,凡是取笑过我的人,我非要收拾他们不可,令他们跑到我面前,趴在地下舔地板!……你看吧,我一定要给你的巴黎创造出一个漂亮的高贵夫人来,让你增光!"

第十章

从此，娜娜成了时髦的女人，靠男性的愚蠢、堕落为生的寄生虫，街头拉客的妓女群中的贵妇。这一回的发迹既突然而又决然。她一跃而成为风月场中的名人，纸醉金迷，挥金如土。她成了一掷千金的美人，身价最高的花魁。巴黎各商店的橱窗陈列她的照片，报刊常提她的芳名。她乘坐马车走过大街，行人都回首伫望，叫着她的名字，激动热烈的盛况不亚于百姓对出巡女王的膜拜致敬。她身穿飘飘欲举的裙袍，闲适写意地斜倚车座，欣欣然微笑着，头上的金色小发卷雨珠般衬托着那双涂了蓝眼圈的双目和涂红的唇。这个体态丰满的女人，在舞台上动作笨拙，演起良家妇女时令人发笑，在都市里却毫不费力就扮演了可人的角色，实在不可思议。她腰肢柔软如水蛇；衣着适体和谐，似不经意却优雅精致；举止如名贵母猫般的高贵卓越；她是荡妇的班头，华美绝伦，她傲然把巴黎踩在脚下，就如她是至高无上的女主人。她首创时装的模式，贵妇名媛趋之若鹜、争相仿效。

娜娜的华厦坐落在维里叶大街，位于卡尔迪奈街的拐角，这一带原是蒙梭平原，从前很冷落，后来才发展成为豪华的住宅区。这座房子是一个青年画家出资建造的，他首次得到成功，一时兴起便盖起房子来，可是等到房子差不多竣工时，就穷得把它卖了。房子是文艺复兴时期的格调，近似宫殿，内部结构奇特，现代化的舒适起居设备，按房主喜好设计，颇具特色。米法伯爵连家具带房子一起买了下来，包括各类小摆设，华丽的东方帷幔，古典的餐具橱，路易十三时期的扶手椅等等。娜娜搬进了一个艺术气氛浓郁的环境，周围全是各个不同时代最上选的东西。不过，房子中部的画室，对她是全无用处的，于是她把原有的布局大大改动一下，在底层，有温室、大客厅、饭厅。二楼紧靠着她的卧室和化妆室，她另辟了小客厅。她的主意倒使建筑师大为惊异，她虽然是巴黎街头的妓女，居然懂得优雅的东西，她是注定要过豪华生活的。她总算没有把房子糟践过甚，相反，还添了富丽的陈设，只是在某些地方显得优雅得怪诞，华丽得俗气，不脱昔日卖花女郎徘徊于橱窗时的幻想。

大遮檐下的前门台阶铺着地毯，一进前厅，紫罗兰的香味和厚帷幔包藏的暖气便扑面而来，一扇彩绘窗户，上面镶着黄色和玫瑰色的玻璃，射进肉色的暖光，照在宽阔的楼梯上。楼梯脚下，立着一个木雕黑人，手里托着放满了来客的名片的银盘；四个白色大理石女子，袒露双乳，高举着灯台。前厅和二楼梯顶陈列着插满鲜花的铜瓶瓷罐，铺着波斯垫子的坐榻，蒙着古色古香织锦的扶手椅，把二楼的梯口变成了候见室，里面到处放着男人的外衣和帽子，帷幔和地毯把什么声音都隔绝了，仿佛置身在一个教堂里，有一种肃穆虔诚的气氛，必须悄声屏气，令人充满神秘的感觉。

那间宽大而又过于华丽的路易十六式的大客厅，娜娜只在举行盛大的晚宴、接待皇

室显要或外国贵宾时才打开使用。平时,她只在吃饭时才下楼来,每逢坐在高大宽敞的饭厅里,看看四面挂着戈贝兰花毯,巨大的食橱陈列着古老而珍贵的瓷器和盘子,自己都觉得头晕目眩。她总是一吃完就赶快上楼去,似乎二楼才是自己的家。二楼有三间房,一间卧室、一间小客厅和一间梳妆室。她已经有两次把卧室重新布置过,第一次用紫红色的缎子;第二次用镶桃花边的蓝色丝绸,可是她还不满意,觉得不起眼,想另外换个新花样,一时还没想出来。那张床,低矮得像一张沙发,装饰之精美真是挖空心思,单是床上铺的威尼斯桃花床布就值二万法郎。家具漆成蓝色和白色,上面嵌着银色花纹。白熊皮扔满一地,竟把地毯都盖住了。这是娜娜恣意挥霍的怪癖,她至今仍改不了坐在地上脱袜子的习惯。卧室旁边的小客厅,有极精致的艺术品,琳琅满目,异彩纷呈。在这些东西的后面,挂着淡玫瑰色的丝幔,是一种褪色的土耳其玫瑰红,上面绣了金线,这使摆在它前面的一大堆东西更衬托得轮廓分明。这些东西来自各个国家,式样风格兼收并蓄:有意大利的化妆盒,西班牙和葡萄牙的衣箱,中国宝塔的模型,精巧的日本屏风。此外,还有瓷器,铜器,绣花绸缎和绣工极细的帷幔。扶手椅宽阔如床榻,沙发深如神龛,给人一种懒散、疲软的感觉,使人联想起宫廷深苑淫逸恣肆的生活。这里最强的主色是浓重的金黄,融合着一点绿与红,除了几张奢侈的座椅,没有什么可以表明这是妓女的香巢。只有两尊素色瓷像,其一是穿短衬衣的女人在捉跳蚤,其二是赤裸女人,两手趴在地上,脚在半空摇晃,这粗拙的愚昧之作,破坏了客厅的高雅格调。从一道永远开着的门望去,可以看见全是大理石和镜子的梳妆室,有洁白的浴盆、银水壶和银脸盆,还有许多水晶和象牙的制品。窗帘卷起,射进明朗的阳光。娜娜特有的那种紫罗兰香味,散步了全室,而至整幢房屋和院子,香风熏人欲醉。

　　布置居室是一项重要任务,娜娜理所当然地让佐爱来担任。这女仆笃信娜娜总有一天会发迹,而且对自己的预见有充分把握,耐心地等待了几个月。果然等待没有落空,她胜利了,成了这所大宅的女管家,她一边忠心伺候太太,一边为自己积敛钱财。现在,一个女仆已不够了,另外还需要一个膳食总管、一个车夫、一个门房、一个厨子,还得充实马厩。在这方面,拉博德特十分得力,他承担了伯爵不肯亲自去办的差使。他负责买马,奔走于各马车商行,又领着娜娜去挑选东西。经常看得见他挽着娜娜的臂膀,出没于各商店之间。他引荐了几个仆人给娜娜,一个又高又大的查理当车夫,原是德·戈尔勒公爵家的;一个是小个子朱里安,满头卷发,一脸笑容,由他管理膳食;另外还有一对夫妻,女的叫维克托莉娜,当厨娘,男的叫弗朗索瓦,看门兼跟班。弗朗索瓦穿着娜娜规定的制服,天蓝色配银色饰带,穿短裤,头上扑粉,在客厅里接待来宾。一切派头都堪与王侯匹敌。

　　从第二个月开始,家中诸事俱妥。一切花费超过了三十万法郎。马厩里有八匹马,车房里有五辆马车,其中一辆带银饰的双篷四轮马车,曾在一段时间里引起全巴黎的注目。娜娜在巨大的财富中安了身,享受了豪华的生活。《小公爵夫人》演完三轮之后,不管波尔德那夫如何挽留,她决然离开了剧院。波尔德那夫虽拿过伯爵不少补贴,仍不免濒于破产。娜娜对自己演戏的失败一直耿耿于怀,加上她从方唐那里得到的耻辱和教训,她便把一切挫折归罪于所有男人。她自认现在已有把握不再重蹈突然迷恋一个男人的覆辙了。然而,在她的轻浮多变的脑子里,复仇的念头也是转瞬即逝。怒气消失之后,

就只剩下挥霍的无穷欲望，和对于供她挥霍的男人的蔑视。她穷奢极欲地一掷千金，对情夫们为她倾家荡产而大感得意。

一开头，娜娜就明确了伯爵的义务和权利，为他们的关系订下章程。他每月供给她一万二千法郎，礼物在外，只要求她绝对忠实。娜娜发誓对他忠实，不过，同时也坚持伯爵必须尊重她，让她在这个家里享有主妇的一切自由，让她的意愿不受干涉。例如，她可以每天接待自己的朋友，而他只能在规定的时间来。总之，他对她的一切行为绝对信任。每逢他醋意发作或对她的要求稍一迟疑，她便摆出威严的神色，威胁要退回他所送的一切东西，或者指着小路易发誓，说自己确在实行她的诺言。伯爵也就无话可说了。如果失去相互的尊重，那还会有什么爱情呢。所以，直到第一个月尾，米法都很尊重她。

可是，她仍感不足，寸寸进逼。不久，她俨然以良家妇女自居，对他施加操纵。他每次来的时候，如果心情郁郁不欢，她便哄他开心，让他坦白心里的苦闷因由，然后代他出主意。渐渐地，他家里的烦恼，他太太和女儿的问题，他的恋爱事件与财政上的事务都由她过问了。她表现得相当通情达理，既客观又直爽。只有一次，她没有控制住自己的脾气，那次伯爵把心事相告，说达格内可能要向他的女儿求婚。自从伯爵和娜娜的关系引起风言风语的时候起，达格内认为最聪明的办法就是和娜娜继续来往，视她为淫贱女人，发誓要把他未来的岳父从这贱人的手里夺回来。娜娜为了报复，便肆意攻讦她的旧情人，说他是个无赖，同下流女人鬼混，把产业都耗光了。这人鲜廉寡德，他虽然不靠女人养活自己，但很会利用别人的钱，钱到了手自己花，只给女人一束花或请吃一顿饭，而且很长时间才有一次。伯爵似乎想不念旧过，原谅他的缺点。娜娜干脆把达格内曾经与她有过肌肤之亲的事情说了出来，甚至连猥亵不堪的细节也描述一番。米法听完，气得变了脸色。此后，他再也不提这个年轻人了。这对忘情薄义的达格内是应得的教训。

与此同时，由于这座房里的设施尚稍有欠缺，所以，有一天晚上，娜娜刚刚向米法盟誓忠贞之后，当晚就把旺德夫尔伯爵留下过夜。后者苦苦追求她已有半个月，天天上门，送她鲜花。她现在容纳他，并非一时的热情，而是证明她还是个自由之身，其次就是为钱。留宿后的次日，旺德夫尔帮她还清了一笔她不愿向别的男人开口的债项。她从他那里每月可捞到八千至一万法郎的零用钱，这对她不无裨益。旺德夫尔一时情热，可以把自己的钱花个一干二净。光是他养的马匹和姘妇露茜，就已经吞掉了他三处田庄，现在娜娜又要一口吞下他在亚米安附近的最后一座古堡。他似乎急于把所有当尽，就连祖上在菲力浦·奥古斯汀时代所建的一座古堡的残垣败瓦也不放过。他发狂似的胡嫖滥赌，似乎以扫光产业为快。他觉得把他家盾形勋章上最后一个金质圆徽也交在这个令全巴黎垂涎的名妓手里，是他莫大的荣幸。他也接受了娜娜的条件，答应娜娜有绝对的自由，也依照规定的时间来享受她的温存。但他不像米法那样天真，没有激动到要求她发誓。米法对此事一无所知，毫不动摇。旺德夫尔却是心中有数，只是佯装糊涂，脸上挂着微妙的笑意。他及时行乐，得过且过，不去强求不可能的事，只要娜娜按日子接待他，全巴黎的人艳羡他的殊荣，他也就满足了。

从此，娜娜家里才真正是应有尽有。仆役齐全，马厩、厨房和太太的卧室里都有专人伺候。佐爱总管其事，她灵活机动地处理突如其来的复杂事情，而且井然有序，她像剧院里的布景工似的，把这个家庭调度得十分到位。最初的三个月，一切运转按部就班，没出

差错。只是太太有时心血来潮,乱出主意,给她添乱。不过,每逢太太做了傻事而必须补救的时候,就散漫花钱,她便可从中捞到更多的好处。礼物像雨点似的落到她身上,浑水里大摸金路易,所以,这个女仆慢慢地也就放松了。

一天早上,米法还没有出寝室,佐爱突然带来一个浑身发抖的先生到梳妆室,娜娜正在换内衣。

"哎呀!是你,乔治!"她大吃一惊。

那人正是小乔治。乔治见她只穿了一件睡衣,金黄的头发披散在赤裸的肩上,就扑过去搂住她的脖子,紧紧地拥抱她,乱吻她的身体各处。娜娜怕闹出事来,挣扎着推开乔治,唬唬地说:

"快别这样!他在屋里呢!真莽撞,佐爱,怎么你也疯了吗?快领他下去,让他在楼下等着,我想法子下去。"

佐爱不得不把他推走。等到娜娜脱身到了楼下餐厅,她把他们两人埋怨了一顿。佐爱撅起嘴,说她本来想让太太惊喜一下的,说完,她悻悻地走了。乔治泪汪汪地望着娜娜,美丽的眼睛溢满了情意,重新见到娜娜,他狂喜不禁。他的苦日子算是过去了,他的母亲相信他明白事理了,准许他离开丰代特。他在火车站一下车,立刻就搭了马车,赶快来吻他心爱的情人。他说从今以后要住在她身边,就像在"迷鸟居"里那样,每天在卧室里等她光着脚回来。他边说边伸出手去。经过难熬的一年别离,实在渴望摸一摸她,他抓住娜娜的手,又在宽大的睡衣袖子里乱摸,一直摸到她的肩膀。

"你还爱你的小宝贝吗?"他仍童音未改。

"当然爱!"娜娜回答,猛地摔开他的手,"你怎么没有预先通知,就突然来了。你要知道,我的小男人,我现在可是身不由己了,你得规矩一点。"

乔治刚才下马车时,满以为自己久别的情欲终于可以宣泄了,头脑昏昏然地也没留神看进来的这座屋子。这时,他才发觉周围环境已大大不同了。他仔细地环顾富丽辉煌的饭厅,高高的彩绘天花板,以及四壁的戈贝兰挂毯,闪亮着银餐具的碗橱。

"唉!原来这样。"他闷闷地说。

娜娜于是嘱咐他,以后千万不要早上来,如果他乐意来,最好在下午四点到六点之间,这是她的会客时间。随后,看见他一直用乞求和探询的目光望着她,便用最友善的态度,吻了吻他的额头,低声说:

"要听话,我会尽可能安排的。"

其实,她只是说说而已。乔治很可爱,有他做个伴无妨,她可并没来真的。不过,乔治每天下午四点必来,来了总是愁眉苦脸,她也就像以前那样时时做出让步,把他藏在衣柜里,常常让他尝一点剩余的温馨。于是他就和那条小犬珍宝一样,依偎女主人的裙下,几乎不离这所住宅了。即使她和别的男人同睡,但每当她寂寞苦闷之时,他就有意外的甜蜜的爱抚。

于贡夫人获悉这孩子又回到这个坏女人的怀抱,她直奔巴黎,向她的长子菲力浦中尉求助,其时他驻扎在万森。乔治的行动一直瞒住哥哥,这下子他慌了神,生怕哥哥对他动蛮的。他对娜娜日见情热,什么话都向她倾诉。因此,很快就在娜娜面前老提哥哥,说他是个强壮有力的大个子,什么事都做得出来。

"你知道,"他解释说,"妈妈既然派哥哥来,她自己就不会来找你……啊!她一定会派菲力浦来抓我的。"

他开头告诉娜娜这些话的时候,娜娜的自尊心受到了伤害,她冷冷地说:

"好哇!我倒要看他有多大能耐!管他是什么中尉,弗朗索瓦照样可以把他一脚踢出去!"

由于这孩子不断谈到他哥哥,娜娜对菲力浦反而起了兴趣,一星期后,她对他已如见其人——他身体魁梧壮实,有说有笑,有些粗鲁,甚至还知道他身上的隐秘之处,他胳膊上有毛,肩膀上有痣。她对这个非踢出去不可的男人太熟悉了,满脑子都是他的身影,有一天,她终于喊道:

"听我说,乔治,你的哥哥不会来吧,他不守信用!"

第二天,乔治正和娜娜两人在一起,弗朗索瓦上楼请示太太是否要接见菲力浦·于贡中尉。乔治登时脸色发白,喃喃道:

"我早料到了,今天早上妈妈跟我说了。"

他恳求娜娜吩咐下去,说她不能接见。可是她已站起来,兴奋得满身发烫,说:

"为什么不见?他还以为我害怕呢。哼,我们有热闹可看了,弗朗索瓦,你领这位先生在客厅里等一刻钟,然后再带上来见我。"

她没有再坐下来,而是在壁炉的大镜子与意大利柜上的一面威尼斯镜子之间,激动地走来走去。每走一个来回,她就往镜中望一望,笑一笑,测试自己的微笑有多大力量。乔治坐在一张长沙发上,为即将发生的风波心惊胆战。娜娜一边来回踱着,一边自言自语:

"让他等上一刻钟,可以让这个小伙子头脑冷静下来,而且,如果他以为来到一般妓女家里,先叫他看看我的客厅,吓唬吓唬他。对了,让他仔细看看,先生。那里面的东西没有一件赝品,这可以教他尊重这里的女主人。男人们需要懂得尊重。喂,一刻钟了?不,十分钟还没过去呢。哈,时间还长着呢。"

她继续走来走去。一刻钟到了,她打发乔治走开,还要他保证不在门外偷听,被仆人们撞见可太失体统。乔治退到卧室去的时候,鼓起勇气嗫嚅地说:

"他可是我的哥哥,你知道……"

"别害怕,"她凛然地说,"如果他有礼貌,我也会客气的。"

弗朗索瓦领着菲力浦进来,后者穿着礼服。乔治开始还听从吩咐,踮起脚尖走过去。可是这边的人声使他站住了,他迟疑着,惴惴不安,两腿发软。他想这下子该遭殃了,那边一定会发生吵打的事情而致使娜娜恨他一辈子。于是他忍不住又折回去,把耳朵贴在门上偷听,但听得很不清楚,厚门帘把声音隔住了,可他尽力抓到了菲力浦的几句话,这些话很严厉,其中如"只是个孩子""家庭""荣誉"等词语。他迫切地想听听他的心上人回答些什么,他的心剧烈地直跳,头嗡嗡作响。她一定开口便骂"混账的东西",或大喊"快给我滚蛋,这是我的家!"可是,他什么也没听见,里面鸦雀无声,娜娜仿佛死在里面了,过了一会儿,连他哥哥的声音也柔和多了,他再听不见说的都是什么了。后来,一种奇怪而低沉的声音,吓了他一跳。娜娜在哭泣!一时间,他心里翻腾着两种矛盾的情感,他想逃避,又想猛冲到菲力浦身上。这时,佐爱忽然进来,他赶快从门后走开,因被撞见

而十分羞赧。

佐爱不动声色地整理柜里的衣物，乔治把额头贴在玻璃窗上，一声不吭，一动也不动，心如油煎。经过短短的一阵沉默之后，佐爱问道：

"和太太谈话的是你哥哥吗？"

"是的。"他带着哭腔回答。

又是一阵沉默。

"你不放心，是吗？乔治先生。"

"是的。"他答道，声音里充满气噎喉干的苦涩。

佐爱不慌不忙地叠着花边，慢腾腾地说：

"你过虑了，太太会妥善解决的。"

他们没有再说话，佐爱也没有离开房间。过了长长的一刻钟，佐爱才转过身来，并没有理会这孩子脸上的怨恼。他因行动受拘，心存疑团而脸色发白，他不时向客厅斜睨几下。时间这么长，他们干什么了！也许娜娜还在哭呢，菲力浦是个武夫，一定打了她不少耳光。好不容易等到佐爱一走，他奔到门边，再把耳朵贴上去偷听。他整个儿呆住了，头脑一片茫然。原来客厅传来的是一阵欢笑、温柔的低语和女人被搔着痒处的咯咯娇笑的声音。然后，娜娜送菲力浦到楼梯口，彼此的语气和称呼亲切而热情。

乔治大着胆子冲进客厅，娜娜正站在镜前，顾影自赏。

"怎么样？"他慌乱地问道。

"什么怎么样？"娜娜头也不回地回答，接着，又毫不在意地说，"你刚才怎么说的？你哥哥很可爱嘛。"

"那么问题解决啦，是吗？"

"当然……哎呀，你这是怎么啦？人家还以为我们要打架呢。"

乔治还是没有弄明白，他期期艾艾地说：

"我好像听见……你没有哭吗？"

"我哭？"她嚷起来，瞪着乔治，"你简直是在做梦！你怎么会以为我哭？"

于是她斥责了他一顿，因为他不听话，躲在门后偷听。乔治低声下气地认错赔不是，然后又提到刚才的问题。

"那么，我哥哥……"

"你哥哥一来便明白他是到了什么地方了。你知道，我要真是一个妓女，那么考虑到你的年龄和家庭荣誉，他出面干涉这件事是情有可原的，但他一看就明白了，马上就规规矩矩的了，所以你不必再担心啦，没事。他会劝你妈妈放心的。"

她又笑着补充了一句：

"你还会在这儿见到你哥哥，因为我已经约了他，他就回来的。"

"啊！他要再来呀！"这孩子惊呼，脸色煞白。

他们没有多说，关于菲力浦的谈话暂告一段落，娜娜换衣准备外出，他睁着忧郁的大眼痴痴地望着她。他宁死也不愿和娜娜分手，因为事情顺利解决，他感到很欣慰。然而，他的内心却有隐忧和难言的苦恼，这是他从前没有体验过的，他也不敢说出来。菲力浦究竟用什么方法使母亲放心的，他毫无所知，不免纳闷。三天之后，他母亲果然又回丰代特去了，显然她已经放心了。当晚，乔治听见弗朗索瓦通报中尉来访，他吓得要命。可中尉却快快活活地和他开玩笑，拿他当作一个逃学的顽童，不以他的淘气为意。乔治却仍头皮发紧，局促不安，听了什么都像个女孩子似的满脸绯红。菲力浦比他年长十岁，很少和他接触，他怕哥哥就和怕父亲一样，和女人厮混是要隐瞒的。所以当他看见哥哥在女人身边嬉笑自若，由于身强力壮而沉溺享乐，心里产生一种不安的羞耻感。不过，等到后来，他哥哥频繁上门，乔治终于有点习惯了。娜娜容光焕发，她放纵的风流生涯又增添了淫逸的新内容，在这间网罗了众多的男性和美轮美奂的家具的府邸里，她肆无忌惮地庆贺乔迁新居。

一天下午，于贡兄弟都在娜娜家里，米法突然不按规定时间到来。佐爱对他说太太有客人，他就像个有礼貌的绅士，立即静悄悄地走了。当他晚上再来时，娜娜摆出一副被冒犯的女人那种脸孔，怒冲冲地接待他。

"先生，"她说，"我可没有什么把柄让你侮辱我……你必须懂得，我在家里招待客人的时候，你既然来了，就要像客人一样进来。"

伯爵惊骇得张口结舌。

"怎么啦，我亲爱的……"他竭力想解释。

"也许就因为我有客人，所以你才不进来！是的，确实有男人，可是你以为我同这些男人在干什么？有些人装出小心识趣的模样以彰情妇之短，我可不要你这份小心，明白吗？"

他费了很大的劲，好不容易才求得宽恕，但内心却更觉欢畅。她经常运用小技巧制服伯爵，令他心悦诚服地信她的话。她迫着伯爵认可乔治，说这孩子很招她喜欢，继之她又叫米法陪同菲力浦一起吃饭，伯爵也都欣然接受了，而且吃完饭后还把这个青年拉到一边，殷勤询问他母亲的情况。从此，于贡兄弟、旺德夫尔和米法就公开周旋在这个家里，俨然成为家庭的一分子，握手言欢，亲密无间，娜娜可就方便多了。只有米法依然小心翼翼，不敢僭越，避免多来，保持着外客拜访的礼貌。晚上，娜娜坐在地面的熊皮上脱袜子时，他常常友善地谈起这几位先生，尤其称赞菲力浦，说他简直是忠义的化身。

"你说得很对，他们都很可爱，"娜娜坐在地板上更换睡衣时这样回答，"只是，你知道，他们明白我是何等人物，他们若敢吐出一个歪字，我就会为你把他们撵出门去。"

然而，娜娜虽然过着穷奢极侈的生活，身边又围绕着一群求爱者，她还是烦闷欲死。她夜夜不缺男人伴宿，钱多得连梳妆台的抽屉里都塞得满满的，同梳子和刷子堆在一起，可是她对此并不满足，茫然若有所失，似乎渴望着什么。她终日无所事事，因循怠惰，感到日子的单调乏味。她过得像一只鸟儿，食物肯定有的吃，又能随心所欲地择一树枝栖息。衣食有保障，她就终日懒洋洋地偃卧着，像一个修女似的，在闲散无为中，懵懵然地入睡，又仿佛是妓院里的一个被囚者。她出门就要坐马车，步行的能力都几乎丧失了。她小时候的兴趣复萌，成天到晚，不是吻吻小狗珍宝，便是用愚蠢地玩耍消磨时间，她可做之事就是等待男人，用殷勤而其实是厌倦的态度来接待他们。在自暴自弃的生活中，她唯一关心的是如何保护自己的美色，她常常对镜细心打扮，沐浴梳洗，往身体各部分洒香水，并且自鸣得意，认为不管在什么时候，当着任何人的面，把衣服脱光，而身上绝不会有一点欠完美之处，使自己红脸。

娜娜每天早晨十点钟才起床，总是由那只苏格兰卷毛狗珍宝舔她的脸把她弄醒的，醒来之后，她和小狗玩上五分钟，小狗在她的胳臂和大腿之间乱跑乱窜，弄得米法睡不安稳，珍宝成为米法头一个要吃醋的"情敌"。让一个畜生肆无忌惮地钻进被窝里，这太不像话了。玩过之后，娜娜一头扎进梳妆室洗澡。将近十一点钟，弗朗西斯上门给她梳头，复杂细致的打扮留待下午才做，她不喜欢独用午膳，总是叫马卢瓦太太陪伴。后者仍戴着稀奇古怪的帽子，早晨从地址不明的住所赶来，晚上又回到隐蔽的地方去，也没人去打听她的秘密。娜娜觉得最难挨的是午饭后到梳妆之间的两三个小时。她大多让马卢瓦太太陪她玩纸牌，偶然也读读《费加罗报》，有关戏剧和上流社会的新闻她很感兴趣。她甚至也会翻翻书本，自诩爱好文学。每次化妆都要弄到将近五点。只有到了这个时候，她才如梦初醒，神志复苏，于是坐马车外出，或在家里接待成群的男人。她也常常在外边吃晚饭，上床总是很迟，第二天依旧是没精打采地起床，接着重复前一天的生活。

她最开心的消遣，就是到她姑妈家里去看望她的小路易。她每次总是把他忘记半个月之后，忽然又发狂似的步行去看他，心里充满母爱和歉意。她给姑母带鼻烟，给孩子带橙子和饼干之类的礼物。另外的消遣，就是穿上华丽的衣服，坐上专用的四轮马车，到布洛涅森林兜一圈。她的盛装艳服令街上行人为之咋舌。列拉太太自从侄女发迹以来，很以此为荣。她很少到维里叶大街，自命清高地说，凭她的身份，是不该到那种地方的。但在她所居住的那条街上，她却飘飘然得得意非凡。每逢娜娜穿着价值四五千法郎的衣服到来时，她便眉飞色舞得觉得脸上有光，次日一整天忙着把礼物向邻居炫耀一番，并一一列出它们的价钱，让邻居们大吃一惊。娜娜通常把星期天留给自己的家人，米法请她吃饭，她会微笑地婉言推却：不行，她要去姑母家吃晚饭，和小宝贝团聚团聚。小路易这可怜的孩子一年到头总是害病。他快三岁了，长得像个大孩子，颈背上患顽癣，耳朵里又有脓肿，恐怕将来头骨溃烂生疳。她每见他脸色苍白，有败血迹象，皮肤斑斑黄点，心情便十分沉重。她特感惊异的是，这个小宝贝的体质何以如此孱弱，他的母亲可是很健康的呀！

娜娜在孩子没有干扰心思的日子里，就照样沉湎于那种喧嚣而单调的生活中，到树林里溜达，去剧院看首场演出，到金屋饭店或英国咖啡馆吃晚餐或消夜，她还到所有公共场所凑凑热闹，观看群众拥着去看的各种表演，如大腿舞、阅兵式、赛马等等。但她无论干些什么，总摆脱不了散漫无依的空虚感，使她像犯胃疼挛般的难受。她虽然拥有心荡神驰的、不断更新的男欢女爱，可是每当只剩下她一个人时，她总是伸懒腰，打呵欠，显得十分倦怠。孤独的困扰使她伤感，并对自己也厌倦起来。她的本性和职业，应该是快活的，但到了这时，她的心情就忧郁起来，不知不觉失声喊出一句概括她的全部生涯的话来：

"唉！男人们缠得我好苦啊！"

一天下午，她听完一个音乐会回来，忽见有个女人在蒙马特尔街的人行道上快步前奔，这个女人穿着后跟破烂的靴子，肮脏的裙子，帽子也被雨水淋坏了。突然，她认出这女人是谁了。

"停一停，查理！"她对车夫喊道。

接着，她又喊那个女人：

"萨丹！萨丹！"

行人都回过头来，整条街的人都呆呆地望着她们。萨丹跑了过来，碰到马车的车轮上，把衣服弄得更脏了。

"上来吧，我亲爱的姑娘。"娜娜安详地说，对围观的行人视若无睹。

她把萨丹带到了车上，尽管后者的样子叫人恶心。她上了华丽的蓝色四轮马车，紧挨着娜娜镶蒂叶花边的珍珠灰缎裙袍坐了下来，一同回了家。行人看见马车夫那种气势尊严的模样，个个都觉得好笑。

从此，娜娜总算找到了寄托，萨丹成了她迷恋的对象，不再觉得日子难过了。萨丹梳洗干净、穿戴一新之后，在娜娜家里安顿下来。连着三天给娜娜讲述圣·拉扎尔妇女教养所的情况，同行姐妹们对她的骚扰，那些浑蛋警察怎样把她列入娼妓名单里。娜娜听了很生气，安慰她，发誓要替她把名字从名单里除掉，甚至她可以亲自去找部长。不过现在不必着急，没有人敢到这儿找她的，完全不用担心。两个女人就在一起消磨柔情款款的下午，时而情话绵绵，时而亲吻嬉戏，继续当日在赖伐尔路小旅店被警察冲散的那套玩意儿。开始时带点玩笑的性质，后来，在一个晚上，她们真的搞上了。娜娜在洛尔饭店本来很厌恶这种勾当，现在乍尝个中滋味，她被拨弄得筋软骨酥，魂不附体。到了第四天早上，萨丹失踪了，娜娜如鱼失水，干渴欲死。萨丹穿着新袍裙溜走了，家里谁也没发觉。萨丹渴望户外的空气，留恋街头的生活，于是偷偷地跑了。

这一天，公馆里闹得沸反盈天，仆人们都吓得噤若寒蝉。娜娜几乎要揍弗朗索瓦，因为他没有堵住大门，但她尽力按捺住性子，她骂萨丹是贱货，这回她吸取了教训，以后再也不从臭沟里捡垃圾了。娜娜整个下午关起房门，佐爱听见她在伤心地哭泣。晚上，她突然吩咐准备马车，要去洛尔饭店。她忽萌一个念头，想到烈士路饭馆的桌上把萨丹找回来，她要狠狠地刮她一个耳光。果然，萨丹确实正和罗贝尔夫人在一道吃饭呢。她一看见娜娜便大笑起来。娜娜虽然恨得牙痒痒，却没有大吵大闹，反而做出很温柔很甜蜜的样子。她请众人痛饮香槟酒，五六张桌子的人全喝醉了，然后，趁罗贝尔夫人上厕所，赶快带走了萨丹。上了马车，她咬了萨丹一口，并且恐吓她说，如果她再这样溜走，非杀死她不可。

但是，这类事故仍不断发生，反复了二十次之多。每次，娜娜像个被至爱的人背弃般的悲愤，她跟踪追寻这个婊子回来，而这个婊子屡屡逃跑，总是不耐烦过株守公馆的舒适生活。娜娜气得扬言要打罗贝尔夫人的耳光，甚至竟想到要和她决斗，因为她们之间总多着一个女人。

娜娜现在每次去洛尔饭店吃饭，总是戴上大钻戒，有时还约了路易斯、玛丽娅和塔唐三人，她们个个盛装艳服，珠光宝气。每当大家在那三间饭厅里的昏黄灯光下，嚼着廉价饭菜之时，这四位衣饰耀眼的太太屈尊光临，使这些小婊子们都看得眼花目眩，饭后都一个个地被这四人带走了。遇到这种情况，穿着闪闪发光的紧身衣，透着慈母般神情的洛尔，便去亲吻每一个人。然而，面对这种剑拔弩张的对峙，萨丹却很冷静，眨巴着蓝色的眼睛，纯净如处女的面容不愠不惊。两个女人撕她，咬她，你争我夺得不可开交，她只是说，这太可笑了，她们最好赶快和解。打她也是不中用的，她也想待双方一样的好，但总不能把自己掰成两半呀。结果是娜娜战胜了，因为她对萨丹千依百顺，馈赠大量礼物。

罗贝尔夫人为了报复,写了许多恶毒的匿名信,分寄给情敌的各个情夫。

在这之前,米法伯爵已有点疑虑不安。一天早上,他怏怏地把一封匿名信往娜娜面前一放,娜娜看了开头几句,说她对伯爵不忠,私通旺德夫尔和于贡兄弟。

"这是捏造!这是捏造!"她用坦然的口吻,大声嚷道。

"你敢赌咒吗?"米法问,心里宽慰了一些。

"凭你叫我对什么赌咒都可以……绝不含糊,就凭我儿子的性命也可以!"

那封信很长,以下便说到她和萨丹的关系,描写得极其猥亵下流。她看完信就笑了。

"现在,我知道这是谁写的了。"她淡淡地说了一句。

米法要她做解释,她坦然地接着说:

"这是与你无关的事……亲爱的,这对你有什么妨碍呢?"

她并没有否认,米法脸色阴沉,说了一些气话。她只耸耸肩,这种事寻常得很,她举了几个女友的名字做例子,她发誓说,凡是时髦的女人都喜欢结交女情人的。听她所言,再也没有这样平常、这样自然的事了。但凭空造谣令她十分生气,刚才,她看到信上捏造的有关旺德夫尔和于贡兄弟的事,不是很气愤吗?他不是都看在眼里了吗?如果真有此事,他完全有理由掐死她。可是交个女情人并不影响他什么,她又何必撒谎呢?于是,她又重复刚才的话:

"你说,这对你有什么妨碍呢?"

米法还是喋喋不休,她粗暴地打断了他的话:

"再说,亲爱的,如果这件事让你不痛快,那也没什么……门是开着的……我就是这个样子,随你的便吧。"

他垂下脑袋,心里却因娜娜的矢言忠贞而欣慰。娜娜占了上风,便明目张胆地让萨丹住了进来,同那几位男人占有同等位置。旺德夫尔不用看匿名信便知其详,他还经常开玩笑,故意向萨丹挑起吃醋的风波。菲力浦和乔治却视萨丹为有趣的伙伴,拉她的手,开些淫邪的玩笑。

有一天晚上,娜娜遇见了一件偶然的事。萨丹这婊子又溜走了,娜娜跑去烈士路吃饭,却找不到她,娜娜独自吃饭时,达格内忽然出现了。这人虽然改过自新,但劣性未泯,有时也到这儿来玩玩。他以为在这种下等场所不会碰见熟人,所以,突然见到娜娜,他吃了一惊,但他并没有拔腿就跑,而是笑容可掬地向她走过来,问太太是否允许他坐在这张桌子上吃饭。娜娜见他嬉皮笑脸的,立即摆出高贵严峻的样子,冷冰冰地回答:

"随便你爱坐哪儿坐哪儿,先生。这是公共场所。"

谈话的开头有点僵。可是在吃甜点时,娜娜觉得无聊,有一种炫耀自己的冲动,于是,双肘往桌子上一搁,用早先的那种亲昵的口吻问道:

"我说,你的婚姻问题怎样啦?顺利吗?"

"不太顺利。"达格内坦白承认。

事实上是这样,他鼓起勇气正欲到米法府邸求婚,却突然感到伯爵对他很冷淡,他只好把话缩了回去,不敢贸然张口,他认为这事已经无望了。娜娜两只亮晶晶的眼珠凝视着他,双手托着下巴,唇边露出嘲讽的笑纹。

"哈,我是个淫妇,"她一字一句地慢慢地说,"啊!必须把未来岳父从我的魔掌下救出来，哼！你真是被糊涂蒙了心！你居然想在一个宠我而且把什么话都告诉我的男人面前说我的坏话！你听着，小宝贝，有我认可，你才娶得成。"

他想了想，觉得这确是实情，于是盘算着如何软化她。他不想把事情弄得太严肃，便故作轻松地和她开开玩笑，缓解敌意。之后，他郑重其事地请求她允许他和米法的女儿结婚。最后娜娜像被人搔着痒处似的笑了起来。噢，这个小宝贝，真叫人恨不起来。达格内所以能在女人当中大获欢心，应归功于他的甜蜜嗓音，他的声音极富于音乐的纯净与柔软。妓女们送他一个绰号，叫作"蜜糖嘴"。没有一个女人不被他的嗓音陶醉忘情的。他也自知有这种魅力，于是便絮絮不休地说着荒诞无稽的故事，让她入迷。当他们离开饭桌的时候，她已双颊绯红，她挽着他的胳膊的手微微发抖，他又把她征服了。因为天气晴朗，她把马车打发回家，和他步行到他的住所，又跟着他上了楼。两个小时后，她一边穿衣服一边说：

"那么，咪咪，你一定要结这门亲吗？"

"嗯，"他低声说，"说实话，这仍是我最好的结局，你知道，我穷得一个小钱也没有了。"

她命他替她扣上靴扣。停了一会儿，她说：

"哎，我并不反对，我会帮你的，那个小东西，干瘦得像一根木柴。不过，既然对你有用处，我就给你撮合好了。"

她的双乳还露着，笑问：

"只是，你拿什么来谢我？"

他一把搂住她，雨点般的吻落在她的两肩，感激得发狂，她为情欲燃烧，浑身发颤，挣扎着把身子往后仰。

"哎呀，我知道了，"她被连续不断的挑逗刺激得叫了起来，"听我说，我所要的酬劳是要你在结婚之前给我优先权……就是说，在你同老婆洞房之前，听见吗？"

"好的！好的！"他说，笑声更响了。

他们觉得这笔交易很开心，这件事如此安排太妙了。

次日，娜娜家里刚好有个晚宴。这是逢周四例行的晚宴。米法，旺德夫尔和于贡兄弟，萨丹都来了。伯爵来得最早，他正要筹八万法郎替娜娜还清两三笔欠债，还要给她买极想得到的一条蓝宝石项链。他已经动用了巨大的资财，但还不敢变卖产业，所以到处找放债的人。他听从娜娜的建议，向拉博德特提了出来，可是后者认为数目过巨，就转托理发师弗朗西斯代为办理并得到允诺。于是伯爵就把此事交由这两位先生包办了，但一再表示本人不出面，两人答应把十万法郎的借据弄到手，再送来给他签字。他们把加上二万法郎利息、中饱私囊的过失诿诸放债人，并扬声痛骂高利贷者。不过，他们又说，这些人虽然可恨，但为了借这笔钱，他们不得不去向他们求助。米法来到的时候，弗朗西斯正在给娜娜的头发做最后的修饰。拉博德特像个普通客人那样，也坐在梳妆室里。他一看见伯爵进来，便小心翼翼地把厚厚一捆钞票放在香粉和发油之间，伯爵接过借据放在大理石梳妆台上签了字。娜娜留拉博德特吃饭，他辞谢了，说他要陪一个外国富翁在巴黎各处观光。米法把他拉到一边，请他到珠宝商贝克那里，把那条蓝宝石项链买回来，他当晚要给娜娜一个惊喜。拉博德特满口答应。半小时以后，朱里安悄悄地把珠宝匣子递

给伯爵。

　　吃晚饭的时候，娜娜有点心神不宁。看到那八万法郎，她激奋万分。偌大一笔巨款，全都要交给商人们手里，心中泛起一阵苦涩。上汤之后，她伤感起来，在这富丽华贵的饭厅里，杯盘闪耀之中，她竟赞赏起穷人的幸福来。在座的先生们都穿着礼服，娜娜穿了一件绣花的白缎子裙袍，萨丹的打扮比较简朴，穿的是一件黑绸袍子，脖子上挂一只心形金坠子，那是她的好朋友娜娜的赠品。朱里安和弗朗索瓦站在客人背后伺候，佐爱也在一边帮忙，三个人都很神气。

　　"说真的，我穷得叮当响的那阵子，可比现在更快活。"娜娜说。

　　她让米法坐在她的右边，旺德夫尔坐左边，但她不大理睬他们，只顾跟萨丹说话，萨丹坐在她对面的那一头，在菲力浦与乔治之间。

　　"喂，是不是，我的小猫儿？"她每说一句话，就问萨丹一声，"那时，我们在波隆索路若丝嬷嬷的寄宿学校上学的时候，不总是嘻嘻哈哈的吗？"

　　烤肉上桌时，两个女人都回忆起旧日的生活来。她们东拉西扯地闲聊，谈旧事，总免不了把年轻时的秽史翻一翻，越是当着男人的面越要重温她们的糗事，似乎非如此不足宣泄对男人们的隐恨。在座的先生们听得变了脸色，神情狼狈。于贡兄弟勉强地笑着，旺德夫尔机械地捻弄胡子，米法显得格外的庄重。

　　"你还记得维克多吗？"娜娜说，"他真是个小色鬼，嘿，他常把小女孩骗到地窖里去！"

　　"当然记得，"萨丹答道，"我还记得你们家的大院子呢，那里有一个看门的女人，拿着一把扫帚……"

　　"那是包什大妈，她已经死了。"

　　"你家的店铺我至今还记得，你妈妈是个高大的胖子。有一晚，我们玩得正高兴，你父亲醉醺醺地回来了。嗨，他醉得真厉害！"

　　这时，旺德夫尔在她们的怀旧对话中插了进来，把话题扯开。

　　"我说，亲爱的，我想再吃点茭白，这东西太好吃了。昨天我在德·哥尔勃洛公爵家吃过，可是一点也赶不上这里的好吃。"

　　"朱里安！来点茭白！"娜娜粗鲁地叫道。

　　她立刻又回到原来的话题：

　　"唉，真的，爸爸太糊涂啦，所以后来铺子倒闭了，败得很惨！你应当见到我们每况愈下，一落千丈，日子很艰难，我什么苦都挨过，但居然没有像爸爸妈妈那样送了命，可真是奇迹。"

　　米法一直不耐烦地摆弄刀叉，他忍不住出面发话了。

　　"你们讲的这些可不令人愉快呀。"

　　"嘎，什么？不愉快！"她嚷起来，凶巴巴地白了他一眼，"你说的对，这些事令人不愉快的！……亲爱的，我们那时候总得过日子呀……我绝不装腔作势把真事隐瞒不说，我妈妈是个洗衣妇，我爸爸是个酒鬼，他是酗酒死的。听着！如果你们听着不合适，觉得我的家世可耻。"

　　大家都申辩没有这个意思，请她不要误会，他们都尊重她的家庭。但她还是接着说下去：

"你们如果认为我的家世可耻,就请离开我,我可不是那种不认父母的女人,你们要我,就得连我的父母也要接受。你们明白吗?"

他们要她,也接受她的父母,以及她的过去和她所有的愿望。现在,四个男人都蔫了下来,呆呆地望着桌子,而她却高高在上,俨若全能之神,用她早年在古道尔路穿的沾着污泥的破鞋把他们踩在脚下,她还不惬意。送财产、盖宫殿这都算不了什么,她始终不忘嚼烂苹果的岁月。钱这玩意儿是虚假的!它是为商人预备的。最后,她以一个伤感的愿望结束了她的一顿发泄:过一种简朴的生活,真诚相待,生活在仁慈善良的世界里。

发作完了,她看见朱里安垂手站在一旁。

"喂,你怎么啦?给客人斟香槟酒呀,像笨鹅似的瞪着我干什么?"娜娜说。

在这场好戏当中,仆人们都呆着脸,装做什么都没有听见,太太任情挥洒发泄,肆无忌惮,他们毕恭毕敬不失仆从本分。朱里安小心地给大家倒香槟。谁知弗朗索瓦递水果盘的时候,盘子倾斜得低了,苹果、梨子和葡萄都滚到桌子上。

"可恶的蠢货!"娜娜叫起来。

听差竟敢为自己辩护,说这是因为盘子里的水果没有摆好,佐爱取出橙子时动过了。

"那么,"娜娜说,"是佐爱这个蠢货的错。"

"太太……"贴身女仆觉得羞辱,咕哝着。

太太猛地站起来,凛然地锐声嚷道:

"我受够了!全都给我滚出去,我们再也用不着你们了!"

暴风雨过后,她平静了下来,马上又恢复了甜蜜和气的态度。水果很好吃,几位先生自我服务,吃得很开心。萨丹削了个苹果,走到她的情人背后吃,还倚着娜娜的肩,在她耳畔不知说了些什么,两人哈哈大笑。后来,萨丹咬着一块梨送到娜娜嘴里,两人唇对唇地轻轻咬着,亲吻中吃完那块梨。先生们都哗然抗议。菲力浦喊着叫大家只当没见,旺德夫尔问男人们要不要回避一下,乔治走过来,伸出胳膊抱住萨丹的腰,送她回到自己的座位上去。

"你真糊涂!"娜娜说,"这个可怜的小宝贝,脸都让你们臊红了,别介意,姑娘,让他们笑去。这反正是咱俩的私事。"

米法一本正经地盯着她们,娜娜转过身问伯爵道:

"我说得不错吧,我的朋友?"

"对,一点没错。"他低声说,缓缓地点了点头。

现在,他们不再抗议了。这两个女人就这样面对面坐在一群门第高贵、具有传统家教的绅士们中间,传送着柔媚的秋波,含情脉脉地互相凝视着,坦然地施展女性的威力,公然蔑视、驾驭这群男人。在场的男人竟看得忍不住轰然喝彩。

大家上楼,到小客厅里喝咖啡。两灯射出柔和的光,照着玫瑰色的帷幔和金褐色的漆器小摆设。晚上,光线闪耀在柜子、铜器和瓷器上,把上面嵌镶的银质或象牙的饰物,照得更加晶亮,连一根雕花的手杖也显得特别漆光闪闪,轮廓清晰。一块镶板,反射出润泽如丝般的柔光。屋里下午就燃着了火,余烬将熄。窗帘和帷幔包围着暖烘烘的气息。室内反映了娜娜的私生活:乱扔的手套,掉在地上的手帕,打开的书页等。她日常轻披睡袍,身上散发一股紫罗兰香味,再加上她那种职业特有的妖冶,更使这个富丽堂皇的环境

增加几分魔力。还有宽大如床的扶手椅,深邃如神龛的长沙发,都催人欲睡,忘却时间,诱人想在阴影里喁喁私语,互诉心曲。

萨丹走到壁炉边,在一张长沙发上躺下来,点燃一支香烟抽着。旺德夫尔过来和她调笑,装出吃醋的样子,威胁她说,如果她还占住娜娜不放,不让她尽主人的职责,他可要找人跟她决斗了。菲力浦和乔治也加入来作弄她,惹得她叫了起来:

"亲爱的!亲爱的!你快来叫他们规矩点!他们又来缠住我不放了。"

"喂,别逗她啦,"娜娜板着脸孔说,"我可不愿别人缠住她,你们很清楚这一点,而你呢,我的小猫咪,他们发疯,你不睬便是,你为什么又和他们厮混?"

萨丹涨红了脸,吐了吐舌头,溜进梳妆室。梳妆室的门开着,里面一盏毛玻璃球形灯,射出乳白色的光辉,照着白大理石梳妆台。娜娜和四个男人交谈起来,散发着女主人的魅力。白天,她读过一本当时很畅销的小说,写的是一个妓女的生涯。她阅后十分气愤,说故事里的情节纯属虚构,并且表示,她对于这一类自命为写实的猥亵作品非常厌恶,好像非得把什么都描写出来才算好似的,好像小说写出来不是让人产生快感似的!对于书籍和戏剧,娜娜坚持自己的见解,她欣赏格调高雅的作品,能给她以憧憬、使她灵魂升华的读物。大家在这些话题中又转到当时震撼全巴黎的各种纠纷事件上去,又扯到各家报纸上的一些煽动性的文章,又谈到每天晚上的公共集会,竟有人号召人们拿起武器,民众也开始在街头闹事了。娜娜愤愤指责共和党人,这些从来不洗澡的脏鬼,究竟搞什么名堂?难道人民还不够幸福吗?难道皇上没有为老百姓尽力吗?这真是一群下流的贱民!她最清楚这些贱民了,有资格这样说。她把刚才吃饭时,要求人家尊重她从前生活过的石道尔路的贫民那一番话全忘了,现在却对自己原来的阶层,带着恐惧和憎恨进行谩骂了。就在当天下午,她在《费加罗报》上读到一篇有关公共集会的报道,会开得糟透了,居然用俚语发言,而且有一个醉汉在会场上咯咯作呕,简直像一只猪猡,她至今想起来还觉得可笑。

"嘿,这群酒鬼,"娜娜厌恶地说,"这怎么可以呢,你们看吧,他们倡导的共和对所有的人来说都是一场灾难。啊!祈求上帝保佑皇上,保佑他万寿无疆!"

"上帝会接受你的祈求的,亲爱的,"米法庄严地说,"别担心,皇帝健康得很哪。"

对娜娜发表的议论他很赞赏,在这方面可谓气味相投。旺德夫尔和于贡上尉也口沫横飞地讥笑那些贱民们,他们只会乱起哄,一见刺刀,就四散逃奔。只有乔治,整个晚上都脸色苍白,心情抑郁。

"这孩子是怎么啦?"娜娜发现他愁眉不展,问道。

"我吗?没有什么,我在听你们说话呢。"他低声说。

其实他心里很不舒服。离开饭桌时,他听见菲力浦和娜娜嬉笑自若,现在又是菲力浦而不是他坐在娜娜身边,他也不知道是什么原因,只觉胸口胀闷得要爆裂开来。他不能容忍菲力浦和她挨在一起坐,一种掺杂着羞耻的念头紧紧压着他,使他十分苦恼。他瞧不起萨丹,因为她同时接纳斯特涅、米法、娜娜和其他人的狎弄,以此类推,想到菲力浦难免有一天摸上娜娜,心里便燃起一股怒火,火焰腾腾地按捺不住。

"来,把珍宝抱去。"娜娜为了安慰他,把睡在她怀里小狗递给他。

这样一来,乔治又快活了,因为小狗身上还有娜娜的体温,就像搂着她身体的一

部分。

　　大家的谈话又扯到旺德夫尔身上，他昨晚在皇家俱乐部赌输了一大笔钱，从来不赌钱的米法听了大吃一惊。巴黎已经盛传旺德夫尔即将破产，他本人提起此事却是一笑置之。他认为怎样死法无关紧要，最重要的是要死得漂亮。娜娜不久前已注意到他的情绪不大正常，嘴边的皱纹往下垂，清澈的眼睛闪烁不定。但他仍维持着傲慢的贵族气派，他这个家族已经败落，可还死撑住精致潇洒的派头。他的脑子早被嫖赌耗干，这种傲慢的气派，无非是垂危时的回光返照罢了。有一天夜里，他睡在娜娜的身边，对她说了一番可怕的话，把她吓懵了。他说，等他把所有财产耗尽之时，他就把自己关在马厩里，放火自焚，和马同归于尽。他现在唯一指望一匹名叫吕西昂的马能为他挽回一切，他正在训练这匹马，准备参加赛马大会，夺取巴黎大奖。他现在就是寄希望于这匹马才活了下来，这马也维系着已经动摇了的信誉。娜娜每次向他索要东西，他便把日期推到六月，等吕西昂获奖再付。

　　"得了吧！"娜娜开玩笑说，"它如果输了呢，它在比赛中还得把别的马统统淘汰了才能获头奖呀。"

　　他神秘地笑笑作为回答。随后，他又笑着说道：

　　"有一件事忘了告诉你，我有一匹候补的小母马，我擅自把你的名字给了它，娜娜，娜娜，这名字叫起来多响亮。你不生气吧？"

　　"生气，为什么？"她问道，其实心里十分高兴。

　　他们继续谈天，有人谈到最近要处决一名囚犯，娜娜说她很想去看看。这时，萨丹出现在梳妆室的门口，请她进去。她马上站起来，留下这几位先生懒洋洋地坐着，一边吸雪茄一边谈论，一个酗酒的杀人犯，应如何定刑。梳妆室里，原来是佐爱倒在椅子上正哭得十分伤心，萨丹怎么劝也劝不住。

　　"怎么回事？"娜娜莫名其妙，问道。

　　"喂，亲爱的，你来劝劝她吧！"萨丹说，"我已经劝了二十分钟了……她哭是因为你骂她是蠢货。"

　　"是的，太太……这太叫我难受了，太难受了。"佐爱抽抽噎噎地说，一阵呜咽哽住嗓子。

　　娜娜见她哭得这样伤心，立刻就心软了。她温言细语安慰她，佐爱仍不消气，娜娜就蹲下来搂住她的腰，亲切地说：

　　"哎，你真糊涂，我刚才说的'蠢货'和说别的话，不是一样没有用意吗？这叫我怎么解释呢，刚才我正在气头上，是我的错，你别哭了。"

　　"我那么爱护太太，"佐爱结结巴巴地说，"怎么说我也总是为太太尽心竭力……"

　　娜娜吻了吻她的女仆，而且为了表示并没生她的气，又把自己只穿过三回的一件衣服送给佐爱，她们之间的争吵，总是以送礼结束。佐爱用手帕擦着眼泪，把衣服搭在胳膊上，又说，听差们在厨房里也是一个个情绪低落，朱里安和弗朗索瓦吃不下饭，太太这一发脾气，他们全没了胃口。太太听了这话，即赏给他们每人一个金路易以做和解。身边的人不快乐，她也不会好受。

　　娜娜平息了这场风波，不用为明天再会生事担忧，她高高兴兴准备回客厅去。萨丹

走来凑到她耳畔低语,声称如果这些男子再拿她寻开心,她就要走了。她要求她的亲爱的小宝贝今晚把他们全赶走,给他们一点颜色看。而且,只剩下两人,没人打扰多么开心啊!娜娜一听急了,忙说这是不可能的。萨丹就像个宠坏了孩子似的撒起赖来,执拗着非听从她的话不可。

"我要你这样做,听见了没有?把他们全打发走,不然,我立刻就走!"

说完,她走进客厅,在靠窗子的一张长沙发上躺了下去,一动不动地用两只大眼睛盯住娜娜。

那些先生们谈论的结果,他们不赞成犯罪学上的新理论,按照这些脱离现实的理论,某些病态罪犯可以不负刑事责任,那么世上可就没有犯人,而只有病人了。娜娜点头称是,心里却在打算如何把伯爵打发走,只有他一定死赖着不肯离去的。实际上正是如此,菲力浦站起来要走,乔治马上也跟着站起来,他很怕哥哥会留在后面。旺德夫尔没有立即走,他要观察一下,看看是否碰巧伯爵有公事去办,让出空缺来给他补上。后来看出来伯爵要留下歇宿,既然无望,他便识相地告辞了。当他走向门口的时候,发现萨丹还一直瞪着娜娜,他就猜到是为了什么,他心里高兴,走过去和她握手。

"我们没有惹恼你吧?嗯?"他低声说,"请原谅我,说真的,你和他相比,当然是你的魅力更大喽!"

萨丹不屑搭理,始终盯着娜娜和留下来的伯爵。米法这时已毫无拘束地过来坐在娜娜身边,拉起她的手指亲吻起来。娜娜急于脱身,就问他的女儿的身体是否好些了。前一夜他曾抱怨说这孩子多愁善感,他在家里毫无乐趣,他的太太总不在家,女儿冷冰冰的,一声不吭。对他这一类的家庭问题,娜娜常给他出出点子,使他得到慰藉。所以他现在又向她诉起苦来。她忽然想起她答应过达格内的话来。

"你为什么不把她嫁出去?"她说,接着她就鼓起勇气把达格内的名字提出来。伯爵一听这名字就来了气,说了娜娜上次说的那些话,他是绝不会把女儿嫁给这种人的!

她装出惊讶的样子,接着哈哈大笑,一把搂住伯爵的脖子。

"哦!你这个爱吃醋的男人!看你,总得把事情弄个明白呀。上次是因为人家在你面前说我的坏话,我气坏了,我说的是气话。今天,我觉得很歉疚……"

她从伯爵的肩上注意到了萨丹的瞪视,心中一急,忙把他松开,庄重地说道:

"我的朋友,这门亲事非成全不可。我不愿妨碍你女儿的幸福。这青年很不错,你再也找不到更好的女婿了。"

于是她夸赞起达格内来。伯爵抓住娜娜的手,不再说不可能了,他再考虑考虑,这件事留待以后再定。说完,他准备上床睡觉,娜娜悄声说,请他原谅,今天不行,她身上不方便,假如他真心爱她,就不要勉强她。但伯爵坚持要留下,娜娜有点心软,但又遇到萨丹的瞪视,于是又强硬起来。不行,这事不必再谈。伯爵十分难过,满脸沮丧,站起来找他的帽子。走到门口,他触到口袋里的匣子,想起了那条蓝宝石项链,他原想把它藏在被窝里,叫娜娜先上床,一伸腿就会碰到,这是小学生想让对方惊喜的送礼办法,他吃饭时就酝酿了这个主意。现在被出其不意地打发走,他懊丧苦闷至极,就生硬地把匣子递了过去。

"这是什么?"娜娜问,"啊!蓝宝石……哈,对了,正是我要的那条项链。你真可爱!

告诉我,亲爱的,你相信这准是我看到的那一条吗?摆在橱窗里似乎比现在更好看。"

他得到的回报,不过如此,她还是把他赶走了。他看见萨丹躺在那里,默默地期待,于是,他看了这两个女人一眼,便顺从地走下楼。不等大厅的门关上,萨丹已搂住娜娜的腰,又跳又唱,然后奔向窗口。

"快来看看他在街上的那个熊样!"

两个女人倚在窗帘阴影处的铁栏杆向外面望着。钟敲一点,维里叶大街空荡荡的不见人影,路边的煤气灯一直延向远方,消失在三月湿冷的夜色中。寒风冷雨一阵阵的扫过来。大街的两边有一块块的空地,看上去像黑暗的洞穴,建筑工地的脚手架耸立在朦胧昏暗的夜色下。米法微弯着腰,沿着潮湿的人行道踽踽独行,连影子都似乎带着哀愁。她们看了相视大笑。娜娜忽然惊叫一声,制止了萨丹的狂笑。

"小心,警察来了!"

她们马上忍住笑声,隐隐怀着惧意,望着从街那边迈着整齐步伐迎面走来的黑影。尽管娜娜现在住的是豪华的别墅,过的是一呼百应的显赫生活,可是仍然害怕警察,忌讳人家提及警察,正如忌讳死亡一样。警察抬头望了望她的房子,她觉得特别不自在。谁也不知道这些人会干出什么事来。倘若他们听见两个女人在深夜里纵声大笑,很容易以为她们是妓女。萨丹微微发抖,把身子紧紧依着娜娜。但他们并没有离开窗口,不久,只见远远出现一盏灯笼,灯光在一处处水洼中跳动,慢慢地从远及近,引起了她们的注意,原来那是个捡破烂的老妇人,提着灯在阴沟里捞东西。萨丹一眼认出她。

"哎呀,"萨丹叫道,"原来是波玛蕾王后,扛着她的柳条筐!"

一阵冷风卷起湿雾,扑到她们的脸上。萨丹把此人的故事,讲述给她情人听。嗨!她从前可是个艳冠群芳的妓女,名噪巴黎,她性感,泼辣大胆,男人任她摆布,多少大人物在她的楼梯上俯首饮泣!可是,现在呢,她酗酒成性,她周围的女人为了逗乐,总是灌她喝烈性的苦艾酒,以博众人一笑。街上的儿童向她扔石头。总之,她已是穷困潦倒,一蹶不振,一代倾城名妓栽到了粪堆里!娜娜听得浑身冰凉。

"我让你看看。"萨丹又说。

她于是学男人那样吹了一声口哨。那个捡破烂的老女人正走到窗下,仰起脸,在灯笼的黄光下,但见她发青的脸上布满长条的伤痕,没牙的瘪嘴像个黑洞,眼睛又红又肿。身上衣衫褴褛,头巾已成碎片。娜娜一见这个老妇的可怕形象,这个为酒色沉溺的老娼,忽然一件旧事重现脑际,她仿佛在黑影里看见了夏蒙古堡,看见伊尔玛这个享有遐龄和尊荣的妓女,正沿着她的古堡的石阶逐级而下,一群村民恭谨敬礼的情景。窗下的丑老太婆抬头没有看见什么,萨丹又吹了一声口哨,戏弄她。

"别吹啦,警察又来了!"娜娜悄声说,声调都变了,"快进屋吧,我的宝贝。"

整齐的步伐又走了回来。她们赶紧关上窗。娜娜打着战,头发潮湿,回头乍见她的客厅,顿觉眼前一亮,恍若置身于陌生的环境。扑面而来的温暖、芬芳的气息,引起一阵惊喜交集的幸福感。这个地方,处处是名贵的东西,古色古香的家具、绸缎、绣金线的料子、象牙、铜器等等,一切都沉睡在玫瑰色的灯影里。整座府第显出富丽显赫的气派。客厅的堂皇华美、饭厅的宽敞明亮、楼梯的雅静宽阔、地毯和座位的柔软舒适,这些都体现了她自我膨胀、支配欲和享受欲的膨胀,是她占有一切以便摧毁一切的欲望。此时,她特别感觉到本身的

性别的征服力量,从前可没有这样深刻的体验。她慢慢地浏览了四周,之后,俨然以严肃的哲学家的语气说了一句:

"归根结底,趁年轻多多享受生活的乐趣,才是最正确的!"

萨丹正在卧室的熊皮上打滚,向她催促道:"喂,来呀! 快来呀!"

娜娜到梳妆室脱去衣服,为了尽快投进萨丹的怀抱,她解开厚厚的金发,凑在银盘上使劲甩着,长长的发夹像一阵冰雹似的抖落在闪亮的盘子里,敲出清脆的叮当声。

第十一章

六月,天气转入炎热季节的一个星期日,天空阴霾欲雨,布洛涅森林正在举行巴黎跑马大奖赛。早晨,太阳在暗褐色的尘雾中升起,但将近十一点时,马车刚到隆尚赛马场,刮起了一阵南风,吹散了乌云,灰蒙蒙的雾霭如一条条破絮般消逝天外,湛蓝的云隙逐渐展开,转眼便露出一望无垠的蓝天。阳光透过云层,赛场突然被照得光灿灿。草地上渐渐挤满了马车、马夫和行人。跑道上还是空荡无人,只有裁判亭、终点标志和挂了赛马计时表的柱子。对面,骑师体重过磅处的围墙中间是五座砖木结构的对称的看台,台上有一层又一层的通道,场外是广阔的平原,沐浴在正午的阳光里。四周长着一些小树,西边被圣·克鲁和叙伦纳树木繁茂的高地遮断,峻峭的瓦莱里山俯瞰这一片平原。

娜娜兴奋异常,仿佛这次大奖赛对她关系重大似的,急于要在紧挨着终点标志、靠着栏杆的地方找个位子,所以早早地来了,是到得最早之中的一个。她坐的是镶银的四轮马车,由两名车夫驾驭的四匹雪白的骏马拉着,这些全是米法伯爵的赠品。她一出现在草坪入口,两个马车夫便骑在左边两匹马背上催马飞奔,车后直立着两个跟班,一动也不动。人群中有人拥过来看,仿佛王后出巡经过此地。娜娜浑身上下的装束异常奇特,服色与旺德夫尔赛马服的服色一样,蓝白两色:蓝绸的紧身衣,蓝绸小上衣,裹着上身;裙袍在腰后束起成巨大的裙撑,这就使大腿的轮廓显露出来,在流行穿撑裙不露腿脚的时代,这种装束显然十分大胆;白缎裙袍,白缎袖,白缎三角披巾,全镶着银丝花边,在日光中熠熠发亮。为了使自己更像骑手,她在头髻上戴一顶蓝色狭边小圆帽,帽上插一根白翎毛,从发髻上垂下一绺绺金发,披在肩背上,就像一条巨大的棕色毛尾巴。

钟鸣十二下,离大赛开始还有三个多小时。娜娜的四轮马车停在栅栏旁边。她悠闲自在地坐下来,有如就在自己的家里。她一时高兴,竟把小狗珍宝和小路易都带来了。小狗蜷伏在她裙下,虽然白日气温高,它还是冷得发抖;那个孩子,浑身丝带花边地穿戴着,却呆钝而静默,可怜的小黄脸,被风吹得更加苍白。娜娜旁若无人,大声和于贡兄弟谈话。兄弟俩坐在她前面的倒座上,车里满是白玫瑰和蓝色的勿忘我的花球,把他们的肩膀都遮住了。

"就是这样,"她正说着,"他把我烦透了,我当然就赶他出去啦,两天了,他还在生闷气呢。"

她说的是米法,只是没有把她第一次和米法吵架的原因,向两个青年道出。有天晚上,他在卧室里发现了一顶男人的帽子,她确是因为烦闷,把一个过路的男人带回家,这不过是一时冲动干的风流勾当。

"你们不知道他有多么可笑,"她接着说,越说得具体,她越觉开心,"其实他是个十足的伪君子,他每天晚上都要祈祷,这是真的。他以为我什么都没看见,因为我总是先上床,让他自便,其实我在悄悄地看他呢。他口中默默念诵,再画个十字,这才转过身来,爬上床,睡进床里去……"

"哟!他是个诡计多端的人呢,"菲力浦低声说道,"事前事后他都祈祷喽。"

她开怀大笑。"可不是,事前事后他都要祈祷。我快睡着的时候,又听见他在叽叽咕咕地祈祷,最讨厌的就是每次我们吵架,吵到末了,他总是搬出神甫的那一套说教来。我素来信教,不怕你们笑话,但我依然信奉我认为该信奉的东西,只是他太讨厌了。他抽抽搭搭地哭泣,诉说他的内疚。前天我们吵了一架,他就疯疯傻傻大发作,弄得我很担心……"她忽然住了口,又喊道,"瞧,米侬一家子都来了,孩子也带来啦,小家伙穿成什么样子!"

米侬一家子坐着色彩浓艳的四轮马车,那是普通市民中暴发户的奢侈品。萝丝身穿灰绸子裙袍,镶着红花结,下摆打了宽松的皱褶。看见亨利和查理两个儿子兴高采烈,她也心花怒放,笑容可掬。两个孩子坐在前面的车座上,穿着不称身的校服,显得有点笨拙。她的四轮马车也停在栅栏边,目睹娜娜趾高气扬地坐在鲜花丛中,以及那四匹白马、穿制服的车夫和跟班,不由得撅起嘴巴,紧绷着脸,扭过身去。米侬却不管这些,他神色开朗,双目含笑向娜娜挥手致意,他是不屑介入女人之间的纠纷的。

"我说,"娜娜继续刚才的话茬,"你们认识一个干净利索、满嘴烂牙的小老头子吗?这个人叫韦诺先生,今天早上看我来了。"

"韦诺先生吗?"乔治很惊讶地说,"这不可能,怎么会呢?这人是耶稣会的大教士啊!"

"一点不错,我很清楚。咳!你们可想不到我们谈了些什么!太可笑了,他跟我谈起伯爵,说他的家庭分裂,求我给这个家庭恢复幸福。他谈到这件事时,倒是满客气的,笑吟吟的。我回答说,这是我求之不得的事,我一定负责给伯爵和他太太调解。你们知道,我说的是真话。要是可以促进他们两人的幸福,我是再高兴不过了。而且,我也可以松一口气。真的,有些时候,他简直让人受不了。"

这些从心里掏出来的话,吐露了她这几个月来的厌倦。再说,伯爵似乎陷于经济窘境,他焦灼万分,签给拉博德特的那张票据,有可能兑现不了。

"喏,伯爵夫人就在那边呢。"乔治说,他的眼珠向着看台溜来溜去。

"在哪儿?"娜娜喊道,"这孩子眼力真好!给我拿着阳伞,菲力浦。"

乔治眼疾手快,赶在哥哥的前头,抢过那把蓝绸银白穗子的阳伞,替娜娜打伞,他觉得欣喜。娜娜用一副大望远镜,朝乔治指的方向,仔细瞧着。

"啊!没错,我看见她了,"她终于说,"在右首的那个看台,靠近一根柱子,对吧?她穿着紫色衣服,旁边坐着她的女儿,穿白色的衣服。瞧!达格内也来了,正过去向她们行礼呢。"

于是,菲力浦谈起了达格内不久就要和这个干柴似的埃丝泰尔结婚的事。这门亲事已成定局,在礼拜堂结婚的预告已登出来了。最初,伯爵夫人坚决反对,无奈伯爵硬是逼她同意了。娜娜听了微微发笑。

"我都知道,我都知道,"她喃喃道,"这样对达格内是最幸运不过了。他是可人意的小伙子,他应该有这份福气。"

她俯下身来问小路易：

"你觉得好玩吗？嗯？看你一副庄严的模样！"

那孩子一直就没有笑过。眼珠直勾勾地瞪着人群，像个小老头子，似有满怀心事。娜娜动来动去，小狗从她的裙下跳出，哆哆嗦嗦地挨着小家伙。

这时，草坪上渐渐挤满了车马和人群。马车不断从瀑布门驶进，排成了一条络绎不绝的长龙。另外还有宝莲式的大型公共马车，载着五十个客人，从意大利大街开来，直驶到看台右边才停下。还有单马双轮马车，两座四轮马车，豪华活篷四轮车，中间掺杂着套着劣马摇摇晃晃驶来的破旧散雇马车；有四匹马拉的家用马车；四马拉的邮车，车主坐在高高的座位上，仆人在车厢看管香槟酒篮子；有二轮轻便马车，巨大的车轮放出亮铮铮的光芒；有双套二轮轻便马车，其结构精致巧妙有如钟表零件，发出叮叮当当的铃声，一溜烟驰来。不断有骑马的或成群步行的人，慌迫地从马车丛中窜过。进入草坪，车辆碾的声音就由隆隆作响顿时变成沉钝的沙沙声。鼎沸的人声、叫喊声、呼唤声和马鞭的噼啪声在露天下回响。阵阵劲风吹来，太阳又从乌云中钻出，洒下一道金光，照得马匹的装饰、上漆的车身和玻璃窗闪闪发亮。女人的服饰像添上一道红晕，高踞于车座上的驭手以及他们手中的长鞭子，也像火焰似的发出一片红光。

拉博德特从一辆敞篷四轮马车上跳下来，车里坐着嘉嘉、克拉莉丝和茜维里。他匆匆穿过跑道要到体重过磅处，娜娜叫乔治把他喊住，等他走过来，娜娜笑问：

"我的价码是多少？"

她指的是那匹命名娜娜的小母马。那匹马上次在女猎神大奖赛中败得很惨，而在今年四月和五月的飞车大奖赛和良种马驹大奖赛也榜上无名。旺德夫尔马场的另一匹马吕西昂却大获全胜，因而威名大震，从昨天起，买马票的人们，都在它身上赌一赢二地下注。

"照旧是五十。"拉博德特答道。

"那可糟了！我就这么不值钱，"她不无自嘲地笑道，这玩笑倒也挺有趣的，"那我就不押自己的注了，我绝不，一个子儿也不押自己身上。"

拉博德特匆匆走开，娜娜又叫他回来。她要他出点主意。他和赛马训练师、骑师们接触甚多，对各家的马匹都掌握一些特别的消息。他的预测已有二十次灵验，被人们称为"赛马信息大王"。

"你说，我应该押哪些马的注？"娜娜问，"那匹英国马的价码是多少？"

"你是说那匹司必利吗？是一赢三，瓦莱里奥二世也是三，其余的几匹，科西尼二十五、哈札四十、布姆三十、皮什奈三十五、佛朗日班十……"

"那么说，我不押英国马了。我这个人是爱国的。喂，瓦莱里奥二世也许行吧？德·科尔布勒兹公爵刚才还洋洋得意，容光焕发呢。哎，还是不行。押一千法郎在吕西昂身上，你认为怎样？"

拉博德特神情诡异地盯住她。娜娜向前倾下身子，悄声询问他，因为她心里清楚旺德夫尔一定委托他和赌注登记人暗中商量，把赌注怎样安排方能稳操胜券，以便更放心去搏。他要是获得情报，不会对她隐瞒的。拉博德特没做解释，只劝她相信他的判断力，把一千法郎交他灵活处理，相机行事，但她也不能事后翻悔。

"随便你押哪一匹吧!"她快活地叫道,放他走了,"只是不要押娜娜,那是一匹驽马!"

说完,她开怀大笑。两个青年觉得这句话幽默有趣,小路易却莫名其妙,抬起无神的眼睛望着母亲,被她的大笑吓了一跳。拉博德特没能脱身。因为萝丝在向他招手,他走过去,她嘱咐了他几句,他在笔记本上记下数字。接着,克拉莉丝和嘉嘉也叫他过去,她们听见人群里一些议论,想改变押赌的马,不想押瓦莱里奥二世,而想改为吕西昂。他不动声色地一一登记。最后,他终于脱身了,人们看见他在跑道对面的两座看台之间一晃就不见了。

马车络绎不绝地驶来。车子已停了五排,栅栏旁边密密层层地挤挨不开,车轮中间点缀着白马的浅色罩衣。在这几排马车的另一边,乱七八糟地停放了一些别的马车,远远看去像是分散地搁浅在草地上。这儿,那儿,映入眼帘的全是车轮和马匹,东西横陈,杂乱无章。在尚未停放马车的空草地上,骑师们骑着马在做赛前准备,也有三五成群的徒步者往来奔走。这里很像是草坪上的商贸集市,乱哄哄的人群当中,到处是撑起灰帆布帐篷的饮料摊,篷顶在阳光下白晃晃的。但人群最为稠密、帽子如波涛的所在,却是赌注登记人的周围。登记人站在敞篷马车上,像牙科医生一样打着手势,身边竖着长长的木板,上面贴着各匹马中彩的赢数。

"连自己押哪匹马都不知道,未免有点傻,"娜娜说,"我可真得亲自去赌几个金路易才好。"

她站了起来,打算挑一个态度和善的赌注登记人,却见周围都是熟人,便打消了这个念头。除了米侬夫妇、嘉嘉、克拉莉丝和布朗施之外,包围着她的四轮马车和当中的一大堆马车的还有:塔唐、玛丽娅乘坐的一辆四轮敞篷马车;卡萝莉娜母女俩和两位先生乘坐的一辆双排敞篷马车;路易斯独自驾驭的一辆柳筐式轻便马车,车身装饰着橙绿两色的缎条,那是梅尚马场赛马服的颜色。还有,莱娅高高地坐在一辆邮车上,身边是一群吵吵嚷嚷的小伙子。更远一点,在一辆颇为讲究的敞篷四轮马车上,露茜穿了一件淡素的黑绸裙袍,俨然一副贵妇的模样,跟一个穿海军军官服的高个子青年并肩而坐。更叫娜娜惊诧的是西蒙娜坐着由斯特涅亲自驾驭的双套二轮马车也来了,车后坐着一个听差,抱着胳臂,动也不动。西蒙娜穿得艳丽耀眼,浑身上下是镶黄边的白缎子衣服,从腰带到帽子缀满了钻石。那位银行家挥着又长又粗的马鞭,赶得两匹马往前疾驰,领头的赤栗色小马,跑起来像只老鼠,后面一匹枣红色的高头大马,跑起来前蹄高举,动作轻捷。

"老天!"娜娜说,"这么说,斯特涅这老贼,又在交易所掠了一笔啦,是不是?你们看,他把西蒙娜打扮得多华丽!掠得太多,会吃官司的。"

尽管心怀不忿,她还是远远地跟他们打招呼。她不住地挥着手,含着笑,往四下里转,向熟人们遥遥致意,让大家都看见她。接着,她又聊起天来:

"露茜牵着的是她的儿子。他穿起制服来倒是蛮潇洒的,所以她才那么神气!这个当然啦,你们知道,她怕儿子,所以冒充自己的演员,这小伙子,真是可怜!他似乎对母亲的职业一点也没生疑。"

"咳,"菲力浦笑着嘀咕道,"只要她愿意,她随时可以从外地给他找一个有妆奁的老婆的。"

娜娜忽然停了下来。她发现老鸨母特里贡正夹在拥挤的马车中间坐着,她是乘散雇马车来的,因坐在车里什么都看不见,于是她爬到车头的座位上,稳稳地坐着。她挺直身躯,神情故作矜持状,鬓角垂着长发卷,俯视她的妓女属民。经由她拉纤的女子都偷偷送去微笑,而她则摆出高傲的身份,佯作不识。她今天来这儿并不是牵线搭桥,而是以赌徒的身份,热切地来看赛马的,她最喜欢赛马,是个赌马狂。

"瞧!埃克托尔那个浑蛋也来了!"乔治忽然说。

大家都觉得惊讶。娜娜都认不出她的埃克托尔了。他自从继承了那笔遗产以后,变得极为时髦起来。脖子上套着折角的硬领,颜色柔嫩的衣服把肩膀绷得更为瘦削,头戴无边小帽,他装出时髦人物的散漫不羁的模样,矫揉造作的行话俚语,细声细气,半吞半吐。

"他很有风度呀!"娜娜看得入了迷,说道。

嘉嘉和克拉莉丝把埃克托尔叫过去,扑在他的身上搂住他,想重新得到他的恋情,但他马上转身而去,带着戏弄而藐视的意味。娜娜使他心醉神迷,他急急跑过来站在她的马车踏板上。娜娜取笑他与嘉嘉,他喃喃道:

"啊!再别提了,我早和那个老家伙断绝关系了。你知道,现在你是我心中的朱丽叶了!"

他说着把手扪在胸口上。娜娜看他在众目睽睽之下突然求爱,不禁笑出声来。说道:

"听我说,我今天可不是来谈情说爱的,你弄得我都忘了押赌注的事了。乔治,你看见那边那个卷发红脸大胖子的登记人吗?他那副流里流气的样子倒不令人讨厌,你去他那里给我押……啊!可是押哪匹才好呢?"

"我可不爱国,嘿,绝不!"埃克托尔说,"我全部押了英国人那匹马,如果英国人获胜那才痛快哩!法国人就给我滚吧!"

娜娜听了很反感。这时,大家议论起各匹马的优点来。埃克托尔假充内行,认为所有的马都是驽马。维尔迪叶男爵的那匹马,倒是一匹雄伟的枣红马,只可惜训练时累跛了脚,不然倒是挺有希望的。至于科尔布洛兹的那匹,它不幸在四月间得了疝气病,至今尚未复原。咳,这些内幕,别人还一点也不知道呢。他用荣誉保证绝不说假话!末了,他劝娜娜押梅尚的那匹。这是不被众人看好的驽马,谁都不押它的注。可是,天晓得!这匹马体形多壮、多敏捷!这匹马肯定会让人们出乎意料地吃惊!

"不,"娜娜说,"我打算押吕西昂二百法郎,押布姆一百法郎。"

埃克托尔一听就嚷起来:

"别押它,亲爱的,布姆差极了,连马主人自己都对它失去信心,你喜欢的那匹吕西昂,根本不可能,那是骗人的!我可以凭拉姆起誓,我还可以凭拉姆和公主起誓,这马的腿太短!"

他一连串地说着,气都透不过来了。菲力浦提醒他,吕西昂是得过铁骑大奖赛和良种马驹奖的。埃克托尔反驳说,这能证明什么呢?什么也证明不了。相反,我们不应盲目相信它。而且这次是格雷沙姆驾驭它,那就别再瞎吵吵了吧!格雷沙姆正交坏运,绝不会跑到终点的。

在娜娜的马车上展开的这场谈论,似乎蔓延开去,整个草坪噪音聒耳,尖叫声此起彼

落,充满着赌博的狂热,人们面红耳热,指手画脚。赌注登记人直立在车子上,大喊着胜负的牌价,记录着数字。这里不过是小赌客,押大赌注的都在称重量的围墙里面进行。这些都是腰包里没有多少钱的人在激烈较量;他们只能拿出五法郎一块硬币来碰碰运气,赢它百儿八十个法郎。简单说来,这场比赛的胜负全看司必利和吕西昂之间的一场决战。英国人的样子一眼便能认出来,他们在人群中蹀来蹀去,安闲如在自己家里,但脸上却透出兴奋的红光,一副稳操胜券的样子。瑞丁爵士的那匹布拉马去年夺去大奖,法国马那次惨遭败北,使许多法国人的心头至今还在滴血。所以今年如果法国再次挫败,那可就太惨了。出于民族自豪感,太太们都情绪激昂。旺德夫尔的马成为法国的荣誉堡垒。大家都宣扬吕西昂,为它鼓吹。嘉嘉、布朗斯、卡萝莉娜和其他女人都押了吕西昂。露茜因儿子在场,没下赌注。大家传开来,说萝丝委托拉博德特押了四千法郎。只有特里贡坐在车夫的旁边,依然在观望,在众说纷纭中表现得相当冷静。嘈杂声越来越高,中间夹着马的名字,在轻快的巴黎话和带喉音的英国话中,她悄然倾听,神色庄重地记录着,等待最后的抉择。

"娜娜呢?"乔治问道,"就没有一个人押它吗?"

的确没有人押这匹小母马,连提都没有人提,旺德夫尔马群里的这匹获胜希望微乎其微的马,被威名显赫的吕西昂压下去了。但是埃克托尔一听,把手一扬,说道:

"我忽然心血来潮,我押娜娜二十个法郎。"

"好哇!我押二十个。"乔治说。

"那么我押六十个。"菲力浦赶快附和。

他们不断加码,为了讨好娜娜,就互相竞争起来,好像在拍卖场抢购娜娜似的。埃克托尔说一定要用金币把这匹马埋起来,并且还要发动大家在它身上押赌注,他们打算去拉赌客,但当三个小伙子跑开去宣传时,娜娜对他们喊道:

"你们知道,我是一个钱也不押这匹马的……乔治,给我押吕西昂两百法郎,押瓦莱里奥一百法郎。"

可是,他们已经跑远了。娜娜洋洋自得地看着他们穿过车辆,弯着腰钻过马头,绕来绕去,跑遍了草地,见到马车上有熟人,就赶紧跑前去,怂恿他们押娜娜的赌注。达到目的,他们便回过头去,远远向娜娜比画着数目。娜娜站在车上,挥动着阳伞,于是群众爆发出一阵哄笑。可是,他们的努力收效甚微。仅有几个男人肯听从他们的怂恿,比如斯特涅,他旧情难忘,押了六十法郎。女人们则干脆拒绝,谢谢啦,明知必输何苦白扔钱财!而且干吗要为一个臭婊子出力?她的四匹白马,两个跟班,还有那副盛气凌人、洋洋自负的样子,令人看着就憋气。嘉嘉和克拉莉丝拉长了脸,责问埃克托尔何以如此怠慢她们。当乔治鼓足勇气走到米侬的马车旁边时,萝丝沉下脸把头一扭,根本不睬他。真是个烂污货,竟把自己的名字加在一匹马身上!米侬则露出好玩的神气,耐心地听着小伙子的宣传,嘴里直说女人总能叫人交好运的。

两个年轻人花了好长时间,最后找着登记人,买完赌注回来。娜娜问:

"怎么样?"

"你是四十。"埃克托尔答道。

"怎么?四十!"娜娜惊诧地叫起来,"他们原来说是五十的……这是什么缘故呀?"

这时,拉博德特又出现了。马场跑道正在清理闲杂人等。一阵钟声宣布初赛开始。在大家的期待低语中,娜娜问拉博德特,为什么娜娜这匹马的价码突然提高了。拉博德特含含糊糊地不做正面回答,说大家对这匹马的要求既然高了,当然价码也就提高了。娜娜对这个解释只好满意。再说,拉博德特似乎满腹心事,他告诉娜娜,旺德夫尔如果能脱身,他马上就会来这儿。

初赛的进行,并没引起人们多大注意。人们只翘盼着争夺大奖的比赛。太阳已被乌云盖住,阳光逐渐暗淡,草地上一片灰暗。接着,风又吹起,继之暴雨骤降,倾盆而下。人群一阵骚乱,有呼叫的,有笑骂的,有嬉闹的,步行的和站着的人纷纷奔往卖饮料的棚下避雨。马车上的妇女,双手紧撑阳伞,用尽气力遮住身体,跟班杂役们慌忙撑开车篷。暴雨又骤然停了,太阳又在飞扬的毛毛雨中射出灿烂的光芒,厚云绽开一道道蔚蓝的裂缝,乌云拂过森林,天空又露出了笑脸,妇女们吁了一口气,也都笑了。马匹打着响鼻,人们脱下湿衣甩去水珠,显得乱纷纷的,灿烂的阳光普照着雨后青翠欲滴的草地。

"啊!可怜的乖乖小路易!"娜娜说,"你被淋湿了呀,我的宝贝?"

小东西一声不响,由着母亲给他擦干手。年轻的母亲用手帕替儿子擦干,然后去擦那条颤抖得更厉害的小狗。她的白缎子衣服也有几滴雨点,她全不在意。花球经雨水浇过,晶莹如雪,绚丽夺目。她选了一朵,喜爱地嗅着,花上雨珠如露沾湿了她的嘴唇。

这一阵急雨过后,看台上顿时挤得水泄不通。娜娜举起望远镜向那边扫视,远远的但见密密层层、乱七八糟的一堆人,紧紧挤在一排排阶梯形的座位上,看上去只觉得是一片灰蒙蒙的背景上面,浮着一个个人脸的亮点。阳光从看台顶棚的角上斜照下来,部分群众便在亮处,妇女们的服饰似乎也失去了亮丽的色彩。娜娜觉得特别开心的,是看台脚下的沙地上一排排椅子上的妇女,被骤雨赶得抱头鼠窜的狼狈模样。体重测量处的围墙内是绝对禁止妓女进去的,所以娜娜便对聚集在围墙内的上流社会妇女,极尽刻薄挖苦的能事,讥笑她们的服装古怪,长相滑稽可笑。

群众哄传着皇后进入正中小看台。那看台是瑞士牧区小亭式样,前面一个很宽的阳台,摆着红色扶手椅。

"哎,他来了!"乔治说,"我可没想到这个星期是他当班。"

米法伯爵冷峻、庄严的面孔出现在皇后身后。于是三个小伙子开起玩笑来,说可惜萨丹没有来,不然她一定会上去搔一搔他的肚皮,叫他笑一笑的。可是,娜娜的视点却是皇家看台上的苏格兰王子。

"哎哟,那是查理呀!"她叫起来。

她觉得王子胖了。十八个月不见,他的体形宽了。于是,她娓娓细谈起王子的情况来。真的,他可是个结实壮硕的汉子!

她周围那些车子里的女人,交头接耳地谈论伯爵已把娜娜抛弃了,说得活灵活现的:这位王室侍从官和娜娜姘居公开化,引起了皇室的愤慨,因此,为了保住自己的地位,他最近和她断绝了关系。埃克托尔把听来的传言一五一十地向娜娜学述了一遍,并乘机再次向她求爱,叫她"我的朱丽叶"。娜娜哈哈大笑,说:

"这说的全都是蠢话,你根本不知道他是怎样的一个人。我只要说一句'来',他就会不顾死活地跑过来。"

刚才她注意了一下萨比娜伯爵夫人和埃丝泰尔。达格内仍在她们身边。福什里挤过人群向她们行礼后也留在那里,满脸堆笑。娜娜看见他这副不堪的样子,指着看台,鄙夷地说:

"你知道,我对这些人已经看透啦,我太了解他们了。应该看到他们背地里是什么货色!……他们再也没有什么荣誉可言了,他们实质上全是伪君子!上层肮脏,下层也肮脏,彻里彻外无处不肮脏……这就是我不愿意他们来骚扰我的原因。"

她一边说,一边把手一摆。就是说,她把什么人都说在内了,下至马夫,上至王子加浑蛋的查理乃至皇后,全成了她指责的对象。

"好哇!娜娜!非常痛快,娜娜!"埃克托尔眉飞色舞地喊道。

一阵铃声随风而去,赛马在继续进行。伊斯巴昂奖刚刚赛完,梅尚的一匹叫贝兰戈的马赢了。娜娜又把拉博德特叫来,打听她那两千法郎的消息。他打个哈哈,不肯把所押的马名说出来,说是泄漏了会把好运赶走的。反正她的钱用得很恰当,一会儿便见分晓。娜娜说,她自己也下了赌注,押在吕西昂二百法郎,瓦莱里奥二世一百法郎。拉博德特耸耸肩,意思似乎认为女人总免不了做蠢事。娜娜不禁呆住,心里嘀咕,不明所以。

草坪上越来越熙攘了。趁大奖赛开始之前的一段休息时间,大家就在露天下面进行冷餐。无论是草地上,还是驷马车和邮车上,四轮敞篷马车上,双座轿式马车上,双篷四轮马车上,四面八方到处都在吃喝,都摆着冻肉,听差们从车厢里取出香槟酒篮子,散乱地放着。瓶塞砰一声拔出,响声被风淹没;笑闹声错落在一片情绪亢奋的欢乐中,酒杯的破碎声,增添了一点不协调的噪音。嘉嘉、克拉莉丝和布朗斯吃得不马虎,她们把餐巾铺在膝上,吃着三明治。路易斯从她的篮式马车跳下和卡萝莉娜凑在一起吃,在她们旁边,有几位先生支起一个小酒吧,塔唐、玛丽亚、西蒙娜和另外几个女人都聚在这儿喝酒。不远处,在莱娅的邮车上,一群年轻人站在高处喝了一瓶又一瓶,再加日光烘晒,个个有些酒意,于是就在比人群高一头的车上,怪声叫好,指手画脚。但不久,大部分群众都聚集到娜娜的车旁,她站在车子上面,在那儿一个劲地给过来向她致敬的男人们斟香槟酒。听差弗朗索瓦不停地往外递酒,埃克托尔则模仿沿街卖果的小贩的腔调,流里流气地叫着:

"想要好东西的快来啦！免费派送，见者有份！"

"安静一点好不好？亲爱的，"娜娜最后忍不住说，"好像我们是耍把戏的江湖艺人似的。"

她心里倒也十分高兴，觉得埃克托尔挺诙谐的。突然，也起了一个念头，想叫乔治送杯香槟给萝丝，因为她假称戒酒，她的两个儿子一定馋极了。可是乔治把娜娜交给他的酒，自己悄悄地一口喝下，他怕真的把酒送去会引起争吵。这时，娜娜想起坐在身后的小路易，他也许渴了，她硬是给他灌了几滴，把小家伙呛得直咳。

"快来呀，快来呀，先生们！"埃克托尔还在吆喝，"这儿十个生丁也不要，五个生丁也不要，全是白送呀……"

娜娜忽然惊呼一声，打断了他：

"啊呀！波尔德那夫在那边，叫他过来，喂，快跑过去叫他！"

果然是波尔德那夫。他背着手在四处闲荡，头上的帽子在阳光下，颜色有如铁锈，外衣满是油垢，缝线已经泛白。这是破产而潦倒的波尔德那夫。但他虽遭厄运却不愿倒下，愤激之余，故意地把落魄的样子，炫示在上流社会面前，随时准备向命运挑战。

"见鬼，我们聪明太过了！"当好心肠的娜娜把手伸给他时，波尔德那夫如是说。

干了一杯香槟酒之后，他深为惋惜地说：

"咳，我如果是女人就好了！可是，他妈的，不是女人也没什么！你愿意再上舞台吗？我有个主意，我把娱乐剧院租下来，让我们两个人雄踞巴黎，轰动全城！怎么样？你肯帮这个忙吧？"

他抱怨这，抱怨那，但对这次与娜娜再度邂逅却由衷高兴。因为，他说，这可恶的娜娜只要在他的面前，他就感到安慰。她是他的女儿，是他那个血统的一部分。

围着娜娜的人圈越来越大了。现在是埃克托尔斟酒，菲力浦和乔治去拉朋友。慢慢地整个草坪的人聚拢到这儿来了。娜娜对每个人都送去媚笑，打趣几句。酒徒们一群群凑过来，分散各处的香槟酒也集中在这里。喧嚣的人群全围绕在娜娜的马车旁。她像女王似的站在许多举起杯子的臣民当中，一头金发随风飘扬，雪白的娇颜沐浴着阳光。她风头出尽，把其他女人都气坏了。为了激怒她们，她索性站得更高一些，举起满满的一杯酒，摆出她当初扮演的战胜所有情敌的爱神那种姿态。

这个时候，忽然有人拍拍她的肩膀，她吓了一跳，回头一看，原来是米侬坐在座位上。于是她退下来，坐在他的身旁。米侬是来告知她一件重要事情的。米侬无论在什么地方，都宣称他老婆嫉恨娜娜是很荒谬的，这样做不但愚蠢而且于事无补。

"是这样，亲爱的，"米侬悄声说，"你要注意，不要把萝丝惹火了，我觉得最好预先提醒你一下，是的，她手中掌握了武器，你知道《小公爵夫人》那件事她一直耿耿于怀，没有原谅你。"

"一件武器，"娜娜说，"这与我有什么关系？"

"听我说，是她在福什里的口袋里发现的一封信，是米法伯爵夫人写给那个浑蛋福什里的。全部秘密我敢说一定都在信里！现在呢，萝丝要把这封信寄给伯爵，对他和你进行报复。"

"见鬼！这又与我有什么关系？"娜娜重复了一句，"简直莫名其妙，哦！那么说，福什

里的秘密全在信里啦。好呀,这更好了,那个女人我本来就讨厌,这下子,我们倒有一场好戏可看了。"

"不行,我可不希望这样,"米依连忙说,"一桩轰动社会的丑闻宣扬开去,对我们都没有好处……"

他停了下来,生怕说过了头。娜娜却嚷道,她不会伸手援救一个良家妇女的。但米依仍坚持原意,她就定定地盯住他。毫无疑问,他大概怕福什里和伯爵夫人断绝了关系,又会闯进他的家里来吧。这肯定是萝丝的一石二鸟的诡计,既报了仇,又保住了对这位新闻记者的旧情。娜娜默忖着,想起韦诺先生访她的事,一个计划在她心里形成。而米依还一个劲儿地想说服她。

"假定萝丝把这封信寄出去,那么,结果是叫外边找到宣扬丑事的谈资,搞得沸沸扬扬的,你肯定会被牵扯进去,人家必然说你是造成这件事的祸首,首先,伯爵当然要和太太分开……"

"凭什么要分开?"娜娜说,"恰恰相反……"

这回是她打住了话头。她没有必要把心里的话和盘托出。最后,为了摆脱他的纠缠,她假装同意他的见解。等到他劝她对萝丝做出让步,比如,在跑马场上当众对她进行一次短暂的拜访。娜娜回答,让她考虑一下,待会儿再说。

外面一阵骚动,引得她又站起身来。几匹马正从跑道上旋风般奔驰而来。这是巴黎市奖赛,一匹叫风笛的马赢了。巴黎大奖赛马上就要开始,观众的狂热达到高潮,全都焦灼地翘盼着,有的急得跺脚,有的摇动身子,只恨时间过得太慢。在最后的关键时刻,一个出乎意料的情况突然发生:旺德夫尔那匹驽马娜娜,赢数竟不断地往下缩,这使得赌客们都傻了眼。每分钟都有几位先生回来报告赢数,娜娜的赢数现在是一赢三十了,娜娜又降成一赢二十五了,接着,又是一赢二十、一赢十五。没有人能弄清是怎么一回事。这匹逢赛必败的母马,一匹早上标明一赢五十都没人肯投赌的小母马,这突然的直线上升是什么在作祟呢?有些人冷笑,说这是一个圈套,只有笨蛋才会上当。有些人则觉得问题严重,心里惴惴不安,预感其中有诈,可能是个骗局。于是大家谈起赛马场上一向默许的各种舞弊事件。不过,这一次,因为旺德夫尔的声誉卓著,所以大家都没往他身上揣测。最终还是怀疑者居多,他们断言娜娜必然最后到达终点。

"谁骑娜娜?"埃克托尔问。

刚好娜娜本人在这时出来,在场的男人们把这句问话与淫猥的含意混同起来,一个个发出哄然的邪笑。娜娜向大家恬然地微微欠一欠身子,说道:

"是普莱斯骑娜娜。"

大家又开始议论起来。普莱斯是英国著名驭手,但在法国知道的人却很少。娜娜通常是由格雷沙姆骑的,这次旺德夫尔为什么换这位骑师代替他呢?而且,他把吕西昂交给格雷沙姆也令人惊诧,因为据埃克托尔说,格雷沙姆从来就没有跑赢过。但是,所有的意见,都被场上的讥笑、争论和七嘴八舌的吵嚷淹没了。这些人为了打发时间,又开始一瓶又一瓶地喝起香槟酒。不久,传来一阵悄悄耳语声,人群往外闪开一条路,原来是旺德夫尔来了。娜娜佯作嗔怒。

"哼,真有你的,这个时候才来!你知道吗,我想去骑师过磅处看看。"

"那就跟着我来吧，"旺德夫尔说，"现在去也不迟。你进去转一圈吧，我正好得到一张女士入场券。"

他挽起娜娜的胳膊走了。露茜、卡萝莉娜和别的女人都投以妒忌的目光，她不禁欣欣自得。于贡兄弟和埃克托尔仍旧坐在马车里，继续畅饮她的香槟酒。她对他们喊道，她马上就回来。

旺德夫尔一眼瞥见拉博德特，就叫他过来，两个人简短地谈了几句。

"全都收齐了吗？"

"收齐了。"

"一共多少？"

"三万法郎，全场都有点，很不错了。"

他们见娜娜竖起耳朵，很好奇地听着，便不再往下说了。旺德夫尔烦躁不安，晶亮的眼睛射出星星火焰，就和那天夜里向她谈到要把自己连同马厩里的马付之一炬时一样，这使她又一次感到惊悸不安。横越跑道时，娜娜放低声音，亲昵地问道：

"嗯，告诉我……为什么你那匹小母马的赢数直线下降？大家都在猜测议论！"

旺德夫尔身上一阵战栗，急回答道：

"啊！他们在信口胡说，那些赌徒实在讨厌！我手里有一匹最好的牝马时，他们便全都盯上了，弄得我什么也捞不到。而当我的一匹驽马成为人们争相押赌的目标时，他们又狂吠乱叫起来，仿佛谁剥了他们的皮似的。"

"你应该事先跟我通通气。我也押赌注了。"娜娜接着又问，"娜娜有机会赢吗？"

旺德夫尔突然爆发了一股怒火。

"你给我闭嘴，无论哪一匹马都有机会赢。娜娜的赢数缩减有什么奇怪的，因为下赌注的人多嘛。谁胜，我不知道……如果你再拿这些糊涂的问题来烦我，我就撇下你不管了。"

像这样的口气，既不合乎他本来的性格，也不合乎他历来的习惯。娜娜没有生气而是觉得十分惊诧。何况，他刚发作过，自己马上就愧疚起来，当娜娜责备他的失礼时，他赶快便道歉了。他最近经常这样，情绪变化无常。在巴黎的花街柳巷和社交界，没有人知道他今天是在做最后的孤注一掷。如果他的马不赢，如果他的马把他在这些马身上所押的巨额赌资输个精光，那他就要陷入绝境，彻底崩溃。他那外强中干而还勉强维持着的信誉，以及徒有其表的高贵形象均要毁于一旦。不但如此，也没有人不知道，娜娜是善于媚惑男人、吞蚀他财产的娼妓。她是最后一个进攻他濒于沉没的基业的女人，并把它连根拔掉。他们疯狂享乐、穷奢极侈的传说是骇人听闻的。有一次去德国马登旅行，她把他弄得囊空如洗，连旅馆的开销几乎都支付不出。有一天晚上，他们喝醉了，抓起一把钻石，嘻嘻哈哈地就往火炉扔，看会不会也像煤一样燃烧。她以丰满的四肢和淫荡的冶笑，一点一点地就把这个优雅而家道倾颓的富家子弟完全征服。现在，这个爱马和嗜嫖赌的浪子只有背水一战了。他甚至执迷不悟地丧失了理智。一个星期以前，娜娜要他在阿佛尔和特鲁维尔之间的诺曼底海岸给她买一幢别墅，现在，他正以自己的最后信誉以求一逞，实践对她的许诺。只是目前她愚蠢得令人恼火，他恨不得把她揍个半死。

守门人不敢拦住挽着伯爵胳膊的这个女人，就放他们俩进入骑师休息的围墙里去。

娜娜终于踏进这块禁地，很是得意。她故作矜持，昂然地从看台脚下坐着的女士们面前，慢吞吞地走过。那里有十排椅子，密密层层地坐满了妇女，她们鲜艳的服饰在欢乐的露天气氛里，倒也显得十分和谐。有些椅子已被挪动，熟人相遇，就把椅子凑在一起，坐下组成了圈子，就像在公园的树荫下一样。孩子们在各个圈子之间跑来跑去。上面是一层层阶梯形看台，每一层都坐得满满的，浅色的衣服越往远处越是模糊一片。娜娜扫视着那些贵妇们，尤其多盯了萨比娜伯爵夫人几眼。她经过皇后的看台前面，看见米法挺直身子站在皇后旁边，一副凛然的样子，她暗自好笑。

"咦，你看他那副傻样！"她朗声对旺德夫尔说。

她什么都想看看。这个公园似的地方，有草坪，有一丛丛的树木，她觉得惹人喜爱。一个卖冷饮的商人在围栏旁边摆了摊档。一间蘑菇状的草亭子，里面挤满了人，一个个指手画脚地喊叫着，这就是赌赛场。旁边的马棚都是空的，只有一匹警察的马拴在里面，娜娜不免有点扫兴。再过去便是一片遛马场，这是小马场，只有一条一百米长的环形跑道，一个马夫正在牵着披了马衣的瓦勒里奥二世，在场子里遛着。再过去，沿着细沙铺的便道旁边有许多男人，衣襟的钮孔上别着橘红色的入场卡，看台的露天过道上人来人往的，这倒也热闹有趣。可是，说真的，如果不许进来看看，那也没什么可恼的。

达格内和福什里从旁边走过，跟娜娜打招呼。她向他们招了招手，他们只好走过来。她一开口就批评体重过磅处，表示极大的不满。但她的话突然转了方向。

"哎唷！德·舒阿尔侯爵也来啦！他老迈得好厉害！看这老头把自己糟践成什么样子！他还是那样狂热地喜欢那调调儿吗？"

于是，达格内就把这老人最近的一件惊人之举描述一番。此事发生在前天，外边尚无人知晓呢，他追缠嘉嘉好几个月之后，终于以三万法郎的代价，把她的女儿阿梅丽买到了手。

"哼！真是可耻之至！"娜娜厌恶得叫了起来，"这种交易很划算呐，倒不妨多生几个女儿！哦，我想起来了，那边草坪上，和一位太太坐在一辆轿式马车里的，一定是丽丽了。怪道我似曾见过呢，想必是老头子把她带出来了。"

旺德夫尔一句也没听进去，他非常不耐烦，恨不得甩掉她。偏偏福什里临走时说，如果不去看看赌注登记人那里的情景，那就等于白来一趟。所以，旺德夫尔虽然满心的不愿意，也只好领她去。她一到那里，就被新奇的场面吸引住了。

四周边上种了棕色小树，环绕着绿草坪，当中一道露天的圆围墙，墙内在嫩绿的树荫下，赌注登记人一个挨一个排成一大圈，等待着赌客。就像市集里的小贩似的，为了让人们能看见自己，全都站在板凳上面，把牌价表挂在旁边的树干上。他们目视四方，只要赌客打一个手势，眨一眨眼，他们立即把赌注登记上，动作之快，反应之灵，令旁观者张口瞪目，弄不明白那是怎么一回事。这里一片混乱，叫喊着各种价目，每当牌价突然变动，人群中就有一阵骚动。不时地有报告员匆匆跑来，停在门口，大声报告一轮比赛已经起跑或到达终点。这时场子里的喧闹声便更加高涨，在这光天化日之下的赌场上，狂热的赌徒们对这类战报常发出嘈杂不息的议论。

"这些人真有趣！"娜娜看得很开心，低声说，"他们一个个都像疯子似的，你看那个大块头，我可不愿意单身一个在森林里碰见他。"

旺德夫尔指着一个赌注登记人叫她看，此人是一家日用杂货店推销员，两年便赚到三百万法郎。人长得清瘦，白皙，金色头发，围着他的人对他很尊敬，笑脸相迎，有些人还特意驻足看他一眼。

最后，当他们要走开时，一个赌注登记员大着胆子向伯爵打了一声招呼，后者微微点一点头。这是他从前的马车夫，个子粗壮，虎背熊腰的一条大汉。他拿着来历不明的资本，来这里碰碰运气。伯爵至今仍念主仆之情，每次都怂恿他，并把自己的秘密赌注告诉他，视如心腹。可是他虽得到伯爵的额外照应，还是接二连三地输掉了巨款。今天他也是和伯爵一样，做最后的孤注一掷。他脸色红通通的，两眼充血，随时都有中风倒地的危险。

"怎么样？马雷沙尔，"旺德夫尔悄声问道，"你下了多少赌注？"

"十万法郎，伯爵先生，"他也压低声音答道，"如何，不错吧？实话对你说吧，我已经把赢数加上去，加成一赢三。"

伯爵怫然不悦。

"不，不行，我不愿意你这样办，赶快再把它降成一赢二。别的我也不必和你多说了，马雷沙尔。"

"啊！伯爵先生，如今这个形势，对你还有什么影响呢？"马雷沙尔又说，脸上挂着同谋者的谄笑，"我必须多吸引一些赌客，好把你那两万法郎押满。"

旺德夫尔急忙叫他住嘴。伯爵刚走开，马雷沙尔才想起，没有问问他那匹小母马是否也缩减了赢数。如果它真有赢的希望，那就糟了，因为他刚刚按一赢五十的数目押了二百金路易。

伯爵和马雷沙尔咬耳朵说的话，娜娜一句也没听懂，可也不敢问他。他显得更紧张了。在过磅厅前面遇见拉博德特时，伯爵突然把娜娜交给他，说：

"你送她回去吧。我……我有点事，再见。"

他进了体重过磅室。那屋子又窄又矮，顶盖很低，大磅秤占了一半面积，很像郊区车站的行李房。娜娜又大失所望，她原以为这里是个大厅，有笨重的机器称马匹的体重呢！原来只称骑师呀！既然这样，又何必小题大做，煞有介事地来这一套呢？这时磅秤上有个骑手在过磅，一副蠢相，套着护膝，等着一个穿礼服的大个子为他验明体重。一个马夫牵着马站在门口，那匹马名叫科西尼，一大圈子的人静悄悄地围观着它。

跑道要清场了。拉博德特催娜娜赶快离开，走了几步，他回转身，指着不远处正与旺德夫尔谈话的矮个子男人叫娜娜看。

"瞧，那就是普莱斯。"他说。

"噢，是吗？这就是骑我的那个人。"娜娜低声说，笑了。

她认为这个人奇丑无比，其他的骑手全是一副蠢相而且矮小。这当然是为了防止超重的结果。普莱斯已有四十岁，长窄的瘦脸满是皱纹，神情生硬死板，骨瘦如柴，一件白袖蓝绸上衣像是披在木架上，看上去活像一个干瘪的小老头子。

"啊！像他这样的人，永远也不会让我愉快的。"娜娜边走边说。

跑道上依然是乱糟糟的挨挤不开的人群，泥脚把湿草践踏得一片乌黑。两块计时表高高悬挂在生铁柱子上，许多人仰着脸看，每见一个号码便一阵喧哗；号码是通过一根连

接过磅室的电线显示出来的。一些人对赛事安排议论着什么。一匹叫皮什内的马被主人撤回去了，人们又是一阵嚷嚷。娜娜没有停下观看，挽着拉博德特的胳膊一路走过去。挂在旗杆上的电铃不停地响着，催促大家离开跑道。

"咳，孩子们，"她回到自己的马车上，说，"他们那个过磅处原来不过是那么一回事！"

大家围着她欢呼，鼓掌。

"好哇娜娜！娜娜又是我们的了！"这些家伙真傻，难道她会断绝老朋友吗？她回来得正是时候。请注意，大赛马上开始！香槟酒被冷落在一边。

娜娜意外地发现嘉嘉坐在她的马车里，膝盖上拥着珍宝和小路易。嘉嘉此举是想重新接近埃克托尔，不过嘴里却说她特别喜欢孩子，急于要过来吻吻小路易。

"我想起来了，丽丽怎么样了？"娜娜问道，"那边，坐在老头子马车上的姑娘果真是她吗？我刚刚听见人家告诉我关于她的事。"

嘉嘉似乎泫然欲泣。

"亲爱的，这件事真叫我伤心，"她悒悒地说，"昨天我在床上躺着起不来，整整哭了一天，我还以为今天来不了呢！唉，你知道，我对这件事是不乐意的。我送她去修道院受教育，原指望攀一门好亲事。而且，我常常给她严厉的管教，一刻也没放松过，可是，亲爱的，她竟愿意嫁一个老头子。为此，我们还大吵了一场，流了多少泪，什么难听的话都说了，我甚至还捆了她一记耳光。她觉得生活太乏味，她想摆脱这个环境，她说：'归根结底，你没有权力阻止我。'我骂她：'你这下贱的东西，把我们的脸都丢光了，滚吧！'事情就这样成了，我只得同意为她安排一切。唉，我最后的希望归于破灭啦。我当初有过多么美好的憧憬啊！"

一阵吵闹声，引得她们站了起来。原来是乔治听见人群里有人散播关于旺德夫尔的谣言，他便挺身而出，加以驳斥。

"你凭什么说他要放弃自己的马？"小伙子愤愤地嚷叫，"昨天他还在赛马沙龙里，为他的吕西昂押过两万法郎呢。"

"是的，昨天我也在场，"菲力浦在一旁证明说，"他在娜娜那匹马上，可连一个路易也没有押。即使娜娜的赢数是一赢十，他也一个钱也赚不到。妄加推测可真荒谬，他这样做有什么好处呢？"

拉博德特脸无表情地听着，耸了耸肩膀，说：

"哎，随他们说去吧。伯爵刚才还在吕西昂身上又押了两万法郎；在娜娜身上押了两千法郎，那也不过是因为作为马主，总得表示对自己的马有信心而已。"

"见鬼！胡扯这些废话干什么？"

有人挥着胳臂喊起来："一定是司必利获胜，法国必然落败，胜利属于英国！"

铃声又一连串地响起来，宣布马都到了起跑线上，人群中涌起了长时间的骚动。娜娜为了看清楚一些，就站到座位上去，把脚下的花球都踩坏了。她扫视四周，广阔的天际尽收眼底。在这紧张激烈的最后时刻，跑道上还是空荡荡的，四周是灰色的栏栅封闭着，每隔两根木桩站着两名警察，排成一条队。娜娜面前的狭长草地泥泞不堪，但到了远处却是绿油油的像一块绒毯。娜娜转移视线，只见场地中央的草地上挨肩擦背挤满了人，有的踮起脚尖，有的站在车上，个个都情绪激昂，你推我搡，翘首张望。马匹正从远处走

来，帐篷在风中飘扬，呼呼作响，骑手们策马在步行者中间往前走，徒步的人们纷纷拥向围栏，凭栏观看。娜娜转身看那边的看台，人们的脸孔仿佛都变小了，密密麻麻一大堆头颅混成五颜六色，挤满了平台、台阶、过道，在蓝天的衬托下，但见影影绰绰的一大片人的轮廓。看台外边，是跑马场四周的平原；右边，在长满常春藤的磨坊风车后面，是一片伸展开去的草原，上面点缀着树木，深碧浅蓝交错的颜色；正面，塞纳河在山麓流过，公园里的林荫道纵横交错，道路上面静静地停放着等人的马车，排列成行；再看左边，布洛涅森林那个方向，视野更开阔了，一条峡谷远远地通到辽阔的碧蓝天际，中间被一条桐树林隔断，桐树叶还没长出，树梢粉红色，这一带看去有如光闪闪的湖水。人群仍不断地拥来，就像一群蚂蚁，沿着一条狭长如带的路径，越过田野，向着这边蜿蜒。而在靠近巴黎市区的那一边，极远的地方，那些没有买入场券的观众，在树林下面，如羊群一般的聚在一起，在布洛涅森林边缘，变成一个个小黑点，隐约像一道动荡的长线条。

辽阔的苍穹下，万头攒动，数不清的疯狂的观众，像甲虫似的聚集在这块平原上。突然，人们欢声雷动，隐没了一刻钟的太阳又出现了，日光带来了温煦的气息，每样东西都反射出光芒，妇女们的阳伞像无数小小的箭靶金光闪闪。大家向太阳举起双臂，表示欢迎。

这时，一位警官，沿着空无一人的跑道向前走去。靠左边的远处，出现了一个手持红旗的人。娜娜问那人是谁，拉博德特答道：

"这是起跑发令旗手莫里亚克男爵。"

娜娜周围挤了不少男人，有的还爬上她的马车的踏脚板，发出惊叹的叫喊声，东拉西扯地谈个不停，信口发表即兴的观感。菲力浦、乔治、波尔德那夫和埃克托尔也是一刻也安静不下来。

"不要乱挤，让我看看，啊！裁判已经就位，那是苏维尔先生吗？嗯，在如此规模的大赛中，必须有好眼力，才能分毫不差地判定领先的距离！请你们停嘴好不好——信号旗扬起来啦，看，马出来了，注意！头一匹是科西尼。"

桅杆顶上悬挂了红黄两色旗子，在半空中飘扬。参赛的马由马夫牵着，一匹匹到达起跑线，骑手们跨在马鞍上，神态悠闲，阳光把他们照得像涂色的亮漆。紧跟科西尼后面的是哈扎尔和布姆，接着，一片喷喷赞叹声中，司必利随之出现，这是匹伟岸枣红色的骏马，号衣的颜色夺目，是柠檬色和黑色，具有大不列颠的阴恒风格。瓦莱里奥二世一出场更是引起人们的热烈欢呼，它个头小，但精神勃勃，号衣是嫩绿色镶玫瑰色花边。旺德夫尔的两匹马迟迟不见出来，直到最后，才跟在佛朗日班之后，穿着蓝与白两色号衣出现了。吕西昂是枣红色骏马，外表无可疵议；但由于娜娜这匹小母马太使人惊诧了，而致使这匹骏马几乎被人忽略。娜娜以前从来没有像今天这样漂亮，这匹栗色的小母马在阳光的照耀下，浑身光灿灿的一片金黄，恍若一个金发少女，又像一枚新铸的金币闪闪放光，它胸膛凹进，颈脖精致，背部矫健而灵敏。

"哎呀！它的鬃毛和我的头发颜色是一样的！"娜娜狂喜地叫了起来，"哈，你们知道我有多么自豪！"

大家都攀登到她的马车上来，波尔德那夫几乎踩着被妈妈忘掉的小路易。他像慈父似的把他举到肩上，嘟嘟嚷嚷地说：

"这可怜的小娃娃,也该让他看一看哪,等一等,我指给你看,那是你妈妈,看见了吗?就是那边那匹马。"

小狗珍宝跑过来磨蹭他的腿,他便把它也抱起来。娜娜对那匹以她的名字命名的马感到十分得意,她扫视四周的女人一眼,看看有什么反应。女人们都神情亢奋,忘乎所以。一直坐在散雇马车上不动声色的老鸨婆特里贡,在人群头上向一个赌注登记人招手,叫他登记她押的赌注。她凭预感,决定押娜娜这匹马。

有人声嘶力竭地大声叫嚷,声浪刺耳,他对佛朗日班那匹马狂热得像发了疯。

"我突然有了灵感,"他不断地喊,"你们仔细看看佛朗日班。它的动作多么灵敏!多么矫健!嗯?我以一赢八押它。有谁响应我?"

"安静点儿好不好,"拉博德特忍不住发了话,"你如果这样做会后悔的。"

"那是一匹驽马!"菲力浦说,"它显然已经筋疲力尽了。不信你就等着看它怎么跑吧。"

所有的马都走到右边,开始试跑,没有次序地经过看台前面。于是,观众更加兴奋,议论纷纷,人声鼎沸。

"吕西昂的背太长了,但竞技状态不错——我告诉你,瓦莱里奥二世一个子儿也不能押,它过于紧张,跑的时候总仰着头,情况不妙。啊!原来是布尔恩骑司必利。我告诉你,布尔恩肩太窄,而宽肩对骑师来说至关重要……司必利显然不行,它太安详了。听我说,娜娜参加良种马驹大奖赛我亲眼见过,它跑完的时候累得浑身是汗,两肋颤抖、呼哧呼哧地直喘气。我敢拿四百法郎打赌,它肯定上不了名次……喂,别嚷嚷好不好?这家伙一个劲地胡吹他的佛朗日班,讨厌极了!现在押注也来不及啦,你看,马就要起跑了。"

他们说的是埃克托尔,他在拼命找赌注登记人,急得几乎要哭。所有的人都伸长脖子向前看。第一次的试跑不算数。远远望见那个发令员像个黑点,他的旗还没放下来呢。马奔驰了一两分钟便各归原位,接着又试跑了两次,然后,发令员才将马集中起来,一声号令,真是恰到好处,博得全场大声叫好。

"好极了!不,这是碰巧,没有关系,一会儿就好了!"

现在是焦灼攫住了众人的心,无暇再欢呼。马票已停止发售,胜负全凭这片广大的跑马场的结果来决定了。起初,全场一片沉寂,人们都屏住呼吸,脸色苍白,心跳加速,踮起脚尖盯着远处。一开始,跑在最前头的是科西尼和哈扎尔,瓦莱里奥二世紧随在后,其余马匹被甩在后边,乱成一堆。等到前边这几匹,像一阵旋风,震得地面发响,跑过看台前的时候,后面的一群已拉开到四十匹马身那么长的距离了。佛朗日班殿后,娜娜落在吕西昂和司必利后面一点。

"啊!"拉博德特喃喃道,"英国人跑得多拼命!"

马车里的人又七嘴八舌地议论起来,还有欢呼声。人人踮起脚尖,紧紧盯住在远处闪烁的亮点,那是阳光下奔驰的骑师的身影。上坡的时候,瓦莱里奥二世蹿先一步,超过了哈扎尔和科西尼,而吕西昂和司必利仍并驾齐驱,娜娜始终紧跟在后。

"一定是英国人赢得了,这是明摆着的,"波尔德那夫说,"吕西昂跑得有些吃力了,瓦莱里奥二世也支持不住了。"

"哎,让英国人赢了去,真够晦气的!"菲力浦出于爱国心,懊丧地叫起来。

所有拥挤着的群众，都被焦虑压得几乎窒息。难道法国又要败北一次！人们都为吕西昂泛起一种虔诚的心情，祈祷它能获胜，而对司必利和那个沉悒寡言的骑师则骂声不绝。散布在草地上的观众，一堆一堆地如风卷似的跑了来，鞋跟迅速翻飞，一些骑马者纵马横穿草地。娜娜向四下里流盼，只见下边人和马如波涛起伏，跑道两旁，万头攒动，被赛马的旋风卷得动荡如浪潮。那些赛马已跑到远处，骑师们像发光的小亮点划破地平线。娜娜目送他们的背影和马尾渐渐远去，在奔驰中变短变小，最后变得像头发丝那样细。现在马已跑到马场的另一端，背后是布洛涅森林，在这一片浓绿的衬托下，马的轮廓变得小巧。随后，它们突然被跑马场当中的丛林掩住，看不见踪影了。

"先别说泄气话！"乔治仍抱希望，他嚷道，"还没赛完呢，英国人已经被追上了。"

可是，埃克托尔对祖国的藐视心又发作了，居然为司必利大声喝彩："好哇！跑得好！法兰西该吃吃苦头！司必利第一，佛朗日班第二！让它的祖国痛苦去吧！"他的叫嚷惹火了拉博德特，恶狠狠地警告他，说要把他扔到马车底下去。

"我们来看看他们要跑多少分钟。"波尔德那夫心平气和地说道。他抱着小路易，掏出怀表。

马又从树丛后面一匹接一匹地出现了。全场为之一惊，又长时间地议论开了。瓦莱里奥二世仍然领先，但司必利渐渐追了上来，而它后面的吕西昂却慢了下来，另一匹马取代了它。大家一时没有看清那是谁的马，因为骑师颜色缤纷的绸上衣很难辨认。但很快，人群爆发了一阵惊诧的呼喊。

"啊！是娜娜！追上去，娜娜！我说嘛，吕西昂跑不动了，不错，是娜娜。它那金黄皮毛一眼就能认出来，现在你看清了吧！它正像烈焰似的往前飞奔。好样的，娜娜！不过，它是帮吕西昂助威的！"

在这瞬间，人们都这样认为。但是，渐渐地那匹小母马竭尽全力，越跑越快，竟越来越领先了。群众都兴奋异常，跑在后边的那些马再也没有人注意了。如今只有司必利、吕西昂和瓦莱里奥二世之间的最后角逐了。大家叫喊着它们的名字，为它们打气，鼓噪。这时，娜娜好像有一股力量把她托起来，爬到车夫的座位上，站在上面，脸色苍白，四肢发抖，激动得连话都说不出来了。旁边的拉博德特微微笑着。

"嘎？英国马不行了吧？"菲力浦大喜过望，说，"它跑不动了。"

"不管怎样，吕西昂是彻底完蛋了，"埃克托尔嚷道，"瓦莱里奥二世冲上来了，看吧，四匹马跑到一块了。"

人们呼喊着同一句话：

"跑得真快！我的伙计……真快啊，棒极了！"

现在，四匹马风驰电掣地迎面而来，人们感觉到它们的急速，仿佛听见它们的喘息由远而近，一点一点地清晰起来。人们一下子冲到围栏边，马还未到，人们就从胸中发出长长的呼喊，这喊声越来越近，如巨浪奔腾。几十万观众被赌博者的贪欲燃烧着，心中只有一个念头，焦急地要看看飞奔的蹄子带给他们什么运气，它们的蹄下关连着数百万金钱。大家你推我搡，握紧双拳，张大嘴巴，人人为自己捏一把汗，用呼喊和手势催着自己押注的马快跑。这一大群包括穿礼服的人们，发出兽性的狂叫，声浪滚滚而来，一浪高一浪：

"跑过来了！跑过来了！跑过来了！"

娜娜不断往前冲,领先得更多了。瓦莱里奥二世已落后两三个马身的距离,与司必利并排了。雷鸣般的人声响彻云霄。快要跑到终点了,娜娜乘坐的马车上迎接它们的是暴风雨似的咒骂:

"往前跑,吕西昂,你这个胆小鬼!英国佬,把本事使出来!加油,老伙计!瞧那个瓦莱里奥二世真叫恶心!简直是废物!我的两百法郎算是白扔了!现在就看娜娜了!好哇!娜娜!好样的!"

娜娜在座位上也情不自禁地扭起腰肢和大腿,仿佛也在奔跑似的。她不时暗暗为那匹小母马使劲,一边拍打座椅,一边疲倦地吐着长气,焦灼地哑声喊道:

"加油!加油!加油!"

这时大家目睹了一个极精彩的场景。普莱斯在马镫上站了起来,扬起马鞭向娜娜抽去。这个干瘦的老小孩,那张狭长脸露出冷酷和严厉的神色,样子好像在冒火。在一刹那,勇敢与克敌制胜的意志灌注到小母马身上,逼得它四蹄腾空,口吐白沫,两眼血红。几匹马雷鸣电闪般地冲了过去,人们屏住呼吸,裁判沉稳地盯住标杆。紧接着,跑马场上响起惊天动地的欢呼声。普莱斯拼出最后的努力,猛催一鞭,娜娜一跃,冲过标杆,最终以超过一头的优势击败了司必利。

顿时,全场轰动,人声如潮。娜娜!娜娜!娜娜!喊声此起彼伏,如暴风雨般猛烈,声音远播布洛涅森林深处直到瓦莱莲山峰,以及龙尚草原至布洛涅平原,再蔓延无边。草地上发出狂热的呼声:"娜娜万岁!法兰西万岁!打倒英吉利!"妇女们挥舞着阳伞,男人们有的欢呼雀跃,有的神经质地大笑,把帽子抛向半空。跑道的另一边,体重过磅处里面也笑声阵阵,看台上喜气洋洋。空气在颤动,似乎有阵阵火焰在人们的头上、脸上、胳膊上燃烧。狂热的鼓噪久久不息而且不断高涨、扩散,遍及各个角落。皇家看台也是一片激动,皇后也在鼓掌。娜娜!娜娜!娜娜!呼声在灿烂的阳光中飘扬,阳光如金色的雨丝轻罩在群众晕乎乎的头上。

一直站在双篷四轮马车高处的娜娜,飘飘然地以为人群在向她欢呼,觉得自己骤然高大起来。她屹立着,被胜利吓呆了,她看见跑道被人潮涌满,草都看不到了,充塞着帽子的黑色海洋。不久,人群退向两旁,让出一条路直至出口,娜娜驭着骑师普莱斯向外走去,人们再次向它欢呼,骑师伏在马背上,筋疲力尽,像快虚脱了似的,通过两道人墙悠悠而去。娜娜兴奋得使劲拍着大腿,得意扬扬,忘乎所以地吹嘘自己的胜利:

"哎呀!老天!这是在欢呼我,可是……啊!多好的运气!"

娜娜不知道怎样才能表达自己过度的喜悦,她发现小路易坐在波尔德那夫的肩头上,便搂住他狂吻起来。

"三分十四秒。"波尔德那夫说完,把怀表放进口袋。

娜娜的名字在平原上回响,这是她的人民在向她欢呼,而她屹立在阳光下,闪耀着星光般的金发和天空一样的蓝白两色裙袍,俯视着她的人民。拉博德特告诉她赢了四万法郎,因为他把她交来的一千法郎全押了娜娜那匹马,赢数是一赢四十。不过,这笔赢来的钱对她来说,并不如这次意外的荣耀使她激动,因为胜利的荣耀为她罩上了巴黎王后的光环。那些女人都遭受了损失。萝丝气得折断了阳伞;卡萝莉娜、克莱莉丝、西蒙娜,还有顾不得儿子在场的露茜,都因这肉团娜娜的走运而咬牙切齿地低声咒骂。老鸨婆特里贡在赛马开始和结束都画过十字,她伸直腰杆,高高在上地睥睨着这群女人,她因自己的观察敏锐获得胜利而沾沾自喜,并以阅历丰富的老鸨婆的身份赞赏娜娜。

聚拢在娜娜马车周围的男人越来越多。贴近娜娜的信徒们,哇啦哇啦地吼过了,只有乔治还在声嘶力竭地喊着。香槟酒喝光了,菲力浦领着几个跟班向饮料摊跑去。朝拜娜娜的臣子们逐渐增多,一些懒散的人也被吸引了过来。人群不断地向她的马车拥来,把她围成一个核心。子民们在狂热的支配下,竟把她当作尊神来膜拜——爱神王后。波尔德那夫在娜娜身边,面对这种场面也大受感动,他一直对娜娜就像个父亲那样喜爱她,但嘴里却叽叽咕咕地骂一些粗话。香槟酒一到,娜娜把斟满的酒杯举起,于是掌声四起,又高呼娜娜!娜娜!娜娜!一些人惊讶地四下里探索那匹母马,究竟人们心里装的是那匹马还是这个女人,谁也弄不清楚了。

那边,米侬顾不得萝丝凶巴巴的目光,也跑了过来。娜娜红运当头的盛况,使他也感染到狂热,忍不住要吻一吻她。吻过她的双颊之后,他慈父般对她说:

"我很不安,萝丝如今一定要把那封信发出去了……她气坏了。"

"那更好了,这倒帮了我的大忙!"娜娜脱口而出。

看到米侬惊愕的表情,她赶忙改口道:

"啊!不,不,我说什么来着?我说了什么连自己也闹不清了,我喝多了。"

她的确醉了,是快活得飘飘然了,是阳光烘得昏昏然了。她一直高举酒杯,为自己庆祝。

"为娜娜干杯!为娜娜干杯!"她欢叫着,四周的喧嚣、喝彩、笑闹声汇成强音,响彻了整个跑马场。

赛事行将结束,现时正进行沃布朗奖比赛。马车一辆一辆地离去。在纷扰的议论声中,有人又提起旺德夫尔的名字。事实明摆着,两年来,旺德夫尔一直都为这最后一招做准备,他让格雷沙姆控制住娜娜,不让露面,只推出吕西昂,以攻其不备的手法让娜娜一鸣惊人。赌输的人都很恼火,赌赢了的人耸耸肩膀。难道这种办法是违禁的吗?马主有权按自己的意图调遣他的马匹。别人也都是这样做的呢。绝大多数人认为旺德夫尔很有办法,能够发动足够的人在娜娜身上下赌注,从而获取暴利。这种暗地里的布置,可从娜娜的赢数突然缩减的现象得到解释。据说他在娜娜身上押了四万法郎,假定是一赢三十的话,结果是赢了一百二十万法郎。如此庞大的数字,便足以引人尊敬并使人原谅一切。

但是,另外还有一些性质很严重的消息从体重过磅处传播开来,从那里面出来的人都说得头头是道,从窃窃私语而至大声谈论,一件令人齿冷的丑闻曝了光。旺德夫尔这个可怜虫完蛋了。他干了一件极不光彩的蠢事,以卑劣的舞弊行为,葬送了他自己这次获得的辉煌胜利。原来,他暗中叫一个不大可靠的赌注登记人马雷沙尔为他在吕西昂押跑输的四万法郎,以便把他公开赌跑赢的两三万法郎捞回来。这是一种卑劣的手段,证明他全部财产已濒于崩溃的最后边缘。他原本告知那个登记人这匹走俏的马不会赢,登记人可在这马身上实赚六万法郎。可是,拉博德特没有得到明确而具体的指示,恰巧在那个时候跑去向这位登记人马雷沙尔押了娜娜四千法郎的赌注,这个登记人并不知这里面是一种手段,依旧按一赢五十卖给他。结果,马雷沙尔虽然在吕西昂身上赢了六万,可

是在娜娜身上输了十万法郎，因此反赔了四万法郎。他顿时觉得天旋地转，陷入深渊。赛事结束，他看见拉博德特和旺德夫尔在围墙边密谈，他才恍然大悟其中真相。他本是旺德夫尔旧日的车夫，当他发现自己上了当，顿时勃然大怒，撕下情面，大闹了一场，并把内幕揭发出来。围观的群众也被点燃了怒火。据云，赛马评判委员会马上就要开会追究此事。

菲力浦和乔治悄悄把这件事告知娜娜，她随口评论了一串话，只是并没停止哭和喝酒。这样的事并非不可能，她联想起一些事来，而且马雷沙尔本是市井小人。她还是有点半信半疑，直至脸色苍白的拉博德特出现。

"怎么样？"娜娜低声问他。

"彻底完蛋啦！"拉博德特简短地回答。

说完他耸耸肩膀。旺德夫尔简直是个孩子。娜娜不高兴地挥一挥手。

当晚，娜娜在马碧耶舞厅里风靡一时。快十点的时候，她一进门，欢呼声响成一片。这个传统的狂欢舞会，吸引了所有的年轻的风流男女，来者都是上流社会的人士，但表现得却像下等人似的粗鄙、庸俗。大家在彩灯下乱挤乱碰。男人穿晚礼服，女的穿袒胸露臂的晚装，衣服弄脏了她们也不介意，一大堆的男女旋转着，叫喊着，醉态可掬，大耍酒疯，把铜管乐队的演奏几乎淹没了。谁也顾不上跳舞，只是胡言乱语，说些无聊的话。个个都想弄噱头引人发笑，却谁都不觉得好笑。有七个女人被关在衣帽间，她们就哭喊着叫人开门。有人找来一根葱，声称要拍卖，价钱喊到四十法郎。娜娜恰好来到，仍穿那件蓝白两色裙袍。有人在雷鸣般的喝彩声中把那根葱献给她。三个绅士不由分说地抬着她，乐颠颠地穿过被踏坏的草地和残枝败叶，向花园走去。他们嫌音乐台挡道，就一阵暴风雨似的把椅子和乐谱架捣毁了。这班慈祥的护花警察就是这样制造了一幕闹剧。

直到星期二，娜娜才从胜利的兴奋中平静下来。那天早上，她正和列拉太太闲谈。小路易在露天着了凉，又病了。目前巴黎人都在谈论一宗惊人事件，娜娜知道后心情十分激动。赛马结束的当晚，皇家俱乐部公开宣布开除旺德夫尔，永远不许他进入任何赛马场。第二天早上，旺德夫尔就在自己的马厩里纵火自焚，连同马匹一起全部烧死了。

"他早就告诉过我要这样做的，"娜娜说，"这个人是个十足的狂徒！昨天晚上，他们把这个凶信告诉我，可真把我吓坏了。你知道，他总有一天会把我杀死的。他难道不应该把他跑赢的马事先告诉我吗？他如早透一点暗示，我至少可以发一笔财了！他跟拉博德特说，如果让我知道内情，我会马上告诉我的理发师和一大堆男人的。你听听，他这话多有礼貌……咳，我当然不能为他的死太伤心，不可能的。"

娜娜越想越生气。这时，拉博德特进来了。他把替她下注赢的四万多法郎送过来。她更是火上浇油，因为她本来可以赢一百万法郎的。拉博德特装得一无所知，一身清白，对旺德夫尔加以指摘和讥笑，他说那些古老的家族早就岌岌可危了，落到如此愚蠢的结局是理所当然，并不奇怪。

"啊！话可不能这样说，"娜娜说，"他把自己关在马厩里纵火自焚，这怎么是愚蠢，我倒觉得他这样收场很勇敢，咳，你知道，我并不是为他和马雷沙尔的行为做辩护，那事干得太糊涂了。布朗斯居然把过错强加到我头上，实在令人生气。我反驳她说：'难道是我教唆他舞弊的吗？'一个女人向一个男人要钱，并不等于叫他犯罪呀，如果他早对我说，

'我已身无分文了',我会对他说:'好吧,咱们就分手吧。'那么事情就不至于闹到不可收拾的地步了。"

"这话一点不错,"姑妈严肃地说,"男人冥顽不灵,自然自食其果!"

"不过,他那带有喜剧性的结局,倒也做得挺漂亮!"娜娜又说,"那情景也够可怕的,令人不寒而栗。他把所有的人支开,然后把自己反锁在马厩里……烧上煤油,一点火,火焰冲天而起,够壮观的!试想想,木头结构的大马厩,又装满了干草和麦秸!火苗一个劲地往上蹿……那些不愿烧死的马左冲右突,拼命撞门,像人似的哀号……那被活活烧死的惨状,人们至今还觉得恐怖呢。"

拉博德特鼻子轻轻哼了一声。在他看来,他不相信旺德夫尔会如此轻生。有人赌咒说看见他从窗口逃出去了。他一时心智迷乱点燃了火,但烧得受不了时,他可能清醒过来便往外逃脱了。一个沉迷酒色、荒唐自弃的破落子弟,似乎不可能如此壮烈地去死的。

娜娜听了这番话,觉得很扫兴,她无话可说,只嘟囔道:

"唉,可怜的倒霉蛋!他本来是干得很漂亮的啊!"

第十二章

娜娜和伯爵躺在铺着威尼斯花边床单的大床上，直到半夜一点钟还没有合眼。伯爵发了三天脾气，终于在这个晚上回来了。照明灯发出幽幽的光，催人入睡。温暖而潮湿的气味引逗着肉欲的蠢动。镶银饰的白漆家具隐隐约约地泛着素白。帷幔拉拢，床铺淹没在黑暗中。只听见一声叹气，接着是一个吻声，打破了沉寂。娜娜从被子里钻出来，光着腿坐在床沿。米法的头仰在枕上，仍待在黑暗中。

"亲爱的，你相信仁慈的上帝，是不是？"她沉思了一会儿问道。她神色严肃，挣开了情人的搂抱，脸上露出对神灵的恐惧。

从早上起，她就叫唤有点不舒服。她忽然想到死和地狱，她自知这些念头愚蠢，但又排遣不了，使她罩上了痛苦的阴影。在一些夜晚，她像孩童一样害怕起来，种种恐惧的幻想令她大睁双眼，辗转难寐，噩梦萦绕。她接着说：

"你说，我死后能上天堂吗？"

说完，她打了一个寒战。伯爵听见她午夜提出这么古怪的问题，很惊讶，他觉得他那天在教堂的悔恨又苏醒了。娜娜的睡衣溜到肩际，头发披散。她扑到米法的胸脯上，紧紧地搂住他，嘤嘤啜泣起来。

"我怕死……我怕死……"

伯爵好不容易才挣脱她的厮缠。他担心这个紧贴着他的女人对死神的畏惧传染他，使他也害怕起来。他只好劝慰她，以后行为上多加检点，总会得到上帝的宽恕的，何况，她身体很好。娜娜摇摇头，她对谁也不曾伤害过呀，她一直挂着圣母像，她于是把红丝线系着带在双乳之间的圣母像取出来给他看。只是，有预言说，凡是未经结婚而与男人同居的女人，统统都得被打入地狱。她早年读的教义学到的一些内容，零零碎碎地重现脑际。要是能明确知道死后怎么样就好了！从来没人死后带消息回来，既然如此，神甫们说的都是蠢话，我们又何苦自寻烦恼？话虽如此，她还是虔诚地吻吻带有体温的圣母像，仿佛这才能驱除死神和死亡引起的恐惧。

她甚至去洗手间也要伯爵陪着。即使门开着，她也不敢在里面待一分钟，怕得簌簌发抖。米法上床躺下来，她还在卧室里转来转去，查看每一个角落，轻微的声响都令她颤抖。她在镜子前面停下来，于是她又像往日一样，对她的胴体默默注视起来。但一看见自己的乳房、腰肢和大腿，她更加恐怖了。她用双手久久摸索脸上的骨头。

"人死了，模样便变得丑陋了。"她沮丧地说。

她用力挤压双颊，睁大眼睛，收缩下巴，想看一下死后是什么样子。她带着这张鬼脸让伯爵瞧，说道：

"你看我，死后脑袋会变得很小的。"

伯爵很不高兴:

"你疯啦,快上床吧。"

伯爵忽生幻觉,仿佛看见她躺在坟里,经过百年长眠,化成一堆白骨。他赶紧双手合十,叽叽咕咕地祈祷了一段经文。最近,宗教信仰又把他征服了,发作起来便神志昏乱,心力交瘁,手指骨节扳得嘎嘎作响,嘴里不停地唤着:"我的上帝……我的上帝……"这是他软弱的叫喊,尽管他明知上帝会降罪于他,打入地狱接受惩罚,却又无力自拔。娜娜上床时,发现伯爵用被子蒙住头,满脸惊恐,指甲抓进胸口的皮肉里,双目瞪视空中,似乎在寻求天国。娜娜哭了,两人搂在一起,牙齿抖得格格地响。两人都像走火入魔似的,在愚蠢的妄想中挣扎。这种情况已不止一次,只是今晚透着古怪。她不再害怕的时候,忽然联想起一件事,便绕着弯子试探伯爵,是否收到萝丝寄出的信。但伯爵并不是因为这个原因,仅仅是恐惧,没有别的,他连自己做了王八还浑然不觉呢。

米法离去两天之后的一个上午,他突然来了,他可是从来不在这个时候来的。他脸色铁青,两眼通红,他似乎还在与内心的巨大矛盾斗争着。佐爱此时也正心慌意乱,没有注意到他的反常现象。她向他奔过来,喊道:

"啊呀! 先生,你来得正好! 太太昨天晚上几乎死去!"

伯爵问起详情,佐爱说:

"一件令人难以相信的事……太太小产了,先生!"

娜娜怀孕已有三个月。她一直以为是月经失调,布塔雷医生却是怀疑,后来明确诊断她是有喜了。娜娜十分气恼,极力把这件事隐瞒下来。她近期表现的神经质的恐惧、忧郁都与此有点关系,她觉得未婚先孕是可耻的事,因此严守秘密。她觉得这是可笑的事。有损声誉,被人取笑,可不是? 真是恶作剧! 真是倒霉! 她的性器官另有用途,可不是生孩子的,当她寻欢作乐,向四周散播死亡时,偏就怀上了一条生命。难道就不能免除这些干扰,轻松快活地生活吗? 这胎儿究竟是谁的她也搞不清,男人们也不会承认这孩子。谁都会觉得他碍事,他一辈子也不会有什么幸福的。

佐爱向伯爵叙述详细的经过:

"快四点钟的时候,太太的肚子突然剧痛起来。我见她在梳妆室很久都没出来,我进去只见她已晕倒在地上的血泊里。真的,先生,她躺在一摊血里,就像被人谋杀了似的……我一看就明白了,我又急又气,她不该瞒我的,幸好乔治先生当时在场,他帮我把太太扶起来,他听见她是流产也吓懵了,唉,真的,从昨天起,我一直愁得要死!"

这座房子里的确一片慌乱。仆人们在楼梯、房内进进出出,跑上跑下。乔治在客厅的沙发上度过一晚。在太太规定接待客人的时间里,是他把这个坏消息告诉来访的朋友们。他惊魂不定,脸色发青地讲述了自己见到的前后经过。斯特涅、埃克托尔、菲力浦以及其他人都来过了。他们刚听了开头一句就惊叫起来,这是不可能的事,这一定是闹着玩的! 随后,他们严肃起来,望着房门,摇摇头,各怀心事,再也不觉得好笑了。一直到半夜,还有十来个先生坐在壁炉前面悄悄交谈,每个人都暗自揣测父亲是不是自己,他们互相谅解,但又像为自己做了亏心事而尴尬不安。但随后他们也就坦然了,这事与他们毫不相干,是娜娜自找的。这个娜娜真让人吃惊! 她居然来这一手! 他们一个接一个地往外溜了,蹑手蹑脚地,似乎这屋里死了人,不便说笑,不如走开为佳。

"先生,你还是上楼看看吧,"佐爱对米法说,"太太好多了,她愿意见你的,大夫答应今天上午来,我们正等着他。"

贴身女仆已劝乔治回家睡觉去了,楼上的小客厅里只剩下萨丹一个,她叼着香烟,躺在长沙发上望着天花板。此事引起全宅的慌乱,只有她冷冷地睨视着这一切,不时地耸耸肩,说几句挖苦的话。她听见佐爱从她面前经过仍絮絮不休地对伯爵诉说,可怜的太太真是吃尽了苦头。萨丹突然掷地有声地抛过一句话来:

"这才好呢,可以给她一个大教训!"

两个人吃了一惊,转过身来。萨丹一动不动地躺在那里,口衔香烟,瞪着天花板。

"哎哟!你的心肠真好,你!"佐爱说。

萨丹坐了起来,圆睁怒目,向伯爵又掷过那句话:

"这才好呢,可以给她一个大教训!"

说完,她重新躺下,吐出一个个细烟圈,决计不再理会这事。太荒谬、太蠢了!

米法随佐爱进了卧室。室内一股乙醚气味,又温暖又安静,只有偶尔从维里叶大街传来的辚辚车辆声微微打破了寂静。娜娜面无血色的头靠枕头躺在床上,出神地睁着眼睛。看见伯爵,身体没动,微微一笑。

"唉!我亲爱的心肝,"她有气无力地喃喃道,"我以为永远见不到你了呢。"

他俯身吻她的头发,她动了情,真诚地谈起了这孩子,仿佛伯爵就是孩子的父亲似的。

"我一直没敢告诉你,我觉得高兴!我本来渴望生个孩子,我做了许多梦,梦见他酷像你,可现在,什么都没了。不过,也许这样更好,我不想给你留下绊脚石。"

他听见自己是孩子的父亲,不禁吃了一惊,他吃吃地说了几句话,拉过一张椅子坐在床边,一只胳膊搁在被子上。这时,少妇才发现他神色不对,两眼充血,嘴唇像发热病似的痉挛。

"你怎么啦?"她问道,"你也病了吗?"

"没有。"他含糊地回答。

她默然地注视着他。她挥手叫正在收拾药瓶的佐爱走开,然后把他拉到身边,又问道:

"发生了什么事?亲爱的……你泪痕未干,我都看出来啦……好了,说出来吧,你这次来一定是要告诉我什么事情的。"

"没有什么,我发誓没有什么。"他吃吃地说。

他被痛苦噎住了。他不知何以突然来到这个病房。但进来后,感情迸发不由得啜泣起来,他把头埋在被子里,竭力压住哭声。娜娜明白了,一定是萝丝发出了那封信。伯爵两肩抽动地哭着,床都给震动了。娜娜由他哭了一会儿,最后用母性的怜悯口吻,柔声问道:

"告诉我,你家里出了什么事?"

他点了点头,又是一阵沉默。这间充满痛苦的屋子里,弥漫了沉重的寂静。昨天夜里,伯爵从皇后举行的晚会回家,收到了萨比娜写给她情夫的那封信。他辗转反侧度过了痛苦的一夜,他左思右想,想报仇的办法,整夜失眠,今天一大早就从家里跑出来,强压

住宰掉妻子的冲动。走到外边,六月清晨的和风丽日驱散了他一夜的胡思乱想。每逢心绪悒结,他总是去找娜娜倾诉,所以今天他又来了。只有在这里他才能找到慰藉,怯懦得以鼓舞。

"算了,放宽心吧。"少妇一副慈悲的样子,"这事我早就知道了。可是我不便向你揭穿。你还记得吧,去年你曾经起过疑心,幸而我谨慎小心,所以掩饰过去了。事实上你并没掌握什么证据。见鬼,今天你既然抓到凭证,我知道这对你是沉重的打击。可是,事情已经发生,你可得镇静一些,你并不会因为这件事而失去尊荣。"

他停止了哭泣。虽然他早已把家中秘事向娜娜谈过,但今天仍被一种蒙羞受辱的感觉噎得说不出话来,娜娜不得不鼓舞他的勇气。哎,别难为情了,她是女人。女人最善解人意,有心事就吐出来好了。他哑声地说:

"你在生病,让你累着有什么好处呢?我今天不该来烦你的,我走啦。"

"不,"娜娜连忙说,"别忙走,也许我可以给你出个主意。只别叫我说话太多,医生嘱咐过的。"

他于是在房里踱来踱去,娜娜问:

"你现在打算怎么办?"

"我要去打那个男人的耳光,我一定要这样!"

她撒撒嘴表示不赞成。

"这可不明智。对你老婆呢?"

"我要诉诸法律,我现在有了真凭实据。"

"这根本不中用,我亲爱的,甚至是愚蠢的……你知道,我绝不能让你这样做。"

她用衰弱的声音,沉着地断言决斗和诉讼,不但无用而且有损名誉。如此一来,他将成为报纸的爆炸新闻的人物,连续一周被人哄传谈论。这无异于以他的整个生活、安宁、皇宫里的显赫地位、他的门第姓氏做孤注一掷,这一切又所为何来?徒然予人笑柄罢了。

"我管不了那么多,"米法嚷道,"我非得报仇不可!"

"我的宝贝,"她说,"像这类事情如果不能当场抓获,是永远也报不了仇的。"

他张口结舌说不出话来。他当然不是个胆小鬼,但觉得娜娜言之有理。他心里越来越不舒服,自怜自愧的怒火渐渐减弱。接着,娜娜又开门见山地说了一番话,给他一个新的打击。

"亲爱的,你想知道你苦恼的原因吗?那就是你自己也对不起你太太呀。你该不是无故不在家过夜吧,嗯?你太太自然会起疑心的。那么,你又怎能责备她呢?她会对你说,是照着你的榜样做的,你只好闭口无言了,所以,亲爱的,你跑到我这儿气得跺脚,而不在家里杀死那对男女,也就是这个缘故了。"

米法重重地跌坐在椅子上,娜娜的话击中了他的要害,令他心神昏乱,沮丧无言。娜娜停住话,喘喘气,挣扎着说:

"唉,我累极了,一点气力也没有,扶我躺高一些,我一直往下滑,头太低了。"

他扶她躺高一点,她吁了一口气,觉得舒服些了。然后又回到原来的话题上。离婚案最是耸人听闻,伯爵如果为此打官司,必有一场热闹让人做笑料。他难道想象不到,伯爵夫人的律师必然提到娜娜,让巴黎人大感兴趣?什么都会揭露出来,公之于世——她

在游艺剧院演出的失败,她的住宅和她的生活方式。啊!千万使不得,那样的宣扬她可受不了。有的下流女人也许巴不得他这样做,借此机会成为传媒焦点。但她首先考虑的是伯爵的幸福。她拉他到身边,搂住他的颈脖让他的头和她靠在一起,紧贴着脸,柔情脉脉地耳语:

"听我的话,宝贝,你得跟你太太和好。"

米法很生气,这绝对办不到!这念头想一想都得气死,这太可耻了。然而,娜娜仍耐心地柔声劝说着:

"你得跟你太太和好,听见没有?你总不愿意让天下人指责我,是我把你从家里勾引出来的吧?那我就声名狼藉了,人家会怎样看我呢?我只要你发誓永远爱我就够了,因为你当初去找另一个女人的时候……"

她哽咽着,说不下去了。米法连连吻她,拦住她的话,一再劝慰道:

"你疯了,这是不可能的!"

"要这么办,必须这样,"娜娜又说,"我会明白道理的。归根结底,她总是你太太。这与你背着我和别的女人相好是两回事。"

她滔滔不绝地劝说着,给他以善意的建议,甚至还提到了上帝,使他有如静听韦诺先生的劝恶从善的训诫。可娜娜并没有说要伯爵和她断绝关系,而是劝伯爵兼收并蓄,平分秋色,在老婆与情妇之间充当好人,保持和平共处的局面;在实际生活中,拨乱求治,安枕酣睡。这丝毫不会影响他们的爱情,他依然是她的心上人。只是,他不能来得太勤了,把一些良宵让给伯爵夫人就是了。娜娜说得喘不过气来,她调了调气息,缓声道:

"总而言之,你如果照办,我也算做了一件好事,心里会舒服些,你也会更加爱我。"

娜娜闭上眼睛,沉默了一会儿,头靠着枕头,脸色更加苍白了。伯爵不想让她太累,静静地等着。整整过了一分钟,娜娜才睁开眼睛,喃喃地说:

"还有,钱怎么办呢!你逞一时之气去打官司,到哪儿去弄这笔钱?拉博德特昨天还来催那笔借款呢?至于我,什么都缺,如今已没有一件衣服可穿啦。"

说完,她又合上眼,像死了似的。一阵愁云掠过米法眉梢。眼前的种种打击,使他暂时忘却了难以应付的金钱问题。那十万法郎的期票,她明确答应照付,但拖延一次之后又过了许久。拉博德特装出一副为难的样子,把一切责任诿诸弗朗西斯,说他以后再也不为银钱上的事和没有教养的人打交道了。这笔钱是非还不可的,伯爵不能拒付自己亲笔签署的票据。除了债务之外,加上娜娜提出的各种新的需求,伯爵自己的家庭开支也很庞大。伯爵夫人从丰代特回来之后,忽然十分讲究起排场来,追求奢侈享受,大肆挥霍,把府邸装饰一新,重新布置摆设,花了五十万法郎改造米罗梅尼街那座旧公馆,对此人们颇多非议。此外,服饰也十分考究、华丽,大笔大笔地花钱如流水,而且毫不在乎。有两次,米法试图过问一下,钱是怎么花掉的,但伯爵夫人微微笑着,神情怪异地盯着他,吓得他不敢再问,生怕她把真相捅破了。他接受娜娜的意见,同意达格内为婿,主要是想把女儿的嫁资减至二十万法郎,并减免其他杂项,而全由小伙子承担,能结上这门亲事,对小伙子来说,已是意外之喜了。

目前的燃眉之急是马上筹措十万法郎应付拉博德特。一周以来,米法绞尽脑汁,想出一个办法,而这办法在他是出于无奈的、羞于启齿的。那就是卖掉博尔德那座豪华的花园住宅。但那是伯爵夫人的伯父遗赠给她的,约值五万法郎。根据遗嘱条件,要出卖必须有伯爵夫人的签字,而夫人如想出让,也必须得到伯爵的许可。昨天晚上他终于下了决心,准备和妻子计议一下签字的问题,谁知突然发生了这件事。一切都完了。此时此刻,他焉能忍受与太太的妥协!他觉得妻子与人通奸的丑事比什么都严重。娜娜的意思他很清楚。他对她凡事都坦诚相告并听从她的意见。他的窘境以及打算让夫人签字的事也都和娜娜说了。

娜娜似乎并不坚持。她没有睁开眼睛,伯爵叹了一口气,让她慢慢思考。她没提达格内的名字,问:

"什么时候举行婚礼?"

"星期二订的婚约,五天之后举行婚礼。"米法回答。

她依然合着双目,似乎在暗夜中说话:

"那么,我的宝贝,好自为之吧,我嘛,我是要让大家都过得快活的。"

米法握住她的手,温言温语地抚慰她。好的,看看再说,她目前最重要的是好好保养。米法的气消了。这间沉静温暖而弥漫着乙醚气味的病房,终于抚平了他的心绪。他心平气和,只希望享受温馨和安宁了。他靠着温暖的床,受着病妇发烧的热度感染,他想起了与她共度的欢乐,因屈辱而发作的火气熄灭了。他俯下身子,紧紧搂住娜娜。她神色虽然不变,唇边却露出一丝微妙而胜利的笑意。布塔雷大夫进来了。

"怎么样?这可爱的妞儿好一点了吗?"医生拿他当作她的丈夫,亲切地对他说,"见鬼!你怎么竟让她谈话啦!"

医生是个年轻的美男子,专门为花柳丛中的风流娘儿们治病。他性情潇洒,喜欢和这些女人开开玩笑,朋友似的谈天说地,但绝不和她们上床。他的诊费奇高,而且不准拖欠,但随叫随到。娜娜恐惧死亡,每周都要请他两三回上门,惶恐地把一点点小毛病告诉他,他便一边治病,一边说些逗趣的闲话,讲一些荒诞不经的故事,所以女人们都很喜欢他。不过娜娜这一回的毛病非轻,情况有点严重。

米法退出卧室,内心怔忡不安。他看见娜娜病态恹恹的样子,充满了怜惜之情。他正待离开,娜娜打个手势叫他过来,伸出额头让他吻吻,并半开玩笑半认真的口吻悄声说:

"记住我叫你去办的事,快回去与你太太和好,不然我就恼了,我们的关系就完啦!"

伯爵夫人急于在星期二给女儿签订婚约,以便把这座重新装修,油漆尚未干透的房子投入使用,举行一个盛大的宴会。已经发出五百份请柬,遍及各方面的亲朋好友。吉期的早上,装饰商还在钉帷幔。直至晚上九点,建筑师还陪同伯爵夫人到各处检查、指点。

这是洋溢着春天气息的一次盛会。六月的夜晚,天气温暖宜人,大客厅的两扇门大开,舞会一直扩展到花园的沙径。伯爵偕夫人站在门口迎接第一批来宾。客人们一进门,顿觉眼花缭乱。想想从前那间客厅吧,记得冷若冰霜端坐在里面的米法伯爵夫人吧。那间古老的客厅,摆着第一帝国式样的笨重的桃花心木家具、发黄的丝绒帷幔,天花板也是潮乎乎的。现在呢,金色的油彩细工,在高高的七星灯台照耀下,闪烁着熠熠的光辉。大理石楼梯的扶手精雕细镂。客厅内部更是极其华丽,四壁是热那亚丝绒挂毯,天花板

蒙着大画家布奢的巨幅装饰画,这是建筑师花十万法郎从唐皮叶尔古堡买来的。枝形吊灯和水晶壁灯照映着一面面镜子和名贵的家具,更呈现一片辉煌富丽的景象。萨比娜从前常坐的那张长椅,那张唯一的红缎椅子,彼一时显得软柔柔的很不协调,而此一时,它的柔靡仿佛扩大了,伸展到整座房子,使满屋里弥漫了闲逸、淫乐的气氛,就如壁炉里燃旺的火焰在煽起人们热烘烘的肉欲一样。

客人们已经在跳舞。乐队设在花园里,在一扇敞开的窗户外面,正奏着华尔兹舞曲,轻松柔媚的节奏,随着阵阵夜风飘进客厅,柔柔地在空中回旋。花园里的彩灯,披照着朦朦胧胧的园子,看上去扩大了许多。草地的边沿搭起一座紫色帐篷,里面设有酒肴台。乐队演奏的舞曲,正是《金发维纳斯》中那段风靡一时的妖冶的华尔兹,其中掺着调笑的声音。乐曲浸透这座古老宅邸的四壁,反弹出震颤的余音,仿佛外界吹来的淫靡之风,将这古老豪宅的传统一扫而光,把米法家族以往的生活,把长久睡眠了整个世纪的荣誉与宗教信仰扫荡无遗。

伯爵母亲的老一辈故交,按照惯例依然待在老地方,躲在壁炉附近,浑身的不自在,只觉头晕目眩。他们在熙熙攘攘的客人中,自成一个小圈子。杜·戎克娃穿过饭厅进来时,觉得一切全陌生了。尚特罗夫人仰视天花板,它的高阔使她惊异。不久,这个小圈子里就出现了刻薄的窃窃私语的声音。

"你们看,"尚特罗夫人悄声说,"要是老伯爵夫人看见这个场面会怎样?搞得这么奢侈辉煌,到处是人声鼎沸!这简直是败坏门风嘛!"

"萨比娜真是疯啦,"杜·戎克娃太太道,"你们看见她站在门口的模样了吗?哎,在这儿就看得见,她把所有的钻石首饰全戴上啦。"

她们全站了起来,远远地打量着伯爵夫人和伯爵。萨比娜一身纯白裙袍,镶着极美的英国花边,显得比以前年轻了、快活了,她洋洋自得于自己的美貌,脸上带着自我陶醉的微笑,与她并肩站着的米法,相形之下显得苍老多了,脸色有点发灰,不过他也微微带笑,神态安详、庄重。

"你们试想一下,他当初是多么严厉的一家之主,"尚特罗夫人又说道,"没有他的准许,休想添一件小家具!可是,曾几何时,现在是萨比娜主宰一切了,米法反而退为她的眷属了,你们记得吧,那时她怎么也不愿装修客厅,现在却把整幢房子全翻修了。"

她们忽然住了嘴,因为谢泽勒夫人正进来,后面跟着一群年轻的男士。她着了迷似的,啧啧赞叹着:

"啊!美极了!多精致呀!多高贵的品位呀!"

她向身后的年轻人喊道:

"你们说,不是吗?这些古老的大屋,只要一经修理,就特别漂亮,非一般可比……瞧,变得都认不出来啦,简直是十七世纪的豪华派头呀,萨比娜终于可以接待宾客啦。"

两个老太太又坐下来,压低声音,议论起这门令许多人惊诧的婚事。埃丝泰尔刚刚走过去,身穿玫瑰红丝绸裙袍,依然是从前那样苍白、扁平、沉默,一副处女的神气。她顺从地接受了达格内的求婚,不喜也不愠,还是那样冷冰冰、瘦削而苍白,就像冬夜里人们看见她往壁炉添柴的模样。为她而办的宴会,这灯光、鲜花、音乐,就一点也没能打动她的心弦。

"这个浮浪子弟真幸运，"杜·戎克娃夫人说，"什么出身？我从来没有见过他。"

"留神，他来了。"尚特罗夫人低声说。

达格内一眼望见于贡夫人和她的两个儿子，连忙走上前去挽起她的胳膊，满脸是笑，显得分外亲切，似乎他这次的好运，亏她暗中相助似的。

"谢谢，"于贡夫人在壁炉边坐下来，说，"你看，这还是我坐过的老地方。"

"你认识他吗？"达格内刚走，杜·戎克娃夫人忙问于贡夫人。

"当然认识，一个可爱的小伙子。乔治很喜欢他……咳，他出身是个极高贵的门第呐。"

这位好心的老太太发觉周围的人对达格内不怀好感，于是替他辩护，说他的父亲当年很受路易·菲力浦王的赏识，当过省长，直至死在任上。他本人也许有点放荡，有人认为他是败家子。不过无论如何，他有个叔父是大财主，早晚会把财产遗赠他的。然而，夫人们都摇头，于贡夫人自己也有点发窘，只好再三赞扬他家的好名声。她感到疲乏，抱怨她那两只腿累得发痛，说她在利什留街那座房子住了一个多月了，要料理许多事情，忙个不停。她那慈祥的笑容里掠过一丝忧郁的暗影。

"不管怎样，"尚特罗夫人说，"埃丝泰尔本来可以结一门更好的亲事。"

乐声骤然响起，四组跳舞即将开始，人们纷纷拥向客厅的两边，让出当中的地方来。漂亮的衣裙，混杂在男人深色的晚礼服中间，飘忽掠过，明晃晃的灯光把珠宝照得闪亮，白翎毛在颤动，百合花、玫瑰花争妍斗艳。天气已经很暖，女人们裸露双肩，从轻罗软缎的华服中散发出沁人心脾的芬芳，沉浸在欢快的乐曲声中。从敞开的门望去，客厅两侧的房间里坐着一排排女客，脸上含着情笑，两眼闪着光辉，她们轻摇扇子，故作矜持。客人不断地到来，听差站在门口，朗声通报姓名。男客们慢慢移步，竭力为自己的女伴挪出地方；女人们挽着男伴的胳臂，目光探索着空座位。到处挤满了宾客，带钢圈的宽裙子互相碰得叮当作响。在狭窄的角落，花边、裙结堵塞了通道。女人们似乎生来就惯于适应这种神摇目眩的拥挤场合，她们客气地容让，不慌不忙，依然保持优雅风度，彬彬有礼。那边花园里，喜欢离开室闷的大客厅的一对对男女，沿着草地边，在威尼斯纱灯的玫瑰色光辉下，随着舞曲的节奏翩翩起舞，裙影飘忽，摇曳多姿。音乐穿过林间而来，显得轻柔而遥远。

斯特涅在酒菜台子前喝香槟酒时，遇见了富卡蒙和埃克托尔。

"这简直漂亮得过了头，"埃克托尔打量着镀金尖头杆支着的紫色帐篷说，"这叫你觉得是在一个艳俗的市集里……对吧？就是艳丽得俗气的市集！"

这些日子以来，他总是装出嘲弄一切、不同世俗的模样，认为没有什么东西值得他认真对待的。

"可怜的旺德夫尔，要是还活着回到这里，一定会大吃一惊的。"富卡蒙喃喃道，"还记得他过去在壁炉前烤火的那副无聊样子吧。真没想到呀，所以不该讪笑人家。"

"旺德夫尔，咳，不必提他吧，他是个失败者！"埃克托尔轻蔑地说道，"他以为自焚是惊世骇俗的壮举，其实是自欺欺人！现在根本没有人再提起这件事。旺德夫尔已经一笔勾销啦，完蛋了，埋葬了！这杯酒祝下一个人的健康吧！"

斯特涅和他握手时，他又说：

"你们知道,娜娜刚才也来啦……啊!伙伴们,她这一进门可真端庄大方,与众不同。最先,她吻了伯爵夫人;当新郎新娘走过来时,她向他们祝福,又对达格内说:'听着,保尔,如果你今后再去找别的女人,我可饶不了你……'什么!那场面你们没看到?嘿!棒极了!非常漂亮!"

两个人张着嘴听他说,最后,忍不住大笑起来。埃克托尔洋洋自得,觉得自己也棒极了。"你们不相信这是真的吗?喂,笨蛋,这桩婚事还是娜娜促成的呢。再说,她也算得上是米法家的成员呀。"

于贡兄弟走过来,菲力浦叫他别再说下去。于是,几个男人就闲谈起这桩婚事来。乔治对埃克托尔很生气,因为他不该编造故事。娜娜确是把一个旧情人介绍给米法做女婿。只是,要说她昨天晚上还和达格内睡觉,那可不是真事。富卡蒙耸了耸肩,说有谁知道娜娜什么时候跟什么人睡觉呢?这一句话可把乔治激恼了,他冲口答道:"我知道,先生。"弄得大家哈哈大笑。最后,大家同意斯特涅说的,这类事乱七八糟,谁也搞不清。

饮食帐篷里逐渐进来许多客人。他们让出地方,但仍聚在一处。埃克托尔涎着脸盯住女人看,就像在马比耶舞厅一样。他们在花园的一条小径尽头,意外地发现韦诺先生正在和达格内密谈,大家都很惊异,马上开起玩笑来。他一定是让达格内忏悔,教他怎样过新婚之夜的!之后,他们回到客厅的一个门口。客厅里,一对对男女正随着波尔卡舞曲,在四面站着的男人中间旋转、摇摆,微风从窗口吹进来,烛焰闪烁跳动着。长裙随着舞曲旋转,卷起阵阵小风,驱散了水晶吊灯散发出来的热气。

"哎!他们挤在里面可够热的!"埃克托尔喃喃道。

他们从花园神秘的暗影里冒出来,向室内瞅了一下,发现德·舒阿尔侯爵,但见他站在一旁,高高的身材,耸立在周围那些裸露肩膀的妇女之间。他脸色苍白、神情冷峻,一副卓越、尊贵的表情,满头是稀疏的银发。他对米法玷污他的名声的所作所为表示愤恨,早就宣称与米法断绝一切来往,永远不踏进这座公馆的大门。这天晚上他之所以屈驾光临,是因为外孙女的再三请求。不过,他不赞同这一桩婚姻而且大肆攻击,认为统治阶级不该屈从现代淫乐的堕落作风,对下层阶级做可耻的让步,而造成本阶级的解体。

"唉!完蛋啦,"杜·戎克娃夫人向坐在壁炉旁的尚特罗夫人耳畔悄语,"都是那个婊子迷惑了这个可怜的男人……想想吧,这个心灵高贵的绅士,当初是多么虔诚地皈依上帝的!"

"看来,他已把家产全败光了,"尚特罗夫人接着说,"我丈夫手里有他一张借据,他现在就住在维里叶大街的那座公馆里,全巴黎都在谈论这件事,我的天!我也不能原谅萨比娜也这样把钱向窗外乱扔,虽然你们也得承认他做了许多令萨比娜伤心的事……"

"她不光是扔钱呐!"杜·戎克娃夫人抢着说,"实际上,我就不知道他们两个人要闹到什么地步。两个人一起胡搞,这个家败得更快,他们已经陷进泥坑里了呀,亲爱的!"

这时,一个温和的声音打断了她们的交谈。原来是韦诺先生,他走来坐在她们的身后,仿佛急于躲开不让人看见似的。他弯下身来低声说:

"为什么要失望呢?到一切都似乎无望的时候,上帝就会显灵了。"

这个家他曾经支配过,现在眼看它的败落,他却显得心平气和。自从在丰代特庄园住了几天之后,他就明白他已无能为力改变现状,只好默然地听之任之。伯爵对娜娜的

狂热,福什里的大胆闯入,甚至埃丝泰尔和达格内的婚姻,这些事随它去吧。他更神秘、更听天由命了。他心里怀着一种希望,能够再去支配年轻的达格内。因为他知道一个人在大大胡搞一气之后,必然会有个大大的转变,到时候上天就会显灵的。

"我们这个朋友,"韦诺低声接着说,"他始终怀着最富宗教信仰的感情。关于这一点,米法给了我最美好的证明。"

"那么,"杜·戎克娃夫人说,"他首先应该跟他妻子和好。"

"毫无疑问。他们言归于好已为期不远。"

于是,两位老太太又就此事盘问起他来。韦诺又变得谦逊了。

"这个,"他说,"得由着上天的安排。"他唯一的愿望,是把伯爵和夫人重新拉在一起,避免公开闹笑话。人们只要遵守社会礼仪,宗教方面是可以宽恕他的过失的。

"说实在的,"杜·戎克娃夫人说,"你早应当阻止米法和这个浪荡子结这门亲事。"

小老头脸上浮现出深为惊诧的表情。

"你们弄错了。达格内是个很优秀的青年……我清楚他的思想。他急于改过图新,改变人们对他的看法。埃丝泰尔会让他改邪归正的,这一点请你们放心好了。"

"哼!埃丝泰尔吗,"尚特罗夫人轻蔑地嘀咕,"这个可爱的小姑娘,根本没有个人意志,谁也不把她当回事!"

韦诺先生听了这话,只是微微一笑,不再做解释,他闭上眼睛,仿佛对此事不感兴趣。于是,他又消失在女人裙子后面,默然坐在角落里。于贡夫人疲乏而且心不在焉,却也把他们的谈话听进去几句。这时,舒阿尔侯爵正向她打招呼,她便以宽容的口吻,发表自己的看法:

"这两位夫人过于严厉了。我们每个人的生活都够苦的了,我的朋友,我们如果想得到别人的谅解,就应该多多谅解别人。"

侯爵以为于贡夫人有意影射他,脸上一阵尴尬,但看到善良的老太太的笑容苦涩,他才释然了,说:

"不过,有些错误可是绝不能原谅的,社会所以陷入深渊,正是由于姑息纵容所造成的。"

舞会气氛达于高潮。又一轮四对舞跳得地板微微震荡,仿佛这座古老府邸也被狂欢摇撼得晃动起来。在模模糊糊的乱作一团的人头之中,时时闪出一张女人的脸,随着舞曲旋转,水晶灯射在她雪白的皮肤上,闪亮的眸子上,半张的丹唇上,显得分外妖娆动人。杜·戎克娃夫人说,这种订婚方式简直是胡闹,把五百个人硬塞在连两百人都容纳不下的屋子里,这太荒唐了。与其如此,何不到卡鲁塞广场上举行订婚仪式呢?这都是受新风气影响的结果。尚特罗夫人说,在从前,像这样隆重的仪式都是在家庭近亲当中举行的,可是如今总要请来一大堆不相干的人,连过路的都可以随便进来,挤得水泄不通,似乎不这样,这喜庆晚会就太冷清了。现在的人为了夸耀奢华,竟把巴黎的社会渣滓也请到家里来。家风败坏,日后的腐化堕落,岂不是势在必行吗?这几位夫人抱怨说,到场的客人中,她们认识的不超过五十个。这群人究竟从哪里冒出来的呢?一些姑娘袒胸露肩,恬不知羞。一个妇人穿着缀满厚密的黑珠子的紧上衣,活像一件盔甲。另一个女人穿的是紧紧裹住身子的裙袍,看了觉得别扭。这个季节的应时华服丽裳全在这里展示,

出席者包括享乐圈子的人物，只要与女主人有一面之缘的都统统请到，不管是名门贵胄抑或是声名狼藉之辈都同欢共舞，不分彼此。大家的共同目标就是疯狂地追求享乐。屋子里热气在膨胀，但四对舞照样进行，一对对舞伴跳得很有韵律，如痴如醉，忘乎所以。

"伯爵夫人真漂亮！"埃克托尔站在通向花园的门口说，"她比她女儿还显得年轻十岁……对了，富卡蒙，有一个疑问让你来回答，旺德夫尔曾打赌说她大腿没有肉，你告诉我们这是不是真的。"

这种猥亵的问题，几位先生都觉得无聊，富卡蒙有点生气，答道：

"去问你的表哥吧，亲爱的孩子。瞧，他正好来啦。"

果然是福什里来了。他是这个家庭的常客，所以绕开挤塞不堪的门口，从餐厅进来。去年初冬，萝丝再次把他钓上手，他周旋在女演员和伯爵夫人之间，搞得精疲力竭，不知道怎样才能摆脱其中的一个。萨比娜能满足他的虚荣心，萝丝则更有味道。此外，萝丝是真心爱他，就像妻子那样忠诚，使得米侬很恼火。

"听着，我们要你一点情报，"埃克托尔一把抓牢他表哥的胳臂，说，"你看见那个穿白丝绸的夫人了吗？"

埃克托尔自从继承了那笔遗产，态度就倨傲不驯起来，经常嘲弄福什里，因为他刚从乡下出来时，受过他许多奚落，总在想报复，一泄心头积怨。

"是的，就是穿带花边裙子的那位夫人。"

记者踮起脚尖张望，他还没明白埃克托尔的意思。

"是伯爵夫人吗？"他终于问道。

"一点不错，我的好表哥，我和别人打赌二百法郎。告诉我，她的大腿有肉吗？"

他说完哈哈大笑，觉得他当年问他伯爵夫人是否同什么男人睡觉，被他一顿抢白，如今居然能一泄宿怨，不禁大为快意。可是，福什里一点也不发窘，只是直勾勾地盯住他。

"滚开！你这浑蛋！"他耸耸肩，骂道。

随后，他和其他在场的先生握了握手，埃克托尔十分扫兴，反而觉得自己所说的话是否风趣了。大家闲聊起来，自从上次赛马之后，银行家和富卡蒙也都成了维里叶大街的座上客。娜娜的健康逐渐好转，伯爵每天晚上都去问候她。福什里听着大家谈论，心里却别有所思。因为萝丝那天早晨和他吵架，萝丝承认了她已经寄出了那封信。啊，他还可以到他那个尊贵的夫人家里去呀，他会好好受到一番招待的！他经过再三迟疑，今晚终于不顾一切地来了，偏遭到埃克托尔开了那个愚蠢的玩笑，把他弄得心慌意乱，尽管他表面上装得很镇静。

"你怎么了？"菲力浦问道，"你好像有心事。"

"我吗？没事，我刚才正忙活，所以来迟了。"

接着，他以隐蔽的勇气，若无其事的冷静，说道：

"我还没有向男女主人祝贺呢，礼不可缺啊。"

他甚至转向埃克托尔，咧着嘴说：

"你说是吗，笨蛋？"

说完，他从人群中向前挤去。听差已经不再扯开嗓门通报来宾姓名了，可是伯爵和夫人被刚进来的太太们绊住，还在门口谈话。福什里终于走到他们面前。这边的几位先

生站在花园的石阶上,蹑起脚尖想看看这场热闹。他们想,娜娜一定搬弄过口舌的。

"伯爵没有看见他,"乔治悄悄道,"注意,他转过身子来啦……啊,行了。"

乐队又奏起《金发维纳斯》里的华尔兹舞曲。福什里先向伯爵夫人鞠躬,伯爵夫人笑容可掬,显得愉快而安详。然后,他在伯爵身后一动不动地站了一会儿,静静地等他转身。这天晚上,伯爵的举止高傲庄严,他高昂着头,摆出贵官大人的派头。等他低下眼睛看到新闻记者时,更增加了一点尊严。两个男人互相望了几秒钟,福什里首先伸出手去,米法也伸出手,两只手握在一起,伯爵夫人站在他们面前,睫毛低垂在微微笑着。这时,华尔兹舞曲继续奏出嘲讽而放荡的旋律。

"他们顺利地和好了。"斯特涅说。

"他们的手胶在一起了吗?"富卡蒙见他们握住不放,很是奇怪。

福什里不由得想起一件往事,苍白的脸颊泛起微微的红晕。那间道具仓库仿佛又呈现了,室内光线幽暗发绿,杂乱无章的道具积满尘埃,米法拿着酒杯站在那里,满脸狐疑。

现在,米法不再避讳了,最后的一点尊严也崩溃了。福什里的恐惧感逐渐消失,他松了一口气,看见伯爵夫人坦然的快乐,几乎想开怀大笑。他觉得这个场面很富喜剧性。

"哈,这回真是娜娜来了!"埃克托尔叫起来,他只要自认为有趣,便肆无忌惮地开玩笑,"她在那边,你们没看见她进去吗?"

"住嘴,你这混蛋!"菲力浦低声呵斥。

"我告诉你,那确是娜娜!这段华尔兹是为她而奏的,她当然到了。她帮助他们夫妇言归于好,真见鬼!怎么?你们没有看见她?她把我表哥福什里,我的表姐和她的丈夫一齐搂在怀里,叫他们亲爱的小猫呢。这些葛藤账叫人恶心。"

埃丝泰尔走了过来,福什里向她道喜。她穿着玫瑰色的连衣裙,僵直地站在那里,脸上一副沉默孩子的惊讶神情,望了望福什里又悄悄地睃父母一眼。达格内也和记者热烈握手。他们都含着微笑聚在一起。韦诺先生溜到他们的后面,用满意的目光望着他们,心里充满了虔诚的柔情,为他们的和睦而高兴,认为这是上帝的恩赐。

欢畅、放荡的华尔兹曲仍在继续。气氛出现了新的高潮,像海涛冲击着这座古老的府邸。乐队的小笛吹出更高的颤音,小提琴送出徐徐的低吟。在水晶枝形吊灯的照耀下,热那亚丝绒帷幔和金碧辉煌的彩绘,仿佛散发着蒸蒸热气,照耀如同白昼的灯影下飞舞着微尘。人群被四周的镜子一照,加上喧闹的人声,仿佛人数骤增了几倍。一对对舞伴揽着对方的腰肢,从许多坐着的太太们面前飞旋而过,在客厅里旋转,地板晃动得更厉害了。花园中,威尼斯彩灯耀眼的红光,似乎远处的火光,映照出在小径尽头漫步的影子。墙壁抖动,灯影如雾,公馆的每个角落似被一场最后的大火熊熊焚烧,家族古老的尊荣,正在噼啪烧碎。从前在一个四月的晚上,福什里曾在这里听到玻璃摔碎的声音,那时刚开始出现欢乐的苗头,未免还有点羞涩,后来渐渐地愈演愈烈,直至发展到今晚的盛大场景。现在,裂缝在增宽直至蔓延了整座公馆,预示着它不久的坍陷。陋巷贫民家徒四壁,是酗酒、没有面包、把钱花光而导致家庭破灭的。而在这里,却是华尔兹的靡靡之音敲响了一个古老家族的丧钟,连同长期积聚的财产一齐化为灰烬。无形的娜娜的柔软肢体在跳舞者的头顶,把腐朽的种子播进他们的阶级里去,把她呼出的气息飘散在热烘烘的空气里,和着音乐的靡靡旋律,像酵素一样渗透上流社会的肌体,促使它们走向毁灭。

在教堂举行婚礼的那天晚上，米法进入夫人的卧室。他有两年没来过。伯爵夫人很吃惊，本能地往后退，脸上却露着一直挂着的似醉的微笑。米法很忸怩，哧哧地说不出话来。伯爵夫人趁机数落了他几句。不过，他们谁也不打算贸贸然地向对方做决定性的解释。他们假装认为互相宽恕是出于宗教上的需要。他们彼此默契，暗许双方保持自由。上床以前，伯爵夫人还在犹豫，于是他们就谈起家事来。伯爵首先提出卖掉博尔德庄园，她立刻就答应了。他们双方都急需钱用，卖出的钱对半分用。这样他们的和解终于完成。米法尽管还有几分内疚，但终觉心头轻松下来。

这天下午，将近两点钟的时候，娜娜正在午睡，佐爱大着胆子敲她的房门。窗帘低垂，屋内幽暗寂静，窗外吹来软软的微风。这些天娜娜已经坐起来，可以走动了，只是身子仍感虚弱。她睁开眼睛，问：

"谁来了？"

佐爱正要回答，达格内已经闯了进来自报姓名。娜娜在枕头上支起身子，遣开女仆，说道：

"怎么，是你！今天可是你结婚的大喜日子……出什么事了吗？"

他站在卧室中央，一时看不清光线幽暗的环境，过了一会儿，才走到娜娜身边。他穿着礼服，颈系领带，手戴白色手套，连声说：

"是呀，不错，正是我……你不记得了吗？"

她什么也想不起来了。达格内只好带着开玩笑的口吻，坦白了来意：

"哎，请接收吧，我谢大媒来啦——我来献上初夜的童贞。"

他站在床边，娜娜伸出赤裸的胳膊把他揽在怀里，笑得浑身发颤，几乎笑出了眼泪，她觉得他太可爱了。

"啊唷！这个咪咪，多么有趣！你居然记住这件事，我早就忘了！这么说，你是出了教堂就溜到这儿来了。真的，你身上还有圣香味呢……吻吻我，使点劲，我的咪咪！来吧，这也许是最后一次啦。"

幽暗的卧室仍残存淡淡的乙醚味，他们柔媚的笑声忽然停止。一股强烈的暖风掀得窗帘鼓了起来，大街上传来孩子们的嬉戏声。由于时间匆促，他们交欢之后戏谑几句便分开了。冷餐酒会结束后，达格内马上偕同妻子出发度蜜月去了。

第十三章

九月底，米法本来要到娜娜那里吃晚饭，临时因为皇宫召唤，就在夕阳西下之时特意去她家告知。屋里犹未掌灯，仆人们在厨房里大声说笑。米法悄悄上了楼梯，两旁的彩绘玻璃窗在炎热的黑暗中熠熠发光。到了楼上，他轻轻地推开客厅门。客厅天花板上，一抹落日余晖正在消逝；红色的帷幔，深而宽的坐榻，油漆的家具，连同上边的刺绣、铜器和瓷器，全已在黑暗中沉睡。黑暗像流水一样，慢慢地淹没了每一个角落，牙雕和金属的光泽一齐消失。昏黑中只有一团白色十分清晰，那是一条展得很宽的白裙子。只见娜娜伸开四肢，仰面躺在乔治的怀里。这可是百口莫辩的事实，伯爵发出一声令人窒息的喊叫，张口结舌地愣在那里。

娜娜跳起来，忙把他推进卧室，好让乔治溜走。

"进来，"她惊惶地低声说，"听我向你解释……"

像这样措手不及地被米法突然撞破，她十分恼火。在自己家里，在自己的客厅里，而且门是开的，她可从来没有这样孟浪过。说来话长，乔治对菲力浦嫉妒得发疯，和他大吵了一场，然后搂着她的脖子哭得十分伤心，她也不知怎样安慰他才好，满心可怜他，于是便顺从了他的要求。只是这么一次。她真糊涂，竟和这个小孩干了蠢事，他被母亲管束极严，不给一个子儿，他连一束紫罗兰都买不起送给她。谁知仅此一次，偏让伯爵撞个正着。真是倒霉透了！这都是好心肠的结果啊！

她把伯爵推进卧室，里面黑乎乎的。她伸手摸到按钮，气呼呼地按铃叫人送灯来。这都是朱利安的错！他要是早在客厅里点上灯，就不会发生这件事。这全是可恨的黄昏使她没了主意。

"我求你啦，我的宝贝，消消气吧。"佐爱送灯进来之后，娜娜央告说。

伯爵两手搁在膝盖上，坐在那里，眼睛瞪着地板，刚才看见的情景把他弄傻了。他没有气得大声喊出来，仿佛被冷水兜头泼下，浑身瑟瑟发抖，就像看到了令人恐怖的东西一样。他这种无言的可怜相拨动了娜娜的心弦，她尽力地安慰他：

"得啦，我认错还不行？我的行为很不好，你看我不是后悔了吗？这事令你不高兴，我感到很难过。算了吧，你就大量一点，宽恕我吧。"

她柔媚地蹲在米法脚边，用求恕的目光探究米法的表情，想知道他是否憎恨她。米法长长地叹了一口气，稍微平静了一点。娜娜更加温柔了，庄重而恳切地补充了最后一条理由：

"你要明白，亲爱的，人与人之间要互相沟通，我可不能拒绝我那些可怜的朋友们呀。"

伯爵心软了，但坚持要把乔治打发走。同时他的所有幻想也消失了，他不再相信她

世界孤本小说

娜娜

对他忠实的誓言了。娜娜还是会再次欺骗他的。然而,他有生理上的需要,胆子又小,担心没有娜娜会活不下去,他不得不屈服,继续维持这段痛苦的爱情。

这是娜娜一生中,在巴黎最为辉煌、风头最劲的时期。她在遍地邪恶中独树一帜,她炫耀穷奢极侈的豪华生活但又藐视金钱。她恬不知耻地公开扫荡一家家的财富。她的寓所有如一座炽热的熔炉,她不断上升的欲望便是炉中的烈焰,只要她轻轻一吹,黄金顷刻化为灰烬,随时被风吹散。如此疯狂的挥霍真是世所罕见。这座大房子仿佛建筑在深不见底的龙潭之上,一个个男人,连同他们的所有一切,财产和肉体,甚至姓氏,都统统吞没在潭底,连一点粉末都不留下。这妓女有鹦鹉的嗜好,喜欢吞食胡萝卜、炒杏仁,喜欢咀嚼肉食,每月的伙食费高达五千法郎。厨房里,浪费和贪污的现象骇人听闻,一桶桶葡萄酒如水流失,一张张账单经过三四个操纵者便增加了几倍。维多莉娜和弗朗索瓦在厨房里大权独揽,他们把肉肴浓汤拿回去请亲戚家人,还经常呼朋唤友在厨房里任意吃喝。朱利安向供应商要回扣,三十个苏的一块玻璃朱利安却要他们给他加上二十个苏。查理则吞噬喂马的燕麦,虚报用数,而且从前门买进,后门卖出。全家都在贪污盗窃,如同攻陷一座城池之后的洗劫,其中尤以佐爱最狡黠,她善于伪装,外忠内奸,掩护别人的盗窃贪污,从中渔利,大饱私囊。然而,上上下下的诈骗还不如浪费之甚,隔夜的饭菜全都倒掉,食物多得叫仆人生厌,玻璃杯沾满了糖,煤气灯日夜不熄,墙壁都烤裂了,还有不负责任、人为破坏和意外事故造成的损失,更加速了本来就有许多嘴巴吞噬的这个家庭的败落。而楼上太太那里,东西毁坏得更加触目惊心:上万法郎一条的裙子,穿了两次,就被佐爱拿去卖了;珠宝首饰经常不翼而飞,仿佛化成粉末飞走了;胡乱购买东西,什么最时髦就买什么,第二天就遗忘在角落里,或是扫到街上去。见到昂贵物品,娜娜就非买不可,因此她身边经常扔有残花和摔碎的贵重小摆设;她兴之所至,以一掷千金为乐事。她手里没有完整的东西,不是弄碎便是凋残或污脏;不管走到哪里,身后总是撒满一堆叫不出名字的碎片、脏布和石块。大肆挥霍之后便是大笔要偿付的账单:欠帽子店两万法郎,洗衣店三万法郎,鞋店一万二千法郎;马厩吞了她五万法郎;六个月的工夫,她欠下时装店十二万法郎。拉博德特替她估计,她每年的开销大约要四十万法郎。这一年,她并没有扩大开支,但竟高达一百万法郎。她自己也为这个巨额数字吓了一跳,至于怎么花掉的,她也不清楚。一批又一批的男人,一车又一车的金子,也填不满这极度奢侈靡费、风雨飘摇的公馆下面的无底洞。

然而,娜娜并不满足,忽然动起心思要把卧室重新装饰一番,她已经拟定了方案:卧室的四壁用赭红色的丝绒装饰,上面缀以银扣子,边角饰以金线流苏,使卧室就像一个帐篷。她想,这样布置一定是既华丽又优雅,而且还能衬托她白里透红的好肌肤。卧室是放床的,所以床必须炫目迷人。她盘算着造一张从来没有见过的床,像宝座,又像神坛,让巴黎所有的男人都俯伏在床前,参拜她至高无上的裸体。这张床必须纯粹用金子和银子锻造而成,上边镶嵌大宝石,细工的银格子上是金制玫瑰花;床头有众多爱神,笑欣欣地从花丛中探出头来,仿佛在床帷的幽暗处窥视男欢女爱的淫乱情景。娜娜委托了拉博德特,后者给她请来了两个金银匠。他们着手绘图样。这张床价值五万法郎,这必须由米法把它作为礼物送给娜娜。

使娜娜大惑不解的是,金钱如江河一样从她的胯下涌进来,但她却常常缺钱花。有

时，她竟为了几十个法郎而大伤脑筋，逼得向佐爱借，或者自己设法去赚。不过，每当绝望而采取极端手段之前，她总要先从朋友们身上弄，用开玩笑的态度，叫男人们把囊中所有，即使是几个苏，也搜刮一空。三个月以来，被她掏得精光的主要是菲力浦。他和她打得火热，所以每次来都要把钱包放下才走。不久，她更肆无忌惮地向他借钱，每次借两三百法郎，不会太多，用来还欠款的利息或应付紧迫的债务。菲力浦七月份委任上尉司库，每次娜娜向他借钱，他第二天便送上门来，同时向娜娜道歉，说自己手头不大宽裕，因为他的妈妈于贡夫人对儿子们的经济控制得特别严厉。三个月下来，她屡屡借贷的小笔款项已累积到上万法郎。上尉虽然照旧嬉笑自若，可是人却日渐消瘦，有时心神恍惚，脸上掠过苦恼的神色。但只要娜娜抛来媚眼，他立刻神魂颠倒，春心荡漾。娜娜待他娇柔多情，偷偷吻他，弄得他沉迷忘返，有时纵欲狂欢，令他更难以自拔，一有机会便溜出兵营，牢牢地拴在娜娜的裙带上。

娜娜宣称她的教名叫黛莉丝，圣名瞻礼日是十月十五日。这天晚上先生们纷纷前来送礼。菲力浦上尉也送一份礼物给她，是一个古老的德国细瓷金架糖果盒。当时，娜娜刚刚浴罢独自待在梳妆室，只穿一件宽大的红白相间的法兰绒浴衣，正在观玩桌子上的礼物。她因为要拔一个水晶瓶的塞子，已经把瓶子弄破了。

"啊！你太好了！"她对菲力浦说，"你送什么来？给我瞧瞧……你真是个孩子，花钱买这种玩意儿！"

她埋怨菲力浦，既然手头不宽裕，何必买这么贵重的礼物。但见他把钱全花在自己身上，心里倒也喜滋滋的。事实上，也只有花钱才能感动她，她认为这是爱的证明。她一边说着话，一边玩赏那个糖果盒，开了又关，关了又开，看看它的结构如何。

"小心，"菲力浦嗫嚅道，"这东西容易打碎。"

娜娜耸了耸肩膀。他以为她的手像粗人那么笨拙吗？突然，盒盖掉到地上摔碎了。她怔住了，盯着地上的碎片，喊道：

"哎！打碎了！"

接着，她哈哈大笑起来，觉得挺有趣似的。这种笑是神经质的，和小孩子喜欢毁坏东西的笑，是同样的无知而讨嫌。菲力浦心头火起，这个可恶的女人，根本没有体会他为了买这件礼物费尽心机。娜娜看他神色不对，便尽力忍住了笑。

"哎哟，这可不是我的错……原来就有裂缝了，这些老古董，就很少有结实的……这不过是个盖子，你没看见它掉下去跳得多好玩吗？"

说完她又大笑起来。小伙子虽然竭力克制着，眼泪却流了出来。她立刻温柔地搂住他的颈脖。

"你真傻！我不是照样爱你吗？要是我们什么也不打碎，商人不是没有生意可做了？一切东西做来就为的是要破的……你瞧这把扇子，不就是用胶水粘住的！"

她抄起一把绢扇，一撕两半。这下子，她兴致大发，她跟着来一场大破坏，为了表示她蔑视所有礼物，干脆过过瘾，把它们全部敲碎，并以此证明没有一样东西是结实的。她空虚的眼发出冷冷的光，双唇微启，露出皓齿。等到一切砸成碎片，她双颊泛红，重又狂笑起来，一边拍打桌子，一边像个淘气的小女孩乱嚷：

"全完了！什么也不剩了！全完了！"

菲力浦于是也兴奋起来,把她推倒,拼命吻她的胸乳。娜娜紧紧贴住他的肩膀,任凭他摆弄,她觉得十分畅快,好久没有这样开心了。她使劲搂住他,亲昵地对他说:

"喂,小心肝,你明天一定给我送两百法郎来,真烦人,面包店的一张账单使我烦透了。"

他一听,脸色唰地变得苍白,他在她的额上最后吻了一下,说了一句:

"我试试吧。"

一阵沉默。娜娜起来穿衣服,菲力浦把前额贴在玻璃窗上。一会儿,他走到她身边,一字一句地说道:

"娜娜,你应该嫁给我。"

这个想法令她觉得滑稽可笑,她笑得连裙子都系不住了。

"我可怜的宝贝,你犯什么傻,是不是我向你要两百法郎,你就向我求婚呀?绝对不行。我太喜欢你啦。这是多么傻的一个问题!"

佐爱进来替太太穿鞋子,他们就不再谈这事。女仆早已看见桌上破碎的礼物,问太太要不要收拾一下,太太吩咐全部扔掉,佐爱便用围裙兜住拿走了。到了厨房,大家挑拣一番,分掉了。

这天,乔治不顾娜娜不许他再上门的禁令,又偷偷溜进来。弗朗索瓦明明看见他,但仆人们都想看看女主人处于窘境的笑话。乔治一直溜到小客厅,突然听见了他哥哥的声音,便停住脚步,站在门后。于是里面的一切,包括亲吻和求婚,他一一听见了。一阵恐怖感使他浑身冰凉,脑里一片茫然,痴痴地离开了,一直走到黎塞留街,回到母亲寓所,进入自己的卧室,他才伤心地痛哭起来。这一次,什么真相全明白了。娜娜扑在菲力浦的怀里的景象不断浮现眼前。他觉得这是乱伦的行为。他略微平静之后,一股妒火又燃烧起来,他爬在床上,咬着床单,污言秽语地咒骂,骂不尽心头之恨。他就这样熬过了一整天。他声称头痛,把自己反锁起来。到了夜晚他更难熬了,噩梦连连,杀人的念头不时涌现。如果他哥哥也住在这里,他早就一刀宰了他。天亮之后,他才恢复理智,觉得应该死的不是哥哥而是他自己,只要有公共马车经过,他就往窗外一跳完事。然而,将近十点钟的时候,他又走出门去,走遍巴黎,在一座座桥上徜徉,最后心里产生一种难以抑制的渴望,非要再见娜娜一面不可。也许她一句话就可以拯救他。三点整,他走进维里叶大街的那座房子。

临近中午的时候,一个惊人的消息把于贡夫人的心击碎了:昨天晚上,菲力浦被捕入狱,罪名是贪污联队公款一万二千法郎。三个月来,他不断挪用小笔公款,伪造单据掩盖亏空款项,希望不久可以填补上去。由于管理委员会的疏忽,舞弊行为一直没有被人发觉。儿子犯罪的消息使老太太大为惊吓,之后她愤怒地大骂娜娜。她知道菲力浦与娜娜有来往,并为此焦虑不安,生怕他出事,所以才一直住在巴黎。可是她万万没有料到竟会闹出这么可耻的事来。现在她埋怨自己,当初不该把钱控制得太死,仿佛儿子的犯罪都是她一手造成的。她跌坐在一张沙发里,两腿发软不能动弹,觉得自己是个废物,不能为儿子活动一下,只有在这里坐以待毙。可是,她忽然想起了乔治,心里稍得安慰。她还有乔治呢,他可以去奔走的,兴许可以救救他们母子。于是,她决定不向外人求助,她不愿意家丑外扬。她拖着麻木的双腿上了楼,满心以为她终于还有一个儿子孝顺她。可到楼上一看,乔治的卧室是空的。门房告诉她,乔治少爷一大早就出去了。这房间预示着另一灾祸:床单满是牙痕,证明这个人多么痛苦,衣服扔得满地都是,带着死气的椅子倒在一堆衣服里。乔治一定是在那个女人家里。于贡夫人擦干眼泪,鼓足气力,跑下楼梯。她要她的两个儿子,她要去讨还自己的两个儿子。

从早上起,娜娜就被烦恼困扰着。首先是面包商九点钟就拿着账单来了,欠款只不过一百三十三法郎,但住宅豪华如同皇室的娜娜居然付不起。面包商已来过二十几次,从他拒绝赊账的那天起,娜娜就光顾别的店了,这更使他恼火。如今连仆人们都觉得他有理,支持他。弗朗索瓦说,如果不大闹一场,太太是不会付钱的,查理也给他出主意,叫他闯上楼去,好叫她还清这笔微不足道的欠款;维多莉娜则劝他等一等,等到有位先生和她在一起谈得正欢的时候闯入,钱准能弄到手。厨房成了热闹场所,在这里,供应商们把这屋子里的情况了解得一清二楚,这些仆人成天吃饱了没事干,能一口气谈上三四个钟头,把太太剥皮亮底,什么隐私全公之于众。只有侍应总管朱里安装出维护太太的样子,说不管怎样,她还是很漂亮的人物,众人笑骂他和太太上过床,于是他自命不凡地笑而不答。厨娘很恼火,恨不得变成一个男人,往这个令人恶心的女人的屁股上唾两口。这次弗朗索瓦使坏,没有通报女主人便让面包商在大客厅等候。吃中午饭时,娜娜下楼来,与他撞个正着。娜娜接过账单,叫他下午三点再来。面包商满口脏话,骂骂咧咧地走了,发誓说下午一定要把钱还清不可。

这一场讨债气得娜娜食不下咽。这回一定要把面包商打发走。其实,她已经不止十次准备好这笔欠款,可每次没等他来又随手花光了,不是买了鲜花,就是捐给了一位老警察。她本来指望菲力浦送钱来,谁知至今连影子也不见。偏偏昨天晚上她还花了一千二百法郎,给萨丹买了好几条裙子和衬衣,弄得手头一个子儿也没有了。

快到两点钟时,娜娜正着急,拉博德特来了,带来新床的图纸,她顿时忘了忧愁和烦恼,乐得手舞足蹈。她十分好奇地俯在客厅的桌子上,仔细研究那图纸,拉博德特一点一点地给她讲解:

"你看,这就是床身,中间有一束盛开的玫瑰,还有花蕾和花朵编织而成的花环;叶子用金绿色,玫瑰花用金红色……这是床头的设计图,银制床架上面安放一圈小爱神在圆轮上跳舞。"

娜娜欣喜至极,插话道:

"瞧!角上这个小把戏,屁股撅在半空,多滑稽,是不是?他们笑得多么坏!个个眼神都显得邪气!你知道,亲爱的,在他们面前我可不敢干风流勾当!"

娜娜的虚荣心得到极大的满足。金匠说,世上没有一个王后睡过这样的床。然而,有个难题颇费踌躇,拉博德特给她看了两种床腿的设计图,一种是船形的,另一种是拟人形的,一个蒙着轻纱的夜女神,被人身羊足的农牧神揭开轻纱,露出光彩照人的裸体。拉博德特又说,如果她选这一种床腿,金银匠打算把夜女神雕成与她本人一模一样的形象。听到这个奇妙的构思,娜娜喜欢得脸色都发白了。她想象着自己成为银塑像,想象着温馨淫冶的黑夜。

"当然,你仅仅露出脑袋和肩膀,静坐一会儿让他们描摹就行了。"拉博德特说道。

她坦然地望了他一眼。

"何必这样……既然是艺术品,雕刻家怎样描摹我都不介意。"

娜娜选择了人形床腿,就这么定了。拉博德特又叫住了她:

"等一等……这得增加六千法郎。"

"这有什么关系!"娜娜纵声大笑,说,"难道那个小笨蛋没有钱吗?"

她在熟人中总是以"我的小笨蛋"称呼米法伯爵,其他男人向她问起他时,也不做别样称呼:"昨天晚上你见到你的小笨蛋了吗?""哎呀!我以为在你这里找得到他呢!"这称呼既亲昵又随便,可是她还不敢当面这样叫他。

拉博德特卷起设计图,最后又告诉她,两位金银匠答应在两个月内,即在十二月廿五日左右交货。下星期雕刻师就来给夜女神制造模型。娜娜送他出门时,想起了那个面包商,突然问他:

"对了,你身上有两百法郎吗?"

拉博德特恪守自订的戒律,就是绝不借钱给女人。每逢女人向他借钱,他一律如此回答:

"没有,姑娘,我身上一个子儿也没有——要不要我去找你的小笨蛋?"

娜娜说不用。两天前,她已从伯爵那里要了五千法郎。然而,她马上后悔不该拒绝,因为面包商很快就到。他悻悻地往前厅的长凳上一坐,扯起嗓子骂娘。这时才两点半钟,娜娜在二楼听见他的骂声,她的脸色发白,尤其使她难受的是仆人们都在背后窃笑,笑声一直传到她的耳中。车夫在院子里探头探脑,弗朗索瓦无缘无故穿过前厅,向面包商做鼓动性的一笑,然后赶紧去向大家报告情况。谁都不把太太放在眼里,屋里回响着他们的嘲笑声。她觉得自己很孤立,仆人们瞧不起她,冷观她的一举一动,用污秽的诽谤作践她。她想向佐爱借一百三十三法郎,最后又打消了念头。她已经欠了佐爱的钱,她自尊心极强,不想冒险碰她的钉子。她情绪激动,返回卧室,对自己大声说:

"算了,算了,娜娜,你这个姑娘,还是靠你自己吧,唯有你的肉体是属于你的,最好利用你这个本钱,那比忍受侮辱强得多。"

她没叫佐爱,自己找衣服换了,匆匆忙忙的要去找特里贡。这是她在最艰窘时的最后手段。她是抢手货,老鸨婆常来求她去,她每次接受或者拒绝,取决于手头是否缺钱花。她看似富比王侯,而往往囊空如洗。现在家庭收支日见困难,特里贡那里便成了她的财源,每回总能拿到五百法郎。她对出卖肉体早已习以为常,就像穷人进当铺一样。

她刚出卧室,猛不防和乔治撞个满怀。他正站在小客厅的中央,她没留意他脸白如蜡,眼里冒火。她如释重负地吐了一口长气,说:

"啊!是你哥哥派你来的吧?"

"不是。"小青年答道,脸色更苍白了。

她失望地耸了耸肩。他来干什么?为什么挡住她的去路?她正忙哪,不过她还是回过身来问了他一句:

"你身上没带钱吧,有吗?"

"没有。"

"当然没有啦,我真糊涂!你从来身上就没一个子儿,连坐公共马车的六个苏都没有,你妈妈不肯给嘛。这就是男人啊!"

说完，她抬脚便走，但乔治一把抓住她，要跟她说几句话。娜娜朝外奔，再三说她没有时间，但乔治的一句话又让她止了步。

"听着，我知道你要嫁给我哥哥。"

哎呀！这可太滑稽了！她猛地坐在一张椅子上，打算笑个痛快。

"是的，我知道了。"小青年接着说，"可我不答应，你应该嫁给我，我正是为这个来的。"

"怎么？你也来求婚？"她叫起来，"难道你们有家传的毛病，可是，你们休要痴心妄想！这样肮脏的要求我向你们提过吗？你弟兄俩都别指望这个！"

乔治脸上立刻露出喜色。以前也许是自己听错了。他接着说：

"那么，你得向我发誓不和我哥哥睡觉。"

"哎！你烦得我够了！"娜娜站起来，她又没好气了，"谈几句还算有趣，可是我忙着要出去……我什么时候高兴就和你哥哥睡觉。我是你包养的吗？你是这里出钱的主人吗？你凭什么干涉我？对了，我是和你哥哥睡了……"

乔治紧紧捏住她的胳臂，几乎把它捏断了。他结结巴巴地央求道：

"别说这样的话……别这样说……"

娜娜往他手上猛击一拳，挣脱了他。

"这孩子居然对我动粗了！小东西，你给我滚，马上滚出去，我以前留你是出于善心！完全是我发慈悲！你睁眼睛看一看，你以为我会一辈子当你的妈妈吗？我可没有闲工夫去抚养一个娃娃，我要做的事多着呢。"

乔治听了，全身几乎僵住了，他一动不动蔫了下来。娜娜每句话都狠狠地戳痛他的心，他觉得不如死了好。娜娜根本没注意他痛苦的神情，只图快意，一口气说了下去，把一早上的气恼都发泄出来：

"你和你哥哥一样，全不是好东西！你哥哥答应给我送两百法郎的。呸！让我等到现在，我倒不在乎那一点钱，还不够我买发膏的呢，他离开我的时候竟面有难色呢！你想知道吗？告诉你吧，就是由于你哥哥失信，我现在马上要出去，找个男人赚五百法郎来。"

乔治听了这话，脑里登时一片混乱，他拦在门口，双手合十，语无伦次地哭着央告：

"啊！别去！别去！"

"我不去不行，难道你有钱吗？"娜娜说。

没有，他没有钱。如果能弄到钱，他豁出命去也干。他从来没有像今天这么觉得可怜，这样窝囊，这样年幼无知。他哭得瘦小的身躯簌簌发抖，哀痛欲绝。娜娜终于缓和下来，轻轻把他推开。

"行了，我的宝贝，让我过去，我是不得已呀。理智点，你真是个孩子。这一个礼拜你不是很听话吗？如今我得去想办法了，你好好想一下吧……你哥哥是个成年汉子，我不会跟他说这些，请你千万别让他知道我要干的这事，不必让他知道我要去的地方。我脾气一来，嘴里就没个遮拦，总是话太多。"

说完，她又笑了起来，搂过乔治，吻他的前额。

"再见，娃儿，我们俩的事从此完啦，断啦。听明白了没有？现在我可得走了！"

娜娜走了。乔治站在客厅中央，娜娜的最后几句话犹如焦雷击顶，在他耳畔回响：从

此完啦,断啦。他觉得脚下的土地裂开一个墓穴,脑子里空荡荡一片,等着娜娜的男人已经消失,只剩下菲力浦躺在娜娜的光身子上面。娜娜不否认她爱菲力浦,她不愿意让他知道她干那事,免得他伤心,由此可见她是爱他的。完啦,真的完啦。他喘着粗气,环观四周,心灵的重压几乎令他窒息。往事历历如在眼前,在"迷鸟居"里度过的风流快乐的夜晚,他把自己当作娜娜的孩子那些旖旎时光,还有在这个客厅里偷情的欢愉,这一切都付诸东流,一去不复返了!他太小,没有很快地长大;菲力浦代替了他,因为菲力浦有胡子了。啊!完了,他活不下去了。他的堕落演变为无限的柔情、性的崇拜,整个身心都沉沦下去,难以自拔。再说,哥哥还留在娜娜身边,他的亲骨肉,同胞手足,夺走了他的欢乐,这令他妒忌得发疯。完了,他没法子活了。

仆人们看见太太步行出去了,更恣意地吵吵嚷嚷。所有的门都敞开,面包商与查理、弗朗索瓦坐在长凳上有说有笑。佐爱走过小客厅时,看见乔治觉得奇怪,问他是不是在等太太。是的,是在等她,他忘了告诉她一件事。佐爱走后,他就开始寻找适合他达到目的的工具,找了半天,只在梳洗室里找到一把尖利的剪刀。这是娜娜修饰用的,如修皮肤,剪短毛。他把手放在口袋里,紧紧握着剪刀,耐着性子等了一个钟头。

"太太回来了。"佐爱进来说,她刚才一定是在卧室的窗口窥见她的。

公馆里一阵奔跑声,笑声沉了下去,所有的门又全关上。乔治听见娜娜在给面包商付钱,她用简短而粗俗的话将他打发走,便上楼来了。

"怎么,你还在这里!"她一看见他就说,"啊!我们会弄僵的,娃儿!"

她走向卧室,乔治尾随在后。

"娜娜,你肯答应嫁我吗?"

她耸耸肩膀。她不屑作答,砰的一声把门关上。乔治一手推开门,另一只手从口袋里抽出剪刀,使劲向胸膛一插。

娜娜已感到有点不对劲,她转过身,正看见乔治将剪刀刺进胸膛,不由得大怒。

"这浑蛋!蠢货!用的还是我的剪刀,还不住手,你这个小流氓,天哪!啊!天哪!"

她骇然。小家伙又往胸膛刺了一刀,两腿一软,便直挺挺地倒在地毯上,横在卧室门口。娜娜吓得尖声叫起来。她不敢迈过他的身子走出去,被堵在卧室里,没法跑到外面求救。

"佐爱!佐爱!快来呀,让他住手,简直越来越不像话了,一个孩子竟干这种蠢事!他在自杀啦!居然在我家里!谁见过这样的事!"

乔治的样子很可怕:脸无人色,煞白煞白的,眼睛紧闭。伤口几乎没有流血,只有微微一点血迹沾在背心上。

娜娜鼓起勇气,决心迈过他的身子,正在这时,一个人突然出现了,吓得她倒退几步。一位老太太从客厅敞开的门口走进来,原来是于贡夫人,不知为什么跑到这儿来,满脸的惊恐。娜娜帽子和手套都还没有脱呢,她不断往后退,怕得要命,味味地为自己辩护:

"夫人,这与我无关,我向你发誓……他要娶我,我不答应,他就自杀了!"

于贡夫人身穿黑衣,满头银发,脸色惨白,一步步慢慢走过来。在车上时,她没有考虑乔治,一心只惦着菲力浦犯的过错。她想:娜娜这个女人也许肯向法官做些辩词,把法官们打动的,所以特地赶来求娜娜替儿子做一个有利的见证。楼下的门全开着,于是她

径自进来了。她的腿力不胜，正在犹豫是不是上楼去，忽然听见恐怖的叫喊，便循声找上楼来，只见一个男子倒在地上，衬衣上有血迹。这是乔治，她的另一个儿子。

娜娜呆呆地重复道：

"他要娶我，我不答应，他就自杀了。"

于贡夫人没有哭喊，她俯身去看。一点不错，这是她的另一个儿子乔治。她一个儿子颜面丧尽，另一个儿子自杀了。她并不感到意外，她这辈子全毁了。她跪在地上，忘了本身的存在，也没有理会任何人，只是凝视着儿子的脸，用手摸摸他的胸口，听听是否还在跳。她感到儿子的心脏还在跳动，她轻轻叹息，这才抬起头，打量这个房间和这个女人。她似乎想起了什么，失神的眼里冒出一团怒火，一声也不响，神情严厉，大睁着眼狠狠盯住娜娜，后者簌簌发抖，隔着乔治的身子，继续申辩道：

"我可以发誓，夫人！他哥哥如果在这里，他可以作证的……"

"他哥哥盗用公款，进了监牢。"做母亲的冷冷地说。

娜娜愣住了，一时透不过气来。这究竟是怎么一回事？一个自杀，一个贪污公款！这一家子都疯了不成？她不再极力为自己辩护，仿佛她不是这家的户主，竟由着于贡夫人摆布了。仆人们终于跑上来了，老太太坚持要他们把昏死过去的乔治抬到楼下她的马车里。即使儿子在搬动的过程中死掉，她也不愿意让他停留在这所房子里。娜娜惊愕地瞪着仆人们把可怜的乔治，抬手抬脚地搬下楼去。母亲这时已筋疲力尽，扶着家具，艰难地跟随在后。她对至爱的儿子的期望都幻灭了。到了楼梯下，她禁不住恸哭起来，她转回身子，两次失声叹道：

"唉！你给我们带来多少祸害，你给我们带来多少祸害！"

她没有再说别的。娜娜痴坐在那里，依然戴着手套和帽子。马车已经离去，房子又沉浸在寂静之中。她一动不动，茫然无措，脑子里仍盘旋着刚才发生的惨相。一刻钟之后，米法伯爵来了，发现她呆坐不动。她见到米法，松了一口气，于是絮絮不休地向他讲述了刚才发生的悲剧，不止二十次地复述着每一个细节。她还捡起带血的剪刀，比画着乔治的自杀动作给他看。她的目的在于证明自己是无辜的。

"你想一想，这难道是我的错吗？你如果是个法官，你会判我的罪吗？我当然没有叫菲力浦去贪污公款，也没逼这个小倒霉蛋自杀，在整个事件中，我是最不幸的。他们自己跑到我家里来干蠢事，给我添了许多麻烦，反过来倒拿我当坏女人看待。"

她说着哭了起来，浑身软绵绵的，心里苦楚，十分悲伤。

"你好像不以为然，你问佐爱好了，这关不关我的事，佐爱，你讲给先生听听……"

女仆从梳妆室端来一盆水，拿出一块毛巾，正在那里趁血迹未干，把地毯擦干净，已忙了好一会儿。

"唉，先生，"她说，"太太是冤枉的，她够可怜的了！"

米法还在发呆，这件祸事使米法大为震惊，周身冰凉。他想着那为儿子哭泣的母亲。他了解那位母亲的高尚心灵，想象到她一身丧服，孤零零地凋谢在丰代特的情景。可是，娜娜更加颓丧，乔治身带刀伤倒在地上的惨状，使她哀伤欲绝。

"他是那么可疼，那么温柔，那么体贴……你知道，亲爱的，如果你生气，我可得抱歉。我喜欢这个宝贝！我无法控制自己，……而且，这对你也没什么影响了。他已经不在了。

你该放心啦,今后再也不会撞见我们俩……"

这最后几句话使自己又伤心又后悔,伯爵反倒安慰起娜娜来。得啦,得啦,应该坚强些,她说得对,这不是她的错。娜娜止住哭,对他说:

"听我说,你马上去打听一下他的消息,我要你马上去,现在就去!"

米法拿起帽子,就去打听乔治的消息去了。三刻钟后,他回来了,看见娜娜焦灼地倚窗等待,便站在人行道上,仰头大声告诉她,小家伙没有死,甚至有可能救活。娜娜一听,马上高兴得又唱又跳,觉得人生是美好的。这时,佐爱把地毯洗了很久,还是洗不干净。她不断看着那块血迹,每次经过总唠叨说:

"你看还是擦不掉,太太。"

那个淡淡的红血痕,在地毯的一朵玫瑰花纹上显得分明,刚好在卧室门口,像用血画的杠杠,将门封住。

"没关系!"娜娜心情愉快,说道,"人们走来走去,自然会踩掉的。"

第二天,米法同样把这件事忘了。他坐着马车回黎塞留街的时候,曾发誓再也不登这个女人的门了。他认为菲力浦和乔治的不幸,是上天向他发出的警告,预示着他也终归毁灭。可是,于贡夫人痛哭失声的惨状以及那孩子伤重高烧的样子,都不足以使他坚守誓言;这次事变的一刹那间的恐怖,过后只剩下扫除了情敌之后的快慰。这个年轻而富有魅力的情敌,一向使他嫉恨恼怒。如今他排除了障碍,可以独占娜娜了,这是一个不曾有过青春的男人的热情。他爱娜娜,渴望单独占有她的一切,只让他一个人听她说话,一个人抚摸她,甚至一个人挨她的骂。他的柔情是超肉欲的,近乎纯洁的感情,是一种唯恐失去、放心不下的爱恋,他梦想将来有一天,他同娜娜跪在天父面前,接受赎罪和宽恕。现在,宗教不断在他心灵深处扩大。他又参加了宗教活动,每当苦闷之时,他就去神前忏悔、领圣体了。经过悔罪,心灵得到安慰。他的神师允许他消耗情欲,于是他每天去堕落一次,然后又虔诚地向天主求恕。他天真地把自己肉体上经受的痛苦作为苦行向天主奉献。他是个感情严肃而深沉的信徒,却疯狂地陷入对一个妓女的肉欲之中,不得不登上受难地,爬上十字架。他最痛苦的是这个女人水性杨花,屡屡对他不忠。他不能容忍与别的男人一道分享她,他不明白她何以如此愚蠢多变,他所要的是天长地久、终生不渝的爱情。当初娜娜是发过誓永不变心的,他正是由于这个原因才出钱养她的。只是他发现她在说谎,根本不能忠心不二,就像天性驯良的动物一样,容易随着过路人走入歧途,轻率地献身于朋友,她生来是要脱去衣服才活得下去的。

一天早晨,米法看见富卡蒙在一个不正常的时候从娜娜卧室钻出来,他便和娜娜吵了一次。娜娜对他的醋意早已厌烦,于是马上勃然大怒。在此之前,她已多次表现得很温顺,就以米法撞见她和乔治鬼混的那晚来说,原是她首先低声下气,自己认错的,而且百般柔顺体贴,甜言蜜语,才化解他的恼怒。不过,他一直冥顽不化,对女人一点也不体谅,屡屡干预她的行动,终于惹得她撒起泼来。

"是的,没错,我的确和富卡蒙睡了。怎么样?嗯?你心里不痛快是不是?我的野汉子!"

这是她第一次当面叫他"我的野汉子"。她的恬然自白,令米法几乎闭过气去,他攥紧拳头,娜娜几步走到他的面前,两眼逼视着他。

"闹够了吧,喂?……要是觉得不合适,就请你出去……我不能让你在我家里大吵大闹……你别糊涂,我是需要充分自由的。我爱跟谁上床就跟谁。我就是这样做的……你马上拿定主意,接受或不接受,不接受,你就滚出去!"

她走过去把门拉开。可是他没有走。这是她把他抓得更牢的办法。为了一点点原因,只要几句话不合,她就脸色一沉,厉声逼他做出抉择,而且话说得很难听:哼!她随时可以选一个比他更好的男人,只不知选哪一个才是;男人嘛,要多少有多少,到处都有,而且不像他这样笨头笨脑,不识情趣,他们个个身壮体健。他于是低下头去,逆来顺受,等到她需要钱用的时候,自会变得温柔起来。到时,她千娇百媚,柔情款款,而他也把不快丢之脑后。一夕风流足以抵偿整整一个星期的折磨。米法与妻子和解之后,家庭生活反而更难以忍受。福什里又掉入萝丝的情网里去,抛弃了伯爵夫人;四十来岁的伯爵夫人,正处于情热如焚、不耐寂寞的年龄阶段,她疯狂地追求别的男人,如饥似渴地在这座府邸里卷起旋风般的时髦生活。埃丝泰尔自从结婚以后就没和父亲见过面。这个平庸无奇的姑娘,突然变成一个意志坚强的妇人,独断专横,达格内一见她便浑身战栗,也跟着妻子皈依了天主教,陪她去做弥撒。岳父为了一个娼妓而毁了全家,他感到非常愤慨。只有韦诺先生仍然对伯爵和蔼可亲,觑准机会引导他改邪归正。他为此还去了娜娜的家,两处都常走动,并一直态度和善。米法在家里感受到的是痛苦、烦恼与羞耻,这就逼得他宁愿到娜娜那里去。

不久,娜娜和伯爵的关系只有一个"钱"字。有一天,伯爵正式答应给她一万法郎,可是到了讲定的日子,他却两手空空地来了。两天来,娜娜给了他多少温情,爱抚,可他竟自食其言,浪费了她两天的殷勤,她立刻大怒,竖眉瞪眼地发作起来:

"你没弄到钱啊!……那么,我的野汉子,你从哪里来的就滚回哪里去吧!快滚!真是个大混蛋!你还想吻我呢!听着,没有钱就什么也别指望!"

米法解释说,钱后天就可以送来。娜娜粗暴地打断了他的话:

"那么我的欠账怎么办?他们会扣押我的财产,而你却这样要弄我……你认清楚一点,你以为我爱你的脸孔吗?像你这副尊容,只有舍得花钱,女人才肯忍受……我凭上帝发誓,那一万法郎你今晚不给我送来,你就连我的小指头尖也别想吮一下……我说的话算数,我要把你打发到你老婆那里去!"

当天晚上,他送来了一万法郎。娜娜送上嘴唇,让他长长地吻着,他整整一天的烦恼算是得到了补偿。娜娜最讨厌的,是米法时刻不离左右,她向韦诺先生诉苦,请他把野汉子带回伯爵夫人那里去。难道他们夫妻和解是虚话吗?她后悔多管闲事,结果仍摆脱不了他的纠缠。她发起脾气来,就把利害关系忘了,发誓要不择手段治他一下,让他再也不敢迈她的门槛。可无论她拍着大腿向他吼叫,还是唾他的脸,米法总是赔不是,赖着不肯走。为了钱,争吵不断发生。她粗暴地向他要钱,为了一点点钱破口大骂,表现出可憎的贪欲,她一再冷酷地提醒他,她完全是为了钱才跟他睡的,绝对没有其他成分。和他睡觉一点味道也没有,她宁可和别人睡。她心里爱的是别人,而最大的不幸就是非靠他这种浑蛋来供给金钱不可。现在连宫廷里也不想要他了,外边已经传说要命他呈递辞呈了。皇后说:"他太叫人讨厌。"这话一点不错。娜娜每次骂他,最后一句便是:

"听着!你太叫人讨厌!"

如今,她已是肆无忌惮,重新获得了彻底的自由。她每天都要去湖畔走走,结识了一些人。妓女在这里公然拉客,大摇大摆地在光天化日之下转悠。第一流娼妓更是在卖弄独具的媚笑和耀眼的奢华,炫示着自己。公爵夫人们互相递眼色,暗示这个女人就是娜娜;资产阶级太太们,竞相仿效她帽子的式样,娜娜的双篷四轮马车经过时,引得一大串的马车都停下观望,其中有权势人物,有控制整个欧洲的金融大亨,有用肥胖的指头扼着法国咽喉的内阁大臣;娜娜属于布洛涅森林区的上流社会,在这个社会占有卓越的地位,她名扬各国首都,凡是到这里来的外国人都先要问起她。这群人里面的显赫人物,都被她狂热的放纵淫冶所迷惑,她仿佛成为民族的骄傲和最富刺激的享受,她还有许多一夜恩情、露水情缘的故事,她经常出没于各大饭店,各国大使馆的职员接连不断地来找她。她和露茜,卡萝莉娜,玛丽娅经常与一些法语说得很蹩脚的先生们共进晚餐。他们花了钱还被人戏弄,约会的节目也可笑,一玩就玩得极为困倦,结果摸也没摸到她们一下。她们把这种约会叫作"去开开心"。玩完之后,她们怀着对他们的蔑视,愉快地回家,躺在心爱的情人怀里,度过剩余的良宵。

娜娜只要不让米法看到那些男人,米法也就佯装不知道。但日常生活中的丢脸的小事,往往使他难堪。维里叶街的这座公馆变成了地狱、疯人院,每天都有可憎的是非纠纷,娜娜甚至和仆人干起仗来。有一阵,她对车夫查理很友好,每次去餐馆吃饭,都要叫侍者送啤酒给查理;遇到交通堵塞,查理与公共马车夫吵架时,她觉得有趣,便坐在车厢里欢快地和他聊天。可是,有一阵子,她毫无理由地骂他浑蛋,为干草、麸糠、燕麦和他吵个不休,她虽然爱牲口,却也觉得自己的马吃得太多,于是,有一天算账的时候,她指责车夫偷盗;查理听了大怒,开口便骂她臭婊子,连马匹也不如,因为马不会随便跟谁睡觉。娜娜也用粗鄙的话回骂,伯爵不得不把他们劝开,并且把车夫辞退了,这是仆人们溃散的开始。维多莉娜和弗朗索瓦也因娜娜的钻石被盗一事离开了。朱里安也自动离开了。据传是先生因他和女主人睡觉,给了他一大笔钱请他走的。听差的住房里每个星期都有陌生的脸孔,这里像个荐人馆的过道,一些社会渣滓在这里换来换去,每个人都赚上一笔。只有佐爱仍留在这里,永远干净利索的样子,只要钱没存够,她还要继续浑水摸鱼,以实现一项酝酿已久的计划。

这些还只不过是明处的烦恼。伯爵还不得不敷衍满身尘污的马卢瓦太太,陪她打纸牌;他得忍受列拉太太,听她的唠叨,以及小路易的呻吟烦扰。这个孩子不知是哪个父亲留下的坏血统,成天病病歪歪的。他的痛苦远不止此,一天晚上,他在门后听见娜娜气愤愤地对贴身女仆说,她被一个自称是美国阔佬的骗子骗了。那人倒是个漂亮男子,说在国内拥有几座金矿,原来是个坏蛋,趁她睡着时偷偷溜走了,没有留下一个钱,反而带走一卷卷烟纸。伯爵听了气得白了脸,蹑手蹑脚下楼走了,只装没听见。可是另一次,他想佯装不知都不成,娜娜对咖啡音乐厅的一位男中音歌手一见钟情,后被抛弃,她痛不欲生,泡了一杯火柴头喝下去,人没有死成却大病了一场。伯爵不得不照顾她,耐着性子听她讲爱情故事;她涕泪交流地发誓以后再也不迷恋任何男人了。她骂男人是猪,瞧不起他们;可是又不能忘情,身边总要有个心上人围着她转,她沉溺于莫名其妙的变态的畸恋之中,寻找强烈的刺激,使疲惫不堪的肉体焕发一点活力。佐爱无意在此久留,也不再卖力了,公馆里的管理便更加混乱了。弄得米法连推一扇门、拉一下窗帘,或开一个衣柜都不敢了。叫人铃也拉不响了。房间里到处有男客，随时互相碰撞。进房间要先咳嗽一声。有一晚，理发师刚给她梳好头，米法出去两分钟，吩咐仆人套车，等他转身回来，差点儿就撞见娜娜搂着弗朗西斯的脖子。她一离开他，她就狂荡得不管什么场合，穿着睡衣还是礼服，便和男人交欢取乐起来，回到伯爵身边时，满脸还透出兴奋的酡红。可是，一和伯爵接触，她就觉得厌烦，简直是活受罪！

可怜的伯爵饱受醋意的折磨，他只有看见萨丹在她身边，心里才踏实一些，他倒巴不得她们两个搞同性恋，把那些男人挤走。可是娜娜对萨丹也是和对伯爵一样不忠实，同性恋愈演愈烈，连路边的野鸡也在收罗之列，有时她乘车回家，忽然淫兴大发，见到路边有个脏兮兮的野鸡，也把她叫上车，带回家里，玩够之后塞点钱让她离开。她经常装扮成男人，跑去妓院，欣赏那些淫乱的场景，以此消磨烦闷的时光。萨丹因为经常被她冷落，非常生气，和她吵得不可开交，最后萨丹把她制伏了，娜娜不得不尊重她了。米法甚至企图和萨丹结成联盟，代他说话，他不敢说的便怂恿萨丹出面。萨丹曾两次强逼她的心上人与米法和好，他表示感谢，对她十分敬重、殷勤，萨丹稍有暗示，他便赶快识趣地让开。只是这种联盟很难持久，萨丹也是个把持不住的疯女人，发作起来把一切东西都摔个粉碎，为了爱和怒，闹个天翻地覆，弄得自己精疲力竭，半死不活。她的肤色一直都很好看，脸蛋也漂亮，佐爱常在背后挑拨她，拉到角落里嘀嘀咕咕，似乎要网罗萨丹为她做事，实现她悄悄在进行着的宏图大计。

然而，米法也有奋起反抗的时候。他容忍萨丹已经有好几个月了，也容忍了不知出处的一帮子男人，匆匆地出入于娜娜的卧室。可是他发现其中竟有他同阶层的人，甚至是熟人时，他就按捺不住怒火万丈了。娜娜向他承认与富卡蒙睡过觉时，他又怒又恨，觉得小伙子对他的背叛实在罪该万死，要去找他决斗。可是又不知到哪儿找决斗的证人，于是他去和拉博德特商议。后者听后愣住了，然后大笑起来。

"为娜娜去决斗？哎唷！我高贵的大人哪，全巴黎都会笑死的。为娜娜跟人动武，这太可笑了。"

伯爵铁青了脸，恶狠狠地说：

"那么，我要在大街上打他的耳光。"

拉博德特再三劝他，开导了一个钟头。打耳光也会使这件事变成丑闻，所有的人当晚就晓得你当街打他的真正原因，那一记耳光马上成为各家报纸的笑料。拉博德特最后说：

"不可以这样做，那会闹笑话的。"

这句话，像一把利刃戳在他的心窝上。他连为自己心爱的女人去决斗都不可能，会成为笑话。他从来没有如此深切地感到，自己的爱情竟是如此不幸，严肃的感情竟然成为荒谬的笑料。这是他最后的反抗；但毕竟被说服了，后来，看着那些朋友和其他的男人接连不断地到娜娜家里，他也只好付诸无奈了。

几个月里，娜娜贪得无厌地把这些男人一个个吞掉了。为了维持穷奢极侈的生活，她的需索与日俱增，欲望有加无减，一口就能把一个男人吞了下去。她第一个吃掉的是富卡蒙，他仅仅支持了不到半个月。他在海上漂泊了十载，积攒了三万法郎，本想离开海军，去美国做点经营。他虽然一向谨慎甚至有点吝啬，然而这次也被征服了，他倾其所

有,甚至在金融期票上签了字,把自己的前途做了孤注一掷。等到娜娜把他撵出门外时,他已经囊空如洗了。娜娜倒也仁慈,劝他再回海上去。生气是没用的,他既然没有钱,他们的关系当然无法继续下去,他必须通情达理,明白这一点。一个倾家荡产的男人,就像一个熟透的果子,从她手中跌落地上,在泥土里烂掉。

接着,娜娜又扑向斯特涅。她对他既不讨厌也不喜欢,只把他当成一个下作的犹太人,似乎对他怀着本能的仇恨,存心要报复他。斯特涅又肥胖又愚蠢,她把他掀翻在地,一啃两块肉,恨不得一下子把这个普鲁士人干掉。斯特涅抛弃了西蒙娜,他在海峡的庞大经营计划濒于破产。娜娜用疯狂的浪费加速了他的崩溃。斯特涅最后还挣扎了一个月,在财政上耍弄手段,创造出一些奇迹。他在欧洲开展了各种各样的宣传活动,印海报、登广告,发说明书,他到最遥远的地区去赚钱。他的全部积蓄,包括投机所得和一个个从穷人那里刮来的小钱,统统都填进了娜娜那个无底洞。他在阿尔萨斯与人合伙开了一家炼铁厂,那里是一个偏僻的地方,工人们满身煤黑,流着臭汗,肌肉紧张,骨头格格作响,他们夜以继日地拼命干活,实际上都是为了满足娜娜花天酒地的挥霍。她好比熊熊烈火,把斯特涅投机得来的利润和工人们辛勤劳动的收获都化为灰烬。这一次,娜娜彻底榨干了斯特涅,连骨头也不剩下,只留得一副臭皮囊,流落街头,连骗人的本钱也没有。他的银行倒闭的时候,一想到要被控便吓得发抖,话也说不出来。他被宣告破产了,这个曾经操纵千百万法郎的银行家,如今听见钱这个字,就会惊慌失措,窘迫如孩童。有天晚上,他在娜娜家里,哭着请她借一百法郎,准备支付女仆的工钱。娜娜看见这个搜刮了巴黎二十年的可怕家伙,居然落到如此下场,觉得又可悯,又开心,她给了他一百法郎,说:

"你知道,我送你这笔钱,是因为这太有意思了……不过,听我说,我的孩子,你老啦,不能靠我供养你,你得另外找点事干干啦。"

紧接着,娜娜又瞄准埃克托尔准备开刀了。他本来醉心虚荣,为使自己更时髦、更倜傥风流,早就盼望接受被娜娜毁掉的光荣,以便名扬巴黎,两个月之内,他的名字会见诸

报端。他继承的遗产是土地、牧场、森林和庄园。他很快地把这些物业一一卖掉。娜娜一张口便吞掉几十亩。在阳光下摆动的树叶，成熟了的大片麦田，九月金黄的葡萄园，深及牛膝的牧草，都投入了无底洞，从娜娜手里消耗净尽；甚至他钓鱼的小河，石膏矿和三处磨坊，也全部一扫而光。娜娜像一支入侵的队伍，又像一大群蝗虫，所到之处，足以把一个省劫掠无遗。她的小脚踏过的地方皆化为焦土。她一个一个农庄、一片一片牧场地吃着埃克托尔继承的所有遗产，样子是那么悠闲、自然，就像在两餐饭之间，嚼食糖衣杏仁一样。一天晚上，埃克托尔只剩下一小片树林了，其实这真不值得她张嘴去啃，可是她也轻蔑地把它吞掉了。埃克托尔一脸的傻笑，吮着手杖顶上的圆球。他债台高筑，连一百法郎的年金收入也没有了，他只好回到乡下去找那个性情古怪的叔叔共同生活了。不过，这算得了什么？他已经是巴黎的风流人物，《费加罗报》已经两次登过他的姓名。他的瘦脖子从假尖领中间伸出来，身子挤在太短的上衣里，大模大样地招摇过市，以鹦鹉似的惊呼乱叫，装出无所谓的样子，活像个没有情感的木偶，娜娜见了就忍不住揍他几下。

这时，福什里又来了，是他表弟带他来的。可怜的福什里，如今有个家了。他抛弃了伯爵夫人之后，落到了萝丝手里。她以他的合法太太自居，米侬反而成了她的管家。这位新闻记者以主人的身份在萝丝家里落户，但常常对萝丝撒谎，只是欺骗时倒是非常小心，凡事谨慎，像个好丈夫一样，因为他也想最终有个归宿。娜娜在他身上的胜利，是占有了他，而且吃掉了他借朋友的钱创办的一份报纸。她并没有张扬她占有福什里的胜利，照旧与他秘密来往，但心里却暗暗得意，谈到萝丝，总说她是个"可怜的萝丝"。那份报纸在两个月内给她带来不少好处。她把所有外省的订报费完全拿去；从专栏到戏剧新闻栏都加以操纵，编辑部的同仁被她搞得无所适从，经理部闹着混乱解体。她突发奇想，要在她的公馆一隅建造一座避寒花园，所需费用吞掉了印刷所。在她，这只不过是开一场玩笑而已。米侬知道此事之后，大喜过望，赶忙找到娜娜，问她是否可以把福什里完全转让给他。她即责问他是不是拿她寻开心：一个靠写文章和剧本为生的穷小子，谁会要他！这种傻事，只有可怜的萝丝那种才女才肯干。说完，她疑心顿起，生怕米侬背后搞鬼，回去把这番话说给他老婆听。福什里既然除了给她做做广告，已无实际价值，她索性撵走他了事。

不过，福什里也曾给她留下愉快的回忆，他们一起有趣地戏弄过埃克托尔。当初，如果不是想着愚弄那个蠢货会有无穷乐趣，他们也绝不会再度聚首的。他们故意当着他的面接吻拥抱，用他的钱肆意挥霍，打发他去巴黎郊外买东西，然后两人在屋里取乐；等他回来又讥笑影射他，使他摸不着头脑。一次，她受新闻记者的怂恿，打赌说要打埃克托尔的耳光。当晚，她果然捆了他一个耳光，接连又打了几下，她觉得好玩极了，而且正好用自己的行动表明男人是多么怯懦。她叫他"挨打佬"，经常命他过来挨巴掌，打了几下，她的手掌就发红了，觉得还不过瘾。埃克托尔苦着脸，蠢蠢地笑，眼里却噙着泪水。他认为这是一种亲昵的表示，因而受宠若惊，觉得娜娜实在是个非凡女子。一天晚上，他挨了几个耳光之后，大大兴奋起来。

"你知道吗？嗯，"他说，"你应该嫁给我，咱俩在一起一定非常快活！"

埃克托尔确有此意，他早就暗自筹划和娜娜结婚，想使巴黎大大震惊。娜娜的丈夫，嗨！多么潇洒风流！居然独占群芳之首！可惜，他只落得挨娜娜一顿臭骂：

"哼！我嫁给你！想得倒美！我如果打算嫁人，早就嫁了，而且那个人一定比你强二十倍，我的小果果……有成堆的男人向我求婚呢。不信你跟我一起数数看：菲力浦、乔治、富卡蒙、斯特涅，已经四个了，其他你不认识的男人还多着……他们都唱同一个调子。我都不敢稍示亲热，否则他们会大唱：'你嫁给我好吗？你嫁给我好吗……'的聒絮不休了。"

她说到激动处，不禁怒气勃发：

"哼！绝对办不到！难道我生下来就是为嫁人的吗？你睁开眼看看清楚，我如果让一个男人老在我背后盯住我，我就不是娜娜了，再说，嫁人这玩意儿，也太叫人恶心了。"

她吐口水，打呃，仿佛看见了脚下的赃物似的。

某天晚上，埃克托尔失踪了。一周后，人们才知道他回乡下去了，住在他爱采集植物标本的叔叔家里，帮他贴标本，并准备娶一位平庸而信神的表妹为妻。娜娜没有为他流一滴泪，她对米法伯爵说：

"喂！小野汉子，你又少了一个情敌！你今天该很开心吧，他倒是认真的，居然想娶我，他只有滚蛋了。"

米法变了脸色。娜娜笑嘻嘻地搂住他的脖子，一边摸弄他，一边故意刻毒地挖苦他：

"你担心的，不就是不能娶我吗？当这些人向我求婚时，你躲在角落里发脾气……你现在不能，得等你的老婆伸腿死了才行。到那时，你一定迫不及待地跑来，伏地哭求我答应嫁你，外带着叹息呀，发誓呀，流泪呀！那多精彩呀。我的宝贝，你说是不是？"

她的声音轻柔甜蜜，装出十分亲热的样子玩弄他。米法深受感动，红涨双颊，不断地回吻她。娜娜嚷道：

"他妈的！他真的有这个念头，我竟猜中了！他盼着老婆死呢！……好哇，这太可恶了，他比别的男人更浑蛋！"

米法已经向别的男人退让了。现在唯一想的是维持自己一点残存的尊严，在这里的仆人和熟人中间保留一个主人的地位，称他先生，视他为娜娜的正式情人，因为他出的钱最多。他的爱情愈来愈强烈，他目前的地位，连微笑全都是高价买来的，等于被抢掠，因为他从来没有得到与他付出的代价相等的回报。他受着害病似的煎熬，令他痛苦不堪。他每次进入娜娜的卧室，总得把窗户打开一阵，让别人留下的气味放出去，这里有浑身毛茸茸的男人和黑人的气味，还有雪茄的烟味，呛得几乎让人窒息。这间卧室简直变成通衢要道，男人们随便进出，跨过门槛时，谁也没有留意门口那块血迹。只有佐爱对那块血污耿耿于怀，她是喜欢洁净的女人，见污迹犹存很不舒服。每次经过，她总要嘀咕几句：

"真怪，总是踩不掉它，来的人这么多，还是老样子。"

娜娜已获悉乔治和母亲回到丰代特，身体逐渐康复的好消息。她平静地回答佐爱：

"咳，没啥，时间长了自然就消失了。现在不是被人踩淡了许多吗？"

的确，富卡蒙、斯特涅、埃克托尔、福什里这些先生，每个人的鞋跟都带走了一些血迹。米法和佐爱一样忘不了它，总是不由自主地盯它一眼，仿佛从血痕的淡化上看出有多少男人进来过。他对这块血迹隐隐怀着恐惧，每次都是猛地大步跨过去，似乎它是一个有生命的东西，是一条赤裸的胳膊。

可是，每当他一进入卧室，头就晕乎乎，人也醉醺醺，把什么全都抛到九霄云外了，乌

七八糟的男人，横在门槛的血迹上，一切都忘了。但走到户外，走在空气清新的大街上，往往会因羞愧和气愤而流泪，发誓以后再不登这个门了。可是，只要门帘一放下，他便又筋骨酥麻，似乎整个身体都溶在房间暖洋洋的气氛里，浑身舒泰，觉得被性欲的饥渴折磨着，充满了死也要追求快感的蠢动。他进入教堂时，是一个虔诚的教徒，跪在圣坛前便产生诚敬神秘的感觉；在娜娜的卧室，他也产生同样的感觉，陶醉在风琴奏出的赞美诗和圣香的缭绕烟雾中。这个女人像暴烈的天神，嫉妒而专横地控制着他，使他终日战战兢兢，他只能享受片刻的欢娱，继之却是几倍时间的可怕折磨。他在娜娜面前，就和在教堂似的，呢呢喃喃的祈祷，一阵阵的绝望，同样感到自卑，像个遭天谴的造物，被碾碎在自身的泥泞中。他肉体的欲望和灵魂的渴求全都混合在一起，从他内心的深处爆发出来，在他的生命树上开出一朵花。他听从爱情和信仰的力量摆布，这力量足以转动全球，使他失去主宰，无论他的理智怎样挣扎，他都跳不出娜娜的这间卧室，在这里，他如痴如狂，在全能的性的领域里，颤巍巍地沉沦下去，正和他会在广袤的不可知的天堂里面迷失自己一样。

娜娜发觉他变得自卑，她的虐待狂便越发得到满足。她生来是要糟践一切的，毁坏之后还要玷污而后快，她那纤纤玉手到处留下可怕的痕迹，并使毁坏的东西腐烂变质。米法心甘情愿地承受着，还模模糊糊地记起那些以苦行赎罪的圣徒，他们被恶虫所吞，然后又吞恶虫的排泄物。他心中装着这种形象，所以就拿自己供她去作践、游戏。有时，娜娜留他在卧室里，把门关上，让他做男人的各种下流动作，供她取乐。最初，他们一起开玩笑，她轻轻打他几下，命令他做古怪可笑的事情，学小孩咿哑不清的腔调，要他一次又一次学说一句话的末后几个字：

"照着我的样子说：呸！宝宝才不在乎呢！"

他很听话，按照她教的发音，照样说一遍：

"呸！宝宝才不在乎呢！"

有时，她穿着内衣，爬在兽皮地毡上装狗熊，吼叫着转过身来，做成要吃的样子，轻咬他的腿取乐。然后她站起来说：

"现在轮到你了……你装得一定不如我像，我敢打赌。"

这种嬉戏实在迷人。娜娜装狗熊时，露出雪白的肌肤，垂下红棕色的头发。米法哈哈大笑，也趴在地上，一边吼叫一边咬她的腿肚子。娜娜装出害怕的样子，急急往后逃。

"喂！我们都是野兽，对吗？"娜娜最后说，"你不知道你的样子有多丑，我的宝贝！假如皇宫里的人看见你这副模样，会怎么样？"

不过，这类小游戏他们很快就厌倦了。这倒不是娜娜残忍，她依然是个好心肠的女人，而是有一阵淫欲的暴风在紧闭的卧室里越刮越猛。淫荡使他们头脑昏乱，狂热地想象着肉欲的欢乐。他们往日因虔信天主而恐怖的不眠之夜，如今却化成兽欲的饥渴，于是发疯似的用四肢爬行，吼叫，咬人。有一次，米法正装狗熊，娜娜突然使劲把他向前一推，米法撞在一件家具上。看到他前额鼓起一个大包，娜娜不由得哈哈大笑。从此，她把对埃克托尔进行试验的兴趣，又转移到米法身上，她把伯爵当牲口，在后面抽他、踢他。

"吁！吁！往前走！你这匹劣马，快着点走！"

有时，米法装成一只狗，她把自己洒了香水的手帕，往房间另一间远远抛去，命他叼

回来,他就得用手和膝盖爬过去,用牙齿咬住手帕,把它叼回。

"去叼回来,恺撒! 听着,如果你偷懒,我可要罚你的! 不错,恺撒! 真乖,竖起后腿!"

米法喜欢屈居厮仆,当牲口更是其乐无穷。他渴望再卑贱一点,叫道:

"打得再重一些……汪汪! 我是疯狗,打呀!"

娜娜一时高兴,有一天晚上要他穿着皇室侍从的朝服来见她。于是,他佩上宝剑,戴着帽子,穿着白裤和镶金线绦子的红呢礼服,一排密密的纽扣,左襟上挂一把象征性的钥匙,全副尊荣的服装,整整齐齐地来了。娜娜一见,笑得前仰后合,把他好一顿嘲弄。尤其那把钥匙,她对它的用途做出种种猥亵的解释,对这套显赫的官服毫无敬意,肆意地戏弄、贬低。她摇他,拧他,对他大叫:"呸! 滚出去,皇室侍从!"又踢他的屁股。这一脚踢的是皇宫,踢在高踞在人民之上、威风凛凛的陛下身上。这是她对社会的看法,是报复,是来自世代遗传,本能的家族仇恨心理。她命皇室侍从脱下官服摊开在地上,叫他往官服上跳,往官服上吐唾沫,他都一一照办了。她又命他践踏镀金的肩章、鹰徽、勋章,他也一一遵命做了。于是一阵噼啪乱响,一切全踩个稀巴烂,没留下一样完整的东西。娜娜把大臣打得粉碎,就像打碎玻璃瓶或糖果盒一样,然后变成垃圾,变成街角的一堆污泥。

那两个制床的金银匠没有按期交货,直到一月中旬才把那张床送来。米法这时正好到诺曼底变卖他剩下的最后一点财产。可是娜娜马上就要四千法郎使用。他本来要再过两天才回来,这样只好交易一办妥即提前赶回,连自己的家门也没进,就直奔娜娜这边来。钟正响十点。他有钥匙可以打开通内巷的侧门,他谁也没碰见就径直上了楼。佐爱正在楼上客厅擦铜器,看见他进来,她神色慌张,举止失措,极力找话来打岔:韦诺先生昨夜找了他两次,神情不安,央求太太如果先生先到这里,请务必叫他回家一趟。米法听得莫名其妙,后来他发现女仆神色仓皇,心里忽然涌起积蓄已久的妒火,听见房里有笑声,便朝房门猛力撞去,两扇门扉飞向两边。佐爱耸耸肩溜走了。活该! 既然太太不听忠言,就让她自己处理好了。

米法站在门口,瞥见房里的情景,顿时失声大叫:

"天哪! 我的天哪!"

这间卧室经过重新装修,十分华丽辉煌,堪与皇宫媲美。茶玫瑰色的丝绒帷幔上的银扣子像灿烂明星,帷幔的颜色近似肉色,每当晴日的黄昏,白日将尽,太白星将升,天空往往呈现这种色调。金黄流苏从房间的四角低垂,护墙板四周镶着金色花边,如同小小火焰,又似披散的红棕色头发,半遮半掩,四壁不至于太赤裸,却加强了卧室里的淫欲情调。正对着他的是那张镶金嵌银的床榻,闪烁着精雕细镂的光彩。这床犹如宝座,宽大足以让娜娜舒展赤裸的四肢;这床是祭坛,一个富丽豪华的古罗马祭坛,与她那魅力无穷的性器官互相辉映成趣。此时,她正把自己的淫具展示在这个祭坛上,赤裸裸地,毫不知羞地展列在床上。在她的身旁,在雪白双乳的下面,一个厚颜无耻、衰迈佝偻的老色鬼——德·舒阿尔侯爵穿着睡衣躺在娜娜的怀里。

伯爵合起双手放在胸前,全身战栗,接连地喊道:

"老天! ……我的天哪!"

这么说,床框上那闪烁着的金玫瑰,一丛丛茂密的金叶,都是为侯爵开放的;在银制的细工方格上,从浑圆的圈子里,带着淫笑窥视床上的小爱神,也是为他而设的了;床脚那个人身羊足的农牧神,也是为侯爵揭开夜女神身上的薄纱了。那个裸体女神,在狂欢之后,正倦极思睡,它的形象,直至丰硕的大腿,都是以娜娜著名的裸体为模特儿铸成的,这也都是为侯爵而制的了。经过六十年荒淫无度的酒色摧残,侯爵已形同骷髅,躺在娜娜丰满润泽、肤色如雪的肉体旁边,恰似一堆残骸朽骨。他看见房门突然打开,慌忙抬起身子,吓得呆住了。昨夜的淫荡,已使他精疲力竭,像虚脱了一样。他吓得话也说不出来,抖抖索索地想逃走,睡衣半披在枯柴般的瘦躯上,一条麻秆似的灰色毛腿袒露在毯子外面。娜娜虽然十分恼怒,见他这副狼狈模样,也忍不住笑了起来。

"给我躺下,钻到被窝里去。"她边说边把他按倒,用被子蒙头盖上,仿佛藏起一堆见不得人的垃圾。

娜娜跳下床把门关上。真不走运,偏又让她的小野汉子撞见了!他来得总不是时候。其实这得怪他,谁叫他到诺曼底弄钱去的?这个糟老头子给她送来了四千法郎,她当然由他为所欲为喽。她把两扇门用力一推,喊道:

"活该!这是你的错。谁叫你不敲门就闯进来的?我最讨厌没有礼貌……哼!够了,你走吧!"

米法被关在门外,呆住了。刚才目睹的情景,像焦雷击顶,把他击昏了。他全身痉挛、战栗不已,从脚底到胸膛而至头顶都瑟瑟发抖。随后,他如一棵被狂风袭击的小树,摇晃了几下,膝盖一软跪了下来,骨头格格直响。他绝望地伸出双手,吃吃地说:

"我的天,这太过分了,我再也受不住啦!我再也受不住啦!"

他曾忍受了一切,但是如今再也忍受不下去了。他已经心力枯竭,陷入昏茫茫的空虚之中,理智全崩溃了。突然,神的灵光似乎召唤着他,他双手高举,寻找上帝,祈求天主:

"啊!不,我太冤了,我不甘心哪!……天主,拯救我吧,把我带走吧!……别让我再看见了,再感觉到了……我是属于你的,我的在天之父,收容我吧!"

他不停地祈求,心里燃烧着信仰,恳切的祈祷从嘴里汩汩流出。忽然,有人拍了一下他的肩膀。他抬头一看,原来是韦诺先生,后者看见他对着关紧的门祈祷,觉得十分惊诧。于是,伯爵似乎觉得是上帝听到了他的祈求来到了面前。他伸开双臂,扑过去搂住小老头的脖子。他终于哭出声来,抽抽噎噎地一遍又一遍地呼叫:

"兄长……兄长……"

他尽情一叫,全身的痛苦顿时减轻了几分。他的泪水淌湿了韦诺先生的脸颊,他一边吻着韦诺先生,一边断断续续地说:

"啊,兄长,我多么痛苦啊!我现在只剩下你了……把我带走吧,永远带走……啊!可怜可怜我,带我走吧!"

韦诺先生把他紧紧搂在怀里,称他兄弟。不过,他给米法带来了一个新的打击。从昨天起,韦诺到处找他,准备通知他,萨比娜伯爵夫人因为精神失控,跟一家商场的部门经理私奔了。这可是一件可怕的丑闻,全巴黎都在谈论此事。他见伯爵正被宗教力量所支配,认为正是时候,便把这个家庭的可哀可叹的意外事件告诉了他。伯爵听了反应淡漠,妻子私奔,对他并不算什么,以后再说吧。他慌乱地看看那扇门,这墙壁和天花板,喃

喃地恳求道：

"带我走吧……我受不了，带我走吧。"

韦诺先生像领孩子似的把他带走了。从此，米法终于整个属于他了。米法重新严格恪守教规，他的生活已经彻底毁了。他向皇室引咎辞职。不久，他的女儿控告他，说她有一位姑母给她留下六万法郎遗产，她本该在结婚时领取的，现在要求他付还。伯爵已经倾家荡产，只靠过去的巨额财产所剩的一点微资度日，娜娜不屑一顾的零星财产则听凭伯爵夫人统统吞没。萨比娜确实是受娜娜的淫荡行为影响而变坏的，她任性妄为，加速了家庭的败落。她在外面乱搞一个时期之后又回来了，米法本着基督徒的博大宽恕精神，接受她一起生活。她在他身边成了耻辱的活见证。不过，米法对这些事越来越无所谓，最后似乎对一切都无动于衷了。上天把他从那个女人的手里夺了回来，交到上帝的怀抱里。过去，他从娜娜身上得到肉体的快乐，现在他享受的是宗教的慰藉。他依然像过去一样呢呢喃喃地祈祷，忍受失望和屈辱。他经常走进教堂，跪在冰冷的石板地面上，重新体会从前的快乐，肌肉微微颤动，心灵微妙地震荡，而对于自己生命中说不清的需要，也像从前一样感到满足。

在娜娜与米法决裂的那天晚上，米侬来到维里叶大街，他和福什里已经相安无事，而且还发现自己的老婆在家里养个野丈夫对他有许多好处。比如，他可以把琐碎的家务交给福什里去做，依靠他对老婆做积极的监督，使他自己得以专心管理演戏的收入。另外，福什里写剧本的收入又可用于家庭的日常开支；而且他也表现不错，尽量避免无谓的争风吃醋，对萝丝在外面的艳遇，也和米侬一样大度宽容。因此，两个男人互相默契，为他们的合作取得的效益而洋洋得意，他们共拥一个娇妻，相邻而不相斥，各得其所。一切都按常规办，诸事妥帖，两人争相为这个家的幸福多做贡献。这次米侬来找娜娜，就是福什里出的主意，看看能否把她的贴身女仆挖过去。新闻记者认为这位女仆具有非凡的才干。萝丝正为找来的女仆都毫无经验，搞得她常常受窘而大伤脑筋。开门让米侬进来的正是佐爱，他连忙把她推进餐厅。他刚说明来意，她就笑了笑，说，这不可能，她打算离开太太，要自己经营生意，而且她自诩地补充说，每天都有人来请她去，所有太太都抢着要她哩，布朗斯太太肯出重金雇用她。佐爱要经营的是老鸨母特里贡那类行当，这是她早已筹划成熟了的。她野心勃勃要从这个经营上捞一大笔财产，打算把所有的积蓄全投进去。她大胆设想如何扩大营业，租一幢房子，所有娱乐项目均设备齐全。为此，她曾尽力拉拢劝诱过萨丹。可惜这个小蠢货总是糟蹋自己，这时正躺在医院里，病得快死了。

米侬再三劝导，说做生意风险很大。佐爱并没说明自己的生意属于何类，只抿唇一笑，好像嘴里含着一块糖，她说：

"奢侈豪华的东西总会畅销的。你知道，我帮别人干活已经太久了，现在我想叫别人帮帮我啦。"

她蔑视地撅�’嘴，样子有点凶。她终于要成为"太太"啦，她为挣几个钱，给这些女人洗了十五年碗，现在她也要用几个钱，让这些女人服服帖帖地给她卖力啦。

米侬要她去通报一声。佐爱告诉他，太太今天情绪很差，然后进去通报，米侬以前只来过一次，里面的情形并不知道。这间挂着戈贝兰花毯、摆着餐具柜和银餐具的饭厅使他大吃一惊。他随手推开门，看看客厅和冬季花园，又回到前厅。这压倒一切的豪华气

派,镀金的家具,锦缎丝绒的铺设,他越看越羡慕,心里怦怦直跳。佐爱下楼来领他时,主动带他参观了梳洗室、卧室和其他房间。到了卧室里,米侬禁不住心荡神摇,兴奋异常,激动万分。他也算见过不少世面,但这个该死的娜娜硬是把他惊得目瞪口呆。这个家虽然岌岌可危,挥霍无度,仆人们大肆搜刮,可是堆积如山的珍品足以填平亏空,弥补损失。米侬目睹这间极度豪华的居室,不禁联想起他所见过的宏伟工程。有人曾带他参观马赛附近的一座横跨水渠的大桥,桥的石拱横亘深渊,工程浩大,耗资数百万法郎和十年的艰苦劳动才始建成。他在瑟尔堡也看过一座正在兴建的新港,那是一个巨大的建筑工地,许多起重机悬起大块大块的石头填入海中,千百名工人在烈日下挥汗如雨建造高墙,时常有工人被压成肉酱。可是拿他以前所见的工程和这里一比,就显得渺小了。娜娜更能使他振奋。娜娜的丰硕成果使他拜服,正和当年他参加一位炼糖厂老板新居落成的庆祝宴会时的感觉一样。那座新府邸堪与皇宫相伯仲,而建造的资金来源只有一个:食糖。可是,娜娜所靠的来源却是另一种东西:一个可笑的、卑微的小东西,就是她丰腴的玉体上的一个小小的东西,这个隐蔽而美妙的小东西,具有翻江倒海之力。她靠了这件小小东西,不用工人,不用工程师的发明,就震撼了巴黎,在无数尸骨上面建立起自己的财富。

“嗨!他妈的!她那个玩意儿真厉害!”米侬看得入了神,脱口说了这句话,心中无限感慨。

娜娜心情极为颓丧。起初,侯爵被伯爵撞破,当时她只感到快意。过后,想起那个被折腾得半死不活、坐着出租马车离去的老头儿,想起被她过分激怒的小野汉子,从此决裂,她心中开始有点怅然若失。后来,她获悉失踪了半个多月的萨丹被罗贝尔太太的嬉戏无度弄病了,正住在拉利布娃医院等死,她吩咐套车,想去见萨丹小娼妇最后一面。这时,佐爱悄悄地走来对她说,她辞工不干了。娜娜顿时如坠深渊,就像失去了家里的一个亲人似的。天啊!佐爱一走,她孤零零一个怎么办?她求佐爱别走;佐爱看见太太沮丧的样子,暗自得意,吻了吻她,声明她不是生太太的气才走的,实在是非走不可,她要去经营生意,感情什么的就顾不上了。这一天,不如意的事一齐来,娜娜心烦意乱,不想出门,彷徨无主地在小客厅里徜徉。正在这时,拉博德特跑来告诉她,有一个好机会,可以买到华丽的花边。言谈间,无意中透露了乔治死亡的消息。娜娜听了浑身冰凉。

“乔治死了!”她叫喊起来。

她的目光不由自主地去寻找那块淡红的血迹,可是那块血迹终于被众多的鞋底擦掉了。拉博德特索性把详情讲出来。乔治究竟是怎么死的,现在还不清楚,有人说是伤口又裂开,也有人说是自杀。据说,他投入丰代特的一个大水池里自尽身亡。

娜娜喃喃道:

“死了!死了!”

她从早上起就被悲哀窒息得透不过气来,如今爆发出来,痛哭了一场,心里轻松了一些。沉重的忧伤挤压着她,拉博德特想安慰她几句,劝她不要为乔治的死过于伤感,她挥挥手止住他,抽泣着说:

“不仅仅是他,而是一切,一切都使我难受……我是可怜的……啊,是的,我知道,这回他们又要说我是个下贱女人了……丰代特那个哭儿子的母亲,今天早上在我房门外呼天抢地的那个可怜的男人,还有为了我花光一切、倾家荡产的那些男人,他们都会这样指

责我……那就让他们去责骂吧，骂这个畜生吧，我不在乎，我听得见他们说些什么，就如我在他们当中一样：这个臭婊子，人尽可夫，逼死人命，搜刮钱财，制造祸害……"

她哽咽得说不下去，于是打住话头，躺倒在长沙发上，把脸埋在垫子里。她感受到的周围的不幸，以及她造成的悲剧，一时都汇集成一股热泪，如断线珍珠，纷纷落下。她像个受委屈的小女孩，低声哭诉着，声音渐渐微弱。

"啊！我好悲惨，啊！我好痛苦！……我受不了啦，憋死我了……人家误解我，攻击我，因为他们比我有力量。我可真受不住呀！"

她愤怒了，产生了反抗意识，她站起来，擦干眼泪，激动地走来走去。

"我可不能受这个！他们爱说什么随他们说去，反正不是我的错！难道我很坏吗？我把自己的一切全献了出来，我连一只苍蝇都不肯打死！……他们是坏东西，是他们的过错……我给他们献上快乐，是他们找上我的，追在我后面求爱的，如今他们伸腿死了，沦为乞丐了，那都是他们自找的……"

说着，她踱到拉博德特面前，拍拍他的肩膀：

"嗯！这一切你都是亲眼看见的，你来说句公道话……难道是我逼他们这样做的吗？他们不是经常互相争风吃醋，勾心斗角地尽出坏招吗？这些人叫我恶心，我不肯同流合污，学他们，怕学上他们。他们一个个都想娶我，这心思多绝妙！不错，亲爱的，如果我答应，我都当了二十回伯爵夫人或男爵夫人了。不过，我拒绝了，因为我头脑清楚。可不是吗？我使他们避免了多少犯罪行为和其他丑行……否则他们会去抢劫、杀人，谋害父母。只要我说一句话，他们准会去做，可是我没有说……如今，你看我落得什么结果。就拿达格内来说，我促成了他的婚事，当初他穷得叮当响，是我收留了他不少日子，分文不取，然后帮助他成了亲，获得了地位。你说他怎么样？昨天我碰见他，他却把头转到一边去了。呸！这脏猪，滚一边去！我比你干净得多！"

说罢，她又踱起步来，在一张圆桌上猛击一拳。

"岂有此理，这太不公平了！这个社会真不合理，男人要求女人干这干那，却把责任推到女人身上……我不妨坦白告诉你，我与他们干那事，但我一点乐趣也没有，反而觉得很讨厌。这是大实话！请问，这里面难道有我什么责任吗？是的，他们叫我厌烦得要死！如果不是他们把我弄成现在这个样子，我早进了修道院，向慈悲的天主晨昏祷告了，因为我一向是信仰宗教的……哼！说到底，他们为了和我干那事，花了钱又送了命，那是活该！是他们自取其祸，我管得着吗？我一点责任也没有！"

"也许是这样。"拉博德特信服地说。

佐爱把米侬带进来，娜娜微笑相迎；她刚才哭了一场，现在已平静下来。米侬激动不已，张口便恭维她的居室布置，娜娜却表示对这幢房子已不感兴趣，她另有打算，日内要把一切都卖掉。接着，米侬为这次来访找了个借口，说是为博斯克组织一次义演，特上门卖票的。老头不幸半身不遂，失去自理能力。娜娜十分同情，买了两张包厢票。这时，佐爱进来说，马车准备好了，娜娜要过帽子，一边系帽带，一边把萨丹的不幸消息告诉他们，末了又说：

"我现在去医院看她……谁都没有她那样爱过我。啊！难怪女人说男人没有良心，这话很对！……谁知道呢？也许我赶不上见她最后一面。不管它，我无论如何要去见一

见,吻她一次。"

拉博德特和米侬笑了,娜娜不再难过,也笑了。这两个不算在那些男人之内,他们理解她。娜娜扣好手套的纽扣,两个男人默然地注视着她,眼里透出欣赏的意味。娜娜独自站在她的大厦所堆积的珍宝之中,许多男人被击倒在她的脚下。她有如古代的妖怪,居住的领域全是白骨,足踏人的头盖骨。她的周围发生了一宗又一宗灾祸:旺德夫尔葬身火海;富卡蒙凄凉地漂泊在遥远的中国海上;破产后的斯特涅如今过着清贫的日子;埃克托尔的妄求虚荣付出了代价;米法一家的悲惨败落;乔治灰白的尸骸,菲力浦昨天才出狱,守在尸骸的旁边。娜娜制造了毁灭和死亡。这只从旧郊区垃圾堆里飞来的苍蝇,带着腐烂社会的毒素,轻轻落在这些男人身上,就把他们一个个毒死了。她做得好,非常公平。她出身于乞丐和穷人的阶级,她总算替他们报了仇,出了气。她的性器官升华成为光轮冉冉上升,照射到匍匐着的倒毙者身上,宛如初升的太阳,光芒波及大大一片屠戮的原野;可是这个屠戮者像一头无意识的美兽,对自己的行为后果一无所知,始终是一个心地善良的妓女,对自己的使命浑然不觉。她依然肥胖,依然丰满,她的身体极其强壮,性情也极其活泼。但是,这一切都算不了什么,她不再重视这座房子了。房子太小而且笨拙,里面塞满了她不想再要的家具。一场噩梦罢了。无论如何她必须重新开始,她筹划着某些更美好的东西,因此她要去和萨丹做最后一次的吻别。她身着华服,登车出发,看上去很洁净,健美,容光焕发,仿佛她不是接客的妓女。

第十四章

娜娜突然失踪了，又一次销声匿迹，不知去向，据说逃到野蛮的地方去了。临走之前，她搞了一次轰轰烈烈的大拍卖，把房子、家具、珠宝甚至化妆品和内衣裤全部卖个精光，一扫而空。五天的拍卖收到六十万法郎以上。巴黎人最后一次见到她，是在娱乐剧院演出的一出名叫《仙女梅侣茜》的梦幻剧里。这是身无分文的波尔德那夫大胆推出的，她在这出戏里又与普律利埃尔和方唐同台演出，她扮演一个样子好玩的角色，一个具有威力而不说话的仙女。戏里她只有三个造型姿势，但却是全剧最精彩而最具吸引力的部分。这次演出大获成功，于是一向热衷于宣传的波尔德那夫，贴出更多的巨幅海报，引起了巴黎人的强烈兴趣。可在一个晴朗的早晨，人们听说娜娜已在前一天离开了巴黎，大概是到开罗去了。起因仅仅是她和经理拌了几句嘴，经理稍有忤触，她便拂袖而去了。她的不告而别全是一个太富有的女人的任性行为。再说，这也是她早已向往的，她想去看看土耳其人。

几个月过去了，她渐渐被人遗忘。当在我们所熟悉的这些太太先生们中间提及她的名字时，各种离奇的传闻便不胫而走，每个人都有她的消息，可是消息又互相矛盾，简直不可思议。有人说，土耳其总督迷上了她，住在深宫，统治着两百名奴隶，随心所欲地砍他们的人头取乐。有人说，根本不是这么回事，她跟一个高大肥胖的黑鬼厮混，陷入肮脏的热恋，在开罗狂饮纵欲，把自己毁了，最后金钱散尽，连睡衣都没剩下一件。半个月以后，又传来一个惊人的消息，有人发誓说在俄国遇见过她。于是大家编造了神奇的故事，说她成为王子的情妇，连有什么样子的钻石都说得一清二楚，诸如戒指、耳环、项链，大得罕见的串珠、一顶王后那样的皇冠，仅中间镶着的那颗稀世钻石就有大拇指那样大。消息出自何处谁也说不清楚。娜娜隐退到辽远的国度去，但仍像一个满嵌着奇珍异宝的偶像，放射出神秘的光芒。现在人们提起她来，都隐隐怀着一股敬意，再也不夹着轻蔑的笑声了，她在野蛮人中间居然也照样发了大财！

七月的某天晚上，将近八点钟的时候，露茜在圣奥诺莱郊区街上，正要从马车上出来，瞥见卡萝莉娜从家里出来，去附近一家商店买东西，便连忙叫住她，说：

"吃过晚饭没有？你有空吗？……咳，亲爱的，跟我走吧，娜娜回来啦。"

卡萝莉娜立刻跳上马车，露茜接着说：

"你知道，亲爱的，当我们在这里闲聊的时候，娜娜也许已经死了。"

"死了，这是什么意思！"卡萝莉娜惊叫起来，"她在哪儿？怎么死的。"

"在大饭店……死于天花……唉，说来话长啦。"

露茜吩咐车夫赶马快跑。马车沿着皇家街和各条大街飞驰，途中，露茜把娜娜的遭遇，用不安的语调告诉了她。

"你简直想象不到……娜娜突然忽然从俄国回来了,我也不知道原因,大概是和那位王子吵了架……她把行李存放在火车站,自己赶到姑妈家里,你还记得那个老东西吧。唉!她扑到孩子身上,孩子出了天花,第二天就死了。娜娜与姑妈大吵了一架。原因是她给姑妈寄过钱,可老东西说一个子儿也没收到。好像孩子就因为没有钱治病才死的。其实那还不是照顾不好的缘故?娜娜扭头就走,跑到一家旅馆,正要去取行李,刚巧遇见了米侬。她突然感到身上寒战想呕吐。米侬把她送回房间,答应帮她去取行李……你说怪不怪?莫非他们事先约好的?可是,还有更奇怪的事在后头呢:萝丝听说娜娜孤零零地躺在陈设简单的旅馆里,激起义愤,立刻哭着跑去照料她……你还记得吧,她们过去是彼此仇恨的啊,简直是针锋相对的冤家!可是,亲爱的,萝丝叫人把娜娜抬到大饭店,说至少也得让她死在一个像样的地方。娜娜已经在那里躺了三天,已危在旦夕啦……这都是拉博德特告诉我的。我要去看看她……"

"是的,是的,"卡萝莉娜极其激动地打断她的话,"我们上楼去看看她。"

她们到达了目的地。大街上车辆和行人挤得水泄不通,车夫只好勒住马。就在这一天,议会表决通过对德宣战。人们如潮水般涌向街头,人行道上也挤满了群众。玛德莱教堂后边,夕阳隐没在一片血红的云层后面,晚霞返照在高处的窗户上,火焰般的艳红。暮霭四合、黄昏令人沉恼、惆怅,大街已隐没在夜色里,路灯尚未在黑暗中如星星般闪烁。群众往前行进,远远人声鼎沸,越来越响亮。一张张苍白的脸上,眼睛亮闪闪的。惊慌和不安激荡着人们的心。

"瞧,米侬在那儿,"露茜说,"他会告诉我们一些情况的。"

米侬站在大饭店宽大的门廊下,神色不安地望着街上的人群。露茜刚开口,他便不耐烦地嚷道:

"我怎么知道!都两天了,我硬是没办法把萝丝从楼上拉下来!这样拿自己的生命去冒险,简直是愚蠢。她如果染上这个病,落得一脸麻子那才好看呢!那我们就倒霉了!"

他一想到萝丝会失去她的美貌,心里就冒火。他已经断然把娜娜丢到一边,不去插手她的事。可是,他一点也不明白女人为什么这样糊涂去为别人冒生命危险。这时福什里穿过马路走过来,他也是心里焦急来打听消息的。这两个男人推来推去,怂恿对方上楼劝萝丝下来。这些日子以来,他们几乎亲如一体了。

"她还是那样,亲爱的,"米侬说,"你应该上去,强迫她跟你下来。"

"得了,你说得倒轻巧,老兄!"记者说,"为什么你自己不上去呢?"

随后,露茜向他们打听娜娜住房号码,他们就求她叫萝丝下来;不然,他们就要发火了。但露茜和卡萝莉娜并没有马上便去,她们瞥见方唐两手插在口袋里,在街上溜达。他见人们一个个表情古怪,觉得很有趣。他听说娜娜病倒在楼上,他装出多情的样子,说:

"可怜的姑娘……我得去看看她……她得了什么病?"

"天花。"米侬答道。

方唐已向院子迈了几步,听说是天花,连忙缩回来,打了个寒噤,咕哝道:

"哎唷!这可怕的病!"

天花可不是闹着玩的。方唐五岁时差点儿传染上这个病。米侬说,他一个侄女就是得天花死的。福什里就更清楚不过了,他脸上还带着天花留下的痕迹,他指着鼻梁上方的三个麻点叫大家看。米侬趁机又鼓动他上楼,说这病不会得两回的。福什里猛烈驳斥这种说法,举出好几个病例,痛骂医生们胡说。这时,露茜和卡罗莉娜见街上群众越来越多,觉得十分惊异,便打断他们:

"快看,快看!这么多人!"

夜色渐浓,顷刻之间,远处的路灯一盏盏地亮了起来。趴在窗口看热闹的人依稀可见;树底下,人流每分钟都在增加,从玛德莱到巴士底,已汇成一股浩浩荡荡的巨流。马车只能慢慢地向前移动。密密的人群中发出闷雷似的回响。人们都是渴望加入群众队伍而步行来的,人人情绪激昂。突然,人群往后闪开,出现了一队戴工人帽、穿白色工装的人,喊着有节奏的口号,像铁锤敲打铁砧一样雄浑有力:

"打到柏——林去!打到柏——林去!打到柏——林去!"

群众疑虑、茫然地望着他们,但仿佛参加军队阅兵似的,已经受到这种壮烈情景的感染和激励。

"啊,好呀,上战场送命去吧!"米侬带有哲学意味地低声说。

方唐却认为这很壮烈,说他要去从军。敌人已经打到边境,所有国民都应当奋起保卫祖国。他摆出拿破仑在奥斯特里茨发表演说时的姿势说了这些话。

"喂!你跟我们一同上楼吗?"露茜问他。

"哎呀,不!"方唐答道,"去惹上可怕的病吗?"

大饭店前面的一张长椅子上坐着一个男人,用手帕掩着脸。福什里一来就向米侬打眼色,示意他注意这个人。那人一直坐在那里,不错,他一直没动过。记者把露茜和卡萝莉娜也叫住,指给她们看那个人。这人偶然一抬头,两个女人认出了他,不由得惊叫了一声。原来是米法伯爵,他正抬头看了一眼楼上的一个窗户。

"你们知道,他从今天早上起就坐在那里了。"米侬说,"我早上六点钟就看见他坐在那里,一直没动过……他从拉博德特那里听到消息后,立刻就赶来了,用手帕捂住脸……每隔半小时,他就拖着沉重的脚步走过来,打听楼上那个病人好一点没有,然后又回去坐下……当然喽,那房间不洁净,无论爱得多深,他总不想找死吧。"

伯爵抬起眼皮,他好像对四周发生的事情全无感觉。毫无疑问他不知道宣战这回事,既没有感觉到四周有一大群人,也没有听到其他声响。

"瞧,他走过来了,"福什里说,"你们看看他要干什么。"

伯爵果然离开长椅子,走到高高的门廊下。门房早已认识他这个脸孔了,不待他开口再问,就不耐烦地说:

"她死了,先生,就在刚才。"

娜娜死了!这对大家都是一个打击。米法默默地退回长椅上,依然用手帕捂住脸。其他人则发出惊叹声。但他们的声音被淹没了,又一队人走过,一边走一边高喊着:

"打到柏林去!打到柏林去!打到柏林去!"

娜娜死了!真是可惜,多么漂亮的一个姑娘!米侬叹了口气,心里轻松了,萝丝终于要下来了。大家感到一阵寒意。方唐默想着一个悲剧角色,耷拉着嘴角,眼珠子朝上翻,

满脸的哀戚。福什里虽然喜欢说说风凉话，这时也有些伤心，用牙嚼咬他的雪茄。两个女人还在大为感慨。露茜最后一次见到娜娜是在娱乐剧院，布朗斯也是在《仙女梅侣茜》那出戏里最后一次看见她。啊！她演得真出色，她出现在水晶岩洞口时真迷人！这几位先生也一定记得当时的情景。方唐扮演公鸡王子。旧话重提之后，他们便进而谈那出戏的细节，谈个没完。她坐在水晶岩洞里，她装饰非凡，丰满的裸体多有魅力！她一句话也没说，原来有的一句台词也被删掉了，因为说了话反倒显得多余。她不用说一句话，只凭本人的形象就迷倒了观众。她的身段举世无双，她的肩膀、大腿、腰肢，真是无与伦比。这样一个绝妙佳人居然死了，真是不可思议！娜娜在戏里，上身只穿一件紧身衣，下身只系一条金腰带，前后两部分，几乎全是裸露的。她周围全是玻璃做的岩洞，光灿灿的；钻石似的瀑布飞泻而下，一串串闪耀的珍珠夹在拱顶的钟乳石之间放射光芒；周围是透明的，喷涌的泉水被宽宽的电光斜照着，映衬着娜娜的雪肤金发，她简直就像一轮红日处在中间。在巴黎人的印象里，她永远是这个样子，光彩夺目地高踞于水晶世界的中央。这可不对劲啊，她竟染上这种病死去！她这个时候的模样一定挺好看吧！

"多少欢乐一场空！"米侬伤感地说。他不愿意美好而有用的东西就这样失去。

他探询两个女人是否还想上楼去。当然，她们要上去，好奇心驱使她们非上去不可。正在这时，布朗斯气喘吁吁地赶来了，对群众堵塞了人行道十分气愤，听见娜娜死去的消息也大为惊叹。三个女人向着楼梯走去，裙子发出一片沙沙的响声。米侬跟在她们后面，大声叮咛：

"告诉萝丝，我在等着她。叫她马上下来，别忘了！"

"她们不知道，这病初起和完结的时候，传染性是最强的，"方唐对福什里说，"我认识一个实习医生，他肯定地说，人死之后这段时间最危险，因为尸体释放出毒气……她这样匆匆了结一生真使我遗憾；我本来想和她握握手诀别的。"

"现在说这个还有什么用？"记者说。

"是啊，有什么用呢？"另外两个人也跟着说。

人越来越多。店铺窗口射出的光线和煤气灯颤动的闪烁，在两道人流上移动，无数的帽子黑压压的如波涛起伏。人们的情绪更加激昂，许多人跑上去跟在穿工装的队伍后面，汹涌的人潮吞没了大街，喊声此起彼伏，从千万个喉咙里迸发出顽强的粗暴的怒吼：

"打到柏林去！打到柏林去！打到柏林去！"

五楼的那个房间，每天房租十二法郎。萝丝当初订这样一间房，要求既体面又不奢侈，因为生病的人是不需要排场的。房间挂的帷幔是印着大花朵的路易十三式的布料，家具是一般旅馆常用的桃花心木做的。红色的地毯装饰着黑色的叶丛。房里是一片沉重的寂静，只有悄悄耳语打破这寂静。这时，走廊传来人声。

"咱们一定走错路了，茶房说向右拐的……这房子简直像兵营！"

"别急，让我想想。是四〇一号，四〇一号房……"

"哎！是这边……四〇五，四〇三……我们快到了……啊！终于找到了，四〇一……到了，嘘！嘘！"

声音沉下去，有人咳了几声，大家定了定神，随后，房门慢慢推开了。露茜走了进去，卡萝莉娜和布朗斯跟在后面。她们才一进门便停住了脚步，屋里已有五个妇女。嘉嘉仰

靠在唯一的红丝绒面的伏尔泰式扶手椅里。西蒙娜和克拉莉丝站在壁炉前，与坐在一张椅子上的莱娅闲聊。而在门的左边，靠近床的地方，萝丝坐在一个装木柴的箱子边沿，凝视着隐在床幔阴影里的尸体。所有妇女都戴着帽子和手套，像是来访的客人。只有萝丝没有戴这些，她三昼夜没合过眼，两颊苍白，面临着这突然的死亡，她神情呆滞，两眼红肿，不胜悲痛。五斗柜角上，一盏带灯罩的灯，明晃晃地投射在嘉嘉的身上。

"唉！真悲惨！"露茜握住萝丝的手悄声说，"我们还想赶着来跟她告别呢。"

她扭过头，想望娜娜一眼，可是灯放得太远，她又不敢把灯移近。床上躺着一堆灰色的东西，勉强看得见的只有那红色的发髻，还有灰森森的一团脓疱，那大概就是脸了。露茜又说："自从那次在娱乐剧院见过她，以后再没见过。当时，她在水晶岩洞里。"

听了这话，萝丝才从麻木中清醒过来，说：

"唉，她现在变了样子了，她现在变了样子了……"

说完，她又陷入沉思，一动不动，不再说话。她们现在可以看看她吧。三个女人走近壁炉边那几个女人那里。西蒙娜和克拉莉丝正在低声谈论死者的钻石首饰。真有这些东西吗？谁也没见过，也许是谣传吧。可莱娅一个熟人见过的。嘿，都是顶大颗的。而且，还不止这些，她还从俄国带回许多珍贵东西，如乡花衣料、名贵的小摆设、全套的金餐具，甚至还有家具呢！是的，亲爱的，整整五十二件行李，有的是巨大的板箱，满满装了三节车厢！这些东西全寄存在火车站了。唉，真是时乖运蹇，连行李都没来得及打开便命丧黄泉了，另外，她还有许多钱，好像有一百万呢。露茜问，这些遗产归谁继承呢？远房亲戚，多半是那位姑妈。那个老东西可大发横财了。她还一点都不知道，娜娜执意不让通知她，儿子的夭折使她对姑妈怀恨在心。说起这个孩子，女人们都摇头叹息，记起在赛马会上见过他，一个病恹恹的小不点儿，像个小老头似的不动不笑，是个不该出生的孩子。

"他在九泉之下会快活得多。"布朗斯说。

"唉！她自己何尝不是这样啊！"卡萝莉娜加上一句，"活着也没多大趣味。"

在昏暗的房间里，弥漫了哀伤的气氛。她们害怕起来，久待在这里闲聊真有些傻气。可是她们都想见一见她的遗容，所以谁也没有离开。天气很热，玻璃灯罩把灯光反射在天花板上，像一轮明月。屋子里的其余部分，淹没在带着潮气的黑暗中。床下放着装满石炭酸的深底盘子，散发出淡淡的气味，临街的窗户，窗帘不时被风吹得鼓起来，街上传来沉闷的嘈杂声。

"她死的时候很痛苦吗？"露茜问道，她一直凝望着挂钟上雕刻的图案，那是三位恩惠之神，一丝不挂，像歌剧里的舞女微微笑着。

嘉嘉仿佛惊醒过来。

"是的，当然喽！……她死的时候我正在这里。我告诉你们，她那样子真是惨不忍睹……全身不停地抽搐……"

楼下的阵阵口号声打断了她的话。

"打到柏林去！打到柏林去！打到柏林去！"

露茜感到气闷，把窗子完全推开，倚窗而望。外边清风拂面，繁星满天，令人神清气爽。四处窗口灯火辉煌，煤气灯照得那些金字招牌闪闪发光。楼下，情景更为有趣，人行

道和大街上，在乱糟糟的一串串的马车当中，人潮如涌，滚滚向前。手提灯和街灯交相辉映，喊着口号走过来的队伍手举火把；一片红光从玛德莱那边移动过来，像一条火龙穿过人流，火光在人们头顶扩散，远远看去，仿佛什么地方着了火。露茜不觉看得呆了，忘了身在何处，叫道：

"你们快来！……从这窗口看出去，多么有趣！"

三个人趴在窗口，兴致勃勃地往下看。有时，树木挡住她们的视线，火把消失在树叶丛中。她们想望一眼留在楼下的那几位先生，但一个突出的阳台挡住了旅馆的大门；她们仅看得见米法伯爵，他还坐在那里，用手帕捂住脸，像个黑色的包袱，被扔在长椅子上。一辆马车在门前停了下来，一个女人跳下车，露茜认出是玛丽娅，一个胖男人跟在她后面下了车。

"原来是斯特涅那个老贼。"卡萝莉娜说，"怎么他们还没有把他遣回科隆去啊？……我倒要看看他进来时是什么表情。"

她们转过身来。十分钟之久，玛丽娅才进来，而且是一个人，她两次走错了楼梯。露茜觉得奇怪，问了她，她答道：

"他呀！哼！你以为他会上来吗？肯陪我到门口就算难得了……下面差不多有十二个男人，都在那里抽雪茄呢。"

果然，那些先生们都聚集在楼底下。他们闲逛到这儿，是想看看大街上的情形，遇见之后彼此打个招呼，听说这个可怜的姑娘的死讯，表示了一点惊叹，随后便扯起政治和战略问题来。波尔德那夫、达格内、拉博德特、普律利埃尔以及其他几个人也来了，聚在门口的人更多了。大家在听方唐大谈他五天即可攻克柏林的作战计划。

玛丽娅站在死者床前，感到一阵难过，她和别的女人说过的一样，喃喃地说：

"可怜的宝贝！……我最后一次见到她，还是在娱乐剧院舞台上的水晶岩洞里……"

"唉！她的模样变了，她的模样变了……"萝丝带着凄婉、忧郁的苦笑重复着那句话。

又来了两个女人：一个是塔唐·内内，另一个是路易斯。她们在大旅店找了二十分钟，向一个又一个茶房打听，转来转去地跑了三十层楼，好不容易才找到这间房。所以，一进来她们便倒在长椅子上，累得顾不上问死者的事。她们在旅店撞见许多慌慌张张想赶快离开巴黎的旅客，这些人全都被战争的恐怖和大街上的火热场面吓得乱作一团。就在这时，邻室传来一阵响动，有人在推铁衣箱，撞得家具咚咚直响，同时还有外国人的说话声，那是奥地利来的一对年轻夫妇。嘉嘉说，娜娜咽气的时候，那对夫妻互相追逐，玩得可欢哩。由于两个房间只隔了一道锁着的门，所以他们把对方时发出的欢笑声和接吻声都听得一清二楚。

"走吧，我们该走了，"克拉莉丝说，"反正我们还魂无术，久留无益……你走不走，西蒙娜？"

她们从眼角瞟一下床上的尸体，可是两脚却钉住不动。她们轻轻拍了拍裙子，准备离开了。露茜独倚窗口，一阵悲哀袭上心头，喉头发紧，这极度的忧伤似乎是从那些怒吼的人们那儿传来的。持火把的队伍仍不断经过，汇成簇簇火团。人群伸展到远处，没入黑暗之中，像是一群夜间被驱往屠场的牲畜。黑压压的人流，发散出令人眩晕的感觉，使人联想起即将来临的大屠杀，恐怖感从心底升起。群情激昂高涨，不顾一切地往前涌，声

嘶力竭地叫,要越过天际那道黑墙。向着未知的目标冲去。

"打到柏林去!打到柏林去!打到柏林去!"

露茜转过身来,背靠窗台,脸色十分苍白。

"慈悲的上帝啊!我们怎么办?"

女人们摇了摇头。她们神情严肃,担心时局,不知如何变化。

"我吗,"卡萝莉娜胸有成竹地说,"我后天就到伦敦去。妈妈早已到了那里,给我准备了房子……我当然不想留在巴黎任人杀戮。"

她的妈妈是个小心谨慎的女人,早就把家中所有钱财转移到国外去了。谁也不敢预料战争的结局是怎么样。玛丽娅对这种做法很气愤,她是个爱国者,她说要跟着军队走。

"你真是个胆小鬼!是的,如果人家接受我,我一定改换男装,用枪去打那些普鲁士猪猡!……即使战死又怎么样?那样死才有价值呢!"

布朗斯听了很不以为然。

"不要骂普鲁士人!……他们和所有国家的人一样,并没有什么不同,而且不像你们法国男人就知道追逐女人……我的一个恩客——普鲁士小伙子被他们驱逐出境了。他是很有钱又温柔体贴的好小伙子,根本不会伤害他人。这种做法真丢人,连我也被毁了……记住,谁也别指责人家,否则我就去德国投奔他去!"

她们正在拌嘴,嘉嘉沮丧地哀叹:

"这下子完啦,我的运气真坏,我在汝维西买了一幢小楼,款子付清还不到一星期。天晓得我为筹那笔钱费了多少心机!丽丽也不得不出一把力……现在宣战了,普鲁士人打进来准会把一切烧光……我都快老了,叫我怎么再从头干起?"

"算了!"克拉莉丝说,"我才不管什么战争不战争的,反正车到山前必有路。"

"正是,"西蒙娜说,"打起仗来一定挺有意思……说不定坏事变成好事哩。"

她含有深意地一笑。塔唐和路易斯同意这种看法。塔唐说,她和军人享受过花天酒地的开心日子,嗨!都是些好小伙子,为女人舍得拼命地。她们说话的声音太高了,坐在床前木柴箱子上的萝丝轻轻"嘘"一声,示意她们安静点。她们怔住了,斜眼望了一下死者,似乎这一声"嘘"是从帐幔的暗处发出来的。房里立刻变得死一般沉寂;这空落落的寂静使她们意识到旁边还躺着一具僵尸。这时,外面又传来群众的怒吼:

"打到柏林去!打到柏林去!打到柏林去!"

于是,她们又把娜娜忘了。莱娅家里本来组织了一个政治沙龙,路易·菲力浦时代的一些大臣,经常聚集在她那里抨击时弊。这时,她耸耸肩,低声说道:

"这场战争是个大错误!流血屠杀是多么愚蠢的行为!"

露茜一听马上就替帝国辩论。她同皇室的一个亲王娴居过,所以她为皇室说话,就像是自己家庭的事情。

"话可不能这样说,亲爱的。我们不能再任普鲁士人继续侮辱了,这场战争关系到法兰西的荣誉……啊!我可不是为那个亲王才这样说。那是个吝啬鬼!你们想,一到夜里,他上床的时候,就把钱藏在靴筒里;我们玩牌的时候,因为我有一次闹着玩,抓走了他的赌注,他以后便总以豆子代替钱来下注了……可是,我不能因为这就不讲公道话。皇上做得对。"

莱娅带着不屑一顾的神气摇摇头，像在重述重要人物的讲话似的，提高声音说道：

"这回完蛋了。他们住在深宫大院里，什么事也不会做，为人民唾弃。法国早就应该把他们逐出宫廷了。他们难道还不明白吗？"

在场的女人猛烈地反击她。她这是怎么啦？这么疯狂地反对皇上？现在不是国家升平、人民安居乐业吗？如果赶走皇帝，巴黎再也不能玩乐享福啦。

嘉嘉十分愤慨，生气地说：

"给我闭嘴！简直是胡说八道……我呀，我经历过路易·菲力浦时代，那是全国遍布乞丐和穷鬼的时代，亲爱的。后来就接着搞了个二月革命，呸！他们那个共和国，简直就是臭不可闻的把戏！二月之后，我穷得几乎饿死！如果你们经历过那个时期，你就会跪倒在皇上面前，因为他是我们的有恩之父，是的，有恩之父……"

大家劝她平静下来。可是她的激情未减，接着又说：

"啊！我的上帝啊！保佑皇上打胜仗吧！保佑我们的帝国永存吧！"

大家都同声祈祷。布朗斯承认她常为皇帝点烛致敬。卡萝莉娜迷恋过皇帝，整整两个月，每天在皇帝可能经过的地方徘徊，可惜没能引起皇帝的垂青。其他女人都愤怒地攻击共和党，说应该把他们歼灭在前线，使拿破仑三世在打败了敌人之后，再安安稳稳地统治全国，让人民享受幸福生活。

"俾斯麦那个坏家伙，也是一个大流氓！"玛丽娅说。

"我以前还见过他呢！"西蒙娜嚷道，"早知有今日。我一定在他的酒杯里下毒药。"

可是，布朗斯因那个普鲁士情人被逐一事耿耿于怀，竟敢于为俾斯麦辩护，说他也许并不坏，各人有各人的职责嘛。

"你们知道，"她补充道，"他崇拜妇女呢。"

"这关我们什么事？"克拉莉丝说，"我们不会想拥抱他吧，嗯？"

"像他这类男人太多啦，"路易斯严肃地说，"对这样的恶魔最好敬而远之。"

她们继续争论，把俾斯麦剥了皮，满怀对波拿巴的崇敬，狠狠地踢他一脚。塔唐愤愤地说：

"俾斯麦！提起他我就有气！……啊！我恨他！我以前不了解他！一个人不可能了解所有的人。"

"那没有关系，"莱娅做结论说，"这个俾斯麦会狠狠地把我们击成粉末的。"

她的话立刻被大家打断了，人人群起而攻之："喂，什么？把我们击为粉末？是我们要用枪托砸他的脊梁骨，把他打回老家去！你这个坏法国女人，还有好听的话说没有？"

"嘘！"萝丝对她们的乱吵很恼火，再次制止她们。

大家又想起了那具冰凉的尸体，都尴尬地住了口，也暗暗担心传染上天花。大街上，行进的队伍仍在声嘶力竭地吼叫：

"打到柏林去！打到柏林去！打到柏林去！"

这时，她们刚决定要走，只听见走廊里有人喊：

"萝丝！萝丝！"

嘉嘉惊诧地打开门，出去瞅了瞅，一会儿回来说：

"宝贝，是福什里，他在走廊的尽头……他再也不肯往前多走一步，他十分气愤，因为

你守在尸体旁边。"

米侬最终把新闻记者催上楼来。露茜还倚在窗口，她伸出头往外望，只见那几个男人站在人行道上，抬着头，向她使劲打手势。米侬气得直挥舞拳头。斯特涅、方唐、波尔德那夫和其他几个男人都伸出两只胳膊，脸上带着急责怪的表情，只有达格内面无表情地站在一边，两手抄在背后，抽着雪茄，一副漠不关心的表情。

"真的，"露茜没有关窗，说，"亲爱的，我允诺过劝你下去的……此刻他们都在叫我们呢。"

萝丝痛苦地慢慢离开木柴箱子，缓缓道：

"我马上下去，我马上下去，她现在不再需要我了，叫个修女来吧……"

她转过身，想找自己的帽子和披肩，未能如愿。她漠然地打了一盆水放在梳妆台上，一边洗脸洗手，一面说：

"到底发生了什么事，她的死对我而言是个不小的打击，我跟她一直不融洽。哎，你们看，我却痴情起来了……啊！我脑子里乱成一团，我几乎想自己也死了算了，世界末日好像快到了……是的，我需要呼吸新鲜空气。"

尸体开始发出难闻的气味。大家待了这么久都没有注意，这时都害怕起来。

"走吧，走吧，我的小宝宝们，"嘉嘉不住地催着，"这里不干净。"

大家朝床上看了一眼，接着赶忙走了出去。萝丝在露茜、布朗斯和卡萝莉娜出去之前，环顾了一下四周，想把房间收拾整洁再走。她把窗帘拉拢，觉得点灯不太合适，又点燃了壁炉上的铜烛台，移到尸体旁边的床头柜上面。明亮的烛光突然照亮了死者的脸庞。那样子真叫人害怕，她们都吓得连忙几步逃了出去。

"啊！她的样子变得太厉害了，彻底变了！"走在最后的萝丝嘟囔道。

她也离开了房间，并把门带上。房间里只留下娜娜，在烛光的映照下，娜娜仰面躺着，仅成了一具扔在床垫上的尸骸，一摊脓血，一堆烂肉，不少脓包侵蚀了全部面孔，一个个连成一片，已经干枯、塌陷，如同灰白色的烂泥，又如同霉菌附着在不成形状的腐肉上。面孔已分不出轮廓，左眼陷入起泡的脓浆里，另一只眼睛半睁着也已塌陷下去，好比一个黑乎乎的窟窿。鼻子还流着脓水。嘴巴的一边结了硬痂，把嘴巴扭曲，成了吓人的嗤笑样子。在这张叫人害怕的秽臭畸形的死亡面具上，那一头秀发依旧像阳光一样耀眼，如同金色波涛倾泻而下。爱神正在腐烂。看来，她从阴沟里和暴弃路旁的死尸上沾染的那种毒素，她原本用来毒害过一大群人的毒素，现已返回到她自己的脸上来，把她也全部烂掉了。

屋子里空荡荡的。一股沉悒的劲风从大街刮上来，把窗帘吹得鼓了起来。

"一直打到柏林！一直打到柏林！一直打到柏林！"